अर्कदीप्त

उपन्यास

उषा प्रियम्वदा

अर्कदीप्त

राजकमल प्रकाशन

ISBN : 978-81-19028-45-0

मूल्य : ₹995

पहला संस्करण : 2023

प्रकाशक : राजकमल प्रकाशन प्रा.लि.
1-बी, नेताजी सुभाष मार्ग, दरियागंज
नई दिल्ली-110 002

शाखाएँ : अशोक राजपथ, साइंस कॉलेज के सामने, पटना-800 006
पहली मंजिल, दरबारी बिल्डिंग, महात्मा गांधी मार्ग, प्रयागराज-211 001

वेबसाइट : www.rajkamalprakashan.com
ई-मेल : info@rajkamalprakashan.com

मुद्रक : यश प्रिंटोग्राफिक्स
नोएडा–201 301 (उत्तर प्रदेश)

ARKADIPT
Novel by Usha Priyamvada

रीता की याद में

अर्कदीप्त

जन्मपत्री—भविष्यवाणी, सचमुच विद्वान और भविष्य-द्रष्टा थे वह बंगाली प्रकांड पंडित, जिन्होंने जन्म के समय, भाग्य-कुंडली बनाते हुए उसके भविष्य की ओर संकेत कर दिया था।

माँ—जिन्हें बच्चे बऊ कहते थे, और ताईजी आशंका से भर गई थीं। मगर समय बीतता गया और उसमें घर-परिवार छोड़कर जोगी हो जाने के कोई लक्षण दिखाई नहीं दिये थे।

जब वह पत्नी के साथ अमेरिका के लिए निकला था, तब तक दोनों आश्वस्त हो चुकी थीं। पत्नी से बँध गया था, काम-काज और परिवार में रम गया था। सबको स्पष्ट दिखाई देता था कि वह अपने जीवन से कितना प्रसन्न है। मुस्कराता रहता था, पान खाता था, सबसे घुल-मिलकर साथ बैठता था। हर महीने कॉलेज का चपरासी ताईजी को उसके वेतन का चेक भुनाकर दे जाता था। पहली बार तो उन्हें विश्वास ही नहीं हुआ था कि कॉलेज या यूनिवर्सिटी में पढ़ाने वालों का वेतन इतने हज़ारों में है, फिर वह प्रसन्न होकर रुपये अलमारी में रख देती थीं।

वह सब क्या था?

एक कुशल नाटक ही तो—पूरा जीवन एक कुशल नाटक बनकर रह गया था, और वह अभिनय की ट्रेनिंग लिये बिना अपनी भूमिका निभाता जा रहा था। दूसरों को ख़ुश देखने की भी अपनी एक ख़ुशी होती है; बस, उसी तन्तु को पकड़े-पकड़े उसने बरसों काट दिये थे। मगर उस मरुस्थल-से जीवन में एक छोटी-सी आशा, एक छोटी-सी बगिया तो बराबर बनी रही, और अब उसके पल्लवित, पुष्पित और फलित होने का समय आ गया है। वह अब एकदम शान्त है। कोई उद्वेग, कोई मलाल नहीं—वह एक एयरपोर्ट के लाउंज में बैठा है, और ड्रिंक करते हुए जहाज़ के दिल्ली छोड़कर सैन फ्रांसिस्को जाने के लिए प्रस्तुत होने की घोषणा सुन रहा है। पर वह उठा नहीं है, जैसे उसने घोषणा सुनी ही नहीं हो!

अब बार-बार उसका नाम पुकारा जा रहा है, "पैसेंजर श्री..." स्त्री की आवाज़ थम जाती है। शायद वह नाम समझ नहीं पाती। कुछ देर बाद एक पुरुष शुद्ध भारतीय

उच्चारण में नाम लेता है, "मिस्टर अर्कदीप्त रॉय—तुरन्त जहाज़ की ओर प्रस्थान करें...आपकी उड़ान जाने के लिए तैयार है..."

पहली उद्घोषणा पर वह ध्यान नहीं देता—ऐसा वह ढोंग करता है। दूसरी उद्घोषणा पर चौंककर उठता है। उसे मालूम है कि प्रवेश-द्वार पर लगे टीवी कैमरे की आँख उसका प्रस्थान दर्ज करेगी। उठकर वह आख़िरी घूँट पीकर गिलास वापस रख देता है, अपना ब्रीफ़केस उठाता है और बाहर चला आता है।

तीन बार उसका नाम लेकर लाउडस्पीकर चुप हो जाता है। वह प्रवेश-द्वार की ओर नहीं जाता, शीशे की दीवारों के बाहर से वह अन्दर यात्रियों की क़तारें देख रहा है—उत्सुक, आतुर, विकल वृद्ध दम्पति, नवविवाहित जोड़े, विद्यार्थी—सबके चेहरों पर ख़ुशी और यात्रा का आह्लाद।

वह बाथरूम की ओर बढ़ जाता है—उसे मालूम है कि कैमरे की आँख से कैसे दूर रहा जा सकता है।

वह अपने अन्दर आह्लाद की एक लहर उमड़ते हुए पा रहा है, जो बऊ और पत्नी—सभी के आँसू बहाकर ले जा रही है। बाथरूम के बन्द स्टाल में उसने अपना ब्रीफ़केस रख दिया है, काग़ज़ खुदुरबुदुर कर दिये हैं, वॉलेट में से डॉलर और रुपये निकाल लिये हैं—फिर उसने क़मीज़ के ऊपर एक पुरानी-सी हुड वाली मोटी जर्सी पहन ली है, जिस पर 'आई लव न्यूयॉर्क' छपा हुआ है। बालों पर न्यूयॉर्क यांकी की बेसबॉल कैप लगा ली है—ब्रीफ़केस वहीं छोड़कर वह बचता हुआ निकला है। लम्बी खिड़की के शीशे से वह देखता है कि उसका नीला सूटकेस जहाज़ के तलपट्ट से वापस सरकता हुआ आ रहा है। अब सिक्योरिटी वाले उसे ध्वस्त कर देंगे, टुकड़े-टुकड़े, चूरचूर...।

उसी के साथ नष्ट हो जाएँगी वह सब चीज़ें, जो माँ कुछ ही घंटे पहले चाव से पैक कर रही थीं—मँगौड़ियाँ, पेठे वाली बड़ियाँ, तरह-तरह के पापड़, गिरनार चाय, मूँग के आटे के लड्डू, अपने सामने पिसवाए-कुटवाए मसाले, उसकी पत्नी की फ़रमाइशों की लिस्ट, साड़ियाँ, कुरते, और भी न जाने क्या-क्या...!

वह माँ का तल्लीन चेहरा देखता रहा था। माँ पूर्ण मनोयोग से उसका सूटकेस जमा रही थीं—उसके मन में आया कि कहे, 'माँ, मुझे जी भर देख लो—अब तो कलपती ही रहोगी...' पर वह चुप रहा।

पूरा परिवार उसे छोड़ने के लिए बंगले की पोर्टिको में जमा था। एयरपोर्ट में सिक्योरिटी के कारण अन्दर तक जाना हो नहीं पाएगा, तो एयरपोर्ट की भीड़-भाड़ से नाहक परेशान क्यों होना? फिर बच्चों का कल स्कूल है, जल्दी उठना होगा। तीनों लड़के पास-पास खड़े होकर उसे बाय-बाय कह रहे हैं—दीमा, साशा और बबलू! उनके स्कूली और असली नाम उसे याद नहीं हैं। बड़े होने पर भी यह क्षण उनकी स्मृति में टँगा रह जाएगा, शाम के झुटपुटे में अंकल को बाय-बाय कहना। पोर्टिको

में मधुमालती की सुगन्ध थी और सीढ़ियों पर बाबूजी, मानसी और अमृतांशु खड़े थे, सिर्फ़ माँ गाड़ी के पास खड़ी थीं, "पहुँचते ही फ़ोन करना..." उन्होंने कहा।

उसने झुककर उनके पैर छूने का उपक्रम किया, "अच्छा, माँ, चलता हूँ—अपना ख़याल रखना..." माँ की आँखों में हर बार आँसू छलक आते थे। उसने माँ का गाल हल्के से छुआ, "मेरे लिए रोना मत..."

माँ की आँखों में पानी था पर चेहरे पर ज़बर्दस्ती चिपकाई हुई मुस्कान, "ख़ुश रहो!"

अब जहाज़ के चले जाने पर बाहर सन्नाटा था। उसकी सीट ख़ाली होगी।

उसे 'नो-शो' करार कर दिया गया होगा।

अक्सर जहाज़ छूट जाने पर घबराए, परेशान, विक्षिप्त-से लोग एयरलाइन काउंटर पर खड़े दिखाई देते हैं, पर वह यह सब नहीं करेगा।

उसे कोई पहचानता नहीं।

शायद ट्रैवेल एजेंट उसका नाम भूल गया था, जब पहला पासपोर्ट बनकर आया तो तसवीर तो उसकी थी पर पासपोर्ट अर्कदीप्त रॉय की जगह राज दीपक का था। फिर दूसरा पासपोर्ट बना—सही नाम, सही तसवीर। दस साल की अवधि के लिए वैलिड। ग़लत पासपोर्ट उसके हाईस्कूल और कॉलेज, यूनिवर्सिटी सर्टिफिकेटों के साथ फ़ाइल में फालतू-सा पड़ा रहा। अब वह उस पासपोर्ट को फिर सहेज लेता है।

वह कैमरों से बचता हुआ अन्तरराष्ट्रीय से अन्तरदेशीय जाने वाली गाड़ी पकड़ लेता है। एकाएक उसका पूरा शरीर एक अनिर्वचनीय पुलक से भर जाता है। दिल एकबारगी धड़धड़ाता है—जब सामने का दरवाज़ा खुलेगा और वह रात के झुटपुटे में कहेगा, 'मैं हूँ अर्कदीप्त...।'

वह क्षण आ ही गया—आ ही जाएगा कुछ घंटों के बाद—और उसमें पीछे छूट गए लोगों के विलाप और आँसू नाकाम हो जाएँगे।

विवाह के अठारह साल बाद उसका जन्म हुआ था। ताईजी कहा करती थीं कि यदि घर पर, मैकी दाई की सहायता से, उनकी आँखों के सामने वह पैदा न हुआ होता तो वह यह कभी स्वीकार न करतीं कि वह उनके नाटे, साँवले, गदबदे देवर विश्वेश्वर का बेटा है। यही सोचतीं कि देवरानी किसी का बच्चा गोद लेकर आई है, क्योंकि उसके कान में भनक पड़ गई थी कि वह देवर, लाला, की दूसरी सगाई की सोच रही हैं। उनके स्वयं के भी कोई सन्तान नहीं थी। तीसरे भाई के विदेश में जाकर बस जाने के बाद परिवार में ले-देकर दो भाई बचे थे, और दोनों सन्तानहीन। ऐसा कैसे हो सकता था? बंगाली विद्वान प्रकांड पंडित ने उसका नामकरण किया था, 'अर्कदीप्त'—सूरज की तरह दीप्तिमान। माँ से कहा था, "माँ, ललाट चमकता

है प्रतिभा-मंडल से, परन्तु..." जन्मकुंडली माँ को थमाते हुए वह थोड़ा ठिठके थे। "बहुत ध्यान रखना—कुंडली में संन्यास योग है..."

"अरे, ऐसा कैसे कह रहे हैं?" ताईजी ने कहा। बाद में बोलीं, "दुलहिन, कैसे पंडित बुलाईं तुम? कैसी बात कह गए? धड़का लगा रहेगा। जोगी बेटा पैदा किया तुमने—वाह री..."

"तुम भी किसकी बात में आ गईं भौजी?" बाबूजी ने कहा था, "यह कुंडली वग़ैरह पोंगापंथी है—चार पैसे कमाने के जरिये।" और जन्मपत्री फाड़कर फेंक दी थी।

डेढ़ साल बाद ही आ गया छोटे, उर्फ़ अमृतांशु। गोल-मटोल, चीख़-चीख़कर रोने वाला—हर वक़्त माँ के स्तन से चिपका रहता। जब बऊ उसे अलग कर अर्कदीप्त को नहलाने-धुलाने लगतीं तो छोटे की क्रोधित चीख़ों से घर गूँजने लगता। ताई से छोटे की एक चीख़ भी बर्दाश्त नहीं होती थी, "अरे बहू, क्या कर रही हो? क्यों बच्चे को रुला रही हो?"

"कहाँ जीजी, अभी तो दूध पिलाकर सुलाया था, अर्को को नहला-धुला रही थी, बेचारा चुपचाप मैला-कुचैला खटोले पर पड़ा था..."

ताई की मुँहलगी दुलरिया, जो बऊ को मालिश करने आती थी, किवाड़ से सटकर खड़ी थी कि बऊ बच्चों से फारिग हों तो मालिश करवाकर ख़ुद नहाए-धोए—हँसकर बोली, "अरे, अर्को तो बिना नहाए-धोए चमकता है और छोटे तो..."

ताईजी ने आँखें तरेरीं, छोटे को गोद में उठा लिया, "अरे मेरा राजा बेटा, मेरा अफ़सर बेटा—क्यों रोता है, देखो, वह चिड़िया आई..."

अर्को सुनता है, चिड़िया को देखता है, हँसने लगता है। उसके छोटे-छोटे दाँत अभी निकल ही रहे हैं। माँ कुछ पकड़ा दें तो तुरन्त मुँह में डालकर कुतरने लगता है।

घर की स्त्रियाँ गद्‌गद—अरे कहाँ सालों बंजर खेत और कहाँ दोनों बाहुओं में भरे दो-दो बेटे!

ताऊजी सरकारी दफ़्तर में थे। छोटा-सा क्वार्टर था—दो के लिए पर्याप्त, पर छह के लिए छोटा। लोगों ने बाहर के बरांडे में झिरझिरी लगाकर पर्दा कर लिया था पर ताऊजी को बाहर लगा गुलमोहर पसन्द था। वह लाल-लाल गुच्छों से ऐसा खचाखच भर जाता था कि हरे पत्ते ढँक जाते थे। ताऊजी सामने बने चबूतरेनुमा प्लेटफ़ॉर्म में बैठकर अख़बार पढ़ते और गुलमोहर हवा में झूमता रहता। वैसे सरकारी क्वार्टर में आगे-पीछे कुछ भी बनाना मना था, फिर भी चाचाजी तो बरसाती में कमरा अपने पास से बनवाकर गए थे। ईर्ष्यालु पड़ोसियों के शिकायत करने पर भी कुछ कार्यवाही नहीं हुई थी। उसी कमरे में बैठा, कभी पढ़ता, कभी क्षितिज को ताकता अर्को अपना समय बिताता था। सब क्वार्टरों के बीच एक पार्क था, जिसमें फूल-पत्ते नियमित रूप से लगाए जाते थे पर नटखट बच्चों और पूजा के लिए तोड़े जाने पर कनेर के

पीले, गुड़हल के लाल और गंधराज के सफ़ेद फूल बचते नहीं थे—एक दिन देखो तो पेड़ फूल रहा है, दूसरे दिन सारे फूल साफ़, सिर्फ़ नंगी-बुच्ची टहनियाँ। स्कूल भी ऐसा ही था—चौकोर, आगे लम्बा बरामदा, पीछे कक्षाओं की क़तार। पानी पीने के लिए कई नल लगे हुए थे जो हरदम टपकते रहते थे। स्कूल के फाटक के बाहर एक छोटी-सी पान की दुकान थी जहाँ लेमनचूस, बिस्कुट वग़ैरह भी मिलते थे पर अर्को कभी वहाँ नहीं गया।

आर्थिक बोझ से दबे हुए माँ-बाप के यही तो सपने होते हैं, बच्चे पढ़-लिखकर विदेश जाएँ, पैसे कमाएँ, सफल हों और परिवार में समृद्धि लाएँ।

'मैं भी तो,' अर्कदीप्त ने सोचा—'उन्हीं सपनों के बल पर यहाँ खड़ा हूँ। जर्मनी में, छात्रवृत्ति पर पी-एच.डी. करने आया हूँ, पर मैं परिवार को क्या दूँगा? देगा तो वह—छोटे, जो अफ़सर बन गया है। बँगला मिलेगा, पीछे क्वार्टरों में ढेर सारे नौकर, चपरासी, माली, रसोइया...।'

'नहीं, ऐसा भी निकम्मा नहीं हूँ', उसने अपने-आप सोचा।

हर कक्षा में बिना प्रयास के फर्स्ट आने पर उसे सरकारी छात्रवृत्ति मिलती थी, जो वह बऊ को जाकर थमा देता था, बिना एक भी पैसा ख़र्च किये, बिना लेमनचूस या बिस्कुट खाए—और उन रुपयों में होता भी क्या, पर रुपये तो रुपये ही थे, कम-से-कम तब! बाद में तनख़्वाह कितनी बढ़ गई थी पर कॉलेज के ख़र्चे भी तो थे—दूर होने के कारण बस में आना-जाना। जीन्स, शर्ट, बैकपैक, जूते, सब कुछ बिना कहे ही ताऊजी ख़रीद लाए थे और वह दूसरे छात्रों की तरह एकदम दुरुस्त लगने लगा था।

कॉलेज में साइंस नहीं थी, सिर्फ़ आर्ट्स के कोर्स थे, फिर भी हायर सेकेंडरी के बाद ताऊजी ने पूछा, "डॉक्टर बनना चाहोगे? प्रबन्ध हो सकता है—वह अपने गयाप्रसाद मेडिकल कॉलेज में है न, पूछ रहे थे..."

अर्को को सोचने में समय नहीं लगा, हमेशा की तरह 'जो आप चाहें, ताऊजी...' कहने की बजाय उसने कहा, "नहीं ताऊजी, बी.ए. आर्ट्स ही सही रहेगा।"

विषय भी उसने बिना सोचे-समझे ले लिये थे—मैथेमैटिक्स, अंग्रेज़ी और एथिक्स, और बी.ए. पास करने तक कॉलेज में एम.ए. की पढ़ाई भी होने लगी थी, पर गिने-चुने ही विषयों में। उसने चाव से फिलासफ़ी डिपार्टमेंट में नाम लिखा लिया।

यदि प्रतिभाशाली था तो उसका कोई लक्षण नहीं दिखाई देता था। छोटे क्लासों में तो सभी बच्चे पास हो जाते हैं—यदि एक बार पढ़कर ही उसे सब याद हो जाता है, यह किसी से कहने की क्या ज़रूरत थी?

ताईजी ने कभी कहा तो नहीं, स्पष्ट रूप से—परन्तु उनका विचार यही था कि अर्कदीप्त असल में है मन्दबुद्धि। हर काम उलटा-सीधा, ग़लत-सलत। चलो, अच्छा है, उन बंगाली पंडित की भविष्यवाणी भी इसी तरह ग़लत निकलेगी। बस,

माँ को प्रसन्न करने के लिए कह दिया—बहुत प्रतिभाशाली है, लेकिन कहीं से भी तो अक़्लमन्द होने के लक्षण नहीं दिखाई देते।

वैसे न जाने कहाँ इसका ध्यान रहता है! कभी किसी मेहमान के अचानक आ जाने पर या कभी बाबूजी की पकौड़ी बनाने की फ़रमाइश होती और वह सामान लाने बाज़ार में जाता तो कभी प्याज़ लाना भूल जाता या फिर बेसन। कई चक्कर लगाने पड़ते। दूसरी तरफ़ छोटे था। उसे बाज़ार की हर चीज़ के दाम पता रहते थे। कौन-से ठेले पर कौन-सी सब्ज़ी कुछ पैसे सस्ती है—उसे याद रहता था। उसे बाज़ार में हर दुकान की हर चीज़ मालूम रहती थी। कौन-सी गली कहाँ से मुड़कर सड़क तक जाती है, यह वह बचपन से ही जानता था। उसे कुछ लेने भेजा जाता तो प्याज़, बेसन और तेल के साथ मुफ़्त में हरा धनिया और मिर्च लाना न भूलता।

धीरे-धीरे ताईजी ने अर्को से कोई काम करवाना ही छोड़ दिया। छोटे के इन्तज़ार में बैठी रहतीं। अर्को का क्या भरोसा—गेहूँ पिसाने भेजो तो न जाने क्या उठा लाता है। कभी मात्रा में कम, कभी किसी और की पोटली। इस ज़हमत से अच्छा है कि अर्को को अकेला छोड़ दिया जाए—अपने छोटे कमरे में घुसा बैठा रहे—न कबड्डी खेले, न क्रिकेट—और रहा पतंग उड़ाना तो उसे आज्ञा नहीं थी। ताईजी को डर था कि वह मुँडेर से गिरकर सिर फोड़ लेगा। न जाने क्या होगा इस लड़के का! न कोई दोस्त थे, न संगी-साथी। स्कूल जाता था और लौट आता था—पहले पैदल, फिर जब छोटे ने साइकिल की फ़रमाइश की तो बाबूजी ने अर्को को भी वैसी ही साइकिल लिवा दी।

ताईजी अपने में, धीमे स्वर में बुड़बुड़ाईं, "दो-दो साइकिलों पर पैसे ख़र्च करने की क्या ज़रूरत थी? अर्को ने थोड़े ही फ़रमाइश की थी—वह पैदल जाने में ही सन्तुष्ट था।"

बऊ चुप रहीं और अर्को ख़ुश हुआ या नहीं, यह किसी को पता नहीं चला—हाँ, छोटे घंटों इधर-उधर घूमता रहा था।

"यह लो," छोटे उसे उसकी क़मीज़ दे रहा है।

"अरे—यह कहाँ मिली?" बऊ ने पूछा, "यह तो धोबी से खो गई थी?"

"पान वाली का बेटा पंकज पहने बैठा था," छोटे ने कहा, " 'कहाँ मिली?' मैंने पूछा, 'मेरे भाई की शर्ट है।' पंकज ने उतारकर दे दी। दुकान के सामने उसे सड़क पर पड़ी मिली थी।"

"गिर गई होगी," धीरे-से बोला अर्को।

"भैया को तो होश नहीं रहता है।"

अर्कदीप्त चुप है। साइकिल के पीछे बंडल था, गिर गया और उसे पता ही नहीं चला। माँ ने पूछा तो कह दिया था, 'धोबी से खो गई।'

किसी ने नहीं पूछा, 'पाने वाले की दुकान पर क्या कर रहे थे, छोटे? पन्द्रह बरस की उमर से ही सिगरेट पीने लगे...?'

पर उन सीधे-सादे लोगों को मान-गुमान भी नहीं होगा...मगर अर्कदीप्त को मालूम है कि उन पन्द्रह साल के लड़कों का समूह क्यों दुकान के पास मँडराता रहता है। थोड़ी-बहुत ख़रीदारी करता है, मगर आकर्षण है वह हमउम्र शिवकली, नैन मटक्के वाली, भर-भर हाथ चूड़ियाँ, माँग में चटक सिंदूर—अभी गौना नहीं हुआ है, पति के सऊदी से आने का इन्तज़ार है। गद्दर फल की तरह पेड़ से टपकने का इन्तज़ार कर रही है। दूसरे दिन वह दुकान पर रुकता है।

"अरे भइया—आइए, आइए! क्या दूँ?" वह सादर कहती है। तब तक पंकज भी खोखे के पीछे से निकलकर बाहर आता है। दोनों एक-दूसरे को पहचानते हैं।

"रख लो," अर्कदीप्त ने कहा, "पहनना। मुझे छोटी हो गई है।"

बहुत बाद में अर्कदीप्त को पता चला कि चाचाजी विदेश से आने पर हमेशा एक-सी दो चीज़ें क्यों लाते थे—बोगो यानी बाई वन, गेट वन फ्री वाले सेल के तहत। दोनों भाई एक-से कपड़े पहन लेते थे, मगर दोनों कितने अलग थे —अर्कदीप्त एकदम दुबला, लम्बा, गोरा, अन्तर्मुखी और छोटे गदबदा, नाटा, गोलमटोल, मोहल्ले-भर के लड़कों का लीडर!

छोटे कितना सतर्क रहता है! बड़े भाई का गार्जियन बन बैठा है—कोई ठग न ले, कोई नुकसान न पहुँचाए।

अर्कदीप्त भी छोटे भाई को अथाह प्यार करता है, पर जताना उसकी आदत नहीं है। तभी तो वह छत का बड़ा, खुला, हवादार खिड़कियों वाला कमरा छोड़कर रसोईघर के पास वाली कोठरी में चला आया था। कोठरी में खिड़की नहीं होती पर इसमें थी, बाहर की तरफ़, जहाँ से जब हवा का रुख़ इधर होता तो सर्वेंट क्वार्टर में रहने वाले दूध वाले की गाय-भैंसों के गोबर की महक आती। कभी-कभी उसकी बकरियाँ छींकने लगतीं तो अर्कदीप्त के चेहरे पर मुस्कराहट आ जाती। उन भैंसों और बकरियों के नाम भी थे—यह उसे याद नहीं थे—चितकबरी, धौली, कृष्णा। नहीं, कृष्णा तो भैंस का नाम था, बकरी का नहीं।

कितनी शान्त और निर्द्वंद्व ज़िन्दगी थी उसकी—और ऐसे ही चलती रहेगी—समय आने पर छोटे अफ़सर बन जाएगा और वह तब ऊपर वाले कमरे में चला जाएगा। अपनी किताबें, कपड़े उन्हीं पुरानी अलमारियों में फिर से सजा लेगा और ज़िन्दगी जो भी उसके आगे परसेगी, उसे ग्रहण कर लेगा, बिना वाद-विवाद किये—चुपचाप।

ऐ ज़िन्दगी—तूने कितना दिया और साथ-साथ कितना छला!

परिवार पारम्परिक था। बड़े ताऊजी निःसन्तान, सीधे-सादे। उनकी शराफत की

चर्चा दूर-दूर तक थी। ताई को रसोई पसन्द थी—रुकमिन कुँजड़िन से रोज़ तरकारी ख़रीदना, फिर आँगन में चारपाई पर बैठकर मनोयोग से काटना, छीलना, जड़ें तोड़ना। वह कुछ भी नहीं फेंकती थीं। मूली के पत्तों की भुजिया अक्सर बनती रहती थी।

ताऊ बड़े होने के कारण मकान के मुख्य खंड में रहते थे। बड़े-बड़े दो कमरे, आगे जाली लगा बरामदा, कमरों के साथ लगा दालान, फिर आँगन, जिसके दाहिनी ओर बड़ी खुली-सी रसोई थी। वहीं पटले पर बैठकर ताईजी कभी एक, कभी दो अँगीठियों पर मनोयोग और लगन से नाश्ता, खाना बनाया करती थीं।

घर वाले आधे दूध की चाय पीते थे, ख़ूब मीठी। ताईजी बड़े काँसे के गिलासों में चाय बनाती थीं और घर में यह उसकी ड्यूटी थी कि वह सबको चाय दे। सबसे पहले ताऊजी का गिलास, साथ में दो खस्ता मठरियाँ—न कभी एक, न कभी तीन। हमेशा दो। ताऊजी घर के सामने वाले बरामदे में खादी की आधी धोती कमर में पहने और आधी नंगे बदन पर ओढ़े हमेशा अख़बार पढ़ते मिलते थे। कभी गिलास हाथ में लेते, कभी कहते, 'रख दो।' तब वह सावधानी से पास की तिपाई पर गिलास रख देता। तिपाई के पैर समतल नहीं थे, इसलिए गिलास के लुढ़कने का बराबर डर रहता था। पर तिपाई तीन बेतुके पायों पर टिकी रही और न कभी गिलास लुढ़का, न चाय छलकी।

ताईजी रोज़ पूछतीं, "दे आए?"

"हाँ, अख़बार पढ़ रहे थे।"

तब सन्तुष्टि की साँस लेकर वह उसे दूध का गिलास पकड़ा देतीं।

यह गिलास चाय के गिलासों से छोटे थे और काँसे की बजाय कलई के थे। तब तक बऊ और बाबूजी आ जाते थे। ताई के पास पिढ़िया पर बऊ और बाबूजी दालान में कुर्सी पर। बऊ छोटे-छोटे तिकोने पराँठे बेलतीं और ताईजी सेंकती जातीं। जब सब सिंक जाते तो रात की बची हुई तरकारी के साथ बाबूजी को नाश्ता और चाय मिलती। यह काम बऊ का था। सिर पर धोती का पल्ला सँभालती हुई वह उठतीं—बेलन और संगमरमर का चकला अलग सरकाकर वह चाय और पराँठे बाबूजी के लिए ले जातीं और जब तक वह ख़त्म न करते, उनके पास बैठी रहतीं—पति-पत्नी को एक दूसरे से कुछ कहने की ज़रूरत नहीं थी। वह भी मौन बैठा दूध का गिलास हाथ में सावधानी से पकड़े घूँट-घूँट पीता और ख़त्म करने के बाद दूसरा गिलास जो अभी भी गरम होता, छोटे भाई के पास ऊपर पहुँचाता।

यह पुराने ढंग का मकान था। सारे घर एक-दूसरे से सटे हुए, एक छज्जे से दूसरे छज्जे तक आना-जाना आसान था। छतें भी सटी हुई थीं। एक मुँडेर फाँदकर दूसरी छत पर जाना बहुत सहज था।

खुली छत पर एक बरसाती थी। उसके बाद एक बड़ा-सा साफ़-सुथरा कमरा और संलग्न गुसलखाना और पश्चिमी की तरह का टॉयलेट। सबसे छोटे चाचाजी

न जाने क्या जुगाड़ करके विदेश चले गए थे। एक बार लौटकर आए तो अपने को इंजीनियर कहते थे, और सम्भ्रांत परिवार की पढ़ी-लिखी लड़की को ब्याहकर ले गए थे। ऊपर का कमरा और टॉयलेट उन्हीं के लिए बनवाया गया था।

और अब वह छोटे भाई का था। वह सुनता रहता था, कम्पीटिशन की तैयारी शुरू से करनी होती है। जब वह अफ़सर बन जाएगा तो घर में समृद्धि आ जाएगी। ताऊजी दहेज में एक पैसा नहीं लेंगे, मगर गाड़ी और फ़र्नीचर तो आएगा ही, एयरकंडिशनर और रेफ्रिजरेटर—कब तक घड़े-सुराही का पानी पिएँगे? उसने कभी अफ़सर बनने का नहीं सोचा।

छोटे मोहल्ले के लड़कों का लीडर था। पहले गुल्ली-डंडा, फिर सामने वाली सरकारी बगिया में क्रिकेट। क्वार्टरों के आगे खुला मैदान था। वहीं वह सार्वजनिक बाग़ या बगिया थी—कनेर और गंधराज के फूल और घास। घास तो चली नहीं, पीछे धूल-भरा मैदान छोड़कर कब ख़त्म हो गई, यह किसी ने ध्यान भी नहीं दिया। वहाँ दो-तीन पत्थर की बेंच अवश्य थीं। मगर मोहल्ले का कोई सम्भ्रान्त व्यक्ति उन पर बैठा नज़र नहीं आता था। कभी-कभार सड़क से कोई यात्री अन्दर आ जाता और बेंच पर बैठकर बीड़ी पीने लगता। वह पार्क कब लड़कों का क्रिकेट खेलने का मैदान बन गया, यह प्रक्रिया इतने सहज और स्वाभाविक ढंग से हुई कि किसी का ध्यान उस पीली पड़कर लुप्त होती घास पर नहीं गया, न कभी सरकारी माली ही उसको रोपने दुबारा ही आए।

अर्कदीप्त अपने छोटे से कमरे से लड़कों का शोर-गुल, आवाज़ें, पुकार, हँसी सुनता रहता था। वह कभी बाहर निकलकर क्रिकेट के खेल में सम्मिलित नहीं हुआ, न किसी ने उसे बुलाया। कभी-कभार झिंझरी के बाहर खड़ा-खड़ा लड़कों को खेलते देखता रहता।

ताईजी ने कभी कहा नहीं—मगर उनके बुड़बुड़ाने से सब समझ गए कि अर्कदीप्त में प्रचंड प्रतिभा तो दूर, आम दुकानदारी करने तक की तमीज नहीं है। ताई का सारा काम पुरानी रीति से होता था। गेहूँ मँगवाना, बीनना, धुलवाना, सुखाना फिर चक्की पर पिसाने भेजना—अर्कदीप्त कभी भी, चाहने पर भी सही काम नहीं कर पाता—मगर अर्को असल में है क्या? उसकी इच्छाएँ या महत्त्वाकांक्षाएँ हैं भी या नहीं? वह क्या करना चाहता है, क्या बनना चाहता है, इस पर कभी किसी का ध्यान नहीं गया। सब छोटे से इतना अभिभूत रहते थे कि वे कभी बड़े बेटे की असलियत देख ही न सके।

वह स्कूल जाता, बाक़ी समय में चुपचाप अपनी किताबें पढ़ा करता। उसकी छोटी-सी कोठरी थी, उसके बाहर दूधवाले की गाय-भैंसों की आवाज़ें थीं, खिड़की के दरवाज़े पूरी तरह से बन्द नहीं होते थे। उनकी संधों से हमेशा ठंडी हवा आती

रहती थी। एक बड़ी-सी मेज़ थी। एक टेबिल-लैम्प और कुर्सी और पतली-सी खाट—जो ताईजी ने पड़ोसियों से ख़रीदी थी। फ़र्नीचर कोठरी में सजा दिया गया था और वह चुपचाप ऊपर के कमरे में छोटे को अकेला छोड़कर नीचे चला आया था—सौदा-सुलफ और आटा पिसाने से पहले ही छुट्टी हो गई थी, क्योंकि छोटे उसमें कितना कुशल था! अब बस, अकेले बैठो और पढ़ो—चाहे कोर्स की किताबें या लाइब्रेरी से लाई अन्य पुस्तकें—विदेशी साहित्य के अनुवाद, या जासूसी किताबें या कालिदास और भवभूति के नाटकों का हिन्दी रूपान्तर।

जब बुलाया जाता तो जाकर खाने की थाली ले आता, कभी-कभी ताईजी लाड़ से रसोई के आगे जो पतली-सी जगह थी, उसमें दोनों भाइयों के लिए पटले और चौकियाँ लगवा देतीं और दोनों को बारी-बारी से ताजे-ताजे फुलके बनाकर देती रहती थीं।

अर्कदीप्त को छोटे के संग बैठकर खाना अच्छा लगता था, क्योंकि छोटे खाते वक़्त बराबर अपने फैंसी स्कूल की बातें करता रहता था, जहाँ बड़े लोगों के लड़कियाँ-लड़के साथ पढ़ते थे, और प्रशासनिक सेवा के लिए नामी अंग्रेज़ी स्कूल में पढ़ना पहली सीढ़ी थी। बाद में ताऊजी ने उसे भी उसी स्कूल में भर्ती कर दिया था—और वह भी स्कूल की यूनिफॉर्म में उसी बस पर जाने लगा था।

मगर छोटे वैसे ही ताईजी को स्कूल की, वहाँ के लड़के-लड़कियों की, पड़ोसियों की बातें बताता रहता था, जैसे कोई न्यूज चैनल हो! ताईजी बड़े मनोयोग से उसकी बातें सुनतीं और कभी-कभी उसकी रोटियों में विशेष तौर से घी चुपड़ देतीं। अर्को ने मना कर रखा था, उसे चुपड़ी रोटी पसन्द नहीं है, यह कहकर, उसे छोटे का विशेष लाड़-प्यार कभी नहीं खटका। वह बड़ा होकर कम्पीटिशन में बैठेगा, बड़ी जगह ब्याह होगा। सब यह गोल मार्केट का सरकारी क्वार्टर छोड़कर बँगलों में रहेंगे। आगे फूल-पत्ती होगी, बाग़-बग़िया और पीछे सर्वेंट क्वार्टर। वहाँ रहेंगे—माली, ड्राइवर, कुक...।

और अर्को, पढ़ता रहेगा, तो लेक्चरर तो हो ही जाएगा।

"कैसी साधु प्रवृत्ति का है यह मेरा बड़का," कभी-कभी बऊ कहतीं। "बहुत सुन्दर बहू लाऊँगी, बाँधकर रखनेवाली। बच्चों की किलकारियों से घर गूँजेगा। नहीं, यह कहीं घर छोड़कर ही न चला जाए। क्या कहा था उन बंगाली पंडितजी ने, ज़ंजीर से जकड़कर रखना, नहीं तो यह लड़का घर-संसार, गृहस्थी से बँधकर नहीं रहनेवाला।"

"हुँह!" ताईजी ने मुँह बिचका दिया, "कोई हूर की परी तो इसे मिलने से रही। जैसे मिस इंडिया इसी से ब्याह करने को मरी जा रही है!"

बऊ बुरा मान गईं, "क्यों, क्या कमी है? खटाक-खटाक क्लास पर क्लास पास करता जा रहा है। देखने में तो छोटे से अच्छा ही है।"

"मर्द की शक्ल-सूरत कौन देखता है?" ताईजी बोलीं, "आजकल की लड़कियाँ भी हुशियार होती हैं। गाड़ी, बँगला सबको चाहिए।" फिर मुड़कर कहा, "क्या अर्को, कम्पीटिशन में तुम भी बैठोगे?"

वह धीरे-धीरे हँसने लगा, "घर में एक अफ़सर ही काफ़ी होगा ताईजी—मैं तो कहीं पढ़ाना चाहता हूँ।"

"लो, सुन लिया?" ताईजी ने कहा।

बऊ चुप हो गईं। ताईजी से हुज्जत करने की आदत नहीं थी। अर्कदीप्त को वह छोटे से ज़्यादा प्यार करती हैं, यह स्वयं स्वीकार नहीं करना चाहती थीं। उसे देखने से जी नहीं भरता था। वह ननिहाल पर गया था—लम्बा, दुबला, गोरा रंग। आँखों में एक मेधावी दीप्ति—सानुपात चेहरा।

"इसी की जोड़ की बहू लाऊँगी," उन्होंने जैसे अपने-आपसे कहा।

छोटे हँसने लगा, "अभी कर दो न बऊ, बड़के का बाल-विवाह।"

बऊ ने झूठमूठ की आँखें तरेरीं, सब मुस्कराने लगे।

अर्को ने ध्यान दिया, घर-बाहर की ख़बर लाने वाला छोटे उसके बी.ए. के रिज़ल्ट के बारे में चुप है, जबकि अपने हायर सेकेंडरी के रिज़ल्ट को लेकर उसने बहुत हल्ला मचाया था, और ताईजी ने उसे सौ रुपये भी दिये थे।

जैसे बाबूजी ने नींद से जागकर पूछा, "अरे अर्को, तुम्हारा बी.ए. का रिज़ल्ट आया कि नहीं?"

"कब का आ गया।" बऊ ने कहा, "पास हो गया।"

"सिर्फ़ पास हो गया...? किस डिवीज़न में?"

"फर्स्ट में।" अर्कदीप्त ने मन्द स्वर में कहा।

बऊ उसका मुँह देखने लगीं। उसने आकर माँ के पैर छूने का उपक्रम किया था, "माँ, मैं पास हो गया।"

दूसरी ओर, छोटे ने घर सिर पर उठा लिया था। हल्ला मचाता, हँसता हुआ घर में प्रविष्ट हुआ था, "ताईजी, बाबूजी, अर्को भैया, मेरा फर्स्ट डिवीजन आया है।"

"अरे, वाह!" बाबूजी ने कहा।

घर ख़ुशी की लहर में डूब गया। ताईजी ने कितनी नज़र उतारी! दुलारी, रुकमिन कुँजड़िन, धोबी, सिल खोटने वाले, कलई करने वाले, जो भी सामने आकर खड़ा हुआ, रुपये बाँटे। पड़ोस में मिठाई।

"छोटे कुछ साल बाद अफ़सर तो बनेगा ही बनेगा—होनहार बिरवान के..." उन्होंने कहा।

ऐसे ही बीता बचपन। स्कूल में नाम लिख गया। बस्ता लेकर, घर के धुले

कपड़ों में, कभी-कभी बिना इस्तरी की हुई क़मीज़, जाड़ा, गर्मी, बरसात, मामूली-सा जूता, घर का बुना स्वेटर, किताबों का बस्ता।

जब छोटे के स्कूल जाने की बारी आई तो ताईजी अड़ गईं। उनके एक रिश्तेदार दिल्ली के माडर्न स्कूल में पढ़ाते थे, उनकी कृपा से अमृतांशु का नाम वहाँ लिख गया।

"अर्को भी वहीं जाता तो दोनों भाई साथ-साथ रिक्शे पर चले जाते, सुभीता रहता," बऊ ने धीमे-से कहा।

"हुँह! दो-दो बच्चे वहाँ पढ़ाना..." ताईजी ने कहा।

पर ताऊजी एक दिन जाकर अर्को का नाम भी उसी स्कूल में लिखा आए। अब दोनों साथ-साथ जाने लगे—फैंसी स्कूल में, फैंसी बच्चों के साथ। ताईजी फीस और ख़र्चे के बारे में भुनभुनाईं तो पति की एक सीधी-सतर दृष्टि ने उन्हें मौन कर दिया।

दोनों अपनी-अपनी क्लास में फर्स्ट आए। अमृतांशु हल्ला-गुल्ला करता रहा। उसे कॉलेज जाने के लिए यह चाहिए, वह चाहिए। अर्को चुप रहा। मुस्कराता रहा। नये-नये खुले 'लाल बहादुर शास्त्री' कॉलेज में जाता रहा, पढ़ता रहा—अपनी उसी छोटी-सी कमरेनुमा कोठरी में और सुनता रहा, अन्दर दालान और बरामदे में स्त्रियों की बातचीत। घरेलू कामकाज से उत्पन्न शोर। रज्जो बर्तन माँजते समय हमेशा गाती रहती थी, कैसे-कैसे गाने, जो ताऊजी के पुराने ग्रामोफ़ोन के रिकार्डों पर होते थे। न जाने कहाँ से सीखे थे उसने ये गाने। अर्को ने कभी किसी को वह गीत गाते नहीं सुना था। दूसरी स्त्रियाँ अवसरों पर गाती-नाचती थीं, 'इन्हीं लोगों ने...इन्हीं लोगों ने...'

ताईजी की बचपन से ही अवधारणा थी कि चाहे उन शास्त्री जी ने कुछ भी भविष्यवाणी की हो, अर्को असल में है मन्दबुद्धि, सिड़बिल्ला—किसी बात का ढंग नहीं। कुछ करने भेजो, कुछ और करके आता है। वह बार-बार यही दोहराती थीं, जैसे इससे उबर नहीं पाई हों!

माँ, जिन्हें दोनों बेटे ताईजी से सुनते-सुनते बऊ कहने लगे थे—न अम्मा, न माता जी, न मम्मी—सीधा-सादा बऊ। अठारह साल की अवमानना, परिवार की स्त्रियों की सहानुभूति के रूप में छिपी व्यंग्य की कटारें—कितने मन्दिर, कितने तीर्थ, कितने नदी-स्नान, व्रत-त्योहार, पूजा-पाठ, दत्तात्रेय के चित्र के आगे सतत नमन, हनुमान जी की मानता, छुपकर पीरों के दरबारों में हाजिरी—और एकदम अप्रत्याशित गोद में आ पड़ा था—अर्कदीप्त। कितना सुन्दर बच्चा! वह भी बेटा। और फिर धड़ से आया छोटे उर्फ़ अमृतांशु। बऊ की अर्कदीप्त को लेकर क्या इच्छाएँ, क्या आशाएँ थीं, वह उनके हृदय की परतों में छुपी रहीं—क्योंकि अमृतांशु था मेधावी, चुलबुला, व्यावहारिक—उसे तो प्रशासनिक सर्विस में जाना ही था। ताईजी के सारे सपने उसी पर टँगे थे। भारी-भरकम दहेज लानेवाली उसकी वधू होगी, बँगला होगा, नौकर-चाकर, चपरासी, पचासों लोग उसे सलाम करने खड़े रहेंगे।

मगर ताईजी न चाहते हुए भी एक बात स्वीकार करती थीं—भले ही उच्चरित न करें, पढ़ने-लिखने में अर्को हमेशा आगे रहता था। चुप रहता था, पर न जाने कैसे खोपड़े के अन्दर की मशीन चलती रहती थी। दयावान, मितभाषी।

ताईजी लम्बी साँस लेतीं। छोटे को देखतीं तो जैसे शरीर में रक्त की मात्रा अपने-आप बढ़ जाती।

"अरे अर्को," ताईजी थाली में कटोरियाँ रखते हुए बोलीं, "आज वह मिली थीं—तुम्हारे क्लास में विनयशील है न, उसकी माँ—विनयशील भी था। उतरा हुआ मुँह, तो मैंने पूछा, 'विनयशील उदास लग रहा है।' उसकी अम्मा बोली, 'उदास क्यों न हो, मेरिट लिस्ट में दूसरा नम्बर आया है। पहला तो वह ले गया, तुम्हारा अर्कदीप्त।'"

अब सब उसकी ओर देखने लगे।

शरमाता हुआ अर्कदीप्त बोला, "हाँ।"

"यानी तुमने यूनिवर्सिटी में टॉप किया और बताया भी नहीं?"

"छोटे को पता था। अख़बार में भी मेरिट लिस्ट छपी थी। मैंने सोचा कि आपने पढ़ी होगी।"

"तब तो तुम्हें गोल्ड मेडल मिलेगा—सोने वाला?"

"सोने का?" ताईजी उसका मुँह देख रही थीं।

"हाँ, डेढ़ तोले का, निखालिस। अंग्रेजों के ज़माने से टॉप करने वाले को मिलता है," बाबूजी बोले।

"तब तो मैं सोने की चेन बनवा लूँगी—कब से टूटी पड़ी है।"

छोटे हँसा, फिर बोला, "भैया का मेडल रहने दो ताईजी। मैं कम्पीटिशन में आकर तुम्हें चेन बनवाकर दूँगा, पहली तनखा से। उसमें मीने के काम का पेंडेंट।"

'छोटे को यह सब बातें कैसे पता रहती हैं?' अर्कदीप्त सोच उठा।

रात को वह बऊ के पास की चारपाई पर जाकर लेट गया और वह चुपचाप उसे थपकती रहीं। जब बाबूजी कमरे में आए तब वह उठकर अपनी कोठरी में आ गया। खिड़की बन्द करते हुए देखा—गाय और भैंस बाहर चुपचाप बैठी थीं।

उसने कहा, "तुम्हें पता है, मैं फर्स्ट क्लास आया हूँ?"

पर शायद वे दोनों सो गई थीं।

उसे यह उच्चारण तो करना ही था—भले ही शामा और गौरी से।

फिर एक रात, पूरी रात भैंस जैसे आर्तनाद करती रही थी। अर्कदीप्त ने सुबह दूध देने आए भैंस के मालिक से पूछा, "तुम्हारी भैंस सारी रात..." वह रुका, "गाय-भैंसों के शब्द करने को क्या कहते हैं—रम्भाती रही? डकराती रही?"

"उसकी पड़िया मर गई अर्को बाबू," दूध वाले ने उदास होकर कहा।

"मर गई! कैसे?"

पर दूधवाला अपना डिब्बा उठाकर चल दिया।

अर्कदीप्त सुनता रहा भैंस का आर्तनाद, कई रातों तक। फिर वह चुप हो गई।

स्कूल जाते हुए उसने भैंस को देखा। चुप खड़ी थी। उसका मन हुआ कि वह जाकर उसकी पीठ पर हाथ रख दे, पर दूध वाली सामने ही खटोले पर बैठी थी।

वह स्कूल चला गया। लोग सुनेंगे तो उस पर हँसेंगे।

पड़ोस की भैंस की पड़िया मर गई और वह भी उसके साथ दुख मना रहा है। सचमुच मन्दबुद्धि है यह लड़का।

फिर भी वह बऊ से कह उठा, "भैंस की पड़िया दो दिन बाद मर गई। रात-रात-भर भैंस रोती रहती है।"

बऊ हँसीं नहीं। उसे भर आँख देखा और चुप रह गईं।

वह जर्मनी आया था ग्रीष्म के अन्त में—जब नया सत्र प्रारम्भ हो रहा था। म्यूनिख यूनिवर्सिटी के जिस छात्रावास में विदेशी विद्यार्थियों के रहने की व्यवस्था थी, वहीं। उसे विश्वास नहीं होता था कि उसे पी-एच.डी. करने के लिए आर्थिक सहायता मिल गई है। उसके पास तीन साल थे—थीसिस लिखने के लिए। साथ में जर्मन भाषा की कक्षाएँ भी लेने लगा था। यद्यपि दिल्ली में तीन महीने सांध्यकालीन कक्षाओं में पढ़ी थी—कितना अलग-थलग था यह सारा परिवेश! छात्रावास और लाइब्रेरी में कितना सन्नाटा रहता था, न कोई उच्च स्वर में वार्तालाप करता, ना ज़ोर से हँसता, सब कुछ संयत और अपने में सम्पृक्त। उसे परिवार की बहुत याद आती पर धीरे-धीरे पढ़ने-लिखने की व्यस्तता में कम होती गई। उसे छात्रावास का खाना भी नहीं रुचता। जब थोड़ी दूर जाकर उसने एक चौक में फूड मार्केट देखा और वहाँ एक भारतीय भोजन की ट्रक तो उसे बड़ी ख़ुशी हुई।

यह बाज़ार शाम को ही लगता था और दस बजे तक ख़त्म हो जाता था। उस ट्रक में दो ही तरह का भोजन मिलता था—राजमा चावल या चिकेन बिरयानी। मालिक बांग्लादेशी–रहमानुल्ला और उनकी बीवी नीलोफ़र—दोनों देग घर से ही बनाकर लाते थे और ट्रक में उसे गरम रखते थे। अक्सर उसे लाइब्रेरी में पढ़ते-पढ़ते छात्रावास के खाने का समय निकल जाने का आभास होता तो वह कुछ दूर जाकर रहमानुल्ला की ट्रक से कुछ ले लेता। कभी दस बज जाते तो वह सामान समेटते नज़र आते, तब वह बचा-खुचा खाना, जो अक्सर मात्रा में प्लेट से अधिक ही होता, उसे परस देते थे।

एक दिन वह साढ़े दस बजे भागता हुआ पहुँचा तो वह सब बटोरकर ट्रक बन्द कर चुके थे। उन्होंने वहाँ खड़े एक दूसरे लड़के को प्लेट पकड़ाई और अर्कदीप्त से कहा, "बाबू, आज सब समाप्त।"

अर्कदीप्त उदास हो आया, "अब मैं कहाँ जाऊँ? डाइनिंग हॉल तो बन्द हो गया होगा।"

दूसरा लड़का, जो प्लेट पकड़े हुए था और जिसने अभी खाना शुरू नहीं किया था, बोला, "आओ भाई, हम शेयर किये लेते हैं।"

"नहीं, नहीं, आप खाएँ।"

"काफ़ी है, हम दोनों को हो जाएगा," कहते हुए उसने उसके सामने प्लेट बढ़ा दी।

नीलोफ़र ने तत्परता से उसे प्लास्टिक का काँटा पकड़ा दिया, और ट्रक के अन्दर लोप हो गई। ट्रक स्टार्ट हुई और वे दोनों खड़े रह गए।

परिचय हुआ, "मैं शिशिर राय चौधुरी..."

"मैं अर्कदीप्त रॉय," शिशिर की आँखों में प्रश्नचिन्ह देखकर वह हल्का-सा हँसा, "बंगाली पंडित ने नाम रखा था।"

"प्रकांड पंडित रहे होंगे," शिशिर ने कहा, और दोनों हँसने लगे।

वहीं से हुआ इस मैत्री का सूत्रपात—एक अन्य भारतीय से मिलना उसे अच्छा लगा। शिशिर के पिता का जर्मनी में बिजनेस था और वह अपने ही पैसों से पढ़ रहा था। उसका इरादा बाद में अमेरिका जाने का था और अर्कदीप्त तीन साल में पी-एच.डी. समाप्त करके भारत वापस।

शिशिर कभी-कभी अपनी क्लास के बाद लाइब्रेरी आ जाता और तब अर्कदीप्त भी किताबों से छुट्टी लेकर उसके साथ लाउंज में चला जाता, जहाँ हर वक़्त गरम कॉफ़ी तैयार रहती थी और शोधार्थियों के लिए मुफ़्त होती थी।

शिशिर बियर लेता था तो उसके लिए भी। अर्कदीप्त को जर्मन बियर अच्छी लगने लगी थी; जैसे वहाँ के सॉसेज़ और सैंडविच खाने की भी आदत पड़ गई थी।

एक दिन शिशिर छात्रावास में आ गया। उस दिन रविवार था और अर्को अपने पलंग पर लेटा कोई पुस्तक पढ़ रहा था।

"क्या पढ़ रहे हो?"

"कीर्केगार्द की 'विकल्प : यह या वह'।" उसने किताब बन्द कर दी और उठकर बैठ गया।

"चलो, आज तुम्हें बाहर घुमाने ले चलता हूँ," शिशिर ने कहा। "आज मेरे पास गाड़ी है। खाना भी बाहर ही खाएँगे।"

अर्कदीप्त सोच में पड़ गया : बाहर खाना महँगा होगा। विदेशी छात्रवृत्ति वैसे ही पर्याप्त नहीं होती। सब कुछ देकर हाथ तंग ही रहता है। वैसे छात्रावस्था में पैसे

की तंगी तो हरेक को रहती है। शिशिर की बात दूसरी है। पिता का बिजनेस है। भारत और जर्मनी के बीच आते-जाते रहते हैं।

"उठो, तैयार हो जाओ," शिशिर ने घड़ी देखी, "पहले खाएँगे, फिर कहीं घूमेंगे। तुमने अभी तक कुछ भी नहीं देखा है।"

"कहाँ चल रहे हो? रेस्तराँ तो बहुत महँगा होगा," अर्कदीप्त ने कहा।

शिशिर को उसकी आर्थिक स्थिति का पता है। यूनिवर्सिटी से बस वाजिब ही छात्रवृत्ति मिलती है, गुज़ारे भर के लिए। ऐश-आराम सम्भव नहीं।

"उसकी तुम फ़िक्र न करो। आज अच्छा खाने को मन हो रहा है, रहमानुल्ला की बिरयानी नहीं।"

"गाड़ी बड़ी फैंसी है," अर्कदीप्त ने कहा।

शिशिर मुस्करा दिया। कुछ बोला नहीं। उसने गाड़ी पार्क करके कहा, "आओ!"

रेस्तराँ के बाहर एक पठानी पोशाक में दरबान खड़ा था। सर पर कुल्ला, कच्ची-पक्की दाढ़ी। आदर से दरवाज़ा खोला। वे अन्दर गए।

रेस्तराँ भरा हुआ था। मिश्रित भाषाओं की ध्वनि—और वैसी ही मिश्रित खाने की सुगन्धें। अर्कदीप्त विभ्रमित-सा खड़ा रह गया। जाना कि भूख लग रही है।

हेड वेटर शिशिर को देखकर मुस्कराता है। उन्हें टेबल के पास ले जाकर कुर्सी घसीटकर बैठने का इशारा करता है। तुरन्त ही दूसरा वेटर आकर खड़ा हो जाता है।

"हम बूफे लेंगे," शिशिर ने कहा, "और दो बियर।" फिर उठते हुए अर्कदीप्त से कहा, "चलो।"

क़तार की क़तार खाने का सामान लगा हुआ था। ऊपर भोजन का नाम लिखा था—उत्तर, दक्षिण, सब तरह के खाद्य पदार्थ। उसने मखनी दाल, नान और मटर-पनीर प्लेट में डाल लिया।

"बस, इतना ही? अरे आज 'ऑल यू कैन ईट' वाला मामला होता है। चलो, बाद में फिर ले लेना। यह कच्ची बिरयानी यहाँ की फेमस है।"

"पेट तो अपना है न," अर्कदीप्त मुस्करा दिया।

रेस्तराँ दूसरे भारतीय जगहों की अपेक्षा सादा था। दीवार पर ताजमहल या हुक्का पीते नवाबों के चित्र नहीं थे। एक दीवार पर एक खिड़की थी, जिसके अन्दर से दो लड़कियाँ झाँक रही थीं। मगर थी वह कलाकृति—असली लगी, पर थी नहीं। और एक कोने में एक साड़ी पहने, हाथ जोड़कर नमस्कार करती प्रतिमा। उसके ऊपर 'एयर इंडिया' लिखा हुआ था, और नीचे 'नमस्ते इंडिया'।

वह कई बार उठकर खाने की ट्रे तक गया। आस-पास के लोग बार-बार जा रहे थे। किसी को कोई हिचक या शर्म नहीं लग रही थी। हर बार नई प्लेट उठाते और ऊपर तक भरकर ले आते। तब तक वेटर जूठी प्लेट हटा चुका होता था।

भोजन स्वादिष्ट था। कितने दिन हो गए थे यह सब खाए हुए और ऐसा खाना

कब मिलता था! घर में रेस्तराँ या होटल में खाने का रिवाज नहीं था। वही ताईजी का बना या घर का खाना। किसी त्योहार पर पूरी-कचौड़ी, दही-बड़े, सोंठ और चटनी।

आज सामने जाने क्या-क्या था! कई नाम तो पहली बार सुन रहा था। कितना स्वादिष्ट लग रहा था!

वह अन्दर से आई—नीली साड़ी में एक स्त्री। रुककर दो-एक टेबुलों पर बात की। परिचित रहे होंगे। फिर आकर उनकी मेज़ के पास रुक गई।

"शिशिर!" उसने कहा। लगा कि वह मुस्करा रही है। यह तो उसे बहुत बाद में पता चलेगा कि उसके होंठों की बनत ही ऐसी थी कि लगता था कि मुस्करा रही है।

"प्रणाम। आओ, बैठो," शिशिर ने कहा।

उसने कुर्सी खींची और ठीक अर्कदीप्त के सामने बैठ गई। भर नज़र उसे देखने लगी। जब आँखें मिलीं तो अर्कदीप्त शरमा गया। आँखें नीची कर लीं। हाथ रुक गए।

"यह है अर्कदीप्त रॉय," शिशिर ने कहा, "मेरा मित्र। फ़िलॉसफ़ी में पी-एच.डी. कर रहा है।"

"कब से हैं यहाँ?" उसने मन्द स्वर में पूछा।

"साल-सवा साल से।"

"यहाँ पहली बार आ रहे हैं?"

वह चुप रहा।

साँवला रंग कितना आकर्षक हो सकता है, वह जैसे पहली बार देख रहा था। कानों में बड़े-बड़े बाले उसके चेहरे पर कितना फब रहे थे! आँखें चमकीली और गहरी काली—आर्द्र। पूरे व्यक्तित्व में एक ठहराव, जैसे गहरे जल की शान्त नदी! जैसे शहर की भीड़-भाड़, फूलमालाओं, जलते-बुझते दीयों को छोड़ गंगा हो जाती है—शान्त, गहरी, मंथर!

"अर्कदीप्त," वह कह रही थी, "यानी सूरज की तरह दीप्तिमान। यही न?" वह उसे सीधे देख रही थी, स्थिर दृष्टि से।

"जी," उसने धीरे-से कहा।

उसे आश्चर्य हुआ, अधिकतर लोगों को अपने नाम का अर्थ बताना पड़ता था।

"अच्छा, इंजॉय योर लंच," उठते हुए उसने कहा।

उसकी साड़ी गहरी नीली, चौड़ा बैंगनी पाड़, नीचा पल्ला, उसकी ब्लाउज के नीचे गले से जैसे उसका शरीर दहक रहा था। त्वचा एकदम चिकनी और कोमल।

उसके जाने के बाद भी जैसे आस-पास उसकी सुगन्ध मँडराती रही।

"सौदामिनी," उसके जाने के बाद शिशिर ने कहा, "मालकिन है और शेफ़ भी। चलो, खाओ, खाना ठंडा हो रहा है।"

जब वे भुगतान करने के लिए काउंटर पर आए तो कैशियर ने कहा, "वह मना कर गई हैं। पैसे नहीं लगेंगे।"

शिशिर ने कुछ नहीं कहा।

"उन्हें धन्यवाद कहना," उसने अपने को कहते हुए पाया, "अर्कदीप्त रॉय की ओर से।" न जाने उसमें इतनी हिम्मत कैसे आ गई थी!

शिशिर की भँवें ऊपर उठ गईं—आश्चर्य से।

वे दोनों बाहर आने लगे। उसने मुड़कर एक बार फिर किचेन के दरवाज़े की ओर देखा। मन में हुआ—एक बार फिर दीख जाए—नीली साड़ी का बैंगनी पाड़ और लहराता हुआ पल्ला।

शिशिर गाड़ी लेने चला गया। वह वहीं खड़े होकर प्रतीक्षा करता रहा। उसकी नज़र खिड़की पर लगे नोटिस पर पड़ी, 'हेल्प वांटेड...'

उसने नीचे लिखा नम्बर याद कर लिया।

हांस और विन्स—उनका विवाह हो चुका है। हांस विन्स को अपना पार्टनर-पति कहता है। लम्बा-चौड़ा, कद्दावर आदमी। जितना विशाल उसका डील-डौल है, उतनी ही कोमल उसकी वाणी, और अर्कदीप्त के प्रति उसका व्यवहार। अर्को को छोटे की याद आ जाती है। छोटा होने पर भी उसकी ढाल बना रहता था।

अर्को पहले छात्रावास में रहा था—डाइनिंग रूम की चहल-पहल, लड़के-लड़कियों का शोर और मद्धिम पाश्चात्य संगीत, उसकी घर और परिवार की हुड़क को थोड़ा कम कर देता था। वह जर्मन भाषा की क्लासें ले रहा था। यह जानकर मेज़ पर साथ बैठने वाले लड़के-लड़कियाँ अपना वार्तालाप स्थगित करके उससे सरल भाषा में बात करते थे। उच्चारण और व्याकरण दयालु भाव से सँभाल देते थे। पर अर्को को लगता कि उसका सारा पैसा छात्रावास के कमरे और खाने में ही ख़र्च हो जाता है। कुछ बचता ही नहीं। जब भी घर की याद आती, नाश्ते में ताईजी के हाथ की खसखसी मठरियाँ या बेसन के लड्डू याद आते, उसका मन रोने को करने लगता। पर वह परिश्रमी था और लगन से अपना काम करने का प्रयत्न करता रहता। कुछ समय बाद उसकी भेंट लाइब्रेरी में विन्स से हुई थी। विन्स लाइब्रेरी के आगे लगे नोटिस बोर्ड पर एक पर्चा लगा रहा था: 'रूममेट चाहिए।' विन्स का रिसर्च का कमरा उसके पास ही था और शेल्फ़ से किताब निकालकर अपने रिसर्च के कमरे में जाते हुए अक्सर गलियारे में उससे भेंट हो जाती थी।

अर्को ने रुककर कमरे के बारे में पूछा, "मैंने और मेरे पार्टनर ने अभी तीन कमरों का फ़्लैट किराये पर लिया है। हमें तीसरे रूममेट की ज़रूरत है। चाहते हैं कि शान्त स्वभाव का हो, और हमारी जीवन-पद्धति स्वीकार कर ले।"

तभी हांस आ गया। लम्बा, दुबला, शर्मीला-सा।

"मेरा सह-वासी, मेरा पार्टनर," विन्स ने परिचय कराया।

अर्कदीप्त ने अपना विस्मय चतुराई से छिपा लिया।

"तुम तो छात्रावास में रहते हो न?" विन्स ने कहा, "क्या तुम कमरा देखना चाहोगे?"

उसका इरादा शिफ़्ट करने का नहीं था, पर उसे वह कमरा पसन्द आया। फ़्लैट में घुसते ही बाईं तरफ़, सबसे बड़ा कमरा। दो लम्बी-लम्बी खिड़कियाँ, जिनके पीछे धुँधलाया, सलेटी रंग का आसमान दूर तक फैला हुआ था। संलग्न बाथरूम। कमरे का दरवाज़ा बन्द कर लो तो पूरी प्राइवेसी—फ़्लैट के आसपास सन्नाटा था। सामने की बैठक और छोटा-सा, अपने में सम्पृक्त किचेन।

किराया भी कम था। अर्को राज़ी हो गया।

"हम मिलकर साथ खाते हैं," विन्स ने कहा। वह व्यवहार-कुशल और दुनियादार लग रहा था, "मिलकर बनाएँगे—तुम्हें खाना बनाना आता है? मुझे भारतीय भोजन बहुत पसन्द है। नहीं आता, कोई बात नहीं। तुम बर्तन धो दिया करना और किचेन की सफ़ाई। बाक़ी घर हम मिल-जुलकर साफ़ कर लिया करेंगे। घर में खाना बनाना छात्रावास से कम में हो जाता है—और अपने मन का भी।"

बिस्तर, चादर, कम्बल—सब हांस ने जुटा दिये। पढ़ाई समाप्त करके वह नौकरी कर रहा था। विन्स अर्कदीप्त की तरह ही पी-एच.डी. कर रहा था। मगर जर्मन साहित्य पर। उससे एक-डेढ़ साल आगे था। हांस के पास गाड़ी थी, पर अर्कदीप्त विन्स की तरह ही बस लेकर यूनिवर्सिटी लाइब्रेरी चला जाता। खाना अधिकतर विन्स ही बनाता, जिसकी आदत अर्को को पड़ने लगी थी। उसे क्रमवार बर्तन धोना विन्स ने सिखाया था। पहले काँटे, चम्मच, फिर काँच के गिलास, फिर प्लेट और बाद में भगोने, पतीले, फ्राइंग पैन। बर्तन धोने से पहले ही अर्को अपनी अँगूठी उतार देता था जो किसी ज्योतिषी की सलाह पर माँ ने उसे पहनाई थी। बाबूजी को विवाह के अवसर पर मिली थी। अब परिवार को ऐसा नग और सोना जुटाना सम्भव कहाँ था?

अपने छोटे से रिसर्च कक्ष में बैठे-बैठे सोच उठा : वह किस कपड़े की साड़ी थी—न सिल्क, न सूती? बस, गुलायम-सा, सधा हुआ कन्धे पर पल्ला। जब उठकर चलने लगी तो उसने देखा कि पल्ला कितना लम्बा था। घुटनों तक, और सबसे अचरज की बात थी कि पल्ला पीला था पर उसमें, सुनहरे तारों के बीच, बाँसुरी बजाते कृष्ण जी का चित्र अंकित था। उसके आस-पास का ठीक से दीखा नहीं, क्योंकि उसके उठकर चलने से पल्ला हिलने लगा था। उसने यह भी पाया कि शिशिर की दृष्टि उसके एकटक देखने से कौतुकपूर्ण हो गई है।

वह अपने कोने में बैठा-बैठा अचानक अपने पर खीज उठा : यह पढ़ने-लिखने

का समय है, न कि फालतू बातें सोचने का। महीने के अन्त तक इतने पैसे बच गए थे कि कम-से-कम एक व्यक्ति सप्ताहान्त का बूफे खा सके।

लेकिन तभी यह ख़याल आया कि यह पढ़ने-लिखने का समय है, न कि पुलाव, बिरयानी का स्वाद लेने का। फालतू बातें सोचना बन्द करो अर्कदीप्त—उसने अपने को बरज दिया।

चारों ओर सन्नाटा था। अलमारियों में किताबों की क़तारें चुपचाप उसे देख रही हैं। कितना ज्ञान भरा है इनमें, और जैसे प्रतीक्षा कर रहा है अर्कदीप्त, जो घर-बार, देश-प्रदेश से दूर, कच्चा-पक्का, उलटा-सीधा खाकर, एक-एक पैसे को गिनता हुआ दिन काट रहा है। इसीलिए तो पढ़ेगा, थीसिस लिखेगा और हाथ में पी-एच.डी. लेकर लौट जाएगा जहाँ बऊ और ताईजी, बाबूजी और अब पक्षाघात से पीड़ित शैया पर पड़े ताऊजी उसकी अनवरत प्रतीक्षा कर रहे हैं। उसके जीवन में किसी स्त्री के लिए जगह नहीं है। जाने दो, उसने सिर हिलाया, पर जैसे छबि अटकी रही। ठहरी हुई दृष्टि, कानों में हल्के-हल्के हिलते बाले, उठकर जाते हुए शरीर में ऐसा लोच, जैसे कि कमल के पत्ते पर फिसलती हुई ओस की बूँदें!

बचपन से सुनता आया था कि छोटे तो बनेगा अफ़सर, पर अर्कदीप्त के बारे में किसी ने कभी कोई आकांक्षा व्यक्त नहीं की। शायद उसका शान्त और मौन स्वभाव चतुर-चालाकी की नौकरी के अनुरूप नहीं था। अफ़सर वह बनना नहीं चाहता था, उसे लेकर किसी को कोई महत्त्वाकांक्षा नहीं थी। पढ़-लिखकर किसी कॉलेज में लेक्चरर तो हो ही जाएगा। सीमित आकांक्षाएँ थीं और सीमित अपेक्षाएँ। वह अपनी नियति स्वीकार करके उसी संकुचित पगडंडी पर चलता आया था। बी.ए., एम.ए. और पी-एच.डी. करे पर किस विषय पर, इसी असमंजस में था कि उसकी भेंट डॉ. हाइनर से हो गई। उस दिसम्बर में विश्व फ़िलॉसफ़ी कॉन्फ्रेंस भारत में हो रही थी। उसने विश्वविद्यालय में पी-एच.डी. में नाम लिखा लिया था। अभी पाश्चात्य फ़िलॉसफ़ी पर प्रारम्भिक पढ़ाई कर रहा था। थीसिस का विषय नहीं नियत हुआ था। फ़िलॉसफ़ी कॉन्फ्रेंस में जाने का और मैसूर तक का अनुदान मिल गया था। डॉक्टर हाइनर कीर्केगार्द विशेषज्ञ थीं और उनके पेपर पढ़ने के बाद श्रोता चुप रहे थे।

"कोई प्रश्न?" संयोजक ने पूछा, तो अर्कदीप्त ने हाथ उठा दिया। बाद में डॉ. हाइनर स्वयं चलकर उसके पास आई थीं, जहाँ वह अकेला बैठा चाय के साथ बिस्कुट कुतर रहा था। उन्होंने पास बैठकर उससे साधारण-सी बातचीत की थी। पढ़ाई के बारे में, रिसर्च के बारे में प्रश्न पूछे थे। उसे अच्छा लगा था। उनके ज्ञान से प्रभावित हुआ था। आस-पास घूमते हुए, कावेरी का बाँध, पर्वत के ऊपर चामुंडा देवी मन्दिर, जगमगाते हुए गार्डेन के वृक्ष, राजमहल। वह उनके साथ रहा था। उनकी सुविधा के खाने-पीने का ख़याल रखता हुआ। उनसे बातें करना अच्छा लगता था।

चलने से पहले डॉ. हाइनर ने हल्के-से सुझाव दिया कि यदि वह आगे पी-एच.डी. करना चाहे तो वह उसकी सहायता कर सकती हैं। वह डेनमार्क से जर्मनी चली गई हैं। पर यदि वह कीर्केगार्द पर थीसिस लिखना चाहे तो छात्रवृत्ति दिलाने में उसकी मदद करेंगी। उसे जर्मनी आना पड़ेगा, पर रिसर्च के लिए पड़ोसी डेनमार्क आ-जा सकता है।

"तुममें प्रतिभा है अर्कदीप्त," उन्होंने अपने संयत, मन्द स्वर में कहा, "उसे प्रस्फुटित होने का अवसर दो।"

उसने डेनिश फ़िलॉसफ़र सोरेन कीर्केगार्द का नाम सुना था। थोड़ा-बहुत पढ़ा भी था। जब कोई विषय लेना ही है तो यही क्यों नहीं, उसने सोचा।

बाद में उसने विश्वविद्यालय जाकर कीर्केगार्द पर पुस्तकें पढ़ना शुरू कर दिया। उसे जर्मन और शायद डेनिश भी सीखनी पड़ेगी। यद्यपि अब सब पुस्तकें अंग्रेज़ी में उपलब्ध थीं, भले ही भारत में नहीं।

उसने बहुत गम्भीरता से लाइब्रेरी से लेकर पाश्चात्य फ़िलॉसफ़ी पर अध्ययन करना प्रारम्भ कर दिया। ज्ञान तो ज्ञान, कहीं भी अर्जित हो सके।

जब उसे छात्रवृत्ति मिलने की सूचना मिली तो सब कितना चकित हो गए थे! लोग पढ़ने जाते थे इंग्लैंड और अमेरिका, अगर जर्मनी गए तो इंजीनियरिंग करने, या साइंस पढ़ने। मगर वह जा रहा था फ़िलॉसफ़ी में पी-एच.डी. करने। पास से एक पैसा भी ख़र्च नहीं होगा। ताऊजी, जो तब स्वस्थ थे, बहुत प्रसन्न हुए और उसे बहुत प्रोत्साहित किया। उनके आगे घर की स्त्रियाँ चुप रहीं।

"अपना ख़याल रखना," बऊ की आँखों से झरझर आँसू गिर रहे थे।

ताईजी ने खँखारकर गला साफ़ किया, "मन लगाकर पढ़ना-लिखना। और देखो, सामान सहेजकर रखना। पासपोर्ट और पैसे सब अन्दर की जेब में। ऐसा न हो कि..."

वह मुस्करा दिया, "सही है ताईजी। मगर मैं गेहूँ पिसाने थोड़े ही जा रहा हूँ।"

"तुम्हारा क्या भरोसा," ताईजी बुदबुदाईं, पर उसने सुन लिया था।

ताईजी को भाग्य, नक्षत्रों और भविष्यवक्ताओं पर बहुत विश्वास था। बाहर वाली चप्पलें पहनीं और देवरानी से कहा, "धोती बदल लो, चलो।"

"कहाँ?"

"अरे पंडितजी के पास। बिना पूछे-ताछे परदेस भेज दें? न जाने क्या-क्या वहाँ देखना पड़ेगा। भक्ष्य-अभक्ष्य, गोरी मेमें, नहीं बाबा, बिना जनमपत्री दिखाए नहीं जाने देंगे।"

पंडितजी ने जब कहा कि 'जाने दें, बच्चे का भाग्योदय हो रहा है। सुख, यश, धन सब मिलेगा,' तब ताईजी के चेहरे पर आश्वस्ति आई।

'पंडितजी' को पहले ही प्रसन्न कर दिया गया था। अपने-आप बाज़ार से धोती-कुर्ता और दक्षिणा देकर।' अर्कदीप्त ने सोचा।

"यह क्यों?" उन्होंने पूछा था।

"मैं विदेश जा रहा हूँ। माँ ने भेजा है।"

पंडितजी ने बहुत आशीर्वाद दिये और भगवान के चरणों से उठाकर एक फूल और प्रसाद में से कुछ बताशे निकालकर उसे पकड़ा दिये। वह विश्वास करता भी है क्या? परन्तु मन्दिर जाने के पीछे एक अभिप्राय और भी था। घर के पास ही छोटा-सा मन्दिर था। पंडितजी वहीं सारे दिन बैठे पाठ करते रहते थे। लोग कम ही आते थे। दिन के अन्त में दो-चार रुपये और कुछ रेजगारी ही उनके पात्र में रहती थी। घर में पंडितानी थी, बच्चे थे। काफ़ी विपन्न थे। ताईजी हर महीने उसी के हाथ सीधा भिजवाती थीं। उन्हीं से सुनता था कि पंडितजी के दोनों बच्चे बार-बार फेल हो जाते हैं। बार-बार फीस न देने से नाम कट जाता है। फिर पढ़ने में मन कैसे लगे?

"अरे अर्को, तुम पढ़ा दिया करो न," ताईजी सरौते से सुपारी कतरते हुए बोलीं।

"पढ़ा दूँगा, मगर स्कूल तो जाएँ," अर्को ने कहा।

मगर न बच्चे आए, न उसे पढ़ाने का अवसर ही मिला। अब जब डॉ. हाइनर का पत्र मिला तो बऊ ने कहा, "लौटते समय मन्दिर में माथा नवा आना।"

धोती-कुर्ता पाकर पंडितजी कितना प्रसन्न हो गए थे, और उन्हीं के भविष्य-वाचन का फल था कि परिवार ने हँसी-ख़ुशी उसे विदा कर दिया था।

सैटल होने और नई जीवन-पद्धति अपनाने में समय लगा था। भारत में जो छात्रवृत्ति इतनी अधिक लगी थी, वही जर्मनी में पर्याप्त नहीं। पहनने के गरम कपड़े, किताबें, छात्रावास का किराया। उसे बराबर सोचना पड़ता था। कम्प्यूटर उसे विभाग की ओर से मिला था। मगर मोबाइल तो स्वयं लेना पड़ा था। और काफ़ी दिनों तक कतर-ब्यौंत करके उसने अच्छी, आधुनिक साइकिल भी ले ली थी। उसे कुछ घंटे काम करने की छूट थी। लाइब्रेरी में काम की जगहें तुरन्त भर गई थीं और दूसरे काम के लिए जर्मन भाषा ठीक-ठाक आनी चाहिए थी।

यदि भारतीय रेस्तराओं में काम मिल जाए तो थोड़ी सुविधा होगी। शायद बचा-खुचा खाना भी मिल जाया करेगा। मगर काम क्या—यदि बर्तन धोने और साफ़-सफ़ाई करने का काम हुआ तो बाबूजी क्या कहेंगे? उसने विचार पीछे ठेल दिया, पहले पता तो चले कि काम क्या है?

उसने सोच-विचार में बहुत समय लगा दिया। अब तक तो जगह भर गई होगी, उसने सोच लिया। कई महीनों बाद लाइब्रेरी के आगे से बाज़ार के लिए बस ली तो पाया कि बस 'नमस्ते इंडिया' के आगे से निकलती है और खिड़की में वह नोटिस अभी तक लगा हुआ है।

'पूछने में हर्ज क्या है? यहाँ सभी विद्यार्थी काम करते हैं।...बाबूजी को बताने

की ज़रूरत ही क्या है?' उसने सोचकर एक दिन फ़ोन किया।

फ़ोन किसी लड़की ने उठाया, "आप मैडम से बात कर लें।"

उधर से आवाज़ आई, जैसे मध्यम गति पर वाद्य की झंकार, "ओह, सूरज, हाँ-हाँ, बहुत अच्छी तरह याद है। शिशिर के मित्र, तुम तो ग़ायब ही हो गए। अच्छा, सुनो, अभी तो मैं बिज़ी हूँ। ऐसा करो, शाम को आ जाना। साढ़े आठ तक। खाना भी यहीं खाना। क्या पसन्द है?"

वह शर्म से हकलाने लगा, "हाँ, कुछ भी... सॉरी, आपको डिस्टर्ब किया।"

"नहीं, ऐसा कुछ भी नहीं, तो फिर शाम को..."

शायद आदत होगी—आधी बात अनकही छोड़ देना। वह लाइब्रेरी से जल्दी निकल आया। शाम को उसने कपड़ों की अलमारी खोली। गिनी-चुनी क़मीज़ें थीं। दो-तीन स्वेटर। उसने छोटे की एक शर्ट निकाल ली। वह मैरुन रंग की थी और उसे पसन्द आई थी तो छोटे उसके लिए छोड़ गया था। छोटे पहली ही ट्राई में भारतीय प्रशासनिक सेवा में चला गया था। ट्रेनिंग के दौरान जब आता था तो उसकी ठसक पर परिवार निहाल हो जाता। कपड़े-लत्ते, चेहरे का दर्प से दिपदिपाना, ताईजी तो मुग्ध थीं। उसके साथ अर्कदीप्त दिल्ली के उन बाज़ारों और दुकानों में गया जिसकी उसने कभी कल्पना भी नहीं की थी। क़मीज़ के बटन लगाते हुए अर्कदीप्त मुस्करा पड़ा। छोटे भाई की याद पर—कितना गर्वित था वह उसकी उन्नति और सफलता पर!

यहाँ की तो वेशभूषा ही अलग थी। सब एक-से दीखते। चाहे मामूली दुकान से ख़रीदी जीन्स हो या डिज़ाइनर, जैसी हांस पहनता था, जाड़ों के लिए गरम पार्का, बूट और हाथ में मोबाइल और पीठ पर बैकपैक—पता ही नहीं चलता था कि सामने वाला लड़का है या लड़की—वैसे भी उसे उनकी त्वचा से चेहरे एक-से ही लगते थे।

'नमस्ते इंडिया' में डिनर की भीड़ ख़त्म-सी ही थी। केवल दो-एक मेज़ें भरी थीं। पार्श्व में बहुत मन्द संगीत चल रहा था। उसने सुना और पहचाना, 'पौढ़े श्याम', शायद पंडित जसराज थे। एक बार विश्वविद्यालय में उनका फ्री प्रोग्राम हुआ था, तब उन्होंने गाया था, 'पौढ़े श्याम...' शायद सूरदास; कई दिन मन में छाया रहा था।

वह यही याद करने की कोशिश कर रहा था जब सौदामिनी पीछे के दरवाज़े से बाहर आई, थोड़ा-सा मुस्कराई—अर्कदीप्त के हाथ मौन नमस्कार में उठे।

"आओ, बैठो," वे लोग अपेक्षाकृत एकांत में एक छोटी-सी मेज़ के दोनों ओर बैठ गए।

"क्या खाओगे?" मैन्यू अर्कदीप्त की ओर सरका दिया।

उसकी ओर एक विशिष्ट सुगन्ध आई, वैसी तो बिलकुल नहीं, जैसी ताईजी के तेल-मसालों की आती थी।

"कुछ भी।"

"मछली खाते हो?"

अर्कदीप्त ने सिर हिलाया, "नहीं," फिर कहा, "यहाँ आकर चिकेन, बर्गर वग़ैरह खाने लगा हूँ, वैसे..."

वह मुस्कराई, "मालूम है, पसन्द तो वही होगा—घर का खाना।"

तब तक निकोलस पास आकर खड़ा हो गया।

"यह है निकोलस, यहाँ का मैनेजर," उसने परिचय कराया, "और यह..."

"जानता हूँ, शिशिर के मित्र," उसने बीच में ही कहा।

दोनों एक-दूसरे को देखकर मुस्कराए।

"मेरे लिए, वही, रोज़ वाला और इनके लिए—पीली दाल, ज़ीरा-चावल, आलू बनारसी और तवा फुलका, और साहिल से कहना, दाल में स्पेशल तड़का लगाए।"

"मटर पनीर?" निकोलस ने पूछा।

"नहीं, नहीं, यही ठीक है।" अर्कदीप्त ने कहा। उसे आलू पसन्द थे।

निकोलस के जाने के बाद अर्कदीप्त ने सोचा, 'मुझे कहना चाहिए कि जो आप लें, वही...'

निकोलस ने उसके आगे सूप और अर्कदीप्त के आगे दो समोसे लाकर रख दिये। मगर उसने अपने-आपको समझाया, 'नमस्ते' आकर सूप पीना वैसा ही होता, जैसे शीतल नदी के पास आकर प्यासा रह जाना।

निकोलस आकर सूप का ख़ाली प्याला उठा ले गया। सौदामिनी के आगे आई रंग-बिरंगी सब्ज़ियों और हरी पत्तियों से भरी सलाद की प्लेट और उसके आगे थाली, जिसमें क़ायदे से कटोरियों में दाल, आलू और दही था। बीच में चुपड़ी हुई रोटियाँ और चावल। थाली रखकर लड़का खड़ा रहा प्रतीक्षारत, मुस्कराता हुआ।

"अरे वाह, साहिल," सौदामिनी ने कहा, "यह साहिल है, डेनमार्क से आया है। वहीं बड़ा हुआ है।"

वह मुस्कराता हुआ अन्दर वापस चला गया।

वह ठीक सामने बैठी थी। धीरे-धीरे अपना हरा सलाद खा रही थी। वह झिझका, क्या काँटे से खाए दाल-चावल? पर अपने-आप उठा और कहा, "हाथ धोकर आता हूँ!"

वह चुप रही। वह लौटा। हथेलियाँ तर थीं। उसने रोटी का कौर तोड़ा और दाल में डुबाया। मुँह में रखा तो जैसे जीरे, लहसुन के छौंक से ताईजी की रसोई में पहुँच गया।

वह उसे देख रही थी। मुस्करा रही थी, "इतने दिनों के बाद आए..."

"हाँ," अर्कदीप्त का मन हो रहा था, मर-भुक्खों की तरह भोजन पर टूट पड़े और फिर तृप्ति की डकार ले, पर वह पश्चिम के अनुसार छोटे-छोटे कौर खाता रहा, "हाँ, काम था। फ़्लैट बदला, फिर कई महीने डेनमार्क में रहा।"

"डेनमार्क में?" सौदामिनी ने पूछा।

"हाँ, वहीं का फ़िलॉसफ़र मेरी थीसिस का विषय है।"

दोनों फिर चुप।

"शिशिर तो अक्सर आता रहा। लड़कियों के साथ। मैंने एक बार पूछा तो उसने कहा कि अर्को बहुत बिज़ी रहता है। मैंने सोचा कि तुम भी कभी आओगे अपनी गर्लफ्रेंड को लेकर।"

वह लाल हो गया, "मेरी कोई गर्लफ्रेंड नहीं है।"

"अरे, ऐसा क्यों? भारत से आए लड़के तो एक सप्ताह में ही..."

"मुझे उस सबके लिए समय नहीं है। तीन साल में थीसिस समाप्त करनी है।"

"फिर क्या करोगे?"

"लौट जाऊँगा। भारत में कहीं न कहीं नौकरी मिल ही जाएगी।"

अब दोनों चुप थे।

"ब्याह हो चुका होगा?"

"नहीं।"

"अच्छा, अधिकांश माता-पिता बिना विवाह किये बेटे को विदेश नहीं जाने देते।"

वह मुस्करा दिया, "मेरे माता-पिता ऐसे नहीं हैं। पहले पढ़ाई ख़त्म हो, उसके बाद आगे की..."

"कोई लड़की तो पसन्द होगी?"

"नहीं," वह शरमा गया।

दोनों कुछ देर चुप रहे। फिर अर्कदीप्त ने कहा, "आपकी खिड़की में 'हेल्प वांटेड' साइन था...उसके बारे में पूछना चाहता था।"

"वह जगह तो भर गई है। साहिल आ गया है न।"

"ओह!" अर्कदीप्त के स्वर में खेद था।

"वह तुम्हारा काम था भी नहीं, असिस्टेंट-शेफ़ की जगह थी। फुल टाइम मगर..." वह रुकी, "एक काम है, शायद तुम कर सको।"

"कहिए।"

"मैं हिन्दी लिपि में भी मैन्यू बनवाना चाहती हूँ। इंग्लिश और जर्मन में तो है—हो सकता है?"

"हाँ, हाँ," वैसे अर्कदीप्त को लिखाई-छपाई का कोई आइडिया नहीं था, पर फिर भी उसने गर्मजोशी से कहा।

"कैलीग्राफी आती है?"

"हो जाएगा।"

"अच्छा, अब खाना ख़त्म करो। तकल्लुफ़ मत करना। अभी साहिल को भेजती हूँ, कुछ और चाहिए तो...मैं उठती हूँ। अभी किचेन समेटना है। जब समय हो तो बताना, आगे बात करेंगे।"

वह खड़ी हो गई।

वह लम्बे सफ़ेद कोट के नीचे क्या पहने थी, यह दिखाई नहीं दे रहा था। उसका किचेन ताईजी की रसोई की तरह थोड़े ही होगा—न चकला-बेलन, न परात। आटा लगे हाथ परात में धोकर अलग सरका देती हैं। मन हुआ, देखे सौदामिनी का किचेन, साफ़-सुथरा होगा। चमचमाते बर्तन, धुलने के लिए मशीन, झाड़ू-पोंछा करने के लिए कर्मचारी।

वह जाने को खड़ी थी, पर गई नहीं। कुछ क्षण उसे देखती रही, "समय हो तो बात करना।"

"अभी कुछ दिन लग जाएँगे।" अर्कदीप्त शरमा गया, "रिसर्च का काम है।"

"कोई जल्दी नहीं है, जब तुम्हें समय हो..." वह चली गई। रेस्तराँ बन्द हो रहा था। मेज़पोश, बर्तन आदि समेटे जा रहे थे। कुर्सियाँ-मेज़ सरकाने की आवाज़ें आ रही थीं। उसके उठकर खड़े होते ही बत्तियाँ मद्धिम हो गईं।

वह बाहर आया। साइकिल स्टैंड से अपनी साइकिल का ताला खोलते हुए उसने देखा, साहिल बाहर खड़ा सिगरेट पी रहा है।

"खाना बहुत अच्छा था।"

साहिल मुस्करा दिया, "फिर आइएगा।"

उसकी टोन से लग रहा था कि यह कहने की ज़रूरत नहीं है। वह तो आएगा ही आएगा—बार-बार, अगर इतने पैसे जुट गए तो।

सौदामिनी ने भी तो जाते-जाते मुड़कर कहा था, "फिर आना, तब विस्तार से बातें करेंगे। मगर बहुत देर मत करना।"

"नहीं, नहीं, जल्दी ही, जब आप कहें..."

"अगले सोमवार को आ सकोगे? तब भीड़ नहीं होती है।"

वह सोमवार को गया। फ़ोन पर समय तय कर लिया था—लंच और रात्रि-भोज के बीच के अन्तराल का। वह खाने के समय नहीं जाना चाहता था। वह सोचेगी, बार-बार मुफ़्त खाने का लालच है।

उसने शुरू से ही 'तुम' कहा, अर्को ने ध्यान दिया। 'न मैं इतना छोटा हूँ, न आप इतनी बड़ी', उसने सोचा। 'ज़्यादा से ज़्यादा चालीस—कुछ कम-बढ़ भी हो सकती है।' एक अवधि के बाद यौवन ठहर जाता है और ठहरा रहता है, जब तक बाल सफ़ेद न हो जाएँ। वह अपने-आप मुस्करा दिया।

इस समय सौदामिनी के चेहरे पर थकान नहीं थी। साँवले रंग की लुभावनी आभा। वह साड़ी ही पहने थी—किसी अनाम, हल्के-से रंग की। जैसे समुद्र की लहरें दूर से नीली और पास से हरी लगती हैं, वैसे ही झिलमिली।

"हो जाएगा," उसने विचारों पर रोक लगाकर कहा, "पुरानी हस्तलिपि में,

जैसा आप चाहेंगी। सैम्पल में कुछ दिन लग जाएँगे," उठते हुए अर्कदीप्त ने कहा।

"कुछ खाकर जाओ।"

"नहीं, नहीं।"

"तो एक कप कॉफ़ी।"

"फिर कभी," उसने बाहर की ओर जाते हुए कहा।

"बहुत देर मत कर देना...मेरा मतलब सैम्पल में।"

"नहीं, नहीं," उसने दोहराया।

अर्कदीप्त एक क्षण ठिठका। यह कैसी चाहना जन्म ले रही है? लौटते हुए जान रहा है कि वह, अब, इस समय जो महसूस कर रहा है, कितनी नई-नई सिहरन है! कितनी ज़ोर से दिल धड़कने लगा है!

उसने अपने-आपको झिड़क दिया।

मैन्यू का हिन्दी में अनुवाद करके उसने छोटे के पास भेज दिया। वही हाथ से बने काग़ज़ पर, पुरानी हस्तलिपि में छपवाकर भेजेगा। सैम्पल आया तो उसने अपने-आप स्वीकृति दे दी। बार-बार वहाँ क्या जाना? क्या सोचेगी, खाने-पीने के लालच में बार-बार आने लगा है।

मैन्यू तैयार होकर आ गए। हाथ का बना खुरदुरा-सा काग़ज़ और उसमें सुन्दर हस्तलिपि में रेस्तराँ का मैन्यू। उसने पढ़ा और एक बार सोचा, कितने भोज्य पदार्थ, कितने नये-नये नाम!

साइकिल के पीछे एक हज़ार मैन्यू का बंडल बाँधते हुए अर्कदीप्त को अपने अन्दर एक अननुभूत सिहरन-सी अनुभव हो रही है। एक पुलक शरीर में व्याप्त हो रही है। थोड़ा-सा गर्वित अपनी हैंड राइटिंग पर। मोती जैसे अक्षर, जैसे पुरानी पांडुलिपियों में मिलते हैं। उसने इस ख़र्च की तंगी में भी जाकर महँगा कैलिग्राफी का पेन ख़रीदा है।

वह इस मेहनत के पैसे नहीं लेगा, उसने पहले से ही सोच लिया है।

कभी-कभार मुफ़्त में खाना मिल जाए, वही बहुत है।

यहाँ की सड़कें जैसे साइकिल चलाने के लिए ही बनी हैं। सर्र-सर्र चलती है। दर्जनों साइकिल चालकों के बीच वह भी है। वह बिना किसी प्रयास के 'नमस्ते इंडिया' पहुँच गया है।

लंच का समय अभी नहीं हुआ है। निकोलस कुर्सियाँ, मेज़ें, टेबिल क्लाथ सजा रहा है। एक-एक गिलास उठाकर देखता है, घुमा-घुमाकर कि चमचमाता है कि नहीं।

अर्कदीप्त डिब्बा लेकर अन्दर घुसता है।

"मैडम आज नहीं आई हैं," निकोलस ने कहा।

अर्कदीप्त डिब्बा पकड़े है, "मैन्यू लाया था।"

दोनों क्षण भर चुप रहकर एक दूसरे को देख रहे हैं।

"यहाँ रखने की बिलकुल जगह नहीं है। तुम ऐसा करो," सहसा निकोलस कहता है, "मैडम के फ़्लैट पर जाकर छोड़ दो। ऊपर ही तो है।"

अर्कदीप्त को हिचकता देखकर कहता है, "दरवाज़ा खुला होगा। अभी मैंने नाश्ता भेजा है। वहाँ मेज़ पर रख देना। मैडम तो अन्दर होंगी।"

"अगर तुम ठीक समझते हो, तो..."

"हाँ, जाओ। यहाँ रखने की जगह नहीं है।" निकोलस फ़्लैट का नम्बर बताता है, "कुछ कहने की ज़रूरत नहीं है। मेज़ पर डिब्बा और बिल रखकर दरवाज़ा बन्द कर देना।"

अर्कदीप्त ऊपर जाना भी चाहता है और हिचक भी रहा है। तीसरी मंज़िल पर आमने-सामने दो फ़्लैट हैं। वैसे गलियारे में सन्नाटा है। पीछे बड़ी खिड़की है, जहाँ दो व्यक्तियों के बैठने लायक छोटा-सा लकड़ी का काउच है। वहाँ से दिन की धूप आकर गलियारे में उजाला कर रही है। पीछे से सदाबहार पेड़ों की पंक्ति दीखती है। उसने हल्के-से दरवाज़े को धक्का दिया। दरवाजा बिना आहट किये अपने-आप खुल गया। अन्दर फ़्लैट में अँधेरा-सा था। उजाले से एकदम अन्दर आने पर जब दृष्टि अभ्यस्त हुई तो उसने देखा कि वह कमरा कितना बड़ा था, पर ख़ाली-ख़ाली-सा। मध्य शताब्दी का आधुनिक सोफा था, एक अर्द्धवृत्ताकार लैम्प—बीच में पारदर्शक काँच की गोल मेज़। कोई आता नहीं होगा और आता भी होगा तो सोफ़े पर पास ही बैठना पड़ता होगा, कोई कुर्सी या स्टूल नहीं, कोने में केले का एक पेड़, जो था तो प्लास्टिक का लेकिन देखनेवाले को यह तत्काल नहीं, बाद में पता चलेगा। मेज़ पर एक ट्रे रखी थी। अभी तक अनछुई। उसने मैन्यू का डिब्बा वहीं मेज़ पर रख दिया और जाने के लिए मुड़ा ही था कि अन्दर का एक दरवाज़ा खुला, शायद शयनकक्ष होगा और सौदामिनी नज़र आई।

उसका चेहरा बहुत पीला और बीमार-सा लग रहा था। वह सफ़ेद साटन का लम्बा नाइट गाउन और मैचिंग हाउस कोट पहने थी। उसके अस्त-व्यस्त बाल कन्धों पर बिखरे हुए थे।

"सूरज?" उसने धीरे-से कहा।

"आपकी तबियत ठीक नहीं है?" उसने आवाज़ को समय के अनुरूप धीमा करते हुए कहा।

"हाँ, आधी रात से ही माइग्रेन हो रहा है," उसने सहज मगर थके स्वर में कहा।

"दवा ली?"

"हाँ, मगर कभी-कभी असर नहीं करती।"

"फिर?"

सौदामिनी ने लम्बी साँस ली, कुछ कहा नहीं।

"आपने नाश्ता भी नहीं किया," अर्कदीप्त ने कुछ कहने के लिए कहा। वह समझ नहीं पा रहा था कि क्या कहे।

उसने मेज़ पर नज़र डाली, "कॉफ़ी ठंडी हो गई होगी?"

दोनों चुप खड़े थे, एक दूसरे को देखते हुए। फिर अर्कदीप्त ने कहा, "कुछ काम हो तो बताइए, फिर मैं चलूँ?"

"तुम्हें यूनिवर्सिटी में काम होगा?"

"नहीं, आज का दिन फ़्री है।"

वह आकर सोफ़े पर बैठ गई, "तो कॉफ़ी पीकर जाना। रुक जाओ थोड़ी देर।" वह दोनों हाथों से धीरे-धीरे माथा दबा रही थी।

"यह कॉफ़ी तो ठंडी हो गई होगी। नई कॉफ़ी बना सकते हो?" वह उसे देख रही थी। थकी-थकी-सी।

अर्कदीप्त ने संलग्न किचन पर दृष्टि डाली—लम्बा-सँकरा, एकदम साफ़-सुथरा और ख़ाली। काउंटर पर एक कॉफ़ी मशीन रखी थी।

"जी," उसने कहा। यद्यपि पहले कभी बनाई नहीं थी।

"काली?" उसने कप उठाया।

"हाँ, मगर तुम पी लोगे? मेरे पास दूध या शक्कर नहीं है।"

"मैं भी काली ही पीता हूँ," उसने सफ़ाई से झूठ बोला यद्यपि वह अभी भी चाय पीता था। दो चम्मच चीनी और दूध के साथ।

उसने प्याला, एक कुशल वेटर की अदा से, सौदामिनी को पकड़ा दिया।

"आओ, बैठो," सौदामिनी ने कहा, "या किचेन में खड़े-खड़े पीने का इरादा है?"

"आपको डिस्टर्ब होगा।"

"आओ, बैठकर कॉफ़ी तो पी लो। फिर चले जाना।"

सौदामिनी ने कुछ ही घूँट पिए। फिर प्याला वापस मेज़ पर रख दिया।

पीछे टिककर आँखें बन्द कर लीं और अनजाने में ही उसके मुँह से आह निकल गई।

अर्कदीप्त ने मन्द स्वर में कहा, "मेरी ताईजी को भी 'आधा सीसी' दर्द होता था। वह वैद्यजी और उनकी दवाइयों पर बहुत विश्वास करती हैं। वैद्यजी की ही दवा लेती थीं। उनका दिया रामबाण बाम ही लगाती थीं।"

वह थकी-सी मुस्कान मुस्कराई, "बाम?"

"हाँ," उसने भोलेपन से कहा।

"तुम्हारे पास है? बाम?"

"हाँ, मेरे बैकपैक में है। दूँ?"

"दे दो," बहुत छोटी-सी मुस्कान उसके होंठों पर चिपक गई।

"लेकर चलते हो?"

अर्कदीप्त ने शीशी उसे पकड़ा दी, "चलते वक़्त छः शीशियाँ लाया था। कभी-कभी देर तक पढ़ने से सिर में दर्द हो जाता है।"

वह हल्के-से मुस्कराई। उठते हुए बोली, "अच्छा, अब मैं रेस्ट करने जा रही हूँ। देखो, लंच खाकर जाना, नीचे से..."

"लंच फिर कभी..." अर्कदीप्त ने उसे सीधे देखते हुए कहा, "अब मैं चलूँ। कोई काम हो तो बताएँ।"

"नहीं। पेमेंट बाद में आकर ले जाना। और देखो, यहीं आना, नीचे मैं बहुत बिज़ी हो जाती हूँ।"

अर्कदीप्त ने सिर हिलाया। "अच्छा," फिर रुककर, "टेक केयर।"

रास्ते-भर उसके बारे में सोचता रहा, कितनी अकेली थी! इतनी त्रासद पीड़ा में, रेस्तराँ चलाना आसान नहीं होगा, वह भी परदेस में, अकेली स्त्री के लिए। मगर वह कर ही क्या सकता है, रामबाण बाम के अलावा?

तीन-चार दिन बाद सौदामिनी का फ़ोन पाकर उसने जाना कि उसे कितना अच्छा लग रहा है।

"अब दर्द कैसा है?"

वह उधर हँसी, "तुम्हारे वैद्यजी के मरहम ने तो सचमुच रामबाण का काम किया। ठीक हूँ। शीशी रखे लेती हूँ।"

"मेरे पास और भी हैं।" 'वाह रे विद्यालंकार जी—आप और आपका रामबाण!' उसने मन-ही-मन कहा, आगे बोला, "उनका चूरन भी बहुत फायदे का होता है।"

फ़ोन पर उसकी हँसी सुनाई दी, "याद रखूँगी। अगर किसी कस्टमर ने खाने की शिकायत की तो..."

वह भी हँसा।

"अच्छा, तो तुम कल आ जाओ। यहीं आना। मैं ख़ाली रहूँगी।"

"आज भी आ सकता हूँ...अभी।"

"नहीं, कल ठीक रहेगा।"

अगले दिन लाइब्रेरी का काम स्थगित करके उसने साइकिल उठाई और 'नमस्ते इंडिया' की ओर चल पड़ा। पहुँचकर उसने ग्राहकों के लिए लगे साइकिल स्टैंड पर साइकिल रखी, ताला लगाया और फिर सीढ़ियाँ चढ़कर ऊपर पहुँचा।

सौदामिनी उसका इन्तज़ार कर रही थी।

"भूख लग रही है? लंच मँगाऊँ?"

"आपको?"

"मेरे लिए नहीं, मैं तो देर में खाती हूँ। कुछ पियोगे—बियर या वाइन...?"

"नहीं, कुछ नहीं...।"

"तो आओ, बैठो...।"

वह चुपचाप उसे देख रहा था। कई दिन की पीड़ा के बाद अब भी उसका चेहरा पीला-पीला-सा लग रहा था—रक्तहीन, और कोमल...।

वह आज भी रेशमी हाउसकोट पहने थी। खुले हुए लम्बे बाल आज सँवारे हुए थे। एक दो लटें चेहरे पर आकर झूल रही थीं। चेहरा प्रसाधनहीन था। उसकी त्वचा में एक सहज स्निग्धता थी और दृष्टि में कोमलता।

उसने एक लिफ़ाफ़ा अर्कदीप्त की ओर बढ़ा दिया।

"मैन्यू बहुत अच्छे बने हैं, धन्यवाद।"

अर्कदीप्त ने लिफ़ाफ़ा नहीं लिया, "इसे रहने दीजिए, कभी-कभार मुफ़्त में खाना खिला दिया करिएगा।"

उसकी मृदु हँसी कमरे में हिलोरें लेने लगीं, "अरे, वह तो तुम कभी भी आकर खा सकते हो। मगर जानती हूँ, तुम आओगे नहीं। शर्मीले हो न। चलो, शिशिर के साथ आ जाया करो। मगर बता देना, क्या पसन्द है।"

"वही, सादा खाना, दाल-चावल, रोटी।"

वह अब भी हँस रही थी, "अच्छा, तो कॉफ़ी पी लो। आज दूध भी है और चीनी भी।"

"नहीं, रहने दें, तो मैं जाऊँ?"

उसने सहमति में हल्के से सिर हिलाया, जैसे मौन स्वीकृति। वह फिर भी बैठा रहा।

"यह चेक तो तुम्हें लेना पड़ेगा," थोड़ी देर के सन्नाटे के बाद सौदामिनी ने कहा।

"अभी रहने दें। बाद में...अच्छा, अब चलूँ..."

"जाओ।"

तब वह उठा, दरवाज़े तक गया। वह साथ आई। किवाड़ खोल दिये।

वह दरवाज़े पर ठिठका खड़ा रहा। उसके मन में कुछ उमड़-घुमड़ रहा था। पर क्या? कुछ कहना चाहता था, पर कैसे? विभ्रमित, संकोच से भरा खड़ा रहा। उसे देखा, फिर आँखें अपने-आप नीची हो गईं।

सौदामिनी प्रतीक्षा में खड़ी थी। वह जाए तो दरवाज़ा बन्द करे।

ऐसा कैसे? कब तक खड़ा रहे? अनिच्छा से मुड़ा और बोला, "अच्छा, तो जा रहा हूँ..."

कितनी निकट थी वह, और कैसी भीनी-भीनी, जैसे हज़ार फूलों की मिश्रित सुगन्ध उससे आ रही थी। उसने आँखें उठाकर एक बार फिर सौदामिनी को देखा। वह धीरे-से हँस दी, "मन नहीं है तो मत जाओ।"

उसने हाथ पकड़कर अर्कदीप्त को बाँहों में भरकर चूमा। भरपूर। एक बार, कई बार, बार-बार।

उसकी बाँहों ने सौदामिनी को घेर लिया। सब कुछ कितना सहज, कितना स्वाभाविक लग रहा था, कितना सटीक, जैसे यही तो वह चाह रहा था, मगर समझ नहीं पा रहा था कि क्या करे। उसी पहले दिन से ही तो वह जैसे इसी क्षण की प्रतीक्षा में था...और जैसे वह उसे चूम रही थी, वह भी तो इस क्षण के लिए प्रस्तुत थी। प्रतीक्षारत।

कब से इस ब्रह्मचारी मन के अन्तरतल में एक चाहना जनम आई थी। क्या इसीलिए सब कुछ कर रहा था—भाग-दौड़, आना-जाना? मैन्यू कार्ड तो एक बहाना मात्र थे। बस, स्वीकार करने से डर रहा था। पर अब वह डर नहीं रहा। उसकी जगह आ गया है, गहरा तोष।

अर्कदीप्त को अपलक देखते हुए वह मुस्करा दी। हल्की-सी तुष्ट मुस्कान।

"पहली बार, न," उसने कहा, "तुम शर्माते हो तो पूरा चेहरा गुलाबी हो जाता है। गर्दन तक।"

"इसी का इन्तज़ार था, पहली बार से ही, मगर..." अर्कदीप्त ने बात आधी छोड़ दी।

वह मुस्करा दी। पास सिमट आई।

दोपहर से शाम झुक आई। अर्कदीप्त ने कहा, "नीचे नहीं जाना है? डिनर टाइम होने वाला है।"

"उहुँक, वे लोग मिलकर सँभाल लेंगे। तुम उठना चाह रहे हो?"

"नहीं। तुम चाहो तो कभी उठूँ ही नहीं।"

वह धीरे-से हँस दी। वह उसके शरीर की उष्णता में डूबा हुआ है।

"वाह रे फ़िलॉसफ़र...मीठी-मीठी बातें करना भी आता है। कहाँ सीखा?"

"बस...अभी-अभी...और भी कितना कुछ।"

यह क्या दूसरा दिन है? तीसरा दिन? पूरा जीवन—वह सोचता है। झुककर जूते का फीता बाँधते हुए। उसे स्नानघर से पानी गिरने की आवाज़ आ रही है। उसके बाहर आने से पहले ही वह चले जाना चाहता है—वहाँ वापस, जहाँ रूममेट हांस और विन्स ने जाना होगा कि वह कब से ग़ायब है, जहाँ कीर्केगार्द पर किताब खुली पड़ी है।

पर उसके जाने से पहले ही वह निकल आई है।

उजली-उजली, धुली-धुली, बालों में तौलिया लपेटे है और वह जानता है कि हाउसकोट के नीचे वह अनावृत है।

"अब तुम जाओ अर्को," वह कहती है, "चाहती तो हूँ कि शैया पर पड़ी रहूँ पर आज तो नीचे जाना ही है।"

"मुझे निष्कासित कर रही हो?"

"हाँ, पर सिर्फ़ कल तक के लिए।"

"कल मुझे काम है। सुपरवाइजर से मिलना है।"

"सारे दिन?"

वह इतने पास आकर खड़ी है कि वह उसकी तुरन्त नहाई त्वचा की ठंडक महसूस कर रहा है।

"मिलने से पहले कुछ पृष्ठ लिखकर दिखाने होंगे न," अर्कदीप्त ने कहा। फिर अपने-आप हँसा, "बेचारा डेनिश फ़िलॉसफ़र तो दिमाग़ से उड़ ही गया है। अब वहाँ..."

"अब वहाँ?"

"तुम हो—सौऽऽदाऽऽमिऽऽनी..."

कितना मीठा लगता है उसका नाम!

"अच्छा, तो जाओ। मगर फिर आओगे न?"

उसने कहना चाहा, 'दुनिया की कोई ताक़त अब मुझे दूर नहीं कर सकती,' मगर डायलॉग फ़िल्मी हो जाएगा, यह सोचकर वह चुप रहा।

"अच्छा, मैं फ़ोन करूँगी, जब ख़ाली होऊँगी।"

वह घर लौटा। विन्स किचेन में सलाद बना रहा था। मुस्कराया, कुछ पूछने को हुआ मगर चुप रह गया।

"पास्ता पन्द्रह मिनट में तैयार हो जाएगा।"

"अच्छा।"

यहाँ की यह बात अच्छी है, निजी जीवन में दूसरे दख़ल नहीं देते। सब अपनी-अपनी तरह से जीते हैं, अर्कदीप्त ने सोचा।

वह अपने कमरे में चला गया। बैकपैक कोने में फेंक दिया और जूते पहने-पहने ही पलंग पर गिर गया।

वह अपने-आप मुस्करा रहा था।

वह रात में नहीं लौटेगा तो उसके रूममेट विन्स और हांस पूछेंगे नहीं। रात में कहीं टिक जाना आम बात है—कितने घंटे, कितने दिन, कितने चेहरे, कोई लेखा-जोखा रखने वाला नहीं।

कितना अच्छा लगता है, अपने मन की करना!

केवल रहमानुल्ला ने प्लेट पकड़ाते हुए पूछा, "कई दिन से दिखाई नहीं दिये?"

"बाहर था," अर्कदीप्त ने कहा।

और नई-नई बातों के साथ झूठ बोलना भी आ गया, अर्कदीप्त ने सोचा और मुस्करा दिया।

सौदामिनी से दूर, लाइब्रेरी में बैठे-बैठे वह उन बातों को मन में दोहरा रहा

है। अर्कदीप्त ने इससे पहले किसी को भी नहीं चूमा था। उसके पूरे शरीर में एक अननुभूत, अपूर्व सिहरन का संचार हो रहा था, और वह सम्मोहित-सा सौदामिनी की बाँहों के पाश में बँधा-बँधा उसके शयनकक्ष की ओर खिंचता चला गया था। पूर्व अनुभव न होने पर भी जैसे वह जानता था कि उसे क्या करना चाहिए, पर वह झिझक रहा था, जब तक कि सौदामिनी ने स्वयं ही उसे अपनी ओर खींच नहीं लिया। कैसा था वह क्षण, जैसे रस की गागर ने उस पर छलककर पूर्ण रूप से परिप्लावित कर दिया था। वह जान रहा था कि वह इस प्रथम समागम के बाद सौदामिनी के प्रेमपाश में आकंठ डूबता जा रहा है।

"मैं तुम्हें प्यार करने लगा हूँ," वह 'सौदामिनी' कहते हुए हिचका।

"कब से?"

"शायद उस पहले दिन से ही," उसने बहुत भोलेपन और सच्चाई से कहा, "पर मैं कभी सोच भी नहीं सकता था कि..."

"क्या नहीं?"

"यही सब।"

सौदामिनी पूर्ण रूप से अनावृत थी। उसने अपने को ढँकने की चेष्टा भी नहीं की। कितना सुन्दर, चिकना और मीठा-मीठा-सा था उसका शरीर—एकदम समर्पित! पूर्ण रूप से उसका अपना। इस क्षण में, और काश, हमेशा...।

अर्कदीप्त ने जाना कि उसके मुँह से शब्द उच्चारित हो गया है, 'हमेशा।'

"क्या कहा?"

"मैंने कहा कि हमेशा-हमेशा के लिए तुम्हारा हो गया हूँ—सौऽऽदाऽऽमिऽऽनीऽऽ!"

लो, मन की बात उभर ही आई। कितनी सादगी और सच्चाई से!

"याद रखना, 'हमेशा-हमेशा' बहुत लम्बा समय होता है," सौदामिनी मुस्कराई। उसका चेहरा और भी कोमल और सुन्दर लगने लगा।

उसने चादर खींचकर अपने को ढँक लिया।

वह गोरी नहीं थी, साँवली। साँवले रंग का भी एक आकर्षण होता है। उसकी त्वचा एकदम चिकनी, एकसार, दिपदिप करती थी, जैसे नीचे हल्की-हल्की आग सुलग रही हो! छुओ तो जैसे नील कमल की पँखुड़ी! कोमल, स्निग्ध, सुगन्धित अर्कदीप्त की हथेलियों में वह स्पर्श दूर तक बस गया था। बस, सहलाता रहे, सौदामिनी की पीठ, कमर, जंघा। उसके तलुवे कितने नरम थे और पैरों की उँगलियाँ कितनी सुगढ़, सानुपात! जब वह सोती है तो घनी पलकें आँखों पर ढल आती हैं। वह देर तक उसका मुँह ताकता रहता है। अर्कदीप्त की हथेली उसका अनावृत शरीर हल्के से जैसे छूती है, वह झट से आँखें खोल देती है। होंठ हल्की-सी मुस्कान से हिलते हैं। दृष्टि, अचरज भरी, जैसे पहली बार उसे देख रही हो—उत्सुक, आकुल...!

उन्हें प्यार करते हुए घंटे पर घंटे बीत जाते हैं, चुकते नहीं, थकते नहीं। कभी-

कभी सो जाते हैं, फिर जाग जाते हैं। कभी वह पहले, कभी वह...और फिर प्यार करने लगते हैं, जैसे कि सब कुछ नया-नया, पहली बार हो रहा हो!

सुबह से दोपहर, दोपहर से शाम, शाम से रात।

"अब चलूँ?" वह कहता है।

"कैसे कहूँ कि जाओ।"

"फिर आऊँगा न!"

"हाँ, हर पल प्रतीक्षा करती रहूँगी।"

"मैं भी तो।"

"झूठे! लाइब्रेरी के उस कोने में, अपने कोष्ठक में बैठे-बैठे डूब जाओगे अपनी थीसिस में...।"

"तुम भी तो अपने उस 'नमस्ते इंडिया' के किचेन में..."

"कहाँ रहे इतने दिन?"

"एक कॉन्फ्रेंस में जाना पड़ा। डॉ. हाइनर के साथ। बताने का मौक़ा ही नहीं मिला।"

"फ़ोन तो कर सकते थे।"

"समय ही नहीं मिला। चार दिन व्यस्तता में निकल गए, फिर इतना थक गया था कि..." वह चुप हो गया। कैसे कहता कि मन में दुविधा जाग गई थी? संशय उपज आया था कि वह सब आकस्मिक भी तो हो सकता था! क्षणिक आवेश। आधुनिक काल का चलता-फिरता एक दैहिक प्रसंग, कॉन्फ्रेंस के दौरान कितने ऐसे अवसरवादी सम्बन्ध बनते और टूटते देखे थे।

वह भी चुप रही, न जाने किस सोच में, फिर हल्के-से पूछा, "कहाँ गए थे? कहाँ थी कॉन्फ्रेंस?"

"इस बार लंदन में थी। फिलॉसफ़ी एसोसिएशन की वार्षिक कॉन्फ्रेंस। डॉ. हाइनर बोलीं कि मुझे जाना चाहिए, दूसरे स्कॉलर्स से मिलना-जुलना चाहिए। उनके पेपर पर मुझे टिप्पणी भी देनी थी..." उसे लगा कि शायद वह सौदामिनी को बोर कर रहा है। बीच में चुप हो गया।

"अच्छा, तो लंदन में घूमा-फिरा भी होगा?"

"कहाँ, तीन-चार दिन तो कॉन्फ्रेंस में निकल गए। उसके बाद तो लौट ही आए।"

"अच्छा, तो दस दिन बाद फ़ोन करने का ख़याल आया?" उसके स्वर में उलाहना था।

"नहीं, सोचा तो कई बार...मगर...मगर..." वह हकलाने लगा।

वह भी कुछ देर चुप रही, फिर बोली, "इधर कब आओगे?"

वह एकदम प्रफुल्लित हो गया, "जब आप...तुम कहो।"

"अभी आ जाओ।"

"अभी? रात हो गई है।" वह अचकचा गया।

वह फिर हँसी, "तो फिर कल। मैं सारे दिन ख़ाली हूँ।"

अगले दिन, जब दोनों एक-दूसरे से बहुत निकट थे, उसने कहा, "याद बहुत आई, बराबर...मगर..."

"बस, चुप, और नहीं," वह उसे चूमने लगी थी, बार-बार। फिर बोली, "मुझे तुमसे प्यार होता जा रहा है अर्कदीप्त!"

उसने बड़ी सच्चाई से कहा, "मैं तो तुम्हें कब से प्यार कर रहा हूँ।"

सौदामिनी ने अपने को अलग कर लिया। बैठकर अपने निर्वस्त्र शरीर को ढँकते हुए कहा, "बहुत दिनों से? कहा तो नहीं?"

"कैसे कहता? समझ में नहीं आ रहा था," वह मुस्करा रहा था, "कब करता? मैन्यू कार्ड के बीच में लिखकर रख देता कि मुझे प्यार हो गया है, तो कोई ग्राहक खोलता तो क्या सोचता?"

"अच्छा, तो तुम्हें मज़ाक़ करना भी आता है!"

अब वे दोनों हँस रहे थे।

कितना सुखमय, परिपूर्ण क्षण है यह, अर्कदीप्त ने सोचा—कितना सुन्दर, तुष्टिपूर्ण!

"मुझे भी तुम्हारी रह-रहकर याद आती रही। फिर सोचा कि शायद तुम डर गए या शिशिर ने भड़का दिया। देखो, एक-एक पल कितना मूल्यवान है, और तुमने दस दिन गँवा दिये!"

"ग़लती हो गई। आगे से नहीं..." और कहते ही उसका पूरा शरीर पुलक उठा, तो वह भी उससे प्यार करने लगी है? यह केवल शरीर-तुष्टि या समय बिताने का साधन नहीं है। वे जुड़ रहे हैं, नहीं, जुड़ गए हैं।

उसने सौदामिनी को अपनी ओर खींच लिया और देर तक उसे चूमता रहा—पलकें, कपोल, होंठ।

यह सब कहाँ से प्रस्फुटित होता है? उसने सोचा—जैसे शीतल जल का झरना फूट पड़े और सराबोर कर जाए, आपादमस्तक!

वह उस रात भी घर नहीं लौटा, न वह नीचे रेस्तराँ में गई। बस, प्यार करते रहे—एक-दूसरे में डूबे रहे। कब रात हुई, कब सुबह, सब एक बहुत मीठे अनुभव में गड्डमड्ड हो गया।

"मैं तुम्हें प्यार करता हूँ—प्यार...प्यार..." उसे याद नहीं, उसने कितनी बार

यह बात दोहराई। हर बार लगा, जैसे पहली बार कह रहा है।

और बार-बार कहते हुए उसके पूरे अस्तित्व में एक ख़ुशी की लहर दौड़ जाती लगी।

"मैं भी...मैं भी..." सौदामिनी जब दोहराती तो अर्कदीप्त बार-बार सुनना चाहता। कितना अच्छा लगता था सुनना उसके मुँह से!

कैसी है यह अनुभूति और तुष्टि? पहले कभी किया होता, तब तो जानता न। शायद यही होता होगा—आकंठ उसके ख़याल में डूबे रहना। उसी की छबि का हरदम आँखों तले ठिठके रहना। कुछ याद करके, शरीर में मीठी-मीठी स्मृति, बार-बार उसी के पास किसी अदृश्य डोर से बँधकर खिंचकर चले जाने की चाहना। कभी उसे बाँहों में जकड़ लेना—कभी उसकी बाँहों में बँधे-बँधे उष्ण, धड़कते शरीर का नैकट्य।

अर्कदीप्त जैसे शून्य में डूब-उतरा रहा था। उसके पैरों के नीचे ठोस धऱती नहीं थी। मन से थीसिस के अगले चैप्टर की सारी बातें धुल-पुँछ गई थी। मन में विस्मय था, आह्लाद था कि सौदामिनी भी उसे आकर्षक पाती है। उसने लम्बी साँस ली—यही है जीवन का सार, उसके निकट के क्षण। वह प्रतीक्षारत है। वह फ़ोन करेगी। वह दौड़ा चला जाएगा। सब कुछ एक बाढ़ में डूब रहा है। वह अर्कदीप्त भी—कीर्केगार्द पर पी-एच.डी. करता हुआ एक विद्यार्थी कहाँ गया? क्या एक स्पर्श मात्र से अब तक का जिया सारा जीवन? मगर नहीं, जीना तो अब प्रारम्भ हुआ है। इससे पहले का जीवन, क्या था वह—खोखला, सारहीन, मगर नहीं, तब तो वही सत्य लगता था।

क्या दो दिन सौदामिनी की शैया ने उसकी सारी विचारधारा ही नहीं मोड़ दी है?

शिशिर लाइब्रेरी आया, उसके छोटे से कक्ष में, "कहाँ रहे इतने दिन?"

"बताया तो था, डॉ. हाइनर के साथ एक कॉन्फ्रेंस में गया था। एक सत्र में मैं डिस्कसेन्ट था, लंदन!"

"लंदन? अरे वाह!" शिशिर बोला। फिर आगे कहा, "सौदामिनी का फ़ोन आया था। पूछ रही थी कि तुम पेमेंट लेने कब आओगे। मैन्यू कार्ड बनाए थे, बताया नहीं?"

"इसमें बताने की क्या बात थी? उन्हें हिन्दी में चाहिए थे, मैंने कैलीग्राफी करके छपवा दिये, इंडिया में।"

"तब तो महँगे पड़े होंगे? पेमेंट जाकर ले आना। फिर साथ ही साथ चले चलेंगे।"

"ले आऊँगा। व्यस्त था। कॉन्फ्रेंस में जाने के लिए बहुत तैयारी करनी पड़ी। समय नहीं मिला।"

'लो—अब कैसे मज़े से झूठ बोलना भी आ गया!' उसने सोचा—'कैसे कहूँ कि दो दिन बाद आज सुबह ही उसके बिस्तर से उठकर आया हूँ? शिशिर तो अवाक् रह जाएगा।'

वह मुस्करा पड़ा, "बड़ी अच्छी कॉन्फ्रेंस थी। बहुत सीखा और यह भी जान गया कि अभी कितना और ज्ञान अर्जित करना है।"

शिशिर ने कुछ नहीं कहा, उठकर खड़ा हो गया। उसकी पीठ पर हल्के-से धौल जमाकर कहा, "गुडवर्क अर्को, मगर देखो, भटक मत जाना।"

'टू लेट शिशिर। तुम्हारी सलाह। भटका तो नहीं हूँ, जीवनधारा दूसरी ओर मुड़ गई है। बस, अब तो वही है—बस, वही। यह सब पढ़ना-लिखना सब गौण होता जा रहा है। गहरे और गहरे डूबता जा रहा हूँ और उबरना नहीं चाहता। मन, आत्मा और शरीर ऐसे तृप्त होते जा रहे हैं, जैसे गर्मी के लम्बे महीनों के बाद वर्षा की फुहारें।'

उसने अपना कम्प्यूटर खोला, मगर उस पर ध्यान केन्द्रित करना मुश्किल हो रहा था। उसने अपने बिखरे हुए, इधर-उधर भटकते हुए विचारों को किसी सूत्र में बाँधने की कोशिश की, मगर मन था कि बार-बार उसकी ओर चला जाता था। 'कितना दुखदायी लग रहा था, यह समय काटना अर्को!' उसने अपने को झिड़का और कम्प्यूटर पर आँखें जमा दीं।

डॉ. हाइनर से साप्ताहिक मीटिंग के बाद वह धीरे-धीरे घर लौटा। उसे विश्वास भी था और संशय भी कि यह सब क्या हो रहा है, और क्या सही हो रहा है। वह जान रहा था कि अगले दिन वह फिर सौदामिनी की तरफ़ जाएगा—चाहे वह बुलाए या नहीं। अगर वह व्यस्त होगी तो केवल मिलकर, देखकर ही लौट आएगा, और यदि वह बुलाएगी तो वह सिर के बल दौड़ा जाएगा। उसके सान्निध्य के विचार मात्र से ही उसका सारा शरीर झंकृत हो उठा। उसका रोम-रोम जाग गया—प्रस्तुत होने लगा उसके सामीप्य की कल्पना मात्र से।

पर उससे पहले कुछ व्यावहारिक बातें :

वह एक दुकान पर रुक गया। उसे पता था कि हांस और विन्स वहीं से कपड़े ख़रीदते हैं। कभी-कभार कपड़े सुखाने की मशीन में उनके कपड़े पड़े रह जाते थे तो उन्हें निकालते हुए वह देखता था कि पुरुष प्रेमी किस प्रकार के अन्तर्वस्त्र पहनते हैं। भारत से आते समय जो अंडरवियर और बनियानें ख़रीदी थीं, अब तक पुरानी और जर्जर हो चुकी थीं। जीन्स और टी-शर्ट के नीचे के कपड़े कैसे हैं, यह उसके ब्रह्मचारी जीवन में किसे दिखाई देता, पर अब उसे शर्म नहीं आएगी क्या? पिछली बार उसने बनियान पहनी थी, उसमें बगल के पास बड़ा-सा

छेद था। उसने उसी के ऊपर क़मीज़ पहन ली थी, पर जब अप्रत्याशित रूप से कपड़े उतारने का अवसर आया तो उसे उस छेद की याद आई। उसने सौदामिनी की ओर पीठ कर ली और झटपट स्वेटर, क़मीज़ उतारकर उसी में बनियान भी लपेट दी। बाद में जब सौदामिनी कमरे से बाहर गई तो उसने वह जल्दी से अपने बैकपैक में घुसेड़ दी।

अब कपड़ों के दाम देखकर वह सोच में पड़ गया। मगर कई जोड़े ख़रीद ही लिये। कहीं न कहीं कटौती करनी पड़ेगी, सोचता हुआ वह बाहर आ गया। छोटे से कहना पड़ेगा कि इस बार ताऊजी के लिए पैसे नहीं भेज पाएगा और मैन्यू बनवाने में जो ख़र्च आया है, वह भी बाद में ही भेज पाएगा।

ख़ैरियत है, किसी को सफ़ाई नहीं देनी पड़ेगी। यह सोचकर वह मुस्करा पड़ा।

शिशिर, हांस और अन्य युवक अपने परिधान, अपने बालों की स्टाइल, आदि को लेकर कितने सतर्क रहते हैं, उसने कभी ध्यान ही नहीं दिया था। वह अच्छा पहनते हैं, महँगा कोलोन लगाते हैं। उसने सोचा था कि अमीरों के चोंचले हैं, पर अब जान पड़ा कि जैसे नर-पशु और पक्षी अधिक आकर्षक होते हैं और मादा को मोहित करने के लिए तमाम विधियों का प्रयोग करते हैं, यह पुरुष समाज का भी एक अभिन्न अंग है। वह अब तक इससे अपरिचित ही रहा था, पर अब नहीं। महँगी, स्टाइलिश जगह जाकर उसने बाल कटवा लिये। अच्छी तरह नहा-धोकर, ख़ुशबूदार आफ्टर शेव लोशन लगाकर, नये कपड़ों में वह उसकी ओर गया। मन-ही-मन अपने सजने-सँवरने पर उसे हँसी भी आ रही थी।

सौदामिनी ने दरवाज़ा खोला। मुस्कराई। उसे देखते ही अर्कदीप्त के मन में इच्छाओं-कामनाओं का संचार होने लगा।

"आज समय नहीं है," सौदामिनी ने कहा, "शाम को एक बड़ी पार्टी है। किचेन के लोग अकेले नहीं सँभाल पाएँगे।"

"तो?" वह हताश होने लगा। अपना सजना-सँवरना व्यर्थ हो गया। इतनी मेहनत बेकार जाएगी।

"तो क्या, आज नूनर होगा, बस।"

"नूनर? वह क्या?"

"व्यस्त लोगों का लंच टाइम में प्यार—और क्या? बुद्धू!" सौदामिनी ने लाड़ से कहा, "चलो, कॉफ़ी पिएँ! समोसा खाओगे?"

"क्या मैं यहाँ खाने-पीने के लिए ही आता हूँ?"

सौदामिनी ने बिना कुछ कहे कॉफ़ी मशीन की स्विच ऑन कर दी। कॉफ़ी की मशीन ने अजीब तरह की आवाज़ें कीं—घड़, घड़, घड़, और फिर जैसे फूँक मारी। पहले प्याले में कॉफ़ी गिरी, फिर झागदार दूध, फिर अपने-आप चुप हो गई और लाल बत्ती जो जल रही थी, बुझ गई।

"मुझे लगता है कि पश्चिम की मशीनें भी इंसानों से अधिक इंटेलिजेंट होती हैं। उन्हें मालूम रहता है, कब क्या करना है, और कब चुप हो जाना है अपना काम करके," अर्को ने कॉफ़ी का घूँट लिया, "अच्छी है।"

"कैपुचीनो," सौदामिनी ने कहा, "रेस्तराँ के लिए यह मशीन लेना सोच रही हूँ, मगर—लोग तो भारतीय खाने के साथ चाय ही पसन्द करते हैं।"

"कॉफ़ी बहुत बढ़िया है।"

दोनों कुछ देर चुप रहे। बाद में जब वह उठकर जाने के लिए तैयार होने लगी तो अर्कदीप्त ने कहा, कुछ शरमाते हुए, "अब रविवार तक तो तुम रेस्तराँ में व्यस्त रहोगी?"

वह रुक गई, बोली, "सोचती हूँ, तुम्हें नौकरी दे ही दूँ। तब तुम आस-पास रहा करोगे," उसने माथे पर गिर आई लटों को समेटकर पीछे एक गाँठ लगा ली और जूड़ा बनाने लगी।

वह सौदामिनी को अपलक दृष्टि से देख रहा था। उसे सब कुछ बहुत अच्छा लग रहा था। सौदामिनी का फ़्लैट, जिसमें दिन को भी हल्की ही रोशनी रहती थी। मीठी झागदार कॉफ़ी और झटपट निबटाया हुआ यह नूनर—मन हुआ, यह क्षण पकड़कर गाँठ में बाँध ले।

"कैसी नौकरी? खाना बनाना तो आता नहीं है; हाँ, बर्तन धो सकता हूँ।"

"नहीं, मेरे प्रेमी की, वह जगह ख़ाली है, बरसों से—चाहिए?" वह हँस रही थी।

एक लट जो जूड़े में बाँधने से बच गई थी, उसे हल्के से माथे के पीछे करते हुए अर्कदीप्त ने कहा, "मगर स्थायी होगी तभी।"

उसने प्याला मेज़ से उठाकर किचेन की तरफ़ जाते हुए कहा, "इतना भाव-ताव करना कहाँ से आ गया?"

बिना प्रयत्न किये, अन्तस्तल से शब्द निकले, "जब से तुमसे प्यार करना शुरू किया।"

हाँ, प्यार ही तो है, उसने जाना। सब कुछ कितना सहज, कितना मादक, कितना स्वाभाविक, जैसे कोई जड़ धरती में गड़ी रहे, और सही समय पर खाद, पानी, धूप पाकर उसमें नन्ही-नन्ही कोंपलें फूट पड़ें!

सौदामिनी ने मुड़कर उसे चूम लिया, "किस सोच में पड़ गए?"

वह उठ खड़ा हुआ, "मुझे मंजूर है—परमानेंट, तुम्हारी चाकरी।"

"कहाँ जा रहे हो?"

"चलूँ, ढाई बज गए। तुम्हें नीचे जाना होगा और मैं भी कुछ घंटे लिख-पढ़ लूँगा।"

"हरगिज़ नहीं—सोचना भी नहीं।"

"तो फिर? मैं यहाँ क्या करूँगा?"

"मेरे लौटने का इन्तज़ार," उसने बाहर निकलते हुए कहा, "जब मैं लौटूँ तो ऐसे ही मिलना। मेरे इन्तज़ार में।"

दरवाज़ा बन्द हो गया। अर्कदीप्त ने साँस ली—तुष्टि की।

अपना बैकपैक खोला, किताबें निकालीं।

मगर उसका रोम-रोम उस समय की प्रतीक्षा में था जब वह रेस्तराँ बन्द करके लौटेगी।

यह एक नया संसार था—स्त्रियों का संसार, जिसमें पहले कभी झाँकने की आवश्यकता ही नहीं हुई थी। अब उसके आगे नई-नई दुनिया आकर बिखर गई है। यह संसार हमेशा उसके आस-पास था मगर उसने कभी खिड़की खोलकर उसे देखा ही नहीं—तार पर पड़े ताईजी और बऊ के कपड़े, किनारेदार मिल की बनी सूती धोतियाँ, और चौड़े-चौड़े बेडौल नाप के ब्लाउज, सफ़ेद जर्जर होते पेटीकोट, उनमें लटकते नाड़े जिनसे आँगन की ज़मीन पर बूँद-बूँद पानी टपकता रहता था। पान वाली शिवकली ताईजी के पास आनेवाली मोहल्ले की लड़कियाँ, बहुएँ अधिकतर रंग-बिरंगे, विचित्र-सी छपाई वाली साड़ियाँ पहनती थीं। यहीं तक तो उसकी आँख गई थी।

सौदामिनी, जैसे वह अपने साथ प्यार की मीठी बयार तो लाई ही है, उसके साथ-साथ कितना मृदुल, कितना रंगमय संसार! उसके शयन-कक्ष में तीन दरवाज़े हैं, एक अलमारी है, जिसमें उसकी साड़ियाँ और अन्य कपड़े हैंगरों पर टँगे रहते हैं। हर चीज़ करीने से, क़ायदे से तह की हुई। एक ओर काम वाले कपड़े, दूसरी ओर वह, जो सौदामिनी उसके साथ होने पर पहनती है। एक दरवाज़ा ग़ुसलख़ाने का था जिसका फ़र्श ठंडा रहता था—सफ़ेद, शायद संगमरमर। हंस-ग्रीवा के आकार के बिजली के बल्बों की क़तारें और पीछे से बड़ी खुली खिड़की, जिससे आसमान का एक टुकड़ा और सदाबहार वृक्षों की ऊँची क़तार दिखाई देती है। तीसरा दरवाज़ा उसने नहीं खोला, होगा कुछ।

सौदामिनी के अपने वस्त्र, काम पर वह अधिकतर काली पैंट और ऊपर भारतीय-सी कुर्ती पहनती थी, ऊपर से सफ़ेद कोट। पर अर्कदीप्त के साथ वह साड़ी ही पहनती थी—कोमल, मुलायम, रंगभरे रेशम की, और बिलकुल उसी रंग का रेशमी पेटीकोट। उसके अन्तर्वस्त्र अक्सर ब्लाउज से मैच करते थे—काले, गुलाबी, बैंगनी। छूने से ही महँगे और मुलायम लगते थे। उसके पहले साड़ी तो केवल साड़ी—रेशमी साड़ी, सूती साड़ी, नायलॉन की साड़ी। अब ध्यान में आया

कि जितने प्रदेश हैं, उनमें अलग-अलग तरह के रेशम हैं। अलग-अलग बुनावट और रंग हैं। कितना परिश्रम और कारीगरी। कश्मीर से लेकर केरल तक। कश्मीर की सिल्क अलग है। उसकी कढ़ाई में होते हैं चिनार के पत्ते, और दक्षिण में हंस, मयूर और कमल। मुनिया बॉर्डर भी होता है, यह उसने अभी-अभी जाना है। उस दिन सौदामिनी ने काले रंग की साड़ी पहनी थी जिसके बैंगनी बॉर्डर पर तोते बुने हुए थे।

"बुनकर इसे मुनिया बॉर्डर कहते हैं," उसे साड़ी का बॉर्डर छूते देख सौदामिनी ने कहा था।

"देश में कितने प्रदेशों के भिन्न-भिन्न रेशम हैं, कितनी तरह की बुनावटें, कितने रंग, कैसी कारीगरी!" अर्कदीप्त ने कहा, "कश्मीर से लेकर केरल तक, आसाम से लेकर गुजरात तक। हज़ारों-लाखों बुनकर लगे रहते होंगे—अपनी-अपनी तरह की साड़ियों में, और वे सजती होंगी—राजकुमारियों से लेकर कामवालियों तक, हज़ारों-लाखों स्त्रियों तक," उसने अचरज से भरकर सौदामिनी से कहा।

"राजकुमारियाँ पहनती हैं फ्रेंच शिफ़ौन," सौदामिनी ने कहा, "और अलभ्य मोतियों की माला।"

वह चुप रह गया। राजकुमारियों का परिवेश वह क्या जाने?

"मगर मेरी माँ बड़ी परम्परावादी थीं। हमेशा हाथ की बुनी साड़ी ही पहनती थीं। हैंडलूम की सूती या रेशमी, उनकी सारी साड़ियाँ मेरे पास ही आईं।"

सौदामिनी जब भी ख़ाली होती है, उसे फ़ोन करती है, और वह वक़्त-बेवक़्त, पगलाया-सा साइकिल लेकर चल पड़ता है। वह उसे दरवाजे पर ही मिलती है। उसे बाँहों में भरकर पूरा-पूरा चूमती है। उसके अपने होंठ पतले-पतले हैं, मगर सौदामिनी के भरे-भरे, कोमल, मदमय। वह क्या पहने थी, यह तो उसे बाद में ही पता चलता है जब वह पलंग के नीचे, जिस ओर सौदामिनी सोती है, रेशम का एक ढेर देखता है। कभी-कभी पूछ लेता है, "यह कौन-सी साड़ी है?"

वह हँसकर उसकी ओर देखती है, फिर कहती है, "यह है सिल्क, या बनारसी, या कांजीवरम्—तुम्हें इन सबसे क्या करना अर्कदीप्त?"

"तुमसे जुड़ी हर चीज़ में..." अर्कदीप्त ने कहा, "मुझे दिलचस्पी है—चाहे साड़ी हो बनारस की, या दाल मखनी का विशेष तड़का।"

वह हँसती रहती है। उसे अपने पास खींच लेती है, "तुमने कभी किसी पुरुष को अकेले साड़ी की दुकान में देखा है—एकदम हक्के-बक्के, विभ्रमित? फिर दुकानदार जो सलाह देता है, ख़रीद लेते हैं। बहुतों को तो यह भी पता नहीं होता कि उनकी पत्नी को कौन-सा रंग पसन्द है।"

वह भी साथ-साथ हँसने लगा। सौदामिनी की अपनी विशेष सुगन्ध है, जो समागम के बाद और प्रखर हो जाती है।

"मगर मुझे भी तो कीर्केगार्द के बारे में कुछ नहीं पता है।"

"मुझे भी उन सब डिशेज का क्या ज्ञान है जो तुम बनाती रहती हो? मेरे लिए तो आलू, बस आलू—तुम बनाती हो बनारसी आलू।"

"अरे, वह तो नाम है! बनारस में गंगाजी के किनारे पर जो आलू उगाया जाता है, उसका स्वाद ही अलग होता है। मगर डिश का नाम पड़ गया है—बनारसी आलू—चाहे जर्मनी में बने या जालंधर में।"

ज़िन्दगी इतना सब उड़ेले दे रही है, उससे सराबोर होना कितना सुखद है! स्त्रियों का संसार, उनका मन, उनकी आकांक्षाएँ, इच्छाएँ, उनके बदलते हुए मूड, उनकी रुचियाँ-आकांक्षाएँ—यह सब जानकारी वह अनायास ही लेता जा रहा है। लगता है, समृद्ध हो रहा है।

"तुम यह सब क्यों पूछते रहते हो?" वह उठकर तैयार हो रही है—घंटों बाद, अलस दोपहरी के संग-साथ के बाद।

"शोधार्थी हूँ न, ज्ञान जहाँ भी मिल जाए," अर्कदीप्त ने हँसकर कहा, "उसे ग्रहण करने से जीवन समृद्ध ही होता है, अब देखो..." वह सहसा चुप हो गया।

सौदामिनी ने साड़ी बाँध ली थी। अब वह कन्धे पर पिन लगा रही थी।

"आज साड़ी क्यों?"

"बस, ऐसे ही। मन हुआ। तुम यहाँ हो न...।"

"यह पहनकर खाना बनाओगी? दाग-धब्बे लग गए तो?"

सौदामिनी ने भर आँख उसे देखा, "लग गए तो क्या, धुल जाएँगे। साड़ी ही तो है।"

अब वह झुककर, दर्पण के आगे, कान में बुन्दे पहन रही थी। अर्कदीप्त ने देखा कि उसकी साड़ी में उसी रंग की धारियाँ थीं।

"तुम्हारे बुन्दे तुम्हारी साड़ी से मैच कर रहे हैं।"

"अरे वाह, अर्को," वह मुस्करा दी, "बड़े चतुर होते जा रहे हो! अच्छा, आज रात यहीं रुकोगे न? मैं खाना लेकर आऊँगी। आज के दिन वैसे ही भीड़ कम होती है। जाना मत।"

उत्तर में वह मुस्करा दिया। वह नहीं लौटेगा तो विन्स या हांस को चिन्ता नहीं होगी?

वह इसरार करती है तो मन में बड़ा अच्छा-अच्छा लगता है। वह सौदामिनी की बैठक में कम्प्यूटर खोलकर बैठा है। वह नीचे खड़ी होगी—एकाग्र, दत्तचित्त। हाथ जल्दी-जल्दी चलते हैं। सँवारकर, सजाकर प्लेट ऊपर रख देती है। मैरिलिन, उसकी सहायक, ऑर्डर नम्बर पुकारकर कहती है और वेटर तत्परता से ऑर्डर ले जाता है। बस, देर तक यह क्रम चलता है। भीड़ कम होने पर वह लम्बी साँस लेकर बैठ जाती है। धीरे-धीरे अपना पेय पीती है। फीके सोडे में नींबू। कितना कुछ उसके संसार में प्रवेश कर गया है! कहाँ वह दबा-दबा, संस्कारी परिवार

का अर्को, और कहाँ यह रंगमय, झिलमिल संसार, जहाँ कोई वर्जना नहीं है, सब कुछ खुला-खुला, आत्मीय-सा, जहाँ मद्धिम संगीत है—जसराज और शुजात हुसैन खाँ का गाया हुआ, अमीर खुसरो का 'छाप तिलक', जो हरदम मन के अन्दर किसी अनजान परत पर निरन्तर झंकृत होता रहता है, निर्गन्ध फूलों के रंग बिखरे रहते हैं। बाहर चाहे धुंध हो या बादल, उसके अन्दर हमेशा चाँदनी जैसी स्निग्धता रहती है।

वह याद कर रहा है। शुरू-शुरू में कितना शरमाता था, चेहरा गुलाबी हो जाता था, और वह धीरे-धीरे नटखट हँसी हँसती थी। उसके उघड़े शरीर को अपने पास खींच लेती थी। कभी कन्धे को, कभी कान की लवों को, कभी बन्द पलकों को हल्के-हल्के चूमती रहती थी। कितना अच्छा लगता था, जैसे उसका रोम-रोम जाग उठता था, और वह भी मदमस्त हाथी की तरह उसे प्यार करने लगता था। यद्यपि उसने कभी मदमस्त हाथी को प्यार करते नहीं देखा था। अब वह अपने-आप हँस दिया।

"अरे अर्को, पढ़ो, काम करो," उसने अपने-आपसे कहा, जैसे कोमल झिड़की। फिर मन लगाया, जबर्दस्ती, सामने खुले कम्प्यूटर पर लेख में—और डूब गया। जब दरवाज़ा खुला और सौदामिनी अन्दर आई—उसने चाभी मेज़ पर फेंक दी, और थकान भरी लम्बी साँस लेकर धम्म से बैठ गई।

"उफ़!" उसने कहा, "आज पसीने से तरबतर हो गई। तन्दूरी की लपटों ने जैसे झुलसा दिया।"

"क्यों, आज तन्दूर के पास क्यों?"

"महताब ख़ान नहीं आए, उन्हें जुकाम हो गया है। और एक बड़ी पार्टी आ गई—मरभुक्खे, नान पर नान की टोकरियाँ मँगाते रहे," वह उठ खड़ी हुई, "ज़रा नहा लूँ। फिर कुछ खाए-पिएँगे।" वह अन्दर चली गई, "तब तक वाइन की बोतल खोल लेना।"

दरवाज़े पर निकोलस था। अर्कदीप्त को देखकर अभिवादन में मुस्कराया, "खाना!" उसने कहा।

अर्कदीप्त ने बास्केट लेकर किचेन के काउंटर पर रख दी और सोचा कि कौन-सी बोतल खोले—लाल या सफ़ेद? फिर उसने स्वयं लाल वाइन की बोतल खोलकर मेज़ पर रख दी। अलमारी से दो गिलास, फिर प्लेटें-चम्मच, जैसे 'नमस्ते इंडिया' की टेबल सजी हो!

एकाएक उसे महसूस हुआ कि भूख बहुत ज़ोर से लग आई है। घड़ी पर नज़र गई। सचमुच काफ़ी देर हो गई है। वह अभी तक नहा ही रही है, उसने सोचा।

फिर अन्दर जाकर दरवाज़े पर हल्के-से दस्तक दी, "सौदामिनी, मुझे भूख लग रही है। कब तक नहाओगी?"

अन्दर से दरवाज़ा खुला और सौदामिनी ने उसका हाथ पकड़कर अन्दर खींच लिया, "अरे, क्या कर रही हो, भीग जाऊँगा!"

मगर वह हँस रही थी। भीगे हुए केशों से पानी टपक रहा था। पूरी तरह से अनावृत थी, और अब वह भी फुहार के नीचे था—पूरे-पूरे कपड़ों सहित। पानी की ठंडक उसकी क़मीज़ के नीचे से शरीर को छू रही थी। जीन्स भी भीग रही थी, और वह थी कि हँस रही थी और चपल उँगलियों से उसकी भीगती हुई क़मीज़ के बटन खोल रही थी।

"सौदामिनी," उसने उसके भीगे हुए सुगन्धित केशों में चेहरा छुपा लिया। नींबू के फूलों जैसी ख़ुशबू थी उसकी लटों में।

सौदामिनी की उँगलियाँ क़मीज़ के बटनों पर ठिठक गईं।

"रुक क्यों गईं?" उसने कहा और स्वयं क़मीज़ उतारकर फेंक दी।

उसने अर्कदीप्त के कन्धे में अपना चेहरा छुपा लिया। अर्कदीप्त ने हाथ बढ़ाकर तौलिया खींच ली और फुहार से निकलते हुए सौदामिनी को ढँक लिया। फिर वे वैसे ही भीगे-भीगे आकर बिस्तर पर गिर गए। सब कुछ गीला-गीला था—उनके बाल, उनके चुम्बन, उनकी जाँघों पर बहता हुआ द्रव...और बिस्तर भी तो।

जब वह जागा तो घड़ी रात के पौने तीन बजा रही थी।

वह उठकर बैठ गया। पलंग पर सौदामिनी नहीं थी। अर्कदीप्त ने गिरी हुई तौलिया उठकर कमर में लपेट ली और बाहर आया। सौदामिनी बैठी हुई वाइन पी रही थी। पूरी तरह से रात्रि-वस्त्रों में ढँकी हुई।

"आओ," उसने कहा, "तुम्हारे जागने का इन्तज़ार कर रही थी। खाना खा लें।"

"ठंडा हो गया होगा," अर्कदीप्त ने वाइन को मना करते हुए कहा।

"अभी गर्म हुआ जाता है," वह उठने को हुई।

पर अर्कदीप्त ने कहा, "मैं गर्म किये देता हूँ।"

घड़ी ने तीन के घंटे बजाए।

"बाहर शायद बर्फ़ गिरने लगी है," सौदामिनी ने कहा।

"नहीं, अभी बर्फ़ कहाँ से? बस, बादल है।"

मालूम नहीं, सौदामिनी के हाथ का स्वाद था या अकस्मात् स्नान और नैकट्य का नशा, "तुम्हारा खाना दिन-पर-दिन स्वादिष्ट होता जा रहा है।"

वह मुस्करा दी, "मेरी मैकार्थी—अमेरिकन लेखिका—ने एक जगह लिखा है कि अतृप्त स्त्रियों का खाना भी बेस्वाद होता है। और जब स्त्री तृप्त होती है तो खाने में अपूर्व स्वाद आ जाता है।"

"मुझे भी सिखा दो।"

"क्या? प्यार करना? खाना बनाना?"

"दोनों ही," अर्कदीप्त मुस्करा दिया।

"सीख जाओगे, बल्कि सीख गए हो—प्यार करना, मुझे तृप्त करना," वह मुस्करा दी।

"जीन्स सूखने में समय लगेगा," उसने कहा, "तब तक तुम्हारी ताबेदारी मैं करूँगा।"

"अच्छा, कैसे?"

"पैर दबाऊँगा। तुम जो भी हुक्म दोगी, उसका पालन करूँगा।"

सौदामिनी ने उसके कन्धे में सिर छुपा लिया, "मुझे इतना प्यार मत करो अर्को, मेरे सूरज..."

"क्यों?"

"कहीं रोते न रह जाओ।"

"ऐसी बातें मत करो। अब न कहीं मैं जाऊँगा, न तुम। हम ऐसे ही रहते रहेंगे—प्यार करते हुए। मैं..." उसकी आँखों के आगे कम्प्यूटर आ गया, जिसकी स्क्रीन पर इबारत मिट चुकी थी, क्योंकि घंटों से खुला था।

"अब चलो, सुबह होने में समय है।"

"मगर," अर्को ने कहा, "मुझे ग्यारह बजे डॉ. हाइनर से मिलना है।"

"तब?"

"तब क्या? जाना होगा—गीली जीन्स पहनकर।"

"पागल हो—चलो, मैं ले चलती हूँ। साइकिल बाद में ले जाना।"

उसने गीली जीन्स पहन ली। ठंड से बदन में झुरझुरी हुई। मगर मिठास भरी सौदामिनी ने रात्रि-वस्त्रों के ऊपर रेनकोट पहन लिया, चाबियाँ उठाईं और बोली, "चलो।"

सड़क पर सन्नाटा था, आकाश में बादल। इस मौसम में चाँद और सूरज मुश्किल से दीखते हैं। हेडलाइट के दायरों में गाड़ी आगे बढ़ती गई। दोनों चुप थे। अर्कदीप्त का मन और शरीर, दोनों ही तृप्त थे।

सौदामिनी ने कहा, "सॉरी, तुम्हें रोक लिया। अब क्या कहोगे?"

"कुछ पृष्ठ लिखे रखे हैं। वही डिस्कस कर लेंगे सौदामिनी!"

"हूँ!" उसने गाड़ी रोक दी थी। हेडलाइट जल रही थी। प्रकाश के वृत्त सड़क पर उजाला कर रहे थे।

वह उतरा। ड्राइवर की सीट की ओर आया। झुककर उसके गाल को चूमा और पूछा, "फिर कब?"

"जल्दी ही। शायद आज शाम को ही, आ सकोगे?"

"इतना नदीदापन," वह हँसा, "आऊँगा, क्यों नहीं!"

उसने हल्के-से दरवाज़ा खोला। कपड़े उतारकर नई पैंट पहनी। बैकपैक से कम्प्यूटर निकाला। अब नींद उड़ गई थी। काम बाक़ी था।

अब जीवन के बाक़ी दिन यूँ ही बीतेंगे। वह 'नमस्ते इंडिया' में काम करेगी और वह पढ़ता-लिखता रहेगा। तीन वर्ष पूरे होने पर यदि थीसिस समाप्त नहीं हुई तो भी कुछ न कुछ सिलसिला तो निकल ही आएगा।

ख़ाली समय में वह अपने कम्प्यूटर पर संगीत सुनता है, शुजात हुसैन ख़ाँ का सितार, साथ-साथ गायन। एक-एक शब्द कितना सुन्दर, रस में डूबा! अगर वैसा सम्पूर्ण समर्पित प्यार करो तो जीवन कितना सुन्दर हो जाता है—एक आशीर्वाद-सा!

मगर इसका समय कहाँ है? वह लाइब्रेरी का कोष्ठक, उसमें रखी पुस्तकें और सोरेन कीर्केगार्द—मुझे देखो, मुझे देखो, उधर वह गा रहे हैं—'मोहे सुहागन कीन्हो...'

वह भी कभी-कभी तो गुनगुना उठती है, अपने में डूबी।

"ज़ोर से गाओ।"

तो वह झेंप जाती है, "सुनते-सुनते राग कानों में बस जाता है। कभी संगीत न सीखने का दुख रहेगा।"

"तुम्हारी कज़िन नाम के आगे भट्टाचार्य क्यों लगाती है? तुम तो राय चौधरी हो।" अर्कदीप्त से रहा नहीं गया, शिशिर से पूछ ही लिया।

"उसके पति—छोटी उम्र में ब्याह हो गया था, शायद साथ पढ़ते थे—ठीक से मालूम नहीं। ऐसी बातें कौन पूछता है?"

"तो अब वह कहाँ हैं?"

"अलग-अलग रहते हैं। वह अफ़्रीका में, यह जर्मनी में। आर्किटैक्ट हैं। अफ़्रीका में कहीं टाउन प्लानिंग कर रहे हैं।"

"बड़ा मूर्ख है वह भट्टाचार्य," अर्कदीप्त के मुँह से निकल गया।

शिशिर हँसा, "तुम तो जानते हो, यहाँ यही होता है। जब तक निभी, साथ रहे। नहीं निभी तो अलग-अलग रास्ते। और सही भी है, क्यों बँधें? दुख झेलते रहें?"

अर्कदीप्त गहन सोच में। क्या कहे, समझ नहीं पाया। ज़्यादा जिज्ञासा दिखाने से शिशिर को शक हो जाएगा। और वह इस सम्बन्ध को कुछ समय के लिए गोपनीय रखना चाहता है। अभी तो प्रारम्भ है। मालूम नहीं, यह राह किधर जा मुड़े।

फिर एक दिन वह स्वयं ही अपने बारे में बताने लगी, "हम दोनों यूनिवर्सिटी में मिले थे। मैं बी.ए. के अन्तिम वर्ष में थी, बनारस में। वह पढ़ाई ख़त्म कर चुके थे। अमेरिका जाकर पढ़ने की तैयारी कर रहे थे..." वह कहते-कहते रुक गई, "मेरी माँ को पसन्द नहीं थे। बहुत साधारण परिवार था। मैं माँ के साथ ही

रहती थी। माँ ऊँची जगह ब्याह करवाना चाहती थीं—कोई बहुत अमीर, उद्योगपति राजकुमार जैसा। स्वयं भी एक छोटे-मोटे राज-परिवार की बेटी थीं। वही राजसी मिजाज़, शान-शौकत मेरे लिए भी चाहती थीं। पर मैंने उनकी एक न सुनी। बस, हमने ब्याह करने का निर्णय करके माँ को सुना दिया। माँ ने बहुत समझाने की कोशिश की मगर मैं तो, जो करना था, कर लिया। फिर माँ ने धूमधाम से ब्याह तो कर दिया, पर छुप-छुपकर आँखें पोंछा करती थीं। ख़ैर, हम चले गए अमेरिका। भट्टा पढ़ने लगे। इतना पैसा नहीं था कि दोनों पढ़ सकते। मैंने शाम की क्लास में नाम लिखा लिया। शेफ़ की ट्रेनिंग—तफ़रीह में। क्लास सप्ताह में दो बार होती थी और बाक़ी दिन मैं एक रेस्तराँ में काम करने लगी। कहाँ से कहाँ आकर गिरी..." वह देर तक चुप रही।

अर्कदीप्त भी कुछ नहीं बोला। उसे आश्चर्य हो रहा था कि वह कितने तटस्थ भाव से अपनी ज़िन्दगी का खुलासा कर रही थी, जैसे किसी किताब में पढ़ी कहानी का प्लॉट बता रही हो!

"विवाह के बाद भट्टा वह नहीं निकले, जैसे मैं समझी थी। पारम्परिक सोच, हीनभावना-ग्रस्त, पढ़ाई का परिश्रम, पत्नी का धन-अर्जन—बस, पटरी से उखड़ गए। मैं ख़ुश थी अपनी ट्रेनिंग से, अपनी नई नौकरी से। बस, पुरुष का वश पत्नी तक। बहुत असुरक्षित रहने लगे। तरह-तरह के आरोप, फिर मार-पीट।"

"क्या?"

"हाँ, सही था उनका शक। रेस्तराँ का मालिक परिपक्व, बहुत चिकना-चुपड़ा। मैं फिसल गई। दैहिक सम्बन्ध हो गया। भट्टा तो मरने-मारने पर आ गए। बन्दूक भी ख़रीद ली। फिर मैंने ही ब्रेकअप कर लिया।"

"तुम्हें दुख हुआ होगा?" अर्कदीप्त ने अपने अन्दर की एकाएक दिप उठी ईर्ष्या को छिपाकर पूछा।

"नहीं रे, मुझे कोई प्यार-व्यार थोड़े ही था! अकेलेपन से घबराकर रिश्ता बना लिया। हम दोनों में शरीर के अलावा कुछ कॉमन नहीं था।"

अर्कदीप्त चुप रहा। उसे लग रहा था कि यह सब सौदामिनी ने न बताया होता तो ठीक रहता।

"तुम्हें सुनकर बुरा लग रहा है?" सौदामिनी ने एकाएक पूछा।

वह एकदम 'हाँ' नहीं कह सका। यद्यपि सच्चाई यही थी।

"नहीं, मुझे क्यों बुरा लगेगा?" उसने सफ़ाई से झूठ बोला! वह सोच रहा था, 'यदि मैं ऑथेलो होता तो मैं भी तुम्हारा गला घोंट देता, मेरी डेस्टिमोना।'

"नहीं, मुझे बिलकुल बुरा नहीं लगा," उसने दुबारा कहा। एकदम झूठ!

"आर्थर तलाक लेने को राजी था। मगर मैं उतनी कमिटेड नहीं थी। नये देश, नये परिवेश और भट्टा के आचरण से मैं पलायन कर रही थी। बहुत अकेली

हो गई थी। किधर मुड़ूँ, कहाँ जाऊँ, समझ नहीं पा रही थी। उसमें एक परिपक्व प्रेमी—मैं बह गई।"

"फिर?"

"फिर क्या? छोड़ दिया उसे। भट्टा से सुलह कर ली। आज्ञाकारिणी पत्नी बनकर रहना चाहा। मगर यह रिश्ते बहुत नाजुक होते हैं अर्को। एक बार दरार पड़ गई तो दिन-ब-दिन बढ़ती ही जाती है। भट्टा आए-दिन गालियाँ देते थे। मारते-पीटते थे। एक बार भरे जाड़े में धक्का देकर घर से निकाल दिया, तो पड़ोसियों ने पुलिस बुला ली। इतने ज़ोर से धक्का दिया कि गिरने से बाँह टूट गई।"

उसका गला भर आया था। अर्कदीप्त समझ नहीं पा रहा था कि वह क्या करे। चुपचाप उसके बाल थपकता रहा।

"फिर उन्हें जर्मनी में एक प्रोजेक्ट मिल गया। यहाँ आकर मैंने अपनी शेफ़ की ट्रेनिंग का लाभ उठाया। रेस्तराँ में काम करने लगी। उनके वापस जाने तक मैं उनसे अलग होने का निश्चय कर चुकी थी। शिशिर के माता-पिता ने बहुत मदद की। रेस्तराँ के लिए लोन दिलवाया और कितने दिन अपने पास रखा। तभी तो उसका इतना मान करती हूँ, प्यार भी—छोटे भाई की तरह। अगर वे लोग न होते तो..." उसने अर्कदीप्त को देखा, "तुम्हें यह सब जानकर वितृष्णा तो नहीं हो रही है अर्को?"

वह मौन रहा।

"मगर तुम सब पुरुषों से अलग हो। तुम्हारे साथ मैं अपने स्वत्व को सुरक्षित पाती हूँ। और रहा स्ट्रगल, जीवन-संघर्ष—वह तो जीवन का अंग बन गया है। मुझे ऊर्जा देता है। साहस देता है।"

अर्कदीप्त अब भी चुप है।

"तुम्हें यह जानकर वितृष्णा तो नहीं हो रही है? आख़िरकार तुम्हारे कितने परम्परावादी संस्कार होंगे!" उसने दोबारा कहा।

"नहीं सौदामिनी," उसकी समझ में नहीं आया कि क्या कहे, या कैसी उथल-पुथल हो रही है अन्दर।

फिर उसने पूर्ण रूप, सच्चाई से कहा, "हम पल-पल बदलते रहते हैं। जो तुम अठारह-उन्नीस साल की उम्र में थीं, वह अब नहीं हो। जो नहीं बदलते, उन्हें ज़िन्दगी और समय तोड़ देता है। तुम विशिष्ट हो...और..."

"और क्या?"

"तुम उन पुरुषों के साथ जो थीं, वह अभी नहीं हो। तुम मेरे साथ की 'तुम' हो। इस क्षण, इस समय की सौदामिनी। वे क्षण बीत चुके हैं।"

"पर उन सम्बन्धों ने ही तो मुझे गढ़कर जो बनाया, वही तो मैं अब हूँ।"

"हाँ, हर सम्बन्ध हमें कुछ देता है, और हमसे कुछ छीन भी सकता है। मगर तुम अब मेरे पास हो। तुम्हारे सम्बन्धों ने नहीं, तुम्हारे सतत जीवन-संघर्ष ने तुम्हें

गढ़ा है। चौदह-चौदह घंटे रेस्तराँ में काम करना आसान नहीं है। देखता नहीं कि तुम कितनी थक जाती हो? फिर भी हर रोज़, नये सिरे से..."

"वही-वही काम, रोज़-रोज़," सौदामिनी ने कहा।

"तुम जो हो, अतीत के अनुभवों की गठरी हो, और तुम जो आज, अभी हो," उसने सौदामिनी के हाथ अपनी मुट्ठियों में बाँध लिये, "मेरे लिए वही एक सौगात है—ज़िन्दगी का दिया हुआ एक अपूर्व, अलभ्य गिफ्ट। अब तुम...तुम...वह 'मेरी' हो..." वह रुक गया। वह सम्पत्ति नहीं है—एक स्पन्दित, प्रवाहमयी, प्रेम से भरपूर इकाई है, सोचकर कुछ देर मौन रहा।

"मुझे तुम पर गर्व है सौदामिनी," उसके स्वर में सच की खनक थी।

उसने उठकर सौदामिनी को बाँहों में ले लिया। हल्के-से उसके गाल पोंछे और वह उसकी बाँहों में सिमट आई। एक सम्पूर्ण, समर्पित, आह्लादित, उल्लसित क्षण—काश, यह क्षण बाँधा जा सकता, अर्कदीप्त ने सोचा। फिर धीरे-धीरे कहा, "वह अतीत था, बीत गया है। तुमने ज़िन्दगी की उठा-पठक देखी है, मैंने नहीं। तुम बहुत स्ट्रौंग हो और मैं बहुत कमज़ोर। मगर यह जान लो कि सारी त्रुटियों और कमियों सहित पूर्ण रूप से तुम्हारे प्रति कमिटेड हूँ। तुम अपनी स्ट्रेंथ से मुझे भी स्ट्रौंग बना रही हो। अब भुला दो अपने पास्ट को। पर याद रखना—मुझसे इतनी आसानी से छुटकारा नहीं पा सकोगी।"

"चाहती भी नहीं," वह आँसुओं के बीच मुस्कराने लगी। "मगर तुम्हें मेरा अतीत, मेरे अन्य पुरुषों से सम्बन्ध, बुरा लगा न—सच कहना...?"

"सच जानना चाहती हो तो, हाँ—धक्का-सा लगा। परम्परागत पुरुष संस्कार। मगर जल्दी ही उससे अपने को मुक्त कर लूँगा। पवित्र-अपवित्र—यह सब क्या है, सौदामिनी? समाज के बनाए नियम, परम्पराएँ—पुरुष अपवित्र नहीं होता तो स्त्री क्यों अपवित्र मानी जाए? ये सब पूर्वजों के बनाए नियम हैं—अपनी पुरुष सत्ता को बनाए रखने के लिए। डरते होंगे स्त्री की शक्ति से, इसीलिए तो..." वह चुप हो गया।

सौदामिनी उठकर बैठ गई, "वह सब अस्थायी सम्बन्ध, जैसे भूमिका थी, जिससे जब असली प्यार मिले तो पहचान सकूँ।"

"तो पहचाना?"

"पहचाना तो, तभी तो चाहती हूँ, तुम्हें बाँधकर रख लूँ। मगर डर लगता है..."

"डरना छोड़ दो। मैं अब यहीं हूँ, रहूँगा—तुम्हारे निकट। धक्का दोगी तो भी हनुमान की पूँछ की तरह टस से मस नहीं होने वाला।"

"यह हनुमान जी की पूँछ कहाँ से आ गई?"

अर्कदीप्त मुस्करा दिया, "कभी महाभारत पढ़ा होता तो जानतीं। तुम तो विदेशों में पढ़ीं।"

"कभी पढ़ूँगी...ज़रूर।"

"छोड़ो, तुम्हारे बस का नहीं। तुम्हारे हिस्से की पढ़ाई मैं कर लूँगा।"

अर्कदीप्त आश्वस्त हुआ। सौदामिनी के प्रेम-सम्बन्धों से बात हटकर अलग आ गई थी। उसने प्यार से सौदामिनी के बाल थपथपाए, "फ़िज़ूल की बातें सोचना छोड़ दो। गिल्टी फील करने की कोई ज़रूरत नहीं है। मुझे कोई फ़र्क़ नहीं पड़ता।"

और जाना कि पहले धक्के ने जो झकझोरा था, वह तो कब का बीत गया। अब सचमुच कोई फ़र्क़ नहीं पड़ता, और वह स्वयं सौदामिनी के प्रति पूर्ण रूप से कमिटेड है।

"नहीं, नहीं," कुछ दिन बाद फिर सौदामिनी ने कहा, "मैं अपने अतीत पर शर्मिन्दा नहीं हूँ। जिस समय जो धारा बह रही थी, उसी में डूब गई थी। उसी क्षण मैंने जो अनुभव किया, वही किया। कोई अच्छा लगा तो कुछ समय साथ हो ली। फिर जब ऊब गई तो चुपचाप अलग हो गई। यह सम्बन्ध लघु थे। मगर उनसे मुझसे बहुत कुछ मिला—आत्म-सम्मान, अपने वांछनीय होने का अनुभव। मगर वह सब बीत गया, 'नमस्ते' के बाद उस सबकी ज़रूरत ही नहीं पड़ी। इसी में मन में कितना सुख, सुकून मिलता है, और अब..."

"अब?"

"बस, कभी-कभी डर लगता है।"

"किस बात का?"

"कि कहीं तुम..."

उसने सौदामिनी के मुँह पर हाथ रख दिया, "बस, बहुत कह लिया। अब हम कभी यह बात नहीं करेंगे। तुम्हें कैसे समझाऊँ कि तुम्हारा अतीत मेरे लिए ज़ीरो है? हाँ, पहली बार सुनकर धक्का लगा था। जिस परिवेश में मैं पला, बड़ा हुआ, वहाँ ऐसा खुलापन नहीं था। मगर उससे कब का उबर गया हूँ और मैं उन पुरुषों को दोष नहीं देता जो तुम्हारी ओर खिंचे चले आते थे। तुम हो ही इतनी सेक्सी, इतनी मीठी, इतनी चटपटी..."

सौदामिनी जो पहले सोच में डूबी मौन थी, अब हँस पड़ी, "चटपटी? जैसे पोदीने की चटनी!"

"तुम नहीं समझोगी," अर्कदीप्त झुंझला आया, "तुम क्यों बार-बार अपने खुरंड उचेलती रहती हो? क्या तुम स्वयं शर्मिंदा हो?"

"नहीं, नहीं। मगर तुम नहीं जानते, भारतीय स्त्रियों की उन तीरों की वर्षा से मैं कितनी आहत हुई थी। हमारा समाज—हमारे लोग उठकर तो चले आते हैं, पर अपना दकियानूसीपन साथ बाँध लाते हैं, अपनी संकुचित मानसिकता से बँधे रहते

हैं। कोई भी व्यक्ति अगर लीक से हटकर चलना चाहे तो उसे अपनों से कितनी भर्त्सना मिलती है, क्या बताऊँ!"

अर्कदीप्त चुप रहा। वह सही कह रही थी। उसने सौदामिनी को बाँहों में समेट लिया, "प्रॉमिस करो, अब से तुम कभी ऐसी बातें नहीं करोगी? तुम जो हो—सम्पूर्ण, सुन्दर स्त्री, उसके आगे मैंने पूर्ण रूप से समर्पण कर दिया है।"

तब वह मुस्कराई और अपने को सिमट जाने दिया अर्कदीप्त की बाँहों में।

पहले उसे कोपेनहेगन जाना अच्छा लगता था। सात-आठ घंटे की यात्रा। गर्मी की उजली-उजली धूप, सर्दी का अन्धकार। वह कभी समुद्र तट पर जाकर बैठ जाता, कभी पद-यात्री सड़क पर और लोगों के साथ चलता रहता। दुकानों की रोशनियाँ देखता रहता। हर चीज़ कितनी सजी और सुन्दर, और लोग भी, स्वस्थ, सुरूप। महँगाई के कारण कुछ ख़रीदने का सवाल भी नहीं था और कुछ लेने की ज़रूरत भी नहीं थी—केवल कपड़ों के, जो उसके बजट से बाहर होते थे।

पर अब दो दिन के लिए कोपेनहेगन जाना उसे पहाड़ जैसा लग रहा था। मगर ज़रूरी था और डॉ. हाइनर का सुझाव कि अगले काम के लिए उसे सामग्री वहीं मिलेगी।

उसने सौदामिनी के लिए फ़ोन पर सन्देश छोड़ दिया : 'काम से दो-तीन दिन कोपेनहेगन जा रहा हूँ। आने पर मिलूँगा। तब तक...'

सारी राह उसकी आँखों के आगे सौदामिनी की छबि नाचती रही। उसका मुस्कराना, उसका कोमल हो आया चेहरा, उसके भरे-भरे होंठों का स्पर्श, उसकी स्निग्ध त्वचा—वह कितना आश्वस्त होकर उसकी बाँह पर सर रखकर सो जाती है! उसका बार-बार मन होता कि वह फ़ोन करे, पर जान रहा था कि वह व्यस्त होगी—लंच के लिए आने वालों की तैयारी में। ऑर्डर आए और झटपट तैयार करके, प्लेट सजाकर परस दिये जाएँ, इसी में उसका ध्यान होगा।

तीसरे दिन जब वह काम समाप्त कर कीर्केगार्द म्यूज़ियम लाइब्रेरी से निकला तो ठीक सामने की बेंच पर सौदामिनी बैठी नज़र आई। आस-पास फूलों के पेड़ थे और हरी झाड़ियाँ। वह ठिठककर वहीं खड़ा हो गया। वह कैसे? यहाँ?

वह उसे देखकर मुस्कराई, उठी। कुछ क़दम चलकर उसकी ओर आई। उसे बाँहों में भरकर उसके होंठों को चूमा। सब कुछ सहज, स्वाभाविक। यह तो इन देशों का रिवाज़ ही है। आते-जाते लोग कभी दूसरी दृष्टि भी नहीं डालते। पर अभी पब्लिक में आत्मीयता के प्रदर्शन से वह असहज हो जाता है, "तुम कैसे?"

"बस, तुम्हारी याद आने लगी तो उठी और चली आई।"

वह चुपचाप उसे देखता रहा। कितनी भिन्न लग रही थी, कितनी युवा, कितनी प्रफुल्लित! तंग मोहरी की पैंट—सफ़ेद, उसके ऊपर कुर्ती—नीले रंग की, हल्की लेसदार। बहुत ताज़ी लग रही थी।

"कब तक काम चलेगा?" सौदामिनी ने पूछा।

"काम ख़त्म हो गया। जो कुछ चाहिए था, मिल गया। अब सब अंग्रेज़ी में उपलब्ध है। कोई दिक़्क़त नहीं हुई।"

वह चुपचाप उसे देखती रही।

"मगर यहाँ आना ज़रूरी था। अच्छे को चला आया।"

"हाँ-हाँ, जब डॉ. हाइनर ने कहा था तब तो आना ज़रूरी था। कहाँ रुके हो?"

"एक यूथ हॉस्टल में।"

"मैं रुकी हूँ, होटल मरीना में। टूरिस्ट जगह है। नहर के पास बहुत सारे होटल और अच्छे-अच्छे रेस्टोरेंट हैं। देखना है—मिलना भी है कुछ लोगों से। अब क्या प्रोग्राम है?"

"कुछ नहीं, ख़ाली हूँ," वह साथ-साथ चलता जा रहा था।

"तो ऐसा करें," उसने कहा, "आज फ़रीदा खानम का प्रोग्राम है। उसे सुनेंगे। फिर पाकिस्तानी रेस्तराँ में लाहौरी चिकन खाएँगे। साहिल को जानते हो न, उसकी फैमिली चलाती है। उसका बड़ा भाई मेरे साथ था। खाना अच्छा होता है, फ्रंटियर का।"

वह उत्फुल्लित थी, चलती जा रही थी और सहज रूप से बोलती भी जा रही थी।

अर्कदीप्त ने कभी फ़रीदा खानम का नाम नहीं सुना था, "फ़रीदा ख़ानम?"

"हाँ, बहुत मशहूर हैं, ग़ालिब को गाती हैं। तुमने 'नमस्ते' में बजते संगीत पर ध्यान नहीं दिया।"

वह हँस दिया, शरमाया-सा।

सामने ही बस अड्डा था।

"तुम पहले आ चुकी हो?"

"बहुत बार। दूरी ही कितनी है : मुझे अच्छा लगता है। सब कुछ खुला-खुला, कॉस्मोपॉलिटन। तुलना में जर्मनी अभी भी संकुचित है।"

बस कब चली, कब रुकी और उनका ठिकाना आ गया। उसे सब कुछ एक सपना-सा लग रहा था।

"चलो, उतरो," सौदामिनी ने अपना बड़ा-सा पर्स कन्धे पर डाला, और वे नीचे उतर आए।

हवा में समुद्र के पानी की महक थी। समुद्र उसने यूरोप में आकर ही देखा था और पाया था कि वह कितना आकर्षक और नीला है। यहाँ की नदियाँ भी भिन्न गति से बहती हैं—गंगा-जमुना की तरह नहीं।

वह यह सोच ही रहा था कि सौदामिनी ने होटल के बार का दरवाज़ा खोला और अर्कदीप्त को अन्दर आने का संकेत किया। तब उसे एकाएक लगा कि उसे सौदामिनी के लिए दरवाज़ा खोलना चाहिए था।

उसने कुर्सी खिसकाई, सौदामिनी बैठ गई।

"मैं तो मार्टिनी पियूँगी। तुम...?"

"मैं भी," वह थोड़ा-सा हँसा, "जेम्स बांड पीता है न, वैसी ही!"

वह भी हँसी।

स्वाद कुछ अजीब-सा लगा। वह अपने गिलास में औलिव हिलाते हुए कहने लगी, "जब हम न्यूयॉर्क जाते थे तो भट्टा हमेशा मार्टिनी पीते थे और मैं मैनहैट्टन, उचित लगता था। जैसे बम्बई जाओ तो बॉम्बे पंच पियो। पता नहीं, वहाँ मिलता है कि नहीं—शैम्पेन में फ्रूट पंच?"

"पता नहीं, मैं बम्बई कभी नहीं गया।"

"बस उठे, और दिल्ली से जर्मनी आ गए।"

"बस, ऐसा ही कुछ। हम लोग घर ही रहते थे ज़्यादातर। जब छोटे, अमृतांशु की ट्रेनिंग हो रही थी तब हम वहाँ गए थे—फिर मैं वापस आ गया और वे सब उत्तराखंड में केदारनाथ चले गए, वैसे बहुत धार्मिक नहीं हैं लोग।"

वह चुपचाप सुनती रही और सामने रखे कटोरे में से मूँगफली निकालकर टूँगती रही।

न जाने क्यों अर्कदीप्त के अन्दर बातों का एक सैलाब-सा उमड़ आया। वह कहता गया, "हम लोग टिपिकल मध्यवर्गीय। गर्मी की छुट्टी में नैनीताल, शिमला जाने की बात ही नहीं—बस, पंखे में रहो, पर्दे डाल दो। बरामदे में हमेशा खस की टट्टी लग जाती थी। उसी में पानी डालता रहता था और..." वह चुप हो गया।

"और कुछ-कुछ इधर-उधर का पढ़ता रहता था। शाम होती तो पानी का छिड़काव करके हम आँगन में चले जाते थे। शर्बत पीते थे, सत्तू खाते थे, छोटे साइकिल लेकर दोस्तों के पास चला जाता था। फिर साँझ हो जाती थी।"

वह याद करने लगा—ताईजी चूल्हा जलाकर शाम की रसोई प्रारम्भ करती थीं। एक हाथ से अपने ऊपर कभी-कभी पंखा झल लेती थीं। वह अपने कोठरीनुमा कमरे में चला जाता था और कुछ न कुछ पढ़ता-लिखता रहता था। उनके यहाँ न टीवी, न फ़ोन...और उसका अभाव भी नहीं पता चलता।

"कल का क्या प्रोग्राम है?" एकाएक अर्कदीप्त ने पूछा।

"तुम बताओ!"

"जलपरी की प्रतिमा देखने का इरादा था। फिर म्यूज़ियम, रात की ट्रेन से वापसी।"

"जलपरी?" उसके स्वर में आश्चर्य था।

"हाँ, हांस क्रिश्चियन एंडरसन की लोककथा वाली जलपरी।"

"वही, जो चट्टान पर बैठी-बैठी दूर झलकती शहर की रोशनियों को ताकती रहती है? वही न, अपने प्रेमी राजकुमार के राज्य की रोशनी?"

"हाँ, वही। उम्मीद है कि वह वहीं होगी। मालूम नहीं क्यों, कुछ लोगों को उससे खुन्नस है—कभी विकृत कर देते हैं, कभी चोरी ही कर लेते हैं।"

"होते हैं कुछ लोग ऐसे भी। उपद्रवकारी। एक और ड्रिंक लोगे?"

"हाँ। अगर तुम...आप चाहें।"

उसने चेहरे पर ढलक आए खुले बाल पीछे हटाए। थोड़ा-सा मुस्कराई, गड़ाकर उसकी आँखों में आँखें डालीं और मुस्करा दी, "तुम अब भी बहुत पढ़ते हो?"

"थीसिस की वजह से प्लेज़र रीडिंग का समय नहीं मिलता।"

"क्या पसन्द है—कविता, कहानी...?"

"विविध विषय, प्रकृति का संसार—पशु-पक्षी से लेकर शरलक होम्स तक। जो भी किताब कॉलेज लाइब्रेरी में मिल जाती थी। वहीं पढ़ीं 'हांस क्रिश्चियन एंडरसन की लोककथाएँ'।"

फिर वह एकाएक चुप होकर अपनी दूसरी मार्टिनी पीने लगा। उसे अपने में हल्के-हल्के सुरूर का आभास होने लगा। सभी कुछ अच्छा-अच्छा लग रहा था—बार की मद्धिम रोशनी, आस-पास की मेज़ों से बातचीत की अस्पष्ट ध्वनि। बाहर सड़क पर एकाएक भीड़ बढ़ने लगी थी।

"चलो, अब चलें। तैयार भी होना है।"

उसका कमरा चौथी मंज़िल पर था। एक बैठक, जिसके और शयनकक्ष के बीच के खुले दरवाज़े से पलंग दीख रहा था—दो तकिये, दो अलग-अलग रजाइयाँ। वहाँ भी पलंग के दोनों सिरों पर मद्धिम प्रकाश वाले लैम्प जल रहे थे। बैठक में सोफ़ा था, दो कुर्सियाँ, और एक बड़ा-सा टीवी। उसने अपना बैकपैक सोफ़े से टिकाकर रख दिया, जैसे उसका इरादा सोफ़े पर सोने का है!

सौदामिनी ने देखा, पर कुछ कहा नहीं।

"मैं तैयार हो लूँ। फिर तुम भी। भूख तो नहीं लगी है? कंसर्ट शायद साढ़े दस-ग्यारह तक चले।"

"मैं ठीक हूँ," उसने कहा। वह बैठ गया। उसे दिन-भर लाइब्रेरी में काम की थकान और दो मार्टिनी के नशे ने निढाल कर दिया था।

पहले थोड़ी देर वह बैठा रहा। फिर कब पैर फैलाकर लुढ़ककर झपक गया, उसे पता ही नहीं चला।

अपने माथे पर ठंडे हाथ का स्पर्श पाकर उसने आँखें झट से खोल दीं, जैसे सोया ही न था।

वह थोड़ी देर चुपचाप खड़ी-खड़ी उसे देखती रही, फिर हिचक से बोली, "अगर मन नहीं है तो जाने दो। मैं शाहिद और उसकी फैमिली के साथ चली जाऊँगी।"

वह झेंपा-झेंपा उठकर बैठ गया, "नहीं, ऐसी बात नहीं है। असल में दो दिन लगातार लाइब्रेरी में—अभी तैयार हुआ जाता हूँ।" उसने उठने का उपक्रम किया।

सौदामिनी ने मुस्कराते हुए उसके कन्धे पर दबाव डालते हुए कहा, "कोई बात नहीं, आराम करो, थके हुए हो। ज़रूरी नहीं है कि फ़रीदा ख़ानम को सुनने की सज़ा भुगतो।"

वह यही तो चाहता था। बिना प्रतिवाद किये वह फिर लेट गया। बोला, "सॉरी, मैं सचमुच बहुत थका हुआ हूँ।"

"कोई बात नहीं। तुम आराम करो। भूख लगे तो नीचे से कुछ मँगा लेना। मैं खाकर आऊँगी," वह दरवाज़े की ओर बढ़ी, ठिठकी और कहा, "सोफ़े पर कम्फर्टेबल नहीं रहोगे। जाओ, बेड पर सो जाओ।"

वह चली गई। उसके पीछे उसके इत्र की सुगन्ध मँडराती रही।

अर्कदीप्त ने एकाएक अँधेरे और उसके सन्नाटे को गुना। फिर वह उठा, कपड़े बदले और कुछ देर असमंजस में खड़ा रहा, पलंग के पास। वह एकदम सफ़ेद चादरों वाले, गुदगुदे, मुलायम पलंग का आकर्षण न रोक सका। वह लेट तो गया, पर नींद उड़ गई थी। उसने मेज़ पर रखी फलों की टोकरी में से एक सेब उठा लिया और टीवी खोल दिया। पहले कुछ चैनल में डेनिश के प्रोग्राम थे, पर एक के बाद एक चैनल बदलते हुए वह रुक गया। क़मीज़ और दुपट्टे में एक महिला कुछ गा रही थी। उर्दू सुनकर अच्छा लगा। फ़रीदा खानम ही होंगी, उसने सोचा। कुछ देर सुना फिर उसे कब झपकी आ गई, पता ही नहीं चला।

समुद्र के बीच स्थापित प्रतिमा को देखते हुए सौदामिनी ने कहा, "कितनी दुखद कहानी है इस जलपरी की!"

"हांस क्रिश्चियन एंडरसन की कुछ लोककथाएँ बड़ी क्रूर हैं—पूरी कहानी सुन्दर है और दुख-भरी।" अर्कदीप्त ने होटल से लाई तौलिया को रेत पर बिछाते हुए कहा और देखने लगे—मौन, सामने एक प्रस्तर खंड पर, चिन्तनमयी मुद्रा में कोपेनहेगन की प्रसिद्ध जलपरी बैठी थी। आस-पास टूरिस्ट चल-फिर रहे थे। कैमरों से तसवीर खींच रहे थे। कितना साफ़-सुथरा, शान्तिपूर्ण समुद्र तट था! सिर्फ़ हल्के स्वर में बातचीत—कभी किसी की हँसी की खनक ही सुनाई पड़ जाती थी।

"दुखद कहानी है," अर्कदीप्त ने कहा।

"सुनाओ, मैं भूल गई हूँ।"

"समुद्र के नीचे भी एक दुनिया है, जहाँ यह जलपरी अपनी बहनों के साथ रहती थी। हर जलपरी को अपनी पन्द्रहवीं वर्षगाँठ पर समुद्र से ऊपर आकर मानव

संसार को देखने की आज्ञा मिलती थी। हमारी यह जलपरी भी उत्साह और उतावली से ऊपर आई, जब पन्द्रह साल की हुई। एकदम स्तंभित रह गई वह आसमान, बड़े-बड़े महलों को देखकर। वहीं उसने एक सुन्दर तरुण युवक को देखा और वह तुरन्त उससे प्रेम करने लगी।"

वह चुप हो गया। समुद्र को देखने लगा, लहरें शान्त थीं। कुछ बादलों ने आकर सूरज को ढँक लिया।

सौदामिनी चुप रही। फिर बोली, "बहुत सुन्दर संगीत था उनका। मगर पैर नहीं थे—मछलियों की तरह थी न?"

"हाँ, मर्मेड," अर्कदीप्त ने आगे का तार पकड़ा, "तो हमारी जलपरी को उस युवक से प्यार हो गया। राजकुमार था वह। वह उससे मिलना चाहती थी, पर पैर तो थे नहीं, तो वह एक जादूगरनी के पास गई और उससे याचना की कि वह उसे पैर दे दे जिससे वह मानव संसार में प्रवेश कर सके। उसे पैर तो मिले मगर बदले में उस दुष्ट जादूगरनी ने उसका सुरीला स्वर ले लिया। वह गूँगी हो गई। राजकुमार को कभी पता ही नहीं चला कि वह उससे कितना प्यार करती है।"

दोनों कुछ देर चुप रहे, "बेचारी!" अर्कदीप्त ने आगे कहा, "यहाँ प्रस्तर खंड पर बैठी-बैठी मूक, अपने प्रेमी के राज्य में चमकती बत्तियाँ देखती रहती है।"

"मूर्ख था वह राजकुमार," सौदामिनी ने कहा, "एक सुन्दर कन्या उसके आस-पास डोलती रहती थी और वह समझ ही नहीं सका कि वह गूँगी लड़की उससे कितना प्यार करती है..." कुछ देर चुप रहने के बाद फिर कहा, "कुछ पुरुष होते ही हैं ऐसे मूर्ख, जो स्त्री-हृदय को पढ़ ही नहीं पाते। सामने प्रेम-पात्र लिये एक सुन्दर लड़की है, मगर मूर्ख वह समझ ही न सका। मूर्ख जो था।"

"तुम्हारे एक वाक्य में मूर्ख शब्द तीन बार आया है। तुम ज़्यादती कर रही हो सौदामिनी। कुछ स्त्रियाँ भी ऐसी होती होंगी जो पूरी तरह प्रेमी को समझ नहीं पातीं।"

"हो सकता है।"

"क्या कोई, सचमुच, अपने प्रेमी के लिए इतना त्याग कर सकता है?" अर्कदीप्त प्रतिमा को देख रहा था।

"स्त्री ही पगलाई रहती है, कभी किसी पुरुष को ऐसा त्याग करते नहीं सुना।"

"तुम ग़लत हो सौदामिनी। प्यार तो प्यार है—पुरुष के लिए भी और स्त्री के लिए भी। सब पुरुष एक-से नहीं होते। स्त्रियाँ भी सेल्फ़िश और संवेदनहीन हो सकती हैं," अर्कदीप्त ने कहा।

"क्या तुम, जलपरी की तरह अपने पैर कटवाकर, मौन होकर जीवन बिता सकते हो?"

"हाँ, क्यों नहीं!" वह मुस्करा दिया, "मेरा इम्तेहान लेना चाहती हो? तुम्हें मुझ पर विश्वास नहीं है?"

"मुझे अपने पर विश्वास नहीं है," उसने धीरे-से कहा। उसका चेहरा गम्भीर हो आया।

"चलो, छोड़ो यह बात," वह उठकर खड़ा हो गया। तौलिया उठाकर झाड़ने लगा।

"याद रखना यह बात," सौदामिनी ने धीरे-से कहा।

"और तुम भी।"

"उस जलपरी को वापस लौट जाना चाहिए था। राजकुमार ने तो किसी और राजकुमारी से ब्याह कर लिया था न?"

तौलिया तह करते हुए अर्कदीप्त ने कहा, "यह तो काल्पनिक कहानी है सौदामिनी। फिर भी प्रेमपात्र न पाकर भी लोग जीते रहते हैं।"

"मान लो, अगर मैं कहीं गुम हो जाऊँ, तो?"

"ढूँढ़ता रहूँगा, ढूँढ़ता रहूँगा। खोज ही लूँगा।"

"अपने पर इतना दम्भ?"

"दम्भ नहीं, विश्वास। चलो, चलें, रात की ट्रेन भी लेनी है।"

वह कहती है, "मुझे तुममें एक बात बहुत अच्छी लगती है।" वह कोपेनहेगन की सड़क पर साथ-साथ चल रहे हैं—चौड़ी सड़क, नियंत्रित यातायात, साइकिल तेज़ी से अपनी नियत लेन में, पदयात्री सुरक्षित, अपने पैदल पथ पर। वैसे सितम्बर-अक्टूबर में आकाश कभी-कभी ही इतना खुला-खुला और धूप-भरा होता है। दोनों साथ-साथ चल रहे हैं। क़दम अपने-आप एक दूसरे की रफ़्तार के अनुसार चल रहे हैं। चारों ओर दुकानें हैं, सजी-बजी, रोशनीयुक्त फूल—किताबें, कपड़े, बर्तन, गहने, सब कुछ।

"अरे चलो, अन्दर चलें। कुछ ख़रीदना है..." वह बात बीच में छोड़कर रुक गई।

चमाचम दुकान, खिड़की में विविध प्रकार की मालाएँ सजी हैं। चाँदी के पेंडेंट, मोतियों की रंग-बिरंगी लड़ियाँ, ऐम्बट।

वे दोनों अन्दर घुसे। क़ायदे के अनुसार अर्कदीप्त ने दरवाज़ा खोला। वह पहले प्रविष्ट हुई। बाद में हल्के-से बन्द करके वह स्वयं।

तब तक वह काउंटर पर जाकर एक प्रौढ़ व्यक्ति से बातें करने लगी थी और वह तरह-तरह के बुन्दे निकालकर काउंटर पर रखने लगा। वह बुन्दा उठाती, कान के पास ले जाती, दर्पण में अपने को देखती, "कैसा है?"

वह उल्लसित थी। उसकी आँखें दीप्त थीं, होंठों पर मुस्कान।

उसने दो जोड़ी बुन्दे पसन्द किये। अपना पर्स खोला।

"वह मुझे ख़रीदने दो सौदामिनी," अर्कदीप्त ने कहा।

"तुम? नहीं। कैसे ले सकती हूँ?"

वह हँसने लगा, "ग़रीब हूँ, मगर टुटपुँजिया नहीं," वह बोला।

वह भी हँसी। एक बुन्दे का जोड़ा अलग खिसका दिया। "बस, यही।" उसने दुकान के मालिक से कहा।

अर्कदीप्त ने किसी धन्नासेठ की मुद्रा में अपना बैंक कार्ड निकालकर आगे बढ़ा दिया। एक मिनट को लगा कि कहीं पर्याप्त पैसे न हुए तो? मगर ऐसा हुआ नहीं। छोटा-सा डिब्बा सुरुचि से पैक करके दुकानदार ने सौदामिनी को पकड़ा दिया और रसीद के साथ कार्ड वापस अर्कदीप्त को।

अर्कदीप्त ने रसीद पर नज़र नहीं डाली। उसे लग रहा था कि यदि वह गोलकुंडा की सारी स्वर्ण और हीरे की खानों का मालिक होता तो वह सब उस समय सौदामिनी पर लुटा देता।

वे खुली सड़क के किनारे एक कैफे में जाकर बैठ गए। दोनों ने अपने लिए एक-एक बियर ऑर्डर की।

सौदामिनी ने बैठे-बैठे डिब्बी खोली और अन्दाज़ से कानों में बुन्दे पहन लिये। ऊपर चाँदी की एक मधुमक्खी थी और नीचे पीले एम्बर की लटकन।

"सुन्दर," अर्कदीप्त ने कहा। कम पीता था मगर यूरोपीय बियर उसे पसन्द थी।

"तो मैं कह रही थी," सौदामिनी ने छूटी हुई बात का सूत्र फिर पकड़ा, "मुझे बहुत अच्छा लगता है कि तुम्हारे अन्दर अपने भारतीय संस्कार कूट-कूटकर भरे हैं। पूरे परिवार के प्रति इतना प्यार—बड़ों के लिए आदर, छोटों के लिए स्नेह। अपनी सभ्यता के लिए इतना लगाव और गुमान। अपने साथ के लोगों को देखो—मस्तूल-हीन नाव की तरह इधर-उधर थपेड़ों पर ऊपर-नीचे होते रहते हैं।"

"मेरी परवरिश ही ऐसे हुई है। एकदम भारतीय।"

"तभी तो अच्छा लगता है। मेरी माँ तो न इधर की, न उधर की। अमीर खानदान का दर्प, परन्तु केन्द्रहीन, और पापा तो अंग्रेज़ों को भी मात करते थे। घर में कोई बड़ा भी नहीं था, जो मुझमें संस्कार डालता। माँ अपने को सौ प्रतिशत भारतीय कहती थीं। परन्तु बचपन से ही नाना के साथ विलायत जाना, वहाँ की शिक्षा। नानी की मुझे याद नहीं। नाना भी मेरे जन्म के बाद नहीं रहे। मामा थे, इंडस्ट्री खोली, फिर राजनीति में गए। कुछ नहीं कर पाए। बस, गँवा दिया सारा कुछ।"

अर्कदीप्त सुनता रहा—छोटे-छोटे घूँट लेता। बियर थोड़ी-थोड़ी गुनगुनी-सी होने लगी थी।

"कोई नहीं था मेरे परिवार में—तुम्हारी ताईजी जैसा, जो सारे परिवार को जोड़कर, बटोरकर रखता। चचेरे भाई-बहन थे, मगर उनसे कोई क़रीबी नहीं थी।"

वह कुछ देर चुप रही, "कुछ खाओगे? भूख लग रही होगी।"

वह हँसने लगा, "तुम हर वक़्त खाने पर इतना क्यों केन्द्रित रहती हो? मेरी आदत देर-देर तक न खाने की...तुम क्या खाओगी, बताओ?" उसने मैन्यू देखना शुरू किया।

"यहाँ कुछ नहीं," वह उठ खड़ी हुई, "नहर के किनारे-किनारे चलेंगे और वहीं कुछ लेकर खा लेंगे।"

पास से दो लड़कियाँ तेज़ साइकिल पर निकल गईं।

"चलो, हम भी साइकिल किराये पर ले लें और शहर घूमें।"

"पर मुझे तो साइकिल चलाना आता नहीं," उसने मासूमियत से कहा।

"हाँ, मैं तो भूल गया। हाथी और रथ पर चढ़ने वाली राजकुमारियाँ साइकिल थोड़े ही चलाती हैं, वह तो हमारे जैसे साधारण प्रजाजन..."

उसने टेढ़ी नज़र से अर्कदीप्त को देखा। हल्के-से पीठ पर धौल मारी, "चलो।"

वह सोच उठा—हाँ, यही है अतुल्य सुख का क्षण।

उसने बाल पीछे कर दिये हैं जिससे कानों के छोटे-छोटे बुन्दे हिलते दीख रहे हैं।

वापसी की ट्रेन रात को है, तो अभी आधा दिन सामने पसरा हुआ है। उसका मन है हल्की-हल्की धूप में, सड़कों पर टहलने का, मगर सौदामिनी उसका हाथ पकड़कर शैया पर खींच लाती है। वह उसके बुन्दों से खेल रहा है—पूर्ण रूप से सजग।

कोपेनहेगन के रेलवे स्टेशन पर उनकी भेंट अकस्मात् डॉ. हाइनर से हो गई। वह भी वापस लौट रही थीं, चकित हुईं, "अरे अर्कदीप्त, तुम कोपेनहेगन में थे? इनसे मिलो, मेरा बेटा एलेक्स (Alex) और बहू निकोला।"

उसके साथ सौदामिनी थी। पास खड़ी थी। वही पहनावा—तंग मोहरी की जीन्स पैंट और ऊपर नीली-सी क़मीज़, जिसकी फिटिंग से उसके शरीर का आकार झलकता था।

"जी, मैं तीन दिन को आया था..." वह एक क्षण रुका, "यह है सौदामिनी, मेरी गर्लफ्रेंड।"

उसे यह कहना बहुत स्वाभाविक लगा। सौदामिनी ने नमस्कार किया। वह मुस्कराने लगी थी। शायद गर्लफ्रेंड शब्द पर।

डॉ. हाइनर अभिवादन के उत्तर में मुस्करा दीं। आगे कुछ नहीं पूछा।

उनकी सीट दूसरे डिब्बे में थी। वह वहाँ चली गईं और सारी यात्रा अपनी ही जगह रहीं।

कितनी आसानी से मुँह पर अपने-आप आ गया था—मेरी गर्लफ्रेंड! उसे कहते हुए ख़ुशी भी हुई थी, गर्व भी। यहाँ का जीवन कितना खुला और शान्त है! कोई प्रश्न नहीं, कोई जिज्ञासा नहीं। हरेक को बिना बाधा, बिना रोक-टोक जीवन जीने का अधिकार।

"हैलो गर्लफ्रेंड," उसने झुककर सौदामिनी से कहा।

वह मुस्करा दी, फिर बोली, "और तुम मेरे बॉय-टॉय! है न?"

"यही समझो। ख़ुशक़िस्मती मेरी कि तुम्हारे हाथ का खिलौना...केवल खिलौना मात्र ही नहीं," अर्कदीप्त ने आगे कहा।

वह चुप रही, मुस्कराती रही। फिर उसे झपकी आ गई। शायद नींद पूरी नहीं हुई होगी, या आराम कर रही होगी, क्योंकि वापस लौटते ही काम में जुटना होगा।

'और मुझे भी तो,' अर्कदीप्त ने सोचा, 'कितना सब कुछ समेटना होगा—विचार, नोट्स, चैप्टर।'

फिर उसे भी नींद आ गई।

"तुम जो कह रही थीं, मेरे भारतीय संस्कार, तो मैंने और कुछ जाना ही कहाँ था? तुम तो बचपन से अपने पिता के साथ देश-विदेश घूमती रहीं। नई-नई कल्चरें, नई-नई भाषाएँ। मैं तो कूपमंडूक ही रहा। अब तुमने मुझे बाहर खींचकर निकाला। कितने नये-नये अनुभव, कितनी नई-नई फीलिंग्ज़ अपने अन्दर, जिनका मुझे अन्दाज़ ही नहीं था। अब तो कोई सीमा ही नहीं रही। मेरे अन्दर कितनी गहराई से बँध जाने की, प्यार करने की क्षमता है, मुझे मालूम ही नहीं था। जैसे मैं अपने-आपसे अपरिचित था। अब पहली बार अपने को पहचान रहा हूँ। कभी गर्व होता है, कभी अचरज कि मेरे अन्दर इतनी-इतनी गहराइयाँ हैं, इतना विस्तृत प्यार है। मैं बँध गया हूँ तुमसे सौदामिनी। मैं सचमुच तुम्हारे उन आने-जाने वाले प्रेमियों की तरह नहीं हूँ। सचमुच दिल की गहराइयों से तुम्हें प्यार करने लगा हूँ।"

"आने-जाने वालों का ताना दे रहे हो?"

"नहीं, नहीं, मुझे अब कोई फ़र्क़ नहीं पड़ता। अपने उन सीमित विचारों से ऊपर उठ चुका हूँ। अब सिर्फ़ तुम हो और मैं। और पूरी ज़िन्दगी ऐसे ही बँधा रहूँगा।"

सौदामिनी के अन्दर से एक गहरी साँस उभरी। उसने कुछ कहना चाहा, पर चुप रह गई। फिर बहुत मन्द स्वर में बोली, "तुम्हारे इस प्यार से डर लगने लगा है। मुझे कभी किसी ने ऐसी गहराई से नहीं चाहा।"

"और तुमने?"

"मैंने भी, पर इतनी जल्दी, इतना?"

"तुम मेरे कमिटमेंट पर शक मत करो सौदामिनी।" फिर उसने कहा, "कभी-कभी मुझे डर लगता है कि तुम मुझसे थक न जाओ।"

"ऐसा नहीं हो सकता। डरो मत अर्को। तुम्हारी बाँह पर जब सिर रखकर सोती हूँ तो कितनी आश्विस्त होती है, तुम नहीं समझोगे।"

हमेशा लगता रहा, जैसे सौदामिनी न जाने कब से उसके जीवन में थी। उससे पहले

की ज़िन्दगी जैसे धुँधली पड़ गई थी। जाने मिट ही गई थी। वह बचपन, वह कॉलेज, जर्मनी के पहले वर्ष का संघर्ष—वह सब न जाने कितने जन्मों पहले घटित हुआ था, यथार्थ तो यह है। केवल शारीरिक सुख और सन्तोष नहीं, एक गहरा-गहरा अटूट सम्बन्ध जो उन्हें बाँध रहा था। अर्कदीप्त को अपने प्यार की गहराई और विस्तार पर आश्चर्य नहीं था, आश्चर्य होता था कि सौदामिनी जैसी असाधारण स्त्री उसे इतना वांछनीय पाती है कि उसने अर्कदीप्त जैसे युवा और अनगढ़ व्यक्ति को अपनी छाती से सटाकर हृदय का विस्तृत साम्राज्य दे दिया है। कितना सुन्दर, कितना अलभ्य था सब कुछ और सब कुछ उसकी हथेलियों के बीच—समग्र संसार, समस्त सुख, सारी उच्छ्वसित साँसें, सारे सूर्यास्त और वह सब कुछ, जो बहुतों के लिए अलभ्य। इन दिनों में पूरा अतीत तो डूब ही गया था, केवल झिलमिलाता हुआ भविष्य रहेगा। वह फिलॉसफ़ी पढ़ता रहेगा और वह? क्या वह पतीलों में चमचे ही चलाती रहेगी? हाँ, यदि उसी में उसकी ख़ुशी और सन्तोष है, तब!

अर्कदीप्त ने डॉ. हाइनर के अतिरिक्त किसी से कुछ नहीं कहा है। शिशिर से तो बिलकुल नहीं। उदार विचारों का होने पर भी अपनी दिदिया से अर्को का प्रेम-सम्बन्ध उसे बिलकुल अच्छा नहीं लगेगा, वह यह समझ गया था। जिस दिन रेस्तराँ की छुट्टी होती है, उस दिन उसने लाइब्रेरी जाना बन्द कर दिया है। अब उसका पूरा दिन ख़ाली रहता था और पूरी रात भी। जब वह सौदामिनी के पास नहीं होता तो भी उसका शरीर एक पुलक से उमगता रहता।

"मुझे तुमसे प्यार बढ़ता ही जा रहा है। क्या जादू-टोना कर दिया है तुमने, सौदामिनी? अपना दास बना लिया।"

सौदामिनी मुस्कराई। उसके साथ होने पर वह मुदित और प्रफुल्लित ही रहती थी, "मुझे भी। भूल चुकी थी कि प्यार का नशा कैसा होता है। याद है वह क्षण, जब तुम शिशिर के साथ आए थे? शायद उसी क्षण से तुम्हारी ओर आकर्षित हो गई थी। कितने सौम्य, कितने शर्मीले! अच्छे को तुमने काम के लिए फ़ोन कर लिया, नहीं तो मैं सोचती रहती कि कैसे मिल पाऊँ। शिशिर से पूछना नहीं चाहती थी। वह दस तरह के सवाल पूछता, राय देता। तब उसका लिहाज़ करके नौकरी देनी ही पड़ती।"

"अच्छा होता न। हम साथ रहते। तुम खाना बनातीं और मैं बर्तन धोता।"

"और तुम्हारी थीसिस ?"

"भाड़ में गई। उसकी बात मत करो। तलवार-सी टँगी रहती है सिर पर।"

कुछ देर चुप रहने के बाद वह बोली, "नहीं, यही ठीक है। रेस्तराँ में काम करते तो सबको दीख जाता कि मालकिन बर्तन धोने वाले पर आशिक़ हो गई है।" वह कहकर स्वयं हँसने लगी।

"'नाट्यशास्त्र' में आठ रस बताए गए हैं। मगर एक रस और भी होता है," सौदामिनी ने कहा।

"अरे, तुम्हें 'नाट्यशास्त्र' का कैसे पता है?"

"क्यों, बी.ए. तक पढ़ी हूँ। बनारस की लड़की हूँ। तुम्हें ताज्जुब क्यों हो रहा है?" उसने अर्कदीप्त को हल्के-से चुटकी काटी।

"उफ़," उसने कहा, "कौन-सा रस? पाकशास्त्र का?"

"अरे, उसमें तो षट्रस होते हैं। मैं अलग रस की बात कर रही थी—बतरस।"

"बतरस? अरे हाँ, वह तो है, कितना आनन्द आता है, है न?"

"हाँ, बाहर बर्फ़ गिर रही हो, या तूफ़ान आया हो, या आसमान में चाँद निकला हो, बीच रात में जागकर पाना कि अरे, अकेली नहीं हूँ, यहाँ मेरे पास सोया हुआ है मेरा अर्को। कितना शान्त, कितना प्यारा! कभी सोते-सोते बड़बड़ाता नहीं, न खर्राटे लेता है। बस, सपनों में डूबा हुआ होगा—उस गूँगी जलपरी के।"

"नहीं, सपने तो मुझे घर के आते हैं, कोई रात ऐसी नहीं जाती जब मैं बऊ को सपने में न देखूँ। जागकर थोड़ा-सा अचरज भी होता है और जिस रात तुम पास होती हो, वे तो अलभ्य सुखों के क्षण होते हैं। मगर अधिकतर रातें तो उसी कमरे में अकेले गुजारनी पड़ती हैं।"

"अकेले कहाँ! डूबे रहते हो अपने विचारों में।"

"नहीं सौदामिनी, कितनी बार मन होता है कि उठकर, बीच रात में तुम्हारे पास आ जाऊँ।"

"तो आते क्यों नहीं?"

"कैसे, बीच रात में दरवाज़ा खटखटाकर?" वह चुप हो गया।

सौदामिनी उसके पास सरक आई। "अर्को," उसने कहा।

"कहो।"

"कुछ नहीं, बस, तुम्हारा नाम लेकर पुकारने का मन होता है।"

उसने सौदामिनी को बाँहों में समेट लिया।

बाहर कमरे में घड़ी ने तीन बजाए, बस, अब सुबह हो जाएगी, दोनों साथ-साथ कॉफ़ी पिएँगे। फिर वह अपनी साइकिल उठाकर चला जाएगा। अपने कमरे में चुपचाप जाकर लाइब्रेरी के लिए तैयार होने लगेगा। कुछ देर में विन्स उठकर अंडा रोस्ट बनाएगा।

एक उजले दिन की शुरुआत। सौदामिनी के शरीर की गरमाई-स्निग्धता उसे गरमाए रहेगी और उसी क्षण से अगले मिलन के क्षणों का इन्तज़ार करने लगेगा।

उसने उसे चाभी दी थी, "यह लो फ़्लैट की चाबी। मैं जब फ़ोन करती हूँ तभी आते हो। मुझे अच्छा लगेगा, अगर तुम अपने-आप आओ।"

अर्कदीप्त ने चाभी ले ली, "अगर मैं सब कुछ चुराकर भाग जाऊँ तो?"

"यहाँ अब बचा ही क्या है? हाँ, बस, यह एक केले का पेड़ है, ले जाना चाहो तो ले जाओ। बाक़ी सब तुम्हारा ही है।"

उसे अच्छा लगा। मुस्करा दिया, "पर तुम तो नीचे इतना व्यस्त रहती हो।"

"मुझे अच्छा लगेगा कि मैं जब ऊपर आने के लिए सीढ़ियाँ चढ़ूँ तो तुम बिस्तर पर लेटे मिलो। मेरी प्रतीक्षा में।"

"मुझे भी अच्छा लगेगा," उसने चाभी सहेज ली। वह जान रहा था कि उसने यह काम उसे असुरक्षा से निकालने के लिए किया है, पूरे विश्वास से।

वह बहुत सावधान रहता है, कभी खोल-खाल नहीं करता। कभी-कभी कॉफ़ी बना लेता है, और मेज़ पर कम्प्यूटर खोलकर अपना काम करता है। जैसे वह उसकी पदचाप पहचानती है, वैसे अब अर्कदीप्त भी पहचानने लगा है। उसके आने की आहट से दरवाज़ा खोल देता है। सौदामिनी के थकान-भरे चेहरे पर मुस्कान आ जाती है।

एक दिन सरदर्द होने पर उसने गुसलख़ाने की अलमारी खोली थी। ऊपर की शेल्फ़ पर आम दवाइयाँ थीं—पेट-दर्द की, विटामिन, सिर-दर्द की गोली का पत्ता। और उसी के पीछे—एकदम ख़ाली गर्भ निरोधक गोलियों का पत्ता। वह अचकचा गया। पर पत्ता ख़ाली क्यों है? नीचे की शेल्फ़ पर पेपर नैपकिन्स और टॉयलेट पेपर।

अर्कदीप्त को लगा कि उसके क़दम वर्जित स्थान में पड़े हैं। किसी की भी अलमारी एकदम प्राइवेट होती है, और फिर यह स्त्रियों का संसार है, जहाँ उसकी जासूसी निषिद्ध है।

दर्द की गोली खाकर उसे राहत मिली।

उसने सौदामिनी से किसी बात का जिक्र नहीं किया।

"यह असम्भव नहीं है कि जो शाश्वत सुख की आशा करे, उसे वह न मिले। पर जिसने आशा छोड़ दी है, उसे तो वह मिलना असम्भव है," सौदामिनी नेअचानक कहा।

अर्कदीप्त मुस्करा दिया। वह कीर्केगार्द का उद्धरण पहचान गया था। शब्दशः

सही नहीं था—पर था सही अपने अर्थ में।

"अच्छा, यह बताओ, तुमने इतने दुरूह व्यक्ति को थीसिस का विषय क्यों चुना?" उसने आगे कहा, अपने-आप।

"फिलॉसफ़र ऐसे ही होते हैं—चुप्पे, दुरूह, उलझे हुए। उनका आचरण तर्क का विषय होता है।"

"तुम भी...ऐसे हो? हो जाओगे?"

"मैं उन विश्व फिलॉसफ़रों की तरह न बौद्धिक हूँ, न असाधारण। तुम्हें प्यार करता हूँ और तुम्हीं से बँधा रहूँगा आजन्म। उसकी तरह अपनी प्रिया को छोड़कर रातों पलंग पर बिलखता नहीं रहूँगा।"

"और अगर प्रिया?"

"तो वह रातों को पलंग पर बिलखती रहेगी।"

"मगर," उसने बात पलट दी, "तुम साधारण नहीं हो। अगर साधारण होते तो न यहाँ विदेश में होते, न यहाँ मेरी शैया पर। तुम विलक्षण हो। मगर तुम्हें अपने को पहचानने का मौक़ा नहीं मिला है। तुम असाधारण हो सूरज।"

वह मुस्करा दिया, "हाँ, ताईजी की भी यही धारणा थी कि मैं असाधारण हूँ—ब्रिलियंट अर्थ में नहीं, मन्दबुद्धि के अर्थ में।"

"ताईजी? उन्हें क्या मालूम?" सौदामिनी कोहनी पर भार देकर उठ गई और उसे भरपूर चूमते हुए बोली, "मैं साधारण को बर्दाश्त नहीं कर सकती। तुम साधारण होते तो यहाँ न होते मेरी शैया पर।"

"यही तो मेरे लिए शाश्वत सुख है। पकड़कर, बाँधकर रखना चाहता हूँ—जीवन-भर के लिए।"

"जीवन-भर की यात्रा बहुत लम्बी होती है। कितने लोग अनजाने ही राह में बिछुड़ जाते हैं। मिलते हैं बिछुड़ जाने को।" सौदामिनी ने मन्द स्वर में गाया।

"आगे गाओ, चुप क्यों हो गईं?"

"उहुँक—मुझे गाना कहाँ आता है! बस, न जाने कहाँ से यह कड़ी मन में आ गई।"

"सुनो सौदामिनी," वह गम्भीर था, "हम ब्याह क्यों न कर लें?"

"अरे," वह मुस्करा रही थी, "यह ख़याल कहाँ से आ गया? बाँधकर रखना चाहते हो?"

"परम्परावादी पुरुष हूँ—सम्पूर्ण एकाधिकार चाहता हूँ। यही है मेरी औकात। बाँधकर रख लो स्त्री को...और ब्याह से अच्छी और कौन हथकड़ी, बेड़ी हो सकती है?"

"उसकी कोई गारंटी नहीं है। शहनाई, पंडित, भाँवर—सब हुआ था, पर भट्टा कहाँ बाँधकर रख सके?"

"मैं भट्टा नहीं हूँ सौदामिनी—और मैं सचमुच तुमसे ब्याह करना चाहता हूँ। मगर अभी नहीं। अगर तुम प्रस्तुत नहीं हो तो मैं इन्तज़ार करूँगा—दो साल, पाँच साल, जनम-भर।"

"ठीक है, तो इन्तज़ार ही क्यों न किया जाए?"

वह बहुत देर चुप रहा, फिर धीरे-धीरे कहा, "तुम सही हो। अभी मैं काम पूरा कर लूँ। कहीं नौकरी मिल जाए, तो तुम्हें सब साधन-सुविधाएँ दे सकूँगा। अभी मेरे पास है भी क्या, तुम्हें देने को?" वह गम्भीर हो गया।

प्रत्युत्तर में उसने भी गम्भीरता से कहा, "मुझे तुम जो कुछ दे रहे हो सूरज, मेरे लिए वही पर्याप्त है। बस, ऐसे ही प्यार करते रहो। मुझे कुछ और नहीं चाहिए।"

दोनों थोड़ी देर चुप रहे—अपने-अपने विचारों में खोए हुए।

"तो फिर कितने दिन इन्तज़ार करना होगा? थीसिस में डेढ़-दो साल लगेंगे। फिर नौकरी। यहीं कहीं, जर्मनी में, नहीं तो यूरोप में। दुनिया बहुत बड़ी है। कहीं न कहीं तो मिलेगी।"

"सात साल? दस साल?" वह खिजा रही थी।

वह भी हँसा, "अरे, तब तक तो मैं चालीस साल का हो जाऊँगा और तुम..." वह रुक गया।

"और मैं? कहते-कहते रुक क्यों गए? नहीं अर्को, मैं कभी बूढ़ी नहीं होऊँगी। इस प्यार ने मुझे शाश्वत यौवन प्रदान कर दिया है। जब तुम पास हो, मैं हमेशा नवयौवना ही बनी रहूँगी।"

"मुझसे इतना इन्तज़ार नहीं होगा," उसने रूठते हुए, मचलते हुए कहा, "और फिर..."

"कहो, कहो, रुक क्यों गए?"

"तुम्हें समझ नहीं पाता सौदामिनी, तुम क्यों ख़ुशियों को स्वीकार नहीं कर पातीं? तुम्हें मुझ पर भरोसा नहीं है?"

"है। मगर ज़िन्दगी बहुत क्रूर पहेली होती है। हमारा सोचा हुआ कभी-कभी पूरा नहीं होता।"

"मगर हमारे साथ होगा," उसने कहा, "हम साथ-साथ रहेंगे। मैं मरूँगा तो भी तुम्हारी बाँहों में।"

"छोड़ो, ऐसी बातें मत करो," सौदामिनी ने कहा।

वह चुप हो गया। सौदामिनी ने आँखें बन्द कर लीं। एक लम्बी साँस अन्दर से निकलकर बाहर आई।

अर्कदीप्त ने गुनी, मगर कुछ कहा नहीं। उसके पास लेट गया और देर तक रोशनी को देखता रहा। वह निश्चल था। शायद उसे नींद आ गई थी।

अर्कदीप्त जब हल्के-हल्के उसका कन्धा या बाँहें या नीचे पिंडलियाँ दबाता था, तब उसे राहत भी मिलती थी और झेंप भी होती थी।

"रहने दो।"

अर्कदीप्त रुक गया।

उसने लम्बी साँस ली, "अच्छा लगता है, तुम्हारा हौले-हौले सहलाना। रुक क्यों गए?"

"तुमने ही तो कहा कि रहने दो।"

"अच्छा, और कुछ बात मानते हो? मेरा मना करना झट से मान गए!"

वह भी हँसने लगा, "सेवा करवाने का मन भी होता है और मना भी करती हो।"

"अच्छा नहीं लगता।"

"अरे, तुम क्यों इतनी परम्परावादी स्त्री की तरह बात करने लगीं? अच्छा, तुमने कभी किसी के पैर दबाए हैं—पति के, सास के?"

वह हँसने लगी, "नहीं। सास तो थी नहीं और पति के पैर दबाने का सवाल ही नहीं उठता।"

"क्यों? दूसरे को थोड़ी-सी राहत पहुँचाना क्या बुराई है? ताईजी कहती थीं—'अरे अर्को, सिर पिरा रहा है, थोड़ा बाम लगा दो, या फिर...'"

वह कुछ क्षणों को फिर गोल मार्केट पहुँच गया। दिल में एक छोटी-सी हूक उठी। मालूम नहीं, ताईजी का क्या हाल होगा! ताऊजी की सेवा में सारा समय निकल जाता होगा। अगर ताईजी को लकवा लग जाता तो क्या ताऊजी वह सब करते—बिस्तर पर पाखाना, पेशाब? नहीं, ज़रूर कोई दूसरा लगा लेते।

उसकी आँखें सौदामिनी से मिलीं, "कहाँ चले जाते हो?"

"कहीं नहीं। यहीं तो हूँ।"

फिर दोनों बहुत देर तक चुप रहे। एकाएक उसके मन में विचार उठा, सोचा, लेकिन कहा नहीं, मगर झटके के साथ जाना कि वह कह गया है, "अगर तुम्हारे हर प्रेमी से एक बच्चा होता, तो कितने?"

वह झेंप गया। उसे अपना चेहरा लाल और गरम होता हुआ महसूस हुआ।

सौदामिनी हँसने लगी, "तुम क्या समझते हो—एक दर्जन, दो दर्जन?" फिर वह गम्भीर हो आई, "हरेक को प्रेमी नहीं कहा जा सकता। जिससे प्रेम करो, वही प्रेमी। बाक़ी सब शारीरिक सम्बन्ध। एक-दो शामें या रातें। उठकर चले आने पर न मन पर, न शरीर पर कोई छाप बाक़ी रह जाती है। यही तो हमारी कल्चर है—स्त्री को शारीरिक पवित्रता का पाठ घुट्टी में पिलाना।" वह उठकर बैठ गई। बाँहों

से घुटने घेरकर गम्भीरता से बोली, "कुछ घंटों का, या दो-एक दिन का हल्का-फुल्का सम्बन्ध—शरीर या मन पर कोई दाग-धब्बा नहीं छोड़ जाता, न मन को छूता है।" वह गम्भीर हो गई, "जानना चाहते हो, तो केवल दो—एक भट्टा का, दूसरा तुम्हारा। वह तो भट्टा का ही था, पर उन्हें विश्वास नहीं हुआ—नष्ट करवा दिया। अगर मुझमें साहस होता तो मैं सामने खड़ी हो जाती मगर..."

अर्कदीप्त ने कहा, "जाने दो। आइ एम सॉरी। मुँह से यों ही निकल गया।"

"तुम्हारे मन में क्या चल रहा है अर्को?" उसने उठकर अपने कपड़े पहनना शुरू कर दिया। "तुम जानते हो। तुम एकदम फ्री हो। कोई बंधन नहीं। आज के बाद कभी पलटकर न आओ तो तुम्हारे पास वह विकल्प है।"

"और तुम्हारे पास भी?" अर्कदीप्त ने पूछ लिया।

सौदामिनी ने कोई उत्तर नहीं दिया। पूरे कपड़े पहनकर पलंग के पास खड़ी रही।

"तुम बुरा मान गईं? देखो, मैं माफ़ी माँगता हूँ।"

"अरे हटो, यह क्या कर रहे हो? बस, कहना चाहती थी कि तुम फ्री हो। जो करना चाहते हो, करने की स्वतंत्रता है।"

"तुम बार-बार यह क्यों दोहराती हो? न तुम फ्री हो, न मैं। तुम समझती क्यों नहीं? हम एक हो चुके हैं—दिल, दिमाग़, शरीर, भावनाएँ। तुम फ्री नहीं हो, न मैं तुम्हें फ्री करूँगा।"

"तुम भट्टा की तरह बातें करने लगे हो।"

"प्यार में व्यक्ति बहुत मजबूर हो जाता है। और मजबूरी में हर व्यक्ति की अलग-अलग प्रक्रिया होती है। भट्टाचार्य ध्वंसात्मक हो गए थे।"

"और तुम?"

"मालूम नहीं," अर्कदीप्त ने बड़ी सच्चाई से कहा, "अभी मैंने अपने मन का, भावनाओं का विश्लेषण नहीं किया है। मगर जानता हूँ—टूट जाऊँगा, खो जाऊँगा। तुम्हारे बग़ैर डूब जाऊँगा। यह सारी हैपीनेस इतने ही गहरे दुख में बदल जाएगी।"

सौदामिनी ने लम्बी साँस ली, "हम यह बातें क्यों कर रहे हैं?"

"तुमने ही शुरू की।"

"मैंने?" वह वापस आकर पलंग की पाटी पर बैठ गई। कृत्रिम रोष से बोली, "मेरे जीवन में कितने पुरुष आए और गए, यह हिसाब-किताब कौन कर रहा था?"

"मैं ग़लत था," वह हल्की हँसी हँसा, लज्जापूर्ण, "मैं ग़लत था। कभी-कभी मेरे पुरुष होने का 'स्व'।" उसने बात बदल दी, "हज़ारों साल से हमारी कल्चर जो पाठ पढ़ाती आ रही है, वह जाने-अनजाने मनोविज्ञान में आ ही जाता है। घर का बड़ा बेटा, एक पुरुष होने का रोल कभी-कभी उभर आता है।"

"तो सुनो," सौदामिनी ने कहा, "वही करो जो हज़ारों साल से पुरुष करते आ रहे हैं। बाहर प्रेमिका, घर में सात्त्विक पत्नी। हमारी कल्चर ने उनमें कूट-कूटकर भर दिया है। तुम पी-एच.डी. समाप्त करो। घर वापस लौट जाओ और एक पवित्र कन्या से विवाह कर लो। परम्परागत जीवन जियो। सोच लेना कि यह हमारा सम्बन्ध जीवन-अनुभवों का एक पाठ था।"

"बेवकूफ़ी की बातें मत करो सौदामिनी, हम बहुत दूर चले आए हैं। हमारा जीवन एक-दूसरे में गुँथ गया है। अब इस राह से मुड़ना असम्भव है।"

वह थोड़ी देर चुप रही। ग़हरे सोच में डूबी हुई, "मान लो, सड़क पार करते समय कोई गाड़ी मुझे टक्कर मार दे, तब? यदि मैं जीवन में न रहूँ तब तो परम्परागत जीवन बिताने में दिक़्क़त नहीं होगी?"

"मैं वह कल्पना भी नहीं कर सकता," उसका गला भर आया, "जोगी हो जाऊँगा—संन्यास ले लूँगा। जीते-जी मर जाऊँगा। बस, यह प्रसंग यहीं समाप्त।"

फिर दोनों चुप रहे। अर्कदीप्त ने सौदामिनी का हाथ पकड़कर उसे पलंग पर वापस खींच लिया। उन्होंने दोबारा प्यार नहीं किया। वह खोई-खोई-सी चुप रही और वह मन-ही-मन अपने को धिक्कारता रहा। जब उठकर जाने का समय हुआ और वह झुककर जूते के फीते बाँध रहा था, सौदामिनी उसे देखती रही। फिर हल्के-से बोली, "जब तुम जाने लगते हो तो मैं थोड़ा-सा मरने लगती हूँ।"

उसने सौदामिनी के गाल पर हलका-सा ठुनका दिया; उठ खड़ा हुआ। अपना बैकपैक उठाया, रुका, सौदामिनी को देखा—वह बिस्तर पर निश्चल पड़ी थी। आँखें खोलकर भी उसे नहीं देखा। उसने चुपचाप कमरे का दरवाज़ा खोला। नीचे आया, साइकिल का ताला खोला।

वापस जाते हुए वह सौदामिनी की बातें याद कर रहा था—अपने पर ग्लानि हो रही थी, दुख भी। उसे पीड़ा देने पर अपने पर क्षोभ भी। उसने लम्बी साँस ली।

अर्कदीप्त का मन उचाट था। देर तक लाइब्रेरी में अपने छोटे से रिसर्च कक्ष में बैठे कई पृष्ठ पलटे, फिर घड़ी देखी। लाइब्रेरी के इस तल पर सन्नाटा रहता था। रिसर्च करने वाले बिना शोरगुल किये अपना काम करते रहते थे। उसे यह निस्तब्धता पसन्द थी। कभी-कभार दरवाज़े के बाहर किसी की हल्की पदचाप सुनाई दे जाती थी या फिर बरसों पुरानी लिफ़्ट के ऊपर-नीचे आने-जाने की झंकार।

वह कॉफ़ी पीने के इरादे से बाहर आया। सड़क पार कर ही रहा था कि सामने से बस आती दिखलाई दी। वह 'नमस्ते इंडिया' के पास ही रुकती थी। इसके आने-जाने के समय में व्यवधान बहुत था। इसलिए वह अपनी साइकिल पर ही आना-जाना पसन्द करता था। बिना किसी प्रायोजित योजना के वह बस पर चढ़ गया। किराये की रेजगारी डाली और खिड़की के पास वाली सीट पर बैठ गया। ठंड कम थी, वह केवल एक चारखाने की क़मीज़ और पुराना-सा मगर आरामदेह स्वेटर पहने था। लाइब्रेरी में अकेले बैठकर काम करने का परिधान, आशिक की सज-धज नहीं। बस, सौदामिनी का सान्निध्य और एक प्याला कॉफ़ी। यही विचार उसे प्रेरित कर रहा था।

वह नहाया भी नहीं था मगर सौदामिनी को उसके शरीर की महक पसन्द थी, 'तुमसे बस साबुन और कोलोन ही महकता है,' उसने कहा था, 'कभी-कभी जब तुम्हारे पसीने की बूँदें मुझ पर टपक जाती हैं तो उनकी ख़ुशबू और खारापन मुझे बहुत एक्साइट करता है। अरे, तुम फिर शर्माने लगे?'

'वह ऐसा है, विन्ज रोज़ रात को नहाकर सोने जाता है। वह जब शावर लेता है तो नल की आवाज़ से मेरे बाथरूम का नल तक धड़धड़ाने लगता है। इसलिए मैंने सोचा...' वह बात बीच में छोड़कर चुप हो गया था, क्योंकि सौदामिनी उसके कानों की लवें धीरे-धीरे कुतरने लगी थी, और यह सब उसे बहुत अच्छा लगता था। सौदामिनी का उसकी अनावृत जंघा को धीरे-धीरे हाथों से सहलाना, उसकी छाती पर वक्ष की घुंडियों को धीरे-धीरे नाख़ून से खुरचना—उसने भी यही सब दोहराना सीख लिया था।

उसने बन्द दरवाज़े पर हल्की-सी थपकी दी।

रेस्तराँ इस समय बन्द था। लंच के बाद और डिनर से पहले—तीन से पाँच तक सबकी छुट्टी रहती थी, पर वह अपने उसी कोने की मेज़ पर बैठी हिसाब-किताब देखती रहती थी।

सौदामिनी ने सर उठाकर देखा। आकर अन्दर से दरवाज़ा खोला। वह मुस्कराने लगी।

"मैंने सोचा, तुम्हारे साथ एक कप कॉफ़ी पी लूँ। काम में मन नहीं लग रहा था," अर्कदीप्त ने कहा।

"अच्छा किया," उसने दरवाज़ा बन्द करते हुए कहा, "मैं भी पेमेंट करते-करते थक रही थी।"

वह जाकर दूसरी कुर्सी खींचकर बैठ गया। रेस्तराँ में अँधेरा-सा था। एकदम सन्नाटा। सौदामिनी ने जाकर कॉफ़ी का नया पॉट तैयार किया, पानी डाला, कॉफ़ी डाली और बर्नर पर रख दिया। फिर वह अन्दर गई और एक छोटी-सी कटोरी में दो गुलाब जामुन लाकर उसके सामने रख दी।

वैसे लंच में फ्रूट कस्टर्ड तो हमेशा ही मीठे में रहता था, पेस्ट्री भी, पर एक भारतीय मीठी डिश अवश्य होती थी—अक्सर गुलाब जामुन ही, जो विदेशियों को भी पसन्द थी।

अर्कदीप्त ने चम्मच से गुलाब जामुन आधी तोड़ी फिर चम्मच बढ़ाकर सौदामिनी को खिला दी। आज वह खाकी रंग की पैंट पहने थी, ऊपर एकदम तंग स्वेटर—शायद छोटा हो गया हो। उसमें उसका खुला हुआ साँवला गला और उन्नत वक्ष झलक रहे थे। वह काम करते वक़्त ऊपर सफ़ेद कोट पहन लेती थी जिसमें उसके गठे हुए शरीर की रूपरेखा ढँक जाती थी।

"मैं कई दिन से सोच में हूँ," उसने मन्द स्वर में कहा।

"किस सोच में?"

अर्कदीप्त उठा। दो प्यालों में कॉफ़ी उँड़ेली, अपने में चीनी और क्रीम। उसके में बस क्रीम। वह फीकी कॉफ़ी पीती है।

"तुम्हें मेरा अतीत तंग कर रहा है?"

"अरे वह...मैं शर्मिन्दा हूँ। बिना सोचे-समझे कह गया था," फिर झटपट जोड़ा, "ऐसे ही मुँह से निकल गया था।"

"पर बात तो मन में कहीं चुभी होगी? हर पुरुष अपनी प्रेमिका को अनछुई, अनपेंटेड कैनवास की तरह चाहता है जिस पर वह रंग भर सके। यह तुम्हारा दोष नहीं है। हमारी कल्चर का है जिसमें क्वाँरेपन और एकनिष्ठता की अपेक्षा हर लड़की से की जाती है, और यह बात तुम्हें शिशिर ने ही बताई होगी। वह तुम्हें प्यार भी करता है और साथ-साथ ईर्ष्या भी। उसे हमारा सम्बन्ध पसन्द नहीं है।"

"ईर्ष्या? मेरे पास ऐसा क्या है? वह कितना सम्पन्न और दुनियादारी में पटु है," अर्कदीप्त ने अवज्ञा से कन्धे उचका दिये।

सौदामिनी ने उसका उत्तर नहीं दिया। कॉफ़ी के छोटे-छोटे घूँट लेती रही।

वह उसके कुछ कहने की प्रतीक्षा करता रहा।

"देखो अर्को, तुम्हें मेरे जैसी स्त्री की साइकोलॉजी समझने की कोशिश करनी होगी। हम सिर्फ़ ऊपर का आचरण देखते हैं, उसके पीछे की परिस्थितियाँ या साइकोलॉजी नहीं। मेरी माँ कभी पिता या अपने विवाह से प्रसन्न नहीं रहीं। न जाने क्यों, मेरे पिता उनके छोटे-मोटे अरमानों पर पूरे नहीं उतरे। वैसे देखो तो मान था, प्रतिष्ठा थी, छोटे-मोटे राजदूत थे। पर माँ न जाने ज़िन्दगी से क्या चाहती थीं, मुझे नहीं मालूम। और फिर विवाह के बाद साल-भर में मैं आ गई, बेटी थी। माँ ने प्यार तो किया परन्तु जैसे बेबस होकर, जैसे ज़माने से बाध्य होकर। इसीलिए मुझे पापा के पास रहना अधिक अच्छा लगता था। दोनों के अलग हो जाने पर मुझे माँ के पास लौटना पड़ा। इसीलिए जब पिनाक भट्टाचार्य से यूनिवर्सिटी में भेंट हुई तो मुझे

लगा कि वह मिलन मेरे सारे सपनों की परिणति है। आर्किटेक्ट बनना चाहते थे। वह अपनी शिक्षा समाप्त कर चुके थे। मैं सराबोर हो गई उनके प्यार में। माँ की एक न सुनी। रूमानी फ़िल्मों की हीरोइन की तरह सब कुछ छोड़-छाड़कर उनके साथ चली गई। एक तो विदेश, फिर नये व्यक्ति के साथ निर्वाह, पैसे की तंगी, तरह-तरह के प्रेशर—मैंने यह सब कहाँ किया था। उसी मोहभंग के दौरान मैं पगला-सी गई। जो पहला व्यक्ति मिला, जिसने सहानुभूति दी, मुझे समझा, उसी के साथ सम्बन्ध बना लिया—बाक़ी तो तुम जानते ही हो। मुझमें आत्मविश्वास ख़त्म हो चुका था। मैंने अपनी कल्चर के सारे विशेषण लबादे की तरह ओढ़ लिये—छिनाल, कुलटा, दुश्चरित्र, आवारा। सारी कटारें भोंक लीं अपने सीने में। कितनी ग्लानि, कितनी अपराध भावना से पीड़ित थी! पर भट्टा से मिला क्या, उनके साथ रहती रही। विदेश में जाती कहाँ? सब सहा—अपमान, भर्त्सना, मारपीट, तो उस माहौल में अगर किसी ने मेरी ओर सांत्वना या आकर्षित होकर हाथ बढ़ाया तो मैंने अपने को उसमें बह जाने दिया। मुझे अच्छा लगा। मगर वह कोई स्थायी सम्बन्ध नहीं था। क्षणिक, अवसरवादी, जल्दी ही होश में आ जाती थी और गिल्ट और सेल्फशेम से भरी रिश्ता तोड़ देती थी। मगर वे कुछ क्षण जैसे राहत के होते थे। मुझे लगता था कि मैं एकदम वर्थलेस, यूसलेस आवारा स्त्री नहीं हूँ। मैं वांछनीय हूँ। मेरी भी कुछ वक़त है। मैं आकर्षक हूँ और वह ईगो को कितना सहलाता था!" वह चुप हो गई। बहुत देर चुप रह गई।

अर्कदीप्त चुपचाप अपनी कॉफ़ी के घूँट पीता रहा। कुछ बोला नहीं। समझ रहा था कि सौदामिनी को यह सब कहने की ज़रूरत है, तो बह जाने दो, इस मवाद को।

कुछ कहना ही था, इसलिए कहा, "मुझे वह सब मैटर नहीं करता। मेरे लिए तो तुम अब जो हो, वह आदरणीय भी है और वांछनीय भी। हमारा अतीत हमें गढ़ता है। हम आज जो होते हैं, उस पर अतीत की अमिट छाप होती है। तुम्हारे अतीत ने तुम्हें एक बहुत आत्माभिमानी, बहुत स्ट्रौंग वुमन बनाया है। मैं उसी वुमन को प्यार करता हूँ। तुम्हारे अतीत से मुझे कोई गिला-शिकवा नहीं। यह तुम्हारी ज़िन्दगी है, थी। इसे पूरी तरह अपनी तरह से जीने का तुम्हें अधिकार है। हाँ, पत्नी को मारने-पीटने का अधिकार किसी भी पति को नहीं है, तुम क्यों सहती रहीं सौदामिनी?"

"मैं कमज़ोर थी। अपरिपक्व। समझ नहीं पाती थी कि आगे का रास्ता क्या है। असुरक्षित थी। परम्परा तोड़ भी दी थी और पत्नी की तरह निभाने का प्रयत्न भी कर रही थी।"

वह एकटक सौदामिनी का चेहरा देख रहा था—कितना उदास हो आया था! पर उसकी आँखों में आँसू नहीं थे।

वह उठ खड़ा हुआ। घड़ी की तरफ़ देखा। सौदामिनी को बाँहों में भरकर हल्के-से चूमा, "वह सब पास्ट था। उसने तुम्हें गढ़ा, तराशा, निखारा। वह सब बीत चुका है। मुझे वह नहीं पूछना चाहिए था। पर मन में ख़याल तो आते थे। आगे से उनको दिमाग़ से निकाल दूँगा। तुम अब जो हो, मुझे उस स्त्री, उस सौदामिनी से प्यार है। उसके साथ बाक़ी ज़िन्दगी बिताना चाहता हूँ। मगर मेरे पास देने को है क्या? न घर-बार, न पैसा, न इज़्ज़त। एक ग़रीब-सा विद्यार्थी।"

वह मुस्करा दी, "तुम्हारे प्यार ने मुझे पटरानी बना दिया है। वह है न, मोहे सुहागिन कीन्ही..."

वे कुछ देर मौन खड़े रहे। हल्के-से आलिंगनबद्ध। वह उसके दिल की धड़कनों की समगति सुनता रहा, फिर अलग होते हुए उसने कहा, "अब आगे से ऐसी बातें न कहना, न सोचना। तुम्हारा पास्ट नदी की बहती धार है। कब का, कहाँ जाकर बहता-बहता विलीन हो चुका है।"

उसने अलग होते हुए कहा, "आइ एम सॉरी अर्को। तुम आए थे कुछ शान्ति, कुछ संग-साथ के लिए, और मैं क्या चरखा कातने बैठ गई!"

वह सौदामिनी से अलग होकर मुस्कराया। दरवाज़ा खोलकर बाहर आया तो ठंडी हवा के थपेड़े महसूस किये। वह बस-स्टैंड की ओर चल पड़ा। आत्म-भर्त्सना और आत्म-विश्लेषण में डूबा हुआ। जब शिशिर ने सौदामिनी के जीवन में आए अन्य पुरुषों की बात बताई थी तो उसे जैसे बिजली का झटका-सा लगा था। उसे अपने पूर्वग्रहों से ऊपर उठना होगा। पर उसने तो उसे पूरा-पूरा स्वीकार भी कर लिया है। सामने से बस आती दिखाई दी।

कितना कुछ सीख गया है, पश्चिम में रहने के तौर-तरीक़े—आचार-विचार, पढ़ना-लिखना, गाइड से नियमित मुलाक़ातें, उनसे थीसिस पर बातचीत। उसके साथ-साथ सुख और सन्तुष्टि की एक अन्तर्धारा उसे सिंचित करती रहती है।

अक्सर ही वह बहुत थकी होती है, जब वे एक-दूसरे के निकट लेटे रहते हैं। कभी-कभी सौदामिनी के मुँह से दर्द-भरी आह निकल जाती है तो वह विचलित हो जाता है, "खड़े-खड़े थक गई होगी। पैर दुखने लगे होंगे। दबा दूँ?"

"हटो।" कहकर वह करवट ले लेती है।

वह देर तक चुप रहती है। फिर उसकी बाँह अर्कदीप्त के सीने पर आ टिकती है। उसकी गहरी, सम साँसों से वह जान जाता है कि वह सो गई है। कितनी तृप्ति का क्षण है यह, वह सोचता है। कितने प्यार और भरोसे से वह सो गई है! जानती

है कि अगर जागेगी तो अर्कदीप्त को पास में सोया पाएगी। अर्कदीप्त के मन में, इन क्षणों में ढेर सारा लाड़ उमड़ आता है। कितनी चिन्ताएँ होंगी उसको—रेस्तराँ का किराया, स्टाफ का वेतन, सामान सप्लाई करने वालों का देना। हर कुछ समय पर मैन्यू बदलना, नये व्यंजनों का समावेश।

और सौदामिनी की चादर, तकिये, रज़ाई कितनी नरम और मुलायम हैं! फ़्लैट में चारों ओर सौदामिनी की परिष्कृत उपस्थिति थी—उसकी शृंगार मेज़ और आदमकद शीशा, ग़ुसलख़ाने में खूँटी पर लटकता उसका रेशमी नाइट गाउन। हर तरफ़ जैसे एक मीठी-मीठी सुगन्ध बसी रहती थी। बस, जो अर्कदीप्त को खटकता था, वह था नक़ली, प्लास्टिक का केले का पेड़।

"एक दिन असली पेड़ लाकर रख दूँगा।"

"तब तुम्हीं उसकी देखभाल करना। मैं तो पानी ही देना भूल जाती थी। सूख गए थे सारे पेड़।"

"ध्यान दिया करो। रिश्ते भी सूख जाते हैं, पेड़ों की तरह," न जाने क्यों उसके मुँह से निकल गया।

वह उसे देखती रही। फिर हल्के-से बोली, "सही कह रहे हो। मुझे रिश्ते सहेजने नहीं आते।"

"कुछ रिश्ते पेड़ों की तरह सदाबहार होते हैं, अपने-आप पनपते रहते हैं। उन्हें सहेजने की ज़रूरत नहीं होती। बस, कुल्हाड़ी चलाने से ही मरते हैं।"

"बड़ी गहरी बात कह दी तुमने। हाँ, फ़िलॉसफ़ी पढ़ते हो न!" वह प्रसन्न होकर मुस्कराने लगा।

उसकी हर चीज़ सुव्यवस्थित, सजी-सँवरी। उसके अन्तर्वस्त्र रेशम जैसे मुलायम हैं। जैसी काली कुर्ती, उसी रंग के अन्तर्वस्त्र। अन्य स्त्रियों की तरह कभी कपड़ों के भीतर से ब्रा की बदरंग, पुरानी तनी नहीं दिखाई देगी। उसकी दुनिया ही अलग है, जादुई, सपनीली, रंगीन—और अर्कदीप्त जैसे मंत्रमुग्ध—अवश, अनन्त सुख और अथाह प्रेम से सराबोर। उस दुनिया में और-और रमता जा रहा है। महीने के प्रारम्भ में जब वह ताऊजी के इलाज के लिए पैसे भेजता है, तभी थोड़ी देर को जैसे उस पूर्वजन्म की स्मृतियाँ खरोंचने लगती हैं—वह गोल मार्केट का घर। सड़क की भीड़। बऊ की स्निग्ध दृष्टि कुछ क्षणों को एक फिल्म की तरह सामने आकर उजागर हो जाती है पर दूसरे पल ही यहाँ म्यूनिख शहर में होने का यथार्थ—कीर्केगार्द और सौदामिनी।

वह मन-ही-मन अपने में गुनता है। पहले थीसिस पूरी होगी, फिर नौकरी ढूँढ़ेगा और तभी ब्याह की बात करेगा। और अगर ब्याह न भी हो तो क्या! हर दिन, हर रात साथ तो रहेंगे। अभी उन दोनों ने साथ-साथ रहने की बात नहीं की है। सौदामिनी ने एक बार भी बात नहीं उठाई है। वैसे पश्चिम में पहले साथ रहते हैं, फिर अगर

हुआ तो ब्याह कर लिया मगर उसकी गारंटी थी क्या?

वह जानता है, अभी इसका समय नहीं आया है। वह सन्तुष्ट है अपने काम से। फिर भी कह उठता है, "अब अलग रहना पहाड़-सा लगता है।"

"मुझे भी," उसने कहा, "अभी उसका समय नहीं हुआ है।"

वह चुप हो गया।

फ़ोन बजता है।

"शिशिर है नीचे।" सौदामिनी कहती है।

"बुला लो," अर्को ने कहा, "अब छुपाना क्या?"

"आ जाओ, ऊपर हूँ," वह फ़ोन करके उत्तर में कहती है।

शिशिर जब ऊपर आता है तो वह सोफ़े पर बैठी है। अर्को किचेन में खड़ा है, कॉफ़ी मशीन के पास।

शिशिर कहता है, "प्रणाम!" उसके चेहरे पर कोई विस्मय नहीं है। "हैलो अर्को," वह कहता है, "आज लाइब्रेरी की नागा?"

"हाँ, आज मूड नहीं हुआ। कॉफ़ी पियोगे? मैं बना रहा हूँ।"

शिशिर सौदामिनी के पास सोफ़े पर आकर बैठ गया, "मैं लंच के लिए आया था। आज तुमने भी छुट्टी कर दी?"

"नहीं, गई थी। अभी आई हूँ। कॉफ़ी पीने।"

अर्को ने कॉफ़ी का प्याला दोनों को बारी-बारी से पकड़ा दिया। शिशिर ने खिसककर बैठने की जगह दी।

अब तीनों चुप हैं। कुछ कहने को बचा ही क्या है, सब कुछ सामने खुला पड़ा है। फिर शिशिर ने कहा, "लाइब्रेरी जाना बन्द कर दिया है क्या? कई दिनों से दीखे नहीं!"

अर्को मुस्करा दिया, "थक गया था। अब फिर शुरू करूँगा। कल से...।"

फिर चुप्पी। सौदामिनी भी चुप है।

फिर पूछा, "लंच किया...?"

"हाँ।"

"मैं अभी कॉफ़ी पीने ऊपर आई हूँ।"

शिशिर चुप रहा। निकोलस मुस्कराकर बता चुका है कि मैडम आज नहीं आई हैं। स्टैंड पर अर्को की बाइक रात-भर से रखी है। उस पर बर्फ़ की हल्की-सी परत जम गई है।

कॉफ़ी ख़त्म करके शिशिर उठ खड़ा हुआ, "चलूँ। तुम साथ चल रहे हो? मैं गाड़ी लाया हूँ।"

अर्को ने सौदामिनी की ओर देखा। उसने हल्के-से सिर हिलाया, "तुम जाओ शिशिर, मैं कुछ देर में आ जाऊँगा। बाइक है।"

शिशिर ने उठते हुए कहा, "हाँ, मैंने देखी।" फिर हल्के-से सौदामिनी की ओर मुड़कर कहा, अंग्रेज़ी में, "आइ एम हैप्पी फोर यू," अर्को से, "मिलते हैं, बाद में," और चला गया।

दोनों चुपचाप सन्नाटे में बैठे हैं। शिशिर जैसे यथार्थ का रूप है।

"अब?" सौदामिनी ने कहा।

"अब क्या?" अर्कदीप्त ने कहा, "हम कब तक छुपाते रहते? अच्छा है, उसे पता चल गया। तुमने देखा, उसे बिलकुल आश्चर्य नहीं हुआ।"

सौदामिनी ने लम्बी साँस ली। चुप रही, "तुम्हारे काम में हर्ज हो रहा है।"

"होने दो। मैं आजकल पूर्ण रूप से जी रहा हूँ। उन किताबों से सिर मारते-मारते पूरी लाइफ़ बीत गई।"

वह हँस दी, "पूरी लाइफ? अरे, तुमने कितनी लाइफ़ जी है?"

"अब जो बाक़ी है, वह तुम्हारे साथ। बस, ख़ुशी ही ख़ुशी।"

उसने कुछ नहीं कहा।

शिशिर के आने से पहले जिस तरह गुप्त, निजी, अपने दायरे में रह रहे थे, वह अचानक विच्छिन्न हो गया था। उसमें बाहर का संसार प्रवेश कर गया था, जिसमें अर्कदीप्त की थीसिस थी और सौदामिनी का 'नमस्ते इंडिया' का संसार।

शिशिर लाइब्रेरी में आकर कुछ देर चुप रहा।

अर्कदीप्त चुप रहा, हाथ में पेंसिल थी। गोल-गोल घुमाता रहा। प्रतीक्षा में कि शिशिर कुछ कहेगा।

शिशिर ने कहा, "चलो, कुछ पीते हैं।"

वे छोटे से लाउंज में चले आए।

शिशिर ने दोनों के लिए बियर ख़रीदी।

एकांत में जो मेज़ थी, वे वहाँ जाकर बैठ गए।

अर्कदीप्त अब भी चुप था प्रतीक्षा में कि शिशिर क्या कहेगा।

मगर कुछ घूँट चुपचाप पीने के बाद भी जब शिशिर चुप रहा तो अर्कदीप्त ने कहा, "चुप क्यों हो?"

"अब कहने को रहा ही क्या? तुम ख़ुद समझदार हो, अपना भला-बुरा समझते हो," रुककर उसने अपना गिलास ख़ाली कर दिया।

अब अर्कदीप्त की बारी थी—बियर ख़रीदने की। वह कुर्सी खिसकाकर उठने

वाला ही था कि शिशिर ने कहा, "आज, बस, इतनी ही। शाम को मेरी क्लास है। और अर्को, मैं अपने को रोक नहीं पा रहा हूँ मगर थीसिस समय पर समाप्त करना तुम्हारी प्राथमिकता होनी चाहिए।"

"काम चल रहा है शिशिर।"

"मुझे डर है कि तुम कहीं भटक न जाओ। देखो अर्को, तुम्हारी ज़िन्दगी और अनुभव कितने सीमित रहे हैं, तुम्हारी कोई गर्लफ्रेंड नहीं रही अब तक। पहले प्यार का नशा और खुमार ही अलग होता है। मैं अभी तक नयनतारा को भुला नहीं पाया हूँ। यद्यपि उसके बाद कितने सम्बन्ध बने और टूटे।"

अर्कदीप्त ने कहा, "आई कांट हेल्प इट शिशिर, अवश हूँ," वह कहते-कहते थम गया, "मैं उससे बहुत प्यार करने लगा हूँ," फिर कहा, "मैं बहुत ख़ुश हूँ शिशिर। विश्वास करो। मैं जानता हूँ कि पी-एच.डी. पूरी करना मेरे लिए नम्बर वन है, मगर...।"

वह चुप हो गया। फिर आगे कहा, एकदम सच्चाई से, "मुझे जीवन में इतनी ख़ुशी महसूस नहीं हुई, जितनी कि मैं अब जी रहा हूँ।"

शिशिर उठ खड़ा हुआ, "तुमसे कुछ कहना बेकार है अर्को, तुम बहे जा रहे हो। अच्छा है, तुम ख़ुश हो।" फिर धीरे-से जोड़ा, "मैंने भी, बरसों बाद उसके चेहरे पर ऐसी ख़ुशी और चमक देखी है, बल्कि सब देख रहे हैं—उसके साथ काम करने वाले..."

अर्कदीप्त चुप है, अब भी।

"मैं कहना चाहता हूँ कि मैं ख़ुश हूँ, तुम दोनों के लिए। अच्छा है, चलता हूँ।"

और चला गया।

अर्कदीप्त सोचता रहा। अलमारी से किताब निकालकर मेज़ पर रखी। लैम्प जलाया। अभी दो-ढाई घंटे काम और हो सकता था, उसके बाद घर, और सौदामिनी के फ़ोन का इन्तज़ार। उसे मालूम था कि बृहस्पति से ही रेस्तराँ में काम बढ़ जाता है। शुक्र और शनि सभी बाहर खाने आते हैं और रविवार को तो बूफ़े ही होता है। छुट्टी तो सोमवार को होती है, पूरे दिन, पूरी रात...वैसे तो वह अक्सर इतवार की रात को ही आना चाहता है, मगर शिशिर ठीक कह रहा है, इस रफ़्तार से तो थीसिस बचे हुए समय में पूरी होने से रही। और साल-भर बाद जब पैसे बन्द हो जाएँगे तो?

तब की तब देखी जाएगी, उसने पृष्ठ खोला। शिशिर को पता न चलता तो सही रहता। जैसे वह व्यावहारिक दुनिया है, काम, पढ़ाई, लेखन, दोहराना, काटना-छाँटना, और पढ़ना। उस दुनिया में प्रेम करने की समझ नहीं है। मगर कितना मीठा, कितना मादक है यह अनुभव भी! वह मुस्करा पड़ा।

शिशिर अगले सप्ताह फिर आया।

"डॉ. हाइनर से कब मिले थे?" उसने पूछा।

"अभी हाल में ही तो," अर्को ने सफ़ाई से झूठ बोला, यद्यपि इधर न कुछ पढ़ा था, न लिखा था। डॉ. हाइनर से माफ़ी माँग ली थी, वह मुस्कराकर चुप रह गई थीं। वह कोपेनहेगन में स्टेशन पर सौदामिनी से मिल चुकी थीं। समझदार थीं, बोलीं, 'अगले दस दिन बाद मिलें।'

"तीन चैप्टर पूरे हो गए हैं, दो बाक़ी हैं और फिर समाप्ति," अर्कदीप्त ने कहा। "थीसिस का यही भाग तो दुरूह होता है। अपने निर्णय—उनके पक्ष में दलीलें। थोड़ा ब्रेक तो चाहिए न।"

"तो तुम्हारे लिए यह तफ़रीह है? ब्रेक है थीसिस से?" शिशिर नाराज़ लगा।

"नहीं, नहीं," अर्को ने कहा, "मेरा मतलब यह नहीं था शिशिर।" वह सौदामिनी का नाम लेते हुए थोड़ा झिझका, "वह मेरे जीवन में स्थायी रूप से जुड़ गई है। मैं विकल्प की कल्पना ही नहीं कर सकता," अब शिशिर से क्या छुपाना, उसने कहा, "मैं थीसिस एक साल में ख़त्म कर लूँगा। फिर यहीं कहीं नौकरी ढूँढूँगा।"

"और वह सब, जो इंडिया में है?"

"मेरा विदेश में रह जाना कोई नई बात तो नहीं होगी न, शिशिर। कितने लड़के पढ़ने आते हैं और फिर यहीं रह जाते हैं, वापस नहीं लौटते। तुम भी तो...।"

"मुझे तुम पर आश्चर्य है। तुम कितने परिपक्व, कितने ज़िम्मेदार तरीक़े से बात करने लगे हो," वह रुका, "और वह क्या कहती है, उससे पूछा? बात की?"

"पूछा तो नहीं, मालूम है कि वह क्या कहेगी।"

"तुम उसे जानते ही कितना हो? वह एक बेचैन आत्मा है, देर तक किसी बन्धन में बँधकर नहीं रह सकती। पूछकर तो देखो।"

"पूछ लूँगा, यद्यपि जानता हूँ कि उसका उत्तर क्या होगा।"

शिशिर ने सिर हिलाया, "मैं तुम्हें समझाना चाहता हूँ, मगर तुम समझना ही नहीं चाहते। वह मानसिक रूप से बहुत दुरूह हैं। उलझी हुई हैं। मेरे फादर ने उन्हें कितना समझाया कि ज़िन्दगी आगे है, अकेली कब तक रहोगी? भट्टाचार्य से तलाक ले लो और दोबारा अपना घर बसाओ। ज़िन्दगी शुरू करो। उन्होंने दो-एक लोगों से मिलवाया भी। एक कैलीफ़ोर्निया में कम्प्यूटर प्रोग्रामर था। दूसरा, उनके पार्टनर का बेटा। मगर वह मना करती गईं। किसी के साथ बँधना नहीं चाहतीं। इसीलिए मुझे आश्चर्य हुआ कि तुम दोनों क़रीब आ गए हो—इतने कि तुम्हारी सारी पढ़ाई-लिखाई चौपट। और वह..." वह चुप हो गया।

"यह मेरे जीवन के अमूल्य, अलभ्य क्षण हैं," अर्कदीप्त कहकर चुप हो गया। "उसका अतीत जानता हूँ। ख़ुद बताया है, मगर मानसिक रूप से उलझा हुआ होना

तो हम सब किसी न किसी रूप में न्यूटौटिक तो हैं ही," फिर उसने मुस्कराकर कहा, "तुम्हारा मेरे प्रति इतना परेशान होना अच्छा लग रहा है।"

"तुम एकदम होपलेस केस हो," शिशिर भी हल्के-से हँसा। "अच्छा, चलता हूँ। अपना ध्यान रखना।"

"अरे, तुम आज आए नहीं?"

"आज आने की बात तो थी नहीं," अर्कदीप्त ने टेबिल-लैम्प की बत्ती जलाते हुए कहा।

"यह डॉक्टर का ऑफ़िस है क्या, जो तुम्हें अपॉइंटमेंट लेकर आना पड़ेगा? चाभी तो है तुम्हारे पास। कभी भी आ सकते हो।"

"तुम तो हो मेरी डॉक्टर, स्पर्श मात्र से दुख-दर्द दूर कर देती हो।"

टेलीफ़ोन पर उसके हँसने की आवाज़ आई, पर कुछ थकी-सी, "तुमने दुख-दर्द जाना ही कहाँ है अर्कदीप्त रॉय! सीधी-सपाट ज़िन्दगी जीते आए हो।"

"सच कह रही हो," अर्कदीप्त ने सोचते हुए धीरे-धीरे कहा, "जिसकी आशा करने की कल्पना ही नहीं की थी, वह मिल गई। तुम और स्कॉलरशिप। विदेश आने की तो मैं कल्पना कर ही नहीं सकता था, और यहाँ तुम्हारी जैसी स्त्री का प्यार—बहुत घिसी-पिटी बात लगेगी, कि मुझे यह सब लम्बा, सुखद स्वप्न-सा लगता है। आँख खोलने से जैसे डर लगता है।"

"फिर आ रहे हो न?...आ जाओ अर्को, तुम्हें बहुत मिस कर रही हूँ।" सौदामिनी के स्वर में थकान थी, अलसाई-सी, निदासी।

"सुनो, अभी मुश्किल होगा," वह कहता है, "यह चैप्टर ख़त्म करना है। विचार एकदम से उमड़ रहे हैं, लिख रहा हूँ। व्याघात पड़ा तो बिखर जाएँगे। मुश्किल होगी।"

उसने लम्बी साँस ली, "अच्छा।"

फ़ोन रख दिया गया।

अर्कदीप्त ने फिर कम्प्यूटर पर आँख लगाने का प्रयत्न किया मगर दिमाग़ जैसे ख़ाली हो गया था। विचार जो उमड़-घुमड़ रहे थे, एकदम उड़ गए—आँधी में बादलों की तरह।

वह दस-पन्द्रह मिनट कम्प्यूटर स्क्रीन को ताकता रहा—पहले का लिखा पढ़ा, फिर इन्तज़ार किया। एक-दो वाक्य लिखे। पर प्रवाह समाप्त हो गया था—उखड़े-उखड़े-से शब्द, कटे-पिटे।

उसने कम्प्यूटर बन्द कर दिया। टेबिल-लैम्प बुझाया। अपना पार्का पहना और सौदामिनी के फ़्लैट की चाभी सहेज ली।

बाहर आकाश मेघाच्छन्न था—सलेटी, काला। चारों तरफ़ अँधेरा।

सड़क पर सन्नाटा था, साइकिल चलाते हुए ठंडी हवा के थपेड़े उसके गाल सहला रहे थे। उसके पैर अपने-आप पैडिल चला रहे थे, और पूरा शरीर एक आह्लाद, एक उत्कंठा से पुलक रहा था।

रास्ता कैसे कट गया, मालूम ही नहीं चला।

'नमस्ते इंडिया' का बाइक स्टैंड ख़ाली था। अन्दर अँधेरा था। वह सीढ़ियाँ फलाँगता हुआ ऊपर पहुँचा। फ़्लैट में अँधेरा था। उसकी पदचाप से एक मद्धिम बत्ती अपने-आप जल गई।

उसने हल्के-से बिना आहट किये शयनकक्ष का दरवाज़ा खोला।

वह सो गई थी, दरवाज़े की ओर मुँह किये, जैसे उसे पता था कि वह आएगा, पर जैसे थकान के कारण नींद आ गई हो।

अर्कदीप्त कितनी देर खड़ा हुआ उसके निद्रामग्न चेहरे को आँखों से पीता रहा—माथे पर आ गई लटें, बन्द घनी पलकें। समगति से चलतीं साँसें। वह एक झीना-सा, पारदर्शी सिल्क का नाइट गाउन पहने थी जिसकी महीन-महीन लेस उसकी गर्दन चूम रही थी।

अर्कदीप्त ने लम्बी साँस ली। उसके हृदय की गति सम हो गई थी। जिस पागल आवेश के कारण वह रात के इस समय दौड़ा चला आया था, थम-सा गया। सौदामिनी की गहरी नींद में व्याघात डालना उचित नहीं लगा। वह अपनी उपस्थिति दर्ज करना चाहता था। उसने जेब में हाथ डाला—कोई काग़ज़, कोई कार्ड, कोई चिह्न मिल जाए, मगर मिली जेब में एक साबुत मूँगफली—छिलके समेत। उसने वह मूँगफली पास के तकिये पर रख दी और वापस लौट आया।

अपने फ़्लैट पर लौटते हुए वह सोचने लगा कि यह कैसा पागलपन है, कैसी विक्षिप्तता—जैसे सारे क्षण, सारा जीवन सौदामिनी के प्रेम, उसके संग की लालसा पर केन्द्रित हो गया है? और चाहिए भी क्या—वह अपनी भावनाओं की गहराई पर स्वयं चकित था, जैसे अब तक की नियंत्रित ज़िन्दगी एक ऑटोपायलट पर, स्वचालित रूप से बीती जा रही थी। अब अट्ठाईस साल की आयु में वह एक महानिद्रा से जागा था और जो कुछ महसूस कर रहा था, उसे कभी हाथों से फिसलने नहीं देना चाहता था। यही है उसके जीवन का केन्द्र, उसके जीवन की धुरी—बिना किसी पूर्व-निर्धारित लक्ष्य के जीवन-सरिता में बहती जाती नौका का लंगर।

और कैसा सुन्दर था—चाहने और चाहे जाने का अनुभव! अब इसी को बाँधकर रखना होगा—चाहे कितना मूल्य चुकाना पड़े!

अर्कदीप्त

अगले दिन उसे जल्दी डॉ. हाइनर से मिलना था। अलार्म बजने से जागा तो एकदम हल्का-फुल्का, तरोताज़ा महसूस कर रहा था। रात का प्रसंग उसे एक स्वप्न-सा लगा। मगर रात की ठंड में साइकिल पर कई मील आने-जाने की क़वायद से नींद बहुत अच्छी आई थी।

उसे सुबह सौदामिनी से बात करने का समय नहीं मिला, न उसका फ़ोन आया। डॉ. हाइनर से मिलने के बाद जब वह लौटा तो लाइब्रेरी के आगे सीढ़ियों पर बैठा साहिल उसका इन्तज़ार कर रहा था।

"अरे, तुम, साहिल? यहाँ कैसे?"

"मैडम ने भेजा है।"

"आओ, अन्दर चलोगे? थक गए होगे।"

"नहीं, मैडम की गाड़ी से आया। आज मेरा ऑफ़ डे है तो मैंने सोचा कि यूनिवर्सिटी की सैर कर लूँ। आप यहाँ पढ़ रहे हैं?"

"हाँ।"

"कितना पढ़ेंगे?" उसने भोलेपन से कहा, "कितने साल हो गए?"

अर्कदीप्त हँसने लगा।

लाउंज में जाने के लिए उन्हें पुस्तकों के बीच से जाना पड़ा।

"कितनी किताबें!" साहिल ने कहा, "आप यह सब पढ़ेंगे?"

वह गोल-गोल आँखों से अलमारियों में चुनी किताबें देख रहा था।

"यह सब पढ़ने के लिए कई जन्म चाहिए। आओ, क्या लोगे?"

लाउंज ख़ाली था। अर्कदीप्त ने दोनों के लिए नारंगी का रस लिया। साहिल बेतकल्लुफ़ी से एक कुर्सी पर बैठ गया।

"आपने अब तक कितनी किताबें पढ़ी हैं? क्यों पढ़ रहे हैं?"

"मैं एक डेनिश फ़िलॉसफ़र पर पी-एच.डी. कर रहा हूँ। उसकी लिखी किताबें हैं, फिर उस पर लिखी किताबें हैं।"

"आप इतना पढ़ेंगे?"

"हाँ, मेरा मन लगता है। तुम कुछ पढ़ते हो?"

"नहीं। मन नहीं लगता," फिर उसने बात बदलकर कहा, "आपने ताजमहल देखा है?"

"नहीं।"

"नहीं? आप कभी आगरा नहीं गए?"

"नहीं।"

"अरे वाह, आपने कभी चाहा भी नहीं कि ताजमहल देखें? सही है, आप तो कभी भी जा सकते हैं।"

"बस, मौक़ा नहीं मिला।"

अर्कदीप्त ने अब तक पैकेट नहीं खोला था। लिफ़ाफ़ा खोला तो उसमें ढाई सौ ग्राम वाला सफ़ेद डिब्बा था। उसे खोलने पर साबुत मूँगफलियाँ अन्दर से निकल पड़ीं।

साहिल की आँखों में अचरज था। उसे देखकर अर्कदीप्त हँसने लगा।

"आपको यह भेजा है? मूँगफली? मैंने सोचा था, केक वग़ैरह होगा। शायद आपका बर्थडे हो।"

अर्कदीप्त ने हँसते-हँसते कहा, "तुम्हारी मैडम ने मेरे साथ मज़ाक़ किया है।"

"मैडम, और मज़ाक़? वह तो इतना सीरियस रहती हैं," शायद उसे लगा होगा कि वह कुछ ज़्यादा ही बोल गया, "मगर हैं बहुत रहमदिल। हम सबका बहुत ख़याल रखती हैं। अच्छा, आप मैडम को कैसे जानते हैं?"

अर्कदीप्त ने सोचा, 'तुम नहीं समझोगे साहिल। नादान हो। वह मेरा सम्पूर्ण विश्व है। मेरे सम्पूर्ण अस्तित्व का केन्द्र।' कहा, "मेरा दोस्त है न शिशिर, उसकी कज़िन लगती हैं।"

"अच्छा," उसने जूस का कार्टन समाप्त करके कचरे में डाल दिया।

"चलें?" अर्कदीप्त ने पूछा।

साहिल इतनी किताबों को देखकर अपनी हैरानी से उबर नहीं पा रहा था। उसने एक किताब शेल्फ़ से निकाल ली। पृष्ठ खोला और सिर हिलाया, "मैंने तो इतनी किताबें कभी देखी ही नहीं।"

"जर्मन में हैं," अर्कदीप्त ने अपने छोटे से कमरे का दरवाज़ा खोलते हुए कहा। उसमें एक मेज़ थी जिस पर कई किताबें खुली हुई थीं। दो कुर्सियाँ, "बैठो," उसने कहा।

साहिल खिड़की से बाहर देखने लगा।

"तुम किताबें बिलकुल नहीं पढ़ते हो साहिल?" उसने पूछा।

साहिल ने सिर हिलाया, "नहीं।"

"पढ़ा करो—रिसाले, क़िस्से-कहानियाँ, शायरी। एक बार शुरू करो तो चस्का लग जाएगा। किताबें पढ़ने से दिमाग़ विस्तृत होता है। दुनिया की समझ आती है। अपनी बुद्धि परिपक्व होती है।"

"यानी कि?"

"कि बुक्स पढ़ा करो, नॉवेल, पोयट्री। एक शेफ़ सिर्फ़ देग़ में चमचा ही तो नहीं चलाता। अगर दुनिया-जहान की समझ नहीं आएगी तो कुकिंग में लेयर्स कैसे आएँगी। पर्सनैलिटी पढ़ने से ही आती है। एजुकेशन से इंसान रिच होता है।"

साहिल ने चुपचाप सारी बातें सुनीं, "पर्सनैलिटी में भी लेयर्स होती हैं, जैसे कि बिरियानी में..."

अर्कदीप्त हँसा। साहिल भी मुस्कराया, "सही कहा, नहीं तो ज़िन्दगी सादी दाल-चावल बनकर रह जाएगी।"

साहिल भी हँसा, "आप कहते हैं तो सोचना पड़ेगा। कितनी किताबें हैं, कितना कुछ है इनमें, जानना चाहिए, है न?"

"सोचना। हल्का-फुल्का पढ़ो, फिर उसके बाद सीरियस। देखना, सोच और नज़रिये में कितना फ़र्क़ आएगा।"

साहिल ने सम्मति में सिर हिलाया, "चलता हूँ। अब कब आएँगे? मैडम पूछेंगी तो क्या कहूँगा?"

"कह देना, लाइब्रेरी का टूर दिलाया, जूस पिलाया। आगे पढ़ने पर लेक्चर दिया। और क्या?"

वह साहिल को जाते देखता रहा—कितना ख़ुशमिज़ाज, प्यार करने वाला लड़का है!

कभी वह भी ऐसा ही था। शायद नहीं, हमेशा गम्भीर रहता था। कम हँसता था पर अब तो न जाने कहाँ से हँसी और प्रसन्नता का स्त्रोत फूट पड़ा है और जो आपादमस्तक सिंचित करता रहता है! उसने पढ़ने में मन लगाने का प्रयत्न किया।

सौदामिनी के पास से लौटकर अर्कदीप्त को लगता है कि केवल उसके शरीर का रंध्र-रंध्र ही खुलकर उस रस का आस्वाद नहीं करता है बल्कि कल्पना, विचारों और शब्दों के द्वार भी खुल जाते हैं। तेज़ हवा के झोंकों की तरह मन में थीसिस के विचार उठते हैं और उसकी उँगलियाँ कम्प्यूटर पर दौड़ने लगती हैं। जैसे सौदामिनी के साथ पता नहीं चलता कि कब मिनट, घंटे, बल्कि कब सुबह, दोपहर और शाम हो गई, वैसे ही वह कम्प्यूटर पर झुका बैठा रहता है—हर विचार को शब्दबद्ध करता हुआ।

जब आँखें दुखने लगती हैं और गर्दन और कमर में दर्द होने लगता है तब घड़ी पर दृष्टि जाने से पता लगता है कि कितना समय बीत गया। उसकी अपनी हाथ घड़ी एकदम सस्ती है, ठेले पर ख़रीदी गई। उसे कम चीज़ों की लालसा होती है पर उसे हांस की कलाई की घड़ी बेहद भा गई थी। उसने कम्प्यूटर पर दाम का पता किया था, अपनी घड़ी कलाई में बाँधते हुए हँसी आ गई। वह यह घड़ी पीछे ही छोड़ जाता है। सौदामिनी की नज़र पड़ेगी तो वह क्या सोचेगी—कितने फटेहाल व्यक्ति से प्रेम किया है!

अब घड़ी बाँधते हुए उसने कम्प्यूटर पर लिखा प्रिंट करना शुरू कर दिया। बाहर से कॉफ़ी मशीन की आवाज़ सुनाई दी, तो वह बाहर आया। थका पर एकदम तुष्ट। शरीर और मन, दोनों ही।

हांस अपने लिए टोस्ट बना रहा था, ऑफ़िस जाने को तैयार। विन्स देर से उठता है, आराम से तैयार होकर लाइब्रेरी जाता है। प्रिंटर की आवाज़ सुनकर हांस ने कहा, "रात-भर लिखते रहे? सोए नहीं?"

अलमारी से मग निकालकर कॉफ़ी डालते हुए अर्कदीप्त ने कहा, "आज डॉ. हाइनर से मिलना है।"

"गुड लक," हांस मुस्कराया।

काग़ज़ों की गड्डी उसने डॉ. हाइनर को पकड़ा दी। वह पढ़ेंगी, कमेंट करेंगी, तब वह संशोधन करेंगी।

वह मुस्कराईं, "कैसे हो अर्कदीप्त?" सुनहरे फ्रेम के चश्मे के पीछे चमकदार पर मृदु दृष्टि।

"ठीक हूँ, धन्यवाद।" वह आगे कुछ कहने को हुआ पर रुक गया। अभी काफ़ी काम बाक़ी है, अभी से आगे की क्या बात करना!

"अच्छे दीख रहे हो। ख़ुश हो न?"

"जी-जी, धन्यवाद।" उसने अपने चेहरे पर गरमाई महसूस की और उसे छुपाने के लिए वह जल्दी से उठ खड़ा हुआ।

"बहुत अच्छा लिख रहे हो। बस, ऐसे ही..."

वह उमंगता हुआ, पुलकता हुआ घर लौटा। आकर जैकेट उतारकर टाँगी और बिस्तर पर गिर गया। जल्दी ही नींद आ गई—गहरी, स्वप्नहीन, मानसिक और शारीरिक तुष्टि की।

फ़ोन शाम को आया, "डॉ. हाइनर से मिले?"

"हाँ, लौटकर काम करता रहा। नींद नहीं आई।"

"अरे, क्यों? मैं तो गहरी नींद में सो गई।"

"तुमने सारे दिन किचेन में काम जो किया था। मैं तो ख़ाली ही बैठा रहा।"

"अच्छा, सुनो," उसने कहा, "अगले दो-तीन दिन मैं व्यस्त हूँ। अपना काम करना।"

"क्यों?" उसके होंठों पर आया, पर वह समझ गया कि यह व्यस्तता का बहाना क्यों।

"मैं आ तो सकता हूँ। तुम्हारी सेवा करूँगा," उसने हँसते हुए कहा, "गरम पानी की बोतल, कॉफ़ी, नाश्ता।"

वह हँसी, "अच्छा लगता, मगर रहने दो, बीमार थोड़े ही हूँ। यह तो हम स्त्रियों का..."

स्त्री-संसार का यह भी तथ्य—जिस पर अर्कदीप्त ने पहले ध्यान नहीं दिया।

सौदामिनी ने कहा था, 'पहले की स्त्रियाँ घर में रहती थीं। तीन दिन कोई काम नहीं, रसोई में प्रवेश निषिद्ध। आराम का समय। मगर अब बस लो, मेट्रो लो, काम पर जाओ। बस, गोली खाते रहो, और हर रोज़ की वही भाग-दौड़। अब छुट्टी कौन लेता है?'

"ठंड पड़ने लगी है," सौदामिनी ने कहा, "तुम्हें इतनी दूर साइकिल पर आना-जाना पड़ेगा, तो मैं ही आ जाया करूँगी।"

"तुम?" वह अचकचा गया, अपना कमरा याद करके। सादा, ख़ाली, साधनहीन। एक पलंग, एक मेज़, एक कुर्सी। मेज़ पर कम्प्यूटर और प्रिंटर, टेबिल-लैम्प। नोट्स लेने के लिए पेंसिलें, क़लम। अलमारी में गिनी-चुनी क़मीज़ें और दो-तीन जीन्स—एक नई, बाक़ी पहनी हुईं, घिसी हुईं, पुरानी और छेददार। पुरानी बनियानें और बाक़ी चीज़ें तो फेंक दी हैं। वह खड़ा होकर कमरे को देखता है, आश्चर्य है, इससे पहले कभी किसी चीज़ की कमी महसूस ही नहीं हुई। दीवारें ख़ाली हैं, केवल सिरहाने दो साल पुराना कैलेंडर, गणेशजी की तसवीर होने के कारण फेंका नहीं गया। हर चीज़ उसकी विपन्नता का प्रतीक थी।

उसने कैलेंडर लपेटकर मन-ही-मन गणेशजी को विदा दी। चादरें, रज़ाई के लिए कुछ करना पड़ेगा।

वह उधेड़बुन में लाइब्रेरी चला गया। सोमवार आने में कुछ दिन बाक़ी थे। मुश्किल होते थे काटने, मगर बीच में एक मूक समझौता था। उसका केवल एक दिन ख़ाली होता था और अर्कदीप्त को पूरा सप्ताह काटना बहुत दुरूह लगने लगा था।

शाम को वापस लौटता तो उसके लिए फ़्लैट से बाहर एक बड़ा-सा पैकेट था। अन्दर लाकर खोला तो उसमें लॉन्ड्री की धुली तीन-चार कड़क चादरें थीं सफ़ेद, तकिये के गिलाफ। पैकेट पर 'नमस्ते इंडिया' लिखा हुआ था। वह सब इतना आगे कैसे सोच लेती है? रेस्तराँ के टेबिल-क्लाथ और नैपकिन नियमित रूप से लॉन्ड्री से धुलकर आते हैं—झक् सफ़ेद, कड़क। उसके अपने कपड़े भी। उसने सोच लिया होगा कि एक विदेशी विद्यार्थी के नाते मालूम नहीं, उसका बिछौना कैसा होगा। चादर, गिलाफ न जाने कितने हफ़्तों में धुलते होंगे! और उसकी आदत है विलासी जीवन की।

वह अपने-आप मुस्कराने लगा।

जब वह आई तो कमरे का नक़्शा बदल चुका था। वहाँ आदमक़द शीशे के साथ शृंगार-मेज़ आ गई थी। सिरहाने की मेज़ पर एक छोटा-सा गमला, जिसमें

अफ़्रीकन वॉयलेट फूल रहे थे। जिस एंटीक दुकान से श्रृंगार-मेज़ ख़रीदी थी, उसी से वैन गो का सूरजमुखी का प्रिंट, जिससे पूरा कमरा ही जैसे स्वयं खिल उठा था।

सुगन्धित साबुन से नहाते हुए और बाद में अपने शरीर पर मर्दाना कोलोन छिड़कते हुए उसने सोचा, कितने नये आयाम आते जा रहे हैं ज़िन्दगी में—संगीत, पेंटिंग, भ्रमण! इससे पहले भी वह लंदन गया और कोपेनहेगन भी। मगर अगली बार वह समय निकालकर लंदन में नेशनल गैलरी हो आएगा। कितना समृद्ध कर रहा है यह प्रणय-सम्बन्ध? यह केवल दो शरीरों की आपसी रगड़ मात्र नहीं है, यही तो है लव—जो उसके अंग-अंग, शिरा-शिरा में दूर तक भिदता चला जा रहा है, और इसका स्रोत है वह सौदामिनी—परत-दर-परत आयामों वाली।

वह चुपचाप आई। वह खिड़की पर खड़ा उसकी राह देख रहा था। उसकी सफ़ेद कार पहचान ली और देखता रहा कि वह कैसे उतरी, कैसे सड़क पार की और लिफ़्ट के ऊपर पहुँचने तक अर्कदीप्त ने लपककर दरवाज़ा खोल दिया और उसके अन्दर आते ही उसे बाँहों में ऐसे जकड़ लिया, जैसे बरस बीत गए!

वह खड़ी रही, बँधी-बँधी, हँसती रही। कितनी दीप्त थी उसकी आँखें! सारा चेहरा जगमगा रहा था।

मन-ही-मन उसकी उष्ण देह, सुगन्धित उपस्थिति का मज़ा लेते हुए।

उसने अपने को अलग करते हुए कहा, "क्या लगाया है, बड़ी ख़ुशबू आ रही है!"

"कोलोन। विन्स का देखकर..."

"अरे, तब तो ख़तरा है—कहीं हांस तुम पर आशिक न हो जाए!"

दोनों हँसने लगे।

"उसका कोई ख़तरा नहीं है," थोड़ा रुककर, "दोनों ख़ुश हैं कि मुझे गर्लफ्रेंड मिल गई है। कुछ पियोगी? क्या दूँ?" अर्कदीप्त ने पूछा।

"अरे, अभी तो मुश्किल से दस भी नहीं बजे। इतनी सुबह-सुबह नहीं। बस, आकर सामने बैठो, तुम्हें देखूँ।"

वह आकर सामने बैठ गया, "किसी पुरुष को इतना सुन्दर होने का अधिकार नहीं है—तुम्हारी तरह।"

वह हँसती है तो पूरा चेहरा आलोकित हो जाता है।

"तुम्हारी नज़रों में ही, बस, नहीं तो मैं तो बहुत साधारण-सा..."

उसने उठकर कमरे में चक्कर लगाया, "अरे, इतना बड़ा शीशा! कितनी अच्छी श्रृंगार-मेज़।"

"तुम्हारी साड़ी बाँधने के लिए।"

उसने गर्दन मोड़कर अर्कदीप्त को देखा, फिर कहा, "कभी हम एम्सटरडैम चलेंगे—किसी छुट्टी में। वहाँ वैन गो का म्यूज़ियम देखना।"

उसने सहमति में सिर हिलाया।

"वहाँ बहुत अच्छा इंडियन रेस्तराँ भी है। वहाँ की महाराजा-थाली का आइडिया मैंने चुरा लिया। वैसे तो वहाँ महारानी-थाली भी है, मगर मुझे स्त्री-पुरुष में भेदभाव करना अच्छा नहीं लगता।"

"भेदभाव कैसा?"

"महाराजा-थाली में आइटम ज़्यादा थे, कचौरियाँ भी ज़्यादा बड़ी। खाना भी अधिक। महारानी-थाली में केवल दो पूरियाँ और महाराजा में चार।"

"स्त्रियाँ मात्रा में कम भी तो खाती हैं," अर्कदीप्त ने कहा।

"मान लो, अगर किसी का मन तीसरी पूरी खाने को हो और माँगने में शर्म आए तो?"

अर्कदीप्त ने बात बदल दी, "हमें तो कभी नहीं खिलाई महाराजा-थाली।"

"तुम्हें तो सम्राट-थाली खिलाऊँगी," उसने लाड़ से कहा, "रोज़। मगर रेस्तराँ में नहीं।"

"फिर कहाँ?"

"अपनी रसोई में। चौकी पर थाली और पटे पर तुम—जैसे तुम्हारी ताईजी खिलाती थीं।"

"तुमसे नहीं निभेगी वैसी रसोई। फिर तुम्हारी आदत तो है अपने नीचे वालों पर हुकुम चलाने की। वहाँ कौन होगा?"

"तुम होगे," उसने गर्दन मोड़कर देखा, हँसी, "और कौन?"

"मैं पी-एच.डी. करूँगा कि..."

"सोच लो," वह अर्कदीप्त की क़मीज़ के बटनों से खेल रही थी और वह आतुर हो रहा था कि एक झटके से क़मीज़ उतार फेंके और उसे हृदय से लगा ले।

कहाँ से उमड़ता है इतना प्यार—इतने छोटे से हृदय में? वह सोच रहा था। सौदामिनी की पलकें ढलक आई थीं। साँसों की गति समतल होने लगी थी। अर्कदीप्त का मन हुआ, उसकी बन्द आँखों को चूम ले। मगर उसे तुरन्त जगाने का मन नहीं हुआ।

वह वैसे ही उसके शरीर की उष्णता पीता हुआ, उससे सटा लेटा रहा।

वह हांस और विन्स के लौटने के पहले उठकर चली गई।

घर एकदम अकेला, सुनसान लगने लगा।

लाइब्रेरी से निकलकर, साइकिल स्टैंड पर जाते हुए अर्कदीप्त ने देखा, कई लड़कियाँ आस-पास दीख रही हैं—लम्बी-लम्बी सुडौल टाँगें, सत्रह-अठारह साल की युवा। गठे हुए शरीर, छोटे-छोटे शॉर्ट्स और उसके ऊपर टी-शर्ट। रंग-बिरंगे फूलों की तरह चारों ओर खिल उठी हैं। महीनों से धुँधलाया, कोहरा और अँधेरे की चादर

हटाकर आकाश मुस्कराने का प्रयास कर रहा है। उसमें एक लम्बी सफ़ेद रेखा पीछे छोड़ते हुए एक वायुयान किसी अनजान दिशा में उड़ता चला जा रहा है। प्रकृति जैसे करवट बदलकर आँखें खोल रही हो। लम्बे, अन्धकारमय शीतकाल को झकझोरकर अलग करती हुई।

अर्कदीप्त ने जैसे ये महीने एक तंद्रा में बिताए हैं। सौदामिनी के प्यार और कीर्केगार्द की फ़िलॉसफ़ी में ऐसा तल्लीन रहा कि मालूम ही नहीं हुआ कि ये आठ-दस महीने कहाँ चले गए। जैसे पंख लगाकर उड़ गए!

"देखो सौदामिनी, जाड़ा ख़त्म हो गया। पता ही नहीं चला। पिछले वर्ष तो जैसे अनन्त लगता था, तुम्हारे साथ का यह सुख—कभी अँधेरे आकाश को देखा ही नहीं।"

"ठंड में साइकिल पर भी नहीं?"

"पता ही नहीं चलता था कि ठंड है या रात। मालूम था, तुम मुस्कराते हुए दरवाज़ा खोलोगी और हम डूब जाएँगे..."

"एक दूसरे में।" वह कुछ देर चुप रही, फिर बोली, "तुम भविष्य के बारे में क्या सोचते हो अर्को?"

"अभी तो इन क्षणों का ही सुख भोग रहा हूँ। आनन्द उठा रहा हूँ। तुमने भविष्य का क्या सोचा, तुम बताओ?"

अर्कदीप्त ने जैसे वर्ष सुप्तावस्था में बिताया है। मौसमों का बदलना, आकाश के रंग, ग्रीष्म काल के फूल—कभी ध्यान ही नहीं गया। कब ठंड बढ़ी, जूतों के नीचे बर्फ़ चुरमुराने लगी, या हल्की-सी बदली आकर बरस गई। सूरज अगर निकलता था तो भी शरमाया-शरमाया—स्वदेश की तरह जाड़ों में भी प्रखर, उज्ज्वल नहीं। बस समय पर आती थी, वह स्टूडेंट पास दिखाकर चढ़ जाता था, और अपनी परिचित सीट पर जाकर बैठ जाता था। यह बस कहीं विश्राम नहीं करती, पूरे कैम्पस में गोल-गोल चक्कर लगाती हुई घूमती रहती है। विद्यार्थी बैकपैक लेकर चढ़ते हैं। उतरते हैं। पास दिखाकर अपनी सीट पर जाकर बैठ जाते हैं। बस हमेशा पौने नौ पर छात्रावास के आगे रुकती है—न कभी जल्दी, न कभी लेट।

सबकी अपनी-अपनी फेवरेट सीटें हैं। कभी कोई किसी और की सीट पर नहीं बैठता। जगह ख़ाली रहती है। परिचित मिला तो छोटी-सी मुस्कान के साथ उसकी उपस्थिति की पहचान, नहीं तो हाथ में फ़ोन की स्क्रीन पर आँखें चिपकी हुई।

पर अब, जैसे अंग-अंग, पोर-पोर जाग उठा है। पर क़मीज़ के सूतीपन का स्पर्श, उँगलियों पर पुस्तक के पृष्ठों का संवेदन। किताबों की भी अपनी एक महक होती है, पुरानी किताबों की दूसरी, नई किताबों की दूसरी। उसे अलमारी से पुस्तक निकालकर पढ़ना पसन्द है, कम्प्यूटर की स्क्रीन पर नहीं। विभाग से उसे कम्प्यूटर मिला है। वह सिर्फ़ लिखने के लिए प्रयोग करता है। उसके पास इधर-उधर की बातों का समय नहीं है। किताब का भार, काग़ज़ का खसखसापन, वह स्पर्श जैसे

उनके शब्दों और अर्थों में कुछ और जोड़ देता है। वह बाक़ी लोगों की तरह नहीं है, जो हर समय कम्प्यूटर पर ही आँखें गड़ाए रहते हैं।

यह सब क्या हो रहा है अर्को, वह अपने-आपसे कहता है। अब तक का जीवन जो एक भोंथरे चाकू की तरह था, उसमें जैसे अब धार आ गई है—हर कुछ अधिक गहरा, अधिक तीक्ष्ण, अधिक मनोरम।

यह सब कैसे? सत्ताईस-अट्ठाईस साल का तपस्वी जीवन, स्कूली बचपन, ताईजी, ताऊजी, बऊ और बाबूजी—जैसे सबके अनबोले प्यार के बीच था, एक मशीनी अस्तित्व, एक तंद्रावस्था। फिर जर्मनी आने का अवसर, पंडित जी के शब्दों में—भाग्योदय, और अब यह अलभ्य, कल्पनातीत पारिजात पुष्प-सा सौदामिनी का प्यार, जिसने खिलकर पूरे जीवन को सुगन्धित कर दिया है। उसका स्वयं का जीवन एक पुष्पवृक्ष बनकर प्रस्फुटित हो चुका है। सौदामिनी ने जैसे वर्षों की तपस्या के वरदानस्वरूप जीवन को कितना सुखद बना दिया है!

अपने फ़्लैट पर आकर वह बिस्तर पर पड़ जाता है। देर तक सोता रहता है। कभी-कभी आँख खुलती है तो पास की जगह ख़ाली पाकर थोड़ा-सा अचरज होता है, फिर सब एकदम स्मृति में उमड़ आता है। उसका हृदय प्यार से भर जाता है। कितनी मेहनत करती है वह! लगी ही रहती है। जब रेस्तराँ भरा होता है तो किसी को दम मारने की फ़ुरसत नहीं होती। जब उतने लोग नहीं होते, वह बैठकर कॉफ़ी पीती है, हिसाब-किताब करती है।

"तुम पास होते हो तो सारी चिन्ताएँ भूल जाती हूँ," वह कहती है, "नहीं तो हर वक़्त दिमाग़ बझा रहता है—किराया, तन्ख़्वाहें, सामान के पेमेंट," फिर वह मुस्करा देती है, "तुमने मुझे कितनी ख़ुशी दी है, बता नहीं सकती।"

वह चुप रहता है। जानता है, पूछना उचित नहीं होगा कि अन्य जो प्रेमी थे, क्या वह...?

पर पूछेगा नहीं। सोचना भी धीरे-धीरे कम हो गया। अतीत था, वे सम्बन्ध अब कब से विलीन हो गए हैं।

"क्या मैं भी..." वह पूछना चाहता है।

"नहीं रे," वह थोड़ा-सा झुककर कहती है, "वह सब पास्ट था। उसका तो कहीं लेशमात्र भी नहीं बचा है। जैसे किताब के पन्ने पलट देते हैं..."

"यह तुलना सही नहीं है," वह गम्भीर है। पृष्ठ पलटने पर भी पिछले पृष्ठ का मज़मून याद रहता है।"

"तुम्हें याद रहता होगा। तुम्हारा तो यह काम ही है, मुझे नहीं। मुझे तो कुछ भी याद नहीं रहता।"

वह एकाएक सोच उठा, 'कहीं मैं भी तुम्हारी ज़िन्दगी की किताब का पिछला पन्ना बनकर न रह जाऊँ।'

मगर वह चुप रहता है।

तो यह होता है सुखी जीवन! वह उसके पार्श्व में लेटा-लेटा सोचता है। वह अक्सर थकी रहती है। कभी-कभी तो लेटते ही सो जाती है। तब यदि वह सौदामिनी के फ़्लैट पर हुआ तो दबे पाँव उठकर, बत्ती बुझाकर चुपचाप निकल आता है। चारों तरफ़ बाज़ार, दुकानें, रेस्तराँ—सभी कुछ सोया-सोया रहता है। सड़क पर सन्नाटा रहता है, बिजली के लैम्प थोड़ी-थोड़ी दूर जलते रहते हैं और पौ फटने पर अपने-आप बन्द हो जाते हैं। यहाँ सुबह-सुबह सड़क पर झाड़ू लगाने वाले नहीं दीखते। कभी-कभार साइकिल-पथ पर कोई दूसरा व्यक्ति मिल जाता है जो बिना देखे साइकिल चलाता हुआ-सा आगे निकल जाता है या दूसरी ओर मुड़ जाता है।

पहले लड़कियों और स्त्रियों की ओर आँख उठाकर भी नहीं देखता था, अब देखने लगा है—चाहना या आश्चर्य से नहीं, एक स्थिर आलोचक की दृष्टि से—कौन नाटी है, कौन मोटी, कौन सुदर्शना, कौन एकदम छविहीन, मगर आकर्षित कोई नहीं करती। वह हमेशा उसे देखकर मुस्कराने वाली 'लाहोर स्वीट्स' की हुमा या ढेर सारे मेकअप से लिपी-पुतीं वह पाकिस्तानी या भारतीय स्त्रियाँ जो उसकी दुकान पर आती-जाती रहती थीं। वह देखता था—लम्बी, दुबली, उभारविहीन, जर्मन और यूरोपीय लड़कियाँ, और हर बार उसे लगता है कि सौदामिनी सबसे अधिक आकर्षक है। उसमें ठहराव है। कहीं भी कृत्रिमता नहीं है। एक खुलापन। अपने जीवन की पतवार अपने-आप सँभालने वाली, एक बिज़नेस वुमन, एक ठहरी हुई, अनुभवी और उसके साथ सहज ही हँसने, मुस्कराने वाली, प्रेमपूर्ण सौदामिनी! वह दिन-भर जनता के आगे का मुखौटा उतारकर उसके साथ सहज स्वाभाविक हो जाने वाली सौदामिनी!

वह कुछ नहीं सोचता—न आगे, न पीछे। न पढ़ने में मन लगता है, न लिखने में। कम्प्यूटर खुला रहता है पर उसके विचार कीर्केगार्द की जीवनी और फ़िलॉसफ़ी से बहुत दूर चले गए हैं।

उसकी शैया पर लेटे-लेटे, ढेर सारी बातें करने में कितना लुत्फ़ आता है! यह भी तो अभिन्नता का एक अंग है—पहले प्यार करना, शारीरिक सन्तुष्टि और उसके बाद मन की बातों को साझा करना, अपने पहले के जीवन को खँगालना और भविष्य की रूपरेखा बनाना। उनकी बातों में छल-कपट या दुराव नहीं होता। अधिकतर वही बोलती है, वह सुनता है। उसकी उँगलियाँ कभी उसके बालों के छल्ले बनाकर खेलती हैं, कभी भौंहों की रूपरेखा बनाती हैं, कभी उसके गाल छूती हैं।

"कितनी जलन होती है तुमसे अर्को," वह कहने लगी, "कितना भरा-पूरा, कितना स्नेही परिवार, कितना प्यार करने वाले लोग—तुम्हारी ताईजी, तुम्हारी माँ! तुम पर आँख रखने वाला छोटा भाई—और मैं? कितनी सुख-सुविधाएँ होते हुए भी ऐसे सुख से वंचित रही। देखो, भटक रही हूँ अठारह-उन्नीस सालों से। और अब भी..."

"अब भी क्या, सौदामिनी, तुम्हें अब भी मुझ पर विश्वास नहीं है?"

"विश्वास की बात नहीं है अर्को—मेरे सूरज..."

"तो फिर...?"

"डरती हूँ—अपने भीतर के दैत्य, दानवों से, जो अपने उपद्रव से कहीं मेरा सुख का संसार ही न उजाड़ दें! तुम्हारी फैमिली को तुमसे कितनी आशाएँ हैं!"

"उन आशाओं को पूरा करूँगा, मगर तुम्हें साथ लेकर। मगर उतनी सुख-सुविधाएँ शायद तुम्हें न दे सकूँ—मगर फिकर की बात नहीं है," वह धीरे-से हँसा, और उसकी हथेली लेकर चूम ली। "गुण तो है तुम्हारे हाथ में—हम कभी भूखे नहीं रहेंगे।"

वह भी हँसी, "सो तो है।"

कभी-कभी वह चुप हो जाती है, देर तक चुप रहती है, जैसे कहीं बहुत दूर चली गई हो!

"ऐऽऽ, कहाँ खो गईं?" वह कहता।

"वहीं, जहाँ एक बार हम लोग गए थे—कई महीने रहे थे। शायद पापा की विदेश जाने से पहले की पोस्टिंग थी। याद नहीं। वहाँ बन्धनहीन समुद्र लहरें लेता था। बरसात में केलों के झुरमुट हवा और पानी में झूमते रहते थे। मैं वहाँ झूले पर बैठी, फुहार में भीगती रहती थी, जैसे किसी का इन्तज़ार कर रही होऊँ?"

"किसका?"

"शायद तुम्हारा। तब भी जैसे जानती थी कि...मम्मी-पापा, तब मालूम नहीं था, क्यों हरदम झगड़ते रहते थे! कभी नहीं देखते थे कि बाहर के बाग़ में अशोक का पेड़ फूल रहा है। मुझे समुद्र का गर्जन बहुत अच्छा लगता है। नीली-नीली ऊँची लहरें—सामने अनन्त क्षितिज। कभी चलकर रहेंगे वहाँ। खुला-खुला कई मंज़िलों का मकान होगा। बरामदे होंगे। बड़े-बड़े कमरे होंगे। आँगन के बीचोबीच एक फ़व्वारा होगा और ताल में कमल के फूल होंगे। दूर-दूर तक कोई नहीं—केवल हम और समुद्र की गर्जन। खारे पानी में नहाएँगे, और रेती पर सीपियाँ बटोरेंगे।"

वह चुप हो गई। कमरे में सन्नाटा रहा। फिर अर्कदीप्त कहने लगा, "हमारे घर की छत पर एक बड़ी-सी बरसाती थी। एक बेडरूम। सन्नाटा रहता था। घर के पीछे ग्वाले रहते थे—गायें, भैंसें, बकरियाँ," वह हँसने लगा, "समुद्र का गर्जन तो कभी सुना नहीं, बस, उन पशुओं की आवाज़ें सुनाई देती थीं। फिर छोटे भुनभुन करने लगा कि मैं रात को देर तक पढ़ता हूँ, रोशनी उसे सोने नहीं देती। बल्ब आँखों में चमकता है। ताईजी ने एक कोठरी ख़ाली कर दी—एक खाट, एक मेज़, एक बेंत की कुर्सी। मैं चुपचाप वहाँ चला गया। रहने लगा। कोठरी रसोई से सटी हुई थी। वहाँ से तरह-तरह की ख़ुशबूएँ आती रहती थीं—कब घी में प्याज़ भुनी,

कब मसाला भुना, कब दाल का पतीला खुदबुद करने लगा। उस पहली रोटी के आग पर फूलने की ख़ुशबू, मैं हमेशा ठीक समय पर रसोई में प्रगट हो जाता था। जैसे ही दाल में छौंक लगता और गरम रोटी की ख़ुशबू मेरी कोठरी में घुस जाती थी, तो ताईजी सबसे पहले मुझे ही खाना परस देती थीं। मैं खाट पर बैठकर खाने लगता था। सब अलग-अलग खाते थे," वह चुप हो गया।

"तभी तुम्हें एक रसोइदारिन से प्यार हो गया।"

"रसोइदारिन? क्या यह शब्द है?"

"हो या न हो, हूँ तो मैं एक कुक।"

"कुक नहीं, शेफ़। ट्रेनिंग की हुई। पता नहीं क्यों, मैं इस फ़िलॉसफ़ी के चक्कर में पड़ गया। शेफ़ भी बन सकता था।"

"डॉक्टर, इंजीनियर, अफ़सर," सौदामिनी ने कहा, "कुछ भी। मैं तो एक्सीडेंटल शेफ़ हूँ। वह बन गए आर्किटेक्ट, और मैं बन गई शेफ़। दोनों आर्किटेक्ट बनने की पढ़ाई करें, इतना पैसा नहीं था। केवल एक ही पढ़ सकता था। तो पुरुष को ही अवसर मिला। मैंने तो अप्लाई ही नहीं किया था। महत्त्वाकांक्षा नहीं थी।"

"फिर तुम अफ्रीका क्यों नहीं गईं?"

"तब तक हम काफ़ी दूर हो गए थे, होते जा रहे थे। मैं यहीं रह गई। उन्हें झेलना असह्य हो गया था," वह चुप हो गई, बहुत देर चुप रही।

वे दोनों एक बहुत पुरानी फ़िल्म देखकर लौटे। उस पर बात कर रहे हैं, साथ-साथ चलते हुए। वह 'नमस्ते इंडिया' से नागा करके उसके साथ बाहर गई है।

वे फ़िल्म के बारे में बात करते हैं—संगीत, अभिनय, कहानी। सौदामिनी ही कह रही है, वह केवल सुनता है।

उसकी तार्किक शक्ति, तार्किक मस्तिष्क शून्य है। फिर भी बोला, "बस, वह भावना है, प्रेम कहाँ! वह भक्ति, जो हमें अपने से अलग किसी और से जोड़ती है। भावनाएँ कोई ठोस चीज़ नहीं होतीं—पत्थर की तरह ठोस, स्थिर। वह जो हमें गहरे स्तर पर किसी और से जोड़ता है—सम्पूर्ण समर्पण। भक्ति कहो—सूर की, मीरा की, मगर राधा और गोपियों के पास कृष्ण के प्रति जो गहरा प्रेम था, वह क्या था—भक्ति थी, या प्रेम था?"

"मगर वह दैहिक नहीं था। उनके चले जाने के बाद भी वे उन्हीं में मगन रहीं। दैहिक सम्बन्ध न होने पर भी एक इंसान दूसरे से जुड़ा रह सकता है। मीरा के कृष्ण से कोई दैहिक सम्बन्ध तो नहीं थे," सौदामिनी ने साथ-साथ चलते हुए कहा।

"मगर देह का सम्बन्ध—कितना मीठा, कितना मादक, जीवन में कितना रस घोल देता है! हम सब मीरा तो नहीं हो सकते," अर्कदीप्त ने कहा।

सौदामिनी ने कहा, "एक लक्ष्य होना चाहिए। अन्तरिक्ष यात्रा या एवरेस्ट की चढ़ाई सब नहीं कर सकते, पर प्यार तो कर सकते हैं—व्यक्ति से, या उस इकाई से जिसे लोग ईश्वर कहते हैं।"

"तो यह प्यार अन्तरिक्ष यात्रा है, हाँ—वही, इसे एवरेस्ट की दुरूह चढ़ाई मत बना देना।" उसने सौदामिनी के कन्धे को बाँह से घेर लिया।

"अभी तक तार्किक जीवन जीता आया हूँ, अब जी रहा हूँ भावनाओं का, गहरी-गहरी अनुभूतियों का। यही तो भक्ति होती है। एक दूसरे ही स्तर पर किसी से प्रेम करना। प्रेम शब्द तो बहुत लिथड़ गया है और उसका अलग ही आयाम है। हाँ, मीरा का कृष्ण से कोई दैहिक सम्बन्ध नहीं था, फिर भी वह किसी अलग ही स्तर पर उनसे प्रेम करती थीं।"

सौदामिनी ने लम्बी साँस ली, "हाँ, देह का सुख ही वह जादू है जिससे हम और-और लिप्त होते जाते हैं।"

"यह केवल दैहिक सम्बन्ध नहीं है, कम-से-कम मेरे लिए..."

"और तुम मुझे क्या समझते हो? तुम अब तक समझ ही गए होगे कि मैं तुमसे कितना प्यार करने लगी हूँ—समुद्र की तरह अथाह और आसमान की तरह अनन्त।"

"रंगमय," अर्कदीप्त ने शब्द जोड़ा, "अपना सौभाग्य समझता हूँ कि तुमने मुझे..."

"बस, अब चुप। हमें यह चीर-फाड़ नहीं करनी—बस, प्यार करते रहना है। और ज़िन्दगी के इस पड़ाव पर आकर पहचानना आसान हो जाता है—क्या रियल है, क्या फ़ेक। मेरे लिए यही सच है अर्को।"

"मैं तुम्हारे अतिरिक्त किसी दूसरी स्त्री की कल्पना ही नहीं कर सकता। अब..."

"तुम्हें कुछ अन्दाज़ है कि कितने लोग विवाह-बन्धन में बँधे-बँधे कितनी अलग यात्रा पर रहते हैं—जैसे मैं और पिनाक थे?" उसने पहली बार पिनाक का नाम लिया है, "उन्हें अभी भी विश्वास है कि एक न एक दिन मैं उनके पास लौट जाऊँगी। उन्हें समझा चुकी हूँ कि ऐसा असम्भव है। मैं कहाँ से कहाँ आ गई हूँ। लौटकर जाने का प्रश्न ही नहीं है। जैसा तुमने कहा कि मेरे हाथ में गुन है, कहीं न कहीं मज़े से गुज़ारा कर सकती हूँ। मगर तुम?—तुम सबसे अलग हो, फिर भी, फिर भी, तुम्हारे प्यार से डर लगने लगा है। शायद मैं उतना सह नहीं पाऊँगी।"

"हमारे सुख उठाने या दुख झेलने की सीमा नहीं होती।"

उसने अर्कदीप्त को अपने पास खींच लिया। वह उसका चेहरा देखता रहा। कितनी आश्वस्ति थी! नींद में झपक जाने में कितनी शान्त और अपूर्व लगती थी!

"जैसा तुम चाहोगी, वही होगा," उसने कहा।

सौदामिनी ने आँखें खोल दीं, "तुमने कुछ कहा?"

"यही कि सो जाओ। मैं यहीं हूँ पूरी रात।"

सौदामिनी ने लम्बी साँस ली। वह झट से सो जाती थी। अर्कदीप्त के दिमाग़ में तरह-तरह के विचार भीड़ लगाए रहते थे। जब लिखने की रौ में होता तो पूरी-पूरी रात निकल जाती थी, पर अभी वह सोती हुई सौदामिनी को नहीं जगाएगा।

"कहाँ जा रहे हो अर्को?" वह घबरा जाती थी।

"कहीं नहीं, यहीं हूँ तुम्हारे पास। सो जाओ," और वह भी विचारों पर डाट लगाकर सोने का प्रयत्न करता।

मगर विचारों पर डाट कहाँ लग सकती है? वह न चाहते हुए भी सौदामिनी और भट्टाचार्य के सम्बन्ध के बारे में सोच उठा। अपने को खँगालने पर लगा कि वहाँ ईर्ष्या का नामोनिशान नहीं है। वह विश्वस्त है अपने और सौदामिनी के सम्बन्ध को लेकर। वह अतीत था, बीत गया। अब तो जो है, वही है।

सौदामिनी की आदत थी, झपक जाती थी कुछ देर को, और फिर जग जाने पर बात का सूत्र यों पकड़ लेती थी, जैसे वह सो नहीं गई थी, कि वार्तालाप मौन हो गया था। अब अँगड़ाई लेते हुए उसने कहा, "तुम क्या सोचते हो, क्या मीरा सचमुच कृष्ण की मूर्ति में समाहित हो गई थी?"

वह देर तक सोचता रहा था, सोया नहीं था, मन में तरह-तरह के विचार उमड़ते-घुमड़ते रहते थे—कीर्केगार्द की थीसिस, भविष्य के सपने।

"पश्चिम के एक इतिहासज्ञ विद्वान का कहना है कि हिन्दू आस्था के बावजूद, कि वह लीन हो गई थीं मूर्ति में, मीरा के आस-पास उनके बहुत हितैषी रहते थे। मौन, वफ़ादार। इसी से राजा के पास से अन्तःपुर पहुँचता-पहुँचता विष चरणामृत बन गया। साँप की पिटारी में शालिग्राम प्रगट हो गए। यह सब उन्हीं स्वामिभक्त लोगों के हाथ की सफ़ाई थी। वैसे ही रातों-रात मीरा को रणछोड़ मन्दिर से निकाल ले गए थे। पीछे रह गए पुजारियों ने प्रचार कर दिया कि वह मूर्ति में समाहित हो गईं, जिससे वह उपवास करते ब्राह्मण विश्वास कर लें। वह कोई चमत्कार नहीं था।"

"मगर आम हिन्दू तो इसी पर विश्वास करता है, भक्ति का चमत्कार। मैं भी।"

"जाने दो, सो जाओ। छोड़ो इन सब बातों को। हाँ, अब मैं आगे से भविष्य की बात नहीं करूँगा।"

"तो तुम्हें विश्वास हो चला है मुझ पर?"

"हमेशा से था।"

"दिलों को कुचलने में माहिर हूँ," उसने आत्म-भर्त्सना के स्वर में कहा।

"मेरा भी? तुम तो कहती हो कि मुझे प्यार करती हो। कैसा प्यार सौदामिनी? तुम्हारे मन में क्या चल रहा है?"

वह पास सिमट आई, "एक झंझावात। कैसी दुरूह हो गई है ज़िन्दगी! कितनी सीधी-सादी लीक पर चल रही थी, तुमने आकर सब उलट-पलट कर दिया। दिमाग़ चक्कर खाता रहता है।"

"तुम्हारी आदत बन गई है—सीधी-सादी चीज़ को उलझा देना, दुरूह कर देना। देखो, मैंने तय कर लिया है, डेढ़ साल में थीसिस ख़त्म करके हम दोनों भारत जाएँगे और वहीं, जैसे बऊ चाहेंगी, विवाह कर लेंगे।"

अँधेरे में उसकी हँसी सुनाई दी, "अभी से पति की तरह आदेश देने लगे हो? मगर अच्छा लगा—तुम्हारा अधिकार जताना।"

उसने लम्बी साँस ली। कुछ कहने को हुआ, पर कहा नहीं। मन में ढेर सारी तसल्ली भर गई—अब तक भी वैसा ही हुआ है, जैसा सौदामिनी ने चाहा है। आगे भी होगा।

कुछ देर बाद कहा, "सो जाओ सौदामिनी। जैसा तुम कहोगी, वैसा ही करूँगा। मुझे तुम्हारे प्यार पर पूरा विश्वास है।"

वह चुप रही। बहुत देर तक। फिर उसने अर्कदीप्त को अपने और निकट खींच लिया। उसकी बाँह पर सिर रख लिया।

वह जान रहा था कि वह सोई नहीं है—बस, चुप है।

"मेरे लिए यही पर्याप्त है सौदामिनी," उसने अँधेरे में कहा, "तुम्हारा पास रहना कितना अच्छा लगता है! सारी डगमग करती हुई दुनिया स्थिर हो जाती है।"

बऊ छोटे के पास आई हुई हैं—पूर्वी यूरोप। जब उनका फ़ोन आया तो सौदामिनी पलंग पर लेटी हुई थी। वह फ़ोन की आवाज़ सुनकर उठता है। नीचे पड़ी हुई जीन्स चढ़ाता हुआ वह फ़ोन के पास जाकर फ़ोन उठाता है। स्पीकर चालू कर देता है।

"मेरी चिट्ठी मिली, जवाब नहीं दिया?" बऊ की आवाज़ है।

"मिली थी, बिज़ी था।"

"अच्छा, तसवीरें मिली होंगी? पसन्द तो आई होंगी, अर्को? मुझे यह लड़की बहुत पसन्द है। गोरी भी है, सुन्दर भी! मुझे बड़ा चाव है, ऐसी सुन्दर बहू घर में आए।"

जब तक वह बात करती हैं, वह चुपचाप सुनता है, फिर बिना किसी प्रायोजित योजना के कहा, "बऊ, मेरे लिए लड़की देखना बन्द कर दो।"

उधर काफ़ी देर चुप्पी रही, फिर बऊ ने बुझे स्वर में पूछा, "क्यों?"

सौदामिनी की दृष्टि उस पर टिकी है—अपलक, अनझिप। बिना देखे भी वह यह जानता है।

"मैंने यहीं किसी को पसन्द कर लिया है," वह कहता है। उसका स्वर मृदु है।

"क्या मेम है?" बऊ घबरा रही हैं, आवाज़ से पता चलता है।

"नहीं, नहीं, अपनी ही है—भारतीय।"

"और?"

"और क्या?" वह कहने लगा, "सुन्दर है, गुणी भी," अब उसने मुड़कर सौदामिनी को देखा, "पैसे वाली भी है," वह मुस्कराने लगा।

बऊ बहुत देर चुप रहीं, "तुम दोनों भाई मर्ज़ी के मालिक हो। बस, ख़ुश रहो," उनके स्वर में निराशा का पुट था, "हमारा क्या! अच्छा, तो कब काम ख़त्म होगा? कब लौटोगे? मगर सुनो, ब्याह तो हम यहीं से करेंगे। हमारे भी अरमान हैं कि अपने हाथों से सेहरा बाँधें।"

"अरे बऊ, वह सब क्या? क्या अभी भी दूल्हे सेहरा बाँधते हैं?"

"बाँधने वाले बाँधते हैं," बऊ ने पूछा, "उमर क्या है उसकी?"

वह फ़ोन पकड़े-पकड़े हँसने लगा, "कभी पूछी नहीं। मेरे अनुमान से ठीक-ठीक है, मेरे लिए उचित।"

"चलो, रखती हूँ। दुआ कहना।"

फ़ोन रखकर उसने सौदामिनी को देखा। वह चुप थी। गहरी सोच में।

"अब ख़ुश?" पास लेटते हुए वह बोला।

उसने थोड़ी देर कुछ नहीं कहा, फिर कहा, "मुझे प्रपोज़ किये बिना माँ को बता दिया?"

वह झटपट उठकर बैठ गया। पलंग से उतर नीचे भूमि पर घुटने टेक दिये, "मुझसे ब्याह करोगी सौदामिनी?"

"मज़ाक़ कर रहे हो?" वह हँस रही थी, स्वीकृति में सिर हिलाते हुए।

"मज़ाक़? मुझे मज़ाक़ करना कहाँ आता है! लाओ, हाथ दो।" उसने अपनी अँगूठी उतारी और सौदामिनी को पहना दी।

अर्कदीप्त की उँगलियाँ लम्बी और पतली थीं। सौदामिनी के हाथ काम-काजी थे। पर अँगूठी फिट आ गई।

"अरे, यह तो तुम्हारे भाग्य से जुड़ी है, इसीलिए तो पहनाई गई थी।"

"अब यह हम दोनों के भाग्य से जुड़ गई है।"

अँगूठी को छूते हुए सौदामिनी मुस्करा दी, "इस बड़े-से हीरे पर मेरी आँख पहले दिन से ही थी।"

"सज रही है तुम्हारी उँगली में," अर्कदीप्त ने कहा।

वह मुस्करा दी।

“तब फिर?” वह पूछता है।

वह उसे प्रश्नात्मक दृष्टि से देखती है, “क्या?”

“जिस दिन तुम्हारी इच्छा हो, हम हरे कृष्ण मन्दिर में चलकर ब्याह कर लें।”

“ओह-हो, इतनी उतावली ब्याह के लिए? अपना ठप्पा लगाना चाहते हो?” थोड़ी देर चुप रहकर बोली, “ब्याह तो हो ही गया है, नहीं?”

अर्कदीप्त की समझ में नहीं आया, क्या कहे।

“अब इतने दिन अलग नहीं रहा जाता।”

“सच है, मुझे भी अलग रहना दूभर लगता जा रहा है।”

वह आकर पास बैठ गया, “तो फिर, तय हो गया।” कुछ चुप रहकर बोला, “ब्याह के बाद एक छोटा-सा उत्सव कर लेंगे। मैं अपने मित्रों को बुला लूँगा। डॉ. हाइनर को भी, विन्स, हांस, कुछ और लोग—भारतीय, जर्मन। शिशिर तो तुम्हारी तरफ़ से ही शामिल होगा।”

“उस सबसे क्या फ़र्क़ पड़ेगा?”

“मुझे पड़ेगा। असुरक्षित नहीं रहूँगा। साथ-साथ रहेंगे, सोचेंगे, यात्राएँ करेंगे।”

“वह सब तो अब भी कर सकते हैं,” वह कुछ देर चुप रही, “अभी तो तुम अपने काम पर ध्यान दो। बाद में देखा जाएगा।”

“बाद में?” वह उद्विग्न हो गया, “मैं हर समय तुम्हारे साथ रहना चाहता हूँ।”

“मैं भी तो। मगर मुझे अभी मन की कुछ गुत्थियाँ सुलझानी होंगी।”

“कैसी गुत्थियाँ?”

“जाने दो। आओ यहाँ,” उसने एक ओर सरककर अर्कदीप्त के लिए जगह बना दी।

बीच रात में वह जागकर कहती है, “अरे, तुम अभी तक काम कर रहे हो? आओ, सो जाओ।”

“नीद नहीं आ रही है, क्या करूँ? मेरे आस-पास ढेरों किताबें हैं, उन्हें पढ़ना है, गुनना है, निष्कर्ष निकालने हैं। उन्हें तार्किक रूप से प्रस्तुत करना है।”

“अब मुझे जलन हो रही है तुम्हारे उस सिरफिरे फ़िलॉसफ़र से।”

“और फिर जर्मन भाषा का अभ्यास करना है। कोपेनहेगन के चक्कर लगाने हैं, जहाँ वह गूँगी जलपरी अपने प्रेमी के नगर की जगर-मगर रोशनी निहारती रहती है। न जाने क्यों, मुझे उस प्रस्तर मूर्ति से इतनी संवेदना हो गई है! शायद इसलिए कि तुम्हें पाकर भी सौदामिनी को नहीं पा सका हूँ।”

"अब तुम भी मेरी जैसी बातें करने लगे? शायद मेरा ही दोष है। मैं तुम्हें विश्वास नहीं दिला पाई कि तुम मेरे लिए क्या बन गए हो।"

"तो मुझे लगता है, यह हमारे सम्बन्ध का नया चरण है।"

"कैसे?"

"पहला आवेग चुक गया है। अब हम दोनों किसी गहरे स्तर पर जुड़ गए हैं। हम दोनों अपने-अपने वृत्त में रहते रहेंगे—अपना-अपना दायित्व निभाते हुए।"

"और जब मिलेंगे तो ऐसे कि जैसे कभी अलग ही नहीं हुए।"

'फिर वही बात, अलग होने की', मगर वह चुप रहा, बोला, "अब तो हमारा सम्बन्ध सबने स्वीकार कर लिया है—बऊ ने, शिशिर ने, हमने, तुमने।"

"सही है," उसने मन्द स्वर में कहा।

वह नहीं कहेगा कि कभी-कभी मन पढ़ाई-लिखाई से इतना उचट जाता है कि पढ़ता तो है मगर एक भी शब्द का अर्थ नहीं ग्रहण करता। कम्प्यूटर स्क्रीन पर ताकता रहता है। जो भी लिखता हूँ, कूड़ा लगता है। मन इतना उलझ गया सौदामिनी से कि बाक़ी संसार लुप्त होता जा रहा है। वह तो सप्ताह में एक नियत दिन आती है। मगर वह बिना बुलाए, बिना बताए दरवाज़ा खोलकर, उसकी शैया पर आकर लेट जाता है। वह जब आती है और उसे शैया पर पाती है तो हँसती हुई कहती है, "अरे, अर्को?"

उसकी आँखों की चमक बता देती है कि ऊपर आने पर अर्को को देखकर वह कितना प्रसन्न हो गई है।

"अच्छा लगा?" वह पूछता है, जैसे संशय में हो!

"बहुत-बहुत!"

वह अक्सर बिना कपड़े बदले ही पास आकर लेट जाती है। एक तुष्टिपूर्ण लम्बी साँस लेती है और तुरन्त झपक जाती है।

'थक गई है,' वह लाड़ से सोचता है।

फिर उसे लगता है, इधर ज़्यादा ही थकी रहने लगी है। शायद 'नमस्ते' में काम बढ़ गया होगा। साहिल भी चला गया है।

वह रात में जग जाती है, "अरे अर्को," वह धीरे-से उसका चेहरा छूती है, "कितना अच्छा लगता है! रात को जागकर पाना कि तुम पास में हो!"

वह नहीं कहेगा कि ब्याह कर लो तो हमेशा पास मिलूँगा।

"क्या सोच रहे हो?"

"कुछ नहीं।"

"तुमने कहा नहीं, मगर मैं जानती हूँ, तुम क्या कहना चाहते हो।"

"अच्छा? मैं तो खुली किताब हूँ, और तुम माइंड रीडर।"

"तुम्हारे माइंड में क्या है, यह जानती हूँ।"

"तो?"

"मान लो, तुम्हें कहीं दूसरी जगह नौकरी मिल गई तो?" वह अचानक कहती है, "तो 'नमस्ते इंडिया' का क्या होगा?"

"बन्द कर देना। कहीं और दूसरा खोल लेंगे।"

"और अगर नौकरी नहीं मिली तो हम-तुम रहमानुल्ला की तरह फूड कार्ट चलाने लगेंगे। अलग-अलग दिनों पर अलग-अलग जगहें। तुम बिरयानी परोसना और मूड आने पर लोगों से ट्रौली प्रश्न पूछने लगना।"

वह चलने की तैयारी में उठकर बैठ गई थी और अपने बाल समेटने लगी थी, "ज़िन्दगी का कोई सही उत्तर नहीं है—किसे बचाया जाए और किसकी बलि दी जाए!"

वह मुस्करा दिया, "तुम एथिक्स की बातें छोड़ो। बेकार में रेस्तराँ चला रही हो। तुम्हें भी फ़िलॉसफ़ी पढ़नी चाहिए थी।"

"ज़िन्दगी ने बहुत सारे पाठ पढ़ा दिये हैं, अब क्या?"

"अभी बहुत बाक़ी हैं। मगर तुम्हारे हाथ में गुन है, तुम्हारे यहाँ का खाना कितना स्वादिष्ट होता है, तभी न लोग बार-बार आते हैं। तुम इस कला में पारंगत हो। और यह भी एक कला होती है। ताईजी के हाथ की अरहर की दाल, आलू-मेथी का साग और फूली-फूली रोटियों में जैसे अलौकिक स्वाद होता था।"

वह न जाने क्यों वहाँ चला गया। एक ओर तो भारत को तज देने का निश्चय कर चुका था। मगर मन उधर चला-चला जाता था। चूल्हे के पास बैठकर ताईजी कितनी तल्लीन हो जाती थीं, जैसे ध्यानमग्न हों! अभ्यस्त हाथों से चूल्हे की लकड़ियों को आगे-पीछे करना, फुँकनी से फूँककर लपट तेज़ करना, साथ-साथ चकला-बेलन सँभालना, परथन का एक कण भी नीचे न गिरने देना, और धोती का किनारा हमेशा सिर ढँकता हुआ वहीं टिका रहता था—न कभी कन्धे पर गिरता था, न कभी आगे सरकता था।

गमले में लगी छोटी-सी बगिया में पानी देना अच्छा लगता था। एक बार उसने स्कूल के माली से माँगकर गुलाब की एक क़लम लगाई थी, पर उसने जड़ नहीं पकड़ी। कितना पानी दिया पर वह पनपी नहीं।

यह याद आने पर उसके दिल में एक हूक-सी उठी। क्या वह छोड़ सकता है—सब लोग, वह सब कुछ, वह प्यार, अपनापन और अपने देश की धूप, बरसात...?

सौदामिनी ने उठकर बालों का जूड़ा बाँध लिया था। साड़ी पहन ली थी। अब वह थोड़ा आगे झुककर होंठों पर लिपस्टिक लगा रही थी। दर्पण में आँखें मिलते ही मुस्करा दी।

उस क्षण अर्कदीप्त को लगा कि हाँ, वह छोड़ सकता है—स्नेहिल अंकवारें, वह धूप, वह मेथी, हरे धनिये और लौकी के सफ़ेद फूल। उसकी ज़िन्दगी यही है, यूरोप के इसी देश में, सौदामिनी के साथ, और उसके साथ मन में ढेर-सी तसल्ली, ढेर-सा चैन आकर बैठ गया।

मगर ज़रूरी तो नहीं वह सब छोड़ना! क्या दोनों दुनिया साथ-साथ नहीं चल सकतीं—भारत, परिवार, नौकरी और सौदामिनी का संग-साथ? पर वह जो भट्टाचार्य है, हलक में फँसे हुए काँटे की तरह—दुर्दमनीय नृशंस, गले में फंदा डालकर फँसे हुए हैं—परम्परावादी, पत्नी को अपनी पूरी-पूरी मिल्कियत मानते हुए।

वह सब भी हो जाएगा, समय आने पर, अभी तो थीसिस पूरी हो जाए। पी-एच.डी. मिल जाए, नौकरी भी मिल जाएगी।

उसने ध्यान दिया है कि जब से बऊ से बात हुई है और वह सौदामिनी को लेकर जितना गम्भीर हो गया है, उतनी ही वह विचलित और बेचैन रहने लगी है। उसने सोचा था कि वह ख़ुश होगी और आश्वस्त भी, पर वह बार-बार तर्क देने लगी है कि उन्हें विवाह क्यों नहीं करना चाहिए। साथ में कभी-कभी यह टिप्पणी कि उसे लौट जाना चाहिए और वहीं ब्याह कर लेना चाहिए—वह हताश हो जाता है। झुँझला जाता है कि वह दरवाज़ा उसने स्वयं बन्द कर दिया है। जब वह भारत लौटेगा ही नहीं, तो उस लड़की से, जिसे सौदामिनी ने अक्षता नाम दे दिया है, विवाह का प्रश्न ही नहीं उठता।

उसे विश्वास है कि वह सौदामिनी को मना लेगा। उसे आश्वस्त कर देगा कि वह बहुत सीरियस है। बस, वही है और रहेगी उसकी ज़िन्दगी में। यह जो ख़ूबसूरत मगर असुरक्षित स्त्री है, सौदामिनी, अपनी आशंकाओं से पीड़ित और दुर्भावनाओं से शंकित—मगर अर्कदीप्त को विश्वास है कि वह मान जाएगी और अगर पारम्परिक रीति से ब्याह नहीं हुआ तो क्या, वह विश्वस्त है अपने और उसके सम्बन्ध को लेकर। वह स्थायित्व चाहता है। हर समय का साथ। सप्ताह में केवल नियत दिन ही नहीं, कभी-कभार बीच में, उसे जीवन में पूरे-पूरे समय सौदामिनी चाहिए—सुबह उठे तब से, रात को सोने जाने तक।

मगर वह अपनी ही आशंकाओं के जाल में घिर गई थी। उसे बँधने से डर लगता था। बार-बार तर्क देती कि उन्हें ब्याह नहीं करना चाहिए। यह सही नहीं होगा। तो वह क्या चाहती है—सामयिक सम्बन्ध? मगर लगता तो नहीं है ऐसा। वह चाहे कुछ भी कहे, अर्कदीप्त को पूरा विश्वास है उसकी मुहब्बत पर। अब वह कुछ नहीं कहेगा। उसी को पहल करनी होगी। उसे पूरा विश्वास है कि जब आकाश में नक्षत्र सही होंगे, हवा सही दिशा से बहेगी तो वह स्वयं कहेगी, 'चलो, आज ब्याह कर लें।'

तब तक वह धैर्यपूर्वक प्रतीक्षा करेगा। वह क्षण आएगा, उसे पूरा विश्वास है

क्योंकि उसे मालूम है कि सौदामिनी उसे सचमुच गहराई से चाहने लगी है। मगर अदृश्य से डरती है।

मगर, एक दिन वह झुँझला जाता है, "ठीक है। इसे चलता-फिरता प्रेम-सम्बन्ध ही समझ लो—उफ़ान आने के बाद ख़त्म हो जाएगा। ठीक है, मैं चला जाऊँगा वापस, तुम्हारी उस अक्षता से ब्याह कर लूँगा और सात-आठ बच्चे पैदा कर उनकी लाइन लगा दूँगा। और तुम यहाँ खड़ी रहना अपने तंदूर के आगे—धुआँ देती रहना बिरयानी को। यही चाहती हो तो यही करूँगा।...मगर सौदामिनी," उसका गला भर आया, "अभी तो मुझे जी लेने दो।"

"समझ ही गए हो तो जाओ। उठो, जाओ अपने घर और थीसिस पूरी करो।"

वह सचमुच उठकर खड़ा हो गया। अपना बैकपैक उठाकर दरवाज़े की ओर बढ़ा।

फिर उसने बैकपैक ज़मीन पर गिरा दिया, जाकर सौदामिनी को, जो चुपचाप, पत्थर की तरह कमरे के बीच खड़ी थी, बाँहों में भर लिया। उसका गला भर आया, "नहीं कर सकता...तुम्हें नहीं छोड़ सकता..."

"तो झगड़ा मत किया करो। बार-बार मुझे पुश मत किया करो..." वे देर तक वैसे ही खड़े रहे, फिर सौदामिनी अलग हो गई, "अब सचमुच जाओ, मगर झगड़कर नहीं। तुम तो इतने समझदार हो, फिर भी बच्चों की तरह करने लगते हो।"

अर्कदीप्त कुछ नहीं बोला। अपना बैकपैक उठाया और बाहर जाने लगा, "आओगे न? कल फिर?"

"पता नहीं," उसने रूखेपन का नाटक करते हुए कहा।

वह प्रतीक्षारत है कि सौदामिनी फ़ोन करेगी। मगर उसका फ़ोन नहीं आया।

"ठीक है," उसने अपने-आपसे कहा, "ठुकरा दो मुझे—मेरे प्यार को, मगर तुम स्वयं कंगाल हो जाओगी।"

मगर रातों को नींद क्यों नहीं आती? हर वक़्त उसी का ध्यान क्यों बना रहता है? किताब के उस पृष्ठ को बार-बार पढ़ता है, मगर समझ में एक शब्द नहीं आता।

वह शिशिर को ढूँढ़ता हुआ उसके विभाग पहुँच गया है।

अपने इंजीनियरिंग कॉलेज में अर्कदीप्त को देखकर शिशिर विस्मित हो गया है।

"अरे, तुम यहाँ? कैसे?"

"बस, ऐसे ही। इधर से निकल रहा था। क्या कर रहे हो?"

"घर जा रहा था," शिशिर प्रतीक्षा में है कि अर्कदीप्त कुछ कहेगा। फिर वह बिना कहे मुड़ पड़ा, "अच्छा, तो फिर मिलेंगे।"

वह असल में जानना चाहता था कि सौदामिनी कैसी है, पर पूछ नहीं सका।

"तुम ठीक तो हो न?" शिशिर ने पूछा।

अर्कदीप्त चुप है।

"दिदिया से कब मिले थे?" उसने हल्के से पूछा।

"याद नहीं, बिज़ी हूँ।"

"अच्छा तो झगड़ा हो गया है?" वह हँस रहा था। "जाओ, वह तुम्हें पूछ रही थी..."

अर्कदीप्त ठिठककर खड़ा हो गया, "कब?"

"अरे, आज ही तो लंच पर गया था। जाओ अर्को, बहुत बुझी-बुझी-सी थी।"

अर्कदीप्त ने अपने को पिघलते हुए पाया, "होगी...मुझे क्या? मुझे तो अपनी थीसिस का काम है न!"

शिशिर ने उसकी पीठ थपथपाई, कुछ कहा नहीं।

अर्कदीप्त इंजीनियरिंग कॉलेज से निकलकर बस स्टैंड पर खड़ा हो गया। शिशिर की गाड़ी आती दिखाई दी तो उसने मुँह दूसरी ओर कर लिया।

शिशिर ने शायद उसे पहले नहीं देखा, फिर गाड़ी घुमाकर लाया, और पैसेंजर सीट का दरवाज़ा खोलते हुए कहा, "आओ, बैठो।"

जब गाड़ी उसके फ़्लैट की जगह मुख्य सड़क पर आ गई तो उसने पूछा, "कहाँ चल रहे हो?"

शिशिर हँस दिया, कुछ बोला नहीं। वह 'नमस्ते इंडिया' की ओर जा रहा था।

"उतरो," उसने गाड़ी रोक दी।

"क्यों? मैं क्यों उतरूँ?"

"बनो मत। जाओ, वह तुम्हारा इन्तज़ार कर रही है।"

और वह सचमुच दरवाज़ा खोलकर बाहर आ गई। रेस्तराँ में अँधेरा था। साढ़े तीन बजे—लंच और डिनर के बीच का व्यवधान।

अर्कदीप्त उतर आया, "तुम?" उसने शिशिर से पूछा।

"नहीं, फिर कभी," वह चला गया।

"अब वहीं खड़े रहोगे कि अन्दर भी आओगे?" सौदामिनी ने कहा।

वह अन्दर जाएगा, मगर रूठा-रूठा-सा। लेकिन सौदामिनी का चेहरा देखते ही वह पिघल गया।

"कैसी हो?" उसने पूछा।

"मज़े में," सौदामिनी ने कहा, "और तुम?"

इस समय रेस्तराँ में कोई नहीं था।

"अभी भी रूठे हो?"

"नहीं, रूठूँगा क्यों? व्यस्त था।"

"हाँ, मालूम था कि व्यस्त होगे।"

दोनों चुप खड़े हैं। वह बाहर जाने को मुड़ा तो सौदामिनी ने कहा, "कोई ऐसे रूठता है, अपनों से?"

वह पास आई और उसे बाँहों में भर लिया, "कब तक रूठे रहोगे?"

"रूठा कहाँ हूँ?"

"झूठे!" सौदामिनी ने कहा और उसका सारा रोष पिघल गया।

अर्कदीप्त ने अपने कोष्ठक का दरवाज़ा खोलकर पैक जैक से कम्प्यूटर निकाला ही था कि अगले दिन सुबह में ही शिशिर आ गया।

"इतनी सुबह-सुबह?"

"तुम यहाँ क्या कर रहे हो?"

"लाइब्रेरी में लोग क्या करते हैं? एक किताब रिज़र्व करवाई थी, वही लेने आया था।"

"क्यों? तुम्हारी इंजीनियरिंग लाइब्रेरी में नहीं थी?"

"नहीं।"

"अच्छा, बताओ, सुलह कर ली?"

वह नटखट मुस्कान अर्कदीप्त से नहीं झेली गई। "सुलह? क्या मैं इधर-उधर झगड़ा करता फिरता हूँ?"

शिशिर ने उसका उत्तर नहीं दिया। कहने लगा, "हम तीन-चार लोग लंच पर गए थे तो पूछने लगी कि तुम्हारा वह दूसरा दोस्त अर्कदीप्त नहीं आया? उदास लगी, बुझी-बुझी-सी। मैंने पूछा, क्या बात है तो बोली कि वह रूठ गया है। मैंने पूछा, क्यों? तो कुछ नहीं कहा, मुँह फेर लिया। तभी तो तुम्हें पकड़कर ले गया, क्या हुआ—सुलह हो गई?"

"झगड़ा मैंने कहाँ किया था जो सुलह होती? बस, एक कप कॉफ़ी पी और लौट आया। बड़ी मुश्किल हुई लौटने में। बाइक भी नहीं थी और बस तो देर-देर से आती है।"

"तो रुक क्यों नहीं गए?"

"शाम की डिनर पारी शुरू होने को थी।"

दोनों कुछ देर चुप रहे। फिर शिशिर ने कहा, "देखो, उसे रुलाना मत। उसने बहुत दुख झेले हैं।"

अर्कदीप्त ने कुछ नहीं कहा, फिर धीरे-धीरे बोला, "मेरी माँ ने एक लड़की पसन्द करके रखी है। सौदामिनी..." वह नाम लेते हुए झिझका, "उसका भी यही कहना है कि मुझे वापस जाकर उसी के साथ..."

"दोनों सही हैं—अपनी-अपनी तरह से।"

"लो, अब तुम भी यही कहने लगे?"

"आगे का रास्ता कितना दुरूह होता है, यह लिखो, फिर पी-एच.डी. कमेटी के सामने तर्क करो। नौकरी ढूँढ़ो।"

शिशिर चुप रहकर उसे देखता रहा, फिर बोला, "नयनतारा का डाइवोर्स हो गया है। हम फिर मिल गए हैं। मैं यहाँ का सत्र समाप्त करके यू.एस. जाऊँगा। उसके पास।"

"मैं प्रसन्न हूँ तुम्हारे लिए। अच्छा, अब काम करने दो।"

उसने कम्प्यूटर खोलकर स्क्रीन पर आँखें टिका दीं। तो 'शिशिर ने भी मेरा सम्बन्ध स्वीकार कर लिया है?' उसने सोचा, तसल्ली हुई। 'यहाँ पर गिने-चुने ही लोगों को जानता है, शिशिर—डॉ. हाइनर, कुछ अन्य भारतीय विद्यार्थी। अधिकतर इंजीनियरिंग पढ़ते हुए। और वह सौदामिनी? कितनी उदास लग रही थी! उसके साथ कॉफ़ी पीते हुए भी चुपचुप-सी थी। उसने कुरेदा नहीं...न अपने-आप उसके फ़्लैट पर आने की बात की।

"कल...आ...सकोगे? अर्को?" सौदामिनी ने रुक-रुककर पूछा था।

"नहीं, कल बहुत बिज़ी हूँ। डॉ. हाइनर से मिलना है। शाम को आठ बजे एक भाषण है, उसके बाद रिसेप्शन।"

वह चुप हो गई थी।

पर भाषण के बाद वह रिसेप्शन को छोड़कर उसके पास चला आया। वह सोई नहीं थी, अकेले फ़्लैट में बैठी हुई थी। उसने कपड़े नहीं बदले थे, जैसे उसे अन्दर ही अन्दर मालूम था कि अर्कदीप्त उससे दूर नहीं रह पाएगा। दरवाज़े में चाभी घूमने की आवाज़ से वह उठ खड़ी हुई थी।

"रिसेप्शन ख़त्म हो गया?"

"नहीं, मैं गया नहीं," बाँहों में लेने पर उसका चेहरा केवल अर्कदीप्त की छाती तक आता था। क़मीज़, स्वेटर, कोट सहित उसके सीने में सिर छुपा लिया। दोनों देर तक चुपचाप खड़े रहे—बाँहों में एक दूसरे को बाँधे हुए। उसे उसके दिल की धड़कन सुनाई दे रही होगी। फिर उसने अलग होते हुए कहा, "अब भी ग़ुस्सा हो?"

"ग़ुस्सा मैं नहीं था," अर्कदीप्त ने कहा, "दुखी था। मगर अब मैं कभी ब्याह की बात नहीं करूँगा और वादा करो, तुम भी मेरे वापस जाने और किसी और से ब्याह करने की बात नहीं करोगी? ज़रूरी नहीं कि ब्याह हो। हम ऐसे ही रहेंगे, साथ। जनम-भर।"

"जनम-भर बहुत लम्बा होता है।"

"जितना भी हो," अर्कदीप्त ने कहा, "मेरे भाग्य में लम्बी उमर नहीं है।"

"तुम भाग्य पर विश्वास करते हो?"

अर्कदीप्त ने उत्तर नहीं दिया। अपनी जैकेट उतारकर सोफ़े पर डाल दी, फिर झुककर अपने जाड़े के बूट उतारने लगा।

"बाइक पर आए?"

"हाँ।"

"ठंड लगी होगी?" उसने कहा।

वह सौदामिनी के पास बैठ गया। उसका हाथ अपने हाथ में ले लिया। उसके हाथ उष्ण थे, और अर्कदीप्त के सर्दी के कारण ठंडे।

उसे लग रहा था कि उनका सम्बन्ध अब दूसरे ही धरातल पर चला गया है, उसमें एक दूसरे के प्रति स्वीकृति है।

"तुम दिल दुखाने की बातें क्यों करती हो?"

"क्या मेरा दिल नहीं दुखता है? तुमसे कहीं ज़्यादा। मगर क्या करूँ? ज़िन्दगी ने इतने स्वप्न भंग किये हैं कि मुझे स्वप्न देखने से डर लगता है।"

"यह हक़ीक़त है सौदामिनी। देखो, तुम्हें डरने की कोई ज़रूरत नहीं है, तुम जब भी आँखें खोलोगी, मुझे अपने निकट पाओगी।"

वह और पास सिमट आई—मौन, फिर बोली, "न जाने क्यों अपने सुख पर, भाग्य पर विश्वास नहीं होता। डरती रहती हूँ कि कहीं कोई आकर स्वप्न-भंग न कर दे। तुमसे प्यार करती हूँ अर्को। मगर न जाने क्यों इतनी असुरक्षा, इतनी इनसिक्योरिटी मन में भिंद गई है। मेरी ज़िन्दगी अब तक दुख-भरी ही रही है। जिसे प्यार किया, उसी ने धोखा दिया। पापा जब मरे तो मुझे लगा, जैसे वह, मेरा ही दोष था, और फिर कितने सपने लेकर भट्टा से नाता जोड़ा था, वह तो सचमुच मेरा ही दोष था। परम्परावादी पत्नी की तरह, अपनी इच्छाओं को घोंटकर रहना चाहिए था। कहीं और, किसी दूसरे के साथ सान्त्वना या सुकून नहीं ढूँढ़ना चाहिए था।"

वह चुप रहा, क्या कहता? समझ में नहीं आया। शब्द तो केवल शब्द—गहरे, सार्थक भी, और खोखले भी।

"मैंने कभी किसी को प्यार नहीं किया है, सौदामिनी—न तुमसे पहले, न बाद में कर पाऊँगा। तुममें मेरा पूरा अस्तित्व समाहित हो गया है। घर-बार, भारत, थीसिस—सब कुछ इस प्यार के आगे डूब गया है। आओ, सो जाएँ। अभी सुबह होने में देर है।"

"डर लगता है, अर्को," उसने मन्द स्वर में कहा।

"तुम तो बहुत ही बहादुर, स्वतंत्र, आत्मनिर्भर स्त्री हो, क्यों डर रही हो?"

वह बहुत देर चुप रही, "मुझे डर लगता है अपनी ख़ुशी से। अपने ख़ुश होने से। मानसिक गुत्थी है। स्वयं ऐसी सिचुएशन पैदा कर देती हूँ कि अगले का स्वप्नभंग हो जाए। औरों की दुनिया ध्वंस हो जाए। कभी-कभी अपने पर बुरा लगता है कि मैं क्यों हूँ ऐसी? क्यों दूसरों को रौंदकर, ध्वंस करके आगे बढ़ जाती हूँ? वह आर्थर,

मेरा पहला सम्बन्ध—तबाह हो गया। रेस्तराँ बिक गया, पत्नी ने छोड़ दिया। वह गिड़गिड़ाता रहा, पर मैं भट्टा के पास लौट गई। मेरे मन में उसके लिए कुछ भी नहीं था—जैसे एक मियादी बुख़ार होता है। अवधि पर समाप्त हो जाता है।"

वह चुप रहा। ऐसे अवसरों पर चुप रह जाता है।

"मेरे मन में उसके लिए कुछ नहीं था। रात को शैया पर पड़े-पड़े, आँख फाड़े-फाड़े अँधेरे को ताकती रहती हूँ। तुम्हारी ख़ुशबू आस-पास रहती है। फिर भी—बाबू, तुम अगर मुझसे ऊब गए तो...।"

"ऐसा कभी नहीं होगा। मैं मियादी बुख़ार नहीं हूँ। मैं तो कर्क हूँ। आजन्म तुम्हें दबोचे रहूँगा।" वह अँधेरे में मुस्कराया, "तुम्हारे पूरे वजूद को, पूरे शरीर को जकड़े रहूँगा। तुम मुझसे दूर जा ही नहीं सकतीं, अब कहीं नहीं।"

"सुनो," उसका स्वर उदास है, "तुम थीसिस में ध्यान लगाओ।" कहकर वह चुप हो गई।

अर्कदीप्त मौन रहा। जब वह इस गह्वर में डूबने लगती है तो उसे हाथ पकड़कर उबारना दुरूह हो जाता है। उसे ग़ुस्सा आ गया, "तुम ऐसी बातें बार-बार क्यों करती हो? क्यों सुख के क्षण तुमसे बर्दाश्त नहीं होते? तुम्हें अकेले पड़कर बिसूरना अच्छा लगता है? देखो, मैं हूँ, यहाँ, तुम्हारे पास। हमेशा रहूँगा। मेरा विश्वास करो—जो सुख आँचल में आ गिरा है, उसे सहेज लो सौदामिनी। अब तुम्हारी भटकन दूर। अब हमेशा जागकर पाओगी कि मैं तुम्हारे पास हूँ।"

"और अगर मैं उठकर चली गई तो? भट्टा ने टाँगें तोड़ दी थीं, पर रोक नहीं सके।"

अर्कदीप्त ने हल्के-से उसकी पीठ पर धौल लगाई, "देखो, कोई कहीं नहीं जाने वाला," उसने धीरे-धीरे कहा, "मैं तुम्हारे बिना मर जाऊँगा..." कहते-कहते रुक गया।

उसे अपने कॉलेज के एक प्रोफ़ेसर की याद आ गई जिनकी अकस्मात् मृत्यु के बाद उनकी पत्नी ने छत से कूदकर आत्महत्या कर ली थी। उसने बहुत संयत स्वर में कहा, "देखो, पूरी कोशिश करूँगा कि थीसिस समय पर पूरी हो जाए। फिर जहाँ भी मिलेगी, नौकरी कर लूँगा। हम अब साथ ही रहेंगे। मुझ पर विश्वास करो सौदामिनी, मैं उन आने-जाने वालों की तरह नहीं हूँ। मैं बँध गया हूँ तुमसे। यह कभी टूटने वाला सम्बन्ध नहीं, यह मेरा पूरा अस्तित्व है और तुम्हारा भी। तुम चाहे जो भी कहो, जानता हूँ, तुम भी मुझसे उतना ही प्यार करती हो, चाहे नकारती रहो..."

वह चुप रही।

"मैं न भट्टा हूँ, न वह आने-जाने वाले—मैं हूँ अर्कदीप्त। तुम्हारा और केवल तुम्हारा। पास्काल ने कहा है, हृदय का अपना एक तर्क होता है। हम सारी ज़िन्दगी संग बिताएँगे। तुम्हें पता है कि कितने लोगों की ज़िन्दगी बिना इस अनुभव के

बीत जाती है, डूबकर प्यार करने का अवसर ही नहीं मिलता। मैं कितना लकी हूँ! ज़िन्दगी और भाग्य ने एक तोहफ़ा दिया है मुझे—तुम्हारे रूप में। अपने को पहचानो सौदामिनी।

"विवाह की बात," अर्कदीप्त उसके बालों के घूँघर से हल्के-हल्के खेल रहा था, और सोच रहा था कि हृदय के जो प्रिय हो, उसका स्पर्श मात्र ही कितना आनन्द और तुष्टिदायक होता है! "शायद बऊ से कहना ठीक नहीं हुआ—तुम तब से कितनी उद्विग्न रहने लगी हो—बेचैन-सी। मगर उन्हें बताना ज़रूरी था, नहीं तो बऊ और ताईजी लड़कियाँ देखती रहतीं। ठीक नहीं होता न, क्योंकि मैं वहाँ विवाह करने वाला ही नहीं। लड़कियाँ आशा बाँधे रहतीं और फिर निराश हो जातीं। बऊ और बाबूजी तो कहने वाले थे नहीं कि उनका निकम्मा बेटा ब्याह नहीं करने वाला, पर वह रिजेक्ट फील करती न।"

"अरे, तुम्हें उन अनजान लड़कियों की भावनाओं की बहुत फ़िक्र है। कितने सेंसेटिव हो तुम!" सौदामिनी ने कहा, "तभी उस भैंस के दर्द को समझ सके..."

अर्कदीप्त मुस्करा पड़ा, "तुम, जब, जैसा चाहोगी, वैसा ही होगा। निश्चिन्त रहो।"

"अभी तो बस, ऐसे ही सन्तुष्ट हूँ..."

"तुम होगी," वह अभी भी उसके बालों से खेल रहा था, "मैं नहीं।"

"मुझे ग़लत मत समझना अर्को। मेरे मन में सम्बन्धों को लेकर बहुत गुत्थियाँ हैं। पिता मेरे आदर्श थे, मगर जब असलियत पता चली, और विच्छेद के बाद उन्होंने मेरी ख़बर भी नहीं ली—त्योहार, बर्थडे, सब आकर निकल जाते थे। मैं आशा से डाक तकती रहती थी कि शायद मेरा बर्थडे कार्ड ही आ जाए। फिर कानाफूसियों के बीच उनके मरने की ख़बर मिली तो मेरी समझ में नहीं आया, क्या करूँ। माँ को तो कोई असर नहीं पड़ा; बल्कि वह और ख़ुश रहने लगीं। इसीलिए भट्टा पर ऐसी मुग्ध हुई कि बस। मुझे डर लगता है अर्को, यह दैत्य-दानव मेरे जीवन की दुर्घटनाएँ ही हैं। मुझे अपनी ख़ुशी से, तुम्हारे इतने ढेर सारे प्यार से डर लगता है।"

अर्कदीप्त चुप रहा। कितनी गुत्थियाँ, कितनी दुरूह ज़िन्दगी, कितने विश्वासघात! और कितने श्रम से अब उसने ज़िन्दगी गढ़ ली है! 'नमस्ते' शहर का प्रसिद्ध रेस्तराँ है—भले ही घाटा होता रहे। उसने लम्बी साँस ली।

"क्यों, अर्को, मैंने उदास कर दिया?"

"उदास होने की बात नहीं है? चाहता हूँ कि जागने पर तुम्हारा चेहरा देखूँ—सो जाने पर आश्वस्ति कि तुम ऊपर मेरे पास ही आओगी।"

"कहीं और ठौर है मेरा?"

"क्या मालूम? तुम्हारे अभी भी कितने चाहने वाले हैं!"

वह हँसने लगी। मगर मुस्कान मलिन थी, "नाम गिनाओ।"

"वह है न, ख़ूबसूरत-से, शायर-से लगने वाले शहरयार ख़ान और..."

"और?"

"छोड़ो बेकार की बातें। आगे से ब्याह की बात नहीं करेंगे।"

"हर चीज़ का एक मौसम होता है। सूरज तो अपने समय से ही निकलेगा, वर्षा भी अपने ही समय पर आएगी—फूल, पत्ती, सारी प्रकृति, सारा संसार। समय आने पर हमारा-तुम्हारा ब्याह भी हो जाएगा और वह पुष्पहास भी।"

"तुमने यह कह मुझे ख़ुश कर दिया सौदामिनी," अर्कदीप्त ने कोहनी के बल उठंगकर उसे चूम लिया, "अब मैं इन्तज़ार करूँगा।"

"कब तक—एक साल, दो साल, जीवन-भर?"

"सौ साल तक," उसने कौतुक किया, "मगर मैं इतने दिन इन्तज़ार नहीं कर सकता। वैसे भी जन्मपत्री में लम्बा जीवन नहीं है।"

"ऐसी बातें मत करो।"

दोनों थोड़ी देर चुप रहे। फिर अर्कदीप्त ने कहा, "जन्मपत्री में लिखा है कि मेरे घर-बार त्यागकर चले जाने का योग है।"

"अरे, तुम जोगी मत हो जाना, और प्यार करते रहना मुझे—इसी तरह!"

वह मुस्कराया, "और कीर्केगार्द की तरह मैं भी अधिक ज़िन्दा नहीं रहूँगा।"

"उस सिरफिरे की बात मत करो।"

अर्कदीप्त ने लम्बी साँस ली।

"अरे, इतनी लम्बी साँस?"

"यह आह है सौदामिनी, तुमसे दूर रहने की।"

"चलो, सो जाओ," वह पास सिमट आई।

"सूरज तो अपने समय पर कल निकलेगा, कुछ महीनों में बरसात होगी, मगर बऊ का पुष्पहास?"

"वह भी आ जाएगा, जब मुहूर्त होगा," वह मुस्करा रही थी, "अभी तो तुम स्वयं बालक हो। तुम दुनिया देख लोगे—ज़िन्दगी के उतार-चढ़ाव, बाढ़ें और बरसात..."

"मेरा छोटा भाई दो बच्चों का बाप है।"

सौदामिनी कुछ नहीं बोली। बस, उसकी बाँहों में सिमटी लेटी रही।

"तो बता देना, जब सही समय आए। तब तक मैं धैर्य से प्रतीक्षा करूँगा—आता-जाता रहूँगा अपनी बाइक पर।"

"हाँ, काम पूरा करो।"

"उफ़, काम! गले की फाँसी बन गया है।"

अब सौदामिनी ने आह भरी, अर्कदीप्त ने सुनी, पर कुछ कहा नहीं—बस, अब धीरज से प्रतीक्षा करनी होगी। यह भी बुरा नहीं है, भले ही सप्ताह में एक-दो दिन-रातें, उसके छोर पर तो इंद्रधनुष होगा, जब सौदामिनी के अन्दर के दैत्य-दानव शान्त हो जाएँगे। उसने उसकी बन्द पलकों को चूमना चाहा, मगर वह सो गई

थी। वह थोड़ा-सा खिसका कि सौदामिनी का सोया हुआ चेहरा देख सके। जी ही नहीं भरता, उसने सोचा—इतनी सुन्दर, कर्मठ और दुरूह—तो चलो, अर्कदीप्त, प्रतीक्षा करो, सही समय आने की। बाहर सर्दी है या गर्मी, बादल नीले हैं या सफ़ेद, सुरमई? हवा चल रही है या बन्द है? विश्व में क्या हो रहा है? लोग कैसे जी रहे हैं? बऊ चुप हैं। शायद उन्होंने किसी से कुछ नहीं कहा होगा। तभी अमृतांशु ने भी कोई चुटकी नहीं काटी है, कोई टिप्पणी नहीं की है।

अर्कदीप्त डूब गया है अपने पढ़ने-लिखने की दुनिया में—लाइब्रेरी है, हज़ारों किताबें हैं, अपनी-अपनी जगह मौन। छोटा-सा कोष्ठकनुमा रिसर्च वालों के लिए है, बाहर की ओर खिड़की है। यूनिवर्सिटी की इमारतों के बीच एक प्रांगण है, जहाँ लोग आते-जाते दिखाई पड़ते हैं। अन्दर एक मेज़ है। बस, दो कुर्सियाँ भर की जगह। हर वक़्त सन्नाटा रहता है। लोग पढ़ते-लिखते रहते हैं। कभी-कभार हल्की पदचाप सुनाई देती है, फिर स्वर मन्द हो जाता है।

वह तीसरा चैप्टर समाप्त कर चुका है। अभी ड्राफ़्ट है, फाइनल नहीं। अगला चैप्टर है—'कीर्केगार्द के सौंदर्यशास्त्रीय विचार और उनकी मीमांसा'। ज़िन्दगी का दूसरा छोर है—सौदामिनी, शैया, कॉफ़ी मशीन और उसका प्लास्टिक के केले का पेड़। बीच-बीच में मन उचट जाता है। विषय दुरूह, मगर यही और आगे के अध्याय होंगे थीसिस का हृदय, प्रमुख तर्क। वह तल्लीन रहता है, लिखता है, पृष्ठ प्रिंट करता है। दूसरे दिन उसे दोबारा पढ़ता है तो सन्तोष नहीं होता। दोबारा लिखता है, और लिखते-लिखते थकने लगता है, तो सौदामिनी से बातें करता है।

"तुम क्या कर रहे हो?"

"लिख रहा हूँ, बार-बार, पर सन्तुष्ट नहीं हूँ। तुम क्या कर रही हो?"

"मैं क्या? वही—मेरिलिन मीठा बना रही है, शाहिद मसाला और मैं, तुम्हारा इन्तज़ार—इस सब व्यस्तता के बीच। अच्छा, रखती हूँ, दो ऑर्डर आ गए हैं।"

"सॉरी, तुम्हें डिस्टर्ब किया, तुम्हारा बिज़ी समय है।"

"नहीं, नहीं, अच्छा लगा—तुम्हारी आवाज़ सुनकर।"

न जाने क्यों मन में उस सम्बन्ध के प्रति विश्वास होने लगा है।

बऊ को बता दिया है, यहाँ भी सबको उनकी आत्मीयता की बात पता है—शिशिर को, डॉ. हाइनर को, 'नमस्ते इंडिया' वालों को। सबने बिना किसी आलोचना या टिप्पणी के स्वीकार कर लिया है। यही तो है पश्चिम का खुलापन। मगर वह उलझ गई है, समय-असमय दलीलें दिया करती है कि उनका—कम-से-कम अभी—इस समय विवाह करना उचित नहीं है। अर्कदीप्त थीसिस तो बस ठप्प हो जाएगी। 'ऐसा नहीं होने वाला', कहने पर भी वह विश्वास नहीं करती। अपना जीवन-अनुभव बीच में ले आती है। अर्कदीप्त क्या जाने यह सब!

सौदामिनी उलझी हुई है, उस बात पर—बार-बार वहीं लौटकर आती है, वही-वही तर्क दोहराती रहती है। वह धीरज से सुनता है, मगर वह अपने में इतना लिप्त है कि विकल्प सूझता ही नहीं।

"तुम ब्याह की बात करते हो तो मैं घबरा जाती हूँ। कितना सुन्दर, अलभ्य है हमारा यह साथ-साथ समय! हम ऐसे ही क्यों न रहते रहें?"

अर्कदीप्त कहता है, "मैं हर समय तुम्हारे साथ रहना चाहता हूँ, सौदामिनी," और उठकर पलंग पर बैठ गया, "अपने इस सुन्दर, अलभ्य सम्बन्ध को नाम देना चाहता हूँ। माना मैं अभी कुछ नहीं जिसे अपना पति कहकर तुम गर्व अनुभव करो, परन्तु वादा करता हूँ, तुम्हें बहुत सुख और सुरक्षा दूँगा।"

वह चुप हो गया। सौदामिनी उसे एकटक देख रही थी।

"मैं चाहता हूँ, हम साथ रहें—हर समय, दुख-सुख में, बीमारी-हारी में। मैं सुबह जागूँ तो तुम्हारा चेहरा देखने को मिले—तुम नीचे अपना काम करो और मैं अपना। फिर हम दोनों रात को साथ-साथ खाना खाएँ। तुम अपना सूप और सलाद, और मैं, जो भी बचा-खुचा हो—बहुत स्वादिष्ट होगा वह—तुम्हारे हाथ का बना हुआ। मैं तुम्हारे दुख-सुख में साथ रहूँ, बस, इसीलिए कहता हूँ—तुम्हें बाँधने का, या आगे चलकर किसी प्रकार का..." वह ठहर गया, "बन्धन मेरा इरादा है ही नहीं।"

"बस, कह लिया न, मैंने सुन लिया। मैं गम्भीरता से सोच रही हूँ।"

वह चुप था। वह भी चुप थी। धीरे-धीरे अर्कदीप्त के चेहरे की रेखाएँ अपनी उँगली से उकेरती रही। फिर उसने साँस ली—लम्बी साँस, "इतना सुख कैसे सँभालूँ?"

वह हँसने लगा, "सुख सँभालने की सीमा नहीं होती," आगे कहना चाहा, 'न दुख सहने की,' पर चुप रहा।

"क्या इतना सुख सचमुच विधाता ने भाग्य में लिख दिया है? अभी तक तो क़दम-क़दम पर ठोकरें खाती आई हूँ।"

अर्कदीप्त ने कुछ नहीं कहा, कुछ देर चुप रहा, "तुम बार-बार उसी वृत्त में क्यों घूमती रहती हो? यह अभिमन्यु का चक्रव्यूह नहीं है सौदामिनी, तुम बाहर आ सकती हो। हाँ, तुम्हें अपनी आकांक्षाएँ मेरी योग्यता के अनुसार काटनी-छाँटनी होंगी—मगर हम साथ-साथ आकाश छू सकते हैं।"

वह चुप रही। बस, पास सरक आई और वह महसूस करता रहा—उसके शरीर की स्निग्ध उष्णता। सौदामिनी ने लम्बी साँस ली, कुछ कहने को हुई, पर चुप हो गई। वह देखता रहा—उसका हथेली पर टिका गाल, बन्द पलकें। माथे पर छोटे-छोटे स्वेद बिन्दु। उसने चाहा, वह सौदामिनी को बाँहों में भरकर हृदय से लगा ले, मगर उसकी सहसा आ गई झपकी को तोड़ना नहीं चाहा।

वह धीरे-से उठा और अपना कम्प्यूटर लेकर बाहर के कमरे में चला जाने लगा।

"कहाँ हो, अर्को?" सौदामिनी ने आँखें खोल दीं, "अच्छा-अच्छा, काम करने जा रहे हो," उसने लम्बी साँस ली और जैसे निश्चिन्त होकर करवट बदल ली।

वह अब चुप है। ब्याह की बात नहीं करेगा, चलता रहेगा। जब उसे समय मिलेगा, वह फ़ोन करेगी और वह चला आएगा—भागता हुआ, उत्कंठित, नहीं तो पुरानी किताबों की गन्ध से परिपूर्ण लाइब्रेरी में कीर्केगार्द के धर्म और अस्तित्वाद सम्बन्धी तर्कों से उलझता रहेगा। जो भी होगा, वह भविष्य के प्रति आशावान है।

बस, वही है, सौदामिनी, न जाने किस-किस ऊहापोह में है, किस विवर्त में फँस गई है! वह धैर्यपूर्ण रूप से उसे सँभालता रहता है। कभी-कभी वह बहुत असुरक्षित-सी बच्ची बन जाती है, कभी प्रताड़ित पत्नी। वह धीरज से सुनता रहता है, उसके बाल थपकता रहता है, अपने सीने से लगा लेता है।

मेज़ पर टेबिल-लैम्प जल रहा है, कम्प्यूटर खुला है। अर्कदीप्त टाइप कर रहा है। हर बार जब रुककर मूँगफली टूँगता है तो चेहरे पर अपने-आप हँसी आ जाती है।

सौदामिनी कहती है, "साहिल छोड़कर वापस चला गया।"

"अरे, क्यों? फिर दिक़्क़त हो गई होगी!" अर्कदीप्त ने चौंककर कहा।

फ़ोन पर उसके हँसने की आवाज़ आई, धीमी, मद्धिम, पर तरंगित, "कह रहा था, आगे पढ़ूँगा—कॉलेज और यूनिवर्सिटी जाऊँगा। अभी से देग़ में चमचा चलाने लगा तो बेवक़ूफ़ का बेवक़ूफ़ रह जाऊँगा।"

"अच्छा, ऐसा कह रहा था?"

"और यह भी कि बाबू की तरह मैं भी ख़ूब पढ़ूँगा।"

"बाबू? यह कौन?"

"तुम, और कौन?" वह हँस रही थी। बात में उसकी हँसी की खनक सुनाई दे रही थी।

अर्कदीप्त हाथ में पेंसिल गोल-गोल घुमाता रहा। थोड़ी-सी ख़ुशी भी हुई कि साहिल ने उसकी बात को गम्भीरता से लिया, "तुम्हें किचेन में दूसरा काम करने वाला ढूँढ़ना पड़ेगा—सॉरी!"

"उस स्तर पर काम सीखने वाले बहुत मिल जाएँगे। ऐसा क्या मंतर फूँक दिया सूरज—घर वाले आगे पढ़ने को कहते-कहते हार गए। तब कहा—आगे पढ़ना नहीं है तो फिर फैमिली बिज़नेस ही सीखो। एकदम से मन पलट गया उसका।"

"बच्चा है," अर्कदीप्त ने कहा।

"अच्छा, रख रही हूँ फ़ोन। आज शाम काफ़ी बुकिंग है।"

"डोंट वर्क टू हार्ड," अर्कदीप्त ने कहा।

"हार्ड वर्क तो तुमसे करवाती हूँ..."

उसके फ़ोन रखने पर भी उसकी धीमी-धीमी हँसी अर्कदीप्त के मन में हिलोरें लेती रही। उसे सौदामिनी की यही बात बहुत अच्छी लगती है। छोटे-छोटे वार्तालापों में भी उनकी मधुर अन्तरंगता की ओर संकेत रहता है, अलग-अलग रहते हुए भी उनके जीवन में माधुर्य की एक डोर उन्हें बाँधे रहती है, और वह चाहे लाइब्रेरी में हो या अपने कमरे में—सौदामिनी की हल्की-हल्की पदचाप आस-पास गुंजरित रहती है। 'कैसा बँध गया हूँ, बँधता जा रहा हूँ...और-और प्रगाढ़ सूत्र में, डूबता-उतराता रहता हूँ, इस प्यार की तलैया में? चाहे बाहर आकाश मेघाच्छन्न हो, या आस-पास कोहरा और अँधेरा हो—मुझे तो आँख उठाकर देखने पर इंद्रधनुष ही दिखाई देता है।'

कभी-कभी उसे ताज्जुब होता है, कैसे हो गया सब कुछ—कितनी सहजता और सरलता से? और जीवन कैसे जगमग करने लगा है!

वह अगली मुलाक़ात का इन्तज़ार करने लगा।

पर अभी तो उसने कम्प्यूटर बन्द कर दिया, बाँहें उठाकर अँगड़ाई ली। बाहर विन्स और हांस बैठे थे। उसे देखकर विन्स मुस्करा दिया।

"बाहर जा रहे हो?"

"हाँ, बस, ज़रा-सा नुक्कड़ के पार्क तक।"

"जल्दी आ जाना। चिकेन बेक हो रहा है, अभी पैंतीस मिनट हैं।"

विन्स ने घड़ी देखी, "आकर सलाद बना लोगे?"

"हाँ, क्यों नहीं!" अर्कदीप्त ठिठक गया।

हांस ने आँख उठाकर उसे देखा, मुस्करा दिया।

अर्कदीप्त बाहर आया। हवा ठंडी थी, पतली जैकेट में उसे सिहरन-सी हुई। बस, नुक्कड़ तक जाकर ही पलट आया।

सलाद के लिए टमाटर काटते हुए उसने जाना कि उसका पूरा अस्तित्व जैसे इस बात पर अटक गया है कि कब उसका फ़ोन आए और वह कहे, 'बस, आ जाओ।' मगर आज यह नहीं होगा। वह व्यस्त होगी। कहा था न कि उस शाम काफ़ी रिज़र्वेशन थे।

थक गई होगी बेचारी। अर्कदीप्त के मन में ढेर-सा लाड़ उमड़ आया।

मूँगा, मटका, अजरक
प्याज़ लहसुन धनिया अदरक
कभी बनारसी कभी जामदानी!
कैसी अपूर्व तुम्हारी दुनिया सौदामिनी

वह अपने-आप हँसने लगा।

ईकात, टसर, पोचमपल्ली—

बहुत सोचने पर भी तुक नहीं बैठी।

कभी गुलाबी, कभी नीली,
पोचमपल्ली, इकात, टसर
कलमकारी—असर-कसर उस?

तुम्हारी हँसी
निर्झर सी बहती है
सींचती है मुझे
मेरे मन को।

बुनकर
नहीं छोड़ते कसर

छत पर सूखती बऊ की साड़ी

जिसे मोटा बन्दर दाँतों से
चीर रहा है,
अरे, दे दो इसे कोई रोटी।

उसने काग़ज़ मोड़-तोड़कर कोने में कचरे की टोकरी में फेंक दिया।

फूले कनेर, कचनार, टेसू का लाल रंग
मिर्जापुर में लोग घोंट रहे हैं भंग
चहक रहा है अंग-अंग।

उसने 'चहक' काट दिया, लिखा :

कसक रहा है अंग-अंग।

वह अपने कोष्ठक का जँगला बन्द करके बाहर आ गया।
अपनी साइकिल उठाई और 'नमस्ते इंडिया' की ओर चल पड़ा।
वह अचरज से भर जाएगी, जब निकोलस जाकर कहेगा कि...
सौदामिनी के कर्मचारी उसे क्या कहते हैं? सर—नहीं, नहीं...अर्कदीप्त?
आज वह पैसे देकर खाना खाएगा।

उसके मन में अपनी तुकबन्दी घूम रही है। कैसे लिख लेते हैं कवि काव्य के ग्रंथ? यहाँ सौदामिनी की प्रशस्तिगान में कहीं-कहीं तुक ही नहीं बैठता।

वह बीच में ठिठक गया। नहीं, जाना ठीक नहीं होगा।

थोड़ी देर साइकिल पकड़े अनिश्चय से खड़ा रहा—अब आधे रास्ते से पीछे क्या मुड़ना! दिन तो बरबाद हो ही गया। सारी सुबह कविता लिखने के चक्कर में गई, और बनी भी नहीं। यह सब उसके बस का नहीं है। उसके मन में कवियों की एक छवि थी—सादे कपड़े, सदरी, बगल में झोला। उसमें किताब-काग़ज़ अटे

हुए हैं। पैर धूल-धूसरित, सड़कों की खाक़ छानने के कारण। लम्बे घुँघराले बाल, तेजस्वी, चमकदार आँखें। जेब ख़ाली, पानी पीकर क्षुधा निवृत्ति।

वह सोच में खड़ा रहा, फिर उसने लम्बी साँस ली और साइकिल अपने फ़्लैट की ओर मोड़ दी।

आकर वह बीच दोपहर में अपने बिस्तर पर पड़ गया। कैसे-कैसे विचार मन में उमड़-घुमड़ रहे थे—थीसिस, लाइब्रेरी, सौदामिनी की दीप्त आँखें, उसकी त्वचा की स्निग्धता!

उसने लम्बी साँस ली। तीव्र प्रवाह में एक धारा उसे बहाए लिये जा रही थी, और वह सब भुलाकर उसमें बहता चला जा रहा था। एक सुख यह भी था—अपने को बहने देना, अप्रयास, निर्द्वन्द्व, और डूब जाना उसके सामीप्य के सुख में।

इसका अन्त क्या होगा, उसे मालूम नहीं। जानना चाहता भी नहीं। जो वह चाहेगी, वही होगा। और अभी वह बन्धन में नहीं बँधना चाहेगी, तो यही सही। इन दिनों उसका मूड क्षण-क्षण बदलता है। तेज़ हवा के साथ उड़ते बादलों की तरह। थीसिस से मन उचटता जा रहा है। बस, यों ही निरुद्देश्य पड़ा रहे—कभी अपने कमरे में, कभी उसके पास। 'तुम्हारा शरीर हमेशा उष्ण रहता है, जैसे बहुत हल्का-हल्का बुख़ार हो!' वह कहती है।

वह चुप रहता है। हर बात का जवाब देना ज़रूरी भी तो नहीं!

मगर अपना बीता बचपन कितना अनर्थक लगता है! न संगीत सीखा, न खेल-कूद में भाग लिया। घर के काम-काज में अनाड़ी। घर का काम लड़कों से परिवार में कहाँ कराया जाता है, बस, उनसे कहा जाता है—पढ़ो, कुछ बनो।

उसे विस्तृत संसार के बारे में क्या मालूम? बस—पढ़ो, कुछ बनो!

प्यार कैसे किया जाता है? वह तो अब सीख गया है—संगीत, रंग, यात्राएँ और बतरस। यही तो कहती है वह।

अब वह स्वयं की भर्त्सना कर रहा है, आधे रास्ते से लौट आया। मूर्ख कहीं का! अब तो दुबारा उठकर जाने की ताक़त नहीं है, न किताब पढ़ने का मन है, तो बस, यही करो। वह अपने-आप से कहता है—अपने मन को बहलाने के लिए कविता लिखो। वह मन-ही-मन कहता है :

जा बैठेगी, मेरे होंठों पर तितली
जैसे तुम्हारा चुम्बन।

कौन देवता मुस्कराए थे,
जब तुमने
मेरा हाथ पकड़ कर...।

मन में उमड़ी और लोप हो गई। लिखने लायक है भी नहीं।

जब सौदामिनी ने पूछा, "क्या करते रहे दिन-भर?"

तो उसने कहा, "कविता लिखने की कोशिश कर रहा हूँ।"

"कविता? यह कहाँ से आ गई—एक शुष्क, नीरस विषय के बीच?"

वह चुप रहा।

"सुनाओ," उसने कहा।

"तुम्हारे होंठ, जैसे खरबूजे की फाँक," उसने हँसते हुए कहा।

वह हँसने लगी। इतना हँसी, इतना हँसी कि खाँसी आ गई।

अर्कदीप्त की आँखों के सामने वह दृश्य है—वह सिल्की नाइट गाउन पहने बिस्तर पर बैठी है। फ़ोन हाथ में है और हँस रही है।

उसके मन में ढेर-सा लाड़ भर आया।

"रहना चाहता हूँ हरदम तुम्हारे पास," उसने कहा, "हर साँस में—बस, यही है आस।"

"अरे वाह! और सुनाओ।"

"बस, अभी इतना ही।"

"सुनो," वह हँसी रोककर बोली, "यह कविता-वविता लिखना तुम्हारे बस का नहीं है। बस, अपने उसी फ़िलॉसफ़र पर ध्यान लगाओ।"

उसने लम्बी साँस ली। कुछ कहना चाहा, पर चुप रह गया।

"अच्छा, अब सोने जा रही हूँ, गुडनाइट!"

"अकेले?" अर्कदीप्त कहते-कहते रुक गया। बात बदलकर बोला, "तो फिर मंडे को मिलेंगे। आज तो मंगल ही है, कई दिन हैं।"

"बस, अब यह सब फालतू बातें छोड़ो। अच्छा, रखती हूँ।"

एकाएक रात का सन्नाटा एकदम गाढ़ा लगने लगा। चारों ओर निस्तब्धता थी। हांस और विन्स के कमरों में भी अँधेरा था। एक बार सोचा, गरम पार्का पहनकर बाहर निकल जाए, ठंडी हवा से शायद कुछ शान्ति मिले, फिर उसने वह विचार भी छोड़ दिया।

आज का दिन एकदम वेस्ट कर दिया। अब कल सारे दिन काम करेगा। फालतू बातें सोचना एकदम बन्द।

उसने उठकर पानी पिया और देर तक किचेन में खड़ा रहा।

'अप्रयोजन जीवन जीना,' कमरे से लौटते हुए उसने सोचा, 'ज़िन्दगी के साथ एक मज़ाक़ करना है।'

कभी-कभी रात में उसकी आँख खुलती है, तब बिना हिले, अन्धकार में भी जान जाता है कि सौदामिनी जगी हुई है। वह सौदामिनी को पास खींच लेता है और चादर

खींचकर उसे भी उढ़ा देता है—वैसे ही हल्के हाथों से, जैसे कभी-कभी उसकी कोठरी में आकर माँ ममत्व भरे और मौन हाथों से ढँक देती थी।

"नींद नहीं आ रही है?"

"आई थी, अभी-अभी आँख खुली।"

"तो?"

"तुम्हें भी जगा दिया। कितनी हल्की नींद है तुम्हारी! ज़रा-सा हिलने पर जाग जाते हो।"

"मैं सपना देख रहा था।"

"क्या?"

"बस, अस्पष्ट, इधर-उधर, गड्डमड्ड...और तुम?"

"कुछ विशेष नहीं, कटे-फटे, अधपके—अकेली थी...इधर-उधर ढूँढ़ रही थी...शायद तुम्हें।"

"तुम मत डरो सौदामिनी—मैं कहीं नहीं जा रहा हूँ।"

वह लम्बी साँस लेती है, फिर अपने को उसकी बाँहों से अलग कर, उठकर बैठ जाती है, "कैसी बँध गई हूँ तुमसे! कितना अच्छा लगता है ठिकाना पाकर! अब तक एक छटपटाहट, एक बेचैनी-सी रहती थी—इस देश में—उस देश में... कभी यह किया, कभी वह, मगर...।"

"मगर क्या?" उसने अँधेरे में कहा, "कब तक अपने खुरंड उचेलती रहोगी? अब तुम्हारी भटकन समाप्त...मेरी भी।"

"तुम्हारी भटकन? क्या? कुछ नहीं थी अर्को। तुम तो सीधी सतर राह पकड़कर चले जा रहे थे, मैंने ही भटका दिया। उस दिन तुम्हें पकड़कर दरवाज़े के अन्दर न खींच लिया होता तो तुम उसी राह पर चलते जाते, पी-एच.डी. पूरी करके लौटते, ब्याह करते।"

अर्को का गला भर आया, "और जीवन के इस अतुल सुख से वंचित रह जाता। तुम ऐसा क्यों सोचती रहती हो? तुमसे ज़िन्दगी जीना सीख रहा हूँ—इसके आगे बाक़ी सब जैसे मुँह में राख..."

"क्या बात है," वह मुस्करा रही है, "बड़े नये-नये प्रयोग करने लगे हो? कामसूत्र पढ़ने लगे हो, या फिर..."

उसे अपना चेहरा गरम होता लगा। अँधेरा था, इसलिए वह देख नहीं पा रही होगी कि वह शरमा गया है।

"नहीं तो," उसने कहा। वह सौदामिनी के अनावृत कन्धे पर अपना चेहरा छुपा लेता है।

"तो बताओ," उसकी हँसी हल्की-हल्की हिलोरें बनकर उसके तापसी कक्ष में विचरण करने लगी।

"असल में," वह हल्के-से हँसा, "गद्दे का विज्ञापन देख रहा था। सोचा, एक नरम, मुलायम गद्दा ख़रीद लूँ। तुम्हें यह आरामदेह नहीं लगता होगा—पुराना है और सख़्त-सख़्त।"

वह चुप रही, "तो गद्दे के विज्ञापन के साथ सेक्स वीडियो खुल गए," सौदामिनी ने हल्के-से उसके कन्धे पर धौल मारी, "तो अब उस फ़िलॉसफ़र पर रिसर्च करने के बजाय सेक्स वीडियो देखने लगे हो? लत पड़ जाती है।"

"मैंने कभी ऐसी वीडियो देखी नहीं थी—स्त्री के साथ स्त्री, पुरुष के साथ पुरुष। स्त्री और पुरुष," फिर वह बोला, "शोधार्थी हूँ। ज्ञान कहीं भी मिल जाए।"

"अच्छा बहाना है! तो क्या ज्ञान ग्रहण किया?"

"यह कि..." वह उठकर बैठ गया, "अट्ठाईस साल का युवा ही एक चालीस साल की स्त्री को पूर्णतः..." वह रुक गया, "क्योंकि सेक्स डॉक्टर का कथन है कि चालीस साल तक पहुँचते-पहुँचते एक स्त्री अपनी पूर्णता पा लेती है। सन्तान-जन्म से और छोटे-छोटे बच्चे पालने की व्यस्तता से मुक्त हो जाती है। अपनी इच्छाओं को समझने लगती है—उनकी पूर्ति के आनन्द को भी। उधर उसका चवालीस-पैंतालीस साल का पति, नौकरी और परिवार की ज़िम्मेदारियों के बोझ से आक्रान्त हो जाता है। उसकी सेक्स ड्राइव भी क्षीण होने लगती है—तो उसके लिए दस डॉलर में एक नीली गोली खाएँ और पूर्ववत् आनन्द उठाएँ।"

वह चुप हो गया, क्योंकि वह हँसने लगी थी, "मनगढ़ंत है न?"

"नहीं। तुम्हें दिखाऊँ, देखोगी?"

उसने अर्कदीप्त की बाँह पकड़कर उसे खींच लिया।

"तुम कहते हो तो मान जाती हूँ। मुझे इन फालतू वीडियो देखने का समय कहाँ है—तुम भी बन्द करो।"

"यह कृत्रिम बुद्धि ऐसी ही है—एक बार देखो तो बार-बार उसी तरह के वीडियो उछालती रहती है," उसने कहा, "बन्द कर दिया, मगर रोचक था।"

अब दोनों चुप थे। पास-पास लेटे थे। चारों ओर सन्नाटा था, और अँधेरा।

"मैं तो, जब तुम्हें याद नहीं कर रही होती हूँ, तुम्हारे सान्निध्य के लिए प्रतीक्षा नहीं कर रही होती हूँ तो 'नमस्ते' के बारे में ही सोचती रहती हूँ—नये-नये व्यंजन, नई-नई विधियाँ। आगे के मेन्यू, कितना बोरिंग, है न!"

वह चुप रहा।

"नया गद्दा ख़रीदने की ज़रूरत नहीं है, यह ठीक है। सारी दुनिया का सुख यहीं आकर इकट्ठा हो गया है।" उसने अर्कदीप्त को बाँहों में भरकर अपने से सटा लिया।

"सच है। मैंने कभी सोचा भी नहीं था कि मुझमें..."

अब सुबह है। यदि हांस या विन्स, दोनों में से कोई उठ जाता है तो उसे एक कप कॉफ़ी पीने के लिए आमंत्रित कर देता है, या फिर अर्कदीप्त ही ट्रे में दो कप कॉफ़ी लेकर कमरे में आ जाता है। देखा-देखी विन्स भी यही करने लगा है। कॉफ़ी मशीन चला देता है, अख़बार और दो कप कॉफ़ी लेकर कमरे में चला जाता है, जहाँ दोनों कॉफ़ी पीते-पीते अख़बार पढ़ते हैं या टीवी पर ख़बरें देखते हैं।

पर वह देर तक नहीं सो पाती, तभी यदि वह रविवार की रात हो। रेस्तराँ बन्द करते-करते देर हो जाती है। यदि वह थकी होती है तो उसे ही बुला लेती है और यदि बस न मिली तो वह उस हाड़ गलाती ठंड में साइकिल लेकर निकल पड़ता है। शरीर में सौदामिनी के प्रेम की उष्णता हिलोरें लेती रहती है और फिर अगले दिन, पूरा दिन वह सोते-जागते, अलसाते, प्यार करते बिता देते हैं।

वह काफ़ी का प्याला ट्रे में वापस रखते हुए कहती है, "अरे, इस पौधे में नये फूल आ रहे हैं! तुम्हारे हाथ में पल्लवित करने का, सिंचित करने का गुण है, नहीं तो यह अफ्रीकन वायलेट बड़ा नखरे वाला पौधा होता है।"

वह नये बैंगनी, नाजुक फूलों को देखता है, मुस्कराता है, "तुम अगर ध्यान दो तो तुम्हारे हाथ में भी गुन हैं—यही क्या, कैक्टस भी फूलने लगेगा।"

"बस, प्यारी-प्यारी बातें करना," उसने कहा, "अब वह सब वीडियो बन्द। केवल कीर्केगार्द और मैं—बस।"

उसने विनीत भाव से हाथ जोड़ दिये। फिर माथे से लगाए। 'आपकी आज्ञा शिरोधार्य' की मुद्रा में।

वह मुस्कराती हुई चली गई। बाहर कोई नहीं था। वह जाकर तैयार होगी, नीचे जाएगी, जहाँ निकोलस के साथ-साथ अन्य सब 'पेट भर खाओ' वाले बूफ़े की तैयारी में व्यस्त होंगे।

उसने कम्प्यूटर खोला, अपने आधे लिखे पृष्ठों पर ध्यान लगाया—यही तो है जीवन, पूरा-पूरा आकंठ जीना। अट्ठाईस साल का युवक...वह अपने-आप मुस्कराने लगा।

वह फ़ोन करेगी, बीच में छुट्टी होगी, या कॉफ़ी पी रही होगी—बस, यह बात, "क्या कर रहे हो?"

"लिख रहा हूँ...और क्या? समय पर समाप्त करने की डेडलाइन जो है।"

"सचमुच? या फिर इन लड़कियों का प्रेम-व्यापार देख रहे हो...।"

"नहीं, नहीं—बस, सब छोड़ दिया। एक बात याद आ गई, मिलूँगा तो बताऊँगा।"

"अभी बता दो।"

"नहीं, फ़ोन पर नहीं।"

"अच्छा, तो याद रखना, भूल मत जाना।"

वह याद रखती है, मिलने पर, पूछती है, "हाँ, बताओ। क्या बताने वाले थे? तुम्हारी बात इग्नोर करके क्या तुम्हारी माँ ने तुम्हारी सगाई की बात पक्की कर दी?"

उसने सौदामिनी के सिर पर हल्के-से ठुनका दिया, "तुम न ब्याह करोगी, न मुझे किसी और से करने दोगी। बूढ़ा हो जाऊँगा प्रतीक्षा में..."

"ओह-हो, अपने ब्याह के लिए इतनी उतावली अच्छी नहीं लगती!"

वह चुप है।

"तो बताओ?"

"अरे, कुछ नहीं। उस दस डॉलर वाली नीली गोली से एक बात याद आ गई थी," वह याद करके हँसने लगा, "दस-बारह साल का था। ताऊजी ने अख़बार लेने भेजा। अख़बार वाला मन्दिर के आगे ठेला लगाता था। धार्मिक पुस्तकें भी बेचता था—हनुमान चालीसा, विष्णु सहस्रनाम, सप्ताह के दिनों की व्रत-कथा—गीता प्रेस की धार्मिक पुस्तकें। एक दिन वह बोला—'भइया, दो मिनट ठेला देखो। मैं अभी आया।' मैंने यों ही एक किताब उठा ली। पतली-सी थी। पृष्ठ अपने-आप खुल गया। शायद बहुत बार वही पढ़ा गया होगा।"

वह पूरे ध्यान से उसकी बात सुन रही थी।

"याद नहीं, उस किताब का नाम क्या था। पर जो पढ़ा, वह अब अचानक याद आ गया—'संभोग के क्षण लम्बे करने के लिए, वराह की दाहिनी दाढ़ का गाय के घी में प्रयोग करें या फिर दाहिने हाथ की उँगली में सफ़ेद छिपकली की पूँछ की अँगूठी बनाकर पहनें।' बस, किताबवाले ने आकर किताब हाथ से छीन ली। कुछ समझ में नहीं आया, पर सोचता रहा—सफ़ेद छिपकली की पूँछ या वराह की दाढ़ लोग कैसे उपलब्ध करते होंगे?"

अब वे दोनों हँसने लगे। सौदामिनी ने करवट लेते हुए कहा, "याद रखूँगी, अगर बुढ़ापे में तुम्हें ज़रूरत पड़ी। अभी तो बिलकुल नहीं। वराह की दाढ़ मिलने में कोई दिक़्क़त नहीं होगी।"

"बस करो..."

"तुम्हें खिजाना अच्छा लगता है न! दुष्ट हूँ न!"

"दुष्टा," उसने धीरे-से कहा, "तुम्हें 'नमस्ते इंडिया' की जगह यही नाम रखना चाहिए था।"

सौदामिनी ने चुहल में उसकी चुटकी काटी, "अगर कभी रेस्तराँ बन्द करना पड़ा तो यही करेंगे। बेचेंगे रामबाण मरहम और चूरन, और गाय के घी में वराह की दाढ़—बहुत बिकेगी।"

दोनों हँस रहे थे। कितने अजीब सुख का यह क्षण, सोच उठा।

"तुमसे अलग रहना अब सहा नहीं जाता, सौदामिनी," साथ होने पर उसने कहा।

"और अगर सड़क चलती कोई गाड़ी मुझे कुचल दे तो?"

"पागल हो जाऊँगा। मर तो नहीं पाऊँगा, जियूँगा मगर लड़खड़ाते हुए।"

"ऐसी बातें मत करो—दुखदायी। अगर मैं नहीं रहूँगी तो अपनी थीसिस ख़त्म करना और वापस लौट जाना।"

वह आगे क्या कहने वाली है, यह जानकर अर्कदीप्त ने सौदामिनी के मुँह पर हाथ रख दिया।

धीरे-धीरे कहा, "अलग होने की, दूर होने की बात मत किया करो। क्या तुम्हें ख़ुशी नहीं दे पाया?"

"तुम इतने नादान तो नहीं हो कि मुझे बताना पड़े!"

"मैं बार-बार यह बात, साथ रहने की, इसलिए करता हूँ क्योंकि अब अलग नहीं रहा जाता। एक दो-दिन या रातों से काम नहीं चलता। हमेशा तुम्हारे पास रहना चाहता हूँ।" वातावरण गम्भीर हो गया था। उसे हल्का करने के प्रयत्न में वह हँसा, "तुम थकी-माँदी ऊपर आओ तो मैं मिलूँ। तुम्हारी चरण-सेवा करूँ।"

सौदामिनी भी हँसी, "हाय, कितना अच्छा लगेगा! ऊपर आऊँगी तो तुम मुस्कराते हुए मिलोगे—यह नहीं कि ठंडे बिस्तर पर, अँधेरे कमरे में दर्द की गोली खाकर सो जाऊँ।"

"तभी तो कहता हूँ, ब्याह कर लो। बऊ भी सन्तुष्ट हो जाएँगी।"

"वह सुनकर ख़ुश नहीं थीं। उन्होंने फिर फ़ोन किया?"

"नहीं।"

"वह लड़की सचमुच सुन्दर है जिसे तुम्हारी मदर ने तुम्हारे लिए पसन्द किया है।"

"तुम्हें कैसे पता?"

"जो तसवीरें उन्होंने तुम्हें भेजी थीं, उसका लिफ़ाफ़ा शायद तुम्हारे बैकपैक से निकलकर गिर गया होगा। मेज़ के नीचे गिरा पड़ा था।"

"उसे मेरे अलावा बहुत लड़के मिल जाएँगे। मैं तुम्हारे अलावा किसी और स्त्री से जुड़ने की कल्पना ही नहीं कर सकता।"

सौदामिनी ने लम्बी साँस ली।

"अगर अतीत में कुछ अप्रिय घटा तो यह मतलब नहीं कि आगे भी वैसा ही हो! हाँ, उनके साथ हो सकता है जो बार-बार वही ग़लती दोहराते हैं। मगर मैं भट्टा नहीं हूँ।"

उसके मन में एक विचार कौंधा—कहीं सौदामिनी उससे ऊब तो नहीं गई है—अन्य प्रेमियों की तरह?

और उसने हिम्मत करके यह बात पूछ ली।

वह जाने को एकदम तैयार थी। वापस आई और पलंग की पाटी के पास बैठ गई। अर्कदीप्त का हाथ अपने हाथ में लेकर कहा, "अर्को, तुमने यह सोचा भी कैसे? यह सम्बन्ध तो अलभ्य है, कम लोगों को जीवन इतना सुख देता है। तुम मेरे जीवन में आते-जाते लोगों की तरह नहीं हो।" वह चुप हो गई और बहुत देर चुप रही। किसी गहरे सोच में डूबी-सी, "तुम स्थायित्व की बात न करो तो ही अच्छा है। कम-से-कम अभी तो नहीं। तुमने ज़िन्दगी अभी देखी ही कहाँ है, कितना कुछ आगे पसरा हुआ है!"

उसकी समझ में नहीं आया कि क्या कहे, फिर हल्के-से बोला, "मैं सब कुछ चाहता हूँ—तुम्हें पूर्ण रूप से, हर समय। जैसे भी होगा हम मैनेज कर लेंगे।" उसने सौदामिनी के हाथ अपने हाथ में ले लिये।

उसने मुस्कराकर हाथ खींच लिया, "अब मुझे चलना चाहिए। बहुत काम करना है।"

उसके साथ वह भी उठ खड़ा हुआ। उसके माथे पर हल्का-सा ठुनका देकर बोला, "इतनी समझदार होकर भी तुम कभी-कभी बहुत बेवकूफ़ी की बात करती हो।"

"अरे, मैं कहाँ समझदार!" वह उठकर खड़ी हो गई। एक नज़र पूरे कमरे पर दौड़ाई, "पूरी दुनिया का सुख तो यहीं आकर इकट्ठा हो गया है..."

दिन के उजाले में तैयार होते हुए, रात की बातें मन में धुँधली पड़ गई थीं। शेव करते हुए उसने याद करने की कोशिश की। कल डॉ. हाइनर से बात करेगा कि यूरोप में नौकरी मिलने के क्या चांस हैं!

वह नये उत्साह से भरकर, अपना बैकपैक उठाकर नीचे आया। अपनी साइकिल का ताला खोलते हुए उसने देखा कि निकोलस अपने सिगरेट ब्रेक पर बाहर आया है। उसे देखकर सहज भाव से मुस्करा दिया है और सिगरेट सुलगाने लगा है। यहाँ के लोग निजी जीवन में व्याघात नहीं देते, कितना अच्छा है! अपने यहाँ दस लोगों की ताक-झाँक, दस लोगों के प्रश्न। उसने साइकिल उठाई, निकोलस की ओर देखकर स्वयं भी मुस्कराया और चल दिया। उसका मन हल्का-हल्का-सा था, आगे के जीवन का नक़्शा सामने था। साफ़-सुथरा, संघर्षहीन, अत्यन्त सुख और सन्तोषमय। बऊ थोड़ा-सा उदास होंगी, फिर सही हो जाएँगी। ख़ुश होंगी दोनों को देखकर। वह हैं ही ऐसी—उदार, त्यागमयी, ममत्वपूर्ण। उसके मन में ढेर-सी तसल्ली भर आती है।

"देखो अर्कदीप्त रॉय," उस दिन वह एकाएक गम्भीर हो गई, "यों बच्चों की तरह क्यों जिद पकड़कर बैठ गए हो? ब्याह तो हो ही गया, तुमने परिवार को बता दिया। अँगूठी पहना दी। अब पंडित, शंख-ध्वनि, अग्नि के फेरों का क्या करना?"

वह उसे देखता रहा, कुछ कहा नहीं।

"तुम्हें मुझ पर, मेरे प्यार पर विश्वास नहीं है क्या? देखो, ब्याह तो हुआ था—सारे ताम-झाम के साथ, उससे क्या हुआ?"

वह मुस्करा दिया। वातावरण हल्का करने के लिए कहा, "बऊ का मन है—अपने हाथों से सेहरा बाँधने का, गोद में पुष्पहास को खिलाने-दुलराने का।"

वह स्थिर दृष्टि से उसे देखती रही। तरल आँखों की काली-काली पुतलियाँ उस पर टँगी रहीं, फिर लम्बी साँस ली, "एक तरह से तुम अभी बच्चे ही हो। वैसी ही ज़िद करते हो। तुमसे जुड़ गई हूँ, बँध गई हूँ, विश्वास है न?"

उसने लम्बी साँस ली, "तुम ठहरे पढ़ने-लिखने वाले, किताबों की दुनिया में मग्न—मेरा यथार्थ बहुत अलग है। मालूम है, 'नमस्ते इंडिया' गले तक क़र्ज़े में डूबा हुआ है? जो आमदनी है, उसमें हज़ारों ख़र्च हैं, तनख़्वाह है, बिल्डिंग का किराया, और फिर ताम-झाम, टीम-टाम। मैं नहीं चाहती कि तुम पर यह ज़िम्मेदारी आ पड़े। कहती हूँ न, चलने दो, जैसे चल रहा है। तुम थीसिस पूरी कर लो, तब सोचेंगे।" सौदामिनी ने उसके हाथ अपने हाथों में ले लिये, "देखो, कितने कोमल हाथ हैं तुम्हारे—तुम्हारी तरह ही!"

वह चुप उसे देखता रहा, फिर मन्द स्वर में कहा, "मैं डरता हूँ कि कहीं तुम... कि मैं तुम्हारे योग्य नहीं हूँ।"

"मन्दबुद्धि," सौदामिनी ने लाड़ से कहा, "सचमुच मन्दबुद्धि हो, यदि अब तक मेरा एकाग्र कमिटमेंट नहीं समझ पाए। छोड़ो यह सब, बस, अपना काम करते रहो, पढ़ते-लिखते रहो, और..."

"और?" अर्कदीप्त उदास हो गया।

"हम ऐसे ही निश्शंक, अथाह, अतुल प्यार करते रहेंगे। ब्याह और क्या होता है—एक दूसरे के प्रति प्रतिबद्धता, यही न?"

सौदामिनी के पास फ़्लैट की चाभी नहीं है, क्योंकि फ़्लैट साझे का है और साझेदारों की अपनी प्राइवेसी होती है। यद्यपि जब वह आती है तो घर में कोई नहीं होता। शायद हांस और विन्स जान-बूझकर जल्दी चले जाते हैं और देर में आते हैं।

अर्कदीप्त ने शिशिर का उल्लेख नहीं किया। केवल कहा, "थीसिस समाप्त करने के बाद यहीं नौकरी ढूँढूँगा।"

सौदामिनी ने सीधी दृष्टि से उसे देखा। कुछ बोली नहीं, मुस्करा दी।

"मैं तुमसे अलग होकर रहने की परिकल्पना भी नहीं कर सकता," उसने आगे कहा।

सौदामिनी ने धीरे-से कहा, "और अगर मैं तुम्हारे उस सिरफिरे फ़िलॉसफ़र की तरह..."

"तुम अपने तीसरे तड़के की फ़िक्र करो सौदामिनी," अर्कदीप्त ने उसके मुँह पर हथेली रख दी, "फ़िलॉसफ़र की बात छोड़ो। वह पगला गया था।" फिर कुछ देर बाद, "हम यह बात क्यों कर रहे हैं? मैंने कहा न, यह केवल कुछ समय का, हल्का-फुल्का सम्बन्ध मात्र नहीं रहा है। यह पूरे जीवन का सम्बन्ध बन गया है। मैं तुमसे अलग नहीं रह पाऊँगा। तुम्हारी नहीं जानता।"

"नहीं जानते? इतने मूर्ख तो नहीं हो। सारा काम-धाम, बिजनेस छोड़कर तुम्हारे पास पड़ी रहती हूँ। यहाँ चली आती हूँ जिससे काम में कोई प्रॉब्लम हो तो मुझे कोई डिस्टर्ब न करे—तुम अब भी नहीं समझे?"

वे क्षण अलभ्य और अपूर्व होते हैं, जब मध्यरात्रि में आँख खुल जाती है और वे मन्द स्वर में स्वगत भाषण करते हैं, परन्तु पूर्ण रूप से सजग कि यह स्वगत भाषण भी है और दूसरा उसे सुन-गुन भी रहा है।

"तुम कितने अपूर्व हो अर्को—सूरज, तुम स्वयं नहीं जानते—कितना कोमल स्वभाव, कितने करुण! मैंने तो आशा ही छोड़ दी थी कि मुझे कभी इतना देह और आत्मा का सुख मिलेगा। बस, शुद्ध पदार्थों से बनाया गया, साफ़-सुथरा भोजन—यही सोचती थी। इसी में अपना सुख पा लिया था। कितना सन्तोष होता है, कितने लोगों को अपने श्रम की रोज़ी-रोटी मिलती है! कितने लोगों को अपने देस का परिचित भोजन! राजदूत और राजकुमारी दम्पति की बेटी—क्या मालूम था कि ज़िन्दगी कहाँ ले जाएगी! जिस माँ ने कभी सुराही से पानी उँड़ेलकर नहीं पिया था, उसकी बेटी चूल्हे और तंदूर के आगे दस-दस घंटे खड़ी रहेगी।" उसने लम्बी साँस ली।

"मैंने यह सब सपने में भी नहीं सोचा था," अर्कदीप्त ने मन्द स्वर में कहा, "मुझ जैसे साधारण, क्षुद्र व्यक्ति को तुम्हारी जैसी समर्था, सुन्दर स्त्री अपने प्यार से सराबोर कर देगी।"

"तुम अपने को पहचानते नहीं अर्कदीप्त—दूसरों के दुख में दुखी, उनकी ख़ुशी में ख़ुश, तुम्हें मालूम? माइग्रेन तो बरसों से होते थे, तपड़ती रहती थी, गोलियाँ निगलती रहती थी। किसी ने कभी फ़िक्र नहीं की, मगर तुम खड़े थे, मेरी पीड़ा से विचलित और कितने शरमाते-शरमाते तुमने मुझे वैद जी का मरहम दिया था, और कितना जादू था! माथे पर लगाते ही जैसे दर्द छू-मंतर हो गया था। तब मुझे लगा कि तुम कितने अलग, कितने विलक्षण हो, और मन हो आया—तुम्हारी ज़िन्दगी

में शामिल हो जाने का। और यह भी मालूम था कि तुम चाहते हुए भी कभी पहल नहीं करोगे—संकोच और अभिलाषा तुम्हारे चेहरे पर लिखी हुई थी!"

वह अँधेरे में मुस्करा उठा, "यह तो तुम्हारा स्पर्श, तुम्हारी संगत है सौदामिनी, मैं तुमसे बँध गया हूँ। साँसों में तुम अन्दर तक बस गई हो। मैं तुमसे दूर रहने की कल्पना भी नहीं कर सकता।"

और कभी-कभी रात को जागकर वह कहती है, "कुछ बात करो अर्को। अँधेरे में तुम्हारी आवाज़ कितना सुकून देती है!"

वह चुप है।

"जग रहे हो?"

"हाँ।"

"क्या सोच रहे हो?"

"वही, आगे के चैप्टर।"

"मैं पास हूँ और तुम उस फ़िलॉसफ़र के बारे में सोच रहे हो?"

वह अँधेरे में हँस दिया, "यही तो मेरे जीवन की विडम्बना है। जब तुम्हारे पास होता हूँ तो वह सिरफिरा, उदास फ़िलॉसफ़र याद आता है और जब लाइब्रेरी में बैठकर उसके ऊपर काम करना होता है तो तुम्हारी याद।"

"तो बताओ न, कुछ उसके बारे में?"

"वह बहुत अन्तर्मुखी और उदास प्रवृत्ति का व्यक्ति था। उसने कम उम्र में ही परिवार के काफ़ी लोगों को खो दिया था। वह जानता था कि उसकी आयु अधिक नहीं होगी।"

"और?"

"रेजीना ओल्सन नाम की लड़की से प्यार करने लगा—बेहद प्यार। वह भी उसे प्यार करती थी।"

कमरे में अँधेरा था, थोड़ी ठंडक भी। सौदामिनी का हाथ उसके शरीर पर टिका था।

"फिर? उन्होंने ब्याह कर लिया?"

"नहीं। कीर्केगार्द को लगा, वह इतना प्यार झेल नहीं सकेगा, वह रेजीना को प्रसन्न नहीं रख सकेगा। उसने सगाई तोड़ दी।"

"फिर?"

"पूरे कोपेनहेगन में बदनाम हो गया। लोग थू-थू करने लगे। वह भी ख़ुश कहाँ था! उसने लिखा कि वह रेजीना की याद में पलंग पर रात-रात-भर बिलखता रहता था।"

"तो फिर?" सौदामिनी ने कहा। वह जाग गई थी और बन रही थी कि जैसे उसे झपकी आई ही नहीं।

"फिर क्या?" अर्कदीप्त के मन्द स्वर में प्रश्न था, "वह रात-रात-भर बिलखता रहता था और..."

"रेजीना ने कहीं और विवाह कर लिया? ...हैं, भुला दिया उसको?"

"नहीं, भुला कैसे सकती होगी? पर उसके जीवन से चले जाने के बाद सोरेन बहुत गम्भीरता से पढ़ने-लिखने में जुट गया।"

वह चुप हो गई। बहुत देर तक चुप रही। अर्कदीप्त ने हल्के-से अपने को अलग करना चाहा तो सौदामिनी ने कहा, "कहाँ जा रहे हो?"

"कहीं नहीं, प्यास लगी है। तुम सो जाओ।"

"और तुम?"

"मुझे नींद नहीं आ रही है, दिमाग़ में बस वही विचार उमड़ते-घुमड़ते रहते हैं—कैसे विचार अरेंज करूँ? कैसे तर्क दूँ? यह भाग बहुत बीहड़ होता है। अक्सर लोग उपलब्ध सामग्री का पिष्टपेषण कर उसी को दोबारा लिख देते हैं, पी-एच.डी. पा जाते हैं, मगर मैं..." उसने गिलास वापस रख दिया, "कुछ नया, कुछ अपना लिखना चाहता हूँ।" वह अँधेरे में मुस्करा दिया, "जब लाइब्रेरी में होता हूँ तो तुम्हारे ख़यालों में डूबा रहता हूँ। जब तुम पास होती हो, तभी आश्वस्त होता हूँ तो वे विचार मँडराने लगते हैं। तुम सो जाओ सौदामिनी।"

उसके सो जाने के बाद वह आहिस्ते से उठा। दबे पाँव अपना कम्प्यूटर उठाया और कमरे से बाहर चला गया।

अब जितनी रात बची है, उतने में लिखता रहेगा। चारों ओर सन्नाटा है, एक गहन निस्तब्धता। हांस और विन्स अपने कमरे में, सौदामिनी विश्वस्त होकर उसकी शैया पर।

उसने लम्बी साँस ली। सब कुछ कितना सही, कितना सटीक!

"देखो अर्को," वह एकाएक गम्भीर हो गई, "मैं जानती हूँ, तुम क्या चाहते हो। विश्वास करो, एक स्तर पर मैं भी वही चाहती हूँ," वह चुप हो गई। फिर कहने लगी, "फिर वही अप्रिय बातें मन में उमड़ आती हैं। हमेशा मम्मी-पापा को झगड़ते ही देखा! हमेशा तनावपूर्ण वातावरण—अच्छी से अच्छी जगह हो, स्विट्ज़रलैंड, फ्रांस या कोचीन, उनका झगड़ा ज़हर घोल देता था। मैं छोटी थी, समझ में नहीं आता था कि क्या करूँ। जब दोनों अलग हुए तो मैं टूट ही गई। मगर लगा, माँ को चैन पड़ा। बाद में उन्हें देखकर लगा ही नहीं कि उनके पति की मृत्यु हो गई है। फिर मैंने कितने चाव से भट्टा से ब्याह किया—माँ का दिल कुचल कर, और क्या हुआ? पिट-कुटकर

अलग हो गई। मैं वापस लौटी उनके पास—पूर्ण रूप से भारतीय पत्नी बनकर रहने लगी। मगर वह मुझे क्षमा नहीं कर सके। मुझे कभी दिल से अपनाया ही नहीं। लोग बदल जाते हैं लेकिन वह मेरा आज्ञाकारिणी पत्नीपन स्वीकार ही नहीं कर सके, वैसे ही मारने-पीटने वाले पति बने रहे। शैया पर जैसे रेप कर रहे हों, कुचलकर रख देते थे।"

अर्कदीप्त की आँखों में करुणा थी, बोला, "हमारे साथ ऐसा नहीं होगा।"

"हाँ, वह तो है, मगर संस्कार तो कभी-कभी उभर ही आते हैं। तुम अभी अनगढ़ हो, आगे..."

"वैसा कभी नहीं होगा सौदामिनी," उसने दृढ़ स्वर में कहा, "मैं हमेशा तुम्हारे साथ रहूँगा।" वह थोड़ा झिझका, "अगर तुम मुझसे थक जाओगी तो भी मारपीट करना मेरे स्वभाव में नहीं है। चुपचाप तुम्हारी ज़िन्दगी से निकल जाऊँगा—मन-ही-मन रोता रहूँगा।"

"ऐसी बातें मत करो। तुम क्यों रोओगे? रोऊँगी तो मैं, शायद भाग्य में..."

उसने सौदामिनी के हाथ अपने हाथों में ले लिये, "न तुम रोओगी, न मैं। हम जुड़ गए हैं, बँध गए हैं। हम सोलमेट हैं, सौदामिनी। एक दूसरे के पूरक, सहगामी। साथ रहेंगे।"

"हाँ, तुमने मेरे जीवन को इतना परिपूर्ण कर दिया है कि मैं तुम्हारे अलावा किसी और की कल्पना भी नहीं कर सकती, न वहाँ किसी और के लिए जगह ही बची है। तुमने अपने निश्छल, अथाह प्यार से मेरे सारे घावों को भर दिया है। अर्को, मगर मेरे अन्दर जो दैत्य-दानव है, मेरी असुरक्षा, मुझसे धोखे—वह समय-असमय मेरे दिल को नोचने लगते हैं। मुझे डर लगने लगता है। तुम मेरी ज़िन्दगी में नहीं होगे, मैं उसकी कल्पना करके डर जाती हूँ।"

अँधेरे में भी अर्कदीप्त समझ गया है कि वह उसे अपना समझकर अपने जीवन की दुखी परतें खोल रही है। उसका गला रुँध गया और वह चुप हो गई।

"अब डरने की ज़रूरत नहीं है। मैं कहीं जाने वाला नहीं हूँ। हमेशा तुम्हारे पास रहूँगा—सुख-दुख का साथी।"

वह उठकर बैठ गई, "मैं अन्दर ही अन्दर कितनी आहत हूँ, मैंने स्वयं नहीं समझा था। अब तुम्हारे साथ जीवन का एक नया अध्याय शुरू करने का समय आया है तो मैं कुशंकाओं से भर गई हूँ—जैसे बीस साल की आयु में सारे सपने धराशायी होने की पीड़ा फिर उभर आती है।"

अर्कदीप्त ने लम्बी साँस ली, "देखो, यह ज़रूरी तो नहीं कि इस बार भी ऐसा हो! मैं तुम्हारे सारे सपने सँजोकर रखूँगा। तुम्हारी हर ख़्वाहिश को पूरी करने की कोशिश करूँगा।"

"प्रेमी और पति में अन्तर होता है अर्को। प्रेमी पति बनकर एकाधिकार जताने लगता है।"

"तुम उस पुरानी कहानी में क्यों उलझकर रह गई हो? तुम्हें अब तक मुझ पर भरोसा नहीं हुआ?"

"भरोसा है। मगर हमारी यह ज़िन्दगी, यह प्रेम-सम्बन्ध एक अलग ही स्तर पर चल रहा है। हम सप्ताह में एक-दो दिन के लिए मिलते हैं, लालायित रहते हैं, गहराई से प्यार करते हैं। फिर तुम उठकर कपड़े पहनते हो, चले जाते हो। तुम्हारे आगे एक लक्ष्य है। मुझसे अलग तुम्हारी एक और ज़िन्दगी है। और मेरी भी। मगर मैंने इस अनपेक्षित प्यार को सँजो लिया है, और ऐसे ही हृदय में सँजोए रखना चाहती हूँ। अगर कभी मोहभंग हुआ तो न जाने क्या करूँगी।"

"मोहभंग? वह क्यों होगा? माना मैं अनुभवहीन हूँ, मगर स्थायी और अस्थायी का अन्तर जानता हूँ। मेरी समझ में नहीं आता कि तुम्हें कैसे विश्वास दिलाऊँ..." वह रूठकर उठा और अपनी कुर्सी पर जा बैठा। टेबिल-लैम्प जला लिया कि पढ़ने की तैयारी है।

वह उठी, आकर लैम्प बुझा दिया, "उठो, बेबात की बात पर झगड़ा नहीं करते। वह सब अतीत में घुल गया है, लोप हो गया है। यह इस समय का यथार्थ है। मैं इसी में जीना चाहती हूँ। अतीत को निष्कासित कर दूँगी।"

अब वे पास-पास लेटे थे, पर प्यार नहीं कर रहे थे।

"बात घिसी-पिटी है, मगर तुम्हारे बिना मैं जी नहीं पाऊँगा। फिर वही मिट्टी का पुतला बनकर रह जाऊँगा, जैसा पहले था। इसमें प्राण तो तुम्हीं ने डाले हैं सौदामिनी।"

वह धीरे-धीरे उसकी लटों में उँगली फँसाकर हल्के-हल्के खेल रहा था। फिर उसने लम्बी साँस ली, "तुम्हारे बिना मैं फिर वही निष्प्राण पुतला बनकर रह जाऊँगा, सच कह रहा हूँ। तुम मेरे पास ही रहोगी, प्रॉमिस करो...?"

"बस, बन्द करो यह प्रसंग—फालतू में अपने को कष्ट देना।" उसने लम्बी साँस लेकर कहा, "तुम इतने असुरक्षित मत रहा करो अर्को। बस, अब तुम ही हो, रहोगे। मेरी भटकन तुम पर आकर समाप्त हो गई है।

"मेरी आँखों में, मेरे चेहरे पर, मेरे रोम-रोम में तुम भिद गए हो अर्कदीप्त रॉय।" वह करवट बदलकर पास सरक आई, "मुझे छोड़कर दूर जाने की सोचना भी मत। क़त्ल कर दूँगी।"

दोनों पहले मुस्कराए, फिर हँसने लगे।

आज फूलदान में कई रंग के एक-से फूल थे, उसने नाम पूछा था। 'सिनरेरिया'—दुकान वाली स्त्री ने कहा था। कुछ फूल बैंगनी थे, कुछ लाल। अर्कदीप्त की दृष्टि उन पर कुछ क्षण रुकी रही, फिर मुस्कराया और कहा, "आसान होगा। तेज़ धार के कितने चाकू-छुरी हैं तुम्हारे पास, जिबह करना भी आता है। मुझे तकलीफ़ नहीं होगी!"

सौदामिनी की अलस हथेली उसकी उष्ण देह पर टिकी थी। उसने अर्कदीप्त की गर्दन पर उँगली फिराई, "ऐसे।" फिर अपने गले पर, "फिर अपने को...।"

वह उठ खड़ा हुआ। कुछ सोचा, फिर पास आकर पाटी पर बैठ गया। सौदामिनी ने खिसककर जगह दी और फिर अपने पास खींच लिया। अब दोनों के चेहरे एकदम पास थे—आमने-सामने।

"इतना प्यार करने लगे हो?"

"शुरू से ही।"

"मैं भी तो न!" उसने लम्बी साँस ली। उसकी पलकें मुँद गईं, जैसे सो गई। अर्कदीप्त उसे अपलक देखता रहा।

मगर वह सोई नहीं थी। उसने आँखें खोल दीं—तरल, काली, पुतलियाँ जैसे उसमें तैर रही थीं!

"सचमुच क़त्ल कर दूँगी," उसने फिर कहा।

"ख़तरनाक बातें मत करो," अर्कदीप्त उठकर बैठ गया। उसकी दृष्टि अपने-आप घड़ी पर चली गई, अभी समय था। वातावरण को हल्का करते हुए उसने कहा, "मैं इन्तज़ार करूँगा, जब तक तुम फाँसी पर चढ़कर मेरे पास नहीं आओगी," और धीरे-धीरे हँसने लगा।

"अपने और दूसरे के क़त्ल करने के कई तरीक़े होते हैं।"

"ठीक है, जब तक मैं थीसिस लिखूँ, तब तक तुम 'हत्या करने के बावन तरीक़े' पर किताब लिख दो।"

पर वह न हँसी, न मुस्कराई। तरल, काली-काली पुतलियों वाली आँखों से उसे देखती रही।

"अर्को, मैं सचमुच तुमसे प्यार करती हूँ। ऐसा प्यार, जो मैंने अभी तक किसी से भी नहीं किया।"

अर्कदीप्त चुप रह गया। उसकी समझ में नहीं आया, क्या कहे। कुछ कहना था, इसलिए कहा, "मैं जानता हूँ, सौऽऽदाऽऽमिऽऽनी! तुम्हें कहने की ज़रूरत नहीं है। तुम्हारा रोम-रोम..."

उसने लम्बी साँस ली, चुप रही।

अर्को धीरे-धीरे उसे सहलाता रहा। मगर उसे लगा, वह कहीं दूर चली गई थी, "कहाँ गुम हो गईं?"

वह मुस्करा दी, "कहीं नहीं, यहीं हूँ। तुम्हारे पास।"

"तुम चली जाती हो तब भी तुम्हारी महक कमरे में बसी रहती है। एकदम अकेला हो जाता हूँ। तुम तो जाकर व्यस्त हो जाती हो—कड़ाही, भगौना, करछुल..."

"और तुम नहीं—यह कम्प्यूटर, ये किताबें?"

"मेरा मन अब नहीं लगता। निकम्मा होता जा रहा हूँ। और अब सप्ताह में एक-दो दिन से काम नहीं चलता।"

सौदामिनी ने लम्बी साँस ली, "तो?"

"निकोलस को प्रमोट कर दो, किचेन सँभाल लेगा। तुम ख़ाली हो जाओगी।"

"निकोलस खाना बनाएगा तो दो दिन में रेस्तराँ बन्द हो जाएगा। छोड़ो, जाने दो, जैसे चल रहा है, उसी में सन्तुष्ट रहो।"

वह लेटी है—अलस, चुकी हुई। उठने की जल्दी नहीं है।

"अच्छा, चाय पियोगी? बनाऊँ?"

"जाने दो," सौदामिनी ने कहा, "आओ, पास।"

* * *

विन्स ने झिझकते हुए कहा, "आप एक-दो डिश बनाना सिखा देंगी?"

वे चारों बैठक में बैठे थे। सौदामिनी ने कहा था कि वह उनके आने से पहले ही निकल जाना चाहती है। मगर ऐसा हुआ नहीं। दरवाज़ा खोलकर जब दोनों निकले तो विन्स बैठक में बैठा वाइन पी रहा था। सौदामिनी को देखकर मुस्कराया, और पूछा, "वाइन?"

वह शिष्टतावश ठहर गई, "धन्यवाद, मेरे पास कुछ समय है। आओ अर्को, तुम भी कुछ ले लो। हाँ, क्या सीखना है?"

"बिरयानी, काली दाल फूड कार्ट से ले लेता हूँ मगर कभी-कभी वह बड़ी बेस्वाद होती है।"

"हाँ," उसने कहा, "रहमानुल्ला की फूड कार्ट। असल कुक तो उसकी पहली बीवी थी—फ़ातिमा। मैंने उसी से सीखा। मगर रहमानुल्ला ने नीलोफ़र के प्यार में पड़कर उसे छोड़ दिया। उन दोनों को कुकिंग कहाँ आती है। बस, कामचलाऊ।"

"ओह..." अर्को ने कहा। मन में सोचा, यह रहमानुल्ला दीखते तो नहीं हैं आशिकों जैसे। फिर दिखता तो कोई नहीं है, क्या मैं दीखता हूँ?

"सिखा दूँगी। अर्को, तुम भी सीखोगे?"

"हाँ, हाँ, क्यों नहीं!"

"मगर, मेरे असिस्टेंट कुक," विन्स ने कहा।

"वही सही।"

अर्को ने सोचा, 'ताईजी सुनेंगी तो कितना हँसेंगीं—बना चुका यह मेरा मन्दबुद्धि!'

"कोशिश तो कर ही सकता हूँ," फिर नटखट भाव से जोड़ा, "बशर्ते गुरु सही-सही हो।"

सौदामिनी ने हल्के-से धौल जमाई और उठ खड़ी हुई, "चलती हूँ।"

विन्स ने सारा सामान जुटा लिया है। समय आ गया है बिरयानी सीखने का। अर्को असिस्टेंट है। वह मन-ही-मन झुँझला रहा है। पूरे सप्ताह प्रतीक्षा के कठिन पलों के बाद इस एक दिन के साथ की राह देखता है और वह भी इस कुकिंग क्लास में स्वाहा हो रहा है।

वह हँस रही है। जान रही है कि अर्कदीप्त मन-ही-मन कुढ़ रहा होगा।

"अरे, यह कैसे चाकू पकड़ा है अर्को," वह उठकर किचेन में आ गई है, "उँगली कट जाएगी। चाकू पकड़ना तक नहीं आता है! तुम सचमुच परम्परावादी परिवार के लड़के हो," वह कह रही है और हँस रही है। सटकर खड़ी है और घूँट-घूँट मार्टिनी पी रही है।

"मुझसे नहीं होगा," उसने चाकू रख दिया है।

"अर्को," उसने ताड़ना के स्वर में कहा है, "काटो प्याज़। देखो, विन्स कितनी मेहनत कर रहा है।"

"मुझे नहीं सीखनी कुकिंग-शुकिंग," वह किचेन से निकलकर अपने कमरे की ओर जाने लगा।

"अर्को," सौदामिनी ने उसकी बाँह पकड़ ली है, "रूठते हो तो बहुत प्यार आता है। अच्छा, जाओ, हांस के पास बैठो। मैं काटती हूँ!"

"नहीं, मैं करूँगा," वह पिघल गया है।

वह प्याज़ काटने लगता है। उसने सोच लिया है, आज रात-भर उसे रोकेगा और प्यार करता रहेगा।

वह जाकर हांस के पास बैठ गई है।

अब बिरयानी दम पर है। वे दोनों जाकर हांस और सौदामिनी के पास बैठ गए हैं। विन्स ने उसे बियर पकड़ा दी है। बस, अब बिरयानी तैयार होने का इन्तज़ार है।

"आपने हरे बाँस की बिरयानी तो खाई होगी? आप अपने मेन्यू में क्यों नहीं शामिल करतीं? अच्छा रहेगा।" विन्स कहता है।

"हाँ, मगर यहाँ इतना मोटा बाँस कहाँ मिलेगा?"

अर्कदीप्त ने कुढ़कर कहा, "जहाज़ से मँगवा लिया करो।"

उसने सिर हिलाया, कहा, "कुढ़ो मत," किचेन में टाइमर ने घंटी दी, "शायद समय हो गया।"

"मेरे मुँह में पानी आ रहा है," कहकर विन्स ने ढक्कन खोला, "अरे, यह क्या?"

"क्यों, क्या हुआ?" वह पूछती है।

"पानी बहुत सारा डल गया, यह तो सूप बन गया..." उसका चेहरा उतर गया है।

"पानी कैसे ज़्यादा..." बात आधी छोड़कर वह अर्को की ओर देखती है।

"तुमने कहा था, पानी अन्दाज़ से!" अर्कदीप्त ने कहा, "मुझे अन्दाज़ कहाँ था!"

"रेसिपी नहीं पढ़ी थी?"

"उर्दू में थी," उसने कहा, "तुम्हें बताना चाहिए था—कितने कप? मैंने अपने अन्दाज़ से डाल दिया।"

"अब? हम तो यही डिनर पर खाने वाले थे," विन्स का चेहरा एकदम से बुझ गया।

"कोई बात नहीं," हांस ने कहा, "हम कुछ और खा लेंगे।"

"पानी निकाल दूँ?"

"नहीं, उसे रहने दो। पानी के साथ सारा स्वाद चला जाएगा। हम दोबारा ट्राई करेंगे। रेसिपी तो है और अर्कदीप्त रॉय, तुम्हारी असिस्टेंट की नौकरी चालू।" विन्स ने कहा।

अकेले में सौदामिनी कहती है, "तुम कुढ़ रहे थे न, जान-बूझकर पानी ज़्यादा डाल दिया।"

उसने सौदामिनी को चुप करने के लिए अपने होंठ उसके होंठों पर रख दिये।

वह, जब भी फ़ुरसत मिलती है, फ़ोन पर बात करती है—भले ही कुछ मिनटों के लिए ही, "क्या कर रहे हो अर्को? लाइब्रेरी में हो?"

"कहाँ! विन्स पर तो भूत सवार हो गया है। जब तक परफेक्ट बिरयानी नहीं बनेगी, वह चैन नहीं लेगा। मैं तो थक गया प्याज़ काटते-काटते।"

उसकी धीमी मन्द हँसी कमरे में हिलोरें लेती है।

"रखती हूँ। ऑर्डर आने शुरू हो गए हैं। सीख लो अर्कदीप्त रॉय। हाथ का गुन, पता नहीं कब काम आ जाए!"

और अन्तत: वह दिन आ गया—अंग्रेज़ी बोन चाइना की प्लेट में विन्स ने सौदामिनी को बड़े गर्व से बिरयानी परोसी है। वह चखती है। "परफेक्ट!" वह मुस्करा रही है।

विन्स भी हँसने लगा है, "सही है, जब मुझे पी-एच.डी. के बाद भी नौकरी नहीं मिलेगी तो हम भी ठेला लगाने लगेंगे।"

"तो मेरा 'नमस्ते'?" वह मुस्करा रही थी, "मियाँ की जूती, मियाँ के सिर!"

"मतलब?" विन्स ने पूछा।

उसने उत्तर नहीं दिया। अर्कदीप्त का हाथ पकड़ा और फ़्लैट से बाहर आ गई।

"मुझे हाथ भी नहीं धोने दिये," बाद में अर्कदीप्त ने कहा।

उसने अर्कदीप्त की हथेली सूँघी, "वाह, कितनी अच्छी ख़ुशबू! मैं भी ऐसा महकती हूँ क्या?"

"नहीं, और मसालों के साथ तुम्हारे अनुराग की ख़ुशबू भी होती है।"

कितना सुख! वह विभोर है इस क्षण में।

"काम कितना बाक़ी है?" शिशिर ने पूछा।

"दो-तीन चैप्टर। मगर दुरूह हैं।"

शिशिर देर तक उसे देखता रहा, फिर बोला, "मैं ख़ुश हूँ तुम्हारे लिए, और भयभीत भी। नौकरियाँ आसानी से नहीं मिलतीं, विशेषकर साहित्य आदि में। आजकल तो टेक्नोलॉजी का दौर चल रहा है।"

शिशिर फिर अपने-आप हँस दिया। उसकी पीठ पर हल्की-सी थपकी दी और कहा, "कम-से-कम भूखे मरने की नौबत नहीं आएगी।"

अर्को भी मुस्कराया।

शिशिर के जाने के बाद वह गम्भीर सोच में पड़ गया। सौदामिनी से अलग जीवन की परिकल्पना भी नहीं कर सकता था। सोते-जागते, लाइब्रेरी के लिए बस लेते, पुरानी किताबों की महक के बीच, विन्स की कुकिंग के बाद बर्तन धोते—जैसे हर साँस में सौदामिनी की उपस्थिति की सुगन्ध बसी रहती थी। जिस दिन उसे आना होता था, अर्कदीप्त विशेष रूप से स्वयं तैयार होता। स्नान, ख़ुशबू, कपड़े, और हर बार फूलों की दुकान से फूलों का एक गुलदस्ता भी सजाकर पढ़ने की मेज़ पर रख देता। विदेश के फूलों की सुगन्ध भिन्न होती है। गुलदाऊदी हो या गुलाब, देखने में कितने सुन्दर होते हैं, मगर गन्धहीन। गुलाब कम ख़रीदता है। एक तो महँगे होते हैं और आँखों के आगे खेतों में काम करनेवाली स्त्रियाँ और बच्चों के हाथ काँटों की वजह से लहूलुहान होने की छवि बनी रहती है।

एस्टर, सफ़ेद और बैंगनी, बिगोनिया, बेरियाँ और पत्तियाँ—हर सप्ताह उस कोने की फूलों की दुकान से ख़रीदता है। पैसे बचाने के लिए वह हमेशा दो-तीन दिन पुराने ही फूल ख़रीदता है, जो दुकान के कोने में बाल्टी में रखे रहते हैं। वृद्धा मालकिन उसे पहचान गई है। उनमें वार्तालाप नहीं होता। हल्के-से मुस्कराती है और गुलदस्ता पकड़ा देती है। गुलदान में लगाने से पहले वह पीली पड़ी पत्तियाँ तोड़कर फेंक देता है। मौसम के साथ फूल भी बदलते रहते हैं, दाम भी।

सौदामिनी की दृष्टि कमरे में घूमती है, हल्की-सी मुस्कान होंठों पर ठहरी रहती है। पढ़ने की मेज़ पर अक्सर कम्प्यूटर खुला मिलता है। टेबिल-लैम्प का वृत्ताकार प्रकाश खुली पुस्तक के पृष्ठों पर।

उसके जाने का समय होता तो सौदामिनी शैया से उठती। वह लेटा-लेटा अलस, पर मुग्धभाव से उसे तैयार होते देखता रहता था—बाल बनाकर अभ्यस्त उँगलियों से जूड़ा बनाना, एक-एक करके काँटे लगाना, साड़ी बाँधना, पल्ला सँभालना, फिर चलने से पहले कुछ क्षण ठहरे रहना। वह उठकर नंगे पैरों ही दरवाज़े तक जाता और उसे दूर तक देखता रहता, जब तक वह सीढ़ियों से मुड़कर आँखों से ओझल

नहीं हो जाती। फिर वह लपककर खिड़की के पास चला जाता और देखता रहता कि कैसे उसने सड़क पार की, अपनी गाड़ी का दरवाज़ा खोला, बैठी, गाड़ी स्टार्ट की और चली गई।

कभी-कभी अर्को को मिल जाता था अपने बिस्तर पर जूड़े का काँटा या फिर बाँहों पर चिपक गई बिन्दी—तब उसका हृदय अपार, अनाम हर्ष से पुलक उठता। और वह सहेजकर रख लेता कि यह सब स्वप्न नहीं है, सौदामिनी नाम की अद्भुत अपूर्व स्त्री उसके जीवन से जुड़ गई है, और उस अर्कदीप्त से भी उतनी ही मुहब्बत करती है जितना कि वह उससे।

उसे यह सब एक दैवीय चमत्कार-सा लगता। न चाहते हुए भी मन में कुछ सपने बनने-बिगड़ने लगे थे—कैसा होगा वह जीवन जब कि सौदामिनी हर सप्ताह कुछ घंटों के बाद उठकर चली नहीं जाया करेगी? सौदामिनी के सामीप्य ने जैसे उसमें नई ऊर्जा, नई स्फूर्ति भर दी थी। लिखने बैठता तो जैसे विचार-शब्द अपने-आप गुँथते जाते। थीसिस की प्रोफ़ेसर बहुत प्रसन्न रहने लगी थीं। अर्को को लगता कि केवल उसकी थीसिस का काम ही नहीं, उसका पूरा जीवन एक अनिर्वचनीय आभा से जगमगा उठा है।

वह आकर अपनी कुर्सी पर बैठ गया।

अब वह सचमुच गम्भीरता से काम करेगा। अपने विषय पर—'सोरेन कीर्केगार्द का अशान्त जीवन'। वह दो-तीन अध्याय लिख चुका है—इक्कीस वर्ष के होते-होते जीवन में कितने प्रियजनों का निधन हो चुका था। कैसे उसने रेजीना ओलसन से प्रेम किया और कैसे सम्बन्ध तोड़ लिया, कैसे वह परिवार के धन पर जीता रहा और जैसे ही धन चुक गया, उसने स्वेच्छा से मृत्यु का वरण कर लिया। आत्महत्या से नहीं, बस, मृत्यु हो गई। अब लिखना होगा कि उसकी तीन धारणाएँ क्या थीं—एक मानव के जीवन-दर्शन के प्रति सौंदर्यबोध, नैतिक और धर्म-सम्बन्धी। इन्हीं तीन स्तंभों पर जीवन-दर्शन का प्रक्षेपण। और जो अध्याय उसे दुरूह लग रहा था, वह कीर्केगार्द और सार्त्र के अस्तित्ववाद को लेकर उनके विचार—उनके अस्तित्ववाद का अन्तर। पढ़ना होगा—नीत्शे, हेगेल आदि के अस्तित्ववाद को। मगर कर लेगा, यह भी हो जाएगा। जैसे अभी तक उलझता रहा है इस विषय पर, आगे भी करता रहेगा। उसे अपनी बौद्धिकता पर विश्वास है और डॉ. हाइनर की विद्वत्ता और निर्देशन पर भी। जब उसकी थीसिस सम्पूर्ण होगी और पुस्तकाकार छपेगी, सौदामिनी ही नहीं, सारा परिवार कितना गर्वित होगा—भले ही उसे कोई पढ़े नहीं।

वह हर दिन लाइब्रेरी जाता है। दूसरों की लिखी थीसिस को उलटता-पलटता, कि उन लोगों ने अपने विचार, अपने तर्क कैसे प्रस्तुत किये हैं। केवल एक ही साल तो बचा है उसके पास। वह दूसरे विद्वानों की पुस्तकें शेल्फ़ से निकालता है। यही तो कर रहा था लगन से कि सौदामिनी ने आकर जीवनधारा ही मोड़ दी। कितनी दुरूह, कितनी जटिल है वह, पर कितनी कर्मठ और दृढ़ निश्चयी! कितनी परतें, कितने आयाम हैं उसके व्यक्तित्व में! कीर्केगार्द को स्त्रियाँ पसन्द करती थीं, क्योंकि उन्हें लगता था कि वह स्त्री-हृदय की भावनाएँ समझता है। याद करके अर्कदीप्त अपने-आप मुस्कराने लगा। उसे चुनौतियाँ ऊर्जा देती हैं। सीधी-सादी लीक पकड़कर जीने वालों में उसे रुचि नहीं है, तभी भी उलझा, अटका, ठहरा रहता है—सौदामिनी की संगत में।

लाइब्रेरी में इन पुरानी थीसिसों की प्रतियों में एक सीलन-भरी, गर्द-भरी महक बसी हुई है। कुछ पृष्ठ आपस में चिपक गए हैं। काश, शिशिर होता तो देखता कि वह कितना रमा हुआ है, कितना सीरियस है! यह भी तो उसके जीवन का महत्त्वपूर्ण आयाम है जिससे वह पूर्व परिचित है। सौदामिनी के साथ की प्रणय-यात्रा—वह तो एक वरदान, एक अपूर्व चमत्कार की तरह जीवन में सम्मिलित हो गई है और उसने अर्कदीप्त को जितना सुखी और समृद्ध कर दिया है, वह कल्पनातीत है। उसे लगा कि यह बीच के दिन कितने लम्बे हो गए हैं! कम्प्यूटर पर नोट्स और टिप्पणियाँ लिखते-लिखते जब उसकी आँखें थक जाती हैं तो वह लम्बी साँस लेकर कुर्सी से सिर टिकाकर उन्हें मूँद लेता है। परिश्रम से वह डरता नहीं। जब पुस्तक छपेगी तभी उसकी बिना पर ही उसे नौकरी मिलेगी। ज़रूरी तो नहीं कि उसके भाग्य में सुख न हो। जर्मनी आना और अपने तापसी जीवन में सौदामिनी का प्रवेश और अपने प्रेम और सामीप्य की वर्षा से उसे सराबोर कर देना—यह सब नक्षत्रों की कृपा ही तो है। क्या कहा था पंडितजी ने ताईजी से, 'बालक का भाग्योदय हो रहा है,' सच ही तो है। उसने सहेज लिया है यह गहरा-गहरा तोष। वह आगे आनेवाली चुनौतियों से डरेगा नहीं—पूरा करेगा अपना काम—लगन से, पूर्ण समर्पण से।

पूरे-पूरे दिन वह लाइब्रेरी में काम करने के बाद थककर लौटता है, विन्स और हांस के साथ डिनर करता है। बर्तन धोकर अलमारी में रखता है। स्टोव, किचेन की सफ़ाई करता है और जब थका हुआ अपने कमरे में आता है तो बिस्तर कितना ठंडा, कितना अकेला लगता है! रात में आँख खुलती है तो अपने को अकेला पाकर उसे विचित्र-सा लगता है। कैसी आदत पड़ गई है सौदामिनी के उष्ण शरीर के नैकट्य की! उसका अपना हृदय जैसे सौदामिनी के हृदय की गति के साथ धड़कने लगता है। अकेला होता है तो अपने फटे-पुराने कपड़ों में ही सो जाता है, मगर उसकी दराज़ में सौदामिनी के रात्रि-वस्त्र रखे हुए हैं। कभी-कभार दराज़ खोलने से दृष्टि

पड़ती है तो जैसे सब कुछ एक बार फिर मन में उमड़ने लगता है। वह अभिभूत हो जाता है। अपने जीवन की परिपूर्णता याद करके मुस्कराने लगता है। वह बातें भी तो कितनी प्यारी करती है! जब उसने एक बार कहा था, जीवन का सारा सुख इसी कमरे में आकर बस गया है तो वह पुलक उठा था।

वह लम्बी साँस लेता है—बस, कुछ दिन ही तो हैं, वह उसके साथ होगा, उसके फ़्लैट पर। वह नीचे से आएगी, चाभी का गुच्छा मेज़ पर डाल देगी और जूते उतारकर बिना कपड़े बदले उसके पास आकर लेट जाएगी। वही क्षण तो होगा चरम सुख का, प्रतीक्षा के क्षणों का पुरस्कार। वह प्रतीक्षारत है।

"मैं आऊँ?" वह पूछता है।

"नहीं, मैं ही आऊँगी।"

"तुम? शनिवार को?"

"हाँ, उधर कुछ काम है, कुछ सामान ख़रीदना है।" सौदामिनी ने कहकर फ़ोन रख दिया।

वे दोनों साथ-साथ मार्केट में हैं। उसने कुछ मसाले ख़रीदे, एक स्टाल से कुछ तरह के जैतून। वह खोई-खोई-सी थी।

"क्या बात है? परेशान लग रही हो?"

"कुछ भी तो नहीं। कोई ख़ास बात नहीं है। तुम्हारे फ़्लैट पर चलूँ?"

"अपने रेस्तराँ नहीं जाओगी?" उसने आश्चर्य से पूछा।

"आज रेस्तराँ बन्द है।"

"शनिवार को? बन्द है? क्यों?" उसने आश्चर्य से पूछा, "सप्ताहांत तो बहुत व्यस्त होता है।"

वह चुप रही।

"क्यों? कोई प्रॉब्लम हो गई है, बताओ?"

"तुम कुछ नहीं कर सकते," उसका स्वर मन्द था, "कुछ नये आइटम शुरू करने पड़ेंगे। लोग वही-वही बार-बार खाकर ऊब जाते हैं, जी भर जाता है।"

"तो क्या सोचा है?"

"काली मिर्च वाला चिकेन, काजू ग्रेवी में, पनीर टिक्का बर्गर। मगर काजू ग्रेवी महँगी पड़ेगी और पनीर टिक्का बर्गर में मेहनत भी है और समय भी। एक ऑर्डर में चार लीटर दूध लगेगा। ताजा पनीर बनाकर तभी स्वाद आता है। अगर पच्चीस-तीस ऑर्डर आ गए तो सोच लो, सौ लीटर दूध लगेगा, फिर एक व्यक्ति चाहिए सिर्फ़ वही करने को। फिर हींग और अजवायन डालकर..." बात बदलकर पूछा, "विन्स अब बिरयानी बनाता है?"

"हर हफ़्ते। मैं भी सीख गया हूँ।"

"कभी हमें भी तो खिलाओ।"

"अरे, उस्तानी जी," वह मुस्करा रहा था।

सारा दिन, सारी रात। फिर पूरा रविवार साथ-साथ।

फिर अर्कदीप्त ने कहा, "अगर कहो तो वहीं चलें, जहाँ केलों के झुरमुट पर निरन्तर वर्षा होती है? समुद्र का गर्जन सुनेंगे और रेत पर सीपियाँ बटोरेंगे।"

"और खाएँगे क्या?" सौदामिनी ने कहा।

"तुम उड़ते गुब्बारे में सुई चुभोकर फट्ट करने की कला में माहिर हो," अर्कदीप्त झुँझला गया, "मैं उड़ रहा हूँ, कल्पना के आकाश में और...और..."

"मैं ठोस धरती पर खड़ी हूँ जहाँ तुम्हारे आगे चमकीला भविष्य है। सुनो, अगर मुझे कुछ हो जाए तो तुम वापस लौटकर ब्याह कर लेना, ख़ुश रहना। ख़ुश करना माँ-बाप को।"

"तुम्हें कुछ नहीं होगा," अर्कदीप्त ने उसे बाँहों से घेर लिया, "मैं तुम्हारा कवच हूँ, अभेद्य।" उसने सौदामिनी के माथे पर गिर आए बाल पीछे करते हुए कहा।

वह विचारमग्न हो गया। थोड़ा-सा दुखित। सौदामिनी के मन में, विचारों में जो असुरक्षा, आशंका बैठी हुई है, उसे कैसे दूर करे?

"क्या सोचने लगे?"

"यही कि कितना अच्छा लगेगा, कोई भाग-दौड़ नहीं, कोई अपेक्षा नहीं, एक-दूसरे में निमग्न, साथ-साथ, सुबह उठकर मुझे जाना नहीं पड़ेगा। सर्दी या बरसात में। जागूँगा, अरे सुबह हो गई और करवट बदलकर सो जाऊँगा तुम्हारे पास। तुम्हें भी तरकारी-भाजी, झींगा मछली की डिलीवरी के लिए नहीं उठना पड़ेगा।"

"और अगर मैं कहीं खो गई?" उसका स्वर मन्द था।

"तुम कोई अठन्नी-चवन्नी हो जो खो जाओगी? बस, अब हँस दो। और दूर कर दो मन से शंकाएँ-कुशंकाएँ।"

वह अर्कदीप्त के और पास खिसक आई, कुछ कहने को हुई, पर लम्बी साँस ली और चुप रह गई।

कुछ देर दोनों चुप रहे। फिर उसने कहा, "कुछ खाने को दोगे अर्को, बहुत भूख लग रही है।"

वह वातावरण सहज बनाने की कोशिश कर रही है, वह समझ गया।

"उफ़, शेफ़ को भूख लग रही है! देखता हूँ। विन्स महीने के आख़िर में सारे फ्रिज की सफ़ाई करता है। शायद जाने से पहले भी करके गया होगा।"

"हाँ, आजकल खाना नहीं रुचता। शायद अपने बनाए खाने की गन्ध से अरुचि हो गई है।"

"चलो, देखते हैं।"

विन्स का किचेन ख़ाली है—धुला-धुला, साफ़-सुथरा। वह फ्रिज देखता है, अलमारियाँ टटोलता है।

वह बैठकर देख रही है, अर्कदीप्त भी उसे देख रहा है।

"चाय और टोस्ट?" उसे आधी डबलरोटी मिल गई है। वह चाय बनाता है दो प्यालों में, टोस्ट, मक्खन और जैम। वह ट्रे लेकर कमरे में आ गया है। सौदामिनी अभी भी बैठी है। वह ट्रे अपनी कम्प्यूटर टेबल पर रख देता है, बिखरे काग़ज़ों पर। फिर उसे चाय के साथ टोस्ट पकड़ा देता है।

"मुझे मालूम नहीं था कि इतने गहरे डूब जाऊँगी। इतनी सीरियसली इनवॉल्व हो जाऊँगी।"

"तो तुमने क्या सोचा था—हल्का-फुल्का रोमांस?"

"अरे, तुम तो बुरा मान गए! बँध गई न तुमसे, जब कि मुझे बँधने से डर लगता रहा है। हमारी ज़िन्दगी एक-दूसरे से इतनी गुँथ गई है कि अलग होना मुश्किल है।"

अर्को को यह वार्तालाप बिलकुल नहीं रुचा, "फिर वही बात! उसी वृत्त में चक्कर काटती रहती हो, क्यों सौदामिनी? तुम्हें ख़ुशी से डर क्यों लगता है? बीच रात में प्यार करने की बजाय वही अनर्गल बातें..."

उसने प्याला और प्लेट वापस लेकर मेज़ पर रख दिया। ट्रे उठाई और किचेन में रखकर वापस आया। वह लेट गई थी। वह खड़ा-खड़ा उसे देखता रहा। उसके हृदय में ढेर सारा लाड़ उमड़ आया। उसने पलंग पर लेटकर उसे बाँहों में भर लिया। दोनों चुप थे।

"तुम रात-भर रेस्टलेस रहीं," उसने कॉफ़ी के मग में चम्मच हिलाते हुए कहा।

उसने जवाब में कहा, "आज क्या करोगे?"

"वही, बोरिंग रूटीन। लाइब्रेरी, किताबें, और तुम?"

"वही सब...रूटीन..."

"प्रोमिस करो, तुम चिन्ता नहीं करोगी?" अर्कदीप्त ने कहा, "फिकर छोड़ो काली-मिर्च की ग्रेवी और पनीर टिक्का बर्गर की। जो बनता है, बनने दो। इतना तो टेस्टी होता है।

"तुम रहने दो," उसने आगे कहा, "बर्तन धोने की ज़रूरत नहीं है। और यह अँगूठी क्यों उतार दी?" अर्कदीप्त ने नल बन्द कर दिया। जूठे बर्तन सिंक में रख दिये। साबुन में बुलबुले बनते रहे, छूटते रहे।

"लो, यह अँगूठी तो पहन लो। उतारकर रख देती हो। कहीं भूल गईं तो?"

उसने अर्कदीप्त के हाथ से अँगूठी लेकर पहन ली, तौलिये से हाथ पोंछे, "अच्छा, चलूँ? तुम अपना ख़याल रखना।"

अँगूठी के हीरे ने रंग-बिरंगे किरणें फेंकीं।

"मुझे कोपेनहेगन जाना पड़ेगा, तुम भी चलो।"

वह जाने को तैयार थी।

अर्कदीप्त ने दरवाज़ा खोला। जीन्स के ऊपर सिर्फ़ एक टी-शर्ट पहने था। बाहर की ठंडी हवा से झुरझुरी हुई। हमेशा की तरह, अलग होने से पहले प्रगाढ़ आलिंगन, फिर वह बाहर आ गई। कुछ क़दम चली, फिर मुड़ी और लौटकर उसे बाँहों में भर लिया। कुछ देर उसके कन्धे से लिपटी खड़ी रही, फिर अलग होते हुए कहा, "चलती हूँ, अपना ख़याल रखना अर्को।"

'तो रविवार का भी बूफे नहीं होगा। लोग आएँगे और निराश होकर लौट जाएँगे,' अर्कदीप्त ने सोचा। सौदामिनी की आदत थी, शनिवार और रविवार को अत्यन्त व्यस्त रहने की। इस सप्ताहान्त कितने चैन और आराम से सोती रही! बीच-बीच में अनमनी हो जाती थी। रविवार को उसने नाश्ता बनाया—टोस्ट, अंडा और कॉफ़ी। वह विचारमग्न टोस्ट कुतरती रही। फिर बाक़ी बचा मसलकर मुँडेर पर रख दिया। दो चिड़ियाँ तुरन्त आकर बैठ गईं और चुगने लगीं।

उस रात उसने अर्कदीप्त को बहुत प्यार किया। ऐसा सैलाब, जो सम्बन्ध के पहले दिनों में ही होता था। बाद में आश्वस्ति और ठहराव आ गया था। दोनों चुप थे। बस, एक दूसरे के सामीप्य के माधुर्य में डूबे हुए, मौन। वह अर्कदीप्त की भँवों, होंठों पर उँगली फिराती रही, धीरे-धीरे छूती रही—कितना मृदु था वह स्पर्श!

वह उसके स्पर्श का पूरा-पूरा आनन्द लेता रहा, जैसे सारी चेतना उस बिन्दु पर आकर ठहर जाती थी, जहाँ सौदामिनी की उँगली होती थी।

उसने लम्बी साँस ली, "मैं कितना ख़ुश हूँ, बता नहीं सकता। पूरे ढाई दिन, दो रातें, बिना किसी व्याघात के, साथ-साथ। हमारा जीवन ऐसे ही बीतेगा, सौदामिनी, है न?"

उसका चेहरा अर्कदीप्त की छाती से सटा हुआ था। कुछ नहीं बोली। थोड़ी कुनमुनाई और पैर फैलाकर अर्कदीप्त की टाँगों पर टिका दिये। उसे ऐसे ही सोना अच्छा लगता था, जैसे अर्कदीप्त को जाने नहीं देगी। अगर वह हल्के-से अलग होकर उठता तो झट से आँखें खोल देती, "कहाँ जा रहे हो?"

"पानी पीने, प्यास लगी है।"

गिलास पकड़े-पकड़े वह कमरे के हल्के अन्धकार में सौदामिनी के शरीर की आकृति देखता है।

"कहाँ चले गए?" उसने निंदासे स्वर में कहा।

"कहीं नहीं," वह पलंग पर वापस आकर लेट गया। घर में एकदम सन्नाटा था।

इस सप्ताहान्त फ़्लैट ख़ाली था। हांस और विन्स एक सप्ताह की छुट्टी पर स्कॉटलैंड घूमने गए हुए थे।

वैसे भी हांस और विन्स बहुत शान्त रहते थे। वह भी तो—कोई आहट नहीं, किसी की शान्ति में कोई व्याघात नहीं। सब अपनी-अपनी प्राइवेसी के दायरे में समाहित। घड़ी की टिक-टिक भी शान्त थी। बस, उसके कानों में सौदामिनी के दिल की समगति की धड़कन थी और उसकी सम साँसें।

"मैं सपना देख रही थी," उसने कहा। बाहर रात थी, मगर घुप्प अँधेरा नहीं। कोहरा था जिसमें सब-कुछ धुँधला या धुँधलाया-सा था।

"सपना देख रही थी, कोपेनहेगन का। तुम्हें हर तरफ़ खोज रही थी। मगर तुम थे कि मिले नहीं। उन्हीं पहचानी सड़कों पर दौड़ रही थी—इधर-उधर तुम्हें ढूँढ़ती हुई। बन्दरगाह पर बड़े-बड़े मस्तूलों वाली नावें खड़ी हुई थीं। एकाएक, पत्थर पर बैठी जलपरी ने आँखें खोल दीं। मुझे देखा और हँस दी..."

वह सौदामिनी के बाल थपकने लगा, "वह तुम्हें बुला रही है। हम जल्दी ही कोपेनहेगन जाएँगे। गर्मी में वहाँ कितनी रौनक रहती है!" उसने लम्बी साँस ली और अपने को अलग करके करवट बदल ली।

जब वह जागा तो वह उसी की तरफ़ करवट लेकर लेटी थी। कमरे के हल्के-हल्के उजाले में उसको देख रही थी।

उसने सौदामिनी को बाँहों में समेटकर छाती से लगा लिया, फिर उसके माथे पर उँगली रखी, "बवंडर थम गया कि अभी भी चल रहा है?"

वह उठती हुई बोली, "थम गया।" नीचे पैर रखती हुई बोली, "अब शान्ति है—बवंडर निकल जाने के बाद की शान्ति।"

उसने फ़ोन के उत्तर में कहा, "मुझे कोपेनहेगन जाना है।"

"कितने दिनों के लिए?"

"मालूम नहीं। हफ़्ता, दस दिन तो लग ही जाएँगे। तुम आ सकोगी?"

"मेरे लिए मुश्किल होगा।"

"बीच में तो आ ही सकती हो।"

"देखो, सोचूँगी। मुश्किल लगता है," उसने अटक-अटककर कहा।

"कभी हम इतने दिन अलग नहीं रहे," अर्कदीप्त ने धीरे-से कहा।

"आदत डाल लो, अर्कदीप्त रॉय!"

उसने लम्बी साँस ली, "कोशिश करूँगा, काम जल्दी समाप्त हो जाए। एक प्रोफ़ेसर से भी मिलना है। डॉ. हाइनर कह रही थीं कि वह दो-ढाई साल में रिटायर होने वाले हैं तो शायद उनका विभाग किसी जूनियर को रखे। वह चाहती हैं, मैं वहाँ जाकर विभाग के लोगों से मिलूँ जिससे वह मुझसे परिचित हो जाएँ।"

"यह तो बहुत अच्छी बात है।"

अब दोनों चुप हैं।

"तुम कैसी हो?" कुछ देर बाद उसने पूछा।

"वैसी ही," उसने उत्तर दिया, "कब जा रहे हो?"

"कल सुबह।"

"तो सुनो, अभी आ जाओ न, रात को चले जाना।"

वह हँसने लगा, "तब तो ट्रेन छूट ही जाएगी। नहीं, अभी आना मुश्किल होगा। कुछ काग़ज़ सँभालने होंगे, पैकिंग करनी है।"

"कोई जंगल में थोड़े ही जा रहे हो। अगर कुछ पीछे छूट जाए तो वहाँ ख़रीद लेना।"

"वहाँ सौदामिनी मिलेगी?"

"नहीं, सौदामिनी तो नहीं।"

उसका स्वर उदास लगा।

जब अर्कदीप्त ने उसके दरवाज़े पर थाप दी तो उसने हँसते हुए दरवाज़ा खोला, "मैं जानती थी कि आख़िरी रात तुम यहीं बिताओगे।"

"बहुत सुबह उठकर जाना पड़ेगा। ट्रेन सात बजे की है।"

"देखा जाएगा, आओ।"

वह शायद ठीक से सो नहीं सकी। बार-बार करवट बदलती। कभी उसका स्वर उभरता, "अर्कदीप्त?"

"हूँ," उसने उनींदे स्वर में कहा।

वह उँगली से उसका चेहरा उकेर रही थी—पहले माथा, फिर भँवें, फिर हल्के-से उसकी बन्द पलकें, फिर उँगली होंठों पर आकर टिक गई। बहुत देर तक टिकी रही। कितना कोमल, प्रेममय था उसका यह स्पर्श।

"उँह, सोने सो सौदामिनी।"

"तुम्हें तंग करने का मन हो रहा है।"

"फिर कभी, बाद में, अभी सोने दो। देखो, कुछ ही घंटों में उठना है।"

अलार्म बजने पर वह जग गया। वह उठी हुई थी।

"आओ, कॉफ़ी तैयार है। आमलेट बना दूँ?"

"नहीं, ट्रेन में खा लूँगा," उसने कहा। कॉफ़ी उसने खड़े-खड़े ही पी।

"तुम्हारी टैक्सी आ गई लगती है," सौदामिनी ने उसे बाँहों में जकड़ लिया।

देर तक वे वैसे ही खड़े रहे। वह अधीर कि ट्रेन पकड़नी है। टैक्सी नीचे खड़ी है और वह ऐसे, जैसे कभी जाने ही नहीं देगी!

"तुम्हारे लिए कोपेनहेगन से क्या लाऊँ?" उसने पूछा। कहते हुए उसने सौदामिनी के पाश से अपने को मुक्त कर लिया।

"तुम मुझे अलभ्य उपहार दे चुके हो अर्कदीप्त रॉय।" उसने पंजों पर खड़ी होकर उसे चूम लिया। "जाओ।"

झुककर उसे हल्के-से चूमा और अपना छोटा-सा सूटकेस उठाया और बाहर आ गया। टैक्सी चलने पर उसे ध्यान आया कि उसने सौदामिनी से अलविदा के शब्द भी नहीं कहे।

कोपेनहेगन से ट्रेन लेकर उत्तर डेनमार्क जाते हुए वह अनमना-सा था। उसका हर दिन व्यस्त था पर काम समाप्त होने के बाद संध्या और रात्रि काटना पहाड़ जैसा था। वह सौदामिनी को बार-बार चाहते हुए भी फ़ोन नहीं कर पाया। वह कितनी व्यस्त रहती है—शुक्र से रविवार तक! वह उसकी चर्या में विघ्न नहीं डालना चाहता था, पर जब शैया पर जाता तो रात करवटें बदलते ही बीतती थी।

वह अपने मित्र के पिता मिश्रजी के साथ ठहरा था। वह संध्याकालीन कक्षाओं में हिन्दी पढ़ाते थे। विद्यार्थी इक्के-दुक्के ही होते थे इसलिए बहुत व्यस्त नहीं रहते थे। पत्नी का देहान्त हो चुका था, स्वयंपाकी थे, मगर उनके बनाए भोजन में स्वाद नहीं होता था—न ताईजी के हाथ का, न सौदामिनी के। दूसरे दिन शनिवार था। उसने मिश्रजी को राहिम के रेस्तराँ 'साहिल' में आमंत्रित किया। मगर उन्होंने मना कर दिया, तो वह भी नहीं गया।

कोपेनहेगन उसे इस बार बहुत अकेला लगा यद्यपि चारों ओर टूरिस्टों की भीड़ थी। धूप में चमक थी। मगर गर्मी नहीं। चारों ओर ख़ुशनुमा चेहरे थे पर वह अन्यमनस्क ही था। केवल एक व्यक्ति के पास न होने से सब कुछ कितना अलोना हो जाता है! वह जलपरी के पास भी नहीं गया। मिश्रजी के साथ राजप्रासाद के पास की झील में राजहंसों को देखता रहा।

"परेशान लगते हो? क्या बात है?" मिश्रजी ने अचानक पूछा।

"नहीं, बस, थीसिस का टेंशन है। भूमिका लिख ली है, अब असल मुद्दे पर आना है।"

मिश्रजी कुछ नहीं बोले। उनके पास एक ही कमरे का फ़्लैट था। अर्कदीप्त के लिए ज़मीन पर ही गद्दा डालकर हवा भरकर फुला दिया था। उसे सौदामिनी की नरम, मुलायम शैया और उसके शरीर की उष्णता बहुत याद आने लगी। बार-बार सोचता कि उसे फ़ोन करे मगर मिश्रजी की गिद्ध-दृष्टि बराबर अपने पर पाकर उसने विचार छोड़ दिया। उसे मिश्रजी का साथ अच्छा भी लग रहा था—किसी स्तर पर दूसरे हिंदीभाषी से वार्तालाप, मगर वह यह भी समझ रहा था कि विदेश में रहकर भी वे विचारों में कितने परम्परावादी थे। कोई बड़ा हर समय उस पर आँख रखे, इसकी आदत छूट चुकी थी। मिश्रजी ने कहा, "तो भैया, हमें भी तो कुछ बताओ, क्या लिख-पढ़ रहे हो?"

जब कोई ऐसी बात पूछता था तो अर्कदीप्त को चिढ़ लगती थी। किसी उपन्यास या फ़िल्म की कहानी तो है नहीं। इतना दुरूह विषय कैसे समझाया जाए नौसिखिये को? अपनी झुंझलाहट दबाते हुए कहा, "डेनमार्क का प्रसिद्ध फ़िलॉसफ़र है। 1813 में उसका जन्म हुआ था। आप जहाँ पढ़ा रहे हैं कोपेनहेगन यूनिवर्सिटी, वह पन्द्रहवीं सदी में स्थापित हुई थी। मेरा फ़िलॉसफ़र," 'मेरा' कहते हुए वह मन-ही-मन हँसा, "अपने समय का विचारक और बुद्धिजीवी था। मेरी थीसिस में सात अध्याय होंगे। पहला तो उसके जन्म और परिस्थितियाँ, फिर उसका सौंदर्यशास्त्र, नीतिशास्त्र, धर्म सम्बन्धी विचार और अन्त में उसके समय से सार्त्र के अस्तित्ववाद की तुलना और समीक्षा।"

"कठिन विषय है।" मिश्रजी ने सिर हिलाया।

"हाँ, मुझे इसी फ़िलॉसफ़र पर लिखने के लिए स्कॉलरशिप मिली है।"

"अभी तो समय होगा," मिश्रजी ने उठते हुए कहा, "मैं हिन्दी कविताओं का अनुवाद कर रहा हूँ। डेनिश में छपेगी।"

"आपको इतनी डेनिश आती है?" उसने आश्चर्य से पूछा।

"मेरा एक असिस्टेंट है। मैं अँगरेज़ी में करता हूँ, वह उसे लीप-पोतकर डेनिश में अनुवाद कर देता है।"

अर्कदीप्त की समझ में नहीं आया। सोचा, यह तो कविता की आत्मा का गला ही घोंट देते होंगे, पर प्रकट में कहा, "यह तो बहुत अच्छा प्रयोग होगा।"

"तुम्हें दिखाऊँगा," मिश्रजी ने कहा। पर उनकी क्लास का समय हो रहा था, "तो बाद में।" मिश्रजी कुछ हताश दीखे, फिर बोले, "अब क्या करोगे?"

"कुछ ख़ास नहीं," उसने टाल दिया।

"क्यों भैया," मिश्रजी ने कहा, "म्यूनिख में कहीं घूमे-फिरे या किताबों में ही व्यस्त रहे?"

"सुन्दर शहर है, ऐतिहासिक। मुझे इतिहास वाले शहर अच्छे लगते हैं।"

"हाँ, हमारा इतिहास तो अंग्रेजों ने मिटा ही दिया," मिश्रजी बोले, "म्यूनिख का भी इतिहास है—दुखद। यहूदियों को जलाने वाली भट्ठियाँ, जो अब टूरिस्ट स्थान है।"

"हाँ, इसलिए कि इतिहास दुहराया न जा सके," अर्कदीप्त ने कहा, "मैं कुछ मदद करूँ?"

"नहीं, नहीं।"

वह चुप हो गया। कहीं मिश्रजी छुआछूत तो नहीं मानते? शायद मानते हों। इसीलिए स्वयंपाकी हैं और 'साहिल'—पाकिस्तानियों के रेस्तराँ जाने को मना कर दिया, यद्यपि वह जाना चाहता था। सौदामिनी सुनती तो प्रसन्न होती।

"वहाँ हिटलर का उद्यान भी तो है," अर्कदीप्त ने कहा, "कभी गया नहीं। शुरू-शुरू में शहर के चौक में चला जाता था। वहाँ का टावर अद्‌भुत है।"

"और सुना है, उधर की बियर भी—पीते तो होगे?"

"कभी-कभी," वह हँसने लगा, "बियर तो डेनमार्क की भी अच्छी होती है।"

"तो आदित्य की पढ़ाई ख़त्म होते ही वापस चले जाएँगे—अपनी मिट्टी में। कभी बनारस गए हो?" मिश्रजी ने बीच में आया मौन भंग करते हुए कहा।

"नहीं, अवसर नहीं मिला।"

"अब आना," मिश्रजी ने कहा।

"ज़रूर," उसने कहा।

फिर दोनों चुप हो गए। जाने मिश्रजी क्या सोच रहे होंगे, वह तो सौदामिनी के नैकट्य के लिए व्याकुल हो रहा था।

मिश्रजी अपनी कक्षा पढ़ाने शाम को गए तो वह बाज़ार के लिए निकला। उसे वह दुकान याद थी जहाँ से सौदामिनी ने बुन्दे ख़रीदे थे। उसने सौदामिनी के लिए एक ब्रेसलेट ख़रीद लिया, चाँदी का। ख़ूबसूरत। उसमें गोल-गोल छेदों में एकदम पारदर्शी पीले एम्बर जड़े हुए थे। वह चूड़ी वग़ैरह नहीं पहनती थी, गहना तो बहुत कम। उसे सोने-चाँदी की जगह नगीने पसन्द थे। हरे जेड की माला वह अक्सर पहनती थी—या फिर एक लड़ी मोती—या पीला एम्बर।

औलबर्ग में वह एक छोटे से होटल में ठहरा। यूनिवर्सिटी जाने से पहले उसने सौदामिनी को फ़ोन किया। फ़ोन तीन बार बजा, फिर 'उपलब्ध नहीं है' का सन्देश आने लगा। कहाँ गई होगी सुबह-सुबह? वही कुछ झींगे मछली या साग-सब्ज़ी ख़रीदने—उसने सोच लिया। फिर उसका सारा दिन मिलते-मिलाते बीत गया। शाम का ख़ाली समय उसने समुद्र तट पर बैठे-बैठे बिता दिया। कितना सूना-सूना और ख़ाली-ख़ाली लग रहा था, जैसे पढ़ाई-लिखाई के साथ सौदामिनी की उपस्थिति शरीर का एक अंग बन गई थी! कैसे हो गया यह सब, कभी-कभी वह अचरज में भर जाता।

याद करता वह क्षण जो सौदामिनी के साथ बीतते थे। वह शैया से उठकर जब कपड़े पहनती तो भी उसे देखते हुए जी नहीं भरता था। पहले पेटीकोट, फिर ब्रा, फिर ब्लाउज़ और सबसे बाद में साड़ी। वह झुककर दर्पण में देखते हुए चेहरा सँवारती और सबसे आख़िर में घने, लम्बे बालों का जूड़ा। इतने साल विदेश में रहते हुए भी उसने बाल छोटे नहीं करवाए थे। कैसी नीबू के फूलों जैसी सुगन्ध आती थी उसमें! अर्कदीप्त को अपने ऊपर झुककर चूमते हुए जब उसके बाल खुलकर उसके सीने पर बिखर जाते थे तो कितना अच्छा लगता था—सुगन्धित, लम्बे बालों का स्पर्श!

उसने मशीन की तरह सारे काम किये। सौदामिनी से कुछ ही दिन अलग रहना कितना दुरूह लग रहा था! एक-एक दिन काटना मुश्किल हो चुका था। और वह थी कि साथ रहने की बात ही नहीं सुनती थी। अर्कदीप्त ने भी काफ़ी समय से विवाह की बात नहीं की थी। पहले भट्टा से तलाक़ तो हो, फिर कुछ सोचा जाएगा। रेस्तराँ ख़रीदने के लिए भट्टाचार्य ने आधे पैसे दिये थे, उसने बताया था और आधे उसने अपने गहने बेचकर जमा किये थे और बैंक से लोन लिया था जिसकी गारंटी शिशिर के पिता ने दी थी। उसके एक ही पैर में एक पायल थी, नाजुक-सी, सोने की।

"दूसरी क्या हुई?"

"कहीं गिरकर खो गई," सौदामिनी ने कहा था।

"मेरा एक गोल्ड मेडल बऊ के पास है, मेरे पास होता तो तुम्हें दूसरी पायल बनवा देता।"

"गोल्ड मेडल? कभी बताया नहीं।"

"इसमें बताने की क्या बात थी? बी.ए. पास करने में मिला था।"

"गोल्ड मेडल हरेक को मिलता है?"

"नहीं," उसने अपनी झेंप छुपाते हुए कहा, "हम कोई और बात करें।"

सौदामिनी ने कहा, "चाहती तो दूसरी बनवा सकती थी, कभी मन ही नहीं किया। और यह अँगूठी, इतना बड़ा हीरा?"

"खानदानी है। मेरी माँ के किसी पूर्वज, वह नील के खेतों के मैनेजर थे। उनका मालिक था अँगरेज़, शराब पीकर पड़ा रहता था। घाटे पर घाटा होने लगा तो वह वापस चला गया। बरसों से उन पूर्वज को एक पाई भी नहीं मिली थी, तो उसने अपनी अँगूठी दे दी। मेम तो कई साल पहले ही मर चुकी थी। मैं जब यहाँ आने को हुआ तो पंडितजी ने कहा, दाएँ हाथ में हीरा पहनो, पुस्तक लिखने से यश मिलेगा। देखो, तुम्हारे हाथ में कितनी अच्छी लगती है!"

सौदामिनी ने लम्बी साँस ली। फिर मुस्कराकर कहा, "अब तुम्हें यह वापस मिलने वाली नहीं।"

"चाहिए भी नहीं। शरम आती थी पहनकर।"

"तभी तुम्हारी थीसिस ठप्प हो गई है।" सौदामिनी ने कहा।

वह चुप रहा।

कोपेनहेगन से म्यूनिख तक की रेल-यात्रा उसे बहुत भयावह लगी, जैसे तेज़ी से भागती ट्रेन भी उसे रेंगती-सी लगी। वह उत्साहित था। वैसे भी सप्ताह में एक-दो बार ही तो वे मिलते थे मगर जाकर उसकी शैया पर लेटकर प्रतीक्षा करने की सम्भावना तो बनी ही रहती थी—फ़ोन पर समय मिलने पर बात करने की, उसके साथ एक दोपहर के अवकाश में एक प्याला कॉफ़ी पीने की। मगर यहाँ तो उससे बात भी नहीं हो पाई थी। रात को देर में उसे जगाना नहीं चाहता था, और दिन में तो वह व्यस्त ही रहती थी। विशेषकर आजकल रमज़ान के दौरान, क्योंकि सब रोज़ा रखने वालों को विश्वास था कि हलाल का उसी के रेस्तराँ में मिलेगा। महताब ख़ान अपने सामने कटवाकर लाते थे और अपने निर्देशन में फ्रीजर में अलग से रखवाते थे, और चाव से बनाते थे।

वह सोचने लगा, काम ख़त्म हो जाने पर विदेश में नौकरी पाने की सम्भावना प्रत्यक्ष होती दीख रही थी। उसका इंटरव्यू तो था नहीं, अनौपचारिक रूप से कैफेटेरिया में सब एकत्र हुए थे, बातचीत हुई थी। उसने अपनी थीसिस की रूपरेखा बताई थी, और विदेश में रहकर अनुभव एकत्र करने की योजना भी। उसे सबके चेहरों पर तुष्टि-सी दीखी, या फिर वह उसका भ्रम रहा हो। यहाँ के लोग बड़े घुटे हुए होते हैं, कुछ प्रकट नहीं करते। फिर भी, उसे नौकरी मिलने की आशा बँध गई थी—डेनमार्क न सही, एडिनबर्ग में भी सम्भावना थी। केवल थीसिस पर जमकर काम करना होगा। बस, फिर साथ रहेंगे। सुबह उठकर जाना नहीं पड़ेगा। कैसा सुन्दर, सुखद जीवन होगा, वह पुलकित हो उठा।

जेब में सौदामिनी का ब्रेसलेट सँभाल लिया। जब वह हँसती है तो उसकी आँखों में एक अतीव दीप्ति आ जाती है।

रात की ट्रेन में सोने का प्रबन्ध था। उसे लग नहीं रहा था कि वह सो सकेगा, मगर थकान और नींद ने उसे आ घेरा। ट्रेन या जहाज़ में सोना बिस्तर पर सोने से अलग होता है। वाहन की गति या उसका अपना शब्द नींद में भी पार्श्व में रहता है। नींद भी कई तरह की होती है। वह सोया करता था, सौदामिनी की शैया पर, दूसरी तरह की स्वस्ति होती थी; अपने कमरे में सोते हुए अकेलेपन का एहसास बना रहता था। आँख खुलने पर अपने को अकेला पाकर अचरज नहीं होता था बल्कि कुछ नहीं है जो होना चाहिए था। रजाई ओढ़कर सोते हुए भी आस-पास का सब कुछ ठंडा लगता था, मगर उन रातों को नहीं, जब सौदामिनी पास होती थी। तब मन कितना भरा-भरा और प्रफुल्ल रहता था—यह जानते हुए भी कि सुबह होगी और वह उठकर चली जाएगी और वह खिड़की के पास खड़ा-खड़ा उसे जाते देखेगा।

अक्सर ही सौदामिनी के चले जाने के बाद भी बिस्तर पर उसकी ख़ुशबू, उसकी गरमाई बनी रहती थी। वह वापस आकर सो जाता था। झपकी के बाद एकदम तरोताज़ा उठता था, और उसी क्षण से फिर सौदामिनी की प्रतीक्षा करने लगता था।

यह बरस ऐसे ही बीतेगा, वह सोच उठा। लिखते-पढ़ते और सौदामिनी की संगत में, उससे बात करते हुए या केवल साथ कॉफ़ी पीते हुए भी उसे सन्तुष्टि मिलती थी, पर वैसा नहीं, जैसा घंटों-घंटों प्यार करते हुए। और सचमुच वह समय कहाँ और कैसे पंख लगाकर उड़ जाता था! और वही समय लाइब्रेरी में सज़ा काटने जैसा लगता था। और अब तो लाइब्रेरी में छह दिन काम करना ही पड़ेगा—अगर समय पर थीसिस पूरी करनी है तो, और पूरी तो करनी ही है, तभी तो वह सौदामिनी के साथ अपनी दुनिया बसा पाएगा। वह ठीक ही कहती है, अभी ब्याह का विचार स्थगित करना पड़ेगा। साल-डेढ़ साल ऐसे ही कटेगा। उसके बाद मिलेगा इस साधना का पुरस्कार—सौदामिनी के साथ सहवास का।

वह घर पहुँचकर भी पूरी तरह से जगा नहीं था। अपने परिचित कमरे में, अपनी चीज़ों के बीच उसे फिर नींद आ गई और जब जागा तो पाया कि हांस और विन्स जा चुके हैं। उसने उठकर कॉफ़ी बनाई।

वह जल्दी से नहा-धोकर तैयार हो गया। जेब में ब्रेसलेट की डिब्बी सहेजी और साइकिल लेकर 'नमस्ते इंडिया' की ओर चला। उसने अपने को उत्कंठित और उच्छ्वसित पाया। अगर वह व्यस्त हुई तो झटपट का नूनर ही सही! नूनर का ध्यान आते ही वह अपने-आप मुस्करा पड़ा। उसने अपने शरीर में इच्छा की तीव्र लहर उठती पाई।

लगा, 'नमस्ते इंडिया' का रास्ता कितना लम्बा हो गया है! साइकिल पथ पर भीड़ थी, पर धक्का-मुक्की नहीं। उसने साइकिल स्टैंड पर रख दी, ताला लगाया। कोई और बाइक नहीं थी। वैसे भी बुधवार को कम लोग ही लंच पर आते थे।

वह सीढ़ियाँ फलाँगता हुआ ऊपर पहुँचा।

वह फ़्लैट की घंटी बजाता है, जैसे पूर्व सूचना है। वह आकर दरवाज़ा खोल देगी और वे बाँहों में बँधे-बँधे अन्दर आ जाएँगे, और पलंग पर गिर जाएँगे। वह हरदम प्रस्तुत रहता है। कैसा नशा है कि उतरने का नाम ही नहीं लेता।

उसने घंटी दोबारा बजाई, कुछ अधीरता से। कुछ क्षण प्रतीक्षा करेगा, फिर चाभी निकालकर ताला खोलेगा।

चाभी ताले में अटक जाती है।

ऐसा कैसे?

वह दरवाज़े पर थपकी देता है, "सौऽऽदाऽऽमिनी!" वह धीमे-धीमे स्वर में पुकार रहा है।

दरवाज़ा नहीं खुला।

वह घबरा गया है। मन में हज़ारों शंकाएँ उत्पन्न हो गई हैं।

"सौदामिनी," इस बार ज़ोर से, बेताबी से।

लिफ़्ट रुकी और सामने के फ़्लैट वाले दम्पति आते दीखे। उसे देखकर पहचानते हुए मुस्कराए और बोले, "वह चली गई है।"

"चली गई है? कहाँ?"

"यह तो मालूम नहीं। फ़्लैट ख़ाली कर दिया है। आपको बताया नहीं?"

"कब?"

"कई दिन हो गए। नये लोग आने वाले हैं," उन्होंने अपना फ़्लैट खोला और अन्दर चले गए।

ऐसा कैसे? यह सब क्या है? कोई दु:स्वप्न? इन बूढ़े लोगों को ग़लतफ़हमी हुई है।

वह भागा हुआ नीचे गया, 'नमस्ते इंडिया' में अँधेरा है। बाहर एक साइन-बोर्ड टँगा है : 'बन्द है।'

वह वहाँ ठंडे पेवमेंट पर बैठ गया। सामने सड़क पर ट्रैफ़िक की सरिता बहती रही। उसके अन्दर एक तूफ़ान उमड़ आया। सौदामिनी का फ़ोन बार-बार मिलाता और 'उपलब्ध नहीं' सुनता रहा।

यह सब क्या है? तुम मुझे छोड़कर कहाँ जा सकती हो, सौदामिनी?

मगर ताला क्यों नहीं पुरानी चाभी से खुल रहा है?

बदल दिया गया है और अर्कदीप्त को निष्कासित कर दिया गया है।

वह फिर आएगा, रोज़-रोज़ आएगा। फिर एक दिन दरवाज़ा खुलेगा और वह नज़र आएगी—उसकी सौदामिनी, मुस्कराती हुई।

वह बहुत झगड़ा करेगा—रूठ जाएगा, मगर ज़्यादा समय रूठना भी सम्भव नहीं है।

वह रोज़ दरवाज़े पर थपकी देता है, दरवाज़ा बन्द रहता है। रेस्तराँ में अन्धकार।

"कहाँ चली गईं तुम?" वह एकान्त में पुकारता है, "तुम तो कहती थीं कि..." हाँ, वह रोएगा, चुपचाप—कमरे के एकान्त में, रात के अँधेरे में।

पुलिस के पास किसी दुर्घटना की ख़बर नहीं है, न किसी अस्पताल या शवगृह में। एयरलाइन वाले अपने पैसेंजर की लिस्ट गोपन रखते हैं। वह पागलों की तरह ढूँढ़ता रहा।

विन्स सूप बनाकर लाता है, "उठो अर्कदीप्त, कुछ खा-पी लो। कब तक ऐसे भटकते रहोगे?"

वह दीवार की तरफ़ मुख किये लेटा रहता है।

फिर झटके से उठता है, हाथ-मुँह धोता है, जैकेट पहनकर साइकिल लेकर दौड़ा चला जाता है। 'नमस्ते इंडिया' में रोशनी होगी, और वह दिखाई देगी।

वह रूठ जाएगा, मनाने पर मानेगा नहीं, बहुत झगड़ा करेगा।

कितने दिन बीत गए हैं, अर्को को कुछ पता नहीं चला। कब रात हुई, कब दिन निकला, इसका भी पता नहीं। उसे लगता कि वह प्राणहीन जीवन जी रहा है। लाइब्रेरी गए कितने दिन बीत गए। डॉ. हाइनर से भी नहीं मिला, न दो अक्षर ही लिखे।

कैसा अन्धकार था, दिन होने पर भी! न भूख लगती थी, न नींद आती थी, न अब कुछ कहने या बोलने का मन होता था। बस, अन्दर-बाहर एक घुप्प अँधेरा था, और एक बोध, जो उसे अन्दर-बाहर मथता रहता था—तुम कहाँ चली गईं सौदामिनी? तुम कैसे रह पाती होगी? मुझे देखो न, ज़रा आकर देखो तो! अन्दर-बाहर सन्नाटा। सड़क पर ट्रैफ़िक का शोर। और अन्दर एक रिक्तता।

कभी-कभी वह आशावान् हो उठता—बस, आज ही, अभी ही, दरवाज़े पर थपकी पड़ेगी, या घंटी बजेगी। वह लपककर उठेगा, और वह खड़ी दिखाई देगी—उत्सुक, मुस्कराती हुई, चमकीली काली आँखों वाली उसकी प्रिया, सौदामिनी। नहीं, कोई उपालम्भ नहीं, कोई शिकायत नहीं—बस, उसे छाती से लगा लेगा, और पागल चुम्बनों से उसका चेहरा भर देगा, बाँहों में भींच लेगा और फिर उसे कभी कहीं नहीं जाने देगा—आँखों से ओझल नहीं होने देगा। भाड़ में गया कीर्केगार्द, भाड़ में गया 'नमस्ते इंडिया'।

पर साथ-साथ, उसे यह भी भान था कि वह उसे छोड़कर चली गई है। शायद वह कभी नहीं लौटेगी। अर्को को इसी तरह लँगड़ाते हुए, लड़खड़ाते हुए ज़िन्दगी काटनी होगी।

पहले वह मन-ही-मन उससे बातें किया करता था, प्रश्न पूछता था बार-बार—तुम कहाँ चली गईं सौदामिनी? तुम तो मुझसे प्यार करती थीं।

वह बार-बार याद करने की कोशिश करेगा कि कोपेनहेगन जाने से पहले क्या हुआ था। नई बात यह हुई थी कि सौदामिनी उसके पास दो दिन, तीन रातें रही थी। पहले उसके पास इतना समय कहाँ होता था—पर अब रेस्तराँ बन्द था, सप्ताहांत को भी। 'भरपेट, ठूँस-ठूँसकर जितना खाना चाहो, खाओ—सब नियत दाम पर' वाला स्पेशल भी नहीं था।

उसे अच्छा लगा था, वह कभी-कभी बेचैन हो जाती थी—शायद रेस्तराँ की परेशानियों की वजह से—उसने सोचा था, उस रात कितनी बेचैन थी, सोती थी, जागती थी, उसे बाँहों में भरकर हृदय से लगा लेती थी और कभी उसकी तरफ़ पीठ कर लेती थी।

हाँ, बस, एक नई बात हुई थी, उसके जाते समय अर्कदीप्त दरवाज़ा खोलकर खड़ा था। बाहर गलियारा सूना था, हमेशा सूना ही रहता था। वह निकली थी, दो क़दम चली थी, सीढ़ियों की ओर, फिर अचानक मुड़कर वापस आ गई थी। उस

खुले दरवाज़े की दहलीज पर खड़े अर्कदीप्त को बाँहों में भींच लिया था। भींचा, एक पल को, और छोड़ दिया और सीढ़ियाँ खट्-खट् करके उतरती हुई चली गई थी।

वह केवल एक पतली शर्ट पहने था। ठंडी हवा के झोंके से बदन में झुरझुरी-सी हुई। उसने दरवाज़ा बन्द किया, और दौड़कर खिड़की पर आया। वह सड़क पार कर रही थी। उसे मालूम था कि अर्कदीप्त खिड़की के पास खड़ा होकर उसे अलविदा कहते हुए हाथ हिला रहा होगा। यद्यपि बाहर से दिखाई नहीं देता था। उसने गाड़ी का दरवाज़ा खोला, अपना हाथ भी हल्के-से हिलाया और गाड़ी स्टार्ट करके चली गई।

एक दिन फ़्लैट में बत्तियाँ जलती दीखती हैं। वह आशावान् होकर दरवाज़े की घंटी बजाता है।

दरवाज़ा खुलता है। वहाँ एक लम्बा-चौड़ा व्यक्ति खड़ा है।

"हाँ, हम फ़्लैट में वापस आ गए हैं। हम ही तीन साल के लिए कैनेडा चले गए थे, अब लौट आए हैं—आप कौन?...अच्छा, उनके सम्बन्धी?...नहीं, हमें कोई पता नहीं कि वह कहाँ हैं? अगर उन्होंने सम्पर्क किया तो बता देंगे।"

वह कब लौटा, कैसे लौटा और आकर बिस्तर पर गिर गया, उसे कुछ याद नहीं है।

"तुम ऐसे ही पड़े रहोगे, बिना खाए-पिए तो तुम्हें अस्पताल में भर्ती करना पड़ेगा," विन्स सूप बनाकर लाया है, "उठो आर्को, कुछ खा लो।"

अर्कदीप्त चुप है, निस्तेज दृष्टि से उसे देखता है, कुछ कहता नहीं। दो चम्मच सूप लेकर प्याला सरका देता है। यह अन्दर जो वीरानगी है, अन्धकार है, सिर्फ़ वही महसूसता है। अब इस गर्त से बाहर आना सम्भव नहीं। कितने दिन ऐसे ही बीत गए हैं, गणना नहीं है।

वह दुखी है, पर आश्चर्यचकित नहीं। वह तो जाने कब से संकेत दे रही थी—उसी ने आँख-कान, सब बन्द कर लिये थे। फिर भी वह बार-बार पुकारता है, "कैसे रहती होगी, कैसे रह लोगी? मैं तुम्हारी तरह नहीं हूँ, कमज़ोर व्यक्ति हूँ—बहुत कमज़ोर। मैं टूटता जा रहा हूँ, टूट गया हूँ।" कभी-कभी अँधेरे में पुकार उठता है, "सौदामिनीऽऽ।"

पर जानता है कि वह जहाँ भी है, वहाँ उसकी आवाज़ नहीं पहुँच सकती।

कैसी है यह अवस्था, जब कि साँसें तो आ-जा रही हैं पर वह स्वयं मृत है। कैसा ख़ालीपन भर गया है मन में, जीवन में! सहारा मरुस्थल की तरह आकर पसर गया है।

"मैं तो तुम्हें अपना पूरा जीवन, अपनी पूरी दुनिया समर्पित करना चाहता था।" वह अपने-आपसे बातें करता रहता है।

कभी-कभी आशावान हो उठता है। झटके से उठता है और 'नमस्ते इंडिया'

के चक्कर लगाता रहता है। तीसरी मंज़िल के फ़्लैट पर बत्तियाँ जलती मिलतीं, नये मालिकों के घर में।

'नमस्ते इंडिया' बन्द ही मिलता। खिड़कियाँ-दरवाज़े सब बन्द। अन्दर अँधेरा।

वह बदहवास-सा सड़कों पर फिरता रहता था। "तुम्हें कहाँ ढूँढ़ूँ सौदामिनी? किसी को तुम्हारा पता-ठिकाना नहीं मालूम है—न डेनमार्क में साहिल को, न निकोलस को। शिशिर को शायद मालूम हो मगर वह तो अमेरिका गया हुआ है। क्या हो गया तुम्हें सौदामिनी? कहाँ चली गईं, क्यों?"

फिर एक दिन पाया कि 'नमस्ते इंडिया' में बत्तियाँ जल रही हैं। उसने पागलों की तरह दरवाज़े का हैंडिल घुमाया। वह अपने दिल का धड़-धड़ करना महसूस कर रहा है।

मेज़ें-कुर्सियाँ सब लगी थीं। खुला था बिजनेस के लिए।

अन्दर रहमानुल्ला खड़े थे।

"आप? यहाँ? कैसे?"

"मैंने ख़रीद लिया है, वापस।" वह हँस रहे थे। पोर-पोर से जैसे ख़ुशी चू रही थी, "मेरा अपना रेस्तराँ, अर्को बाबू। उस फूड कार्ट से छुट्टी।"

"वह किचेन में है?" वह उधर बढ़ने लगा।

"वह नहीं हैं। कहाँ गईं, मालूम नहीं।"

"मालूम नहीं?"

"मैंने पूछा भी, तो नहीं बताया। बोलीं, 'अभी कुछ दिन आराम करूँगी। फिर देखूँगी। फिर...' "

"फिर?" वह अधीर था।

" 'शायद लौट आऊँ। कुछ कह नहीं सकती,' कहते-कहते रो पड़ीं।"

"रो पड़ीं? मगर कहाँ गईं, कुछ पता-ठिकाना तो दिया होगा?" उसने रहमानुल्ला को झकझोरना चाहा, पर रुक गया।

"कुछ नहीं बताया। क़ानूनी कार्रवाई तो पहले ही हो चुकी थी। मेरे हाथ में चाभियाँ देते वक़्त रोने लगीं। मैं ही उन्हें एयरपोर्ट छोड़ने गया था। 'उसका ख़याल रखना,' बोलीं।...'किसका?' मैंने पूछा तो कुछ कहा नहीं। यह रेस्तराँ तो उनका बालक था। इसी से रोने लग पड़ी होंगी।"

रहमानुल्लाह क्या बोले जा रहे थे, उसने सुनना बन्द कर दिया था। सौदामिनी के साथ कोई दुर्घटना नहीं हुई है, वह जीवित है और सब कुछ समझते-बूझते भी, उसने बिना कुछ कहे, बिना बताए अपने सूरज की ज़िन्दगी से लोप हो जाने का निर्णय ले लिया है। यह सब प्रायोजित था। वह ब्याह के सपने देख रहा था और वह उसे छोड़कर जाने के। तो जीत गए उसके अन्दर के दैत्य-दानव। 'यह मेरी हार है, मेरी पराजय। मैं उसे विश्वास नहीं दिला पाया।'

अनाहार से उसे चक्कर आ गया। पानी के छींटों से, जैसे गहरी निद्रा से जागकर उसने आँखें खोलीं, रहमानुल्ला ने पकड़कर एक कुर्सी पर बैठा दिया, "बाबू, बाबू, क्या हो गया बाबू?" वह कह रहे थे। "लीजिए, पानी लीजिए। क्या हो गया, बीमार हैं क्या? कुछ खाया-पिया है? कैसे दुबला गए हैं बाबू, अर्को बाबू!"

उसने उठते हुए कहा, "शायद चक्कर आ गया था। अब ठीक हूँ। चलता हूँ।"

"नहीं, नहीं, रुकिए। कुछ खाकर जाएँ। शाहिद आपको छोड़ आएगा।"

अर्कदीप्त से वहाँ एक क्षण भी रुका नहीं गया। बाहर निकलते ही ठंडी हवा का झोंका आया और वह काँपने लगा। नेत्रहीन और विक्षिप्त व्यक्ति की तरह वह कैसे घर पहुँचा, दरवाज़ा खोला और बिस्तर पर गिर पड़ा, उसे मालूम नहीं। उसकी सिसकियाँ सूखी थीं। उसके अन्दर एक गहन दुख का बवंडर उठ रहा था। वह एक समुद्र में डूब रहा था और उसे बचाने वाला कोई नहीं था।

कोई दुख का साझेदार नहीं, यहाँ से वहाँ तक बस अन्धकार और स्तब्धता। उसका हृदय जैसे नीचे और नीचे डूबता जा रहा था और कोई नहीं था जो उसका हाथ पकड़कर उसे उस गर्त से निकलने में सहारा दे। 'मैं अकेला हूँ,' उसके मन में विचार उठा, 'और अब ऐसे ही रहूँगा। डूब गया हूँ तुम्हारे बग़ैर। कहाँ चली गईं तुम? कैसे रह लोगी? इतनी हिम्मत है तुममें?'

वह एकाएक आशावान हो आया। वह जल्दी ही जान जाएगी कि उसने कितनी बड़ी भूल की है, वह अपने अर्को से कितना प्यार करती है, वह लौट आएगी। वह आँखें खोलेगा और देखेगा कि सौदामिनी सामने खड़ी है। वह कैसे रह सकती है, अर्कदीप्त से दूर? अलग होकर? पगली कहीं की! बनती है बड़ी समझदार, पर है महामूर्ख।

वह अपने को आश्वस्त करना चाहता है, पर साथ ही साथ कहीं अन्दर जानता है कि ऐसा शायद होगा नहीं। मगर वह आस का सहारा छोड़ना नहीं चाहता।

हांस और विन्स चिंतित हैं। वह कमरे में पड़ा रहता है। कहीं आता-जाता नहीं। न उठता है, न कपड़े बदलता है। कुछ कहने पर झल्ला उठता है, "लीव मी अलोन," और वह दरवाज़ा भड़ से बन्द कर लेता है।

कितने दिन से लाइब्रेरी नहीं गया है, न डॉक्टर हाइनर से मिला है। कभी आग्रह करने पर एक-दो कौर खा लेता है। कभी वह भी नहीं।

"तुम ऐसे ही रहे तो हमें तुम्हें मानसिक उपचार के लिए पागलख़ाने में दाख़िल करना पड़ेगा," हांस कहता है।

"ठीक है, तो चलो और बन्द करवा दो। मैं सचमुच पागल हो गया हूँ।"

जब उसके दरवाज़े पर थाप पड़ी तो उसे मालूम था कि उस तरफ़ जो है, वह सौदामिनी नहीं है।

"तुम्हें क्या हो गया अर्को?" शिशिर ने कहा।

वह बिना कुछ कहे वापस पलंग पर आकर बैठ गया। उसकी दृष्टि रीती-रीती और निस्तेज थी।

"कब से बीमार हो? डॉक्टर के पास गए?"

अर्को चुप है।

"तुम्हें क्या हो गया है अर्को, बताओ न? मैं तो कल ही लौटा हूँ। यू.एस. में था। कल कीर्केगार्द पर भाषण था, तुम वहाँ भी नहीं आए। कब से प्रतीक्षा कर रहे थे। मैं तो तुम्हारे लिए ही गया—तुम्हें नहीं देखा तो ताज्जुब हुआ।"

बहुत देर चुप रहने के बाद फँसती हुई आवाज़ से अर्कदीप्त ने कहा, "वह कहीं चली गई है।"

शिशिर मौन।

"मुझे छोड़कर, क्यों शिशिर?" उसकी आवाज़ गले में फँस रही थी।

"कब?"

"याद नहीं, काफ़ी दिन हो गए।"

"और तुम, इतने दिनों से, इसी बन्द कमरे में बैठे हो?"

अर्कदीप्त चुप है।

फिर बोला, "वह सचमुच चली गई है क्या? तुम्हें तो बताया होगा? तुम्हें तो वह सब बताती थी। उसका पता-ठिकाना तो मालूम होगा। बता दो शिशिर, नहीं तो मैं..."

शिशिर बहुत देर चुप रहा, फिर हल्के-से बोला, "वह ऐसी ही है, बेचैन आत्मा। बस, छोड़कर चल देती है, अपनी ख़ुशी सह नहीं पाई। मुझे कुछ भी पता नहीं। मैं तो कल ही यात्रा से लौटा हूँ। चलो, उठो, कपड़े बदलो, हम बाहर चल रहे हैं।"

"मुझे कहीं नहीं जाना है।"

"अर्को," शिशिर ने कड़े स्वर में कहा, "उठो, तैयार होओ। डॉ. हाइनर ने स्पीकर के लिए डिनर दिया है। ख़ास तौर से कहा है तुम्हें लाने को।"

"मुझे कहीं नहीं जाना।"

"तो ठीक है, अभी अस्पताल फ़ोन कर तुम्हें पागलख़ाने भेजता हूँ। पागल तो हो ही गए हो।"

शिशिर ने अविश्वास से सिर हिलाया। उसकी आवाज़ सख़्त थी और सीरियस भी, "चलो, उठो, शेव करो। तैयार हो जाओ। डॉ. हाइनर क्या सोचेंगी?"

गुसलख़ाने में उसके गिरने की आवाज़ से विन्स दौड़कर आया है। अर्कदीप्त अचेत है। टॉयलेट से सिर टकराने की वजह से रक्त टपक रहा है।

"एम्बुलेंस बुलाओ!" विन्स चीख़कर कहता है।

अस्पताल के वेटिंग रूम में तीनों बैठे हैं।

"कितनों दिनों से," विन्स शिशिर को बता रहा है, "कुछ खाता-पीता नहीं था। पागलों की तरह दिन-रात में कई बार उधर के चक्कर लगाता रहता था। हम लोग रात-रात-भर अपने कमरे में उसकी चहल-कदमी की आवाज़ सुनते रहते थे।"

"पहला ब्रेकअप," शिशिर ने कहा, "अनुभव के स्तर पर तो वह बच्चा ही है। उसे इन सब बातों का अनुभव कहाँ है?"

उसे अस्पताल में भर्ती करा दिया गया है। पहले शरीर का इलाज होगा। अनाहार, अनिद्रा, तनाव के कारण सब कुछ गड़बड़ा गया है। शरीर के नॉर्मल होने पर मानसिक चिकित्सा होगी। 'केवल निकट के सम्बन्धी ही मिल पाएँगे। आप लोग जा सकते हैं,' उनसे कहा गया है।

"आप लोग सही समय पर ले जाए," डॉक्टर अन्दर से निकलकर आया है, "हमने भर्ती कर लिया है। पूरा सिस्टम गड़बड़ है। हम देख-भाल कर रहे हैं।"

डॉक्टर अधेड़ है, उसकी आँखें नीली हैं, करुणामय।

"आप सम्बन्धी हैं?" वह शिशिर की ओर मुड़कर कहता है।

एकदम शिशिर ने कहा, "जी, मैं...।"

"यह यहाँ किसलिए हैं?"

"पी-एच.डी. कर रहा है," शिशिर ने कहा।

डॉक्टर ने लम्बी साँस ली। अपनी जेब में पेन वापस रखते हुए कहा, "तभी! हमें अक्सर ऐसे केस देखने को मिलते हैं, बहुत प्रेशर होता है। स्वदेश से दूर, अकेले, तरह-तरह के दबाव।"

कुछ क्षण चुप रहकर उसने आगे कहा, "अकेलापन, नई भाषा, अनजान देश, नई सभ्यता—टूट जाते हैं। कितने विद्यार्थी आत्महत्या कर लेते हैं।"

अर्कदीप्त को अस्पताल में छोड़कर तीनों बाहर खड़े हैं, चुपचाप। एकाएक हांस ने मुड़कर शिशिर से कहा, "तुम्हारी कज़िन ने ऐसा क्यों किया? ये दोनों तो एक-दूसरे को बहुत प्यार करते थे!"

शिशिर को उत्तर देने में समय लगता है।

विन्स चुप है। आती-जाती कारों को देख रहा है। उसका चेहरा बुझा-बुझा-सा है, "मैं बहुत चिन्तित हूँ आर्को के लिए। उसका ब्रिलिएंट कैरियर धूल में मिल जाएगा।"

"मिट्टी में मिल गया," शिशिर ने कड़वाहट से कहा, "मैंने कितनी बार उसे समझाने की कोशिश की, मगर उसने सुना ही नहीं। सौदामिनी को कमिटमेंट फोबिया है। किसी एक के लिए प्रतिबद्ध होना उसके लिए कठिन होता है। कोई मनोवैज्ञानिक गुत्थी होगी। दस-ग्यारह साल की उम्र में फादर-मदर का डाइवोर्स हो गया। बीस साल की उम्र में पति से मोहभंग हो गया। वह जुड़ने से डरती है, मगर अर्को के लिए तो..." उसका गला भर आया।

कुछ देर चुप रहने के बाद बोला, "मैं बहुत चिंतित हूँ अर्को के लिए। अब अस्पताल से छुट्टी मिलने के बाद भी क्या वह दोबारा अपनी रिसर्च पर काम कर पाएगा?"

हांस की गाड़ी आती दिखाई दी। विन्स ने शिशिर का कन्धा धीरे-से थपथपाया, "चलो, तुम्हारी गाड़ी तो हमारे घर पर ही होगी।"

"मैं पैदल आया था। फ़िक्र न करो। टैक्सी ले लूँगा।"

अस्पताल का यह नया खंड आधुनिक था। आपातकालीन विभाग अत्यन्त व्यस्त था। आस-पास लोगों की आवाजाही, एम्बुलेंसों की क़तार, एक शिशु का रुदन, फिर चुप्पी।

अर्कदीप्त एक केबिन में अचेत पड़ा था। बाँहों में नलियाँ लगी थीं और सिरहाने हार्ट मॉनिटर लगातार अंक दिखा रहा था। वह गहरी तन्द्रा में था। उसकी बन्द आँखों के पीछे कौन-से चित्र बन-बिगड़ रहे थे, इसकी भी सुध शायद उसको न थी।

यह पागलों का अस्पताल भी विचित्र है, अस्पताल के अनेक गलियारों और दफ़्तरों से परे, छठी मंज़िल पर स्थित, जहाँ एक जँगले के पीछे कमरे हैं, कोठरियाँ हैं, बैठने के लिए हॉल है। खाना समय-समय पर किचेन से आता है तभी जँगला खुलता है। वैसे वहाँ आने की किसी को आज्ञा नहीं है, केवल डॉक्टर, नर्सें और परिचारक ही कोड जानते हैं, या फिर उनके आने का प्रवेश-द्वार अलग होगा। वहाँ न कोई घड़ी है, न कैलेंडर। अर्कदीप्त को पता नहीं है कि कितना समय बीत गया। कितने समय से दवाइयों के कारण तन्द्रा में है। मगर आँखों के आगे असंबद्ध, कटे-फटे सपने तैरते रहते हैं। कभी उसे लगता है कि सौदामिनी ने उसे पुकारा है—सूरज, और वह आँखें खोल देता है।

बिना खिड़की के एक तंग-सा कमरा है जिसका दरवाज़ा बन्द है। नशीली दवा से आँखें मुँद जाती हैं। वह अशरीरी बनकर ऊपर-नीचे उड़ता रहता है या अधर में तैरता रहता है। अक्सर वह अपने को उसी कोठरी में पाता है, जहाँ गाय-भैंसों के गोबर की गन्ध हवा के झोंकों से आती-जाती है; जहाँ ताईजी बाहर बरामदे में बैठी हैं और जाड़ों की दुपहरी में उनके आस-पास मोहल्ले की लड़कियाँ और बहुएँ इकट्ठा हैं। दर्ज़ी की बेटियाँ मशीन चला रही हैं। दूसरी साड़ी पर ग़लत फॉल लगाने के कारण डाँट खा रही है। दो तिब्बती स्त्रियाँ बुनाई के नये नमूने सीख रही हैं।

अस्पताल के इस खंड की इस कोठरी के बाहर क्या मौसम है, उसे नहीं मालूम। वह स्वयं मशीन बन गया है। समय-समय पर दवा की गोलियाँ चुपचाप खा लेता

है। अगर दूसरे रोगियों की तरह वह चीख़ा-चिल्लाया होगा तो उसे स्वयं पता नहीं। वह शरीर से अलग हो गया है। मन में भी सब विचार कटे-फटे, उलटे-पुलटे-से हैं। कभी-कभी नर्स उसे कमरे से बाहर निकालकर लाती है। बाहर बड़ा-सा हॉल है, जिसमें तरह-तरह के लोग हैं। कुछ निरुद्देश्य कमरे का चक्कर लगा रहे हैं। एक स्त्री अपने-आप से न जाने किस भाषा में बात कर रही है। एक अधेड़ व्यक्ति मेज़ पर अकेला बैठकर अदृश्य पार्टनर के साथ ताश खेल रहा है।

डॉक्टर उससे पूछता है, "कैसे हो, रॉय?"

वह कुछ कहता नहीं, सिर हिला देता है।

कैसी है यह जगह? दूसरे विक्षिप्त लोगों की तरह वह भी अपने-आपसे बातें करने लगता है। दवाइयों का नशा कम होने से उसे वह सब फिर याद आने लगा है—सौदामिनी का चेहरा, कभी हँसता, कभी तुष्ट, निद्रामग्न।

उसके कानों में अपनी ही फूट-फूटकर रोने की आवाज़ पड़ती है, तो उसे वापस ले जाते हुए नर्स कहती है, "यह दवा की वजह से है। तुम तो यहाँ बहुत ख़ुश हो, न? है न, रॉय?"

वह दोनों गोलियाँ निगल लेता है। उसके आस-पास स्याही का जो सागर है, नीली-काली स्याही, उसकी आँखों के आगे कटे-फटे शब्द उभरते रहते हैं—बेमानी, बेमतलब शब्द, छितरे-छितरे शब्द। पंक्तियाँ जो एक-दूसरे से जुड़ी नहीं हैं। बीच पृष्ठ से ही लोप हो जाती हैं। वह उन्हें पकड़ना चाहता है, उनके पीछे भागना चाहता है, मगर फिर सब लुप्त होने लगता है—शब्द, अक्षर, ताईजी की पड़ोसिन लड़कियाँ, सौदामिनी।

वह कुछ भी नहीं पकड़ पाता। बस, स्याही के समुद्र में डूबने लगता है। जलपरियाँ, कहाँ हो तुम सब? क्या गा रही हो? क्यों दूर-दूर जा रही हो? सौदामिनी, कौन हो तुम? कहाँ गईं?

चेतना लौटती है तो फिर अकेले रह जाने की अनुभूति दंश देने लगती है। वह नर्स को बुलाने की घंटी पर हाथ रख देता है। उसे अचेत होने की गोली चाहिए।

शान्तिप्रिय विक्षिप्तों का वार्ड भी विचित्र है। हिंसक, चीख़ने-चिल्लाने वाले अपने-अपने कोष्ठकों में रहते हैं—निद्रा के इंजेक्शन से अभिभूत।

दिन में एक बार मनोचिकित्सक से मुलाक़ात होती है। कभी नहीं कहेगा कि उसके छोड़कर जाने से वह किरच-किरच होकर बिखर गया है। वह कहेगा कि थीसिस समाप्त करने का प्रेशर, समयाभाव, विचारहीन रिक्त मस्तिष्क—और बेहद घबराहट, पैनिक अटैक, दिल का धड़धड़ाना, हाथ-पैर काँपना, संज्ञाशून्य होकर गिर जाना—वह कभी सौदामिनी का नाम नहीं लेगा, कभी नहीं।

यह डॉक्टर दूसरा है। जिसने अस्पताल में भर्ती किया था, वह नहीं। वह भी

वही घिसा-पिटा किताबी वाक्य दोहराता है, "विदेश में रहने का प्रेशर, अपने परिवेश और प्रियजनों से कटकर, धनाभाव और नई संस्कृति में फिट होने का उपक्रम—हमने अक्सर विदेशी छात्रों को इस प्रेशर से टूटते देखा है। नई बात नहीं है, तुम ठीक हो जाओगे।"

'आप महामूर्ख हैं डॉ. रोज़ेन,' वह मन-ही-मन कहता है, और ऊपर से सहमति में सिर हिलाता है। भोजन के समय अल्पाहार कर लेता है—सूप, सैंडविच, पास्ता।

पर वह विक्षिप्त नहीं है। उसका मन और मस्तिष्क एक ही वृत्त में चक्कर काटता रहता है—क्यों? क्यों? क्यों?

'क्या मैं तुम्हारे योग्य नहीं था, तो फिर क्यों इतना-इतना प्यार लुटाया तुमने? वह सब एक नाटक नहीं था, सच था। मैं इतना मूर्ख तो नहीं कि समझ न सकूँ। फिर भी तुम मुझे छोड़कर कहाँ लोप हो गईं? वह केले का झुरमुट, आँगन में फ़व्वारा, जिसमें कमल फूलते हों, वह सब क्या था? क्या हुआ तुम्हारा सपना जिसमें सही समय आने पर पुष्पहास नाम का बेटा भी था, और मैं भी तो उस सिनैरियो में शामिल था। मेरी लिखी स्क्रिप्ट तुमने नकार दी। पर क्यों?'

फिर एक उड़ता हुआ विचार आया। पकड़ना चाहा, मगर वह तुरन्त लोप हो गया।

स्याही का सागर है, बार-बार उमड़ता लगता है। नीली-काली स्याही। वह उसमें धँसता जा रहा है—नीचे और नीचे। स्याही से कोरे काग़ज़ पर लिखे शब्द डूबते-उतराते हैं, ऊपर होते हैं, नीचे डूब जाते हैं। वह क्या लिख रहा है, स्वयं नहीं पढ़ पाता। पर लिखता रहता है देवनागरी में, अंग्रेज़ी में, जर्मन में। वह आकाश में उँगली से कुछ लिखना चाहता है, हाँ—कीर्केगार्द पर। उतराने लगता है सौदामिनी का चेहरा। कभी हँसता हुआ, कभी निद्रामग्न, तुष्ट, कुछ बनाते हुए तल्लीन। फिर वह भी कटे-फटे अक्षरों में लुप्त होने लगता है। वह पकड़ना चाहता है मगर सब कुछ रोशनी के समुद्र में डूबने लगता है।

रोशनी नहीं—रोशनाई, वह कहता है। अपने-आपसे बातें करना तो विक्षिप्त लोगों की आदत होती है। वह अपने-आपसे, अपने उस चार दीवारों वाले कमरे में—न जिसमें एक भी खिड़की है, न खुला दरवाज़ा; न कोई सुनता है, न जवाब देता है। ख़ुद ही बड़बड़ाता है, चीख़ता है। दीवार पर सौदामिनी का चेहरा उभर आता है तो उससे झगड़ा करता है। और जब वह चेहरा लोप हो जाता है तो फूट-फूटकर रोने लगता है। दवाओं से उसे मतिभ्रम होने लगता है। दीखता है, ताईजी बरामदे में बैठी हैं। उनके आस-पास मोहल्ले वाली स्त्रियाँ और लड़कियाँ बैठी हैं। दर्ज़ी की बेटी हमेशा उलटा फॉल लगा देती है और डाँट खाती है। दूसरी बेटी मशीन पर थैलियाँ-सी रही है, तिब्बती औरतें बुनाई कर रही हैं।

खाने का समय, दवाई का समय, सोने का समय। उसकी नर्स का नाम क्रिस्टा है, बराबर साथ रहती है। रात को भी शायद दरवाज़े के बाहर कोई चौकीदारी करता होगा। यह पागलों का विंग भी अजीब है, सब अपने-अपने पिंजरों में बन्द हैं—वार्ड के दरवाज़े पर जँगला है, जिसमें ताला लगा रहता है। कोई बाहर नहीं जा सकता। अस्पताली नीले रंग के कपड़े, जिनमें न नाड़ा है, न कुछ ऐसा जिससे कोई अपने को आहत कर सके। दिन में एक बार सब बाहर लाए जाते हैं। कुछ टीवी के आगे बैठकर ऊँघते रहते हैं, तो कुछ दीवार पर केवल उन्हीं को दीखती आकृतियों को पकड़ने का प्रयत्न करते रहते हैं।

यह थीसिस लिखने या विदेश में रहने का दबाव नहीं है, वह क्यों कहेगा? सोचने दो डॉक्टरों को, जो सोचें। जो असलियत जानते हैं, वे समझ रहे हैं कि उसे क्या दुख है। क्या कर सकते हैं, अस्पताल में छोड़कर जाने के अलावा!

पहले उसके शरीर का उपचार होता है, सप्ताहों की निद्रा और अनाहार का निदान किया जाता है। भोजन अभी भी गले से नहीं उतरता, मगर नींद की गोलियों से सो तो जाता है, रात-भर कटे-फटे, चमकदार सपने देखता है—अनजान शहर, कभी ताईजी, कभी भूले हुए मास्टर जी जो छठे दर्जे में पढ़ाते थे। कभी-कभी धड़ाम से गिर जाता है तो चौंककर आँखें खोल देता है। पाता है, पैर बँधे हुए हैं। वह पट्टे खोल देता है। बाथरूम जाने के लिए घंटी बजानी पड़ती है। नहाते समय भी बाहर एक कर्मचारी खड़ा रहता है—चौबीसों घंटे की पहरेदारी।

टूटे दिल का उपचार। वह किसी से नहीं कहेगा, एक बार भी उसका नाम नहीं लेगा। नींद और अर्द्धजाग्रत अवस्था के बीच याद करता रहता है—उसकी उज्ज्वल हँसी, उसके शरीर की ख़ुशबू, उसका स्पर्श। वह अस्पताली नीले रंग के कपड़ों में विक्षिप्त लोगों के बीच बैठा रहता है—अधिकतर लोग दवाओं के असर से ऊँघते रहते हैं। कभी-कभी कोई चीख़ने लगता है तो कर्मचारी उसे तुरन्त पकड़कर एकांत कमरे में ले जाते हैं। वह भी ताला-बन्द कोठरी में रहता है। विदेशी विद्यार्थी है, उसका ब्रेकडाउन हो गया है। पहले व्यग्र रहता था, चीख़ता था, रोता था—अब चुप है, शान्त। या तो अन्दर का झंझावात थम गया है या फिर दवाइयों का असर है।

वह मशीन बन गया है। समय-समय पर दवा की गोलियाँ खा लेता है और ऊँघता रहता है। यहाँ कोई कैलेंडर नहीं है। कौन-सा दिन या कौन-सा महीना है, इसका कोई हिसाब नहीं है। पर दिल में किसी ने एक कील ठोंक दी है, दुखता रहता है। कभी-कभी लगता है कि अब ऐसे ही जीना होगा। दिल में ठुकी, निरन्तर दुखती कील के साथ, उस कील का नाम है। वह नाम कभी उसके होंठों के बाहर नहीं आएगा। अन्दर ही अन्दर रक्त रिसता रहेगा। डॉक्टर की दी हुई नाट्य-लिपि पर ही अभिनय करता रहेगा। विदेशी छात्र, भाषा सीखकर उसमें पुस्तकें पढ़ना,

एक दुरूह क्षेत्र में दुरूह व्यक्ति पर थीसिस लिखना—वह भी तो पागल था। नहीं, पागल तो वह था चित्रकार, जिसकी पेंटिंग का प्रिंट लाकर दीवार पर टाँग दिया था। वे दोनों उस चित्रकार की पेंटिंग देखने हॉलैंड जाने वाले थे...।

वह लम्बी साँस लेता है। सोचने दो डॉक्टरों को, उसे कहीं भी जाने की, कुछ करने की इच्छा नहीं है। बस, जैसे स्याही के सागर में डूबता जा रहा है—नीचे और नीचे, धँसता जा रहा है। वह उँगली से देवनागरी में लिखना चाहता है—राजकुमारी की रसोई, नमस्ते, दुष्टा—कहाँ से उभरते हैं ये शब्द? यह किसका मुस्कराता हुआ चेहरा है? कौन उससे इतने सटकर बैठा है कि उसके उष्ण शरीर में तरंगें-सी उठ रही हैं और उसे छू-छूकर विलुप्त होती जाती हैं?

वह अपने-आपसे, अकेले में, सौदामिनी से बातें करता है, पर उसको अपनी ही आवाज़ दीवारों से टकराकर लुप्त होती दिखाई देती है। किसी की हँसी हिलोर नहीं लेती, न किसी की सुख-भरी आहें—उसका शरीर कितना लालायित रहता है किसी की महकती हथेली के स्पर्श के लिए! मगर सख़्त गद्दे पर नीली चादर कितनी ठंडी होती है, वह अपने-आपसे प्रश्न पूछता है। जब दवा का असर ख़त्म होने लगता है तो वह सब उमड़ने लगता है जिसने यहाँ इस पागलों की कोठरी में लाकर बैठा दिया है। वह चाहता है, अपने पर कंट्रोल करे। कभी-कभी स्पष्टता के क्षण आते हैं तब सारी बातें आकर उसके दिल में छुरा-सा घोंपने लगती हैं। वह अपने-आपसे बातें करता है, बड़बड़ाता है, कभी-कभी फूट-फूटकर रोने लगता है। क्या वह सब नाटक था—एक टाइम पास? चेतना के क्षणों में वह जानता है कि वही तो जीवन का सार था—बाक़ी जीवन, उसके बिना एक बड़ा ज़ीरो बनकर रह जाएगा।

"तुम्हें नाटक करना पड़ेगा," एक व्यक्ति उससे कह रहा है, "नहीं तो बरसों यहीं सड़ते रहोगे। फफूँदी लग जाएगी तुम्हारी तीव्र बुद्धि पर। यही चाहते हो क्या?" वह व्यक्ति अक्सर कमरे में दिखाई देता है। अकेले बैठकर ताश खेलता रहता है, अकेले। न जाने क्यों वह उठकर अर्कदीप्त के पास आ गया है, "मैंने नर्सों को बात करते हुए सुना है। तुम बहुत कुशाग्र बुद्धि के विद्यार्थी हो। यहाँ के प्रेशर ने तुम्हें तोड़ दिया है—दुखद, तो सुनो, नाटक करो। जो डॉक्टर चाहता है, उसी का नाटक करो। अभिनय करना आता है? नहीं, मैं सिखा दूँगा। मैं अभिनेता हूँ।"

दो अर्दली आए हैं और उसे पकड़कर ले गए हैं। एक चलते-चलते कहता है, "इसकी बातों पर ध्यान मत देना। पागल है।"

"मैं पागल नहीं हूँ," वह व्यक्ति जाते-जाते चीख़ रहा है।

क्या मैं पागल हूँ? उसके शब्द अर्कदीप्त को चुभ गए हैं : नहीं, मैं पागल नहीं हूँ। बस, केवल मैं एक गहरे समुद्र में डूबने लगता हूँ। चारों ओर काला अँधेरा है। सब कुछ उसी में डूब गया है। सौदामिनी की याद उजागर रखने के प्रयत्न में उन

सबको भूल गया है। एकाएक वह अपनी गोल मार्केट की कोठरी में आ गया है, जहाँ बाहर गाय-भैंसें और बकरियाँ हैं : अन्दर बरामदे में ताईजी बैठी हैं और उनके आस-पास मोहल्ले की फूहड़, अनपढ़ बहुएँ और लड़कियाँ बैठी हैं।

कहीं सचमुच किसी कार ने टक्कर तो नहीं मार दी? पर नहीं, उसके कहने पर पुलिस ने हर दुर्घटना की जाँच की थी, अस्पतालों के शवगृह चेक किये थे, कहीं किसी भारतीय स्त्री के शव पाए जाने की सूचना नहीं थी। एयरलाइन अपनी पैसेंजर लिस्ट नहीं बताती, और वह कहाँ जाएगी? कहीं भी जा सकती है। दुनिया कितनी बड़ी है—अगर कोई खो जाना चाहे तो आसानी से खो सकता है।

वह बच्चों की तरह फफक-फफककर रो पड़ता है, तब दूर बैठी नर्स जल्दी से उठकर उसके पास आती है। पहले उसका कन्धा थपथपाती है, जब वह हिचकियाँ लेने लगता है तब वह उसे उसकी कोठरी में ले आती है और तब तक खड़ी रहती है जब तक वह दवा की गोलियाँ लीलकर ग़ाफ़िल नहीं हो जाता।

उसे मालूम नहीं, कितना समय बीत गया है। इन दीवारों के पार की दुनिया दिखाई नहीं देती—बस, आसमान है धुँधला, सलेटी, सूर्यविहीन, जिसकी एक फाँक ऊँची खिड़की से दिखाई देती है। उसे मालूम नहीं कि यह जगह अस्पताल के किस तल पर है। यहाँ ज़िन्दगी आकर थम गई है—न यहाँ मरण की ख़बर है, न जन्म की। यह शहर का सबसे बड़ा अस्पताल है। यहाँ पच्चीसों लोग मरते होंगे और बच्चे भी जन्मते होंगे।

क्या वह भी मर चुका है? और क्या यह उसका नवीन संस्करण है? फिर क्या होगा उस विचारक कीर्केगार्द का? भाड़ में जाए! वह कहता है—ट्रॉली तो मेरे ऊपर से गुज़र ही गई है, अब केवल यह कुचली हुई लाश पड़ी है।

वह सब सुनेंगे तो क्या करेंगे? बऊ, बाबूजी, ताई, ताऊजी—क्या वे तड़पकर नहीं रह जाएँगे? कितने चाव, कितने अरमानों से उसे भेजा था—पढ़ने गया है तो कुछ बनकर ही आएगा, सबका सिर गर्व से ऊँचा करेगा। और वह है एक निकम्मा, नालायक प्राणी, जो एक स्त्री के प्यार में बिसूर रहा है; क्या करे? यह जो यादें अकेले में, अँधेरे में, उभर आती हैं, एक मरीचिका थी, एक झूठमूठ का सच। नहीं, वह सच ही था—उस समय का सच। वह जैसे ही घर में घुसती, वह लपककर उठता और उसे बाँहों में भर लेता, 'अरे अर्को, तुम कब आए? देर से इन्तज़ार कर रहे हो?...अरे छोड़ो मुझे, कपड़े बदल लूँ। सारे दिन के खाने और पसीने की महक आ रही होगी।'

'मुझे यही महक अच्छी लगती है—सारे दिन के खाने की और तुम्हारी मिली-जुली, एक मादक सुगन्ध।'

'यह महक है मेरे सीक्रेट तीसरे तड़के की।'

'जिसमें जादू है, लोग खिंचे आते हैं। मेरी तरह दास बन जाते हैं।'

बाँहों में बँधे-बँधे वे पलंग तक चले आते हैं।

नीचे की आवाजें वैसे भी नहीं आती हैं, न खाने की ख़ुशबू। उसने बुझे हुए गरम-गरम तन्दूर के ऊपर मखनी दाल का देग रात-भर पकने के लिए रख दिया होगा।

बाहर सड़क की रोशनी मद्धिम हो जाती है। आवाज़ें थम जाती हैं—एकदम सन्नाटा। इसमें वह सौदामिनी के दिल की तेज़ धड़कन सुनता है।

क्या सौदामिनी का चेहरा धुँधलाता जा रहा है? क्या वह सब सच नहीं था, केवल एक भ्रम था, एक मायाजाल, जो उसने स्वयं बुना था और स्वयं ही उसमें फँस गया था? वह यहाँ, इस छोटे से कमरे में क्या कर रहा है? कहाँ है वह? यह नर्स जो कह रही है, वह समझ नहीं पाता। न जाने किस भाषा में बात कर रही है! कहाँ गई उसकी बाइक? अरे, लाइब्रेरी गए कितने दिन हो गए, रेस्तराँ? क्या नाम था उसका? प्रिंसेज किचेन—राजकुमारी की रसोई। जो औरत उसकी तरफ़ पीठ किये जल्दी-जल्दी हाथ चला रही है, उसे वह नहीं पहचानता। एकाएक महताब ख़ान आकर पुकारते हैं, 'फ़ात्मा?' तो वह झटके से देखता है कि वह चेहरा अनजान है? कहाँ है वह चेहरा—सुन्दर, विभोर, मुस्कराता हुआ, साड़ी का बैंगनी पल्ला, जिसमें कृष्ण जी उकेरे हुए हैं?

मनोचिकित्सक से रोज़ भेंट होती है, "कैसे हो रॉय?"

वह होश में आ गया है। अपने वस्त्रों का नीला रंग देखता है—नहीं, वह विक्षिप्त नहीं है, मगर सचेत होते ही उसके दिल में तेज़ कटार-सी चुभने लगती है।

"ठीक हूँ," वह कहता है।

कभी-कभी उसका नाम उच्चारण करना चाहता—सौऽऽदाऽऽमिनी! कैसे ज़बान से फिसलता है, कितना मिठास-भरा है यह नाम! साथ-साथ—वह चली गई है, इस प्रेमपाश से मुक्त होकर।

"क्या सचमुच?" वह कहता है।

"हाँ, सचमुच तुम स्वस्थ हो रहे हो," मनोचिकित्सक कहता है, "तुम वापस जाना चाहते हो?"

"नहीं, नहीं, नहीं!" वह चीख़ने लगता है। उसके सामने सौदामिनी आकर खड़ी हुई है। वह जैसे हाथ बढ़ाता है, वह कहीं लोप हो जाती है। वह छोटे से कमरे में डॉ. रोज़ेन के सामने बैठा है।

डॉक्टर और कुछ नहीं कहेंगे, उसे वापस भेज देंगे और वह मुड़-मुड़कर उधर देखता है जहाँ अभी-अभी सौदामिनी आकर खड़ी हो गई थी।

वह सोता-जागता रहता है—कभी ऊपर अधर में टँगा, कभी ठंडी भूमि पर गिरता हुआ। कभी-कभी सब कुछ एकदम स्पष्ट हो जाता है—अक्सर रात को,

जब गोली का असर कम हो जाता है। वह पास में टटोलता है—वहाँ सुन्दर, उष्ण, धड़कन भरी देह नहीं है, केवल सँकरी, ठंडी शैया है।

शायद नशीली गोलियों की मात्रा कम कर दी गई है या फिर वह ठीक होने लगा है। मनोचिकित्सक अब उसे रोज़ मिलते हैं—दो हैं, बारी-बारी से।

"कैसे हो रॉय?"

"मेरे चारों तरफ़ रोशनी का एक अन्धकारमय समुद्र है, जिसमें मैं डूबता-उतराता रहता हूँ," वह धीरे-धीरे कहता है। "रोशनी नहीं, रोशनाई, स्याही," वह अपने वाक्य को सुधार लेता है। "मगर मुझे रोशनाई से क्या करना?" वह एकाएक अपने से पूछता है, "न जाने मेरा कम्प्यूटर कहाँ है?"

डॉक्टर मुस्करा पड़े हैं, "तुम ठीक हो रहे हो। तुम्हारी तार्किक शक्ति वापस आ रही है। हाँ, तुम तो कम्प्यूटर पर लिखते होंगे?"

अब सब कुछ फोकस में है, "मेरे उस कम्प्यूटर पर मेरे लिखे हुए चैप्टर्स हैं, मेरी रिसर्च।"

डॉक्टर कुछ कहते नहीं।

"अगर खो गया तो मैं क्या करूँगा?"

"तुमने अपने लिखे हुए चैप्टर्स प्रिंट नहीं किये थे?"

"हाँ-हाँ, याद है। प्रिंट किये थे। कहाँ है वह?"

वह सब हलचल, यह सपने, यह मतिभ्रम—उसे नीली गोली चाहिए। मगर अब नहीं।

"तुम ठीक हो रहे हो रॉय।"

दृष्टि स्पष्ट हो रही है, "नहीं-नहीं, मुझे वही चाहिए।"

'मुझे चाहिए,' वही मतिभ्रम वाली छायाएँ। वह पीठ थपकते हैं, "हमारा समय समाप्त हो रहा है, जाओ रॉय।"

सच में, पीड़ा में वह दंश नहीं रहा। अपने और सर्वस्व खोने का दुख अब भोथरा होता जा रहा है, मगर विगत की छायाएँ नहीं। पड़ोसी की पत्नी प्रसव के बाद होश में ही नहीं आई। नवजात बच्चा कथरी में लिपटा खटोले पर पड़ा है। अन्दर कमरे में विवाह का प्रस्ताव लिये उस लड़की के परिवारजन बैठे हैं, नववधू लाल लहँगा-चोली में बच्चे को गोद में लिये खड़ी है।

विभ्रमित...खोई-खोई।

क्षति तो जीवन के ताने-बाने में बुनी हुई है। कहाँ से उभरा यह विगत का चित्र?

कौन कह रहा है, किसके शब्द हैं? अन्धकार, चेहरा धुँधला। केवल स्वर ऊपर-नीचे तैरते हैं, रोशनाई में लिपटे हुए।

तुम तो शरीर के अणु-अणु में हो, अलग कहाँ हो?

एक स्पष्ट दृष्टि-क्षण में मन में कुछ उभरता है :

मूँगा, मटका, कोरा, अजरख
प्याज़ लहसुन धनिया अदरक
बालूचरी...जामदानी।
अपूर्व दुनिया तुम्हारी सौदामिनी

उसे अन्तिम पंक्ति कहने की आवश्यकता नहीं है, वह हँसती हुई वापस आ गई है। आधा बना जूड़ा खुलकर पीठ पर बिखर गया है। नहीं, यह तो बिना खिड़की वाली कोठरी है, यथार्थ।

मुझे दवाई दोगी नर्स—नहीं तो मैं दीवार से सर टकरा दूँगा—अरे, माथे पर यह गुमड़े कैसे हैं, बऊ की उँगलियाँ हल्के-हल्के उस का माथा छू रही हैं—जाने दो बऊ, तुम अपने आम गिनो, उस टोकरे से जो तुम्हारे मैके से आई है। तुम्हारे आमों के बगीचे से।

वह लेटा रहेगा, हाथ-पाँव बँधे रहेंगे। नहीं, यह तो खुले हैं, मगर उन फीतों का स्पर्श अभी भी है। स्पर्श कभी मिटता नहीं, शरीर के कोषाणुओं में भिद जाता है। पानी के भरे गिलास का ठंडा स्पर्श, जिसमें बर्फ़ तैरती होती है। कैपुचीनो? हाँ, हाँ, वह झागदार कॉफ़ी। मीठी-मीठी, गरम-गरम इतनी कि ज़बान जला दे। नींबू के फूलों जैसे सुगन्धित बाल, ताईजी की रसोई से आती भुने लहसुन, हींग और मिरच का तड़का...नहीं...वह आँखें खोलता है, दृष्टि कोठरी की छत से टकराकर लौट आती है। पागलख़ाने की एक कोठरी। यह पागलख़ाना नहीं है। बस, टूटे, क्षतिग्रस्त लोग हैं। वह औरत जो बार-बार बुनती है और उधेड़ देती है, किसी ने बताया—उसके चारों बच्चे कार दुर्घटना में मारे गए। बस, वही बची, स्वयं चला रही थी, पेटी नहीं पहनी थी इसलिए वह गाड़ी से छिटककर बाहर जा गिरी थी, बच गई। पेटियों से बँधे छोटे-छोटे बच्चे, जलती हुई गाड़ी में चीख़ते रहे—उस अचेतनावस्था में उसने सुनी थी।

वह ऊन सलाई पटक देती है। 'मेरी दो साल की रोज़ी मुझे बुला रही है—भूखी होगी न...!'

वह उठ खड़ी होती है, चारों ओर विभ्रमित-सी देखती है, फिर बैठ जाती है।

जलती हुई गाड़ी से आती बच्चों की चीख़ें, पुकारें गूँजती रहती हैं—मम्मी, मम्मी, माँ!

इसे दर्द कहना बहुत हल्का है।
यह मार्टिन की बाँहें हैं—
सबसे छोटा है न,
वह फंदे डालने लगी है।

"जब भावनाओं का भार सहन नहीं कर सकता, तो उससे उबरने के लिए माथा घूम जाता है," नर्स किसी से कह रही है।

वह चुप बैठा है।

दुख तो दुख—क्या पाव-भर दुख एक किलो दुख से कम होता है? मैं पागल नहीं हूँ, सब कोई कभी न कभी कहते हैं, मगर इन गोलियों, इस जगह की सेवा छोड़कर कोई कभी बाहर गया है, अर्कदीप्त को याद नहीं है।

वह अकेले में बैठकर गुनगुनाता है, अपने-आपमें—कभी-कभी मस्तिष्क से कोहरा छँट जाता है, विशेषकर जब दवा का असर कम होने लगता है।

"कैसे हो रॉय?"

"ओ.के.," वह बुदबुदाता है।

"बाहर बैठना चाहोगे या अन्दर कोठरी में?"

"अन्दर।"

"सही है, एक घंटे में नर्स आकर दवा देगी।"

दरवाज़ा बन्द हो जाता है, वह चाभी घूमने की आवाज़ सुनता है। उफ़...इस कोठरी में कितनी भीड़ है! बऊ बार-बार आम गिन रही हैं, बाहर भैंस खड़ी है, एकटक खुली खिड़की को देख रही है, शायद अन्दर आना चाहती है।

'भैंस, तुम चुप क्यों हो?
डकराती नहीं,
क्या दुख भी,
कभी चुक जाता है?
एक छेद
दिल में
मगर याद में नहीं।

थीसिस? क्या हुई
मैऽऽयाऽऽरी, शिवकली रोती है।'

वह होंठों ही होंठों में बुदबुदाता है :

'मूँगा, मटका, कोटा, अजरख
प्याज़, लहसुन, धनिया, अदरक
बालूचरी...जामदानी
अपूर्व दुनिया तुम्हारी सौदामिनी'

'मेरी थीसिस?' उसे लगता है, वह डॉ. हाइनर से बातें कर रहा है :

'ढूँढ़ रहा हूँ
ढूँढ़ता रहूँगा
जब तक नहीं मिलेगा
कम्प्यूटर पर लिखा हुआ
मेरा तीसरा चैप्टर
मेज़ के नीचे,
दाएँ-बाएँ...
उसकी साड़ियाँ
टँगी है, अलमारी में।
नहीं, वह तो ले गई होगी
सब, मूँगा, मटका, कोटा, अजरख...
मर जाऊँगा
अगर नहीं मिलेगा वह तीसरा चैप्टर।
नहीं, दोबारा नहीं लिख पाऊँगा।'

डॉ. कहती है, "कभी कुछ मरता नहीं, भूलता नहीं। मस्तिष्क के किसी कोष्ठक में जाकर विलीन हो जाता है। तुम दोबारा लिखो, अर्कदीप्त। कार्लाइल की पूरी पांडुलिपि उनकी नौकरानी ने आग सुलगाने में नष्ट कर दी थी। उन्होंने दोबारा लिखी। तुम भी लिखोगे अर्कदीप्त। कभी कुछ नहीं खोता।"

पीठ पर उसके लम्बे, खुले, सद्यःस्नात बालों का स्पर्श। जब वह झुककर उसे चूमती है।

वह आँखें खोल देता है। बिना खिड़की वाली कोठरी में अँधेरा तो होगा ही। कितना समय बीत गया? क्या मालूम?

"कैसे हो रॉय?" डॉक्टर रोज़ेन पूछते हैं।

वह चुप है।

"ठीक हो रहे हो।"

"शायद, पता नहीं," वह कहता है।

उसने सर झुका लिया है। अब वह बहुत देर तक चुप है।

"क्या सोच रहे हो?" डॉक्टर ने हल्के-से पूछा।

"रोशनाई," उसने उत्तर दिया।

"अब रोशनाई से कहाँ लिखते हैं—शायद बाज़ार में मिले भी नहीं— अब तो तुम अपने कम्प्यूटर पर लिखोगे—है न?"

उन्होंने आशापूर्ण नेत्रों से देखा, वह दीप्त से देख रहा है।

अर्कदीप्त ने सहमति में सर हिलाया।

"आगे का क्या सोचते हो?" डॉ. रोज़ेन पूछते हैं।

"कुछ नहीं..."

"चलो, कोई जल्दी नहीं है। पहले सही दुरुस्त हो जाओ—कितना काम बाक़ी है? कुछ याद है?"

"कुछ नहीं—कौन? क्या? कब? कुछ भी याद नहीं है।"

"स्वदेश लौटना चाहोगे?"

"नहीं।"

"क्यों?"

"यहीं रहकर इन्तज़ार करूँगा।"

"अगर सामग्री है तो बाक़ी थीसिस कहीं और भी पूरी की जा सकती है। कितने अध्याय लिखे हैं?"

"तीन..." उसे एकाएक याद आ गया। "उसके धर्म सम्बन्धी विचार..."

"और कितने बाक़ी हैं?"

उसने सर हिलाया, याद नहीं है। सौदामिनी के साथ कीर्केगार्द, इतने बरस का विचारों का साथी, भी लोप हो गया है।

"अब कभी कुछ वैसा नहीं होगा..."

"देखो, पी-एच.डी. करना तुम्हारे प्राणों से अधिक मूल्यवान नहीं है।...क्या अब भी तुम्हारे मन में वैसे विचार उठते हैं? अपने को यातना, पीड़ा देने के? तुम्हारा इन घटनाओं में कोई कुसूर नहीं है। यह सब परिस्थितियाँ होती हैं। हमें दूसरे क्या कह रहे हैं, इस पर कंट्रोल नहीं है। आज के समय में कोई किसी के प्रति ज़िम्मेदार नहीं है..."

"आप ऐसा क्यों कह रहे हैं?"

"तुम्हें यूनिविर्सिटी को पैसे लौटाने की चिन्ता नहीं करनी चाहिए।"

"मैं कुछ और सोच रहा था।"

"क्या?"

वह उठ खड़ा हुआ, "गुडबाई डॉक्टर, मैं थक चुका हूँ।"

"हाँ-हाँ, जाओ कल मिलेंगे।"

'मैं केवल अपने लिए ज़िम्मेदार हूँ—कितना आत्म-केन्द्रित विचार है, मगर सच भी।

'मैं सौदामिनी के दैत्य-दानवों के लिए ज़िम्मेदार नहीं हूँ। मगर वे जीत गए। ऐसा प्यार, मेरा सम्पूर्ण अस्तित्व जो तुममें विलय हो गया था, उपेक्षित पड़ा रह गया, फूटे ठीकरे की तरह—अब मैं क्या करूँ? कैसे जीने की शक्ति बटोरूँ? यह कमबख़्त साँसें जो मुझे जीवित रख रही हैं—इनका क्या करूँ?'

स्पष्टता के क्षण में वह याद करता है—वह सामीप्य, वह निकटता—वह

सम्पूर्ण समर्पण—वह एक धड़कता क्षण, अपने ऊपर झुका उसका चेहरा, उसके सुगन्धित बालों का अपनी छाती पर मादक स्पर्श...!

हाँ, वह ठीक हो रहा है। शायद युवा शरीर स्वस्थ होने लगा है। मगर क्या करें इस हृदय को, जो रोता भी रहता है पर धड़कना बन्द नहीं करता।

बस, अब ऐसे ही बीतेंगे यह दिन। अगर उसे वापस आना होता तो इतने समय में आ जाती—उसे पता चलता कि वह रुग्ण है, तो वह दौड़ी हुई आती—उसे विश्वास है सौदामिनी के प्यार पर। वह सब एक नाटक नहीं हो सकता कि वह सब अवसरवाद था, अकेले दिनों को बिताने का एक तरीक़ा, तो वह अपने दिल को थाम लेता—कि चलो, वह अकेली थी और मैं उपलब्ध युवा—वह सब शरीर सुख का, मगर वह जानता है कि ऐसा नहीं था। सौदामिनी ने उसकी भावनाओं से खेल नहीं किया था। वह उससे सचमुच प्यार करने लगी थी। मैं अनुभवी नहीं था मगर मूर्ख नहीं—और एक दिन उसके नासारंध्रों में वही हज़ार फूलों वाली सुगन्ध आने लगेगी और सौदामिनी भी सामने खड़ी दिखाई देगी—बिना कोई गिला-शिकवा किए वह उसे छाती से लगा लेगा। कैसा होगा वह क्षण—वह आँखें खोलता है।

यह भी एक कोठरी है, न खिड़की, न खुला दरवाज़ा। एक कारागार जिसमें वह बन्दी है और एक कारागार वह है, जो लम्बे-काले सुगन्धित बालों का था जिनमें वह आजन्म बन्दी बनकर रहना चाहता था। उन गहन प्यार के क्षणों में उसे कभी ख़याल भी नहीं आया कि यह सब अस्थायी भी हो सकता है। वह तो पूर्णत: समर्पित था। उसे विश्वास था कि बस, अब जीवन यों ही साथ-साथ, ऐसे ही प्यार करते-करते, हँसते, बात करते बीतेगा।

डॉक्टरों ने उसे मरने नहीं दिया—उनका काम नहीं है मरने देना, मृत्यु के मुँह से खींच लाना ही उनका कर्तव्य है। मगर क्या करूँ इस दिल का, जो हर पल छटपटाता रहता है? उस छाती के भीतर बन्दी है, उसकी धड़कन अपने कानों में सुनता रहता हूँ, और अभी भी आशा का क्षीण तन्तु पकड़े लटका हूँ—वह लौटेगी, वह अपने अर्को, अपने सूरज की याद में रात-रात-भर बिलखती होगी—अपने को धिक्कारती होगी—तो लौटकर आती क्यों नहीं सौदामिनी?

मुझे ऐसे देखोगी तो तुम्हारा कलेजा फट नहीं जाएगा? तो आओ, देखो अपने अर्को को...।

लोग अपना सर कैसे धुनते हैं—वह शब्दजाल में अपने को उलझाने की कोशिश करता है। जैसे धुनिये रुई धुनते हैं, वैसे ही क्या लोग अपना सर धुनते हैं—धुनिया यहाँ नहीं हैं, पर वह सर तो धुन ही रहा है, वह भी धुन रही होगी—नहीं-नहीं, वह व्यस्त होगी बिरयानी को कोयले से धुआँ देने में—बना रही होगी पनीर बर्गर, हींग और अजवायन के साथ। मुर्ग के लिए काली मिर्च और मलाई की ग्रेवी बनाने में—यह आक्रोश मन को थोड़ी तसल्ली देता है।

‘सारी साड़ियाँ फैली हैं,
इधर-उधर...
नहीं नहीं, इन्हें दूसरे रंगों में
मत रँगो, रँगरेज़...
वह देखेगी तो क्या कहेगी?’

“क्या सोच रहे हो?” डॉक्टर रोज़ेन पूछते हैं।

‘वह पास है,
हाथ में पकड़े है जोगिया कुर्ता
तुम्हारे लिए
वह कहती है,
धुँधली होते-होते
खो जाती है।’

डॉक्टर पर्चे पर कुछ लिख रहे हैं, “तुम्हारी दवाई बदल रहा हूँ। मगर अभी छुट्टी नहीं मिलेगी।”

वह चुप है। उठता है और नर्स के साथ-साथ आकर हॉल में एक कुर्सी पर बैठ जाता है। दीवार ख़ाली है। ऊपर आसमान का एक छोटा-सा टुकड़ा दीखता है। हल्का नीला, स्याह बादल उसे आकर ढँक लेते हैं।

“आज शायद बर्फ़ गिरे। नहीं, पानी तो बरसेगा,” नर्स कहती है।

‘बऊ, दे दो मुझे,
छोटे की एक शर्ट
यह जोगिया कुर्ता बरसात में
भीग गया है।’

“मैं ठीक हो रहा हूँ,” वह मनोचिकित्सक से कहता है।

डॉक्टर मुस्कराता है, “बहुत बढ़िया, रॉय।”

“मुझे यहाँ कितना समय हो गया?” वह पूछता है।

“तुम्हें क्या लगता है?”

“कई जन्म...।”

डॉक्टर पेंसिल को गोल-गोल घुमाता हुआ कह रहा है, “हाँ, तुम ठीक हो रहे हो, पर अभी तुम्हें छुट्टी नहीं मिल सकेगी। अभी समय लगेगा।”

दिन, रात, तारीख़, माह—यह सब कैलेंडर का समय है। अर्कदीप्त को उनकी गिनती नहीं पता है।

मगर एक दिन नर्स उसे उठाकर बाहर टहलाने ले गई है। वह जँगला खुलने की आवाज़ सुनता है। लिफ़्ट से वे नीचे जाते हैं। तीसरी मंज़िल पर जब लिफ़्ट खुलती है तो एक अर्दली एक शव को लेकर अन्दर आ गया है।

"यह मर गया? कैसे?" अर्कदीप्त ने पूछा।

नर्स जल्दी से उसे बाहर ले आई है। वे एक खुली जगह में खड़े हैं।

"तुम ठीक हो रहे हो," वह कहती है, "शरीर एकदम स्वस्थ हो रहा है। जल्दी ही छुट्टी मिल जाएगी। फिर जाकर अपना काम करना।"

अर्कदीप्त चुप है। धूप के प्रकाश से उसकी आँखें चुँधिया रही हैं। वे दोनों सीमेंट की बेंच पर बैठे हैं। प्रांगण में कोई नहीं है, बीचोबीच एक सूखा ताल है जिसमें एक टूटी-फूटी पत्थर की प्रतिमा औंधी पड़ी है। ऊँची-ऊँची दीवारों पर सूखी लताओं का तन्तुजाल है।

"कभी यह फिर हरी-भरी होगी?" उसने अपने-आपसे कहा।

"हाँ, क्यों नहीं!" नर्स ने उत्तर दिया, "मौसम बदलेगा, समय आने पर सब-कुछ हरा-भरा हो जाएगा। यह ताल भी सफ़ाई करके पानी से भर दिया जाएगा। ऊपर जँगला, दीवार के पीछे बच्चों का स्कूल है, तब उनकी आवाज़ें सुन सकोगे—हँसते-खेलते। तब तक तुम यहीं रहोगे। पहले भी छुट्टी मिल सकती है, यदि तुम डॉक्टर से सहयोग करो।"

"उफ़, कितना बोलती हो तुम?" वह झुँझला जाता है।

नर्स चुप हो जाती है। जर्मन में कहती है, "मैं तुम्हारी मदद करना..." वह एकदम चुप हो जाती है, "चलो," वह खड़ी हो गई है।

नर्स दूसरे मरीज के पास चली गई है।

"अगर डॉक्टरों के साथ कोऑपरेट नहीं करोगे तो यहीं सड़ते रहोगे," एक वृद्ध पास आकर कहता है।

वह लम्बी साँस लेता है। नर्स कुछ देर बैठा रहने देगी, फिर लंच का समय हो जाएगा। कितनी भीड़ हो जाती है 'नमस्ते इंडिया' रेस्तराँ में! नहीं, अभी फ़ोन करना ठीक नहीं होगा। अवकाश में जाकर बन्द रेस्तराँ की घंटी बजाएगा।

"तुम्हारा लंच," नर्स ने ट्रे लाकर सामने रख दी है।

"ले जाओ, भूख नहीं है।"

"लो, थोड़ा-सा सूप पी लो।" नर्स कहती है, "कुछ खाओ-पियोगे नहीं तो स्वस्थ कैसे होंगे रॉय? तुम्हारे प्रियजन प्रतीक्षा कर रहे होंगे।"

वह लम्बी साँस लेकर एक चम्मच सूप पीता है, फिर ट्रे सरका देता है।

"लो, आइसक्रीम खा लो : कितनी अच्छी स्ट्रॉबेरी आइसक्रीम है!" नर्स उसे बहला रही है।

"मुझे चाहिए सम्राट-थाली।"

"व्हाट?"

"कुछ नहीं। कमरे में ले चलो।"

कितना सुकून मिलता है उस बचपन की याद में डूब जाने में! जब वर्तमान असह्य हो जाता है तो मन या तो पीछे चला जाता है या आगे।

'खुले हुए बालों में
वह झूले पर बैठी है।
बरसात—हल्की-हल्की झींसी
केले के झुरमुट पर,
अशोक के वृक्ष पर, जिसके
फूल कब के मुरझा चुके हैं।
सुन रही हो,
समुद्र का गर्जन?
चलो रेत में से
सीपियाँ बटोरें।
वर्षा में भीगे होंठों को
चूमना...।'

इस कोठरी की दीवारें किस रंग की हैं? कारागार—हृदय का कारागार।

आगे की पंक्तियाँ नहीं उभरतीं, वह आड़े-तिरछे अक्षरों को पकड़ना चाहता है, मगर वे उभरते हैं, लोप हो जाते हैं। उनकी रोशनाई पानी की बूँदों से फैल जाती है। अब कोई कुछ नहीं पढ़ पाएगा। कीर्केगार्द हो या विन्स की हस्तलिपि में बिरयानी की विधि, उसे ज़रूरत भी नहीं है।

वह करवट बदल लेता है।

दवाई कम नहीं हुई है, बदल दी गई है। इससे सपने अब काले-सफ़ेद नहीं हैं, रंग भरे हैं। उसके सामने सम्राट-थाली है, बड़ी-सी थाली में कितनी कटोरियाँ हैं—दाल, तरकारियाँ, बटर-चिकेन, चटनी, रायता, श्रीखंड, पापड़, अचार, पुलाव, पूरियाँ।

ताई छोटे को पालने में झुला रही हैं, गा रही हैं :

'चार बहू आवें बाले की,
दो गोरी, दो काली,
दो झुलावें, दो खिलावें
ले सोने की थाली।'

वह ताईजी के कन्धे को पकड़कर खड़ा हो गया है।

'अरे, अरे, देखो, अर्को खड़ा हो गया है,' दुलरिया की आवाज़ है, "डगमग डगमग चलने लगा है!'

दुलरिया किवाड़ के पीछे खड़ी होकर आम चूस रही है।

'बऊ, बार-बार गिन रही हैं—आम,
झाबे में पूरे पचास थे।
अब अड़तालिस।
कहाँ गए दो आम?
अरे मैया, पगला
रही हूँ क्या?
गिनती हैं बार-बार
दस-दस आमों की ढेरी लगाकर—
दो अब भी कम हैं।
चूहे? बन्दर? कहाँ गए?
वह किवाड़ के पीछे छुपी
दुलरिया को देख रहा है
जो चूस रही है आम।'

वह बताना चाहता है, मगर कैसे? अभी तो बोलना आता भी नहीं, बस, पाटी पकड़कर खड़ा होना ही। बऊ से कैसे बताएगा, वह दो आम चुराकर दुलरिया चूस रही थी?

बऊ, बाबूजी का नाश्ता—चाय का गरम गिलास।

अरे, यह क्या? यह बचपन की स्मृतियाँ जाग रही हैं। भूल गया था सब कुछ। कभी चीख़ा था, रोया था, याद नहीं—बऊ का राजा बेटा, सौदामिनी का सूरज।

नहीं, वह जीना चाहता है। एक-एक स्मृति को अलभ्य पूँजी की तरह सँजोएगा।

उसे कॉफ़ी का प्याला पकड़ाती हुई वह कहती है, 'यह लो, पीकर देखो, शक्कर सही है?'

'फीकी भी होगी तो भी तुम्हारे हाथ लगकर मीठी हो जाएगी।' वह मुस्कराने लगा है, 'जब हमारी पाँचों इंद्रियाँ एक साथ जाग्रत हो जाती हैं तो हमारी स्मृति अमिट हो जाती है।'

'कैसे?'

'जैसे कॉफ़ी का प्याला पकड़ा, तो स्पर्श, कॉफ़ी की महक आई नासारंध्रों में : झागदार कॉफ़ी देखकर नेत्रसुख—कॉफ़ी पीने से टेस्ट।'

'यह तो चार ही हुए।'

'जब तुमने कहा, 'यह लो', तो श्रवण सुख।'

वे चुपचाप मुस्कराते हुए कॉफ़ी पी रहे हैं। उसे सौदामिनी की यही आदत प्रिय है।

'और षट्रस?'

'कोशिश करती हूँ कि भोजन में षट्रस हो।'

'तुम कितनी गुणी हो सौदामिनी। कहाँ सीखा यह सब?'

वह मुस्कराती है। वह घूँट-घूँट कॉफ़ी पीता रहता है।

वह आगे कहती है, 'सेक्स में? वहाँ तो सभी सुख होता है। हाँ, शरीर सुख, स्पर्श, अपने ऊपर तुम्हारा झुका चेहरा, नेत्र सुख, तुम्हारे पसीने की बूँदों का जिह्वा पर स्वाद, तुम्हारी लम्बी आह...'

'या तुम्हारी हल्की-सी सीत्कार,' अर्कदीप्त ने कहा, 'श्रवण सुख। हाँ, समागम के बाद वातावरण में एक हल्की-सी गन्ध।'

घंटी बजने की आवाज़ आती है। दरवाज़ा खुलता है, "डिनर टाइम।"

वह पीज़ा का एक टुकड़ा ले लेता है। लाल रंग, टमाटर के सॉस की महक, हाथ में पकड़ने से स्पर्श, पर कोई नहीं कहता, 'लो, खाओ।'

वह एक-दो टुकड़े खाकर प्लेट सरका देता है। उसे आइसक्रीम पसन्द है, इसलिए उसकी ट्रे में हमेशा गत्ते के कप में स्ट्रॉबेरी आइसक्रीम होती है—जीभ पर ठंडा-ठंडा स्वाद। मुझे तुम्हारा स्पर्श चाहिए सौदामिनी—तुम्हारे शरीर का, बालों का, सहलाती हुई उँगलियों का। तरस गया है यह शरीर। तुम तो मुझे प्यार करती थीं, तुम्हें मैं बहुत आकर्षक लगता था, चली गईं।

वह रात को सोने की गोली खाकर सो जाता है।

वह डूब रहा है। चारों ओर अन्धकार है, पानी में नीचे और नीचे। वह एक झटके से जाग जाता है। पार्श्व में कोई गा रहा है :

> 'चार बहू आवें बाले की
> दो गोरी, दो काली।'

ज़रूर गोरी झूला झुलाती होंगी और काली बहुएँ रसोई में बाले की सोने की थाली में व्यंजन बनाने के लिए भेज दी गई होंगी।

डॉ. रोज़ेन रोज़ की तरह अपने कक्ष में बैठे हैं। वह अभिवादन करके बैठ गया है।

"तुम कुछ खा-पी नहीं रहे हो?"

"भूख नहीं है।"

"हाँ, इस नई दवा से..." कुछ रुककर, "कैसा महसूस कर रहे हो रॉय?"

वह चुप। कैसे कहे? डॉ. रोज़ेन ने भी प्यार किया होगा, विवाह किया होगा, बाल-बच्चे—म्यूनिख की भट्ठी में जलाए गए यहूदी पूर्वजों की कहानियाँ सुनी होंगी। कैसा लगा होगा जब गैस चैम्बर देखकर...?

"क्या सोचने लगे रॉय?" वह उसे सीधी नज़र से देख रहे हैं।

"बचपन की स्मृतियाँ जाग उठी हैं।"

"अच्छा था?"

"बहुत अच्छा, बहुत प्यार भरा। भौतिक पदार्थ इतने नहीं थे, मगर प्यार ही प्यार था।"

डॉ. रोज़ेन ने पेंसिल वापस मेज़ पर रख दी।

"वापस जाना चाहते हो?"

वह समझ नहीं पाया, क्या कहे। फिर बोला, "वह सब बहुत दूर हो गया है।"

"दूर तो नहीं, कुछेक घंटे का रास्ता।"

"बिना काम ख़त्म किये? नहीं, नहीं।"

अब दोनों चुप हैं, "आज कौन-सी तारीख़ है?" डॉ. रोज़ेन ने अचानक पूछा।

उनके पीछे एक कैलेंडर है, जिसमें माह नहीं, केवल तारीख़ है। वह उन्नीस दिखा रही है, "उन्नीस।" उसने कहा।

वह मुस्करा दिये।

शायद कैलेंडर इसलिए है कि जान सकें कि रोगी अपने आस-पास के वातावरण के प्रति कितना सचेत है।

"जर्मनी का प्राइम मिनिस्टर कौन है?"

वह चुप है। जानता तो था मगर भूल रहा है।

"याद नहीं।"

"भारत का?"

वह सिर हिलाता है कि मालूम नहीं।

"ये गोलियाँ तुम्हें लाभ कर रही हैं। कुछ दिन इन्हें लो, फिर देखेंगे। तुम कुछ खा-पी नहीं रहे हो? ठीक कैसे होगे? घर कैसे लौटोगे?"

इन्हें छोटी से छोटी बात की ख़बर रहती है, तभी उस वृद्ध ने कहा था, 'कोऑपरेट करोगे तभी छुट्टी मिलेगी।'

वह नर्स के साथ वापस लौट रहा है, 'इन्हीं लोगों ने...इन्हीं लोगों ने...' दुलरिया गा रही है। उसके कान में संगीत गूँज रहा है। साथ में मीना कुमारी के घुँघरू।

वह ठिठककर खड़ा हो गया। यह सब क्या हो रहा है? सब कुछ गड्डमड्ड। नहीं भूल पाया है? तो उसको...भूलेगा भी कैसे...शिराओं में वह भिद गई है। लो, पियो, उसके नासारंध्रों में कॉफ़ी की सुगन्ध आई है। वह ठिठक गया है, "कॉफ़ी!"

"लाती हूँ," नर्स कहती है।

न जाने कहाँ से उसने कॉफ़ी का प्याला लाकर उसके पास की मेज़ पर रख दिया है।

"ले जाओ," कहकर वह अपनी बिना खिड़की वाली कोठरी में लेट गया है।

समय पर उसे दवा दी जाती है, वह लेकर लेट जाता है। आँखें बन्द कर उन आकृतियों की प्रतीक्षा करता है—बुनाई करनेवाली तिब्बती औरतें, किनारे जोड़-जोड़कर थैले बनाती वह लड़की, कोई न कोई काम करते हुए गुनगुनाती रहती हैं, 'गोद भतीजा रे', या ताईजी अपने मधुर स्वर में ताज़ी मेथी की जड़ें अलग करती हुई, 'वृक्षन की डार कौन, बैठ के राम के गुनगान करत' सुनते-सुनते उसे याद हो गया है।

यह भी तो था स्त्रियों का एक संसार, जो आस-पास था। मगर वह अलग था। वैसे नहीं कि अलमारी खुले तो उसमें टँगी हुई साड़ियाँ दिखें।

'मूँगा, मटका, कोटा, अजरख।'

नर्स ने झाँककर देखा है, वह सो गया है। गठरी-सा बनकर। सिकोड़े हुए पैर, आँखों पर हाथ।

वह हल्के-से दरवाज़ा बन्द कर देती है।

पंडितजी उसका दिया हुआ कुर्ता-धोती पहने हैं। आरती करते हुए उच्चरित कर रहे हैं, 'या देवी सर्वभूतेषु...'

उनका कुर्ता ढीला है—सफ़ेद, जोगिया नहीं।

वह सोता रहेगा—घंटों और पलकों के पीछे स्मृतियाँ और सपने गड्डमड्ड नाचते रहेंगे।

"अरे मेरी बाइक?" वह सहसा उठकर बैठ जाता है। याद करने की कोशिश करता है—अरे, वह सपना था, लम्बी साँस लेकर वापस लौट जाता है। आँखें अपने-आप मुँद जाती हैं। रात है, वह बाइक पर कहीं जा रहा है। कहाँ—चलता जाता है, चलता जाता है। दृश्य बदल जाता है। एक स्त्री बैठी है, तिरछी होकर, चेहरा नहीं दीखता—तुम्हारी बाइक चोरी हो गई। वह छटपटाता है—अरे, कहाँ गई मेरी बाइक? अब वक़्त-बेवक़्त, रात-बिरात कैसे जाऊँगा वहाँ—उसके पास, वह प्रतीक्षा कर रही होगी। स्त्री के हँसने की आवाज़ आती है, वह मुड़ती है, वह नर्स है, ड्यूटी पर काम करती है।

"आई हेट यू," वह कड़वाहट से कहता है।

पलक फड़फड़ाते हैं, रात है, यह बिस्तर कितना ठंडा है, कितना सख़्त! वह लम्बी साँस लेता है, अर्द्धनिद्रा में बड़बड़ाता है, "मेरी बाइक खो गई?"

सुबह होने पर यह सब कुछ याद नहीं रहता।

"तुम रात बहुत रेस्टलेस रहे?" डॉ. रोज़ेन कहते हैं।

'आपको कैसे पता?' वह सोचता है, पर पूछता नहीं।

"अजीब सपने थे—चीज़ें खो जाने के।"

"प्यारी चीज़ें?"

"हाँ, शायद, अब याद नहीं है।"

"कुछ नहीं खोया है रॉय," डॉ. उसे सीधी दृष्टि से देख रहे हैं, "सब कुछ हमारे अवचेतन में परत-दर-परत जमा होता रहता है। जब तुम स्वस्थ होकर लिखना शुरू करोगे, वह सब वापस याद आने लगेगा।"

अपने सीने पर उसके खुले बालों का स्पर्श—हज़ार फूलों की सुगन्ध वाला उसका तन।

"मैं उसे बाँधना चाहता था। वह मुक्त थी। बार-बार हाथों से फिसल जाती थी।"

"हाँ, विचारों के साथ यही होता है रॉय। तुम उन्हें पंक्तिबद्ध करना चाहते थे और वह कल्पना से फिसलकर लोप हो जाते हैं।"

वह बात कर रहा है सौदामिनी की, और डॉ. रोज़ेन थीसिस लिखने की।

"मगर कुछ खोता नहीं। वह मिलते हैं, मगर रूप बदलकर, और परिष्कृत होकर।"

'मूर्खाधिराज!' वह सोचेगा मगर कहेगा नहीं।

"मैं बहुत थक गया हूँ," वह बुदबुदाता है, और कुर्सी से पीछे टेक लगाकर आँखें बन्द कर लेता है।

"क्या सोचने लगे, रॉय?" डॉक्टर हल्के-से टहोका देते हैं।

"मेरी बाइक, मेरा कम्प्यूटर—मेरी खोई हुई सारी चीजें..."

"सब वापस आ जाएगा। एक बार पूर्ण रूप से स्वस्थ हो जाओगे तब।"

'यही तो आस है,' वह नर्स के निरीक्षण में बाहर जाते हुए सोच रहा है। न जाने कहाँ से विचारों की एक कड़ी मन में घुमड़ आती है, 'जब सूरज के निकलने का समय होगा, तभी न उदय होगा।'

अस्त हो गया यह सूरज। कितनी स्पष्टता से यह विचार आया है, 'कभी नहीं समाप्त होगी यह काल-रात्रि।'

वही कोठरी, वही बिस्तर।

वह आकर पलंग पर बैठ जाता है, दवाई का समय होने वाला है।

एक़ याद कहाँ से उमड़ती है—कोहरे के पर्दे को छिन्न कर उभरती है। वह ख़ुश हो गया है जब विन्स कहता है, 'चलो, आज इंडियन खाना खाने चलें।'

शनिवार को डिनर पर भीड़ होती है। मगर उनके लिए एक मेज़ लगा दी जाती है—मुख्य डाइनिंग रूम के बगल में एक कमरा और है, प्राइवेट पार्टियों के लिए, रोज़ा खोलने वालों के लिए या कभी मुख्य रेस्तराँ में भीड़ होने से। रेस्तराँ सचमुच भरा है—संलग्न कमरा भी, मगर एक मेज़ और तीन कुर्सियों की जगह निकल

आती है। विन्स की पसन्द दाल-मखनी और बिरयानी, अर्को की पसन्द बनारसी आलू, और हांस लैम्बविन्दालू—पोदीने वाली नान। उनका भोजन समाप्त हो गया है पर वह अत्यन्त व्यस्त है, आई नहीं है। अर्कदीप्त व्याकुल है, सिर्फ़ एक झलक देखने को...।

विन्स उसकी समस्या हल कर देता है, 'तुम रुकोगे अर्को—हम लोगों को अब डिनर के बाद की पार्टी में जाना है।'

'हाँ, हाँ, तुम लोग जाओ।'

वह ऊपर आ गया है, एक ठंडी बियर पी रहा है। कमरे में अँधेरा है। वह झपकी ले रहा है—वह कब रात में आई है और चुपचाप सो गई है। उसे नींद में उष्ण शरीर के नैकट्य की अनुभूति है; सुबह जब वह जागा है तो वह उठ चुकी है।

'तुमने जगाया नहीं?' वह कहता है।

'तुम बहुत थके लगे रहे थे, मीठी नींद में सो रहे थे।'

उसने बाँहें फैलाकर अँगड़ाई ली, 'कल हम सब ही थके हुए थे।'

'मैं भी तो,' वह पास आकर बैठ गई।

'कल बहुत भीड़ थी,' अर्कदीप्त ने कहा।

उसने सिर्फ़ सिर हिलाया कि 'हाँ'।

'अब?'

'नीचे जाकर संडे लंच की तैयारी करनी है। तुम्हारे जागने का इन्तज़ार कर रही थी। कॉफ़ी लोगे?'

'मैं ले लूँगा। तुम अभी जा रही हो? रुक नहीं सकतीं?'

उसने घड़ी देखी, 'बस, दस-पन्द्रह मिनट। बाद में वेंडर आने लगेंगे। सामान सब चुक गया है।'

'उफ़! तुम्हारा यह 'नमस्ते इंडिया'...'

वह मुस्करा दी, 'मैं भी यही कह सकती हूँ—उफ़, तुम्हारी पढ़ाई-लिखाई! उठ जाओ आलसी!'

'यह प्यार नहीं है, ऑब्सेशन बन गया है,' वह धीरे-धीरे मन में गुनता है। बिस्तर पर पड़ा-पड़ा सौदामिनी को तैयार होते देख रहा है।

वह अलमारी खोलकर खड़ी है—'कौन-सी साड़ी पहनूँ?' अपने-आपसे पूछती है।

'मूँगा, मटका, कोरा, अजरख'

वह लेटा-लेटा कहता है :

'प्याज़ लहसुन धनिया अदरक।
कलमकारी...जामदानी...।'

वह उछलकर उठ खड़ा हुआ है। उसे पीछे से बाँहों में भरकर खुले बालों

की ख़ुशबू सूँघता हुआ कहता है, 'सौदामिनी, सौदामिनी, तुम मेरा ऑब्सेशन बन गई हो...'

वह हँसकर अपने को छुड़ा लेती है। कुछ कहती नहीं। हैंगर निकाल लेती है, 'बालूचरी—अब मिलाओ तुक...' और अपने को छुड़ाकर ग़ुसलख़ाने की ओर चली जाती है।

वह बस में बैठा-बैठा तुक भिड़ाना सोच रहा है—बालूचरी? बालूचरी? उसका मन प्रफुल्लित है।

नहीं, यह हुआ था, हो चुका है, यह दवाई के प्रभाव में देखा मतिभ्रम नहीं है।

इतनी स्पष्ट याद—सुबह-सुबह।

"मेरा कम्प्यूटर? मेरी बाइक? मेरा तीसरा चैप्टर?" वह कहता है।

"तुम्हारी स्मरण-शक्ति लौट रही है। तुम जल्दी ठीक हो जाओगे," डॉ. रोज़ेन कहते हैं।

'बालूचरी...आँसू-भरी...' वह तैयार होकर कहती है।

'नहीं, नहीं'—सोच रहा हूँ, '...चरी, हरी, भरी, परी, खरी...'

नहीं, साड़ी का नाम होना चाहिए, मगर उसका ज्ञान तो सीमित है। उसने जो बताया है, उतना ही।

वह सलेटी रंग की साड़ी पहने है—नीला बॉर्डर—बालूचरी।

'यह रंग बहुत उदास-सा है, इसे मत पहना करो,' सोच रहा है। मिलेगा तो कहेगा—बस, लाइब्रेरी की तरफ़ जा रहा हूँ।

यह क्या, उसका रिसर्च का अपना छोटे कक्ष का जँगला खुला है? अन्दर सब ख़ाली है। कहाँ गया उसका कम्प्यूटर? उसका बैकपैक? लिखे चैप्टरों की फ़ाइल?

उसका हृदय डूबने लगता है, वह जाग गया है। ओह, तो वह सपना था? नहीं, सब कुछ यथावत् होगा।

फिर सारी स्मृतियाँ कुलबुलाने लगती हैं— वह होश में आ रहा है। नहीं, नहीं, उसे विस्मृति चाहिए—गहरी निद्रा, जिसमें कटे-फटे अक्षर डूबते-उतराते हैं। वह पकड़ना चाहता है, मगर वे सब डूबते जा रहे हैं, एक-एक करके—कहाँ हैं ताईजी और उनकी मंडली—बुनाई, कढ़ाई, मशीन चलाने वाली? वह खोज रहा है। फिर वह स्वयं डूबने लगता है, उसी काली स्याही के सागर में।

वह उठकर बैठ जाता है। वह सब तन्द्रा थी, दवाओं का असर। उसके सिर में दर्द की तेज़ लहर उठती है। वह माथा पकड़कर बैठा रहता है।

एक गहरी लम्बी साँस—न सोचने पर भी नींद पर वश नहीं है।

क्या करे इस शरीर का, इन शिराओं का, जिनमें स्पर्श भिदा हुआ है?

"आपका परिवार है डॉक्टर?" वह पूछता है।

"मैं उस बारे में बात नहीं करना चाहता," डॉक्टर रोज़ेन कहते हैं।

"क्या...क्या आपके पूर्वज भी..." बात पूरी नहीं कर पाता।

"मैं तब पैदा भी नहीं हुआ था," डॉक्टर गम्भीर हो गए हैं, "जब तक तुम पूरी तरह ठीक नहीं हो जाते, हम तुम्हें यहीं रखेंगे।"

"मैं यहीं रहना चाहता हूँ डॉक्टर।"

"यहाँ हम किसी को भी स्थायी रूप से नहीं रख सकते," उनके स्वर में दूरी आ गई है। वह दूर-दूर होते जा रहे हैं, और कुर्सी से गिर पड़ते हैं।

वह ठठाकर हँस पड़ता है।

खाने के कमरे में वही वृद्ध उसके पास आकर बैठ गया है।

"चुप रहा करो, कुछ मत कहो। कोऑपेरट करो नर्सों से, डॉक्टरों से, तभी छुट्टी मिलेगी, नहीं तो मेरी तरह सड़ते रहोगे। एक समय मुझे पूरा शेक्सपियर याद था, लोग बताते हैं। अब तो जूते के फीते भी बाँधना भूल गया हूँ।"

वह अचानक कुर्सी पर खड़ा हो गया है। हाथ उठाकर जर्मन में कुछ कहने लगता है। दो अर्दली दौड़ते हुए आए हैं और उसे पकड़कर ले जा रहे हैं।

"जूलियस सीज़र," वह चीख़ रहा है।

अब वह आँखों से ओझल हो गया है।

बाक़ी सारे लोग अन्धे और बहरे हो गए हैं। किसी को न कुछ सुनाई देता है, न दिखाई।

अब वह हॉल में कुर्सी पर चुपचाप बैठा रहता है। देखता है उस स्त्री को जो एक बाँह बुनती है, फिर उधेड़ देती है। शेक्सपियर के अभिनेता को, जिसे टीवी के आगे बैठा दिया जाता है और वह ऊँघता रहता है—एकदम चुप। वह एक व्यक्ति, जो अपने-आप अपने मौन साथियों के साथ ताश खेलता रहता है, गड्डी फेंटकर मेज़ के चारों ओर पत्ते बाँटता है, अपने पत्ते देखता है, फिर उन्हें फेंक कर सारे पत्ते गड्डमड्ड कर देता है। फिर उन्हें फेंटता है और फिर चार जगह बाँटता है। देर तक यही खेल चलता रहता है।

और वह—दीवार पर अक्षर पकड़-पकड़कर लिखता रहता है। कोई क्रम नहीं, कोई अर्थ नहीं। कभी-कभी कुछ याद आ जाता है तो कहता है, "दुष्टा रेस्तराँ। फाइन नॉर्थ इंडियन फूड...।" और नर्स की दृष्टि अपने पर पाकर चुप हो जाता है।

"आपसे कोई मिलने आया है," नर्स ने आकर कहा।

वह उसे उस छोटे से कमरे में ले गई जहाँ एक मेज़ के तीन तरफ़ कुर्सियाँ थीं, बीचोबीच प्लास्टिक का नक़ली पौधा।

वह उसे छूता है। 'प्लास्टिक,' वह सोचता है।

दरवाज़े से शिशिर अन्दर आता है।

"कौन?" अर्कदीप्त ने कहा।

"पहचाना नहीं अर्को, मैं हूँ शिशिर?" शिशिर उसे गले लगा लेता है। उससे महँगे कोलोन की सुगन्ध आती है।

दोनों बैठ गए हैं। नर्स कुछ दूर, सतर्क दृष्टि दोनों पर रखती हुई। पर सुन न सके, इतने फ़ासले पर।

"कैसे हो अर्को? तुम तो एकदम बदल गए हो!"

"तुम कैसे?" अब सब फोकस में आ गया है, "बीमार था। अभी भी हूँ, शायद..." उसका स्वर संयत है। चेहरा पीला और कृश, आँखें अत्यधिक चमकीली—विक्षिप्त लोगों की तरह।

कह दिया, "तुम्हारा कज़िन हूँ। तुम रॉय और मैं राय चौधुरी," शिशिर अपनी चतुराई पर मुस्कराने लगा।

"सौ...दा...मिनी?"

शिशिर एकदम चुप।

"तुम्हारी दिदिया?"

"कोई ख़बर नहीं," शिशिर ने धीरे-से कहा।

अर्कदीप्त चुप है, जैसे उसे इसी उत्तर की आशा थी।

उसका सिर झुका हुआ है, अपनी नीली क़मीज़ की सिकुड़नों को देख रहा है।

"देखो, तुम्हारे डॉक्टरों से मेरी लम्बी बात हुई। उनका विचार है कि तुम अब इतने ठीक हो गए हो कि बाहर जा सकते हो, मगर अकेले नहीं। तो मैंने तुम्हारी छुट्टी का सारा प्रबन्ध कर लिया है—अपनी गारंटी पर। अब तुम्हें कोऑपरेट करना है, नहीं तो यहीं सड़ते रहोगे।"

"बाहर जाकर क्या करूँगा? मेरा तो सब कुछ ख़त्म हो गया है...!"

"ऐसा नहीं है अर्को," शिशिर ने उसके हाथ पर अपनी हथेली रख दी।

"तुम्हें चेंज चाहिए, अपनों का साथ चाहिए। एक हादसा था। तुम्हें कोई अनुभव नहीं था।"

"हुँह!" अर्कदीप्त ने कहा।

"देखो अर्को, मैंने तुम्हारे वापस जाने का सारा प्रबन्ध कर लिया है। मेरे साथ जाने पर ही तुम्हें छुट्टी मिल सकती है, मेरी गारंटी पर..." वह रुका।

अर्कदीप्त का चेहरा भावहीन था।

"तुम्हारा सारा सामान विन्स ने पैक कर दिया है—कमरा ख़ाली करके। बस, अब तुम बिना किसी उपद्रव के सारी बातें मानते जाओ।"

"मैं उपद्रवी हूँ क्या?" वह मुस्करा दिया। उस मुस्कान ने शिशिर को आश्वस्त किया।

‘छत पर सूखती बऊ की धोती
जिसे उपद्रवी बन्दर चीर रहे हैं,
दाँतों से इधर-उधर खींचते हुए।
अरे दे दो इस बन्दर को रोटी।’

वह याद करके हल्के-से हँस दिया।

शिशिर ने उसका हाथ पकड़ लिया, “देखो, डॉक्टरों की सारी बातें मानते जाओ। पागलों की तरह बड़बड़ाना और हँसना छोड़ दो। तुम पागल नहीं हो—एक ठोकर लगी तुमको, अनुभव नहीं था, गिर पड़े। अब उठो, अपने को समेटो।”

“मैं कहीं नहीं जाने वाला—यहीं उसका इन्तज़ार करूँगा।”

“वह चली गई है अर्को...” शिशिर उसका हाथ पकड़े है, “मैं उसे बहुत दिनों से जानता हूँ—वह किसी पर भी विश्वास करने से डरती है। जुड़ने से घबरा जाती है।” फिर बात बदलकर बोला, “यहाँ से कभी न कभी तो बाहर निकलोगे। कहाँ जाओगे? तुम्हें मालूम है, कितना समय बीत चुका है? हांस और विन्स ने नया रूममेट ले लिया है। मैं भी अमेरिका मूव कर रहा हूँ। तुम कहाँ रहोगे? क्या बेघर सड़कों पर भटकते रहोगे?”

“हाँ, यही करूँगा। और एक दिन ठंड से ठिठुरकर मरा पड़ा मिलूँगा।”

“अर्को, अर्को,” शिशिर का गला भर आया, “अपने को सँभालो, बटोरो—उन सबकी सोचो, जो तुम्हें बहुत प्यार करते हैं। भारत में तुम्हारे लौटने का इन्तज़ार कर रहे हैं। तुम इतने सेल्फ़िश कैसे हो सकते हो? तुम्हारी माँ, पिता, भाई—सोचो, उन पर क्या बीतेगी? कितने अरमानों से वह तुम्हारे लौटने का इन्तज़ार कर रहे होंगे...”

वह चुप हो गया। अर्कदीप्त भी चुप था।

कुछ रुककर शिशिर ने कहा, “अब नाटक करना है तो वही करो। मैंने डॉ. हाइनर से बात कर ली है। उनका भी यही विचार है कि तुम्हें ब्रेक की ज़रूरत है—अपनों के बीच रहने की। वह तुम्हारी स्कॉलरशिप कुछ समय के लिए स्थगित करवा देंगी। बाद में आकर थीसिस पूरी कर सकते हो।”

अर्कदीप्त बहुत देर चुप रहा। शिशिर जान नहीं पाएगा कि उसके अन्दर क्या चल रहा है। उसे अपने विचारों की स्पष्टता पर अचरज हुआ—वह चाहेगी तो उसे ढूँढ़ लेगी। भारत इतना दूर तो नहीं।

उसने लम्बी साँस ली, “कब?”

इंडिया—बऊ, बाबूजी, पुराना घर। यादें एकदम से उमड़ीं और अर्कदीप्त अभिभूत हो गया।

उसने स्वीकृति में सिर हिलाया।

फ़्लाइट रात के डेढ़ बजे दिल्ली पहुँची। शिशिर को लेने उसके एक सम्बन्धी की गाड़ी आई थी। वही उसे घर की दहलीज़ तक छोड़ गया।

अर्कदीप्त ने दरवाज़ा खटखटाया।

एक बार।

अन्दर चुप्पी।

दूसरी बार, और ज़ोर से। और फिर अधीर होकर बार-बार। दरवाज़ा खुला, बाबूजी थे, "कौन?"

"मैं हूँ अर्को," उसने कहा।

"अरे अर्को!" एकदम से घर में जगार हो गई, "अरे सुनो, अर्को आ गया, अर्को...!"

अन्दर ताऊजी की चारपाई नहीं थी।

ताईजी अन्दर से आईं। उसे छाती से चिपका लिया और रोने लगीं। सबने समझा, ताऊजी की ख़बर सुनकर वह लौट आया है। उम्मीद तो नहीं थी, मगर आ गया तो अच्छा ही हुआ। घर का बड़ा बेटा—तर्पण तो वही करेगा।

वह ताऊजी के साथ-साथ अपने उस पुराने अर्कदीप्त को भी विदा दे देगा। 'तुमने यही तो चाहा था न, तुमने—सौदामिनी।'

लोग जीते हैं, वह सोच रहा है, प्रियजन के मर जाने के बाद भी जीते हैं। जैसे ताईजी समय-समय पर खाना खाती हैं, सोती हैं, उनके अर्कदीप्त ने भी ज़िन्दगी की डोर पकड़ ली है। वह जीने लगा है। बऊ गद्गद हैं—कभी हलवा बनाती हैं, कभी ताज़ी-ताज़ी पूरी-आलू का नाश्ता। हाथ में धुले कपड़े पकड़ाकर नहा लेने का आग्रह करती हैं।

"कितने दुबले हो गए हो!" ताईजी लाड़ से कहती हैं, "मेहनत करनी पड़ती होगी? आज क्या खाने का मन है बेटा?"

"आप जो भी बनाएँगी, स्वाद ही होगा ताईजी," वह कहता है।

घर-बार, बंधु-बांधव, पुराना परिचित माहौल। वर्षा के बादलों की अनवरत झड़ी। कोयल की कूक और पौधों पर खचाखच गुलाबी, सफ़ेद, पीले फूल। मधुमालती की मीठी-मीठी महक।

"वहाँ तो आम मिला नहीं होगा?" बाबूजी बाज़ार जा रहे हैं, मीठे आमों की टोह में।

उसने पाया कि वह इतना अलग हो गया है कि वह किसी से जुड़ नहीं पाएगा। यह सब भूल गया था वह। अब सब यथार्थ बनकर आस-पास जुड़ आया है। वह

अपने को बाध्य करता है, सन्तुलित नॉर्मल तरीक़े से रहने के लिए। पर सबके साथ उठते-बैठते, हँसते-बोलते वह जान रहा था कि यह सब एक स्वाँग है, जीवन का सत्य नहीं। परिवार के लिए एक मरीचिका, जिसे सत्य समझकर सब प्रसन्न हैं—घर, माँ, बाबूजी, भारत।

'जाओ सौदामिनी, अब तुम्हें याद नहीं करूँगा,' पर फिर उसके अन्दर एक मौन चीख़ उभरी, 'क्यों, क्यों सौदामिनी, मेरे बग़ैर जी सकोगी? तो मैं भी...'

"अरे, तुम्हें दो साल में क्या हो गया?"

वह चुप रहा।

"काम ख़त्म हो गया?" बाबूजी ने पूछा।

"नहीं, बाक़ी रह गया है।"

"तो पूरा क्यों नहीं किया? पूरा करके आते।"

"बीमार हो गया था।"

"क्या हो गया था?" ताईजी ने पूछा।

"पागल हो गया था," उसने चिढ़कर कहा। उठा और ऊपर जाकर लेट गया। दरवाज़ा भड़ से बन्द किया, जैसे कि कमरा हिल गया।

कमरे में अभी भी छोटू के चिन्ह थे—उसकी बड़ी-सी तसवीर और आईना। उसने उठाकर आईना ज़मीन पर पटक दिया।

"शीशा कैसे टूटा?" अगले दिन बऊ ने सहज भाव से पूछा।

"मैंने तोड़ दिया," उसने कहा।

बऊ का चेहरा उतर गया। वह उसे ग़ौर से देखने लगीं। पर चेहरा शान्त था, आवाज़ संयत।

"मैंने तोड़ दिया, मन में आया तो पटक दिया, टूट गया।"

"तुम सचमुच पगलाते जा रहे हो," ताईजी बोलीं, "वहाँ जर्मनी में मालूम नहीं, क्या-क्या सहना पड़ा होगा," फिर जैसे दुलराते हुए बोलीं, "अब तुम्हारा ब्याह हो जाना चाहिए। छोटे को देखो, दो बच्चों का बाप है।"

'तुम्हें क्या मालूम ताई', उसने मन-ही-मन कहा, 'कितना-कितना अयाचित प्यार, कितना सुख...'

"हुँह," अर्कदीप्त ने आगे कुछ नहीं कहा। यादों पर कोई रोक नहीं है। वक़्त-बेवक़्त उभर आती हैं।

चाहने पर भी उसे दूर नहीं कर सकता, मगर समय और परिस्थितियों की धारा उसे बहाकर कहाँ से कहाँ ले आई है! कब सोचा था कि अन्तिम अध्याय बिना लिखे रह जाएगा, कि वह बीच में ही सब कुछ छोड़कर घर लौट आएगा?

दूरी से अन्तर पड़ता है। उसकी आस टूटती जा रही है। कहाँ म्यूनिख, कहाँ

यह दिल्ली का घर? वह उसे नहीं ढूँढ़ सकता, मगर वह उसे खोज सकती है। हांस और विन्स को उसका पता-ठिकाना मालूम है। शिशिर को भी। डॉ. हाइनर को भी। और भारत इतना दूर तो नहीं। मगर जैसे-जैसे दिन बीत रहे हैं, जान रहा है कि वह सचमुच उससे दूर चली गई है। जो भी कारण रहा हो—वह नहीं जानता। बस, वह जानता है कि वह सौदामिनी का निर्णय था। वह बार-बार कहती थी कि उसे ब्याह नहीं करना, और वह था कि बार-बार इसरार करता रहता था। क्या यह कारण था? बस, इतना-सा, जिसकी वजह से बिना बताए, बिना कुछ कहे-सुने चली गई, सारे निर्णय अपने-आप ले लिये? मगर उसे इस बात का पूरा विश्वास है कि सौदामिनी ने भी उसे पूर्ण रूप से प्यार किया था और वह क्षणिक नहीं था, मगर क्यों उसने बिना कुछ कहे, छोड़कर जाने का निश्चय कर लिया? प्रेम में त्याग करने का समय चला गया है। अब तो जो अपनी चाहत हो, उसे मुट्ठियों में भींच लो, उसे छीन लो। अन्ततः निष्कर्ष यही था कि यद्यपि दोनों को एक-दूसरे से अथाह प्यार था परन्तु उनकी इच्छाएँ, आशाएँ अलग-अलग थीं। वह उसे अपनी पत्नी बनाना चाहता था और वह विवाह के नाम से डरती थी।

अर्कदीप्त ने लम्बी साँस ली—अभी वह एक क्षण में मुड़कर जा सकता है। उसे उसी की शर्तों पर स्वीकार कर लेगा—सब कुछ छोड़ देगा। हाँ, यह सब भी।

ताईजी के प्रिय वैद्यजी बुलाए गए हैं। उन्होंने नाड़ी देखी—आँख, कान, छाती, फिर उसके सामने ही सबसे कहा, "दिमाग़ में गर्मी चढ़ गई है। बाहर का खाना कितना असन्तुलित होता है, मांस-मच्छी, भक्ष्य-अभक्ष्य। दवा दे रहा हूँ। ठंडी चीज़ें खिलाया करो, क्यों अर्कदीप्त?"

अर्कदीप्त दो दिन से वही कपड़े पहने था—सिकुड़ा, मैला-सा पाजामा-कुर्ता। कन्धे तक बढ़ आए बाल, दो दिन की बढ़ी हुई दाढ़ी—आँखों में विक्षिप्त-सी चमक।

"दवा दे रहा हूँ," वैद्यजी ने कहा, "ब्याह कर दीजिए। समय आ गया है, ठीक हो जाएगा। फिकर की कोई बात नहीं है।"

उसने वैद्यजी को हाथ जोड़े और हँस पड़ा।

'अब इसका ब्याह कर दो,' सर्वसम्मति थी—छोटे की, आने-जाने वालों की। ताईजी को तो वैद्यजी पर पूरा भरोसा था। वैसे धीरे-धीरे सुधार आता दीखता था। साफ़-सुथरी शर्ट-पैंट पहनकर यूनिवर्सिटी में नौकरी के लिए इंटरव्यू दे आया था, पर लौटकर वही मैले-कुचैले कपड़े। समय-असमय का अजीबो-गरीब व्यवहार। घर से निकल जाएगा, रातों-रात इधर-उधर भटकता रहेगा, फिर पहचान वाला कोई न कोई उसे घर तक पहुँचा जाएगा। सोएगा तो सोता रहेगा, खाने के समय भी नहीं आएगा, भूखा-प्यासा पड़ा रहेगा।

सब कितने परेशान हैं, वह देख रहा है, पर क्या करे? टूटी हुई डोर को कैसे पकड़े?

मगर प्रयत्न तो करना पड़ेगा।

"अर्को, लड़की वाले आए हैं लखनऊ से। मिलना चाहते हैं। चलो, मिल लो," बऊ बहुत प्यार से कह रही हैं, उनकी आँखें आशावान हैं।

"मुझे लड़की देखने नहीं जाना बऊ! एक मासूम लड़की की नुमाइश—तुम्हें पसन्द है तो मेरे लिए वही सही है।"

"अरे, ऐसा कैसे?" ताईजी ने कहा, "लड़की भी तो तुम्हें देखेगी, पसन्द करेगी, तभी न बात आगे बढ़ेगी। वह ज़माना गया कि जब बड़े लोग ब्याह तय कर देते थे और बिना देखे, बिना जाने-पहचाने जनम-भर के लिए बँध जाना पड़ता था।"

"अगर उसने नापसन्द कर दिया तो?" वह आशावान हो उठा।

"नापसन्द क्यों करेगी? बिना दान-दहेज इतना अच्छा लड़का कहाँ मिलेगा? सूरत-शक्ल इतनी अच्छी है, क़द भी लम्बा, दुबला, रंग भी उजला। हाँ, कुछ ऊट-पटाँग कह दोगे तो बिदक जाएगी।"

बऊ एकाएक चिंतित हो आईं। वह हँसने लगा—एक विक्षिप्त हँसी।

"बस, बस!" उन्होंने कहा, "ख़बरदार, जो तुमने गड़बड़ की!"

घर वाले उसे डाँट-फटकार कर, नहला-धुलाकर, बाल कटवाकर, नये सूट और टाई के साथ मिलवाने ले गए। आगे बाबूजी, साथ में ताईजी और बऊ पहरेदारों की तरह चौकन्नी।

"शक्ल ठीक करो," बाबूजी ने डाँटकर कहा, "ऐसे मुँह लटकाकर जाने की ज़रूरत नहीं है।"

उसने मुस्कराने की कोशिश की। आजकल मुस्कराहट ऐसी ही होने लगी थी—नक़ली, चिपकाई हुई।

चलो, यह ड्रामा भी सही। वह अपने-आपसे कहता है, 'मना कर दूँगा। अभी सबका मन रखने के लिए चला चलूँ, नहीं तो उस लड़की की बेइज़्ज़ती हो जाएगी जो लखनऊ से न जाने किस आशा से यहाँ सबके साथ आई है।'

वे लोग अपने एक परिचित के घर में मिले। इधर-उधर की बातें कीं। वह बहुत आश्वस्ति अनुभव कर रहा था पर शिष्टतावश बातों का उत्तर देता रहा। लड़की अपनी माँ के पास बैठी थी, बातचीत में भाग नहीं ले रही थी। बस, ताईजी के प्रश्नों का जवाब दे देती थी। संक्षेप में।

"आपने नाम कैसा रखा है, रोली!" ताईजी ने कह ही दिया।

'अक्षता'—उसे सौदामिनी ने नाम दिया था। कितनी विचलित हो गई थी!

"नाम तो रुपहली है," उसकी माँ ने कहा, "यह है रोली, और सुनहली—बड़ी बेटी शालिनी, अमेरिका ब्याही है। पुकारने के नाम हैं।"

रोली नत दृष्टि से बैठी थी—चुप। कभी-कभी आँखें उठाकर अर्कदीप्त को देख लेती।

अब वे दोनों अकेले थे। परिवार घर दिखाने के बहाने उठ गया था। बातचीत क्या करे, वह चुप था, और वह उसे एकटक देख रही थी। वह कुछ बीच के से कपड़े पहने थी—न पैंट, न शलवार, न साड़ी। वह घेरदार स्कर्ट थी या लहँगा—मालूम नहीं चला। ऊपर ब्लाउजनुमा शर्ट, दुपट्टे की जगह बड़ा-सा स्कार्फ़ गले में लिपटा था और कन्धे तक गिर आया था। रंग गोरा था, मगर मेकअप कुछ अधिक ही गहरा। कुल मिलाकर आकर्षक।

"आपको क्या अच्छा लगता है?" रोली ने अचानक पूछा, "या ऐसे ही अपने ख़यालों में डूबे रहते हैं—चुप-चुप?" कहते हुए वह अपने-आप शरमा गई और आँखें झुक गईं।

अर्कदीप्त ने जाना कि वह बहुत देर से अपनी, अब ठंडी हो आई चाय पी रहा है, और ख़ामोश है।

"सॉरी, मेरी चुप रहने की आदत है। ज़्यादा बात नहीं करता।" फिर ख़ामोशी, और वह बतरस का आनन्द?

"आपकी मुझे लेकर, इस विवाह से क्या अपेक्षाएँ हैं, क्या स्वप्न हैं? आपको तो मालूम ही होगा, एक प्राइवेट यूनिवर्सिटी में नौकरी शुरू कर रहा हूँ—बड़ा घर, बड़ी गाड़ी, यह सब मैं नहीं जुटा पाऊँगा। सीधी-सादी तनावहीन ज़िन्दगी होगी जिसमें आप पर कोई बंधन नहीं होगा," अर्कदीप्त ने कहा।

"कैसा बंधन?" उसने हल्के-से पूछा।

"वही जो वाइफ—एक पुत्रवधू पर लगा दिये जाते हैं।"

रोली चुप रही। धीरे-धीरे चाय के दो-एक घूँट लिये और प्याला हल्के-से रख दिया।

कमरे में चुप्पी रही।

"आप यूरोप में कहाँ-कहाँ घूमे?" रोली ने पूछा।

"व्यस्त रहता था, इसलिए लंदन, कोपेनहेगन और जर्मनी में ही। ज़्यादा अवसर नहीं मिला।"

"अच्छा लगता होगा?"

'बहुत,' उसने कहना चाहा, पर चुप रहा। फिर अचानक ही कहा, "आपको 'ना' कहने की पूरी स्वतंत्रता है।"

वह चुप रही। बार-बार दृष्टि उठाकर अर्कदीप्त को देखती थी। फिर आँखें झुका लेती थी।

दोनों चुप हो गए। देर तक चुप रहे। अर्कदीप्त मन खँगारता रहा—इतनी अपरूप, सुन्दर, कमसिन लड़की सामने बैठी है और उसके मन में कोई हिलोर तक नहीं। अगर पत्नी बनी भी तो भी वह रीता-रीता ही रहेगा, क्योंकि सब कुछ तो वह बटोरकर ले गई है—सौदामिनी, जो बिस्तर से उठी, तैयार हुई, और उसे बाँहों में भींचकर छोड़ दिया। एक लघु पल में वह उसकी धड़कन सुनता रहा, फिर खटखट सीढ़ियाँ उतरती चली गई और खो गई...नहीं, वह तो वहीं थी, उस रात, कोपेनहेगन जाने के पहले। मैं ही चला गया था। वह एकाएक उठ खड़ा हुआ, "कहाँ चले गए सब?"

वह एक क्षण खड़ी रही, प्रतीक्षारत, जैसे वह कुछ कहेगा।

अर्कदीप्त को समझ नहीं आया कि क्या कहे, अनायास कह उठा, दोबारा, "आपको 'ना' करने की पूरी स्वतंत्रता है।"

उस सुन्दर लड़की के होंठों पर हल्की-सी मुस्कान आई। उसने हल्के-से सिर हिलाया।

तब तक सब लौट आए थे। बऊ और बाबूजी ने उसे प्रश्नात्मक दृष्टि से देखा—वह चुप रहा। 'ना' कहने की स्वतंत्रता तो उसे भी है।

"तो चलें अर्को?" बाबूजी भावी ससुर की भूमिका में उतर आए थे, "आप लोग कल हमारी तरफ़ आइएगा।"

"हाँ, हाँ, तभी रस्म कर लेंगे," ताईजी ने कहा।

"मुँह भी मीठा।"

वह आगे-आगे था, पीछे सारे लोग—औपचारिकता निभाते हुए। चारों के टैक्सी में बैठने के बाद ताईजी ने कहा, "ज़रा चाँदनी चौक चलें।"

"चाँदनी चौक?" अर्कदीप्त ने कहा, "क्यों?"

"कुछ गहना वग़ैरह लेना है और लड़की के लिए साड़ी।"

"कुछ नहीं। मैं यह ब्याह नहीं करने वाला।"

टैक्सी वाले ने पूछा, "किधर चलना है?"

"चाँदनी चौक।"

"मैं यह ब्याह नहीं करने वाला," उसने दोहराया।

"ब्याह तो तुम्हें करना पड़ेगा," बाबूजी ने कहा, "हमने ज़बान दे दी है।"

"कब? मुझसे पूछे बग़ैर?"

बऊ ने उसका हाथ पकड़ लिया, "चुप हो जाओ अर्को, तुम्हें मेरे सिर की कसम!"

अर्को बऊ को देखने लगा।

"मुझे सोचने का समय चाहिए।"

"अच्छा, घर ले चलो," बाबूजी ने आठ घंटे के लिए ली हुई टैक्सी के चालक से कहा।

सारे रास्ते ताई मुँह फुलाए रहीं, "सारा रंग में भंग कर दिया," वह बुड़बुड़ाईं, "कितनी ख़ुशी-ख़ुशी हम गए थे।"

कुछ देर बाद बाबूजी ने कहा, "यह ब्याह तो होगा अर्को। तुम्हें पागलों की तरह नहीं छोड़ा जा सकता।"

वह चुप रहा।

शाम को उन लोगों के आने की बात थी, "देखो अर्को, अगर हमारे लिए ज़रा-सा भी आदर-ममता है तो यह ब्याह हो जाने दो," बऊ का गला भर आया, "तुम्हारे पाँव पड़ती हूँ।"

"अरे बऊ, कैसी बातें करती हो! मुझे दुख होता है।"

"और तुम्हारी हालत देखकर हमारा कलेजा फटता है, सो? देखो, सब कहते हैं कि ब्याह के बाद सब ठीक हो जाएगा। मेरी ख़ातिर बेटा..."

वह सब ठीक समय पर आ गए—फलों के झाबे, मिठाई के रंग-बिरंगे डिब्बे पर डिब्बे, तो उसने 'ना' नहीं की। लड़की ने ताईजी और माँ के आगे हाथ बढ़ा दिये, और माँ ने उसे नये चमकदार कंगन पहना दिये। न जाने क्यों सबने तालियाँ बजाईं! क्या यह नया चलन है?

"कन्या का नाम बताएँ," पंडितजी ने कहा।

"हमारी छोटी बहू है मानसी, तो हम इन्हें रूपसी कहेंगे।" बऊ हर्ष के कारण वाचाल हो रही थीं।

अपनी ओर पंडितजी को देखते पाकर उसने कहा, "और मैं अर्कदीप्त।"

"यथा नाम, तथा गुण," पंडितजी ने कहा, "चेहरे पर प्रतिभा की कितनी आभा है! मुझे याद है आपका नाम।"

'ऐसा कुछ नहीं है', उसने सोचा, 'अस्त हो गया यह तो। डूबते हुए सूरज की अन्तिम किरणें हों तो हों।'

किसी ने उसके मुँह में मिठाई भर दी। वह खाँसने लगा और उठकर चला गया।

आँगन में ताईजी की पहचान की लड़कियों और स्त्रियों की भीड़ थी। किसी ने ढोलक शुरू कर दी और किसी ने गाया : 'हमरी नाजुक कमरिया, हमसे न उठती गगरिया।'

समवेत स्वर ऊपर तक उठे, 'सैंया की ऊँची अटरिया, मिलन जाने कब होगा।'

उसने मुस्कराने का प्रयत्न किया।

इंटरव्यू देते समय उसने कहा था कि वह थीसिस से ब्रेक ले रहा है, कुछ निजी कारणों से लौट आया है। दो-तीन साल नौकरी करने के बाद शायद वापस जाए और थीसिस पूरी करे—पर वह कह ही रहा था, जबकि जानता था कि वह कभी नहीं वापस जाएगा, न कभी अपनी थीसिस पूरी करेगा, न एम.फिल. करेगा, न कोई परीक्षा देगा। उसे एक प्राइवेट यूनिवर्सिटी में नौकरी मिल गई—अस्थायी।

पहले ही दिन उसने एथिक्स के क्लास में विद्यार्थियों के आगे ट्रॉली प्रश्न रखा, जिसका कोई उत्तर नहीं है—न सही, न ग़लत।

"विद्युतचालित एक ट्रॉली है जो रेल की पटरियों पर दौड़ रही है—आउट ऑफ़ कंट्रोल। चालक किंकर्तव्यविमूढ़ है, क्योंकि अगर ट्रॉली भागती रही तो आगे चलकर छः कामगारों का समूह ट्रॉली के रास्ते में काम कर रहा है, अगर ट्रॉली चालक कंट्रोल पकड़कर रास्ता मोड़ दे तो आगे दूसरी पटरी पर एक गृहहीन बेकार व्यक्ति है, वह मारा जाएगा। तो चालक क्या करे—छः व्यक्तियों को मरने दे या फिर एक नाकारा व्यक्ति की जान ले? प्रश्न है नैतिकता का। क्या उस एक व्यक्ति को जीने का उतना ही हक़ नहीं है जितना उन छः व्यक्तियों को?"

विद्यार्थी चुपचाप सुनते रहे।

"उस प्रश्न को विविध रूपों से प्रस्तुत किया जाता है, पर इसका कोई सही उत्तर नहीं है," कुछ रुककर उसने कहा, "मैं चाहता हूँ, आप इस पर सोचें, क्योंकि जीवन में कई बार ऐसे अवसर आते हैं जिनका कोई सही उत्तर नहीं होता।"

घंटी बजी, अपने पीछे लड़कों को छोड़कर वह क्लास से बाहर आ गया और फिर उसने एक लम्बी साँस ली।

कैसे रसमय, रंगमय दिन थे वे—विचार मस्तिष्क में कुलबुलाते रहते थे, उँगलियाँ कम्प्यूटर पर दौड़ती रहती थीं। शरीर एक चाव, एक उत्कंठा, एक गहन तुष्टि से भरा रहता था।

तो ट्रॉली तुमने ऊपर चढ़ा दी, या फिर अपने ऊपर इसका भी कोई उत्तर नहीं है।

वीरानी, एक हताशा, एक पराजय—अर्कदीप्त उस सबको पीछे ढकेल देना चाहता है।

सब कितने ख़ुश थे! बऊ गद्‌गद थीं। ताईजी रोज़ प्यार से पूछतीं, 'आज क्या खाओगे अर्को? क्या बनाऊँ?' नहाने चलता तो बऊ क्लफ इस्तरी किया कुर्ता-पाजामा सहेज देतीं।

उफ़, कितने ख़ुश हैं सब! इन्हें क्या पता कि उसके ऊपर कितना बड़ा तूफ़ान

आकर गुज़र गया है और वह अपनी तहन-नहस, बिखर गई ज़िन्दगी को जैसे टेप से जोड़ने का प्रयत्न कर रहा है।

दूसरों को ख़ुश करने की भी एक ख़ुशी होती है, अर्कदीप्त सोच रहा है। घर में उसके विवाह को लेकर कितना उत्साह है! मेहमानों की लिस्ट बन रही है, पुराने गहनों पर पालिश हो रही है, ताईजी रसोइयों का इंटरव्यू कर रही हैं—अतिथि भी तो कितने—जैसे बरसों से अर्कदीप्त के ब्याह के इन्तज़ार में बैठे हैं! सब आएँगे, दूर-दूर से—पिताजी ने एक गेस्ट हाउस किराए पर ले लिया है। छोटे और उसका परिवार पहले आ गया है। दो भतीजे, उन्हें सँभालने के लिए दो लड़कियाँ, जो हमेशा हँसती रहती हैं।

और वह लड़की—वह एकदम गोरी, सुरूप नाक-नक्शे वाली, जो उसकी पत्नी बनकर आनेवाली है, कितने अरमान सजा रही होगी! उसे क्या मालूम—मगर उसे भरसक सुखी रखने का प्रयत्न करेगा—ज़िम्मेदारी जो ले रहा है, ब्याहकर जो ला रहा है। अब से सबको ख़ुश रखेगा और इसी में स्वयं उसे भी ख़ुशी मिलेगी। अगर थोड़ी बची-खुची कहीं भाग्य में विधाता ने लिख दी होगी—तब। ताईजी की इच्छा थी कि यह ब्याह सम्पूर्ण रीति-रिवाजों के साथ हो। अमृतांशु तो बस नई गाड़ी और साँवली बहू को लेकर आ गया था। अब वह अपने अरमान पूरे करेंगी। सारी रस्में होंगी—पूरे विधि-विधान से। ठीक है, अर्को घोड़ी नहीं चढ़ेगा, गाड़ी में जाएगा तो गाड़ी फूलों से सजी होगी, सेहरा बँधेगा, बहनें राई-नोन से नज़र उतारेंगी—बारात लखनऊ जाएगी। सबको लखनऊ घूमने का शौक है।

विवाह के पहले हल्दी और तेल की रस्म के समय ताईजी नहीं दीखीं। ऊपर से नीचे तक रँग कर और तेल की चिपचिपाहट से भरपूर अर्को ने पूछा, "ताईजी?"

"कमरे में हैं।"

"क्यों?" वह पूछ रहा है।

बऊ चुनरी प्रिंट की पीली साड़ी पहने हैं। पहले से बता दिया गया है कि हल्दी-तेल की रस्म का ड्रेसकोड पीला है—सभी पीले कुर्ते, बंडियाँ और साड़ियों में हैं।

बऊ चुप हैं। उसके सिर पर आँचल रखकर बैठी हैं—मंडप के नीचे। वह एक पल में सब समझ गया, उठा और डग भरता हुआ ताईजी के कमरे में पहुँच गया। वह चुपचाप पलंग पर बैठी हैं, "ताईजी, चलिए।"

"कहाँ?"

"आप हल्दी लगाने नहीं आईं?"

"बेटा, मैं कैसे?" तब तक और स्त्रियाँ भी कमरे में आ गई हैं।

"समझो अर्को," ताईजी ने कहा, उनकी आँखें डबडबा आईं। "अशगुन होता है।"

"तो ठीक है," उसने कहा, "बारात भी नहीं जाएगी।"

"चलिए जीजी," बऊ ने कहा, "आप जानती हैं, कितना ज़िद्दी है।"

ताईजी ने लम्बी साँसें लीं। रस्म करते हुए वह आँखें पोंछती थीं।

बाद में सिर पर हाथ रखकर आशीर्वाद दिया और उठकर चली गईं।

आँगन में सन्नाटा हो गया।

कंगना खुलने की साइत बारात लौटने के दूसरे दिन निकली थी। बारात दुलहिन को लेकर सुबह-सुबह ही आ गई थी। परछन, आरती, गृह-प्रवेश सब विधि से हुआ और ताईजी ने ही आगे बढ़कर भाग लिया। बऊ और ताईजी, दोनों गोटे लगी साड़ियाँ पहने थीं—अपने गहनों के साथ। ज़्यादा तो कुछ था नहीं—बस, ताईजी ने अपनी चहेती, सेंती हुई, बरसों पुरानी सोने की हँसुली पहन रखी थी जो उन्हें अपनी सास से मिली थी। अंग-अंग, पोर-पोर से ख़ुशी टपक रही थी। जैसे बऊ समझ नहीं पा रही थीं कि इतनी ख़ुशी कैसे सँजोएँ, क्या करें—कभी अन्दर, कभी बाहर। कभी बहू का घूँघट सरका ऊपर कर देतीं, कभी नीचे।

उधर रुपहली, उर्फ रोली, जो अब रूपसी नाम धारण करके उसकी पत्नी थी, आज्ञाकारी नई पुत्रवधू बनी कालीन पर बैठी थी। रिश्ते की भाभियाँ, जिन्हें बरसों से नहीं देखा था, न जाने कहाँ से आकर इकट्ठी हो गई थीं—हँसती, मुस्कराती, चुहल करतीं, "देवरजी, नेग में क्या दोगे?"

उसके चारों ओर औत्सविक वातावरण था, हँसी थी, पर वह एकदम रीता, छूँछा था, जैसे यह एक नाटक था, और वह भी अपनी भूमिका निभा रहा था—जीवन के इस नये परिच्छेद में।

जब बहू से गायन का आग्रह किया गया तो नववधू ने एकदम सधे स्वर में गाना शुरू कर दिया : 'जीवन डोर तुम्हीं संग बाँधी', तो महिलाएँ एकदम चुप हो गईं। ज़ाहिर था, बहू ने गायन की शिक्षा ली थी।

उससे अन्दर नहीं बैठा गया। उठा और बाहर आ गया। शिशिर जो होटल में ठहरा था, अलग से, जाने को तैयार खड़ा था।

"अरे, अर्को," उसने कहा।

"मैं भी तुम्हारे साथ चलता हूँ।"

उसने मेहमानों को सम्बोधित करके कहा, "कल सुबह लौट आऊँगा।"

"ठीक है, जाओ। जल्दी आना। देर मत करना।" दरवाज़े के भीतर से ताईजी की आवाज़ आई।

शिशिर अकबर होटल में ठहरा था।

दोनों देर तक चुपचाप बार में बैठकर व्हिस्की पीते रहे। फिर एक लम्बी साँस लेकर शिशिर ने कहा, "तुमने सही किया दोस्त। मैं बहुत ख़ुश हूँ।"

दोनों के बीच जैसे सौदामिनी आकर खड़ी हो गई।

"वह सुनेगी तो उसे कैसा लगेगा?" अर्कदीप्त ने अपने-आपसे कहा।

"वह चली गई है, बस, शायद इसीलिए!" शिशिर कहने लगा, "वह चाहती थी कि तुम लौटकर नॉर्मल ज़िन्दगी जियो।"

"तुम्हें कैसे पता?" अर्कदीप्त उत्तेजित हो उठा, "तुम सब जानते हो? कैसे? तुमसे उसकी बात हुई थी? तुम्हीं ने उसे भड़काया होगा। तुम जलते थे मेरी ख़ुशियों से, ऐसा ही है न!"

"तुम्हें नशा चढ़ गया है अर्को, चलो, कमरे में चलते हैं," शिशिर ने बिल पर साइन कर दिया, फिर बाँह पकड़कर उसे खड़े होने में सहायता दी।

"तुम इमोशनल हो रहे हो," शिशिर ने कोमल स्वर में कहा, "आज तुम्हारे नये जीवन का पहला दिन है, तुम्हें प्रसन्न होना चाहिए। अतीत जा चुका है, उसे पकड़कर बैठना, बार-बार उसी खंदक में गिरना..." उसने बात पूरी नहीं की। कुछ देर बाद शिशिर ने मन्द स्वर में पूछा, "अगर तुम्हें पता चल जाए कि वह कहाँ है, तो?"

दोनों लिफ़्ट के आने का इन्तज़ार कर रहे थे।

"तो मैं मुड़कर चला जाऊँगा—अभी, इसी वक़्त," अर्को ने कहा।

"और वह, जो जीवन-डोर तुम्हीं से बाँधी, बैठी गा रही है, वह?"

लिफ़्ट आ गई, दरवाज़ा खुला।

अर्को ठिठका रहा, "रोएगी, फिर चुप हो जाएगी। कुछ समय बाद कहीं और वह डोर बाँध लेगी।"

"और तुम ख़ुश रहोगे?" शिशिर ने उसकी बाँह पकड़कर उसे लिफ़्ट के अन्दर कर लिया।

चौदहवीं मंज़िल तक लिफ़्ट पहुँचने के दौरान दोनों चुप रहे।

कमरा बड़ा था, पास-पास दो पलंग थे।

"सो जाओ, अर्को। तुम्हें नशा चढ़ गया है। कल का दिन तुम्हारे लिए बहुत बिज़ी रहेगा—गृहस्थ जीवन की शुरुआत।" फिर कुछ कड़ाई से कहा, "अब आगे से कभी उसका नाम भी मत लेना, शी इज़ गॉन।"

"वह चली गई है," अर्को ने कहा, जैसे अपने-आपसे। उसने चादर खींचकर ओढ़ ली, "जैसे मेरी भावनाएँ कुछ भी नहीं थीं, मेरा प्यार एक ज़ीरो था..."

"उफ़, अर्को," शिशिर ने खीजकर कहा, "बन्द करो यह बकवास। वह चैप्टर समाप्त हो चुका है, यह नई शुरुआत है। और सुनो, अपनी वाइफ़ के आगे यह सब गीत मत गाने लगना।"

"एकदम चुप," अर्को ने कहा, "मेरे होंठों पर ताला।"

एकाएक कमरा तैरने लगा, गोल-गोल घूमने लगा। उसने आँखें बन्द कर लीं।

शिशिर उसकी ओर पीठ करके खड़ा था—बाहर अँधेरे में कुछ देखता हुआ। बहुत मन्द स्वर में, जैसे स्वगत भाषण कर रहा हो, पर उस नशे और आत्मदया के दुख में डूबते-उतराते हुए भी अर्कदीप्त सब सुन रहा था।

"वह इसी दिन के लिए तुम्हें छोड़कर चली गई थी। इसलिए नहीं कि उसका प्यार चुक गया था बल्कि इसलिए कि वह तुम्हें बहुत प्यार करती थी। कहा करती थी, 'क्या करूँ, कोई बताए न। मेरे साथ रहकर उसका भविष्य क्या होगा? अच्छी नौकरी न मिली तो? छोटी-मोटी अस्थायी नौकरियाँ करते-करते क्या अपना उज्ज्वल फ्यूचर दाँव पर लगा देगा? फिर कहीं एक दिन मुझे देखकर सोचे न, कि मैंने इसी के लिए कितनों का दिल तोड़ा। चाहती थी, तुम भारत लौटो, ब्याह करो, भरी-पूरी ज़िन्दगी बिताओ। यह सोचकर, वह जहाँ भी होगी, ख़ुश हो लेगी। अपने आँसू पोंछ लेगी। शायद समझी नहीं—तुम्हें मिसजज किया, तुम्हारी गहराई मापी नहीं।"

अर्कदीप्त की छाती से एक घुटी हुई कराह निकली।

"सो जाओ अर्को, अब वही करो जो वह चाहती थी—सुखी होने का प्रयत्न करो। तुम्हारे जीवन का नया चैप्टर शुरू हो गया है।"

एक लम्बी साँस लेकर शिशिर ने सिगरेट कुचल दी, "वह समझ नहीं पाई तुम्हें। यह तुम्हारी ही नहीं, उसकी भी ट्रैजेडी है।"

अर्को के मुख से कुछ अस्पष्ट शब्द निकले।

शिशिर अपने बिस्तर पर आकर लेट गया। बहुत कोमल स्वर में, जैसे छोटे बच्चे को पुचकार रहा हो, "देखो, सब कितने ख़ुश हैं, यह बहुत मैटर करता है। हम हमेशा सेल्फ़िश नहीं रह सकते...।"

"मैं होना चाहता था, होना चाहता हूँ सेल्फ़िश। सेल्फ़िश होने में कोई ख़राबी नहीं है।"

"तुम व्यर्थ ही बड़बड़ा रहे हो, सो जाओ।"

फिर किसी ने कुछ नहीं कहा। कोई कुछ नहीं बोला।

उसके ख़ाली पेट में हौल-सी उठ रही है। नशे में है, नशे ने उसकी सारी वर्जनाएँ, सारी हिचकिचाहट दूर कर दी है।

"वह क्यों चली गई शिशिर? यह मैंने क्या कर डाला—एक भोली, नादान निर्दोष लड़की से ब्याह कर लिया, क्यों? माँ को ख़ुश करने के लिए? कैसे निभा पाऊँगा, शिशिर? क्या करूँ मैं—अब बताओ मेरे भाई, मेरे दोस्त?"

"उससे ग़लती हो गई दोस्त, शायद वह तुम्हारे प्यार की गहराई को समझ नहीं सकी।"

वह उठकर बैठ गया, शिशिर को घूरते हुए बोला, "तो तुम्हें सब पता था? तुम मेरा दुख, मेरी तड़प देखते रहे और चुप रहे? अरे, अब मैं क्या करूँ?"

"वही, जो करना चाहिए। कल कंगना खुल जाएगा—अक्षता के साथ विवाहित जीवन बिताना।"

अर्कदीप्त चीख़ उठा, "उसका नाम अक्षता नहीं है, कहाँ से सुना यह नाम? ज़रूर तुम सौदामिनी के सम्पर्क में हो। बताओ, बताओ, नहीं तो मैं तुम्हें जान से मार दूँगा।"

वह पलंग पर टूट कर गिरा, और सुबकियों से उसका शरीर हिलने लगा। शिशिर ने पास आकर उसके कन्धे पर हाथ रखा। उसका गला भर आया था, "मेरे दोस्त, अपने को सँभालो। उसने तुम्हारी इस ख़ुशी के लिए ही कितनी बड़ी सैक्रिफाइस दी! वह तुमसे प्यार करती थी पर उसने तुम्हारी गहराई समझने में भूल कर दी। अभागी है वह। उसने सोचा, उससे ब्याह करके तुम्हारा भविष्य...कि तुम अपना ब्रिलियंट कैरियर सैक्रिफाइस करके उससे बँधे रहोगे। माँ-बाप, देश, उजला भविष्य—सब अन्धकार में डूब जाएगा। वह इसलिए तुम्हें छोड़कर नहीं गई कि वह तुम्हें प्यार नहीं करती थी, बल्कि इसलिए कि तुम्हें बहुत प्यार करती थी, तुम्हारा भला चाहती थी। तुम्हारा उज्ज्वल भविष्य चाहती थी।"

"भाड़ में गया मेरा उज्ज्वल भविष्य! तुमने मुझे कोई हिंट तक नहीं दिया। मैं ब्याह के सपने देखता रहा और वह अलग होने का प्लान बनाती रही। स्टूपिड वुमन! उसे क्या हक़ था मेरा भविष्य निर्धारित करने का?" फिर वह गिड़गिड़ा उठा, "शिशिर, बता दो, वह कहाँ है मेरे भाई, बता दो?"

शिशिर ने गला खँखारकर कहा, "मुझे सचमुच उसका पता-ठिकाना नहीं मालूम।" वह बहुत देर तक चुप रहा।

अर्कदीप्त ने अपने आँसू पोंछ लिये। एक लम्बी साँस लेकर कहा, "तुमने मेरे साथ कितना अन्याय किया सौदामिनी! मुझे किस अँधेरे गड़हे में ढकेल दिया! तुम समझीं ही नहीं— तुमने मेरे साथ कितना अन्याय किया..."

वह एकाएक चुप हो गया। शायद उसे यह ज्ञान हो गया कि वह जिससे बात कर रहा है, उसे सुनने के लिए वह वहाँ है ही नहीं।

"कितनी बड़ी मूर्खता की उसने! और शिशिर, तुम इस सीक्रेट के साझीदार रहे, और अब बता रहे हो। तुमने उसे समझाया क्यों नहीं?"

शिशिर चुप—सिगरेट के कश पर कश लेता हुआ, अर्कदीप्त से आँखें न मिला पाता हुआ।

"मैं तुम्हें कभी माफ़ नहीं करूँगा, न उसे। वह अपने ही ग़लत सोच में डूबी रही।"

"उसने तुम्हें कई बार बताने की कोशिश की, मगर तुम सुनने को तैयार ही नहीं थे। देखो अर्को, तुम्हारी लाइफ़ कितनी संकुचित, कितनी सीधी-सादी थी! तुम पहली बार किसी स्त्री के सम्पर्क में आए और आकंठ उसके प्यार में डूब गए। तुम्हारा पूरा संसार उसी धुरी पर चलने लगा। उसके जीवन-अनुभव दूसरे थे। उसने

बार-बार धोखा खाया था—पति से, दोस्तों से। उसके लिए तुम्हारा प्यार पूर्ण रूप से ग्रहण करने में विश्वास की कमी थी। लो, पानी पी लो। सो जाओ, पुरानी बातों पर मिट्टी डालो। प्यार की क़ब्र पर फ़ातिहा पढ़ लो और कल से नई ज़िन्दगी शुरू करो।"

शिशिर का गला भर आया। अर्कदीप्त की ओर पीठ करके वह खिड़की से बाहर देखने लगा। अकबर होटल के सामने बियाबान था। केवल छोटी-छोटी कँटीली झाड़ियाँ। थोड़ी दूर, कुछ खुली ज़मीन पर आग जल रही थी और कुछ लोग आस-पास बैठे हुए थे।

"सो जाओ अर्को," उसने कहा।

"मेरे सीने में जैसे चाकू भुका हुआ है। ख़ून धीरे-धीरे रिस रहा है। मैं उठकर भागना चाहता हूँ—पागलों की तरह कपड़े फाड़कर। तुम्हारे पास उसका पता होगा न—बस, एक बार बता दो।"

"तो क्या करोगे?"

"उठूँगा और चल दूँगा। किसी दूसरी स्त्री को छूने-भर के विचार से मेरा सारा अस्तित्व विद्रोह करने लगता है।"

"तुम पागल हो गए हो अर्को। अब सो जाओ और अच्छे बच्चे की तरह कल से..."

"आई हेट यू शिशिर...आई हेट एवरीवन।"

"तुमने कभी सोचा कि तुम अपने प्यार में कितने सेल्फ़िश हो? बस, तुम्हें जो चाहिए, वही तुम्हें मिले—बाक़ी दुनिया-जहाँ जाए भाड़ में।"

"जाए भाड़ में, मेरा क्या?"

शिशिर ने सिगरेट बुझाकर कमरे की बत्ती बन्द कर दी। अपने पलंग पर लेटते हुए बोला, "कल नया जीवन, नई शुरुआत। तुम भाग्यवान कहो अपने को। तुमने प्यार किया और पाया भी—उसकी ऊँचाइयाँ और गहराइयाँ।"

"और अँधेरे भी तो।"

अर्को की मद्धिम आवाज़ ने जैसे कमरे के अँधेरे को और भी गहरा कर दिया। उसके बाद दोनों चुप रहे। कोई कुछ नहीं बोला।

आस-पास दिल्ली पसरी रही और वहाँ, गोल मार्केट के घर में, माँ और ताईजी मेहमानों की चारपाइयों और बिस्तरों का प्रबन्ध करती रहीं। अगले दिन क्या-क्या करना है, इसका लेखा-जोखा। रोली के घर से आई कौन-कौन-सी मिठाई कब-कब परोसी जाएगी, इसका हिसाब-किताब। किस मेहमान को विदाई में कितने रुपये और क्या-क्या, कौन-कौन-से कपड़े दिये जाएँगे। मारे ख़ुशी के उनकी आँखों से नींद उड़ गई थी। शरीर थकान से चूर था पर दोनों सजग थीं। अपने दहेज के पलंग पर

नई बहू भी थककर सो गई थी। शायद सपने देख रही होगी—रंग-बिरंगे, आशापूर्ण, उत्सुक। अपने सिर पर से गुज़र जाते हुए तूफ़ान से बेख़बर!

अर्कदीप्त एकाएक उठा है, "मैं घर जा रहा हूँ शिशिर।"

"अच्छा हुआ, तुमने ज़िन्दगी नये सिरे से स्टार्ट करने की सोची। वह एक वक़्ती उफान था—एक चैप्टर, जो ख़त्म हो गया।"

"हाँ, एक चैप्टर," अर्कदीप्त ने कहा। सोचा, 'पर ख़त्म नहीं हुआ है।'

आगे बोला, "यह एक नाटक मात्र है। आज्ञाकारी पुत्र, पति कैसा बन पाऊँगा, यह तो समय ही बताएगा।"

"पागल मत बनो। वह चली गई तो चली गई।"

"हाँ," अर्कदीप्त ने लम्बी साँस लेकर अंग्रेज़ी में कहा, "वह सब ख़त्म हो चुका है।" वे सुख के क्षण, उसने सोचा, अब तो बस फ़र्ज़ बचा है—बेटे का, पति का।

"देखो अर्को, ख़ुश रहने की कोशिश करना," शिशिर गम्भीर था।

"हाँ, हाँ, ज़रूर—बहुत ख़ुश," अर्कदीप्त ने कहा, "धन्यवाद शिशिर—हर चीज़ के लिए, विवाह में आने के लिए।"

शिशिर ने उसका कन्धा थपथपाया। उसे नीचे तक छोड़ने आया।

टैक्सी जाने के बाद भी वह देर तक खड़ा अँधेरे में जुगनुओं की चमक देखता रहा।

शिशिर जाने को तैयार है, विदा लेने आया है।

"अर्को?" बऊ पूछती हैं।

"वह तो रात को ही वापस आ गया था!"

"रात को ही?" बऊ ने बिस्तर की चादर उघाड़ीं, वहाँ दोनों लड़कियाँ बेख़बर पड़ी सो रही थीं। बऊ थोड़ी देर खड़ी-खड़ी सोचती रहीं, अर्को रात में आ गया! सीधा ऊपर गया होगा अपने कमरे में। ममेरी बहनें जो नववधू के साथ सुलाई गई थीं, नीचे भगा दीं। बऊ ने मुँह पर हाथ रखा—आज तो कंगना खुलेगा, तब ही न बहू उसके पास जाएगी!

जो भी हो, मन में सोचकर उन्होंने शिशिर को विदा का टीका दिया। रेशम का कुर्ता, जो कलकत्ता से मँगवाकर रखा था, पार्सल उसे थमा ही रही थीं कि ऊपर से रूपसी आती दिखाई दी। उसने पोलियेस्टर की पीले रंग की गोटा लगी साड़ी पहन रखी थी—वही, जो रात को पहनकर सोने गई थी।

रूपसी ने झुककर सास के पैर छूने का उपक्रम किया, पर छुए नहीं।

"ख़ुश रहो!" कहते हुए बऊ ने निरीक्षक की तरह ऊपर से नीचे तक उसे देखा। काँच की चूड़ियों और सोने के कड़ों के बीच बँधा कंगना सुरक्षित था।

"अर्को रात को ही आ गया क्या?" उन्होंने पूछा।

रूपसी घबरा-सी गई, "मुझे क्या मालूम! मैं तो थककर सो गई थी। अभी उठी हूँ, तो पलंग ख़ाली था।"

आश्वस्त होकर बऊ शिशिर की ओर मुड़ीं, "एकदम पागल है यह लड़का। जाने कब क्या करेगा, जर्मनी में रहकर निरंकुश हो गया है।"

शिशिर रूपसी को देख रहा था, "माँ, मेरे लिए भी ऐसी ही एक लड़की ढूँढ़ देतीं न!"

रूपसी शरमाकर मुस्कराई। फिर शिशिर की आँखों में आखें डालकर देखा, फिर दृष्टि नीचे कर ली।

"तुमने कहा होता, तब न!" बऊ उसके माथे पर रोली का टीका लगाते हुए बोलीं। "तुमने तो अपने-आप ढूँढ़ ली। बाल-बच्चा साथ लाई है—बना-बनाया परिवार।"

वह कुछ और भी पूछना चाह रही थीं, पर रूपसी पास खड़ी थी। उस पर दृष्टि डालकर चुप रह गईं।

शिशिर मुस्कराया, "अब आपने अर्को को भी बाँध दिया। कितना ख़ुश है वह! सब कुछ ठीक-ठीक रास्ते पर चल रहा है, फिकर न करें।"

बऊ ने लम्बी साँस ली, "दुलहिन, जाकर कुछ खा-पी लो। उधर चाय-नाश्ता तैयार है। फिर तुम भी नहा-धोकर तैयार हो जाना। रस्में होगीं। मुँह दिखाई भी।... अरे लड़कियो," उन्होंने पुकारा, "उठो, भाभी को कुछ चाय-नाश्ता दो न, पड़ी-पड़ी सो रही हो?"

"क्या बुआ, आप भी," पर दोनों उठ गईं।

"अच्छा, चलता हूँ," शिशिर ने कहा, "फ़्लाइट का टाइम हो रहा है।"

वह चला गया।

उसके जाने के कुछ देर बाद ही अर्को ऊपर से उतरा। नहा-धोकर तैयार था—नेचुरल रंग की सिल्क का कुर्ता और धोती।

"अरे वाह, भैया, बड़े जँच रहे हो! धोती पहननी आती है?" ममेरी बहनों ने चिढ़ाया।

अर्को का चेहरा उजला-उजला और शान्त था। अर्को की आँखें रूपसी से मिलीं। शरमाकर उसने आँखें नीची कर लीं।

आँगन में उजली धूप बिखरी हुई थी। वहाँ, जहाँ कोने में भट्ठी बनी थी, जलते हुए घी की महक सारे बरामदे में फैली हुई थी। आँगन में किराये की आई चारपाइयाँ अब क़तार से खड़ी थीं और बरामदे में दहेज़ में आई खाने की मेज़ लगा दी गई थी, जिससे पूरा बरामदा ही रुक गया था। दो-तीन रिश्तेदार वहाँ बैठे नाश्ता कर रहे थे। विवाह में बऊ का पूरा परिवार आया था—भाई, भावजें, बहनें, बहनोई। सारे घर में उनके मैके वाले छाए हुए थे। मानसी अपनी माँ के पास रात को रुक गई थी, बच्चों के साथ। अमृतांशु औरों के साथ, बाहर लगी चारपाइयों की क़तार

में सो गया था। चाय पीते हुए उसने अर्को को पुकारा—बहुत प्रसन्न लग रहा था।

सब मुझे कितना चाहते हैं, अर्को ने चारों ओर दृष्टि घुमाकर देखा—हर ओर प्रसन्न, प्रफुल्लित चेहरे।

अब वह भी ऐसे ही रहेगा, प्रसन्न, प्रफुल्लित। चलो, यह नाटक ही सही, मुस्कराता हुआ, हँसता हुआ अर्कदीप्त मामियों और ताईजी के आदेश पर सब कुछ करता जा रहा है। चारों तरफ़ हँसी के फ़व्वारे हैं, ममेरी बहनों और भाइयों की आँखें उज्ज्वल हैं—भविष्य और स्वप्नों से भरपूर। दिल्ली आकर सब ख़ूब योजनाएँ बना रहे हैं—घूमने की, ख़रीदारी की, मस्ती करने की।

मस्ती कैसे की जाती है, अर्कदीप्त भूल गया है। या फिर कभी की ही नहीं—स्कूल, कॉलेज, पढ़ाई में ही समय गुज़र गया।

उसने एक बार भी नज़र उठाकर रूपसी को भरपूर नहीं देखा। पत्नी है, ब्याह कर लाया है, क्यों?

उसने लम्बी साँस ली।

कितने ख़ुश हैं सब कोई—चेहरे पर मुस्कान चिपकाए! सबके साथ वह भी नाश्ता कर रहा है।

बऊ आश्वस्त हैं, शिशिर जा चुका है। अर्को वापस लौट आया है अकेले—अब एकदम नॉर्मल है। ठीक ही कह रहे थे वैद्यजी, ब्याह कर दो, ठीक हो जाएगा।

"अरे लड़कियो, जाकर भाभी को तैयार करवाओ। मुँह दिखाई के लिए लोग आने लगेंगे।" बऊ भतीजियों के नाम नहीं लेतीं। मुश्किल हैं, गीतांजलि और पुष्पांजलि। पर कोई नहीं हिला। दोबारा तकाज़ा देने पर नीचे आकर कह दिया, "दरवाज़ा बन्द था। पुकारकर नीचे आने को कह दिया है।"

बाहर हल्की-हल्की धूप है। बरामदे से आसमान नहीं दीखता, न सूरज, सिर्फ़ चिड़ियों के चहचहाने की आवाज़ सुनाई देती है। बाहर का शोरगुल तो वैसा ही है, जैसा हर रोज़ रहता है।

वह चाय पी रहा है। उसे मनपसन्द कॉफ़ी की हुड़क आ रही है, पर वह चुपचाप बेस्वाद लगने वाली चाय पीता रहता है। अब सब ऐसा ही रहेगा। वह अचानक सोच उठा, 'मेरी ज़िन्दगी अपनी लीक पर चलने लगी है, जियूँगा जैसे बेस्वाद चाय पी रहा हूँ चुपचाप। नहीं याद करूँगा किसी को, न उस कॉफ़ी मशीन को, न सौदामिनी के हाथ की कॉफ़ी को। मशीन तो बाज़ार में मिल जाएगी, मगर वह कहाँ मिलेगी?' चाहता है, उसके बारे में न सोचे, मगर वह है, दबे क़दमों से आस-पास घूमा करती है—उजली धूप की तरह अपनी हँसी समेटे। हल्की-हल्की बरसाती बूँदों की तरह अपना प्यार उस पर बरसाती हुई। अगर शिशिर उसके

सम्पर्क में है तो ज़रूर बताएगा कि अर्कदीप्त ने अक्षता से ब्याह कर लिया है। उसे दिल्ली में नौकरी मिल गई है। पूरा परिवार कितना हुलस रहा है, तो वह, जहाँ भी होगी, उदास नहीं हो जाएगी? छोड़कर चले आने के निर्णय पर अपनी भर्त्सना नहीं करेगी? 'तुम मेरे प्यार की गहराई, उसका विस्तार समझ ही नहीं पाईं। सोच लिया कि मैं अनुभवहीन हूँ, यह सम्बन्ध केवल सुविधा और समय के कारण हुआ।'

सामने होती तो उसे बताता।

नहीं, ग़लती मेरी थी। मैं उसे पूरे रूप से समझ ही नहीं पाया कि यह सम्बन्ध मेरे अन्दर कितनी गहरी जड़ें पकड़ चुका है। ऊपर से वृक्ष काटने पर भी जड़ का कुछ भाग अन्दर रह जाता है—थोड़ा-सा जीवन, दोबारा प्रस्फुटित होने की सम्भावना।

मगर अब ऐसा कुछ नहीं होगा। उसका जीवन अब उससे—रोली से जुड़ गया है। कितनी भोली, कितनी सरल लगती है! नहीं, वह उसे कभी कोई दुख नहीं देगा। उसकी सारी इच्छाएँ पूरी करेगा। वचन जो दिया है।

यह सोचने की आदत, उसने अपने को झकझोरा और वर्तमान में पाया, जहाँ दहेज़ में आई खाने की मेज़ के आस-पास सम्बन्धी बैठे हुए थे—ऑमलेट, टोस्ट, जलेबी, पूरी, रसे के आलू-टमाटर और खस्ता कचौड़ियों का नाश्ता करते हुए।

"लो, खाओ," एक प्लेट उसकी तरफ़ सरका दी गई।

वह खाने लगा, पर पूरा खाना इतना अलोना, इतना बेस्वाद क्यों लग रहा था?

बऊ हड़बड़ाती हुई आती हैं, "अरे ऊपर जाकर देखो, दुलहिन अभी तक तैयार नहीं हुई? सब जनी आ गई हैं, इन्तज़ार कर रही हैं—मुँह-दिखाई के लिए।"

रूपसी, नववधू कमरे के बीच खड़ी है।

"अरे, आप! तुम अभी तक तैयार नहीं हुईं? नीचे बऊ कब से बुला रही हैं।"

"नीचे से दीदी लोगों को बुला दीजिए," वह मन्द स्वर में कहती है, "साड़ी पहनाने में मदद चाहिए।"

वह चुपचाप खड़ा उसे देखता रहा।

"क्यों, साड़ी पहनना नहीं आता?"

रूपसी ने सिर झुका लिया, "नहीं।"

"अरे, ऐसे कैसे? अब तक..."

"कल पार्लर वाली आई थी मेकअप करने, वही पहना गई थी।"

रूपसी अब उसे सीधी दृष्टि से देख रही थी।

"साड़ी पहनना नहीं आता?" अर्कदीप्त ने दोहराया।

"शर्ट-पैंट ही पहनती थी," रूपसी ने सिर झुकाकर कहा, "उसी की आदत है। फेरों पर तो लहँगा पहना था। विदाई पर भाभी ने पहना दी थी।"

"अच्छा, मैं पहनाए देता हूँ।"

यह नवविवाहित पत्नी से पहला वार्तालाप है।

"आप? आपको साड़ी बाँधना आता है?"

"क्यों, कोई रॉकेट साइंस है क्या? लाओ, साड़ी दो, और गुलाबी साड़ी के नीचे सफ़ेद पेटीकोट? मैचिंग नहीं है?"

"पता नहीं, सूटकेस में होगा।"

"चलो, यही सही, आगे से ध्यान रखना।"

उसने पूरी साड़ी खोल दी है। गुलाबी रंग की सिल्क की साड़ी है, शायद बनारसी। पूरी साड़ी में छोटी-छोटी बूँटियाँ हैं, और पल्ले पर ज़री का काम, नक़ली ही होगी। आजकल असली ज़री तो पुरानी साड़ियों में ही मिलती है। सौदामिनी ने कहा था—माँ की साड़ियाँ हैं एकदम ट्रेडिशनल—असली सिल्क, असली ज़री। उन्हें नक़ली चीज़ों से बड़ी चिढ़ थी। हमेशा परम्परावादी साड़ियाँ पहनती थीं—कांजीवरम्, बनारस, सम्बलपुरी, बौमकाई या फिर सूती, चंदेरी, कोटा, चिकनकारी। 'और यह,' उसने सौदामिनी की साड़ी को छूते हुए पूछा था।

'बनारसी।'

वह हमेशा पूछता था, यह साड़ी कहाँ की है, और वह बाँधते-बाँधते, मुस्कराती थी—कभी भागलपुरी, कभी मुर्शिदाबादी, कभी ढाकाई जामदानी, 'मगर उस दिन वाली नीली साड़ी, जिसके पल्ले पर कृष्ण बने थे, आस-पास गायें?'

'अरे, तुम्हें याद है? वह थी आंध्र प्रदेश की कलमकारी। मैंने हैदराबाद से ख़रीदी थी। वह असली सूत पर असली फूल-पत्तियों के सत से चित्रकारी करते हैं।'

'तुम कितनी गुनी हो सौदामिनी! तुम कितना कुछ जानती हो—वेशभूषा, परिधान, मिर्च-मसाले!'

'मगर फ़िलॉसफ़ी के बारे में कोरी,' उसने अर्कदीप्त को हल्की-सी चिकोटी काटी थी।

"अब क्या करूँ?" रूपसी पूछ रही थी। उसने साड़ी खोल ली थी।

कैसी लड़की है, वह मन-ही-मन झुँझला गया, 'इसे साड़ी तक पहननी नहीं आती!' बोला, "अच्छा, इधर आओ, मैं बताता हूँ।... देखो, यह है आँचल—साड़ी का सबसे डेकोरेटिव पार्ट। यह कन्धे पर जाता है, अधिकतर बाएँ कन्धे पर, याद रखना। चुन्नट करके पिन लगा लो।"

रूपसी ने आँचल से वक्ष ढँक लिया है, बार-बार शर्म से चेहरे पर रंग आ-जा रहे हैं। वह शरमा भी रही है और थोड़ी-थोड़ी हँस भी रही है।

"अब?"

"अब साड़ी के दूसरे छोर को पेटीकोट में घुरसना शुरू करो—बाईं तरफ़ से। याद रखना, बाईं तरफ़ से। हाँ, अब चारों ओर लपेट लो। घुरसती जाओ—एक सार होना चाहिए, ऊँचा-नीचा नहीं। हो गया, अब बनाओ पटलियाँ। उफ़, उलटी-सीधी—लाओ, मैं बनाता हूँ," उसने पटलियाँ बनाकर पत्नी को पकड़ा दीं।

"पिन लगा लूँ, कहीं निकल न जाएँ?"

"लगा लो। रुको, मुझे ठीक करने दो—ऊँची-नीची हैं," वह झुका।

दरवाज़ा खटखटाया जा रहा था।

"आते हैं," उसने पुकारकर कहा।

जब वह ऊपर उठने लगा तो रूपसी की मेहँदी लगी हथेली उसके गाल को छूने लगी। उसने ऊपर देखा, वह मुस्करा रही थी—हल्के-हल्के, नटखट मुस्कान।

खड़े होते हुए वह भी मुस्करा रहा था, "इतनी उतावली! अभी रुकना पड़ेगा।"

रूपसी लाल हो गई, उसकी तरफ़ पीठ करके अपनी साड़ी सँभालने लगी।

"जाओ, सँभालकर सीढ़ियाँ उतरना, ऐसा नहीं कि पैर फँसे और बहूरानी मुँह के बल गिरें—हो जाएगी मुँहदिखाई!"

वह मुस्कराई, "तो आप मज़ाक़ भी करते हैं?"

वह भी साथ-साथ हँसा। ड्रामेबाज़ी, सोचता हुआ।

"अच्छा, सुनो, सर ढँक लो, ताईजी को अच्छा लगेगा।"

"घूँघट?" उसने हिचकते हुए पूछा।

"ब्याह और विदाई में तो चेहरा खुला ही रहा, अब कैसे घूँघट?"

"मुँहदिखाई है न?"

"नहीं, ऐसे ही जाओ, आदत नहीं है साड़ी की। गिर जाओगी।"

तभी घर की पुरानी नौकरानी ने दरवाज़े को धक्का दिया, उढ़का था, खुल गया, "नीचे सब जनी आ गई हैं..."

उसने चौकन्नी दृष्टि से चारों ओर देखा। अगर नीचे जाकर बताएगी कि वह अपनी नई नवेली दुलहन को साड़ी पहना रहा था तो मामियाँ, भाभियाँ और बहनों में हँसी के फव्वारे छूटने लगेंगे।

रूपसी एक हाथ से साड़ी सँभालती ही बाहर निकली, रुकी और पल्ला लेकर सिर ढँक लिया। इस समय वह कितनी पारंपरिक लज्जाशील नववधू लग रही थी!

नौकरानी ने पल्ला खींचकर मुँह को छोटे से घूँघट से ढँक दिया और सहारा देकर नीचे ले जाने लगी।

कमरा एक दिन में ही कितना अस्त-व्यस्त हो गया था। उसके पढ़ने की मेज़ अलग सरकाकर दहेज़ में आई श्रृंगार मेज़ लगा दी गई थी। उस पर रूपसी के प्रसाधन का सामान बिखरा हुआ था। अर्कदीप्त ने खुली हुई शीशियों के ढक्कन

बन्द कर दिये। एक क़तार में लगा दीं। उसकी पढ़ने की मेज़, बेचारी, कोने में। उसने बिखर गईं किताबें सहेजकर रखीं। कम्प्यूटर बन्द किया। फिर दराज़ खोलकर काग़ज़ इधर-उधर किये। एक लिफ़ाफ़ा निकाला, उसमें जूड़े का एक काँटा था, एक बिन्दी। वह देर तक दोनों को देखता रहा।

बिस्तर ठीक करते हुए उसे काँटा मिला था, और दाईं बाँह पर चिपक गई बिन्दी। उसने दोनों चीज़ें सहेजकर रख ली थीं—ज़रूरी काग़ज़ों के बीच। कुछ देर देखता रहा, जैसे उन क्षणों को फिर जीना चाह रहा हो! उसने चीज़ें वापस लिफ़ाफ़े में रख दीं और लिफ़ाफ़ा काग़ज़ों में दबा दिया।

फिर वह नीचे नहीं गया, बिस्तर पर लेट गया। रात के नशे की खुमारी बाक़ी थी। उसने आँखें बन्द कर लीं। 'तुम क्या सचमुच चाहती थीं, अक्षता के पास मुझे ढकेलना? मगर-मगर...' उसे नींद आ गई थी।

रात्रिभोज के बाद अर्कदीप्त बाहर क़तार से पड़ी चारपाइयों में से एक पर जाकर लेट गया। चारपाई पर दरी थी, चादर और तकिया। पैताने ओढ़ने की चादर। उसने चादर सिर तक तान ली और तब जगा जब उसकी पुकार होने लगी। ममेरी बहन और भाभी आस-पास उसे ढूँढ़ रही थीं, "अर्को भैया?"

बहन हर चारपाई के पास जाकर कहती।

उसे मालूम था, उसकी ढुँढ़ाई क्यों हो रही थी।

"क्या है?" वह उठकर बैठ गया। चिड़चिड़ी आवाज़ में पूछा।

"अरे अर्को भैया," बहन ने कहा, "बुआ कब से बुला रही हैं। चलिए न!"

"नहीं गुड़िया," अर्को ने कहा, "जाकर कह देना, भैया मिले नहीं। कहीं जाकर सो गए थे।"

"ऐसा कैसे?" भाभी ने धीरे-से कहा।

तब तक कुछ और लोग जागकर उठकर बैठ गए थे।

"अर्को?" बाबूजी की आवाज़ थी, "उठो, जाओ! माँ बुला रही है।"

तब उसे उठना पड़ा। गुड़िया और भाभी ऐसे कसकर बाँह पकड़े हुए थीं कि कहीं वह भाग न जाए।

"अभी तो ऊपर जाएँ," भाभी ने कहा, "कल सुबह नेग में अँगूठी लूँगी।"

"अभी ले लो," अर्कदीप्त ने विवाह अवसर पर मिली सोने की अँगूठी उतारी और भाभी की मुट्ठी में खोंस दी और बिना मुड़े, बिना देखे ऊपर चला गया।

वह पलंग पर लेटी हुई थी, सो गई थी—गठरी की तरह, डरी हुई-सी।

वह देर तक खड़ा उसे देखता रहा। अक्षता—वह सौदामिनी की बात याद कर रहा था। उसने वापस लौटने की, अक्षता से ब्याह करने की बात को गम्भीरता से नहीं लिया था, पर वह शायद गम्भीर थी। काश, उसने ध्यान दिया होता, उसे

समझा-बुझाकर यक़ीन दिला दिया होता कि उसका जीवन तो अब उसी के साथ बँध गया है!

उसके सीने में फिर वही पुरानी-सी टीस उभर आई। नहीं, वह यह सब कुछ नहीं कर सकता। उसका स्पर्श भिदा हुआ है—रोम-रोम में, साँस-साँस में।

वह नीचे जाने के लिए मुड़ा ही था कि नववधू ने आँखें खोल दीं। कुछ क्षण उसकी दृष्टि विभ्रमित-सी रही, फिर वह हड़बड़ाकर उठकर बैठ गई। वह काँपने लगी थी।

"डर रही हो?"

"नहीं," उसकी आवाज़ बहुत मन्द थी।

अर्कदीप्त उसके पास पलंग पर बैठ गया। वह सौदामिनी तो नहीं थी जो उसके बैठते ही उसे अपने पास खींच लेती और हृदय से सटा लेती और वह उसकी छाती पर चेहरा रखे हुए उसके दिल की धक्-धक् सुनता रहता।

अब दोनों चुप थे। वह शरमा नहीं रही थी, मगर आह्वान भी नहीं कर रही थी। वह उसे देखती थी, फिर आँखें झुका लेती थीं।

"आप, तुम थकी होगी, सो जाओ।"

वह उठकर खड़ा हो गया। नववधू का चेहरा सपाट था—भावहीन। कोई उत्कंठा, कोई आह्वान नहीं।

अर्कदीप्त ने उसका कन्धा थपथपाया, "सो जाओ, मैं भी बहुत थका हूँ।"

उसने मुड़कर पत्नी का चेहरा नहीं देखा। एक अनजान-सी युवती के संसर्ग की इच्छा से मन जैसे वितृष्णा से भर उठा। वह चुपचाप नीचे चला गया।

आगे-पीछे, आँगन में, बरामदे में, बाहर सब मेहमान सो गए थे। वह जाकर बऊ के कमरे में उनके पास जाकर लेट गया। वह सो रही थीं, बिस्तर पर। जहाँ बाबूजी सोते थे, जगह ख़ाली थी।

उसे कुछ राहत मिली। अपनी नववधू और उसकी अपेक्षाओं से थोड़ा हटकर, कितनी शान्त और आरामदेह थी यह जगह!

"अरे अर्को?" बऊ जाग गई थीं, "तुम यहाँ? कैसे? दुलहिन?"

"सो रही है," उसने कहा।

बऊ कुछ देर चुप रहीं, फिर अँधेरे में उनका स्वर उभरा, "कैसी लगी? पसन्द आई अपनी दुलहिन?"

"अच्छी है," उसका स्वर अवरुद्ध-सा था।

वह हल्के-से खाँसा।

बऊ ने चुपचाप उसकी तरफ़ करवट ली। उसके शरीर पर हाथ रखा। एक लम्बी साँस लेकर कहा, "समय सब सही कर देता है। तुम्हारा घर बस गया, कितनी तसल्ली है हम सबको! सो जाओ, अभी सुबह होने में देर है।"

बहुत सवेरे, चाय की प्याली उसे पकड़ाते हुए बऊ ने कहा, "ऊपर जाओ, अर्को। लोग यहाँ देखेंगे तो क्या कहेंगे!"

अर्कदीप्त के आगे फ़िल्म के फ़्लैशबैक की तरह एक सीन घूम गया, कितने उत्कंठित पैरों से वह उसके फ़्लैट की सीढ़ियाँ चढ़ता था! कभी-कभी वह उसकी पदचाप सुनते ही दरवाज़ा खोल देती थी, जैसे कान लगाए बैठी हो! जब वह रेस्तराँ में होती थी तो वह शैया पर जाकर लेट जाता था—निर्वस्त्र, प्रस्तुत।

वह सीन आया और अर्कदीप्त ने उसे निष्कासित कर दिया।

रोली अभी भी सोई हुई थी। रात को उठकर उसने शायद कपड़े बदल लिये थे—सलवार-कुर्ते में थी। थकी हुई, बेख़बर। वह ग़ुसलख़ाने में चला गया। बिना शोर किये नहा लिया। तौलिया कमर में लपेटकर जब वह बाहर आया तो वह बिस्तर पर बैठी थी। लजाकर उसने सिर झुका लिया।

अर्को ने कुछ कहना चाहा, पर क्या कहे, समझ नहीं सका। फिर कहा, "नहाकर तैयार हो जाओ। बऊ इन्तज़ार कर रही होंगी।"

उसके नहाकर आने से पहले ही नाश्ते की ट्रे ऊपर आ गई थी—गरम-गरम कचौड़ियाँ और रसभीनी जलेबियाँ। वह चाय पी रहा था। कल से अपनी कॉफ़ी का प्रबन्ध करेगा, उसने सोचा।

रूपसी ग़ुसलख़ाने से निकली—पेटीकोट और ब्लाउज़ में। आगे उसने तौलिया थाम रखी थी।

"साड़ी?" उसने हिचकते हुए कहा।

"इधर आओ, पहनाता हूँ," अर्कदीप्त ने कहा।

उन दिनों, अर्कदीप्त बराबर अपनी भावनाओं को खँगालता रहा था—पारंपरिक भूमिका निबाहते हुए उसे अपना आपा एक महान फ्रॉड, एक चालबाज़ की तरह लग रहा था। आज्ञाकारी पुत्र, कर्मरत पति, यह सब क्या है अर्को, वह अपने से पूछता और अन्दर से यही उत्तर मिलता कि अब ऐसे ही जीनी पड़ेगी ज़िन्दगी—रोते, जागते, पति का दायित्व निभाते हुए, नाटक करते हुए।

उसका बस चलता तो वह रूपसी को छूता तक नहीं, पर ब्याहकर लाया था। पत्नी की भी कुछ अभिलाषाएँ होती हैं, कुछ स्वप्न। जर्मनी से लौटे हुए ज़हीन लड़के से उसने विवाह की हामी भरी थी, उसकी भी ज़रूरतें हैं।

अनिच्छा और अरुचि होते हुए भी अर्कदीप्त ने पति का रोल पूरा-पूरा निभाया। उसे नियमित रूप से शारीरिक सुख दिया। उसके लिए तोहफ़े ख़रीदे, जो भी उसने चाहा। विदेशी परफ़्यूम तो शिशिर ले आया था, नयनतारा ने भेजा था, पूरा सेट—लिपस्टिकें, जूते-सैंडिल, पर्स और छुटपुट दस्तकारी की चीज़ें। उसे बाहर रेस्तराँ में खिलाने-पिलाने ले गया और हनीमून के नाम पर मसूरी।

रूपसी कितनी ख़ुश थी! कभी-कभी वह रूपसी के चेहरे को एकटक देखता रहता। वह सचमुच सुन्दर थी, और अपने सौंदर्य को लेकर सजग, जागरूक। लोग ठिठककर उन्हें देखते तो रूपसी को बहुत अच्छा लगता—इतराती, इठलाती, हँसती।

उसे इतना प्रसन्न देखकर बऊ और ताईजी निहाल थीं। ब्याह के बाद पटरी पर आ गया था। डर था कि कहीं जर्मनी वापस न लौट जाए। मगर वह तो रम गया लगता था।

"तुम इस विवाह से क्या चाहती हो?" वह 'अक्षता' कहते-कहते रुक गया, "तुमसे पहले भी पूछ चुका हूँ।—सब तुम्हारी इच्छा से ही होगा रू-प-सी," उसने सायास कहा।

वह थोड़ी देर चुप रही, फिर बोली, "एक बात कह सकती हूँ?"

"कहो, कहो न!"

"मेरी दीदी अमेरिका में है, वहाँ जाना चाहती हूँ। आपको भी तो वहाँ जॉब मिल सकती है। आपने जर्मनी में पढ़ाई की है।"

रूपसी ने धीरे-धीरे, सकुचा-सकुचाकर कहा। वे एक-दूसरे से अलग थे पर पलंग पर साथ-साथ।

वह बहुत देर चुप रहा। फिर बोला, "कोशिश करूँगा। पर तुरन्त नहीं हो पाएगा। तुम्हें डॉक्टरी की पढ़ाई ख़त्म करने में भी समय लगेगा।"

"मैं पढ़ाई छोड़ चुकी हूँ। मुझे डॉक्टर नहीं बनना।"

अर्कदीप्त ने प्रश्न-भरी दृष्टि से उसे देखा।

"मुझसे वह पढ़ाई चलेगी नहीं। पहले साल के बाद समझ में आया।"

अर्कदीप्त बहुत देर तक चुप रहा, "अगर तुम नहीं चाहती हो, तुम पर कोई दबाव नहीं है। तुम पर कोई भी, किसी तरह का दबाव नहीं पड़ेगा, बस..."

"बस क्या?"

"ताईजी और माँ को ख़ुश रखने में ही मेरी ख़ुशी है।"

रूपसी कुछ देर चुप रही। आँखें नीची थीं। शायद उसे हनीमून पर ऐसे वार्तालाप की अपेक्षा नहीं थी।

अर्कदीप्त ने करवट बदली और उसकी ओर पीठ कर ली।

"आप नाराज़ हो गए?" कुछ देर बाद रूपसी ने पूछा। उसका गला अवरुद्ध-सा था।

"नहीं, नहीं," अर्कदीप्त ने कहा, "मैं बहुत थका हुआ हूँ, तुम भी थकी होगी, सो जाओ। कल बहुत व्यस्त रहेगा।" उसने करवट बदलकर रूपसी के चेहरे को हल्के-हल्के छुआ। रूपसी के होंठ हिले, मगर कुछ बोली नहीं।

"तुम गाना अच्छा गाती हो। आवाज़ भी मीठी है," अर्कदीप्त जैसे उसे पुचकार रहा था।

"आपने कहाँ सुना?"

"जब गा रही थीं, तो कान में पड़ा था—जाते-जाते सुना था।"

वह प्रसन्न हो गई।

बेचारी, सीधी-सादी लड़की, किस विक्षिप्त से ब्याह दी गई है, उसने सोचा और लाड़ से उसके बाल थपकने लगा।

वह अपने को गुन रहा था, तौल रहा था, विश्लेषण कर रहा था : जो शरीर हमेशा आकुल-व्याकुल रहता था, सौदामिनी के स्पर्श मात्र से दहकने लगता था, कभी पूर्ण रूप से तृप्त ही नहीं हो पाता था—अब इतना मृत क्यों है? क्यों इतना इच्छाहीन?

पास में सुन्दर युवा विवाहिता पत्नी लेटी है, मुस्करा रही है। मौन आह्वान कर रही है।

"अब तो बहुत नींद आ रही है," उसने कहा।

"मुझे भी," रूपसी ने कहा और उसकी पीठ को हल्के-से छुआ।

वह जल्दी ही सो गई और वह अँधेरे में आँख फाड़-फाड़कर देखता रहा। सड़क की रोशनी बाहर पेड़ की पत्तियों से छन-छनकर दीवार पर हिल-डुल रही थी। चारों ओर निस्तब्धता थी और जगार भी। अर्कदीप्त ने सहसा करवट बदली और रूपसी का चेहरा छुआ—अँधेरे में उसने जाना कि वह जाग गई है।

और वह कोमल, सुकुमार, धीरे-धीरे फूल-सी खिलती रूपसी—सहवास, ताप से बन्द कली की पंखुड़ियों जैसी धीरे-धीरे खिलती जा रही थी। वह लजाती भी थी। तृप्त और आनन्दित भी होती थी। विवाह की उन पहली रातों को वह बिस्तर पर प्रतीक्षित लेटी रहती थी। उसकी पूरी मुद्रा में आह्वान होता था—जैसे वह ग्रीवा टेढ़ी करके उसे देखती, जैसे धीरे-धीरे बालों में ब्रश करती, फिर आकर पलंग की पाटी पर बैठ जाती। कभी उसकी ओर भर आँख नहीं देखती पर उसके होंठों के कोनों में मन्द-मन्द मुस्कान ठहरी रहती।

"उफ़, कितनी थक गई! मेहमानों का आना-जाना ख़त्म ही नहीं होता।"

"बस, कुछ दिन झेल लो—मेहमानों को भी, और मुझे भी। फिर तो भाई आकर लिवा ले जाएगा।"

रूपसी की मुद्रा आहत थी। फिर हल्के-से बोली, "आपका भी मुझसे पिंड छूट जाएगा। रुचती नहीं हूँ न, आपको।"

'औरतें अपनी तारीफ़ सुनने के लिए ऐसी मूर्खता की बातें क्यों करती हैं?' अर्कदीप्त ने स्वगत भाषण किया, फिर उसकी तरफ़ मुड़कर कहा, "तुम्हें ऐसा क्यों लगा रूपसी? क्या मैं तुम्हें ख़ुश नहीं कर पाया?" आगे कुछ कहे, उससे पहले ही जोड़ा, "तुम्हारे उन विदेशी जीजा जी की तरह सम्पन्न नहीं हूँ—शायद कभी न हो

पाऊँ। एक प्राइवेट यूनिवर्सिटी में साधारण-सा लेक्चरर हूँ।—छोड़ सकती हो, अगर ख़ुश नहीं हो। कोई बड़ा मसला नहीं है।"

वह रुआँसी होकर उठ खड़ी हुई, "ब्याह किये कुछ दिन हुए हैं और आपने छोड़ने की बात कैसे कह दी? ख़ुश नहीं लगती हूँ? मैं बहुत ख़ुश हूँ। पर शायद आप नहीं।"

अब चकित होने की बारी अर्कदीप्त की थी, "ऐसा कुछ भी नहीं है।"

"है, कुछ तो है। आप आधी रात उठकर अँधेरे में छत पर क्यों घंटों चक्कर लगाते रहते हैं? आप समझते हैं, मैं सोती रहती हूँ? जागकर देखती हूँ कि आप बिस्तर पर नहीं हैं, फिर देखती हूँ कि आप अँधेरी छत पर..." उसका गला भर आया।

अर्कदीप्त ने उसके गाल पर हल्का-सा ठुनका दिया, "कभी-कभी नींद टूट जाती है। रात-रात-भर जागकर पढ़ने-लिखने का आदी हूँ न! आओ, चलो, अब सो जाएँ।"

"दूध पी लीजिए। ठंडा हो जाएगा।"

अर्कदीप्त हँस पड़ा, देर तक हँसता रहा, फिर बोला, "आज से यह दूध तुम पीना। मैं ही क्यों? वैसे भी दूध मुझे पसन्द नहीं है।"

सो गई पत्नी को देखते हुए वह कहता है, "अर्कदीप्त, सावधान! ऐसी बेवकूफ़ भी नहीं है यह लड़की।"

बाहर रात के आसमान में खचाखच तारे थे और आकाशगंगा इस पार से उस पार पसरी हुई थी। कभी-कभी हवा का ठंडा झोंका आ जाता। छत की रेलिंग से दूर सड़क दिखाई देती थी, जिस पर अनवरत यातायात चलता रहता था। यातायात की रोशनियाँ चमकती थीं पर ध्वनि नहीं आती थी।

वहाँ ऐसी छतें नहीं होतीं—ऐसा खुला आसमान, न ऐसे कांति वाले तारे। सब कुछ बन्द, अपने में सम्पूर्ण। और वहाँ रातों को बाहर देखने का मौक़ा ही कहाँ मिलता था?

इस समय वह सब कितना अतीत में लुका-छिपा, कितनी दूर लगा—सचमुच हज़ारों मील दूर! एक दूसरी ही दुनिया, जहाँ उसका पुनर्जन्म हुआ था, जहाँ उसने भरपूर जीना सीखा था—कैसा था वह सुख, और कैसे मुट्ठी में बन्द करने पर भी पानी-सा झर गया!

उसकी हर छोटी से छोटी इच्छा पूरी करने में अर्को को कितनी ख़ुशी होती थी! भूल तो नहीं पाऊँगा तुम्हें—सौदामिनी। उसने अलक्ष्य को सम्बोधित किया—पर प्रयत्न करूँगा कि तुम्हारी यह इच्छा भी पूरी कर दूँ। तुम अपनी मूर्खतापूर्ण सोच में यही चाहती थीं न, तो चलो, यही सही।

माँ कहती हैं, "दुलहिन को मायके गए कितने दिन हो गए, जाकर लिवा लाओ। फिर छुट्टी नहीं मिलेगी।"

"मेरा जाना ज़रूरी है?" अर्को ने कहा।

"पहली बार तो तुम्हीं को जाना पड़ेगा, दस्तूर है।" ताईजी ने कहा।

"लखनऊ जाना पड़ेगा?" अर्कदीप्त ने कहा।

उसे कितना चैन, कितनी तसल्ली थी! अपने कमरे का अकेलापन फिर से अच्छा लगने लगा था। उसने मेज़ पर से रूपसी के प्रसाधन हटाकर अपनी किताबें जमा ली थीं और आने वाले सत्र के लिए लेक्चरों की तैयारी शुरू कर दी थी।

"नीचे का कमरा ख़ाली हुआ?" उसने पूछा।

"क्यों? उसमें अभी भी शादी का बचा-खुचा सामान रखा है—दहेज में आई चीज़ें।"

"उन चीज़ों की ज़रूरत क्या थी?" उसने थोड़े चिड़चिड़े स्वर में कहा।

"अरे, अपनी बेटी को सब देते हैं, उन्होंने भी दिया—अपनी ख़ुशी से। हमने कुछ माँगा थोड़े ही था!" ताईजी ने कहा।

"वह ख़ाली करवा दें। मैं फिर से वहीं पढ़ूँ-लिखूँगा।"

"वह तो भंडारघर बन चुका है," ताईजी मुस्करा दीं, "बैठक ख़ाली पड़ी रहती है। उसी में पार्टीशन डालकर अपनी मेज़ डाल लो।"

"और जाने-आने वाले?" अर्को ने कहा।

"अरे, आता ही कौन है! तुम्हारे ही मिलने वाले तो होंगे। अमृतांशु तो अपनी अमीर ससुराल में ही ठहरता है।"

ससुराल में जाकर अर्कदीप्त को अजीब-सा लगता है। यह क्या नया रोल है—दामाद, बहनोई, जीजा? जैसे सारा शहर उनके सम्बन्धियों से भरा है!

यहाँ लंच तो, वहाँ डिनर। कितने सारे नये लोग उसकी छोटी-सी ज़िन्दगी के साथ जुड़ गए हैं! वह विनम्र है, दामादों वाले नखरे नहीं हैं। बच्चे उसे घेरे रहते हैं—जिज्ञासा से देखते हैं, सवाल पूछते हैं, वह सबका धैर्य से उत्तर देता है।

"हाँ, हवाई जहाज़ से ही गया था। पानी के जहाज़ से भी जा सकते हैं, पर वह कम चलता है। यही सात-आठ घंटे। दिल्ली से बैठो और कुछ घंटों में जर्मनी। हाँ, ठंड रहती है। सब काम अपने-आप करना पड़ता है...नहीं, मैं फ़्लैट में एक दम्पति के साथ रहता था। पति पढ़ रहा था, पत्नी नौकरी..." वह ठिठक गया। हांस को पत्नी क्यों कहे, वह तो पार्टनर है, फिर भी सीधे-सादे लोगों को धक्का न लगे। संशोधित करके कहा, "एक पढ़ रहा था, दूसरे को काम करना पड़ता था। हाँ, अच्छे लोग थे।...दीदी को कुछ खाना बनाना नहीं आता?" वह हँसा, "कोई बात नहीं। आ जाएगा। नहीं तो बाज़ार से आ जाया करेगा।...हाँ-हाँ, पीज़ा-बर्गर भी मिलता है जर्मनी में।...नहीं, कभी-कभी खाता था, रोज़-रोज़ नहीं।"

"अरे, बस करो बच्चो, क्यों तंग कर रहे हो?" सास ने आकर बच्चों को हटाया।

"आप भी..." थोड़ा झिझकी कि उसे कैसे पुकारे।

"अर्कदीप्त," उसने कहा।

"हाँ, हाँ, दूल्हा बाबू," फिर वह स्वयं मुस्करा दीं, "बड़ा शुद्ध नाम है आपका। कभी सुना नहीं।"

वह भी मुस्करा दिया।

नाटक करने में पटु हो गया है। कहीं ऐसा न हो—वह सोच उठा, कि नाटक करते-करते असली ही कहीं गुम हो जाए!

इस घर में जल्दी ही ब्याह कर देने का चलन है। रोली के भाई चन्दन का विवाह हो चुका है। वह भी अभी पढ़ रही है। शायद बी.एड. कर रही है। चपल और चंचल है, फिर उसका हक़ बनता है, नवविवाहित ननदोई से चुहल करने का।

"सुना है, ननदोई जी, दुलहन को रोज़ साड़ी आप ही पहनाते थे?"

"क्या करता, आपने ननद को कुछ सिखाया ही नहीं!" अर्कदीप्त ने कहा।

रोली लज्जा से लाल हो गई।

"बड़े ननदोई जी तो पाजामे में ख़ुद नाड़ा तक नहीं डालते।"

"भाग्यवान हैं," अर्कदीप्त ने अपने अमेरिका निवासी साढ़ू को देखकर कहा।

"यह हैं न," उन्होंने प्रसन्न और सन्तुष्ट मुद्रा से अपनी पत्नी को देखा, "इन्हें मेरा सब काम अपने हाथ से करना अच्छा लगता है।"

"भाग्यवान हैं आप," अर्कदीप्त ने दोबारा कहा और रोली की ओर देखा।

"पाजामे में नाड़ा डालना कोई रॉकेट साइंस है क्या?" रोली ने शरारत से पति को देखा, "मैं भी डाल दिया करूँगी।"

अर्कदीप्त ने चन्दन की पत्नी से कहा, "पाजामा मैं कम पहनता हूँ। हाँ, इन्हें साड़ी पहनना सिखा दीजिए।"

दुनिया चलती जा रही है। लोग हैं, जी रहे हैं, जीवन भरा-पूरा है—बाल-बच्चे, दोस्त-अहबाब, शादी-ब्याह, नौकरी-पैसा। और वे भी जी रहे हैं जिनके दिल में किसी की कमी का एक बड़ा गड्ढा है, जैसे ताईजी, और मैं। किसी स्तर पर मन हरदम रोता रहता है, और यह है रोली रॉय उर्फ रूपसी—नई दुलहिन के रूप में सजी-सजाई भरी-पूरी बैठी है।

बहन-बहनोई, भाई-भावज, माँ-बाप—सबके बीच, अब विवाहिता, सम्पूर्ण। सबके चेहरों पर स्वस्ति है। बेटी ब्याह गई है और सामने बैठा है दामाद—हँसमुख, सरल, आकर्षक। उसके अन्दर का हाहाकार नई पत्नी का युवा शरीर और सुन्दरता भी नहीं मिटा पाएगी।

वह सबके साथ-साथ मुस्कराता है।

आजकल की लड़कियाँ—उसने नोटिस किया है, विदाई के समय रोती नहीं

हैं। घूँघट भी नहीं। उसे पान वाली की शिवकली याद आ गई। गौने में जाते वक़्त उसका विलाप, उसका धाड़ मार-मारकर रोना सारे मुहल्ले में देर तक गूँजता रहा था और उसे सुनकर पास-पड़ोस की सब औरतें उदास हो गई थीं। पानवाली भी कम नहीं रोई थी। मुहल्ले के सब बच्चे सड़क पर इकट्ठे होकर शिवकली की विदाई देख रहे थे, जैसे बन्दर-भालू का नाच देखते थे!

दोनों जहाज़ से वापस लौटे थे। चन्दन की पत्नी ने सलीके से साड़ी पहनाकर भेजा था। वह पूरी यात्रा साड़ी ही सँभालती रही। और वह थी—पूरा रेस्तराँ सँभालती थी, अन्दर-बाहर आती-जाती थी, अन्दर से प्लेट लगा लगाकर भेजती थी और शेफ़ के कोट के नीचे साड़ी जब पहनती थी, तो कैसी सधी रहती थी!

"सीख जाएगी," ताईजी ने लाड़ से कहा, "अभी छोटी है।"

लौटते समय वह साधारण-से कपड़े पहने था—खाकी पैंट, स्वेटर, ऊपर हल्की-सी जैकेट, पर रूपसी को देखकर जैसे सबको पता चल जाता था कि वह नई दुलहन को विदा कराके ले जा रहा है—लहरियेदार पीली और लाल साड़ी, कुंदन के काम का बॉर्डर, भरकलाई लाल चूड़ियाँ, हाथों में मेहँदी, तलवों में पुरानी पद्धति से लगाया गया आलता। उसने सिन्दूर से खचाखच माँग भी भर रखी थी, बुन्दे, गले में मटर माला। ऊपर से लजाती हुई सिमटी-सिकुड़ी बैठी थी। आते-जाते लोग एक क्षण को ठिठककर उन्हें देखते थे, फिर मुस्कराते हुए आगे बढ़ जाते थे। उनकी दृष्टि से बचने के लिए वह एयरपोर्ट की चिकनकरी की दुकान में घुस गया और वहीं ख़रीदारी करता रहा, जब तक उड़ान का एनाउंसमेंट नहीं हुआ।

पैकेट देखकर ताईजी मुस्कराने लगीं, "विदाई में सबके लिए कपड़े भेजे हैं!"

रूपसी ने सिर झुका लिया। अर्कदीप्त चुप रहा।

"दीदी का फ़ोन आया था," रूपसी तहाए कपड़े अलमारी में रख रही है। "पूछ रही थी, आपने क्या डिसाइड किया?"

"किस बारे में?" वह जानकर भी भोला बन रहा है।

"वही, अमेरिका जाने के बारे में?"

"देखो रूपसी," वह मन्द स्वर में कहता है, "हर चीज़ का सीजन होता है। हर चीज़ अपने सही समय पर ही अनफोल्ड होती है। वर्षा तो अपने समय से आएगी, चाँद-सूरज अपने निर्धारित समय पर उदय और अस्त होंगे। उसी तरह सही समय आने पर..."

"कब आएगा सही समय?" रूपसी ने अचानक रूठे हुए स्वर में कहा, "बिना

प्रयत्न किये कुछ भी नहीं होता। आप तो कोई एफ़र्ट ही नहीं कर रहे हैं।"

"देखो," उसने धैर्य से समझाने का प्रयत्न किया, "मैं इतने साल घर से बाहर रहने के बाद लौटा हूँ। कितना अच्छा लग रहा है—घर में सबका प्यार, सबकी ख़ुशी देखकर। मुझे अच्छा लगता है कॉलेज में बच्चों को पढ़ाना, उन्हें एक विज़न देना।"

वह रुका, फिर कहने लगा, "मुझे कुछ दिन सबके प्यार के बीच रहने दो। यह मेरे मन की भूख है। समय आने पर अमेरिका भी चले जाएँगे। मगर न मैं एम.बी.ए. करने वाला, न आगे कम्प्यूटर साइंस। फिलॉसफ़ी मेरा विषय है, मेरे दिल के क़रीब।"

बिलकुल स्पष्ट था कि रूपसी उसकी बातें सुन तो रही थी पर ध्यान नहीं दे रही थी। वह अपने विचारों में डूबी हुई थी।

"और दूसरी बात, इतना आसान नहीं है विदेश जाना और रहना। तुम्हारी दीदी वहाँ बरसों से हैं, तब जाना इतना मुश्किल नहीं था, न नौकरी मिलना। मगर अब तो जैसे फ्लड गेट ही खुल गए हैं। हज़ारों लड़के भरे पड़े हैं। लोग नौकरियाँ ढूँढ़ने के लिए मारे-मारे फिर रहे हैं। न जाने कहाँ से तुम्हारे आगे अमेरिका की इतनी सुनहरी छवि है! बहुत स्ट्रगल करनी पड़ती है।"

"सब कर लूँगी।"

"सब कर लूँगी!" अर्कदीप्त ने उसकी नकल उतारी, "अब तक सही ढंग से साड़ी बाँधना तो सीख नहीं पाईं, सब कर लूँगी! यहाँ क्यों छोड़ दी पढ़ाई? चलो, शुरू करो। डॉक्टर बन जाओगी तो वहाँ आसानी होगी।"

"मैं इतने साल इन्तज़ार नहीं कर सकती।"

"तो फिर दीदी से कहो, बुला लें हमें। तुम उनके घर झाड़ू लगाना और मैं अख़बार बेचूँगा।"

बात समाप्त करनी पड़ी, क्योंकि रूपसी रोने लगी थी।

अर्कदीप्त ने उठकर उसके आँसू पोंछे और नाटकीय ढंग से कहा, "कहाँ फँसा दिया बऊ ने! इतनी बेवकूफ़ बीवी! चलो, रोओ मत, समय आने पर..."

"हाँ, हाँ, जैसे सूरज-चाँद उगते हैं, जैसे बरसात आती है। आपकी फिलॉसफ़ी के चक्कर में मैं बुढ़िया हो जाऊँगी।" रूपसी का गला भर आया, "आपसे पहले ही कह दिया था कि मेरा सपना है अमेरिका में रहने का, वहाँ बसने का।"

"मैं इन तीन बूढ़े लोगों को छोड़कर नहीं जा सकता," अर्कदीप्त ने कहा। "छोटे भी विदेश में है।"

"यह तो पहले सोचना चाहिए था," रूपसी ने कहा। उसके स्वर में न समझने का प्रयत्न था, न सहानुभूति—केवल एक ज़िद।

अर्कदीप्त उसे देखता रहा, कुछ बोला नहीं। चाहा, कहे, 'एक झटके में यह सम्बन्ध तोड़ सकता हूँ,' पर चुप रहा।

"अब रोना बन्द करो। नीचे खाने जाएँगे तो सब समझेंगे कि मैं तुम्हें मार-पीट रहा था।" फिर जोड़ा, "प्रॉमिस करता हूँ, तुम्हारी सब ख़्वाहिशें पूरी कर दूँगा। समय आने दो। जाओ, हाथ-मुँह धोकर अपने को सँभालो।"

रूपसी मुस्कराई नहीं। वक्रदृष्टि अर्कदीप्त पर डाली और ग़ुसलख़ाने की ओर चली गई।

वह अपनी पत्नी को देखता है, जिसने आस-पास किसी से भी जुड़ने का प्रयास नहीं किया है। उसे केवल एक लालसा है—अमेरिका जाकर बड़ी बहन जैसा शानदार और समृद्ध जीवन जीने की। बस, वही उसके जीवन की धुरी है—उसका एकमात्र लक्ष्य। और वह है कि धीरे-धीरे कहीं अपने टुकड़े-टुकड़े बिखरे अस्तित्व को जोड़ने का प्रयास कर रहा है, और उसमें सबसे बड़ा श्रेय है परिवार के स्नेह का—बिना कुछ आशा किये, बिना कुछ माँगे सारा प्यार, सारा दुलार उस पर उड़ेलते रहते हैं और वह सिंचित करता है उसके शुष्क, जैसे हो गए अस्तित्व को। तुम कभी भी किरच-किरच हो गए दिल को जोड़ नहीं सकते—गोंद लगाओ, फाहे धरो, पुचकारो, ब्याह कर सुन्दर-सी लड़की को ले आओ, पर जो टूटा, और जिस तरह से, वह तो सिर्फ़ वही कर पाएगी—वह सौदामिनी। वह उष्ण शरीर, असीम चाहत और काली-काली तरल, सरस आँखों वाली। अगर अभी भी आकर उस पर हथेली रख दे और मन्द, उच्छ्वसित स्वर में कहे, 'अर्को, सूरज' तो एक पलक झपकते सब सही हो जाएगा। फूल खिलने लगेंगे, सुवासित पवन बहने लगेगी, और उसका किरच-किरच हो गया हृदय समगति से धड़कने लगेगा।

क्या कभी ऐसा होगा?

वह अपने-आप सिर हिलाता है, कभी-कभी जागते –जागते सपना देखने लगता है। वह बस की खिड़की से बाहर देख रहा है, एकाएक सड़क के किनारे खड़ी सौदामिनी को देखता है। वह उतावली से, बस रुकवाकर कूद पड़ता है, पर ऐसा होता नहीं है। बस जनपथ, विजय चौक होती हुई, रेलवे स्टेशन पार करती हुई चलती जाती है और उसकी प्राइवेट यूनिवर्सिटी के गेट पर रुक जाती है।

लोग उतरने लगते हैं। वह अन्तिम है। उसके उतरते ही बस चल पड़ती है और उसे कठोर धरती के कठोर सत्य का सामना करने के लिए छोड़ जाती है।

विभागाध्यक्ष स्वयं एम.ए. हैं। वह कभी नहीं पूछेंगे कि वह कब वापस जा रहा है, पी-एच.डी. पूरी करने। वह भी चुप हैं। घर में भी कोई नहीं पूछता, प्रसन्न हैं—उसके सान्निध्य से और नई-नई पुत्रवधू से।

क्या पत्नी समझ गई है, या फिर ऐसा आचरण कर रही है कि वह अब कुछ नहीं कहेगी? जब अर्कदीप्त चाहेगा तो...मगर तब तक उसे सन्तान नहीं चाहिए। अर्कदीप्त उसकी इच्छाओं की क़द्र करता है, सन्तुष्ट है अपने कॉलेज में पढ़ाकर, और घर में बऊ, ताईजी और बाबूजी के सान्निध्य से।

"ताईजी," वह एकाएक पूछ बैठता है, "यह मठरी में आप क्या डालती हैं?"

"नमक और अजवायन," ताईजी चकित हैं, "यह तुम क्यों पूछ रहे हो?"

"एक बार मठरी खाने का बहुत मन हुआ। ऑर्डर से बनवाई मगर आप वाली की तरह परतदार और खस्ता नहीं।"

ताईजी मुस्कराने लगीं, "सुनो इसकी बातें! कभी अजवायन का नाम भी सुना है?"

"हाँ, अंग्रेज़ी में कहते हैं कैरमसीड, और मेथी को फैन्युग्रीक और...।"

वह चुप हो गया क्योंकि ताईजी ज़ोर-ज़ोर से हँसने लगी थीं, "लो, सुनो इसकी बातें, पी-एच.डी. करने गए थे और सीख आए अंग्रेज़ी नाम! किसने सिखाए? अच्छा, बताओ, हींग को अंग्रेज़ी में क्या कहते हैं?"

"बस, सीख गया, कभी-कभी..." उसने बात पूरी नहीं की। कहा, "हींग को कहते हैं असफ़टीडा।"

रूपसी ने मुड़कर पूछा, "क्या कभी-कभी...?"

"रूममेट था न, वह अमरीकन विन्स, कभी-कभी चिकेन वग़ैरह बनाता था। तो, उसी से—वह इंडिया रह चुका था, साल-भर।"

अब मठरी बनाना सीखकर क्या होगा? सोचा, पकौड़े कैसे बनते हैं, पूछे, पर चुप रह गया।

जीवन एक पद्धति पर चल निकला है। उसने बड़ी-सी बैठक में मेज़ डाल ली है, बुकशेल्फ़ लगा ली है। आना-जाना कम है। रात को देर तक वहीं बैठा रहता है।

"अरे अर्को, इतनी रात तक बैठे हो?" बऊ अपने कमरे से बाहर आकर कहती हैं।

"कल के लेक्चर की तैयारी कर रहा हूँ।"

"अरे, अब तक तैयार नहीं हुए?"

"तीन अलग-अलग क्लास पढ़ाने पड़ते हैं, तैयारी तो करनी ही है।"

"बाबा रे, कितनी देर काम करोगे! जाओ, सो जाओ। दुलहिन अकेले डर रही होगी।"

"उन्हें जल्दी ही नींद आ जाती है," अर्को ने कहा।

"थक जाती होगी, बेचारी।"

अर्कदीप्त ने हँसते हुए कहा, "नौकरी तो मैं करता हूँ, उन्हें क्या काम है जो थक जाती हैं? तुम कुछ करने ही नहीं देतीं।"

"अच्छा, अच्छा," माँ ने बात बदलकर कहा, "बहुत देर मत करना। सुबह भी जल्दी उठ जाते हो।"

प्राइवेट कम्पनी की बस रोज़ सुबह साढ़े आठ बजे आती है और ठीक यूनिवर्सिटी के आगे छोड़ देती है। शाम का भी यही क्रम है। लाइब्रेरी तो नाम मात्र की है—जर्मनी की तरह विस्तृत और समृद्ध नहीं।

वह काम समाप्त करके भी देर तक बैठा रहता है—खिड़कियों से बाहर का आसमान ताकता हुआ। यहाँ कभी भी घुप्प अँधेरा नहीं होता, सड़क और आस-पास की दुकानों का प्रकाश हल्का-हल्का आलोकित करता हुआ। कभी-कभार हवा के झोंके से झिंझरी के पार फूलती हुई किसी लता की सुगन्ध कुछ क्षणों को बिखर जाती है।

रूपसी की सुगन्ध ऐसी स्वाभाविक नहीं है, प्रसाधनों और लोशन की। कभी ऐसा नहीं होता कि उसका हाथ लेकर होंठों पर रखे तो हथेली से बहुत धीमी, बहुत मद्धिम पोदीने की सुगन्ध आती लगे, या फिर कोई ऐसी अनजानी सुगन्ध, जिसका नाम उसे मालूम न हो।

"रोज़मेरी," उसने हँसकर कहा। फिर अपने हाथ अपने-आप सूँघे।

"जानबूझ कर नहीं धोये," वह धीरे-धीरे हँस रही थी, "मुझे अच्छी लगती है यह बास, सूँघो।"

"रोज़मेरी", अर्कदीप्त ने उठते हुए अपने-आपसे कहा।

उसने कभी रोज़मेरी का झाड़ देखने का प्रयत्न नहीं किया था—वैसे ही, जैसे रेस्तराँ में बहुत मद्धिम बजते संगीत में फ़रीदा ख़ानम की आवाज़ को नहीं पहचाना। इतना डूबा रहता था सौदामिनी और कीर्केगार्द में कि सारी दुनिया बस इन्हीं में सिमटकर रह गई थी।

कभी-कभी सोचता कि अब फ़रीदा ख़ानम का संगीत सुनना शुरू कर दे, पर अपने को रोक देता। उस बन्द गली का द्वार खोलने का कोई मक़सद नहीं बचा था।

'तुम ग़ज़ल नहीं गातीं?' उसने अनायास पूछ लिया था।

'गाती हूँ, फ़िल्म वाली। कभी-कभी तफ़रीह के लिए,' रूपसी ने कहा।

'कभी सुनाना।'

'आप सुनेंगे? मेरा गाना?'

'क्यों नहीं!'

'पहले कभी नहीं कहा।'

"तो अब कह रहा हूँ।"

"अभी—'आपकी नज़रों ने समझा प्यार के काबिल मुझे...' " उसने गाया। फिर वह चुप हो गई।

अर्कदीप्त सो गया था।

क्या ताईजी तीन साल में खाना बनाना भूल गई हैं? क्या ताऊजी के लिए पथ्य बनाते-बनाते हाथ का स्वाद चला गया है?

खाना इतना बेस्वाद, इतना अलोना क्यों लगता है?

"क्या हुआ अर्को? हाथ क्यों रोक दिया?"

उसने हाथ हिलाकर ताईजी को दूसरी रोटी थाली में डालने से मना कर दिया। थाली सरकाकर उठते हुए उसने कहा, "भूख नहीं है।" वह हाथ धोकर बाहर आ गया।

पिछवाड़े अब गाय-भैंस नहीं थीं, न दीवार पर गोबर के उपले। दुमंज़िला मकान बन गया है। ग्वाले का बेटा सरकारी नौकरी पर लग गया है। अर्कदीप्त ने सोचा, 'वह कूढ़मग्ज़—चलो, अच्छा है, इसी को प्रगति कहते हैं।'

चाचाजी जैसे कुछ सालों बाद अलोप हो गए—न चिट्ठी-पत्री, न आना-जाना।

बड़े दिवंगत भाई के बारे में भी जानकर उनका कोई सन्देश नहीं आया, न वह स्वयं आए। बस, उनकी कृपा से ऊपर कमरा बन गया, जिसमें अब वह पत्नी के साथ रहता है। ज़िन्दगी अब सिमट गई है, या उसने समेट ली है। वह किसी सेमिनार या कॉन्फ्रेंस में भी नहीं जाना चाहता।

रूपसी की बड़ी बहन से बात होती है तो थोड़ी उदास हो जाती है। मगर आशावान है कि अर्कदीप्त समय आने पर उसे विदेश अवश्य ले जाएगा, इसीलिए सबके साथ रहते हुए भी उसने अपने को किसी से जोड़ा नहीं है।

अर्कदीप्त को लगता है कि तीन सालों में कितना कुछ बदल गया है—परिवार वाले भी। ताऊजी की मृत्यु के बाद बाबूजी अकेले हो गए हैं, पर पड़ोस के मिश्राजी से अच्छी पटने लगी है। दोनों सेवानिवृत्त हैं। अर्कदीप्त कई अख़बार मँगाता है। वे दोनों बारी-बारी से पढ़ते हैं। हिन्दी का अख़बार ताईजी ज़रूर पढ़ती हैं।

ताऊजी के समय की उनकी दिनचर्या में बहुत फ़र्क़ आ गया है। अब उनके आस-पास ग्वाले की पत्नी, तरकारी वाली या अन्य स्त्रियाँ बात करती नहीं दिखाई देतीं। उन्होंने अपनी सिलाई की मशीन को भी अवकाश दे दिया है। पहले उनके पास साड़ी में फाल लगाना सीखने वाली या स्वेटर के नये नमूने सीखने वाली स्त्रियाँ आती-जाती रहती थीं। वे हाथ से तुरपाई या रफ़ू करते हुए हल्के स्वरों में कुछ न कुछ गुनगुनाती रहती थीं। अब वह चुप रहने लगी थीं।

सुबह का नाश्ता, चाय, पूरे घर के भोजन में वह हमेशा की तरह व्यस्त रहती थीं। उन्हें अच्छा लगता था कि रूपसी सज-सँवरकर उनके पास बैठी रहे और यदि पड़ोस की कोई स्त्री उनके पास आए तो देखे कि कितनी सुन्दर, सुशील पुत्रवधू है। कभी-कभी कहती हैं, दुलहिन, यह साग साफ़ कर दो, या यह दाल बीन दो। तब रूपसी बड़े मनोयोग से उनका हाथ बँटाती। मगर रसोई में उसका प्रवेश निषिद्ध था। वह ताईजी का एकच्छत्र राज्य था।

क्या ताईजी का मन नहीं होता?—अक्सर वह सोच उठता कि वह भी घर से बाहर निकलें, घूमें-फिरें। मगर वह अपने संसार, अपनी परिधि में सन्तुष्ट लगती थीं। वह कभी ताऊजी का ज़िक्र भी नहीं करतीं। कभी उनके लिए शोक प्रकट नहीं करतीं। बस, अपनी दिनचर्या में व्यस्त रहतीं या बरामदे में अपनी चारपाई पर लेटी-लेटी जाड़े, गर्मी, बरसात—अपना पंखा डुलाती रहतीं जिसमें लाल रंग की गोट लगी थी और दो घूँघरू जो शायद गूँगे थे।

रूपसी कुछ नहीं करती थी। नहा-धोकर, तैयार होकर नीचे चली जाती। उसे पढ़ने का बिलकुल शौक़ नहीं था। कभी अख़बार तक खोलकर नहीं देखा। विवाह में आया टीवी बड़े कमरे में रखा रहता था। बाबूजी के बँधे प्रोग्राम थे। वह नियमित रूप से देखते थे, मगर रूपसी को उसमें भी रुचि नहीं थी।

एक बार अर्कदीप्त के पूछने पर, "तुम सारे दिन क्या करती हो?"

"कुछ नहीं। बस, थोड़ा-बहुत इधर-उधर। हाँ, रियाज़ ज़रूर करती हूँ, रोज़, सुबह—आपके कॉलेज जाने के बाद।"

कितना शान्त, निष्क्रियता में सन्तुष्ट रहनेवाला जीवन था इसका, उसने सोचा, पर चुप रहा।

छोटे की पत्नी प्रसवासन्न है। माँ और बाबूजी को बुलाया है। दोनों प्रसन्नचित्त, अर्कदीप्त और रूपसी पर अकेली ताई का भार छोड़कर चले गए हैं।—साथ में दालें, मसाले, बड़ी-मँगौड़ी, कई मर्तबान अचार।

ताईजी कुछ दिन उदास रहीं—पर घर का सब काम-काज पहले की तरह देखती हुईं। अर्कदीप्त ने खाना बनाने वाली रखने को कहा, पर उन्होंने मना कर दिया। उन्हें अपने हाथ का ही खाना रुचता है।

कभी-कभी ताईजी को घर-गृहस्थी में व्यस्त देखकर लगता है कि क्या उनका मन नहीं करता कि वह भी सलवार-क़मीज़ पहनकर, जहाज़ में बैठकर विदेश-यात्रा करें? अपने प्रिय छोटे का विस्तृत घर-बार देखें? पर ताईजी अपनी उसी निस्पृह

भाव-मुद्रा से सारे काम निपटाती रहती हैं। पूजा-पाठ वह करती नहीं, न भागवत रामायण पढ़ती हैं, जैसे परिवार की देखभाल करना ही उनकी उपासना है!

ताईजी को बुख़ार आ गया है—तेज़-बुख़ार—विह्वल हैं। अर्कदीप्त अच्छे डॉक्टर को बुलाता है, रूपसी चाय बनाकर लाती है। वह एक घूँट पीकर प्याला सरका देती हैं और वापस लेट जाती हैं।

ताईजी—क्या है उन आँखों के पीछे? ताऊजी के बाद अकेले रह जाने पर दिल में दुख का सागर नहीं बस गया होगा? क्या इच्छाएँ, क्या अरमान, कुछ नहीं जन्मा उनके मन में? क्या बचपन से ही जो घुट्टी पिला दी गई होगी, एक स्त्री-धर्म पालन करने की परिपाटी, उसी को निबाहते चली आ रही हैं और उसी सूत्र को पकड़े-पकड़े एक दिन मर जाएँगी? क्या तरकारी छीलते-छीलते और काटते हुए उनकी दृष्टि आकाश में उग आए इंद्रधनुष पर पड़ी होगी? क्या दाल में छौंक लगाने से पहले, वर्षा की पहली फुहार, अपनी मिट्टी की सोंधी-सोंधी महक उनके नासारन्ध्रों में नहीं गई होगी? क्या उनके जीवन में केवल बड़ी-मँगौड़ी सुखाने लायक धूप और अचार डालने के मौसम ही रहे होंगे?

रोज़ सुबह तड़के, जब ताज़ा पानी आता है, वह नहा लेती हैं। धोती फींचकर तार पर डालती हैं। अँगीठी सुलगाती हैं और दूध उबालकर चाय का पानी चढ़ा देती हैं और नाश्ते के पराँठों के लिए आटा गूँधने लगती हैं। आटे, पानी और उनके हाथों की गरमाहट का क्या रसायन है, शायद उन्हें पता नहीं। पर जब आटा सही गुँध गया है तो वह उसे हल्के-से चपककर थाली से ढँक देती हैं। परात माँ की तरफ़ सरकाकर वह चाय बनाने में व्यस्त हो जाती हैं।

अब वह बीमार हैं, माँ-बाबूजी बाहर हैं, घर में है फूहड़ रूपसी और वह।

ताईजी के बुख़ार उतरने पर अर्कदीप्त उनके लिए तश्तरी में खिचड़ी लेकर आता है। कई दिन के उपवास के बाद ताईजी ख़ाली तश्तरी पास खड़ी रूपसी को थमा देती हैं, "तुमने अच्छी बनाई बहूरानी।"

रूपसी हँसती है, "मैंने कहाँ, इन्होंने बनाई।"

"तुमने? अर्को? यह सब कहाँ सीखा? इतनी स्वाद खिचड़ी और इतने पतले-पतले प्याज़ के लच्छे...!"

अर्कदीप्त हँसता रहा। कुछ बोला नहीं।

"हाँ, जर्मनी में रहकर यह सब करना ही पड़ा होगा।" बिस्तर पर वापस लेटते हुए ताईजी ने कहा।

तब आई याद उसकी, एक बार फिर, एक कटार की चुभन की तरह—उसकी सुगन्ध, उसके शरीर की गरमाई, उसके होंठों का स्पर्श। हथेली से सीक्रेट तीसरे तड़के की ख़ुशबू। उस याद को एक बार फिर दफ़नाकर वह उठ खड़ा हुआ।

थोड़ी देर एकदम चुप्पी रही। उस अवधि में अर्कदीप्त कहाँ-कहाँ नहीं भटक

आया। पिटारी खुल जाए तो यादों की झालर पर झालर निकलती चली आती हैं। ताईजी चारपाई पर वापस लेट गई हैं, "कितनी बदल गई है दुनिया! हमारे समय क्या था—लड़की को थोड़ा-बहुत पढ़ा दो, ब्याह कर दो, ज़िम्मेदारी से उबर जाओ। और हम लड़कियाँ—माँ-बाप जिससे बाँध दें, उसी से सारी ज़िन्दगी बँधी रहो। सास-ससुर की सेवा करो, देवर-ननद के प्रति ज़िम्मेदारी निभाओ। तुम्हारे ताऊजी तो गांधीवादी थे—दान-दहेज़ को मना कर दिया। न गहना-पत्ता—कुछ नहीं आया चढ़ावे में। बोले—आगे पढ़ना चाहती हो तो पढ़ो। पर मैं कहाँ पढ़ती। कभी स्कूल गई होती तब न!"

ताईजी गले में पड़ी चेन छूने लगीं, "यह चेन तो छोटे ने बनवाकर दी, जब कम्पीटिशन में आ गया। अम्माँजी के मरने पर तो उनकी पिटारी ख़ाली ही थी—बस, एक सोने की हँसुली थी—मैंने पहनी थी तुम्हारी शादी पर।"

"हाँ, देखी थी। आपको मौक़ा मिलते ही सोने की चूड़ियाँ दूँगी, ताईजी।"

ताईजी हँसने लगीं, "अरे, उसी मौक़े का तो इन्तज़ार है। डेढ़ साल तो होने को आया तुम्हारे ब्याह को, मानसी को तो साल के अन्दर-अन्दर ही बेटा हो गया था। भई, मुझसे अट्ठारह साल इन्तज़ार नहीं होगा..."

रूपसी एकदम चुप हो गई। अर्कदीप्त ने चुप्पी गुनी और मुस्करा दिया।

क्लास सुचारु रूप से चल रहे हैं, मन लगाकर पढ़ाता है। विद्यार्थी उसके क्लास में ध्यान से पढ़ते हैं। घर लौटता है, सब प्रतीक्षारत। उसके आते ही गरम-गरम नाश्ता आ जाता है—कभी कुछ, कभी कुछ। सब साथ बैठकर चाय पीते हैं। बऊ आश्वस्त हैं, पहले हल्ला-गुल्ला किया था, पर एक बार ब्याह हो गया तो देखो, ठीक हो गया न! कॉलेज जाता है, ठीक से कपड़े-लत्ते पहनता है, शनिवार-रविवार पत्नी को बाहर ले जाता है।

रूपसी रिश्ते में बड़ी मगर आयु और अनुभवों में छोटी। मानसी से बातें करती रहती है, सलाह लेती रहती है।

"बड़े भइया से मुझे डर लगता है।"

"इनसे?" रूपसी हँसती है, पत्नीत्व की गरिमा से भरी-पूरी, "डर?"

"ऊपर से सरल, सीधे-सादे भले ही लगें, अन्दर से बड़े दुरूह, बड़े जटिल। चुप रहते हैं मगर अन्दर-अन्दर क्या चल रहा है, समझना मुश्किल है। एक दिन घोषणा कर दी, जर्मनी जा रहा हूँ—पी-एच.डी. करने और ढाई साल में अचानक लौट आए। पूछने पर कह दिया, थक गया। हमने सोचा था कि ब्याह के बाद आप दोनों चले जाएँगे, मगर यह तो प्राइवेट यूनिवर्सिटी में मामूली-सी जॉब करने लगे।"

रूपसी सोचती रहती है, 'क्या हम ऐसे ही रहते रहेंगे? इस घर में, इसी तरह?'

"कोई प्रॉब्लम है क्या? मज़े में तो हो, कोई ज़िम्मेदारी नहीं—ताई, बऊ सब कितना प्यार करती हैं!"

"और आप?"

वह चुप रह गया, फिर कहा, "तुम्हें क्या लगता है, मैं प्यार नहीं करता?"

उसने कुछ नहीं कहा। शायद इसी को प्यार समझती है, "तुम?"

"जिससे ब्याह हो जाता है, उसी से प्यार भी हो जाता है।" रूपसी ने कहा, फिर लम्बी साँस ली, "न जाने कब मेरा सपना पूरा होगा?"

अर्कदीप्त थोड़ी देर उसे देखता रहा, फिर पढ़ने की मेज़ पर जलता हुआ लैम्प बुझाता हुआ बोला, "देखो, यह सच है, मुझे यहाँ बऊ, बाबूजी, ताई—सभी के बीच बहुत अच्छा लग रहा है। तरसता था इनकी कम्पनी के लिए। पहले दो-ढाई सालों में कितना अकेला था, तुम्हें कैसे बताऊँ।" फिर वह उठता हुआ बोला, "भूला नहीं हूँ। थोड़ा धीरज रखो।"

उसने बैठक की बत्ती बुझा दी।

रात का खाना, थोड़ी-बहुत बातचीत—काम-काज की, पास-पड़ोस की।

फिर अपने कमरे में जाकर रूपसी ने रात के कपड़े नहीं बदले, पलंग पर बैठी रही—विचारमग्न।

"अब विदेश जाना कोई आसान तो नहीं है। प्रयत्न करना पड़ेगा।"

"तो शिशिर बाबू से कहिए न, वह अपनी कम्पनी में कहीं लगवा दें।"

"उसके लिए अपने को रीट्रेन करना पड़ेगा। फिलॉसफ़ी वाले का वहाँ क्या काम! देखो, कुछ करता हूँ..."

उसे लगा, रूपसी रूठी-रूठी-सी रहने लगी है, गाना भी छोड़ दिया।

"अब तुम रियाज़ नहीं करतीं?" उसने पूछ लिया।

"गाने लगती हूँ तो आपको नींद आ जाती है," उसने ताना दिया।

वह हँसने लगा, "तुम गा रही थीं तो उसने लोरी का काम किया। नींद आ गई। अब कोशिश करूँगा..."

"बस, छोड़ दिया। देखिए, आपने प्रॉमिस किया था, मुझे बाहर ले चलेंगे और फिर हम वहीं बस जाएँगे।"

अर्कदीप्त ने लम्बी साँस ली, "वहाँ रहना, बसना आसान नहीं है। तुम्हारा आइडिया बड़ा रोमांटिक है। असलियत कुछ और ही होती है। लोग इस तरह की ज़िन्दगी...अपनों के लिए, प्यार के लिए तरस जाते हैं।"

वह चुप रही, बहुत देर तक, फिर बोली, "दीदी कितनी ख़ुश हैं! कितना कुछ है उनके पास!"

उसने चुपचाप सुन लिया, फिर कहा, "कभी-कभी हमें मनवांछित पाने के लिए बहुत बड़ा मूल्य चुकाना पड़ता है। किस समय क्या सही है, क्या ग़लत, उस

समय हमें पता नहीं चलता। जब कोई चीज़ खो जाती है, तब लगता है कि अरे, हम तो लुट गए!"

"आप हर बात में फ़िलॉसफ़ी का लेक्चर देने लगते हैं। सारी दुनिया दौड़-दौड़कर जा रही है—बस, आप ही हैं..."

अर्कदीप्त कपड़े बदलने उठा, "शायद तुम सही कह रही हो। बरसों बाद मुझे अपने इस जीवन में, वह 'सुख'... " कहते-कहते रुक गया, "सुकून मिल रहा है, मुझे इसका आनन्द उठा लेने दो। वहाँ वही होगा—संघर्ष, अकेलापन, चुनौतियाँ। उनसे जूझते-जूझते ज़िन्दगी निकल जाती है।"

"आप दीदी के फ़्लैट की तसवीरें तो देखें, जीजा जी की गाड़ी—वह टेसला चलाते हैं। न जाने कितने हज़ार डॉलर की होती है!"

"वह मैं कभी नहीं जुटा पाऊँगा, एक शिक्षक होकर—चाहे यहाँ या वहाँ! तुमने ग़लत व्यक्ति से विवाह कर लिया रुपहली। जीजाजी से कहतीं, वह अपने जैसा कोई ढूँढ़ देते।"

अर्कदीप्त के मुँह से अपना नाम सुनकर वह चौंक गई। वह उसे इस नाम से कभी-कभी ही सम्बोधित करता है, जब दुखी होता है या रुष्ट!

दीदी ने क्या कहा था, 'प्रेशर डालती रहो। अपने-आप तो वह कुछ नहीं करेगा।'

हाँ, वह बहुत कुछ चाहती है। बचपन से ही वह सुनती आई है कि यह रूप लेकर वह रानी बनेगी, मगर कोई राजा या राजकुमार द्वार पर आकर नहीं खड़ा हुआ। मध्यवर्गीय माता-पिता ने पढ़ा-लिखा, खाने-कमाने लायक, अच्छे घर का लड़का देखकर ब्याह दिया। उसने भी सोचा, यूरोप में रहा है, यहाँ टिक नहीं पाएगा—मगर यह जो अर्कदीप्त है—परत के परत न खुल पाने वाली पहेली, अपने में सम्पृक्त, सम्पूर्ण, सीधी-सादी लीक पर चलती।

वह रात में सोते समय भी सुन्दर लगती है। उन दोनों के पलंग अलग-अलग हैं, पर सटे हुए। रूपसी के पास से उठकर वह जब अपने बिस्तर पर लेटता है तो जैसे उसका सारा अन्तर्मन हाहाकार कर उठता है। जैसे अंग के कट जाने पर भी उसकी स्मृति में वह दुखता ही रहता है—न रहने पर भी उसी तरह।

"ताईजी के सपने," रूपसी मुस्कराती हुई हाथों में लोशन लगा रही है।

"उनकी पीढ़ी का सपना होता था—ब्याह, पति, घर-परिवार," अर्कदीप्त ने कहा, "उन्हें इससे अधिक सपने देखने की छूट ही कहाँ होती थी? सब कुछ सिर झुकाकर स्वीकार कर लो—प्यार मिले तो प्यार, अवमानना मिले तो अवमानना।"

रूपसी ने लम्बी साँस ली, "पर मेरे सपने तो कुछ और ही हैं।"

"तुमने बेकार में एक लेक्चरर से शादी कर ली। तुम्हें तो शिशिर जैसा पति चाहिए था। हर चार-पाँच महीने में शर्ट-पैंट पहनकर इंडिया आतीं।"

रूपसी ने भर आँख उसे देखा, "उस पहली ही मुलाक़ात में आप दिल में उतर गए।"

"बेवकूफ़," अर्कदीप्त ने लाड़ से कहा, "अब भुगतो!" दोनों हँसने लगे पर अर्कदीप्त को मन-ही-मन थोड़ा भय लगा, 'मुझे इतना प्यार मत दो रूपसी,' उसने कहना चाहा, 'हो सकता है कि रोती रह जाओ।' पर उसकी सम्भावना कम है।

उसने सोचा, 'मैं यहीं रहता रहूँगा और तुम सपने पालती-पालती बूढ़ी न हो जाओ।'

अर्को ने आकर बऊ के पैर छुए, फिर ताईजी के।

"क्या हुआ? कुछ बाल-बच्चा?" ताईजी ने हुलसकर पूछा।

"आपकी बहूरानी की तमन्ना पूरी होने जा रही है," उसने मुस्कराते हुए कहा, "हम अमेरिका जा रहे हैं।"

"क्या, क्यों, कैसे?" बऊ ने पूछा। वह हकला रही थीं।

"हमारी प्रोफ़ेसर डॉक्टर हाइनर जर्मनी से अमेरिका शिफ़्ट हो रही हैं—न्यूयॉर्क। वहाँ का क़ायदा है कि प्रोफ़ेसर के साथ रिसर्च स्कॉलर भी साथ चलते हैं, तो मुझे भी तीन साल की फ़ेलोशिप मिल गई है। उन्हीं ने मेरा नाम सुझाया और यूनिवर्सिटी से ऑफ़र भी आ गया, मगर..."

"मगर क्या?"

"वहाँ जाने के टिकट लेने पड़ेंगे। कहाँ से होगा?"

"तुम फिकर मत करो। सब हो जाएगा," ताईजी बोलीं, "जो तुम डेढ़ साल से हज़ारों रुपये तनखा के लाकर हाथ पर रखते थे, सब बैंक में जमा हैं।" ताईजी मुस्करा रही थीं।

"मगर ख़र्चा?" अर्को ने कहा, "वह तो घर के ख़र्चे के लिए होते थे।"

"अरे तुम्हारे आने से पहले भी तो घर चल रहा था—मज़े से। दो-दो पेंशनें आती हैं। तुम्हारा सारा पैसा बचाकर जमा करती रहती थी, कोई रसोई में बैठकर चाट-पकौड़े थोड़े ही खाती थी।"

सब हँसे।

"तुम कितने साल के लिए?" बऊ ने पूछा।

"तीन साल।"

"तीन साल क्या, तीस साल कहो," बाबूजी बोले, "जो जाता है, वहीं का होकर रह जाता है। वापस कोई लौटा है अब तक?"

बऊ ने चुपचाप आँखें पोंछ लीं। रूपसी ऊपर ही थी। अर्कदीप्त ने पहले ही फ़ोन करके बता दिया था। फ़ोन पर लगी थी।

न्यूयॉर्क

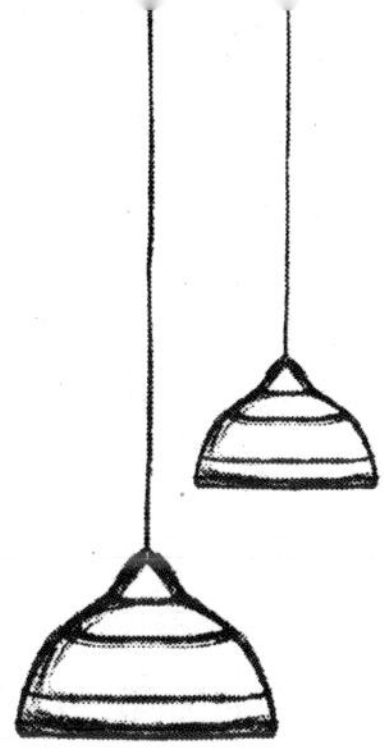

उनका फ़्लैट तीसरी मंज़िल पर था, लिफ़्ट नहीं थी। सीढ़ियाँ चढ़कर जाना पड़ता था। हर मंज़िल पर दो-दो फ़्लैट थे—बाल-बच्चों वालों के लिए कई-कई कमरे। उस संकाय में अधिकतर विदेशी विद्यार्थी थे और उनकी पत्नियों को देखकर लगता था कि जल्दी-जल्दी जितने बच्चे पैदा हों, कर दिये जाएँ।

रूपसी ने कहा, "तारा चन्द कह रही थीं कि तीन साल में तीन बच्चे, जन्मजात अमेरिकन नागरिक होंगे। उनके चलते माँ-बाप को भी रहने का वीज़ा मिल जाएगा।"

तारा चन्द सबसे निचले खंड में रहती थीं। उम्र में बड़ी थीं, फिर भी दो साल से शिशु प्रसव करने के प्रयत्न में लगी हुई थीं। उनके पति अस्पताल में किसी विषय पर रिसर्च कर रहे थे।

उन्होंने अपने-आप रूपसी को शिष्य के रूप में अपना लिया था। उसे कहाँ आते थे यहाँ रहने के, दाँत से पैसा पकड़ने के गुर—वह सुनती भी ध्यान से थी। तारा चन्द के आक्रामक शुरुआती व्यवहार से भारतीय स्त्रियाँ उनसे कटती थीं, पर रूपसी तो सब कुछ सोख्ते की तरह सोखती जाती थी। तारा चन्द गाड़ी भी चलाती थीं और उन्हें न्यूयॉर्क शहर या न्यूजर्सी में कहाँ क्या मिलता है, और सस्ता, इसका पूरा ज्ञान था। वह प्रसन्न थी उनके साथ आते-जाते, बड़ी-बड़ी दुकानों के अन्दर-बाहर। एक दिन वह यह महँगी वस्तुएँ ख़रीद सकेगी, इसका पूरा विश्वास था।

अर्कदीप्त को चैन था, तारा चन्द के निरीक्षण में रूपसी को अच्छी व्यावहारिक शिक्षा मिल रही थी। पर वह जिस राय से सहमत नहीं था, वह था एक साल में एक बच्चा—और उसे आश्चर्य नहीं हुआ जब उसे पता चला कि रूपसी अभी कोई नया उत्तरदायित्व नहीं लेना चाहती।

एक बात जो उसे भी अच्छी लगी थी, वह शिशिर से पुनर्मिलाप। दोनों में पहले जैसी सहज मैत्री फिर से पनप उठी थी। दोनों में से किसी ने सौदामिनी का नाम नहीं लिया। शिशिर का आना रूपसी को अच्छा लगता था। वह मैनहैटन के

किसी न किसी नामी होटल में ठहरता था, और उन दोनों को वहाँ बुलाता रहता था। कभी-कभी उसकी कम्पनी के अतिथि के जल्दी वापस लौटने पर कमरा ख़ाली हो जाता तो वह उन दोनों को रोक लेता। रूपसी को बहुत पसन्द था नामी होटल का पलंग, बिस्तर, विलासिता और नाश्ता-पानी। डिनर वे किसी न किसी भारतीय रेस्तराँ में करते।

शिशिर के पास पैसे की कमी नहीं थी, और वह उदार भी था।

"अर्को, तुम नई दुनिया में रस-बस गए हो, देखकर अच्छा लगता है। काम कैसा चल रहा है?"

"काम! कैसा काम? कीर्केगार्द तो कब का छोड़ दिया। डॉ. हाइनर के निर्देशन में एक क्लास पढ़ाता हूँ, एक सेमिनार का संचालन करता हूँ और बाक़ी समय..." थोड़ा चुप रहकर कहा, "हाँ, बाक़ी समय प्रिंटेन्ड करता हूँ कि थीसिस लिख रहा हूँ," उसने जोड़ा।

"तो तुम नया विषय ले लो न, आसान-सा?"

"नहीं हो पाएगा। तीन साल हूँ, रूपसी की ख़ुशी के लिए, फिर लौट जाएँगे—अपनी पुरानी लेक्चरर की जॉब पर। सचमुच, मैं एक-एक दिन गिन रहा हूँ।"

"और अगर वह न लौटना चाहे तो?" शिशिर ने पूछा।

अर्कदीप्त ने उसे तात्पर्यपूर्ण दृष्टि से देखा, फिर कहा, "उसकी ज़िन्दगी है, उसकी मर्ज़ी। मगर उसकी मर्ज़ी पर मैं स्वयं को गिरवी नहीं रख सकता।"

"देखो अर्को, कोई और लाइन पकड़ लो। तीन साल में लॉ कर लोगे, इस काम के साथ।"

"तुम भी शिशिर, सब जानते हुए," फिर उसने दिल की बात कह ही डाली, "मेरा सारा जीवन एक प्रतीक्षा मात्र है—एक तन्तु पर टिका हुआ। उसका एक संकेत मिलते ही मैं सब कुछ एक झटके से तोड़ दूँगा।"

"और तुम्हारी पत्नी..."

"शिशिर, ब्याह और पति, उसके लिए दुनियादारी है, जीवन का एक चरण। वह वही करेगी, जो वह चाहेगी। देखो, मेडिकल में एप्लाई किया है। डॉक्टर बनना चाहती है।"

शिशिर पारिवारिक जीवन में सुखी है। बालपन की गर्लफ्रेंड नयनतारा, जो उसे छोड़कर चली गई थी, अब फिर जीवन में लौट आई है। अब दोनों का एक बेटा है—सिद्धार्थ, उर्फ सिड। पहले विवाह से दो बेटियाँ—एंजेला और रायना—साथ रहती हैं। शिशिर ने उन्हें अपना लिया है। अब अपनी कम्पनी चला रहा है। कैलीफ़ोर्निया में रहता है।

"इस क्रिसमस में तुम दोनों कैलीफ़ोर्निया आ जाओ। मौसम अच्छा होगा। हम घूम-फिर लेंगे—हॉलीवुड, डिज़्नी, लासवेगास, फिर सैन फ्रांसिस्को। तुम्हें पता है

रूपसी, कैलीफ़ोर्निया की घास अधिक हरी है, सूरज में अधिक चमक है और समुद्र अधिक नीला और विस्तृत। तुम्हें अच्छा लगेगा।"

"बहुत अच्छा लगेगा। मगर देखिए, मेडिकल कॉलेज में एप्लाई तो किया है। शायद भारत में एक साल कर चुकी हूँ, और कन्टिन्यू करना चाहती हूँ—यही लिखा है, देखिए।"

"इनकी मित्र हैं तारा चन्द। उनके पति मेडिकल स्कूल में हैं। कह रहे थे, जुगत भिड़ा रहे हैं।"

अर्कदीप्त के स्वर से लगा कि मेडिकल स्कूल में एडमिशन और पैसे से मदद दूर का सपना है।

"तब तक हॉस्पिटल में वॉलंटियर का काम करती हूँ—हिन्दी, पंजाबी, अंग्रेज़ी अनुवादक का भी—फ्री में।"

शिशिर के चेहरे पर प्रशंसा का भाव आया। तो इस सुन्दर चेहरे के पीछे चलता-फिरता दिमाग़ भी है! उसकी मुख-मुद्रा से लगा, यद्यपि उसने कुछ कहा नहीं।

"और यह सब होगा कैसे? छः साल लगेंगे मेडिकल में?" शिशिर पूछ बैठा, "तुम्हारी स्टूडेंट फ़ेलोशिप में कैसे पूरा पड़ेगा?"

उत्तर दिया रूपसी ने, "मैंने सब अरेंज कर लिया है। पहले दो-तीन साल के लिए दीदी से लोन ले लूँगी। बाद में स्टूडेंट लोन, डॉक्टर बनने के बाद चुकाती रहूँगी।"

"गले तक क़र्ज़ में डूब जाओगी," शिशिर ने कहा, "मगर हाँ, एक बार जब डॉक्टर बन गईं तब तो चाँदी ही चाँदी।"

"दीदी लोन दे रही हैं," अर्कदीप्त ने कहा, "बदले में लखनऊ का प्लॉट अपने नाम करवाकर।"

"हाँ, तो उसमें हर्ज क्या है?" रूपसी ने शिशिर की ओर मुड़कर कहा, "मेरे पैरेंट्स ने मेरे ब्याह के लिए मेरे नाम प्लॉट ख़रीदा था, बरसों पहले तो, इन लोगों ने तो कुछ माँगा नहीं, पड़ा है। हम तो वहाँ कुछ बनवाने से रहे। तो दीदी ने कहा, वह प्लॉट उनके नाम कर दें और बदले में वह मुझे यहाँ रहने के लिए लोन..."

"यानी प्लॉट भी और लोन का मतलब है ऋण, जिसे भरना पड़ेगा।" शिशिर ने मन्द स्वर में कहा।

अर्कदीप्त हँसा, "वर्ल्ड बैंक में है, इकोनॉमिस्ट। न जाने क्यों रोली ने मुझे पसन्द कर लिया। मैंने कहा भी था कि तुम्हें 'ना' करने का विकल्प है।"

"पहली नज़र में दिल में उतर गए तो क्या करती!" रूपसी ने इठलाकर कहा।

"यह बन्दा है ही ऐसा," शिशिर ने लाड़ से कहा, "पहली नज़र में दिल जीत लेता है। मुझे ही देखो—कितने साल से दोस्ती चल रही है, आजकल ऐसा कहाँ होता है? सब खा-पीकर नमो नमः।"

सब हँसे।

अर्कदीप्त शिशिर की चुटकी समझ गया था, न जाने क्यों चेहरा अपने-आप गुलाबी हो गया, मगर कमरे में रोशनी मद्धिम-मद्धिम-सी थी। किसी ने नोटिस नहीं किया।

नयनतारा ने कहा, "शिशिर चले गए हैं। जल्दी लौट आएँगे, तब तुम लोगों को घुमाने ले जाएँगे। बच्चे स्कूल चले गए हैं, मैं भी निकल रही हूँ।"

न्यूयॉर्क से सैन फ्रांसिस्को, एक छोर से दूसरे छोर तक, वे लोग रात को देर में पहुँचे थे। देर तक सोते रहे थे।

रूपसी ने सोचा—और हमारा चाय-नाश्ता...?

पर वहाँ रसोई साफ़-सुथरी, ख़ाली पड़ी थी।

नयनतारा के जाने के बाद उसने अलमारी खोली, क़रीब-क़रीब ख़ाली थी। फिर फ्रिज, उसमें जूस का जग था। डबलरोटी और मक्खन, दोनों फ्रीजर में। फ्रिज के अन्दर कुछ अंडे ज़रूर थे।

वह अभी खड़ी ही थी कि अर्कदीप्त बाहर आया।

"सब चले गए हैं," उसने कहा, "कुछ खाने को देख रही हूँ; सब कुछ फ्रीजर में है। क्या करूँ?"

अर्कदीप्त ने बिजली की केतली चालू कर दी।

"देखो, चाय-कॉफ़ी, कुछ तो होगा..."

वे लोग आमने-सामने बैठे थे। जूस का जग और कॉफ़ी पॉट बीच में था।

"कुछ भी नहीं। एक केला तक नहीं, न चुल्लू-भर दूध।"

रूपसी का चेहरा उतर गया था, "तारा चन्द कह रही थी कि अमेरिका में घर आए मेहमान को कुछ खाने को न देने का मतलब यह है कि मेहमान वेलकम नहीं है।"

"चलो, जूस पी लो, और कॉफ़ी—कहो तो टोस्ट बना दूँ?"

"कहाँ से? डबलरोटी फ्रीजर में है, मतलब उपलब्ध नहीं है।"

शिशिर ग्यारह बजे घर में घुसा—हँसता, मुस्कराता।

"रात नींद अच्छी तरह आई? तैयार हो जाओ, कहीं लंच करेंगे, फिर घूमने चलेंगे।"

रूपसी तैयार हो रही है। उसने विशेष तौर से कैलीफ़ोर्निया आने के लिए कपड़े ख़रीदे हैं।

"कुछ खा लूँ, पहले?"

शिशिर ने घड़ी देखकर कहा, "इतनी जल्दी? अभी सिर्फ़ साढ़े ग्यारह बजे हैं।"

"यानी न्यूयॉर्क में दोपहर के ढाई," रूपसी बोली, "असल में नाश्ता नहीं किया न!"

शिशिर ने बारी-बारी से दोनों को देखा, फिर मन्द स्वर में कहा, "नयनतारा हमेशा डाइटिंग करती रहती है और मैं भी बाहर ही खाता रहता हूँ। चलो, पहले सुपर मार्केट चलते हैं। अपनी पसन्द की शॉपिंग कर लेना।"

मगर रूपसी ने थोड़े से अंगूर लिये और केले। अर्कदीप्त ने सेब का एक पैकेट उठा लिया।

जब तक वे घूमकर घर लौटे, नयनतारा वापस आ गई थी। उसने भी काफ़ी शॉपिंग की थी। खाने-पीने के सामान के बैग मेज़ पर रखे थे।

"आ गए तुम लोग? क्या-क्या देख आए?" फिर मुड़कर शिशिर से पूछा, "हाइ डार्लिंग!"

रूपसी को अचानक हँसी आ गई। उसने मुँह फेर लिया।

"तो ऐसा करना," नयनतारा ने कहा, "शाम के लिए बटर चिकन बना लेना और मटर का पुलाव। बच्चों को पसन्द है।"

रूपसी ने नयनतारा को सीधी दृष्टि से देखा, "मगर मुझे तो यह सब बनाना नहीं आता!"

"बनाना नहीं आता? तो काम कैसे चलता है?"

"हमें समय ही कहाँ मिलता है! मेडिकल स्कूल अभी शुरू किया है, सैंडविच वग़ैरह खा लेते हैं।"

नयनतारा सामान रेफ्रिजरेटर में वापस रखने लगी।

"रहने दो," अर्कदीप्त ने कहा, "बटर चिकन तो नहीं, हाँ, पुलाव मैं बना दूँगा।"

"तुम क्यों?" शिशिर ने कहा, "हनी, तुम खाना बाहर से ऑर्डर कर दो। ये लोग थके हैं और तुम भी थकी होगी।"

नयनतारा ने पीत्ज़ा ऑर्डर कर दिया।

"वाह री हनी!" रूपसी ने कहा।

"शुश—चुप," अर्को ने कहा।

"अब मैं भी आपको डार्लिंग कहा करूँगी, और आप भी मुझे..."

"अच्छा, अब सो जाओ, हनी," अर्कदीप्त ने कहा, "बहुत मधु अच्छा नहीं होता। डायबिटीज हो जाती है।"

शिशिर का व्यवहार जितना गर्मजोशी का और प्रफुल्ल था, नयनतारा का मुँह वैसा ही सूखा रहता था। शायद स्वभाव से ऐसी ही रही होगी। शिशिर ने काफ़ी सामान लाकर फ्रिज भर दिया था, उतना तो खाया नहीं जाता था। शनिवार को वे घर पर ही रहे। सब बच्चे अपने-अपने कमरे में। शिशिर ने कुछ परिचित बुला लिये

थे और बाहर चिकेन, सॉसेज और स्टेक ग्रिल करने का प्रोग्राम था।

अर्कदीप्त बड़ी-सी हाँड़ी ख़रीद लाया था। बिरयानी बनाने का इरादा था। वह महीन-महीन प्याज़ काट रहा था, जब शिशिर रसोई में आया।

"तुम यह क्या करने लगे?"

"बस, सोचा, कुछ योगदान मेरा भी रहे।"

"और यह हाँड़ी, मसाले?"

"ख़रीद लाया था। हमें भी ज़रूरत पड़ती रहती है।"

"तुम इसे न्यूयॉर्क उठाकर ले जाओगे?" वह स्वयं हँसा, "चलो, तुमने कुछ तो सीखा।"

"बहुत कुछ सीखा।"

दोहरे स्तर की बातचीत दोनों दोस्तों में चलती है। वह अपने छोटे-से, आत्मीयता के दायरे में से सबको बाहर निष्कासित कर देता है। रूपसी भी किचेन में आ जाती है। चावल धोती है, भीगने को रखती है।

नयनतारा बैठकर सब देखती है और सब्ज़ियों और पत्तों का हरा जूस पीती रहती है।

शनिवार का दिन है, मद्धिम धूप है। लगता नहीं, दिसम्बर है। सूरज डूबने पर हल्की-सी ठंड हो जाएगी—एक शॉल ओढ़ने लायक। मगर अभी सब स्विमिंग पूल के आस-पास बैठे हैं—अपनी-अपनी बियर की बोतलें थामे। रूपसी सबको प्लेटें पहुँचा रही है, यद्यपि यह काम उसका नहीं है। नयनतारा और बच्चे नहीं हैं, कोई उनके बारे में पूछता भी नहीं, जैसे सब जानते हों कि उसे भीड़-भड़क्का पसन्द नहीं है।

पर वह आती है, और अतिथियों का स्वागत करती है।

"नैना, तुम्हारे गेस्ट तो कमाल के हैं! क्या बिरयानी है, वह भी वेज! कुछ दिन हमारे पास भी भेज दो!" एक सहेली ने हँसकर कहा।

रूपसी को अच्छा लगा। वह मुस्कराने लगी।

"ले जाओ, हमें क्या! अभी तो छुट्टी में दस दिन बाक़ी हैं।"

"अरे, ऐसे कैसे?" शिशिर ने मुड़कर कहा। उसने गैस बन्द कर दी और ग्रिल ढँक दी, "अर्को मेरा पुराना दोस्त है, मेरा भाई। कितने बरसों बाद साथ रहने का चांस मिला है।"

"अरे, मैं तो हँसी कर रही थी," अतिथि मुस्कराई।

"मगर मैं नहीं," नयनतारा ने कहा, "भारत से जो भी आता है, मुँह उठाकर चला आता है। कैलीफ़ोर्निया में हॉलीवुड बिना देखे कैसे वापस जा सकते हैं! हमारे शिशिर महाशय ने धरमशाला खोल रखी है।"

"नयनतारा!" उसके स्वर से पता चल रहा है कि वह केवल बरज ही नहीं रहा है, बल्कि ग़ुस्सा है।

अर्कदीप्त ने बात बदल दी, "असल में, हमारी पड़ोसी हैं श्रीमती तारा चन्द। वह रूपसी को बहुत कुछ सिखा रही हैं। वह सुबह छः बजे से लेकर चार बजे तक हॉस्पिटल में काम करती हैं—नर्स असिस्टेंट। तो रूपसी सुबह उनके दोनों बच्चों को स्कूल छोड़ने जाती है, उनकी टर्न पर बच्चों का लंच सुपरवाइज करती है, फिर तीन बजे बच्चों को घर लाती है। उन्हें दूध, नाश्ता देती है। तारा चन्द रात को पूरा खाना बनाती हैं, ताजा। दाल-चावल, सब्ज़ी-रोटी, तो रोज़ डिब्बे में रखकर हमारे लिए तैयार कर देती हैं। मैं स्कूल से लौटते समय लेता आता हूँ। जिन्स के बस पैसे दे देते हैं।"

"बड़ा अच्छा अरेंजमेंट है," नयनतारा ने कहा।

रूपसी मुस्करा दी, "वह बहुत बुद्धिमान और सूझ-बूझ वाली महिला हैं। नया-नया आकर कैसे रहा जाता है, उन्हीं से सीख रही हूँ।"

"और तुम, अर्को?"

"मैं क्या? डॉ. हाइनर के साथ एक कोर्स पढ़ाता हूँ, एक सेमिनार लेता हूँ और नामी प्रोफ़ेसरों के लेक्चरर सुनता हूँ।"

वह चुप हो गया।

"कहता हूँ, लाइन बदल लो। साहित्य, फ़िलॉसफ़ी का समय निकल चुका—टेक्नोलॉजी का ज़माना है," शिशिर ने कहा।

अतिथियों ने सहमति में सिर हिलाया।

एक अतिथि कुछ गुनगुनाने लगे।

"ज़रा ज़ोर से गाइए न?" रूपसी मुस्करा रही थी।

"आपको संगीत में रुचि है?" अतिथि ने सजग होकर पूछा।

रूपसी ने सहमति में सिर हिलाया।

"मेरी श्रीमती जी—विजया पांडेय—जब मैं रियाज़ करता था तो वैकुअम क्लीनर चला देती थीं।"

सब हँसे, श्रीमती पांडेय भी।

"यह भी तो," रूपसी ने अर्कदीप्त की ओर देखकर कहा, "मैं गाने लगती हूँ तो खर्राटे लेने लगते हैं।"

"एकदम झूठ," अर्कदीप्त ने कहा, "मैं कभी खर्राटे नहीं लेता।"

सब हँस रहे थे। सुखद, प्रिय वातावरण था। बड़े-से स्विमिंग पूल के किनारे सब बैठे थे। थोड़ी छाँह थी। उधर शिशिर की ग्रिल चालू थी, इधर बियर और वाइन। स्त्रियाँ ग्रीष्म के परिधान में थीं, पर कोई भी भारतीय परिधान में नहीं, सिवा रूपसी के, जो जार्जेट का सलवार सूट पहने थी—पूरे पर चिकनकारी का जाल था। धूप से उसके गाल गुलाबी हो रहे थे, उस पर परिधान की छाया। अतिथियों की आँखें उसी पर टिकी हुई थीं, पर वह बेख़बर थी—हँसती हुई।

तो यह है अमेरिकन जीवन-पद्धति—कैलीफ़ोर्निया, जहाँ थोड़ी दूर नीले रंग का समुद्र था, जहाँ धूप कितनी चमकीली थी, पेड़-पौधे फल और फूलों से लदे हुए थे। यही है जीवन, जो रूपसी को चाहिए। यही तो है सपना, जो वह बरसों से देखती आई है। पर उसका रूप यहाँ, शिशिर के घर आकर साकार हो रहा है।

"क्या प्लान है?" किसी ने पूछा, "हमारे यहाँ भी इन्हें लाओ शिशिर।"

"फिर कभी। अभी तो लासवेगास, फिर सैन फ्रांसिस्को।"

"बड़ी ख़तरनाक जगह है। मेरा दिल छूट गया है सैन फ्रांसिस्को में।" पांडेजी ने अंग्रेज़ी में गाना गाया।

सब कुछ कितना सुन्दर, सुखद, रूपसी के स्वप्नों की परिणति! अर्कदीप्त पत्नी का चेहरा देख रहा था—कितनी ख़ुश है उसकी भोली-सी पत्नी!

'चलो, किसी को तो ख़ुशी मिल रही है।' उसने बियर उठा ली।

पार्टी समाप्त हो गई।

अतिथि एक-एक करके विदा हो गए हैं। पीछे रह गई हैं—प्लेट में जूठन, इधर-उधर लुढ़कते हुए गिलास, बेतरतीब कुर्सियाँ।

"अब सफ़ाई कौन करेगा?" रूपसी ने धीरे-से पूछा।

"हम कर लेंगे," अर्कदीप्त कुर्सियाँ एक के ऊपर एक लगाने लगा था, "तुम गिलास इकट्ठे करके किचन में ले जाओ।"

"प्लास्टिक के हैं," नयनतारा ने उठते हुए कहा। उसका स्वर रूखा था, "सब कचरे में जाएँगे—प्लेटें, चम्मच, सब।"

और अपनी वाइन का गिलास पकड़े-पकड़े अन्दर चली गई।

अब सन्नाटा है। अँधेरा झुक आया है। केवल पूल के किनारे के नाइट बल्ब हल्का-हल्का प्रकाश फेंक रहे हैं। पानी नीला और चुप है। पेड़ों में हवा कभी-कभी सरसरा उठती है। रूपसी थककर सोने चली गई है। बच्चे तो कमरों से निकले ही नहीं थे, वहीं प्लेटें चली गई थीं। उन्हें पिता के मित्रों या सोशल ज़िन्दगी में कोई दिलचस्पी नहीं है।

दोनों मित्र अब अकेले बैठे हैं। रात गहरा रही है। किसी को कुछ कहने की आवश्यकता नहीं है। दोनों की ज़िन्दगी एक-दूसरे के सामने अनावृत पड़ी है।

"कल लासवेगास के लिए निकलेंगे," शिशिर ने चुप्पी भंग करते हुए कहा। "मेरी छुट्टी है। फिर वहाँ से सैन फ्रांसिस्को। तुम लोग उधर से वापस चले जाना, और मैं यहाँ लौट आऊँगा। कार किराये पर ले लेंगे। वहीं छोड़ दूँगा और मैं फ़्लाइट ले लूँगा।"

शिशिर की बातों और आचरण में अमीर होने की लापरवाही है। उसे कभी पैसे गिनते नहीं देखा है, न कभी अर्कदीप्त की विपन्नता पर परेशान होते देखा। वह अपनी सम्पन्नता का दिखावा नहीं करता—बस, सब कुछ सीधे-सीधे कह

दिया है—पुराना मित्र है, एक विद्यार्थी की फ़ेलोशिप पर पत्नी के साथ न्यूयॉर्क में रह रहा है। अर्कदीप्त ने सस्ते टिकट अपने-आप ख़रीदे हैं—बहुत देखभाल कर, मगर होटल और खाने-पीने का—उस पर बात नहीं हुई है। जितना हो सकेगा, दे देगा—भले ही वापस जाकर दिनोंदिन खिचड़ी खानी पड़े।

"ठीक है," अर्कदीप्त ने उत्तर दिया, "रूपसी ने काफ़ी घूम-फिर लिया।"

"तुमने सही निर्णय लिया अर्को," शिशिर उठकर अपने गिलास में व्हिस्की डाल रहा है, "रूपसी सुन्दर भी है और स्मार्ट भी।"

अर्को ने चुपचाप गिलास ले लिया, चुप रहा। एक घूँट पी—हलक में तेज़ धार-सी उतरी। व्हिस्की शिशिर के साथ ही पीता है।

"और यह स्पष्ट है कि वह तुम पर जान देती है।"

"कोई किसी पर जान नहीं देता शिशिर, सब अपने-आप पर, अपनी ख़्वाहिशों पर जान देते हैं। सही है—यह भी होना था, हो गया, निभा रहा हूँ।"

"बहुत अच्छी तरह से—उसकी हर इच्छा को पूरी करने की कोशिश कर रहे हो। मुझे डर था कि कहीं तुम..."

"अब डर को मन से निकाल दो। हाथ-पैर काटकर फेंक दिये हैं मैंने।" फिर उसने लम्बी साँस ली, "उसे ख़ुश देखकर तसल्ली होती है।"

"कभी-कभी तुम्हें ऐसा बुझा-बुझा देखकर मन में बहुत पीड़ा होती है," शिशिर कहने लगा, "तुम्हारे अन्दर एक चिंगारी थी, एक प्रगल्भता आ गई थी—आँखों में चमक, काम पूरा करने की लगन। बात-बात पर मुस्कराते थे। चेहरे पर एक दीप्ति थी। लगता है, मैंने ग़लत किया। तुम्हें अस्पताल से निकालकर, झूठ-सच बोलकर एक नई राह पर ढकेल दिया।"

अर्कदीप्त चुप रहा, अपनी व्हिस्की घूँट-घूँट पीता हुआ। मार्टिनी पीना भी सीखा था— हांस और विन्स के साथ बियर और वाइन, और शिशिर केवल बढ़िया व्हिस्की पीता है, उसे नशा नहीं चढ़ता। आदत है पीने की, और उसके साथ अर्को भी यह आदत डाल रहा है। अच्छा महसूस होता है। हल्का-हल्का सुरूर, जख़्मों की टीस भोंथरी हो जाती है।

उसने कहा, "अब देखो मेरी ज़िन्दगी—सब कुछ है, सभी उम्मीदें पूरी कर दीं। सेहरा बाँधकर ब्याह कर लिया। ताईजी और बऊ का सपना और अब रुपहली—उसकी ख़ुशी, उसके सपने।"

अर्कदीप्त ने आगे कहा, "हम जिस क्षण जो निर्णय लेते हैं, वह उस समय का सच होता है। तुमने मुझे गर्त से निकालकर मुझ पर एहसान किया है शिशिर। उन नार्कोटिक दवाओं से मुझे मुक्ति दिलाई। न जाने कब तक वहाँ सड़ता रहता? और जब छुट्टी मिलती तो कहाँ जाता? लिखना-पढ़ना तो बन्द था, दिमाग़ कुंद हो गया था। कोई विचार, कोई तर्क आता ही नहीं था। विक्षिप्त-सा सड़कों पर भूखा-प्यासा

डोलता रहता और एक दिन ठंड में ठिठुरकर मर जाता—जानता हूँ, जानता हूँ, उन्नत यूरोपीय देश किसी को सड़क पर ठिठुरकर मरने नहीं देते।"

"तुम बुझ गए हो। काम अधूरा रह गया। कितनी लगन और चाव से तुम थीसिस लिख रहे थे! सबको कितनी आशाएँ थीं! मुझे कितना गर्व था तुम पर!" शिशिर ने लम्बा घूँट लेकर गिलास ख़ाली कर दिया, "मगर तुम्हें वहाँ छोड़ता कैसे? तुम कुछ अपने को कर लेते तो," उसने लम्बी साँस ली, "अब भी जैसे भटक रहे हो—इधर से उधर, जुड़कर भी जैसे जुड़े नहीं हो। लगता है, एक नाटक की भूमिका निभा रहे हो।"

उसने ख़ाली गिलास मेज़ पर रख दिया। वह शिशिर से आँखें नहीं मिला पाया।

"तुमने सही किया। उसने जो सही समझा, किया। और मैंने भी तो...बस, अब इस बात को यहीं ख़त्म करो—दि एंड।"

उसने कुछ अतिरिक्त ही बल से गिलास मेज़ पर रखा। गिलास ने 'ठक' से शब्द किया, पर टूटा नहीं।

वह उठा और लड़खड़ाता हुआ अपने कमरे की ओर चल दिया। कुछ ज़्यादा ही पी ली थी। शिशिर ने उसकी बाँह पकड़ ली और कमरे के दरवाज़े तक छोड़ने आया।

"कल मिलते हैं, सुबह।"

"हाँ, कल।" उसने कहा।

पहले वे लासवेगास जाएँगे फिर थोड़ा घूम-फिरकर कैलीफ़ोर्निया की प्रसिद्ध सड़क पकड़ेंगे—एक तरफ़ प्रशान्त महासागर की उत्ताल तरंगें, दूसरी ओर पहाड़।

रूपसी सोच में है, "यह कैलीफ़ोर्निया में समुद्र के किनारे के घर—क्या डॉक्टर अफ़ोर्ड कर सकते हैं?"

अर्कदीप्त चुप रहा। जान रहा है, रूपसी की कल्पना और आकांक्षाएँ उड़ान भर रही हैं।

शिशिर ने कहा, "हाँ, क्यों नहीं!"

"छह साल बाद हम कैलीफ़ोर्निया ही आ जाएँगे। अभी तो न्यूयॉर्क में रहकर पढ़ना होगा।"

"बहुत अच्छा रहेगा। तुम्हारा क्या विचार है अर्को?"

"तुम तो जानते हो," उसने कहा।

चाहे न्यूयॉर्क हो या कैलीफ़ोर्निया या गोल मार्केट, सब जगहें एक-सी सुनसान हैं उसके लिए। मगर रूपसी की जगह सौदामिनी होती तो? उसके दिल से 'हाय' निकली—'तुम भिद गई हो रक्त की शिराओं में—कहाँ हो, कैसे जी रही होगी? एक तपस्विनी की तरह। मैं भी तो, सौदामिनी, मैं भी तो। तुम तो मेरी आत्मा की संगिनी थीं। हमने एक-दूसरे को हृदय से वरा था।'

"क्या सोचने लगे?" रूपसी ने कहा। फिर शिशिर से पूछा, "यह हमेशा से ऐसे थे क्या—चुपचुप, खोए-खोए, अपने में डूबे हुए? जर्मनी में भी?"

शिशिर हँसा, "फ़िलॉसफ़र है। गहरे स्तर पर जीता है। हर चीज़ सीरियसली लेता है। तुमने पहचाना नहीं?"

रूपसी उसके पास सरक आई, "सुना है, लासवेगास बहुत चमकीली रोशनी वाला शहर है?"

उसे अपेक्षा होगी कि वह रात को होटल के कमरे में गुदगुदे गद्दे पर उसे प्यार करेगा। उसे नरम-नरम गद्दे और झक धुली चादरों में सेक्स क्रीड़ा बहुत पसन्द है। वह प्यार नहीं करता। उसके लिए वह दो शरीरों की रगड़ मात्र है। वह तुष्ट होकर सो जाएगी, और वह कमर में तौलिया लपेटे, खिड़की के पास जाकर खड़ा हो जाएगा और लासवेगास की कभी न बुझने वाली रोशनी को देखता रहेगा।

लासवेगास की चमचमाती रोशनियों के बीच वह अपने को रूपसी और शिशिर का सख्य देखता है, गुनता है। कितनी प्रसन्न है रूपसी! मशीन पर उसने इक्कीस डॉलर जीते हैं और सीट छोड़कर उठ आई है। पर अर्कदीप्त जैसे उठना ही नहीं चाहता—बस, हारता जाता है, और...और...।

डिनर टाइम पर दोनों उसे जबर्दस्ती उठाते हैं, "उठिए भी न, मुझे कितनी भूख लग रही है," वह बच्चों की तरह ठुनक रही है।

वह डिनर पर पूछती है, "कितना हारे?"

"सब कुछ," अर्कदीप्त ने कहा।

"अरे, वाह रे जुआरी—अब आगे कैसे काम चलेगा?" वह घबरा गई है।

"तुमने जीते तो हैं इक्कीस डॉलर।"

रूपसी का घबरा आया चेहरा देखकर शिशिर कहता है, हँसते हुए, "इस जुआरी को कल जहाज़ पर चढ़ाकर वापस भेज देंगे। फिर हम-तुम घूमेंगे।"

वह परिहास को सच समझ बैठी है, "नहीं, नहीं, ऐसा कैसे?"

"तो फिर कल यहाँ से निकलते हैं। इसका क्या भरोसा, कहीं तुम्हें ही दाँव पर न लगा दे!" शिशिर ने आगे कहा।

दोनों मित्र परिहास कर रहे हैं, समझकर वह भी हँसने लगती है।

"मुझे समुद्र से डर लगता है," सैन फ्रांसिस्को जाते हुए वह बाईं ओर उत्ताल समुद्र को देखकर कहती है, "मुझे तो पहाड़ पसन्द हैं, बर्फ़ से ढँकी धवल चोटियाँ।"

'क्या कहा था उसने?'—अर्कदीप्त सोचता है—'चलो, वहाँ चलकर रहें, जहाँ समुद्र तट पर बने घर में हर समय समुद्र का गर्जन-तर्जन सुनाई देता रहे; जहाँ आँगन के बीच फ़व्वारा हो जिसमें कमल फूलते रहें।'

वह विचार पीछे ठेल देता है।

सैन फ्रांसिस्को जाते समय अर्कदीप्त आगे शिशिर के पास बैठा था और रूपसी पीछे—अकेली, निदासी। अब वह चुप थी—लासवेगास की चमक-दमक से थकी-थकी-सी।

उसने पीछे मुड़कर पत्नी को देखा—वह विचारमग्न मुद्रा में बैठी समुद्र की उच्छ्वसित तरंगों को एकटक देख रही थी, जैसे पी रही हो! जब वह ख़ुश होती है तो उसका सौन्दर्य और भी उजागर हो आता है।

"क्या देख रही हो?" उसने पूछा।

"कितना सुन्दर और कितना भयानक—क्यों शिशिर बाबू, यहाँ रोड एक्सीडेंट तो होते होंगे?"

"भयानक बातें मत करो," अर्कदीप्त ने कहा।

"कार किनारे तक तो जा सकती है, तो नीचे समुद्र में भी गिर सकती है।"

"ऐसी बातें मत करो रूपसी," शिशिर ने कहा, "वैसे मैं बहुत सावधानी से चला रहा हूँ। हाँ, अर्को होता तो बात दूसरी थी।"

"हाय राम, मत कहें," उसने मुँह पर हाथ रख लिया।

अर्कदीप्त के आगे एक चित्र आया—कार चकरघिन्नी की तरह नीचे गिर रही है। नीचे समुद्र है—ऊँची-ऊँची लहरें। उसने मुड़कर रूपसी को देखा। हाँ, वह कर सकता है, मगर बेचारी रूपसी और शिशिर का क्या दोष? उसके मन में रूपसी की निश्छल सरलता पर ढेर-सा छोह उमड़ आया—बेचारी लड़की, जानती ही नहीं कि ताश के पत्तों सरीखे घर में रह रही है। यह जो है न अर्कदीप्त, उसका पति, एक परम्परागत पति की भूमिका जीते हुए उसे पता ही नहीं चलने देता कि वह कितना कमीना है।

रूपसी ने अपना हाथ हल्के-से उसके कन्धे पर टिका दिया।

"कितना सुन्दर है यह सब!" उसने कहा, "यह धूप और समुद्र का खारापन लिये हवा, प्रशान्त महासागर की लहरें और यह पहाड़! थैंक यू शिशिर जी।"

"तुम ऐसी प्यारी बातें करती हो तो तुम्हें चूमने का मन होता है।"

"धत्!" कहकर रूपसी ने उसके कन्धे पर धौल मारी और भीत दृष्टि से पति को देखा।

"इसकी बातों में मत आना," अर्कदीप्त मुस्करा रहा था, "बड़ा चालू आदमी है यह मेरा यार। कितनी लड़कियाँ इसके नाम को रोती रहती थीं। ध्यान मत देना।"

"हाँऽऽआऽऽ," शिशिर ने स्टियरिंग व्हील से आँखें हटाकर अर्कदीप्त को देखा, "तुम्हारी तरह श्रीराम तो नहीं, एकव्रती होकर रह गए।"

रूपसी हँसने लगी।

बेचारी लड़की समझती है, उसने रूप-जाल में पति को बंदी कर लिया है। ऐसे अवसरों पर वह अपने को बहुत नीच, बहुत हेय पाता है। यह रूपसी है, छोटी-छोटी बातों से ख़ुश हो जाती है। अन्दर ही अन्दर वह जानता है कि यदि वह अपने को रूपसी के जीवन से हटा ले, तब भी वह वही रहेगी क्योंकि उसने गहरे-गहरे डूबकर अपने अस्तित्व को खँगाला ही नहीं है। वह जानती है कि वह सुन्दर है और अपनी सुन्दरता के तमग़े को लटकाकर सन्तुष्ट रहती है। उसने समझा ही नहीं कि नयनतारा की बेरुखी का कारण उसकी असुरक्षा और ईर्ष्या ही है—ईर्ष्या रूपसी के यौवन और सुन्दरता से, और अर्कदीप्त से शिशिर की निकटता से...।

लॉस एंजिल्स और परिवार को छोड़कर शिशिर भी जैसे पुराना शिशिर हो आया है। उसने पति, पिता और बिज़नेसमैन होने का मुखौटा—अपने व्यक्तित्व का वह मुखौटा उतार फेंका है और अपने पुराने दोस्त और उसकी भोली-भाली पत्नी के साथ अपने सही रूप को पा लिया है।

"तुम इस बोरिंग पति को छोड़ क्यों नहीं देतीं रूपसी? कभी खिलखिलाकर हँसते पाया है इसे?" शिशिर कहता है।

"फ़िलॉसफ़र जो हैं," वह भी हँसी, "पता था मुझे..."

"कभी उन्मुक्त, ठठाकर हँसते देखा है इस मनहूस को?" शिशिर कह रहा था।

"वह इनका स्वभाव नहीं है। मुझे कोई शिकायत नहीं। हर वक़्त ही-ही, ठी-ठी करने वाले पुरुष मुझे नहीं सुहाते।"

"अरे शिशिर, मेरी बीवी से फ्लर्ट करना छोड़ो," अर्कदीप्त ने कहा।

"एक दिन भगा ले जाऊँगा, तुम देखते रह जाओगे।"

"हाँ, हाँ, जैसे मैं कोई..." वह कहते-कहते रुक गई। लाज से उसका चेहरा गुलाबी हो आया।

पर अर्कदीप्त गम्भीर हो आया।

'मुझे माफ़ करना रूपसी,' वह मन-ही-मन कहता है। 'तुम्हें कभी तहेदिल से प्यार नहीं कर पाया। करता भी कैसे, वहाँ तो—इतने साल बाद भी—वैसे ही, जैसे मरे हुए व्यक्ति को भी हम बरसों-बरसों प्यार करते रहते हैं। सब कुछ जानते हुए भी कि वह कभी लौटने वाला नहीं। पर प्यार तो ऐसी सरिता है, गंगा जैसी, जो कभी शुष्क नहीं होती। और सींचती रहती है हमारे अस्तित्व के रेशे-रेशे को।'

कैलीफ़ोर्निया

"कित्ते साल हो गए, शक्ल नहीं देखी," बऊ ने अर्कदीप्त को बाँहों में बाँधकर छाती से चिपटा लिया। उनकी आँखें गीली थीं।

वह उनके शरीर से चिपका खड़ा रहा। उनकी अपनी ही एक अलग ख़ुशबू है—सोंधी-सोंधी माँ के प्यार की।

आस-पास एयरपोर्ट की भीड़ है। चमकीली बत्तियाँ, जहाज़ों के आने-जाने की घोषणा, बाबूजी और रूपसी चुपचाप पास खड़े हैं। वह पैंट-शर्ट पहने है, ऊपर से सूती शॉल। उसने पैर छूने का उपक्रम भी नहीं किया है। वह बऊ से अलग हो गया, "हाँ, बहुत साल हो गए, माँ!"

बऊ ने ध्यान दिया, वह उन्हें 'बऊ' की जगह 'माँ' कहने लगा है।

"अमेरिका ने तुम्हें बूढ़ा कर दिया, अर्को," उन्होंने धीमे-से कहा।

पुत्रवधू को देखा, चुप रहीं। जिनके बेटे विदेश में बस गए हैं, उन सहेलियों ने बहुत हिदायतें देकर भेजा है। सीख नम्बर वन—बहू की वेशभूषा, कपड़ों या जीवन-पद्धति पर कोई टिप्पणी नहीं करनी। मुँह बन्द, पर हाथ खुला।

बाहर निकल आए। सामान रखा।

"तुम आगे बैठो माँ," अर्कदीप्त ने कहा, "रूपसी के पास।"

बऊ ठिठक गईं, "गाड़ी दुलहन चलाएगी?"

"हाँ," रूपसी ने कहा, "मैं चलाती हूँ। अर्कदीप्त को तो अपनी साइकिल ही पसन्द है।"

बहू पति का नाम लेकर बात करती है, बऊ ने ध्यान दिया। चुप रहीं—'मुँह बन्द' वाली सीख याद करके।

वे गाड़ी में बैठ गए। वह और रूपसी आगे। अर्को और बाबूजी पीछे।

"यह वह रोली दत्ता नहीं रहीं, जिन्हें तुम दुलहिन बनाकर लाई थीं माँ। अब यह हैं डॉ. रोली रॉय। यह इनका अमेरिकन अवतार है।"

अर्को के कहने पर बऊ ने हल्के-से कहा, "देख रही हूँ अर्को।"

फिर सब चुप ही रहे। बऊ खिड़की से बाहर देख रही थीं। कभी-कभी आँखें पोंछ लेती थीं, जैसे बरसों का रुका हुआ रुदन फटा पड़ रहा हो!

रूपसी पटुता से गाड़ी चलाती रही, और कुछ समय बाद घर के आगे रोक दी। तब तक अँधेरा झुक आया था।

"चाय बनाऊँ?" अन्दर आकर रूपसी ने पूछा।

बऊ सब देखती रहीं—रेशमी साड़ी लम्बी यात्रा के दौरान गुंजल-मुंजल गई थी। उन्होंने शॉल उतार दी, नीचे का घर घूम-फिरकर देखा।

"सब कुछ कितना अच्छा है!" उन्होंने कहा।

अर्को कमरे के दरवाज़े पर खड़ा था, बऊ को देख रहा था। मुस्करा रहा था। बऊ ने उसे एक बार फिर छुआ, जैसे विश्वास नहीं हो रहा था कि बेटा सचमुच सामने खड़ा है।

"चाय पियोगी, माँ? भूखी होंगी," उसने कहा।

"नहीं, अब सोएँगे। तुम भी थके होंगे। जहाज़ में खा-पी लिया था," बऊ ने कहा।

"खाना बहुत अच्छा था," बाबूजी बहुत देर बाद बोले।

अब तक चुप थे। वर्षों बाद माँ-बेटे का मिलन देख रहे थे। दो बार पूर्वी यूरोप आ चुके थे, मगर पत्नी को कभी इतना विह्वल नहीं देखा था—छोटे बेटे के साथ।

"अच्छा, अब आराम करें," रूपसी बहुत देर बाद बोली, "मैं सुबह जल्दी उठ जाती हूँ। रात में उठें तो फ्रिज में खाने को रखे हैं—समोसे, जलेबी, फल भी हैं। जूस भी।"

"वाह!" बाबूजी ने कहा, "तुम लोग जाओ, आराम करो। हम भी सोने की कोशिश करेंगे। वैसे अभी शरीर तो इंडिया टाइम पर ही चल रहा है।"

"हाँ, कुछ दिन लगेंगे।"

बाहर निकलकर अर्कदीप्त बहुत देर गलियारे में खड़ा रहा। कितने-कितने दिनों बाद मन में ख़ुशी की एक हिलोर उठ रही थी। अच्छा लग रहा था। कितना पानी सरिता में बह गया था—उसने एक अमेरिकी मुहावरा याद किया, मगर वह वहीं का वहीं। मृतप्राय। इस शाख में कभी हरी कोंपले नहीं फूटेंगी। अपने रिसते हुए फोड़े को कुरेदते रहने का भी एक पीड़ामय सुख होता है, उसने अपने-आपसे कहा और ऊपर अपने शयनकक्ष में जाने के लिए सीढ़ियाँ चढ़ने लगा।

रूपसी की अस्पताली वैन सुबह छः बजे आ जाती है। पौने आठ से मरीज़ आने लगते हैं। रास्ता पैंतालीस मिनट का है, मगर ट्रैफ़िक की वजह से देर हो सकती है।

वह अँधेरे-अँधेरे उठकर चाय बनाने लगी है, टोस्ट। ऑरेंज जूस ट्रे में सजाकर रखती है।

वह अर्कदीप्त की ओर मुड़ती है, "उठ गए होंगे?"

"शायद सोए ही न हों, देख लो।"

अमेरिका में पहला दिन।

अर्कदीप्त को मालूम है कि माँ कैसी चाय पसन्द करती हैं। वह पास आकर बैठ गया है, "रात को नींद आई माँ?"

"हाँ, आई," माँ मुस्कराती हैं, "आती क्यों नहीं! कितना मुलायम गद्दा और फिर इतना सजा-सजाया कमरा। हमें तो बान की खटिया पर रुई के गद्दे की आदत पड़ी है। जहाज़ में बैठे-बैठे पैर अकड़ गए थे। ख़ूब पैर फैलाकर गहरी नींद सोए।"

रूपसी दरवाज़े पर आई, "जा रही हूँ, शाम तक लौटूँगी। आप कुछ न करिएगा, आकर सब कर लूँगी। लंच यह सँभाल लेंगे।"

उसके जाने के बाद माँ ने कहा, "इतने सुबह जाना पड़ता है दुलहिन को, वहाँ तो..."

अर्कदीप्त प्रसन्न है। हँसता हुए बोला, "बहुत बदल लिया है। समय का तकाज़ा है। जो समय के साथ नहीं बदलता, वह..." उसने बात बीच में छोड़ दी।

बाबूजी इधर-उधर खोजबीन कर रहे थे। अन्दर आए तो अपने-आप बोले, "नींद जल्दी खुल गई तो उठ गया। आगे-पीछे सब घूम आया। पीछे तो बहुत ज़मीन है, पेड़ भी कितने हैं—नींबू, अंजीर, अंगूर!"

"आपके अन्दर का किसान जाग रहा है बाबूजी।"

"हाँ, वहाँ गोल मार्केट के क्वार्टर में दम घुटकर मर गया था।"

अर्कदीप्त ने उठते हुए कहा, "शाम को बाज़ार चलेंगे। जो भी चाहिए, ख़रीद लाएँगे। आप लोग दिन-भर आराम करें।"

"शाम को क्या खाओगे? बनाकर रखेंगे। कित्ते बजे लौटोगे?"

"अरे माँ, आराम करो। सब हो जाएगा।"

पर माँ कहाँ मानने वाली! शाम को रूपसी घर में घुसी तो माँ रसोई में खड़ी पतीला हिला रही थीं।

"कितनी अच्छी ख़ुशबू आ रही है!" रूपसी ने कहा। "पर आप आराम करतीं, मैं बना लेती।"

"सारे दिन की थकी हुई होगी—जाओ, मुँह-हाथ धो लो। अर्को भी आने वाला होगा।"

सीख नबर दो—उन पर भार न पड़े, इसलिए सारा काम अपने-आप करना। नाश्ता, खाना—सब उनकी पसन्द का बनाना। फिर यही रूटीन बन गया।

लौटते समय अर्कदीप्त सोचता था कि आज माँ ने क्या बनाया होगा। जब उन्हें 'बम्बई बाज़ार' ले गया था तो उन्होंने कितना सामान ख़रीदा था, जैसे बरसों रहने के लिए आई हों!

"यहाँ सब कुछ मिलता है," लौटते वक़्त माँ ने कहा।

"मैंने तो आपको बताया था," रूपसी बोली।

"अरे, अपने सामने कुटे हुए ताज़े मसाले, बड़ी-मँगौड़ी, सत्तू, बाजरे का आटा—लाने में तकलीफ़ क्या होती? अच्छा है, काम आएँगे," माँ ने कहा।

बात सच थी। हाथरस की हींग में छौंकी हुई दाल की ख़ुशबू पूरी रसोई में गमकती थी।

जब भी अर्कदीप्त पास आकर बैठता, माँ के पास एक ही विषय था, "अच्छा किया, चले आए। हमारा कलेजा तो दरक गया, मगर यहाँ देखो, कितने बड़े-बड़े कमरे, कितनी अच्छी रसोई! अन्दर-बाहर कितनी शान्ति! न अख़बार का आना, न पानी भरने के लिए घर-घर पम्प चलना। ऊपर से पड़ोस के उपाध्याय जी का सुबह-सुबह का पाठ। हर वक़्त की चिल्ल-पों। यहाँ तो कोई आवाज़ ही नहीं सुनाई देती। कितनी हरियाली है! पूरी ज़िन्दगी गोल मार्केट के क्वार्टर में निकल गई। तुम्हें याद है, वह किचेन के पास वाली कोठरी? ऊपर के कमरे गर्मी में कितने तपते थे! बेचारी बहू बेहाल हो जाती थी, यहाँ देखो!" कुछ देर चुप रहीं, फिर बोलीं, "रंग थोड़ा गिर गया है।"

"यह यहाँ की धूप है," रूपसी ने कहा, "सभी काले हो जाते हैं।"

"सम्हलकर निकला करो," माँ ने कहा।

उनकी बात पर दोनों हँसे।

अर्कदीप्त कार्यरत माँ को देखता रहता है, कितनी एकाग्रता से वह सब करती हैं! कितनी छोटी-छोटी बातों से प्रसन्न हो जाती हैं। बगीचे के नीबुओं का अचार डाला है, रोज़ सुबह धूप में रखती हैं और शाम को मर्तबान उठाकर अन्दर लाती हैं।

शिशिर आया है, यहीं ठहरा है।

"क्या खाओगे शिशिर महाशय?" पूछती हैं।

"खिचुड़ी," वह कहता है, "आलू पोस्तो।"

"बस?"

सब हँस रहे हैं। माँ लाड़ कर रही हैं—बतिया रही हैं—रूपसी के घर लौटने पर, टिप्पणी तो करनी है।

"देखा न शिशिर," कहती हैं, "कैसी गुणी लड़की खोजकर लाई अपने अर्को के लिए! सब गुन अगरी, रूपनिधान। क्या मालूम था कि डॉक्टरी की पढ़ाई फिर से शुरू करके ख़त्म कर लेगी?"

"हाँ, माँ," रूपसी प्रशंसा सुनकर प्रसन्न है, "आपने सोचा था कि एक साल पढ़कर छोड़ दी, चली नहीं—देखिए, यहाँ आकर पढ़ा भी, घर भी चलाया। आपके बेटे को भी सँभाला।"

"जीती रहो," माँ ने कहा, "पर इतनी हिम्मत आई कहाँ से? ब्याह के बाद तो साड़ी बाँधना भी नहीं आता था?"

"इन्हें कैसे पता?" रूपसी ने पति की ओर देखा, "आपने बताया?"

माँ हँसती रहीं, "अरे, यह क्यों बताएगा? हम देखते नहीं थे, कैसे अटपटी साड़ी पहनती थीं। मगर चलो, यहाँ आकर कितनी सुघड़ाई आ गई! कहाँ से सीखा यह सब? खाना भी बनाती हो, काम भी करती हो, घर भी कितनी साफ़-सफ़ाई से रखती हो!"

"सब आ जाता है माँ, चारों तरफ़ का देख-सुनकर, सखी-सहेलियों को देख-देखकर। फिर शिशिर ने भी बहुत इनकरेज किया, पढ़ाई चालू रखने को।"

"अच्छे दोस्त हो तुम शिशिर," माँ बोलीं।

शिशिर ने साभिप्राय दृष्टि से अर्कदीप्त को देखा—'तुम क्या जानो माँ!'

अर्कदीप्त चुपचाप चाय पीता रहा। चाय माँ-बाबूजी के आने के बाद बनने लगी है—चायदानी में, दूधदानी, शक्कर दानी, बिस्कुट, मठरी, दालमोंठ, हींग वाली आम की फाँकें, नहीं तो मग में चाय का बैग डालकर डुब्ब-डुब्ब करो और पी लो—बदज़ायक़ा, बदरंग। अर्कदीप्त सोच रहा है और मुस्करा रहा है।

"यह अर्को," बऊ ने कहा, "यहाँ कितना ख़ुश रहता है! हरदम हँसता रहता है।"

"यह आप लोगों के आने की वजह से है," रूपसी ने कहा, "नहीं तो हँसी इनके चेहरे पर दिखाई ही नहीं देती।"

"अरे, चल, झूठी!" अर्को ने लाड़ से कहा।

सब हँसे।

"हमारे जब अर्को पैदा हुआ था तो दाई ने कहा कि इत्ता सुन्दर बच्चा उसकी याद में किसी ने नहीं जना था—आस-पास के किसी मोहल्ले में नहीं। इतना सुन्दर और शान्त प्रकृति—पता ही नहीं चलता था कि कब इसे भूख लगी, कब दाँत निकले। चुपचाप खटोले पर लेटा रहता था। और वह छोटे?" वह रुकीं, "अमृतांशु जन्म से ही उपद्रवी था।"

बऊ पुराने समय में डूबकर चली गई थीं। अर्कदीप्त यह कथा सुनते-सुनते ही बड़ा हुआ था।

"वे तीनों लड़के माँ पर गए हैं, रंग गिरा है तो क्या—अपने बच्चे हैं। अच्छे लगते हैं," फिर जैसे अपने-आपसे कहा, "अर्को का बच्चा सुन्दर तो होगा ही होगा। ऊपर से तुम्हारी जैसी माँ—है न दुलहिन, सोने में सुहागा!"

"मेरे लिए भी लोग कहते थे, कहाँ मिलेगा इसके जोड़ का दूल्हा," रूपसी ने प्रसंग बदल दिया।

"मिला तो," बऊ ने कहा, "तुमसे बीस ही होगा मेरा अर्को, है न?"

सब हँस रहे थे—मेज़ के दोनों तरफ़ बैठे हुए। बीच में डिनर था जो अभी-अभी समाप्त किया था—बऊ के हाथ का। अर्कदीप्त का मन हुआ, यह क्षण

बाँधकर रख ले, जैसे उसका शुष्क, मरुस्थल-सा जीवन माता-पिता के आ जाने से हरा-भरा हो गया था! अच्छा लगता था देखकर बऊ की व्यस्तता, बाबूजी की गोड़ाई-बोवाई—उनका साइकिल पर मीलों का सफ़र। उन दोनों को प्रसन्न देखकर मन में तसल्ली-सी होती थी। उन दोनों को अधिक घूमने-फिरने या शॉपिंग करने में रुचि नहीं थी—घर में रहें और बेटा-बहू आँखों के सामने रहें।

बाबूजी ने डकार ली और पत्नी की ओर मुड़कर कहा, "कितनी सारी हींग का बघार दे दिया दाल में!"

एक याद उभरी और दबा दी गई : 'हथेली में रोज़मेरी की ख़ुशबू'।

अर्को को आजकल बचपन बहुत याद आता है। ग्वाले की भैंस का रात-भर डकराना, छत पर तारों की छाँह में सोना, आँगन में छिड़काव के बाद की सोंधी-सोंधी महक, चने के सत्तू का स्वाद—कितनी ही स्मृतियाँ उसके मन में कुलबुलाती रहती हैं।

वह दोनों को देखता है, मन में सुकून आकर भर जाता है। सारी ज़िन्दगी ऑफ़िस और घर में खटते-खटते बीत गई, अब दोनों प्रसन्न हैं—सुस्थ।

बाबूजी को अमेरिकी जीवन भा रहा है, विशेष तौर से अर्कदीप्त की बैटरी चालित बाइसिकिल। रोज़ भोर-अँधेरे उठकर तीन-चार मील बाइक लेन में चक्कर काट आते हैं। उस वक़्त भीड़ नहीं होती। जब तक लौटते हैं, परिवार नाश्ते की मेज़ के इर्द-गिर्द होता है। बहू के लिए काली कॉफ़ी और टोस्ट, नारंगी का रस, बाक़ी सबके लिए कुछ न कुछ गरम नाश्ता—कभी हलवा, कभी पूड़ी-आलू, चाय और अक्सर पराँठे—कभी आलू के, कभी गोभी-मेथी के।

गिलास-भर ऑरेंज जूस बाबूजी को पकड़ाकर रूपसी जाने को तैयार मिलती है। वह उसके जाने के बाद इन्तज़ार करते हैं, फिर एक दो-घूँट लेकर गिलास रख देते हैं, "खट्टा है।"

नाश्ते के बाद अख़बार खोलते हैं, और ख़बरें पढ़ते हैं। दो ही क्षण में अख़बार मोड़कर वापस रख देते हैं। उन्हें यहाँ की ख़बरों में दिलचस्पी नहीं है। उनके आने के उपलक्ष्य में भारतीय चैनल लगवा लिया है, उसी में ख़बरें देख लेते हैं। कभी-कभार कोई शो। माँ को बिलकुल दिलचस्पी नहीं है, टीवी में।

"दुलहिन, तुम्हें देखकर अच्छा लगता है। कितनी सुघड़ हो गई हो! हमारी ज़िन्दगी तो गोल मार्केट के घर की झिंझरी के पीछे ही बीत गई।"

"पीढ़ी-दर-पीढ़ी चेंज होता है मॉम," रूपसी कहती है, "पुरखों का समय कुछ और था, आज का कुछ और।"

"और नहीं तो क्या? हमारी माँ क्या सपने में भी सोच सकती थीं कि हम हवाई जहाज़ में बैठकर कैलीफ़ोर्निया आ जाएँगे? उनकी सोच तो मुगलसराय से दिल्ली तक ही थी। कितनी रोती थीं कि बेटी ब्याह के दिल्ली चली गई है, कित्ती दूर..."

बाबूजी नहा-धोकर अपने फेवरेट काम में व्यस्त हो जाते हैं—खोदा-खादी,

गुड़ाई, बोवाई। क़रीब-क़रीब रोज़ ही गार्डेन सेंटर से फूलों के पेड़ और धनिया, पालक के बीज लाते दिखाई देते हैं।

वह स्विमिंग पूल देखकर प्रसन्न हो गए थे। बाज़ार से अपने लिए मर्दाना सूट ले आए थे। उन्हें स्विमिंग पूल में तैरते देखकर रूपसी आश्चर्य में पड़ गई थी, "आपको तैरना आता है? हमें तो सीखना पड़ा था।"

"गाँव में पला-बड़ा हुआ। गंगा नहर में बचपन से तैरना सीखा। शहर आकर पढ़ाई की, नौकरी, पर बचपन का कुछ नहीं भूलता। अरे, अभी तो सिर्फ़ धनिया, मेथी, पालक लगाया है—बचपन में पूरी फसल रोपते, काटते थे : खेतिहरों के साथ-साथ। यही वर्क एथिक्स दोनों बेटों को दी। देखो, कितने कर्मठ हैं!"

रूपसी चुप रही।

माँ उसकी तरफ़ पीठ करके रसोई में व्यस्त रहती हैं, तब भी अर्कदीप्त को मालूम रहता है कि उनकी आँखें सजल होंगी।

भारत में रसोई के पास की कोठरी में रहने के कारण वह सब ध्वनियाँ और सुगन्धों से परिचित है—दाल खदकने की महक, घी में लहसुन-मिर्च भुनने की ख़ुशबू, चकला-बेलन हल्के-से भूमि पर रखने की आहट। वह चुप रहता है। जानता है कि जैसे-जैसे एक-एक दिन बीतता है, बिछुड़ने के विचार से माँ की आँखें भर आती हैं। यह घर नये ढंग का है। अलग-अलग दीवारें नहीं हैं—खुली हुई रसोई, संलग्न टीवी रूम। फिर औपचारिक बैठक, वहाँ से ऊपर सीढ़ियाँ—उनके शयनकक्ष, बालकनी और छत।

यहाँ छत ख़ाली पड़ी रहती है। प्रारम्भ में माँ ने निचोड़कर धोती फैलाई थी तो रूपसी ने टोक दिया था। तब से पता नहीं, कहाँ वह अपनी सूती धोती सुखाती हैं! यहाँ न अलगनी है, न कोई कपड़ा सुखाया जाता है, न कोई खटिया या खटोला है, न मचिया, न स्टूल। कभी मिर्चें, या बड़ी-मँगौड़ी नहीं सुखाई जातीं, न कोई मुँडेर के पास खड़ा होकर क्षितिज को ताकता है।

पहले ऐसा नहीं होता था, बाबूजी कभी पूजा-पाठ नहीं करते थे, पर अब नियमित रूप से संध्या-आरती करते हैं। सीढ़ियों के नीचे एक बड़ा-सा आला है, रूपसी ने वहाँ औपचारिक रूप से कुछ मूर्तियाँ सजा दी हैं, पर नियमित पूजा कोई नहीं करता, पर बाबूजी अब, रोज़ शाम को अगरबत्ती लगाकर आरती करते हैं, कुछ मन्द स्वर में प्रार्थना भी करते हैं।

"हनुमान चालीसा," माँ ने कहा, "रोज़ पाठ करने लगे हैं।"

"अच्छा! कब से?" अर्कदीप्त ने पूछा।

माँ चुप रहीं।

अर्कदीप्त, जब बाबूजी उठकर पूजा करते हैं, तो आकर माँ के पास उनके

ख़ाली पलंग पर लेट जाता है। तकिये से बाबूजी के सिर के तेल की ख़ुशबू आती है, हल्की-सी।

"कहो?" माँ बोलीं।

"क्या कहूँ?"

"अगर थोड़ा पहले बुला लेते तो ताईजी को कितनी ख़ुशी होती! तुम्हें देखने का अरमान लिये चली गईं।"

"क्या करता माँ," अर्कदीप्त ने कहा, "इससे पहले सम्भव ही नहीं हुआ। यह साल बहुत संघर्ष में बीता।"

"पर अब तो सब सही है न!" माँ कहने लगीं, "इत्ता बड़ा घर, गाड़ी, कित्ता बड़ा फ्रिज। हम तो सारी ज़िन्दगी घड़े का पानी ही पीते रहे।"

अर्कदीप्त चुप रहा।

"दुलहिन—रोली कितना बदल गई है! कितनी सुघड़, कितनी होशियार!"

"यहाँ की ज़िन्दगी हमें कठोर बना देती है माँ।"

रूपसी चुपचाप कमरे में आ गई और अर्कदीप्त के पैताने बैठ गई। उसने पैर सिकोड़कर बैठने की जगह दी।

"इन्हें डॉक्टर बनने की धुन सवार हो गई। बहुत संघर्ष किया। आसान नहीं होता, छोड़ी हुई पढ़ाई फिर से करना। बहुत मेहनत की।"

"सो तो करनी पड़ी होगी। और तुम्हारी पी-एच.डी.? पूरी तो हो गई होगी?"

"कहाँ माँ," रूपसी बोली, क्योंकि अर्कदीप्त चुप था, "नहीं की। शिशिर बाबू इतना कहते रहे कि लाइन बदल लो, पर यह तो ज़िद के पक्के हैं, नहीं सुनी तो नहीं सुनी।"

माँ चुप रहीं। न जाने क्यों ताईजी का पंखा ले आई थीं, उसे हिलाने लगीं, यद्यपि गर्मी नहीं थी।

"अब तो पुराना घर छोड़ना पड़ेगा—ताईजी के जाने के बाद," माँ ने कहा।

"अच्छा ही तो है। सड़ा-सा था, पास-पड़ोस भी बेकार-सा," रूपसी ने एकाएक कहा, "अमृतांशु भैया के घर रहिएगा। सरकारी बँगला है, पॉश जगह है—कनॉट प्लेस के पास।"

वे दोनों चकित होकर रूपसी को देखने लगे। घर तो घर ही था—कभी उसके बारे में ऐसा सोचा भी नहीं था, न कभी वहाँ रहते हुए रूपसी ने ही ऐसी बात कही थी। पर सोचती तो होगी, तभी कह रही है।

अर्कदीप्त बोला, "हमें तो वहाँ बड़ा अच्छा लगता था। तुम कहो तो हम वापस आ जाएँ?"

"नहीं रे," माँ ने थोड़ी देर चुप रहकर कहा, "वहाँ यह सब, ऐसा कहाँ मिलेगा! फिर दुलहिन," उन्होंने रूपसी को देखा, "यह छोड़कर जाना चाहेगी?" आगे

बोलीं, “यहीं रहो। यहाँ मेहनत का फल मिलता है। देखो न, इतना सब वहाँ कहाँ मिल सकता है?”

“तुम्हें यहाँ अच्छा लग रहा है न, माँ?”

माँ कुछ देर चुप रहीं, फिर बोलीं, “तुम्हें देखकर आँखें जुड़ा गईं बेटा।”

पर उनके गाल गीले क्यों थे? अर्को ने धीरे-से उनके आँसू पोंछ दिये।

“और दुलहिन, अब पूरी डॉक्टर, तुम दोनों का कितना मान-सम्मान है यहाँ! तुम्हें ख़ुश देखकर मन में बहुत सन्तोष हुआ।”

“सम्मान तो इनका है,” अर्कदीप्त बोला, “डॉक्टर तो हैं ही, चारों तरफ़ इनके रूप की धूम है। अरे माँ, शिशिर तो इनका पूरा भक्त है।”

रूपसी ने आँखें तरेरीं, माँ दोनों की मीठी तकरार से मुस्कराने लगीं। झूठी पड़ गई न, वह भविष्यवाणी! पंडितजी जीवित होते तो उलाहना देतीं, ऐसी बातें कह गए, बरसों ख़ून सुखाती रहीं। अब देखो, कितना सब कुछ—मान-सम्मान, रुपया-पैसा, गाड़ी-बँगला। ऐसे रहते हैं जोगी भला?

बाबूजी भी प्रसन्न हैं। अर्कदीप्त की इलेक्ट्रिक बाइक पर मीलों का चक्कर लगाते हैं। पैडल मारने में दम नहीं लगता। बाइक लेन अलग है—बच्चे, बूढ़े, स्त्रियाँ सभी अपना हेलमेट लगाए सर्र-सर्र आते-जाते हैं, कुछ लोग उन्हें पहचानकर हैलो कर देते हैं, या मुस्करा देते हैं।

“कितने फ्रेंडली हैं यहाँ के लोग!” अपना हेलमेट पहनते हुए कहते हैं, “रेगुलर लोगों से दुआ-सलाम है, मगर रुकने का किसे समय होता है।”

ख़ाली ज़मीन को खोदकर, गोड़कर धनिया, मेथी, पालक बो दी है। सामने सूखी पड़ी क्यारियों को साफ़ करके फूलों वाले पौधे लगाए हैं—गेंदें, गुलाब और विलायती फूल—यह जानते हुए भी कि उनमें फूल आने के पहले ही वे वापस चले जाएँगे। एक बैंगनी रंग की बोगनवेलिया भी लाकर लगा दी है।

माँ मुस्कराती हैं उनके नये-नये शौकों पर, “वहाँ तो आँखों के सामने गमला सूखता रहता था, कभी एक चुल्लू पानी भी नहीं डाला। यहाँ आकर देखो, पूरे माली बन गए हैं।”

“अच्छा तो है माँ,” अर्कदीप्त ने कहा, “थोड़ी कसरत हो जाती है, मन भी लगा रहता है। कितने यहाँ आकर यहाँ की कमियों का दुखड़ा ही रोते रहते हैं।”

“कितना हर-भरा है यह देश,” बाबूजी ने कहा, “पेड़, फूल-पत्ती। सड़क पर भी कितना नियंत्रण! सभी नियम से चलते हैं, कोई आपाधापी नहीं। स्कूल जाने वाले बच्चों को देखता हूँ, कितने हँसते-खिलखिलाते स्कूल जाते हैं—सब कितने हृष्ट-पुष्ट! एक हम हैं, हमारे बच्चे, दुबले-पतले, पढ़ाई के बोझ से दबे, सुविधारहित।”

“अपना देस अपना ही होता है। देखो, अमृतांशु घूम-घामकर वापस आ गए न! मानसी चाहती हैं, बच्चों की परवरिश अपने देश में हो, देश का मान करें, संस्कार

पड़ें," वह पंखा हिलाने लगीं, "यहीं रहो, फूलो-फलो, और क्या!"
कहकर चुप हो गईं।

वह उसकी ओर करवट लेकर लेटी है—कोहनी पर गाल टिकाए। पूछती है, "तुमने कभी किसी को इतना प्यार किया है, जितना मैं तुमसे करती हूँ?"

"इससे पहले मौक़ा नहीं मिला," वह उसे खिजा रहा है।

"बड़े अवसरवादी हो तुम।"

"नहीं, कोई ऐसा नहीं मिला कि एफ़र्ट किया जाए।"

"तो यह एफ़र्ट है?"

"नहीं, यह तो दासता है," वह मुस्कराने लगा, "मैं तो तुम्हारा स्लेव—कोई प्रयास या कोई श्रम नहीं।"

वह खिलखिलाकर हँस पड़ी, "और जो मैं श्रम करवाती हूँ..."

उसे यही बात रुचती है—अपने अनन्य, प्रगाढ़, रत्यात्मक प्रसंग। उसने झुककर सौदामिनी का गाल चूमना चाहा।

खिड़की की रेखाकृति सुबह के उजाले में उभर रही थी।

ओह, तो सपना था—कितना यथार्थ, कितना सही! कहाँ से जाने-अजाने स्वप्न मशीन यह सपने गढ़कर ललचा देती है, जैसे अवचेतन मन याद दिला देता है कि वह अब तक, इतने साल बाद भी स्मृति में भिदी हुई, जीवित है। क्या वह भी सपना देखती होगी—कोपेनहेगन की सड़कों पर साथ-साथ चलने का, उसकी बाँहों में पूर्ण समर्पण का? जागने पर क्या आह भरती होगी?

तुमने अच्छा नहीं किया, वह कहता है।

कब तक दोहराता रहेगा?

बाबूजी के हल्के-से दरवाज़ा खोलकर अन्दर जाने की आहट मिली—भोर की साइकिलिंग के बाद। माँ भी रसोई में दूध उबाल रही होंगी। कितनी बार कहा, यहाँ दूध उबालने की ज़रूरत नहीं होती, पर उनकी आदत है। ठंडा दूध कैसे डाल दें? चाय ठंडी हो जाती है।

पास के पलंग पर जागकर रूपसी ने लम्बी साँस ली। "उठिए," उसने कहा।

उसने अर्कदीप्त की बाँह पर हाथ रखा, तो वह ऐसे चौंका, जैसे बिच्छू का डंक हो! यथार्थ में घुलकर लोप हो गया वह स्वप्निल जादू।

बाहर सूरज—यहाँ बारहों महीने, तीसों दिन सूरज निकलता है। कभी-कभी कोहराच्छन्न आकाश पर—न जाड़ा पता चलता है, न बरसात।

"उठिए।"

वह लम्बी साँस लेता है। दिन के उजाले की तरह यथार्थ चारों ओर है—उसकी पत्नी, पत्नी की पसन्द का शहर, घर, गाड़ी, सब कुछ।

चलो, कम-से-कम वह तो प्रसन्न है, सन्तुष्ट भी।

वह तैयार होकर चली जाएगी, वह माँ के पास जाएगा। वह चाय का प्याला बनाकर उसे पकड़ा देंगी। उसमें अदरक की ख़ुशबू होगी।

"आज काम पर नहीं जाओगे?" वह पूछती हैं।

"नहीं, आज छुट्टी कर दी है। सारा दिन तुम्हारे साथ बिताऊँगा,"

वह मुस्कराने लगीं।

नाश्ता करने के बाद वह उनके साथ किचेन में आकर खड़ा हो गया। धोने के लिए प्याला उठाया तो माँ ने कहा, "रहने दो।"

"अच्छा, मशीन में लगाए देता हूँ। तुम्हारे जाने के बाद तो करूँगा ही," वह मुस्कराया, "तुम्हारी दुलहिन जब पढ़ाई करने जाती थी तो सब मैं ही तो करता था।"

माँ ने सिर हिलाया—सन्ताप से, खेद से।

"कितनी साँसत की होगी ज़िन्दगी!"

"सभी की नहीं। शिशिर को ही देखो। हम क्या रास्ता लेते हैं। उसी के अनुसार..." उसने बात अधूरी छोड़ दी।

अर्कदीप्त सारे दिन घर में है। वह बाज़ार नहीं जाने वाली। बस, पास-पास पलंगों पर लेटे बेटे से सारे दिन बातें करेंगी। "कैसे कटे इतने साल?" उन्होंने पूछा।

"न्यूयॉर्क के वे साल बड़े कठिन थे। यह दिन-भर पढ़ाई करती थी, वीक एंड में म्यूजिक़ क्लास चलाती थी। मैं पढ़ता था, पढ़ाता था, और ट्यूशनें भी करता था। यहाँ भी रोली को समय कहाँ मिलता है। नई नौकरी और ज़िम्मेदारी, दोनों ही होती हैं।"

"तो सप्ताहान्त तो ख़ाली रहता होगा?"

"कहाँ माँ? मैं किचेन हेल्प बन गया था—मन्दिर में, वहाँ रविवार को लंच होता था। सौ-डेढ़ सौ लोग आ ही जाते थे। हम सब वॉलंटियर होते थे, स्त्रियाँ रोटी बेलती थीं और हम लोग तवे पर लौट-पौट कर फुलाते थे और झाबों में डाल देते थे। माँ, तुम देखतीं तो हैरान हो जातीं। गोदामों की देखभाल, तरकारियाँ काटना, छौंकना, बूँदी झाड़ना लड्डुओं के लिए—सब वॉलंटियर ही करते थे।"

"अरे, तुम तो बड़े गुणी हो गए हो!" माँ ने लम्बी साँस ली, "और वहाँ अमृतांशु, तीन बच्चों पर तीन आयाएँ।"

"बस, माँ, कभी-कभी इतना थक जाता था कि जूते उतारते-उतारते ही नींद में लुढ़क जाता था। फिर भी पूरा कहाँ पड़ता था," उसने आगे कहा, "डॉ. हाइनर तीन साल बाद छुट्टी पर चली गईं। टीचिंग असिस्टेंट से रिसर्च असिस्टेंट बन गया, पैसा भी कम था। उधर डॉक्टरी की पढ़ाई, मुझे ट्यूशनें करनी पड़ीं, पर पैसे ठीक थे—सौ डॉलर में एक घंटे की ट्यूशन।"

माँ चुपचाप सुन रही थीं। मुँह पर पीड़ा का भाव था। कभी-कभी पंखा झलने लगती थीं।

"यहाँ आकर हर माँ-बाप का सपना होता है कि उनके बच्चे अच्छे निकलें, पर स्वयं उतना समय दे नहीं पाते, न सबमें इतनी क्षमता होती है। गधे को मार-मारकर घोड़ा बनाने का प्रयत्न तो सभी करते हैं। पहले ऐसे ही दो बच्चे मिले—माँ-बाप दोनों डॉक्टर, पैसा इफ़रात से, मगर बच्चों को देने के लिए समय नहीं। बच्चे भटक गए थे। उन्हें मैथमैटिक्स पढ़ाने की ट्यूशन मिली—मैंने मन से पढ़ाया तो उनका मन भी लग गया। कोई उन पर ध्यान दे, प्यार से पढ़ाए—दोनों बाद में भी देर तक बात करते रहते थे। उन्हें कॉलेज एडमिशन के लिए मदद की। जब दोनों का प्रवेश अच्छी जगह में हो गया, तब मेरी माँग बहुत बढ़ गई। मुझे काम का प्रेशर तो था मगर अच्छा लगता था उन बच्चों को दिशा-निर्देश करना—पर अपने लिए समय नहीं था। अपना पढ़ना-पढ़ाना भी था, ऊपर से कई-कई ट्यूशनें। रोली भी अपनी पढ़ाई में व्यस्त रहती थी—बस, किसी तरह से कट गया वह समय भी।"

माँ ने लम्बी साँस ली, "हमें कभी कुछ बताया भी नहीं। अमृतांशु कहते रहते थे, भाई की पढ़ाई क्या है, बरसों से करते जा रहे हैं। लोग कहते थे—अरे, वहाँ मौज कर रहे होंगे, माँ-बाप की ज़िम्मेदारी कौन उठाए! वैसे भी बाहर जाकर बच्चे सेल्फ़िश हो जाते हैं।"

"हाँ, पढ़ाई तो चलती रही, तीन साल बाद फिर शुरू किया, तभी तो वीज़ा बढ़ा, और विद्यार्थियों वाले फ़्लैट में रहते रहे। तीन साल बाद इनकी पढ़ाई के लिए विद्यार्थी लोन लिया—शिशिर ने गारंटी दी।"

"मैंने तो ठान लिया था कि डॉक्टर तो बनना ही है, चाहे कुछ भी हो," रूपसी चुपचाप आकर बैठ गई थी।

"चलो, सब ठीक हो गया," माँ ने कहा, "तुम लोग यहाँ आ गए, बस गए; दुलहिन पूरी डॉक्टर बन गई, परिश्रम फल लाया कि नहीं?"

फिर बहुत देर चुप रहीं। अर्कदीप्त और रूपसी भी चुप रहे।

"हमें कुछ बताया ही नहीं? हम समझते रहे, मज़े में होंगे। तुम लोग यहाँ कितनी-कितनी मेहनत करते रहे! पर चलो, हमें यहाँ कितना अच्छा लग रहा है—मन का बनाओ-खाओ, चैन से रहो। बाबूजी को देखो, कितने प्रसन्न हैं!"

"हमारा तो प्लान था, तुम्हें घुमाने-फिराने का, मगर तुम कहीं जाना ही नहीं चाहतीं।"

माँ हँसने लगीं, "अरे, हम तो तुम्हारे साथ रहने आए हैं। बड़ी-बड़ी इमारतों वाले शहर या पहाड़ देखने में रुचि नहीं है। समन्दर तो देख ही लिया।"

"मैं तो तीन साल बाद लौट आता, मगर इनकी तो पढ़ाई चल रही थी। इनमें न जाने कहाँ से इतना आत्मविश्वास आ गया था!"

रूपसी मुस्कराने लगी, "मैं तो बीच में आनेवाली नहीं थी, तो यह मुझे अकेला छोड़कर जाने को तैयार नहीं थे। मगर ईश्वर की कृपा से मन्दिर में गाना सिखाने की

नौकरी मिल गई, तो काम चला। मुझे मज़ा भी आता था बच्चों को संगीत सिखाने में। हुआ ऐसे मॉम," उसने कहना शुरू किया, फिर बोली, "आप ही बताएँ न मॉम को।"

"रविवार था," अर्कदीप्त ने कहना प्रारम्भ किया, "पैसे बचाने के लिए अख़बार लेना बन्द कर दिया था। रूपसी की क्लास की एक लड़की आ गई। दिन-भर साथ पढ़ाई करने के बाद उसने कहा कि शाम हो रही है, चलो, मन्दिर चलें," अर्कदीप्त चुप हो गया। वह फिर उसी शाम को पहुँच गया—मन-ही-मन, यादों में।

"मन्दिर?" रूपसी ने कहा, "मन्दिर-वन्दिर तो हम जाते ही नहीं, समय ही कहाँ है! पेट पूजन हो जाए, वही काफ़ी। फिर वहाँ भीड़ होगी, कार की भी प्रॉब्लम होगी।"

सपना, सहेली ने हँसते हुए कहा, "उसकी फ़िक्र न करो। मेरे फादर मन्दिर की ट्रस्ट कमेटी के सेक्रेटरी हैं, उनकी रिजर्व पार्किंग होती है। चलो न, आज स्पेशल पूजा और डिनर है। मैं कह आई हूँ कि तुम्हारे पास से होकर आऊँगी।"

रूपसी ने पति की ओर देखा।

"तुम्हारा मन हो तो चले चलते हैं," अर्कदीप्त ने कहा, "सपना इतना आग्रह कर रही है।"

"कुर्ता पहन लीजिए, अगर हो तो," सपना ने कहा, "सभी इंडियन कपड़ों में आते हैं। तुम भी रोली, साड़ी पहन लो।"

दोनों कमरे में चली गईं। हाथ-मुँह धोकर कपड़े बदलते हुए अर्कदीप्त को विश्वास था कि सपना रूपसी को साड़ी पहनवा देगी।

मन्दिर काफ़ी दूर था। रविवार की ट्रैफ़िक भी थी, पहुँचते-पहुँचते सात बज गए।

"चलो, जल्दी से दर्शन कर लें," सपना रोली का हाथ पकड़कर अन्दर ले गई। भीड़ से बचती हुई दोनों मन्दिर के प्रांगण में पहुँच गईं, जहाँ दरी पर काफ़ी लोग बैठे थे। गर्भगृह में दीपदानों का प्रकाश था और पुजारी खड़े होकर पूजा-अर्चना कर रहे थे।

पार्श्व में खड़े एक पुरुष से सपना ने कहा, "डैडी, यह मेरी फ्रेंड है, रोली रॉय।"

रोली ने हाथ जोड़कर प्रणाम किया।

"आरती का समय हो गया है," सपना के पिता ने कहा, "मगर शास्त्री जी का फ़ोन आ गया है। वह अस्वस्थ हैं, नहीं आ सकते। क्या करें, अब किसे ढूँढ़ें?"

रूपसी ने अनायास ही कहा, "मैं गा सकती हूँ आरती।"

दोनों उसका चेहरा देखने लगे।

रूपसी झेंप गई, "हाँ, यूनिवर्सल आरती ही तो होगी—ओम जै जगदीश हरे..."

"हाँ, हाँ, वही। चलो, चलो।"

अब वे दोनों गर्भगृह की मुँडेर के बाहर खड़ी थीं।

सपना के डैडी ने करतालें उठाईं और झंकार की।

सब लोग चुप हो गए।

रूपसी ने मीठे, सधे स्वर में पहली लाइन गाई।

श्रोता चुप, स्तब्ध।

एक छोटे क्षण सन्नाटा रहा।

रूपसी ने लाइन दोहराई।

दूसरी बार समवेत स्वर उठा—बड़े, छोटे, वृद्ध, सुर में, बेसुरे, पर श्रद्धा-भक्ति से परिपूर्ण।

आरती समाप्त हुई, थाल घूमने लगा। लोगों की बातचीत का मद्धिम स्वर प्रांगण में गूँजने लगा।

"अरे, तुम इतना अच्छा गाती हो, हमें मालूम नहीं था!"

वे लोग सपना के परिवार के साथ खाना खा रहे थे।

सपना ने कहा, "प्रोफ़ेशनली ट्रेंड हैं,"

अर्कदीप्त ने कहा, "लखनऊ के स्कूल से।"

"अरे वाह!" सपना की माँ ने कहा।

परसने वाले ने पूरी और श्रीखंड दोबारा परोस दिया।

"अरे, तुम गाना क्यों नहीं सिखातीं?" उन्होंने आगे कहा, "बच्चों को शास्त्रीय संगीत सिखाने के लिए हम कब से किसी को खोज रहे हैं।"

"इसे समय कहाँ है मॉम," सपना बोली, "मेडिकल में है।"

"जैसे आज, रविवार को थोड़ा पहले आ जाया करना। एक घंटा बच्चों को सिखाना, फिर आरती करना और खाना खाकर घर चली जाया करना। शाम को खाना बनाने का टाइम भी बचेगा।"

लगता था कि घर की प्रबन्धकर्ता सपना की माँ ही थीं। उसके डैडी सहमति में सिर हिलाते रहे।

पहली क्लास प्रारम्भ हुई—मन्दिर से संलग्न विवाह और अन्य समारोहों के लिए बने सभागार में। राग बिलावल के पूर्ण होते-होते ही वृद्धजन की अर्जी आ गई—भजन-कीर्तन की क्लास भी होनी चाहिए, और फिर कुछ महिलाएँ फ़िल्म संगीत सीखने के लिए आ जुटीं। उन्हें रूपसी ने सख़्ती से मना कर दिया। उसके पास तीन घंटे नहीं थे।

अर्कदीप्त पहले कौतूहल से देखता रहा, फिर उसे रूपसी पर गर्व हो आया—कितनी लगन से, और डूबकर वह सिखाती थी, और कितनी श्रद्धा-भक्ति से वयस्क और वृद्धजन सीखते थे! और पैसे भी तो। मन्दिर में कितने लोग आते थे। जब रूपसी क्लास लेती, अर्कदीप्त मन्दिर के दालान में बैठकर अपनी किताबें पढ़ता। कभी-कभी ऊबकर इधर-उधर टहलने लगता। कभी चाय या कॉफ़ी लेने किचेन के बाहर हॉल में चला जाता। सप्ताहान्त को मन्दिर का किचेन चलता था। सुबह

दोसा, इडली, उपमा का नाश्ता, फिर ग्यारह बजे के बाद किचेन ख़ाली हो जाता था। तब किचेन धुलता था, पोंछा जाता था, हॉल में बैठे वालंटियर स्त्री-पुरुष तरकारियाँ छीलते-काटते। दो पुरुष, जो सचमुच रसोइये थे, चावल, तरकारियाँ, दाल बड़े-बड़े पतीलों में बनाते। तीन बड़े-बड़े चूल्हे थे। जब रोटी बनने का समय आता तब तक ख़ाली हो जाते।

अर्कदीप्त को सारी तैयारियाँ देखने में अच्छा लगता था। एक दिन जब तरकारी काटने वाली महिला वालंटियरों को आने में देर हुई तो उसने अनायास, बिना सोचे-समझे चाकू उठा लिया।

महिलाएँ जब पहुँचीं तो उसे देखकर मुस्कराईं। उसकी ओर आलू छील-छीलकर बढ़ाती गईं और वह पटुता से उनके एकदम एक ही साइज़ के टुकड़े काट-काटकर झाबे में डालता रहा।

"अरे वाह, प्रोफ़ेसर साहब, आज किताब छोड़कर चाकू पकड़ लिए हैं!" रसोइये ने कहा।

"अब इन्हें छोड़ेंगे नहीं," एक महिला ने कहा, "इन्हीं से काम करवाएँगे।"

अर्कदीप्त को आश्चर्य हुआ। उसे यह हल्का-फुल्का हँसी-मज़ाक़ भरा वातावरण, वालंटियरों की गपशप अच्छी लगी।

सब रूपसी से परिचित थे। अब वह नियमित रूप से आरती गाती थी।

स्वस्थ होने पर शास्त्री जी ने कहा, "आप ही आरती कीजिए रोली बहन। कितना सुन्दर स्वर है!"

"स्वर के साथ-साथ यह शक्ल भी," अर्कदीप्त ने चिढ़ाया। "अब तो मैं रोली रॉय का निकम्मा पति बनकर रह गया हूँ। आलू-बैंगन छीलने-काटने तक की काबिलीयत रह गई है।"

रूपसी पुलक उठती थी अपनी प्रशंसा से।

अर्कदीप्त को भी मन्दिर जाना, वालंटियर महिलाओं और पुरुषों के साथ हाथ से काम करना अच्छा लगने लगा था। रविवार का दिन भरा-पूरा था, साथ में संगीत ट्यूशन के पैसे और फ्री डिनर। मन्दिर से ही सम्पर्क के कारण उसे पहले दो ट्यूशनें मिलीं। हाईस्कूल के दो भाई-बहन को ज्योमेट्री और अर्थमैटिक पढ़ाना—सौ डॉलर प्रति घंटा। पहले दो घंटे सप्ताह, फिर जैरो जैरो आपरा में बात बढ़ी। जहाँ दोनों पढ़ाई-चोर पढ़ने में सुस्त रहते थे, अब अच्छी तरह से पढ़-लिख रहे थे। घंटा समाप्त होने के बाद भी वे बैठे रहते और अर्कदीप्त को भी उनसे बातचीत करना अच्छा लगता था। बिना कुछ पारिश्रमिक बढ़ाए अर्कदीप्त ने उन्हें कॉलेज एडमिशन की अर्जी लिखने में सहायता की। उन्हें परीक्षा देने के लिए अतिरिक्त समय दिया। जब दोनों को नामी शिक्षा संस्थानों में जगह मिल गई तो अर्कदीप्त की माँग सहसा बढ़ गई। जितनी माँग थी, उतना समय नहीं था। अपना काम भी चल रहा होता था।

रूपसी भी व्यस्त थी—अपनी पढ़ाई में—म्यूजिक क्लास छोड़ना चाहती थी पर लोग उसे छोड़ने ही नहीं देते थे। जब मेडिकल स्कूल से लौटकर आती, तब अर्कदीप्त के ट्यूशन पर जाने का समय हो जाता। जब तक वह लौटता, इतना थका होता कि कभी-कभी जूते उतारते-उतारते नींद में सोफ़े पर लुढ़ककर सो जाता।

पर वह समय भी निकल गया। रूपसी की पढ़ाई पूरी हो गई और उसे नौकरी भी मिल गई—कैलीफ़ोर्निया में, जहाँ जाने के लिए वह ललकती रहती थी। और उसे भी काम मिल गया—एक कॉलेज में फ़िलॉसफ़ी पढ़ाने का।

माँ उसे देख रही थीं—करुण, अवसाद-भरी परन्तु गर्व-भरी दृष्टि से।

"कितना कष्ट झेला तुम दोनों ने! हमें क्या पता था।"

"वह समय भी निकल गया, माँ," रूपसी ने कहा, "अब तो सब कुछ सहज और निश्चित ही है।"

माँ लम्बी साँस लेकर पंखा हल्के-हल्के हिलाने लगीं।

मौन रहीं, सोच में डूबीं।

विवाह को कई साल हो गए हैं पर रूपसी अभी भी लजाती है। शरीर सुन्दर है पर जैसे वर्जनाओं से मुक्त नहीं हुई है। अनावृत होने में सकुचा जाती है। वह पूर्ण रूप से समर्पित है—बराबर की, सहभागी नहीं।

बगल के कमरे में बाबूजी और माँ सो रहे हैं। पास के पलंग पर रूपसी—दिन-भर अस्पताल में काम करने के बाद थकी-माँदी। सिर्फ़ वही है—अर्कदीप्त, जो रात-रात-भर सोता नहीं। कभी-कभी चुपचाप उठकर बाहर बालकनी में चला जाता है और कुर्सी पर बैठा-बैठा अँधेरे में आँखें फाड़-फाड़ कुछ खोजता रहता है। कितनी नृशंस होती है अकेले रह जाने की पीड़ा!

वह एक लम्बी साँस लेकर उठता है और वापस बिस्तर पर आकर लेट जाता है। रूपसी सोते-सोते कुनमुनाती है पर जागती नहीं।

बाहर एक जुगनू तक नहीं—एक निस्तब्ध अन्धकार।

बऊ ने नोटिस किया है, अर्कदीप्त की हँसी आँखों तक नहीं पहुँचती। आँखों को चमक छूती भी नहीं। कैसे आँचल से ढाँपकर उसे जो भी दर्द साल रहा है, उसे छूमन्तर कर दें?

"अर्को ख़ुश नहीं है," वह पति से कहती हैं।

"अरे, ख़ुश है—बहुत ख़ुश है। छः-सात सालों में कहाँ से कहाँ निकल गया है, बहू कितना कमा रही है, दोनों का कितना मान है, देखती नहीं हो?"

वह चुप हो जाती हैं। मन की किसी तह से यह बात क्यों उभर आई कि अर्कदीप्त जैसे एक नाटक की भूमिका निभा रहा है—अच्छा पति, आज्ञाकारी बेटा,

दोस्त-अहबाब से घिरा, फिर भी?

कैसे पूछें, और वह कर भी क्या सकती हैं? दो-एक दिन 'बाल-बच्चों से घर में रौनक बढ़ती है, पति-पत्नी और निकट आ जाते हैं', कहा था पर बहू की प्रतिक्रिया एकदम ठंडी थी। उसे बाल-बच्चों के लिए समय नहीं है। ऐसी कोई उमर थोड़ी ही निकली जा रही है!

बऊ चुप हैं, अर्को आकर पास के पलंग पर लेट जाता है। उन्हें बड़ा अच्छा लगता है। एक बार अनायास मुँह से निकल गया था, "तुम परदेस आ बसे, मगर मेरा एक-एक दिन..." गला भर आया था। चुप हो गईं।

"जानता हूँ। मगर अब तो हम साथ हैं।"

"अरे, कितने दिन?"

"यहाँ रहोगी तो छोटे के लिए तड़पोगी।"

"हाँ, जिनके बच्चे परदेस बस जाते हैं, वे माँएँ रोती ही रहती हैं।"

वे दोनों बहुत देर तक चुप रहे। फिर रूपसी आकर अर्को के पलंग पर बैठ गई, "क्या बात हो रही है मॉम?"

"अरे, कोई ख़ास नहीं, इधर-उधर की," बऊ ने कहा।

"बाबूजी कहाँ हैं?"

"अरे उनका क्या? ज़रा-सी बात पर बाइक लेकर दौड़ जाते हैं। दूध लेने गए हैं।"

"अरे, मैं ले आती।"

"रहने दो, घड़ा-भर दूध लाकर रख देती हो। हमारी आदत रोज़-रोज़ ताज़े दूध की चाय की है।"

"अरे बऊ, डब्बा छोटा हो या बड़ा, यहाँ बाज़ार में दूध तो हफ़्तों पुराना ही मिलता है," अर्को ने कहा।

"यहाँ कोई ताज़ा या बासी नहीं मानता," रूपसी ने कहा।

"हाँ रे, वह तुम्हारी सहेली ने फ्रीज़र से निकालकर न जाने कितना पुराना खाना खिला दिया था।"

बऊ का चेहरा देखकर दोनों हँसने लगे, "अरे बऊ, हम भी कई-कई दिन बासी खिचड़ी खाकर रहते थे।"

बऊ ने प्रश्नसूचक दृष्टि से उन्हें देखा।

"फिर कभी," कहकर अर्को ने बात टाल दी। हँसने लगा।

"आजकल तो मज़े हैं, रोज़ शाम को ताज़ा खाना..."

"हाय राम," बऊ ने कहा, "यह डॉलरों के चक्कर में जीवन स्वयं चक्कर-घिन्नी..."

उनकी हँसी से घर गुँजरित है। दीवारें भी मुस्करा दी होंगी—नहीं तो यहाँ तो सन्नाटा ही सन्नाटा आकर बस गया है। बऊ चुप हैं, कुछ नहीं कहेंगी—अवधि

समाप्त हो जाएगी और पति-पत्नी वापस चले जाएँगे और महीनों अमेरिका-प्रवास के गुण गाते रहेंगे।

उन्होंने लम्बी साँस ली, "चलो, आज मूँग दाल में पालक डालकर बनाए लेते हैं। अर्को को पसन्द है।"

"मगर बघार सँभालकर," बाबूजी बोले। वह मुस्करा रहे थे।

बऊ उठ खड़ी हुईं, "पालक उग आई है, जाकर खोंट लाइए।"

"किस चीज़ का बघार डालोगी?" अर्को पूछ बैठा।

"तुम्हें इस सबसे क्या मतलब?"

"मतलब क्यों नहीं?" रूपसी ने कहा, "इतना अच्छा खाना बनाते हैं। इनकी बिरयानी तो मशहूर है। किसी दिन आपको भी बनाकर खिलाएँगे।"

"अरे हटो," बऊ ने कहा, "अर्को, और खाना बनाना! पकौड़ी बनवाने के लिए तीन बार बाज़ार दौड़ना पड़ा था—कभी तेल भूल जाता था, कभी प्याज़..."

"हाँ, ताईजी से सुना था।"

"कहाँ सीखा रे, ज़रा हमें भी बनाकर खिलाओ!" बऊ ने अर्को की ओर मुड़कर कहा।

"अरे, मेरा रूममेट अमेरिकन था—खाने का शौक़ीन। उसने एक प्रोफ़ेशनल कुक से सीखा था। मैं था विन्स का असिस्टेंट। मैं भी सीख गया," फिर वह याद करके हँसने लगा, "पहली बार बिरयानी में इतना पानी पड़ गया कि वह सूप बन गई। उसने कहा था, 'पानी अन्दाज़ से', तो हमें कहाँ अन्दाज़ था!"

"मगर अब?"

"हाँ, बनाते-बनाते हाथ सध गया है," रूपसी ने कहा, "कई जगह हम बुलाए ही इसलिए जाते हैं।"

"और कहीं-कहीं इनके गाने की महफ़िल के लिए।"

रूपसी ने आँखों-आँखों में पति को बरजा।

"अगली बार दोस्तों को बुलाओ तो हमारी छुट्टी करना," बऊ ने कहा, "तुम गाना गाना और अर्को, तुम खाना बनाना।"

"कोई नहीं आएगा। सब तुम्हारे हाथ के दही बड़े और कचौरियाँ खाने आते हैं।"

बऊ को प्रशंसा अच्छी लगी, मुस्कराने लगीं।

"हाँ, मॉम, बलभद्दर रोज़ पूछते हैं—आज लंच क्या होगा। बाईस साल से यहीं हैं, एक बार भी लौटकर नहीं गए। उस दिन सारी बाजरे की खिचड़ी चट कर गए।"

"कल से उनके लिए भी पैक कर दिया करेंगे।"

"गद्गद हो जाएँगे," रूपसी ने कहा।

माँ मुस्करा दीं।

"क्या सोचने लगीं, मॉम?" रूपसी ने पूछा।

शुरू-शुरू में जब रूपसी उन्हें मॉम कहती थी, बऊ मुस्करा देती थीं। फिर समझ गईं, यहाँ का यही चलन है तो स्वीकार कर लिया। जैसे अल्हड़, बेशऊर लड़की को बहू के रूप में तब अनदेखा कर देती थीं, पर अब उसके चेहरे पर आत्माभिमान का तेज़ था—अपनी जीवन-नौका स्वयं संचालित करने का आत्म-गौरव और आत्मविश्वास। कितनी सुघड़, कितनी मैच्योर हो गई है यह लड़की!

"यही कि तुम लोग कितना बदल गए हो—कितना आत्मबल आया है, कितनी कर्मठता! सुबह इतनी जल्दी उठना, अस्पताल में सारा दिन बझी रहना, फिर घर आकर गिरस्ती चलाना—बहुत गर्व होता है।"

वह सास की ओर देखकर मुस्करा दी।

"हमने तो कल्पना ही नहीं की थी कि यहाँ सब कितना कुछ होगा तुम्हारे पास—घर-बँगला, मोटरकार, कितनी मशीनें, पूरे घर में एयर कंडिशनर!" बऊ ने लम्बी साँस ली।

"आपके पास वहाँ अमृतांशु हैं न—बँगला, चपरासी, धोबी, कुक—बच्चे, मानसी।"

बऊ ने लम्बी साँस ली, "सो तो है, मगर अर्को की कमी बहुत दुख देती है।"

"और मेरी नहीं?" उसने इठलाकर कहा।

"तुम बहुत आगे निकल गई हो दुलहिन," कहकर वह चुप हो गईं।

चार बेडरूम का बँगलानुमा खुला-खुला घर देखकर बऊ ने कहा, "इतना अच्छा घर, आगे-पीछे खुला, तलैया, बगीचा—क्यों अर्को, कित्ते का होगा?"

अर्कदीप्त हँसने लगा, "करोड़ों में बऊ। हम गले तक क़र्ज़े में डूबे हुए हैं।"

"अरे?"

"हाँ, यहाँ का यही चलन है—क़र्ज़ा लो, घर ख़रीदो, सजाओ, गाड़ी लो, पढ़ाई करो। हरेक के लिए क़र्ज़ा उपलब्ध।"

"तो यह सब उधार का?"

"नहीं बऊ, है तो अपना। हर महीने किस्तें भरते रहते हैं। रुपहली रानी यही चाहती थीं—इनके स्टेटस के अनुसार, नहीं, मैं तो किराये के फ़्लैट में ही ख़ुश रहता।"

बऊ चुप हो गईं। रूपसी मुस्करा रही थी—दर्प से, गर्व से। उसके चेहरे पर आत्मविश्वास की छाया थी।

"सच कहो तो यह सब रूपसी का ही उद्यम है, मैं तो साधन मात्र था। जैसे एक नाव को पानी में उतार दो, खेना तो नाविक को ही पड़ता है। मैंने नाव पानी में उतार दी, बस..."

"और उधर मानसी है, एक तिनका भी इधर से उधर नहीं करना पड़ता। बस, सज-धजकर या पार्टी या फिर सहेलियों के साथ शॉपिंग पर निकल जाना।"

"सबकी आकांक्षाएँ अलग-अलग होती हैं। मैं भी कोई सोचकर थोड़े ही आई

थी कि फिर से डॉक्टरी की पढ़ाई शुरू करूँगी, वह तो बस..."

"हुआ यह बऊ," अर्कदीप्त हँसते-हँसते कहने लगा, "हम लोग आने के तुरन्त बाद 'भारत मंडल' के पन्द्रह अगस्त के प्रोग्राम में गए थे। वहाँ कुर्सियाँ कम पड़ गईं तो एक संयोजक ने आकर इनसे कुर्सी ख़ाली करवा ली और तुरन्त आई एक महिला से कहा, 'यहाँ आप बैठिए डॉक्टर आर्या,' तो यह आगबबूला हो गईं, 'यह होते कौन हैं मुझसे कुर्सी ख़ाली करवाने वाले? और यह टेढ़े मुँह वाली डॉक्टर आर्या? मैं भी दिखा दूँगी। अगर डॉक्टर बनकर इनसे कुर्सी ख़ाली न करवा ली तो मेरा नाम भी रोली रॉय नहीं'।"

रूपसी मुस्करा भी रही थी, झेंप भी रही थी, "बड़ा इन्सल्टिंग लगा था। अरे, मैं तो अपने-आप अपने से बड़ों के लिए कुर्सी छोड़ देती। मगर जिस तरह से उन्होंने कहा, मुझे लगा कि मैं कोई कीड़ा-मकोड़ा होऊँ!"

"बस, फिर भाग्य ने साथ दिया। मेडिकल में जगह भी मिल गई, पहले साल की छूट भी। लोन भी चलता रहा। दूसरी बात थी—शिशिर का घर देखने के बाद इन्हें धुन थी कि कैलीफ़ोर्निया में रहना है, तो लो, हम आ गए यहाँ।"

"और तुम क्या करते रहे इतने सालों में?" बाबूजी अब तक चुपचाप सुन रहे थे।

"देखते नहीं हैं, घास काटता हूँ, बर्तन धोता हूँ। यह गाड़ी चलाती हैं और मैं अपनी साइकिल।"

"भई अर्को, तुम्हारी बाइक मुझे बहुत पसन्द आई है।"

"तो आप ही चलाइए बाबूजी, जब तक हैं। मैं रूपसी के साथ चला जाया करूँगा।"

"हाँ, थोड़े ही दिनों की तो बात है," रूपसी के मुँह से निकल गया।

बाबूजी ने चौंककर उसे देखा, फिर कहा, "अगर मन रम गया तो हम भी अवैध रूप से रह जाएँगे।"

रूपसी का चेहरा उतर गया।

माँ ने कहा, "हँसी कर रहे हैं। बिना बच्चों के इनका मन नहीं लगने वाला।"

रूपसी सुस्थ हुई—अर्कदीप्त ने सब देखा, आँका, पर चुप रहा।

हाँ, वह प्रसन्न है। कितना अजीब लगता है हँसना, खाने की मेज़ पर बैठकर देर तक बतियाना, जैसे बचपन की सारी निश्चिन्तता, सारी बेख़बरी एक प्यार की तमाम सतहों में गूँथी हुई हैं! कितना सादा था जीवन, मगर कभी किसी वस्तु का अभाव नहीं खला। घर में फ़ोन भी नहीं था, न टीवी, मगर दो अख़बार आते थे रोज़, और पड़ोस के पांडे जी, नहीं, वह मिश्रा जी नाश्ता करने के बाद चबूतरे की ओर बढ़ आते थे, अख़बार उठाकर पढ़ते थे। ताऊजी से ख़बरों पर बात करते थे, और फिर दोनों ही तैयार होकर अपने-अपने दफ़्तर चले जाते थे। उनके घर फ़ोन था, और कभी-कभार जब फ़ोन आता था तो उनकी एक मात्र बेटी, जो उससे कुछ

वर्ष बड़ी थी, संयत और गम्भीर—आकर बता जाती थी कि आपका फ़ोन आया है। उसका पढ़ाई में मन नहीं था। घर में रहकर हिन्दी की विद्याविनोदनी या ऐसे ही नाम के इम्तहानों की तैयारी करती रही थी।

अचानक उसके आगे दिल्ली का आसमान घूम गया। बसों, मोटरों के निरन्तर धुएँ से आच्छादित, नीचे देखो तो हर जगह कूड़ा; पत्ते, दोने, काग़ज़, मूँगफली के छिलके—कोई भी, कहीं भी, दीवार की तरफ़ मुँह करके खड़ा हो जाता था; कोई भी, कहीं भी सड़क पर थूक देता था।

मगर वह घर था, अपना। उसे सड़क का हर गड्ढा, हर मोड़, हर पेड़, उनसे झरती सूखी पीली पत्तियाँ याद हैं—किस मोड़ पर कौन खोमचे वाला बैठता है, अमरूद, बेर और फलों के ठेले वाले, छोले और कुल्चे वाले। कहाँ तिब्बती स्त्रियाँ बैठकर स्वेटर बुनती हैं, बातों की रौ में बुनती चली जाती हैं, कितनी लम्बी बाँहें किसकी होती हैं। जब वह घर-घर बेचने आईं तो स्वेटर देखकर ताईजी की हँसी नहीं रुकी। उन्हीं ने सुझाव दिया कि वह घरों से ऑर्डर लेकर स्वेटर बुनें, और उस व्यक्ति का नाप लेकर। उन्होंने भी दो स्वेटर बुनवाए थे—केवल उन्हें काम देने के लिए। अगले वर्ष उसने उस स्त्री को जनपथ पर शॉलें बेचते देखा था। वह जब रुका तो पहना हुआ अपना स्वेटर पहचानकर वह मुस्कराने लगी थी।

वह जान रहा है कि क्यों वह जान-बूझकर इन यादों पर अटका हुआ है। ये यादें एक डाट हैं, एक दीवार—बाद के जीवन की स्मृतियों को उमड़ पड़ने से रोकने के लिए वह लम्बी-लम्बी साँसें लेता है, जैसे अपने चित्त और शरीर को शान्त करने के लिए।

वह सब कुछ शेयर करेगा, न्यूयॉर्क और कैलीफ़ोर्निया का हरेक अनुभव—बस, वह शेयर नहीं कर सकता वह व्यथा, जो उसकी हर शिरा में अन्दर तक जमकर बैठ गई है। शिशिर से भी नहीं। शिशिर भी कितना बदल गया है, गम्भीर हो गया, संवेदनशील! अब पत्नी है, बेटा है, अपनी कम्पनी है जिसे विस्तृत करने की योजना है।

रोली रॉय है, उसकी भोली मगर महत्त्वाकांक्षी पत्नी, जिसे उसने हर क़दम पर बढ़ावा दिया है। अब उसके चेहरे पर भोलापन नहीं रहा है बल्कि एक दृढ़निश्चयी कर्मठता जिसने उसके चेहरे और व्यक्तित्व में एक नई काट ला दी है।

वह कहना चाहता है, मैं थक गया हूँ बऊ—माँ—धारा के विरुद्ध तैरते तैरते। मैंने भाग्य से ऐसा क्या माँग लिया था जो नक्षत्र न दे सके?

"आओ, चाय बन गई है," माँ कह रही हैं। वह अपनी सूती धोती पहने हैं—उसी तरीक़े से, जैसे अभी-अभी ताऊजी के सम्मुख जाना है।

"हमें अपनी चाय लानी चाहिए थी," वह कहती हैं, "यहाँ की चाय में तो स्वाद ही नहीं है। इंडियन स्टोर की चाय न जाने कितने बरसों पुरानी—न रंग, न स्वाद!"

"अगली बार ले आएँगे," बाबूजी ने कहा, "और फिर तो हम आएँगे ही, जैसे

सारे दादा-दादी आते हैं—नाती-पोतों को पालने-पोसने।"

"आप जब चाहें, आएँ," अर्को ने कहा, "मगर यदि नाती-पोते खिलाने की इच्छा है तो..."

"अरे शुभ-शुभ बोलो," माँ ने बरज दिया।

रूपसी चुप रही। पहले अमेरिका, फिर पढ़ाई, फिर प्रैक्टिस में पैर जमाने—उसके पास समय नहीं है बच्चे पैदा करके, दूसरी औरतों के हाथों पलने देने का। माँ-बाबूजी आएँगे, चार-छः महीने रहेंगे मगर बच्चे की सारी ज़िम्मेदारी तो उसी पर आ पड़ेगी। उसे अर्कदीप्त से कोई आशा नहीं है कि वह शिशु के पालन-पोषण में मदद करेगा। जानती है, वह निर्लिप्त ही रहेगा।

मगर माँ हैं, घूम-फिरकर उसी बात पर लौट आती हैं।

"लड़का होगा तो उसका नाम हम पुष्पहास रखेंगे, और बिगड़ने नहीं देंगे कि पप्पू कहने लगो। कितने अच्छे नाम रखे हैं उन बच्चों के, मगर हो गए हैं दीमा, साशा और बबलू।"

वह हँसने लगता है, "समय आने पर नाम तुम्हारी ही पसन्द का होगा—पुष्पहास—क्यों रुपहली?"

"हाँ, अच्छा नाम है, मगर अभी समय नहीं आया है," उसने कहा।

"आ जाएगा, आ जाएगा," माँ ने मुस्कराते हुए कहा, "जब तुम्हें लगे तो... अर्को ने आने में अट्ठारह साल लगा दिये थे।"

माँ को मशीनों में चटनी या मसाला पीसना पसन्द नहीं था।

"तुम्हारे घर में सिलबट्टा नहीं है?" उन्होंने रूपसी से पूछा था।

वह मुस्करा दी थी, "यहाँ सिलबट्टे की ज़रूरत नही होती।"

माँ को आदत थी, मथानी से दही मथकर लस्सी बनाने की। प्रारम्भ में वह रोज़ रात को दही जमाती थीं। फिर न जाने क्यों वह चुप हो गईं और बाज़ार से ही दही ख़रीदने लगीं, और मशीनों में चटनी, मसाले पीसने लगीं। कई बार अचार डालने को कहती रहीं, फिर वह भी कहना छोड़ दिया और बाज़ार के ही प्रयोग करने लगीं। कभी-कभी कहतीं, "यहाँ कितनी अच्छी धूप निकलती है, मँगौड़ियों के लिए!" फिर चुप हो गईं।

वह इस सबसे कितनी दूर चलता जा रहा है—इस नौकरी से, इस गृहस्थी से? हाँ, इस पत्नी से भी? उसके मन में धीरे-धीरे कुछ-कुछ उमड़ता है, उसका क्या करे, समझ नहीं पाता। कितने जतन से, कितनी मेहनत से, कितनी लगन से रूपसी के साथ जीवन का नया अध्याय प्रारम्भ करने का प्रयत्न किया था! समझौतों के साथ जीना सीख लिया था। पर डॉ. हाइनर की मृत्यु के बाद उसे एक बार फिर लगने लगा है कि यह सब जो सुखी, सन्तुष्ट, समृद्ध जीवन का ताना-बाना बुनकर

अपने को उसके केन्द्र में स्थापित कर लिया है, वह सब प्रवंचना ही तो है। जैसे इस मृत्यु ने उसे कोंचकर जता दिया है कि वह बरसों से एक रिक्त, प्रेमहीन, नीरस जीवन जीता आया है। आपादमस्तक सुख का संचार क्या होता है, वह चख चुका है। उनकी मृत्यु की ख़बर सुनकर वह धक् से रह गया था। वह बीमार चल रही हैं, जानता था। क्षितिज पर मृत्यु खड़ी उनकी प्रतीक्षा कर रही है, वह भी जानती थीं और अर्कदीप्त भी। फिर भी मृत्यु तो मृत्यु है। जैसे उसके जीवन का एक चरण समाप्त हो गया।

रूपसी के मित्रों का दायरा कितना विस्तृत है! माँ और बाबूजी देख रहे हैं—नये-नये लोग, नये-नये घर, नई जीवन-पद्धति। सब आत्मसात करती है।

"अरे अर्को," वह कहती हैं, "तुम कितना आगे बढ़ आए हो!"

वह कहना चाहता है, 'नहीं माँ, मैं तो उसी खाई, खंदक और कुएँ में छटपटा रहा हूँ। यह सब नाटक है, जो मैं बरसों से करता आ रहा हूँ और सबको भरमा लिया है, अब तुम भी उसी जाल में फँस गईं।'

पर मुस्कराता है।

"ये तो सुनहले दम्पति हैं, गोल्डेन कपल," अस्पताल की सहयोगिनी कहती है, "रोली कितनी सुन्दर, पर कितनी विनीत! हर उत्सव में गाकर जैसे रस की धार उँडेल देती है, और अर्कदीप्त—कितने धीर, गम्भीर, तेजस्वी!"

माँ ने कुछ नहीं कहा। रूपसी मुस्कराने लगी। वह चुप रहा।

माँ के चेहरे पर चमक आ गई। उन्हें अच्छा लगता है जब रूपसी के साथी, सहयोगी बिना बुलाए आ जाते हैं, "क्या बना रही हैं मॉम?"

वह जगत-मॉम हो गई हैं। उन्हें अच्छा लगता है कभी किसी ने इतनी प्रशंसा नहीं की, न चाव से खाया—गाजर का हलवा, या मटर, बड़ियाँ, या ढेकुआ।

बलभद्दर और उनकी पत्नी, माँ से उनकी बहुत पटती है। माँ को भी उनसे बतियाना अच्छा लगता है। रूपसी के साथ अक्सर अधिक लंच पैक कर देती हैं। रूपसी भी प्रसन्न है, घर के खाने-पकाने से छुट्टी और बाज़ार-हाट से भी। पर अचानक माँ का मन वापस जाने के लिए अधीर होने लगा है।

"हम लोगों के पास रहकर थक गई हैं मॉम!" रूपसी ने कहा।

"नहीं," माँ ने सोच में पड़े-पड़े कहा, "छोड़कर जाने के ख़याल से दिल फटता है, पर वहाँ बच्चे याद करते हैं। बबलू हुड़क गया होगा..."

जाने के दो-तीन दिन पहले, जब वे सब साथ बैठे हैं, खाने के बाद माँ उठकर अपने कमरे में गई हैं और लाल मखमल की थैली लाकर अर्को को पकड़ा देती हैं।

"ताईजी तुम्हें देने को कह गई थीं। तुम्हारी दुलहिन पहनेगी।"

अर्को थैली में हाथ डालता है, "अरे, यह तो सोने की हँसुली है, ताईजी ने हमारी शादी में पहनी थी।"

रूपसी ने उसके हाथ से थैली ले ली, "यह तो एकदम पुराने स्टाइल की।—अब कौन पहनता है हँसुली? मॉम, इसे बदलवाकर पिंडी ब्रदर्स से आपके लिए चूड़ियाँ लिवा दें?"

"नहीं, यह ताईजी की धरोहर है," अर्कदीप्त ने उसके हाथ से थैली ले ली। "माँ को चूड़ी देना चाहती हो तो जाकर ख़रीदवा दो।"

"अरे, नहीं-नहीं, हमें नहीं चाहिए चूड़ियाँ—कम-से-कम अभी...। जब बाल-बच्चा हो तो बनवा देना।"

कमरे में एकदम चुप्पी छा गई।

"हम तभी आएँगे दोबारा, जैसे सब दादा-दादी आते हैं," बाबूजी ने हँसते हुए कहा।

रूपसी की ओर देखकर माँ चुप हो गईं। उसके चेहरे से लग रहा था कि उसे यह वार्तालाप बिलकुल नहीं रुच रहा है।

"तुम्हारी अँगूठी क्या हुई?" उन्होंने बात बदल दी।

"अँगूठी?" अर्कदीप्त ने कहा, "कौन-सी अँगूठी?"

"लो, भूल गए?—ज्योतिषी ने कहा—हीरे की अँगूठी पहनाकर भेजो, थीसिस लिखेगा तो बहुत यश मिलेगा।"

"हाँ, अच्छा—वह?" अर्कदीप्त की समझ में नहीं आया, क्या कहे।

'हीरे की अँगूठी'—उसे याद आया—'कहाँ से बन पाएगी इतनी महँगी अँगूठी?'

तो बाबूजी ने कहा—'अरे, हमारी अँगूठी इसे पहना दो। वही, जो तुम्हारे किसी पूर्वज की थी, जो हमारी सास ने हमें सगाई पर पहनाई थी।'

बऊ हिचक गईं, 'वह तो हमारे परिवार में...सही कह रहे हैं, वह अँगूठी अर्को को ही मिलनी चाहिए।'

पूजा करवाकर, विधि-विधान से अर्को को पहनाई गई थी।

'मुझे शर्म आ रही है अँगूठी पहनकर।'

'अब मिल रही है तो पहन लो,' पंडित जी ने कहा। 'उत्तम नग है। अब तो न जाने कितनी क़ीमत होगी।'

'सँभालकर रखना। गुमा मत देना,' ताईजी ने कहा, 'तुम्हारा क्या भरोसा! खानदानी रतन है।'

'रतन तो वह ख़ुद है,' बऊ ने लाड़ से कहा था।

'हुँह!' ताईजी बोलीं।

माँ उत्तर की आशा में उसे देख रही थीं।

"है," अर्कदीप्त ने कहा। बऊ आश्वस्त लगीं।

कितनी सजी थी उसके हाथ में! हर वक़्त पहने रहती थी—किचेन में भी वह उस अँगूठी को...।

"है," उसने फिर कहा, "उतार दी थी—फिर दोबारा नहीं पहनी।"

बऊ चुप रहीं, फिर बोलीं, "सँभालकर रखना, हमारे बाप-दादों की निशानी है।"

"हाँ, हाँ, फ़िक्र मत करो," अर्कदीप्त ने दिलासा दिया।

रूपसी अवाक् है, "ऐसा कैसे?"

"क्यों, क्या हुआ?" अर्कदीप्त ने कम्प्यूटर से आँख उठाकर पूछा।

"शिशिर जी और नैना का विच्छेद हो गया।"

"वह तो होना ही था," अर्कदीप्त ने उठते हुए कहा, "नैना जैसी असम्भव स्त्री से विच्छेद तो होना ही था।"

रूपसी चुप रही। कुछ देर बाद बोली, "बहुत आत्मलिप्त थी—बहुत स्वार्थी। किसी को सह नहीं सकती थी अपने और बच्चों के सिवा।"

अर्कदीप्त ने उठते हुए कहा, "सब तरह के लोग होते हैं। शिशिर को तो पता था—वह उद्यत था।"

"फिर ब्याह क्यों किया?"

"पसन्द आ गई थी, प्यार हो गया था," अर्कदीप्त हँसा, "हर पुरुष कभी न कभी..." उसने बात पूरी नहीं की।

"सेल्फ़िश तो थी। हम जाकर रहे थे तो पूरा-पूरा काम हमीं से करवाया था। पड़ी सोती रहती थी या तैयार होकर बाहर चली जाती थी। घर में कुछ खाने-पीने को भी नहीं था—ख़ुद ही ख़रीदो, बनाओ, खाओ। हाँ, खाने के वक़्त कभी-कभी साथ आकर बैठ जाती थी।... तो अब, शिशिर का क्या होगा?"

"होगा क्या!" अर्कदीप्त हँसा, "तुम्हें बचकर रहना होगा। मालूम है, शिशिर की कम्पनी बिकने वाली है?"

"हैं! बिकने वाली है? डूब रही है क्या?"

"नहीं, एक बड़ी कम्पनी ख़रीदने वाली है। अब हमारा शिशिर अरब-खरबपति बन जाएगा। डाइवोर्स की वजह से रुका हुआ था, आधा पैसा नैना को चला जाता।"

रूपसी ने लम्बी साँस ली, "अभी भी कितनी शानदार ज़िन्दगी गुज़ार रहे थे—क्या कमी थी?"

"नहीं, और महँगी कार—ऐसा बड़ा घर, जहाँ से समुद्र और पहाड़, दोनों दिखाई दें।"

रूपसी चुप रही।

"तुम घाटे में रहीं बेबी—निकम्मा पति मिला। कुछ भरोसा नहीं, कब जोगी बनकर घर से निकल जाए!"

"आप मज़ाक़ कर रहे हैं न?" रूपसी घबरा गई, "नहीं, नहीं, ऐसा सोचें भी न। मैं कितनी सुखी हूँ, बता नहीं सकती।" थोड़ी देर चुप रहने के बाद बोली, "शायद आपको पूर्ण रूप से सुखी नहीं बना सकी। क्या करूँ, हूँ ही ऐसी। बस, अपनी इच्छा-पूर्ति की सोचती रही। और आप भी तो, मेरी हर बात मानते गए। भारत में उस प्राइवेट यूनिवर्सिटी में पढ़ाकर आप कितने सन्तुष्ट लगते थे, यहाँ सब कुछ होने पर भी हमेशा एक स्तर पर बेचैन ही रहते हैं।"

अर्कदीप्त हँसा, "अरे डॉक्टरनी साहिबा, आप एकदम ग़लत हैं," वह फिर गम्भीर हो गया, "तुम्हें ख़ुश देखकर मुझे अच्छा लगता है। वहाँ भारत में सुकून था, ताईजी थीं, माँ, बाबूजी, वहाँ की हलचल। हरेक से जुड़े होना, पड़ोसी थे, साथी थे, सहयोगी थे—यहाँ सब अपने-अपने में। पार्टियों में इकट्ठा होने पर भी सब अपने-अपने सम्पुटों में ही बन्द रहते हैं। यहाँ कोई किसी का नहीं है। पड़ोसी ऊपर से हलो-हाई कहते हैं, यह नहीं कि पड़ोस के मिश्राजी रोज़ अख़बार पढ़ने चले आते हैं और बाबूजी बतियाते हैं, या मिश्राइन ताईजी के साथ बैठकर मटर छिलवा रही हैं। एक अपना होने की अनुभूति थी, यहाँ आकर जैसे अपना स्व कहीं खो जाता है।"

"मगर मैंने तो अपना 'स्व' यहीं आकर पाया," रूपसी ने कहा, "अपने को समझा, अपनी ख़्वाहिशों को चीन्हा, वहाँ क्या थी? पहले मम्मी-पापा की ख़ूबसूरत बेटी, जिसे दुनिया की नज़रों से छिपाकर, ढँककर रहना पड़ा। फिर आपकी पत्नी, परिवार की दुलहिन। वहाँ कभी किसी ने मेरे मन को टटोला? मेरे मन की पूछी?"

"यह तुम ज़्यादती कर रही हो," अर्कदीप्त दफ़्तर जाने की तैयारी में काग़ज़ उलट-पलट रहा था, "सब कुछ तुम्हारी ख़ुशी के लिए ही तो हुआ। तुम विदेश आना चाहती थीं, आ गईं। डॉक्टर बनना चाहती थीं, वह भी हो गया। हाँ, शिशिर की तरह पैसे वाला नहीं बन सका, बन भी नहीं सकता हूँ। कैसे अपनी आत्मा का हनन करके तुम्हें सुखी बनाने की कोशिश करता हूँ शायद तुम समझ नहीं पाओगी।"

"आत्मा का हनन करके? अपने अन्दर की सम्भावनाओं को परिपूर्ण किया आपने। वहाँ क्या थे, एक लेक्चरर ही-तो-न! मैं क्या थी, एक गुडलुकिंग खिलौना।"

अर्कदीप्त ने वार्तालाप ख़त्म कर दिया, बैकपैक उठाकर कमरे से निकल गया।

सहसा यह धूप, यह विस्तृत नीला आकाश, यह सब बर्दाश्त के बाहर लगने लगा। बाबूजी के लगाए फूल हल्की-हल्की हवा में झूम रहे थे, रंग-बिरंगी पिटूनिया, लाल रंग की सेल्विया और छाँह में फूलों से पटी हुई बिगोनिया। क्रोटन कितने बड़े हो गए थे! उधर क्यारियों में हरे धनिये में बीज आ गए थे और मूली के पत्ते पीले पड़ गए थे। ये फूल गुलदान में सजाने वाले नहीं थे, केवल क्यारियों और गमलों

की शोभा ही थे। रहा धनिया और मूली, तो न उसे समय था, न रूपसी को। माँ चली न गई होतीं तो ज़रूर मूली के पराँठे और धनिये की चटनी बनातीं। वह याद करके हल्का-सा मुस्करा दिया।

डॉ. हाइनर की मृत्यु के तीन-चार महीने बाद उनकी शोकसभा थी। उनके बेटे ने फ़ोन करके अर्कदीप्त को ख़बर दी थी, और श्रद्धांजलि में कुछ शब्द बोलने को भी कहा था, "माँ की इच्छा थी।" एलेक्स ने कहा था, "वह अन्तिम संस्कार कैसे हो, कौन-सा संगीत हो, सब लिखकर मुझे दे गई थीं। उनकी शोकसभा में तुम दो शब्द कहो, उनकी इच्छा थी।"

उसने अपनी भावनाएँ गड्डमड्ड होती पाईं। उसे मालूम था कि उनका रोग असाध्य हो चुका है, इसीलिए वह आधुनिकतम इलाज के लिए अमेरिका शिफ़्ट हुई थीं। वह अर्कदीप्त को भूली नहीं थीं, इसलिए उसे अपने साथ न्यूयॉर्क ले आई थीं।

अर्कदीप्त ने स्पष्ट बता दिया था कि वह रिसर्च छोड़ चुका है। उनका साथ देगा, उनके काम का बोझ हल्का करेगा। मगर कीर्केगार्द? वह नहीं हो पाएगा। वह बहुत दूर चला गया है।

वह सौदामिनी से मिली थीं। उन्होंने अर्को का टूटना और बिखरना देखा था। उनकी दृष्टि में करुणा और सौहार्द था।

शिशिर तो हमेशा न्यूयॉर्क जाने को तैयार रहता था, "मैं भी चलूँगा शोकसभा में। बहुत अच्छी महिला थीं—प्रखर बुद्धि, वाणी कोमल, और आँखों में एक सौहार्द और समझ।"

उसने थोड़ा-सा कुछ बोलने की तैयारी की थी। रूपसी ने भी कई साल डॉ. हाइनर को देखा था। अर्कदीप्त के विचलित होने में उसने सहारा देने का प्रयत्न किया था।

शोकसभा की समाप्ति के बाद अर्कदीप्त ने कहा, "अब—शाम को क्या करना है, फ़्लाइट तो कल है?"

"मेरा मित्र है न, टेविल कौल। वह अपने छोटे से शहर का मेयर निर्वाचित हो गया है। उसने एक उत्सव रखा है—मैं जाऊँगा, तुम भी चलो। मन बहल जाएगा।"

न जाने क्यों, वह राज़ी हो गया। शायद सारी शाम होटल के कमरे में अपने विचारों के साथ बिताना एकाएक असह्य लगने लगा।

उत्सव में जाने के लिए शिशिर ने गाड़ी किराये पर ली थी। सामान होटल में ही छोड़कर वे कई घंटे ड्राइव करके उस छोटे से शहर में पहुँचे थे।

"यहाँ रात में रुक भी सकते हैं," शिशिर ने कहा, "अगर रात अधिक हो

गई, और मैं तो दो ड्रिंक्स से ज़्यादा ही पिऊँगा—तुम्हारा कोई भरोसा नहीं है। इधर ज़्यादा पीने लगे हो।"

"कहाँ, नहीं तो!" अर्कदीप्त ने कहा।

जगह सुन्दर थी। घने चीड़, शाहबलूत के दरख़्त और हरी घास के विस्तृत लॉन के पार एक इमारत। शायद विवाहों, पार्टियों और उत्सवों के लिए ही किराये पर ली जाती होगी। सामने चौड़ा-सा खुला बरामदा था। अन्दर एक बड़ा हॉल। जहाँ एक छोर पर स्टेज था और लकड़ी का डांस फ्लोर। बाहर की तरफ़ खुलती लम्बी-लम्बी, ऊँची खिड़कियाँ थीं, जिनके पास सदाबहार की झाड़ियाँ थीं।

पार्टी शुरू हो चुकी थी। वातावरण में बातचीत का रव था। उसे आतिथेय और कुछ अन्य परिचितों से मिलवाकर शिशिर भीड़ में खो गया और अर्कदीप्त, जो किसी को पहचानता नहीं था, लम्बे से बार के एक स्टूल पर जाकर बैठ गया।

तीन बारटेंडर थे, मगर अर्कदीप्त की ओर बार-बार एक युवती आ जाती थी और उसका गिलास तल तक पहुँचे, उसके पहले ही नया गिलास भरकर उसके सामने रख देती थी। वह भी हर बार टिप के लिए रखे गए गिलास में नोट डाल देता था। बार टेंडर काफ़ी काली थी और सोने के झुमके उसके कानों में सज रहे थे। वह कहीं की भी हो सकती थी—दक्षिण भारत की, जमैका की, ट्रिनीडाड की। अर्कदीप्त की इच्छा बात करने की नहीं थी, इसलिए उस युवती के मुस्कराने पर भी उसने कोई बात नहीं की, औपचारिक भी नहीं कि आप कहाँ से हैं? क्या पढ़ रही हैं? और उससे प्रत्युत्तर न पाकर युवती ने बार-बार मुस्कराना भी बन्द कर दिया। उसे नहीं मालूम कि उसने कितने गिलास बदले—बस, काउंटर पर रखी मूँगफलियाँ और नमकीन बादाम टूँगता रहा।

न चाहते हुए भी विचार बार-बार डॉ. हाइनर की ओर चले जाते थे। उनकी करुणा-भरी दृष्टि, वत्सल मुस्कान और शालीन व्यक्तित्व, और उन्हीं के कारण तो रूपसी का स्वप्न प्रतिफलित हो पाया था।

जब वह उठा तो उसने दो बातें जानीं : एक यह कि कई घंटों से लगातार पीते रहने के कारण उसे बहुत नशा चढ़ गया है; दूसरे, उसे बहुत ज़ोर की भूख लगी है।

बाथरूम की ओर जाते हुए उसकी दृष्टि डाइनिंग रूम पर पड़ी। लम्बी-लम्बी मेज़ें लगी थीं, उन पर सफ़ेद मेज़पोश थे, मगर वह ख़ाली थीं यानी कि डिनर में देर थी।

लौटकर वह कुछ देर बाहर के बरांडे में खड़ा रहा। हवा में ताज़गी थी और हल्की-सी ठंड भी—उसे अच्छा लगा। वह काफ़ी देर खड़ा रहा। लोग बराबर आ-जा रहे थे—बाहर आकर सिगरेट पीने, और फिर सिगरेट राखदानी में रगड़कर अन्दर चले जाते थे।

ठंडी हवा लगने से वह थोड़ा सुस्थ हुआ और अन्दर आया, तब आई उसे बाईं ओर के दरवाज़ों के बाहर से खाने की सुगन्ध। वह शायद पार्टी किचेन था।

दो पुरुष एक बड़े-से स्टोव पर कुछ बना रहे थे और उधर की ओर एक स्त्री एक दूसरे स्टोव के पास खड़ी थी। वहाँ रोशनी मद्धिम थी, इसलिए उसकी आकृति और चेहरा अँधेरे में था।

"कुछ खाने को मिलेगा?" उसके मुँह से अनायास निकला।

"डिनर में अभी समय है," पुरुष ने उसे मुड़कर देखा।

"कुछ भी, जो तैयार हो, ज़रा-सा..." अर्कदीप्त ने कहा। वह लड़खड़ा गया और उसने पास रखे स्टूल का सहारा लिया।

स्त्री ने बिना कुछ कहे देग में से ढक्कन हटाया और प्लेट में पुलाव परोसा। एक कोने में सात-आठ साल का लड़का बैठा अपने फ़ोन पर कुछ खेल रहा था। स्त्री ने उसे बहुत मद्धिम स्वर में क्या कहकर बुलाया, अर्कदीप्त समझा नहीं। स्त्री ने जब प्लेट बच्चे को पकड़ाई, तो हल्के उजाले में एक कौंध हुई—शायद स्त्री के हाथ की अँगूठी की। उसने लड़के से क्या कहा—कोशिश करने पर भी वह सुन नहीं पाया। स्त्री के हाथ से लड़के ने प्लेट पकड़ ली और अर्कदीप्त की बाँह पकड़कर कहा, "चलिए।"

स्त्री अभी भी अँधेरे में हटकर खड़ी थी, "बहुत-बहुत थैंक्स। मेरा नाम अर्कदीप्त है—अर्कदीप्त रॉय।" उसने कहा, क्यों? वह स्वयं नहीं जानता।

वह चुप थी। निश्चल खड़ी थी, अँधेरे में।

अर्कदीप्त लड़के के साथ बाहर आया, लड़के ने उसका हाथ पकड़ लिया। ऊपर की मंज़िल पर जाकर लड़के ने प्लेट एक छोटी-सी मेज़ पर रख दी। एक ठंडे पानी की बोतल कहीं से लाकर उसे पकड़ा दी, "और कुछ?" लड़के ने पूछा।

"नहीं, थैंक्स।"

अर्कदीप्त ने जेब से दस डॉलर का नोट निकालकर लड़के को पकड़ा दिया। लड़का पहले ठिठका, फिर हँस दिया। बोला, "थैंक्यू। आपका ब्रीफ़केस पहले वाले बेडरूम में रख दिया है," और कूदता हुआ तेज़ी से सीढ़ियाँ उतरकर नीचे चला गया।

ऊपर की इस मंज़िल में बड़ा-सा लाउंज था, जहाँ कुछ जगह छोड़कर छोटी-छोटी गोल मेज़ें और चार-चार कुर्सियाँ लगी हुई थीं। एक ओर कई सोफ़े थे, मेज़ पर अख़बार और मैगज़ीनें रखी थीं। दाहिनी ओर कुछ कमरे थे, शायद रात को ठहरने वाले मेहमानों के लिए। सामने बड़ी-बड़ी खिड़कियों के बाहर अँधेरा था। लाउंज में कम ही लोग थे। एक-दो मेज़ों के इर्द-गिर्द, सोफ़े पर दो-तीन स्त्रियाँ बैठी मन्द स्वर में बात कर रही थीं।

उसने जल्दी-जल्दी आधी प्लेट साफ़ कर दी। बोतल उठाकर पानी पिया तो अन्दर से सब एकदम बाहर उमड़ता लगा। उसने जल्दी से उठकर बाथरूम का दरवाज़ा खोला और एक बाढ़ में सारा खाना और सारी शराब बाहर निकल आई।

वह बहुत देर वहाँ स्टूल पर बैठा रहा—कितनी देर, उसे स्वयं पता नहीं। इस बीच में बाहर का दरवाज़ा कई बार खुला और बन्द हुआ। शायद उसने अन्दर कुंडी नहीं लगाई होगी, और हर बार 'सॉरी' कहकर बन्द कर दिया गया।

उसे मालूम नहीं, वह कितनी देर वहाँ बैठा रहा और जब कुछ सुस्थ होने का आभास हुआ तो वह बाहर आया। उसका सिर तब भी चकरा रहा था और पैर ऐसे अशक्त थे कि अब गिरा।

कमरे का दरवाज़ा हाथ लगाते ही खुल गया। वह बिना सोचे-समझे पलंग पर लुढ़क गया—सारे कपड़े पहने-पहने। उसे तन्द्रा ने आ घेरा या नशे ने, उसे स्वयं नहीं मालूम।

वह रात-भर सपने ही देखता रहा था, शायद।

कितने मीठे, आह्लादकारी सपने थे वे! ऐसे सपने कब आते हैं कि कोई पहचाना-सा उसे प्यार करता रहे—और वह भी तो खुलकर उसे?

तेज़ धूप की चौंध से उसकी आँख खुली। वह कुछ देर 'कहाँ हूँ, क्या हुआ' सोचता हुआ निश्चल पड़ा रहा।

कैसा मीठा, कितना सुन्दर सपना था—वह सोचने लगा। वह रात-भर किसी को प्यार करता रहा था, शरीर कोमल भी था और लचीला भी। अनजाना-सा भी और पहचाना-सा भी। कैसा पागलपन उस पर छा गया था कि तृप्त ही नहीं हो रहा था—शराब के नशे ने कितना सुन्दर सपना दिया था उसे, वह मुस्कराया। ऐसे सपने कहाँ दीखते हैं? किस स्वप्नपरी की कृपा हो गई? अनायास, जब उसने ओढ़ने की चादर और कम्बल हटाया तो अपने को नितान्त निर्वस्त्र पाकर वह स्तब्ध रह गया। उसे विश्वास नहीं हुआ, तो क्या वह सपना नहीं था? ऐसा कैसे? वह लड़खड़ाता हुआ बिस्तर पर आकर गिर गया था, पर अब, हाथ की घड़ी के सिवा, जो कुछ हुआ—वास्तविकता थी।

कौन रही होगी वह स्त्री? क्या उसी की तरह पार्टी में आई हुई कोई मेहमान? क्या उसी तरह नशे में मदहोश कोई और आकर बिस्तर पर गिर गया था? सुबह जागते ही, भोर को उठकर चला गया, और वह सोता रह गया?

पार्टी में कितनी स्त्रियाँ थीं—क्या वह किसी और का कमरा था जहाँ आकर वह दूसरे के बिस्तर पर सो गया था?

मगर नहीं, कमरा ख़ाली था! वह लड़का यहीं तो उसका ब्रीफ़केस रख गया था।

उसकी पैंट, शर्ट, बनियान क़ायदे से तहाए हुए कुर्सी पर रखे थे, उसकी जैकेट कुर्सी के पीछे लटक रही थी। ब्रीफ़केस वहीं मेज़ के पास रखा हुआ था।

नीचे मेज़ पर नाश्ता लगा था, दो-तीन व्यक्ति नाश्ता कर रहे थे। एक अधेड़ दम्पति मेज़ के पास बैठे थे और एक व्यक्ति अख़बार पढ़ता हुआ कॉफ़ी पी रहा था।

वह अपने लिए कॉफ़ी उँड़ेल रहा था कि शिशिर अन्दर आया। उसके पास आकर उसके कन्धे पर हल्के-से धौल मारी और धीमे-से कहा, "वाह, यार!"

अर्कदीप्त चुप रहा।

"मैं तुम्हें ढूँढ़ता हुआ आया—पर पाया, तुम बिज़ी थे।"

"क्या बक रहे हो?" अर्कदीप्त ने चिढ़कर कहा, "मैं बहुत थका था। बहुत पी ली थी, चढ़ गई थी।"

शिशिर मुस्कराता रहा। 'वाह दोस्त' वाली मुस्कान।

"आई वाज़ सो सिक," अर्कदीप्त ने कहा, "बस, जाकर बिस्तर पर गिर गया—धुत् सोता रहा।"

"चलो, तुम कहते हो तो मान लेता हूँ," शिशिर हँस रहा था और असहमति में सिर हिला रहा था।

उसने जल्दी-जल्दी कॉफ़ी के कई घूँट लिये।

"चले रहे हो या रुकोगे?" शिशिर ने कहा।

"रुकूँगा क्यों?" अर्कदीप्त ने चिढ़े स्वर में कहा।

"मैंने सोचा," शिशिर ने कई घूँट लेकर कहा, "शायद फिर मिलने का प्लान हो।"

"बेकार की बातें मत करो शिशिर," वह चिड़चिड़ा गया।

असहज चुप्पी।

वह बड़ा-सा पार्टी वाला घर अब शान्त था।

दोनों नीचे आए। जब शिशिर गाड़ी लाने आगे गया तो अर्कदीप्त ने किचेन का दरवाज़ा खोला।

ख़ाली था—सन्नाटा।

क्या सचमुच वह सब यथार्थ था? सचमुच उसने एक पागलपन की हद से किसी स्त्री को प्यार किया था— क्या सचमुच वह अथक था? क्या वह जो अब तक संयत, शीलवान पति बना रहा था, पिछली रात एक पशु बन गया था? पर पाशवी प्रकृति उसका स्वभाव नहीं है, तो फिर? वह तो हमेशा से संकोची और संयत प्रकृति का व्यक्ति रहा था तो फिर क्या हो गया था उसे? क्या वह सब सचमुच हुआ था?

और अगर रूपसी को पता चल गया तो वह क्या करेगी?

मगर पता चलेगा कैसे—वह तो कहेगा नहीं, और शायद शिशिर भी नहीं।

रास्ते-भर दोनों चुप रहे। पाँच घंटों की यात्रा में भी। उनकी सीटें अलग-अलग थीं, अर्कदीप्त को कुछ राहत मिली। वह शिशिर की रहस्यमय, कौतुक-भरी दृष्टि बर्दाश्त नहीं कर पा रहा था।

अपराधबोध—वह अपने को खँगालता है, नहीं, बिलकुल नहीं। यह सच है, उसने एक अनजान, अनाम स्त्री को रात-भर प्यार किया था। हाँ, प्यार था—शरीरों का पाशविक संगम नहीं।

शिशिर एक रात अर्कदीप्त के पास ठहरने वाला था, पर उसने इरादा बदल दिया और एयरपोर्ट से ही आगे की फ़्लाइट लेकर अपने घर चला गया।

ताला खोलकर अन्दर जाने से पहले वह काफ़ी समय तक बाहर खड़ा रहा। अब वह स्वीकार कर रहा था कि पिछली रात कुछ हुआ था, और जो हुआ था, अब तक कभी उसके जीवन में नहीं हुआ था? क्या एक रात में, एक अनजान स्त्री से लगाव हो सकता है, जिसे जाना भी नहीं, देखा भी नहीं, जो ओस की एक बूँद की तरह होंठों पर आ टिकी और सुबह होते ही विलीन हो गई, जो कोमल भी थी और अपना सुख लेने में एक हद तक कठोर भी?

केवल एक आभास, जो अब अपने घर के सामने खड़े होकर हुआ—कि यह सब एक छाया, एक छलना मात्र है। यह ईंट, पत्थर और लकड़ी का घर, ये पेड़-पौधे, फूल-पत्तियाँ—ये सब क्या हैं? एकदम अर्थहीन, खोखले। यात्रा से घर लौटने पर जो उछाह, जो हर्ष, अपनी जगह लौटने का सुख जो होना चाहिए था, कहाँ विलीन हो गया है?

वह कितनी देर खड़ा रहा, उसे मालूम नहीं। फिर घर का दरवाज़ा खुला और मुस्कान-भरा चेहरा लिये रूपसी नज़र आई।

वह चलकर उसके पास आ गई। ब्रीफ़केस लेते हुए उसने कहा, "आ गए?"

"ज़ाहिर है," अर्क ने कहा। उसका स्वर अपने-आप रूखा हो आया।

"मैं कल शाम से आपका इन्तज़ार कर रही थी। आपने फ़ोन भी नहीं किया।"

"समय नहीं मिला।"

'अगर मैं इस समय यहीं से लौट जाऊँ तो? वहीं जाऊँ, और उसी बिस्तर पर बैठकर उसके आने की प्रतीक्षा करूँ तो? और इसी तरह पूरी ज़िन्दगी, वहीं, उसके इन्तज़ार में बैठा रहूँ तो?'

रूपसी उसे ताक रही थी।

सूटकेस अन्दर घसीटते हुए अर्को ने कहा, "चलो।"

ऐसा ही सब कुछ चलता रहता, यदि शाम को रंगीन बनाने के लिए शिशिर उसे घसीटकर उस पार्टी में न ले जाता। यदि उसने इतनी न पी ली होती कि सुध-बुध न रहे, तो कम-से-कम एक बार उसका चेहरा तो देख लेता—उसका, जिसने रात-भर, बार-बार उसे प्यार किया था और उसने भी तो अपने सारे अंकुश, सेल्फ़-कंट्रोल को उस तूफ़ान में बह जाने दिया था।

सोचकर अब भी सिहरन होती थी।

वह एक ख़ज़ाने की तरह यह सब अपने दिल में छुपाए रहता।

उसे लगता, धूप में अब वह चमक नहीं रही, फूलों के रंग भी फीके पड़ गए हैं। उसके चारों ओर सब कुछ धुँधला-धुँधला, कोहराच्छन्न लगता। उसने याद

किया—महीनों हो गए और वह रूपसी के निकट नहीं गया, और जैसे रूपसी ने भी तो पहल नहीं की, कभी आकर उसकी पाटी पर नहीं बैठी, कभी आह्वान भरी मुस्कान से उसका स्वागत नहीं किया। वह अत्यन्त व्यस्त है अपनी डॉक्टरी की प्रैक्टिस में।

शायद रूपसी को भी अब उसकी ज़रूरत नहीं रही। अमेरिका आने का स्वप्न था, पूरा हो गया। डॉक्टर बनने की तमन्ना थी, बन गई। मातृत्व का सुख उसे अभी नहीं चाहिए। वह एक साधन था, एक सीढ़ी, 'और मैं?' वह सोचता, 'मैं भी तो अपने को धीरे-धीरे उससे दूर करता जा रहा हूँ। क्या वह समझती नहीं, या फिर...?'

वह सोचना बन्द कर देता है। रूपसी जो अनगढ़ प्रतिमा-सी बनकर उसके जीवन में आई थी, अब जैसे उसने सम्पूर्णता प्राप्त कर ली है। वह अब पूर्ण रूप से स्वतंत्र निर्णय लेने में समर्थ हो गई है।

"तुम प्रोफ़ेशनली इतनी प्रगति कर रही हो, देखकर सन्तोष होता है," अर्कदीप्त ने कहा।

"हाँ, है तो, पर हमें हरेक इच्छित वस्तु का मोल चुकाना पड़ता है," रूपसी ने कहा।

"कैसे?"

"देखिए, आप कितनी दूर चले गए हैं, स्वयं सम्पूर्ण—मैं इतनी व्यस्त हो गई हूँ कि हमारा जीवन एकदम मशीन-सा बन गया है।"

रूपसी की बात से अर्कदीप्त को आश्चर्य हुआ। वह भी ऐसा सोच सकती है? उसे भी दूरी महसूस होती है?

कहते हुए वह आकर अर्कदीप्त के बिस्तर पर बैठ गई। यही अवसर था उसे खींचकर बाँहों में भर लेने का, उस पर चुम्बनों की वर्षा करने का, उसे अनावृत करके दुलारने का।

पर अर्कदीप्त ने ऐसा कुछ नहीं किया। वह उठकर अपने पलंग पर चली गई और हाथ बढ़ाकर बिजली बुझा दी।

"लगता है, डॉ. हाइनर की मृत्यु से आपको बहुत गहरा सदमा पहुँचा है," रूपसी की बात पर वह चौंक गया। वह कहती गई, "इस बार आप कितने उदास रहने लगे हैं, कितने खोए-खोए! आपकी हँसी सुने अरसा हो गया।"

"मैं पहले ही कहाँ ज़्यादा हँसता था?"

"हाँ, सच है, आप तो हमेशा सीरियस ही रहते थे।"

रूपसी उसके पास बैठी थी—कितनी भोली, खुली-खुली, निर्दोष दृष्टि थी

उसकी! अपनी ही रौ में कहती गई, "मॉम-बाबूजी के जाने से घर कितना ख़ाली-ख़ाली हो गया है! कुछ दिन और रह जाते..."

"वीज़ा ख़त्म हो रहा था," उसने पत्रिका बन्द कर दी और रूपसी पर ध्यान दिया।

"और बबलू की याद भी आ रही थी। माँ कह गई हैं कि अगली बार तभी आऊँगी, जैसे..." वह शरमा गई। "जैसे और नानी, दादियाँ आती हैं।"

अर्कदीप्त चुप है। उसे देख रहा है। उसने उसके बदलते मूड को पहचाना है। इतनी बेवकूफ़ नहीं है रूपसी, जितना समझता आया है।

वह समझ रही है कि वह दूर होता जा रहा है—विरक्त, उचाट, खोया-खोया, तो बाँधना चाहती है। माँ भी समझा गई हैं, समय आ गया है, परिवार में वृद्धि होने का। सन्तान बाँध लेती है और पक्की डोर से।

"हाँ, डॉक्टर हाइनर से बरसों की पहचान थी—पहले जर्मनी में, फिर न्यूयॉर्क में," अर्कदीप्त ने कहा, "बहुत अच्छी स्कॉलर थीं, और अच्छी इंसान भी।"

"बत्ती बुझा दूँ?" उसने पूछा।

अर्कदीप्त चुप रहा। थोड़ी-सी शर्म हुई, थोड़ी ग्लानि, पर चुप रहा। कैसे बताऊँ रूपसी—तुम्हारे पति को उस रात एक स्त्री ने भरपूर प्यार किया था, और उसने भी तो, मदहोशी में ही; मगर उसने भी तो पूरी-पूरी भागीदारी की थी। विवाह के सारे वचनों को टूट जाने दिया था। तुम्हारा एक बार भी ख़याल नहीं आया।

"बुझा दो," उसने कहा और चादर खींचकर अपने को ढँक लिया।

तीन वर्ष समाप्त होने के बाद स्टूडेंट-वीज़ा क़ायम रखने के लिए उसे कुछ करना ही था। उसने फ़िलॉसफ़ी में पी-एच.डी. करते-करते, दूसरा एम.ए. करना चाहा। अमेरिकन पद्धति में प्राय: विद्यार्थी पी-एच.डी. करने के साथ-साथ कुछ कोर्स लेकर, परीक्षा देकर एम.ए. की डिग्री ले लेते थे, क्योंकि यहाँ बी.ए. के बाद भी पी-एच.डी. प्रोग्राम में स्थान मिल जाता था।

उसका वीज़ा तो बढ़ गया था, पढ़ाने का काम भी कम हो गया था। डॉ. हाइनर अधिकतर मेडिकल कारणों की वजह से कम पढ़ाती थीं। उसे नौकरी मिली थी एम.ए. के ही कारण, इस अपेक्षा से कि वह कुछ वर्षों में अपनी थीसिस पूरी कर लेगा। वह कीर्केगार्द कब का छोड़ चुका था, मन-ही-मन जानता था कि वह कभी इस नई पी-एच.डी. को पूरा नहीं करेगा। जब तक नौकरी चलेगी, चलेगी। पाँच साल बाद रिव्यू होने में समय था। तब तक—उसके बाद क्या होगा? उसने सोचना बन्द कर दिया था। रूपसी अपने काम में मग्न रहती थी—वेतन भी अच्छा था।

माँ और बाबूजी के जाने के बाद कुछ दिन जीवन पुराने ढर्रे पर चला। फिर डॉ. हाइनर की मृत्यु ने उसे दहला दिया, और साथ-साथ उस एक रात का प्रसंग—वह कभी याद करता, पर अधिकतर स्मृति को पीछे ढकेल देता।

आधुनिक भाषा एसोसिएशन की मीटिंग उस वर्ष सैन फ्रांसिस्को में थी, और साथ-साथ, उसी जगह विश्व फ़िलॉसफ़ी की भी। वह अनिच्छा से, दूसरे सहयोगियों के साथ उस मीटिंग में गया। पहले कितने चाव से जाता था, उसने याद किया। भाषण सुनता था, दूसरों के साथ विचारों का आदान-प्रदान होता था, वह सब छूट गया था। अब उसे न किसी का भाषण सुनने में रुचि थी, न स्वयं पर्चा पढ़ने में। मगर एक सहयोगी ने उसे एक सत्र का संचालन करने के लिए नियुक्त कर दिया था, तो उसे जाना पड़ा। सत्र का तीसरा पहर था, आख़िरी। समाप्ति पर जब वह निकला तो रिसेप्शन हॉल में भीड़ थी, मगर जब उसे एक परिचित चेहरा दिखाई दिया तो उसने अपने अन्दर हर्ष की हिलोर उठती पाई।

"विन्स-हांस," उसने पास जाकर कहा।

"अर्कों," विन्स हँसने लगा, "तुम यहाँ? कैसे हो? क्या कर रहे हो?"

वे दोनों एक ख़ाली मेज़ पाकर बैठ गए। औपचारिक बातें हुईं। तब तक हांस हाथ में बियर की दो बोतलें लेकर आता दीखा।

विन्स को बोस्टन कॉलेज में जर्मन पढ़ाने की नौकरी मिल गई थी, हांस को भी बोस्टन की एक टेक कम्पनी में। उन्होंने वाटर टाउन में घर ख़रीद लिया था, और जमे हुए लगे।

"तुम क्या पियोगे?" खड़े-खड़े हांस ने पूछा।

"कुछ नहीं, केवल पानी," अर्कदीप्त ने कहा।

"और बताओ, क्या हो रहा है तुम्हारे साथ? अच्छे दीख रहे हो," विन्स कहने लगा।

अर्कदीप्त के मन में एक-एक पुरानी स्मृति उमड़ने लगी। उसने ठंडे पानी का एक घूँट पिया।

"अच्छे दीख रहे हो अर्कों!" विन्स ने कहा। हांस बैठ गया और बोतल से बियर पीने लगा।

एकाएक विन्स ने कहा, "कुछ समय बाद वह तुम्हें ढूँढ़ती हुई आई थीं," उसे सौदामिनी कहने की ज़रूरत नहीं थी।

अब तीनों चुप हैं। अर्कदीप्त एकदम शून्य है।

"दरवाज़े पर खड़ी थीं—'अर्कों।' उन्होंने कहा, 'कहाँ है?' "

अर्कदीप्त चुप है। समझ नहीं पा रहा है, कैसे अपने को समेटे।

"हमने कहा—'अन्दर आइए,' तो अन्दर आईं, बैठीं, फिर पूछने लगीं—'अब अर्कों यहाँ नहीं रहता? कहाँ है? थीसिस लिख रहा होगा?'

"तो हमने कहा—'अर्को अब यहाँ नहीं रहता। वह इंडिया लौट गया है। आपके चले जाने के बाद उसका ब्रेकडाउन हो गया था। हम उसे अस्पताल ले गए, वहाँ बहुत दिन रहा। फिर सबने, डॉक्टरों ने, हमने यही सोचा कि उसके लिए वापस जाना ही ठीक रहेगा। शिशिर उसे ले गया।'

" 'और उसकी पी-एच.डी.?'

" 'छोड़ दी।' फिर मैंने उन्हें तुम्हारी शादी का कार्ड थमा दिया। वह बहुत देर चुप बैठी रहीं, फिर उठीं और चली गईं।"

अर्कदीप्त के सीने में कटार-सी चुभी है। उसने लम्बी साँस ली, जो सीने में अटककर रह गई।

"मुझे वापस नहीं आना चाहिए था। मुझे मालूम था कि वह लौटेगी।"

"नहीं, जो कुछ हुआ, सही हुआ। तुम्हारा ब्रेकडाउन हो गया था, तुम आत्महत्या पर उतारू थे। तुम्हें अपनों की ज़रूरत थी—उनके बीच, उनके प्यार की। अगर तुम कुछ कर लेते तो हम कभी अपने को माफ़ नहीं करते। सब कुछ, जो हुआ, सही हुआ," मितभाषी हांस, जो अब तक बियर पी रहा था, बोला।

अर्कदीप्त एकाएक उठ खड़ा हुआ, "चलता हूँ।"

वे दोनों उसे देखते रहे। उनकी दृष्टि में करुणा और सहानुभूति थी।

"अमेरिकन बियर में कोई स्वाद नहीं है," हांस ने कहा, "रुको न अर्को, कुछ समय हमारे साथ बैठो।"

पर वह भीड़ में खो गया।

अर्कदीप्त मीटिंग से गुमसुम लौटा। पाया कि घर फूलों और पौधों से भरा हुआ है। मुस्कराती हुई रूपसी ने दरवाज़ा खोला, "शिशिर बाबू आए हैं। देखिए, कितने फूल लाए हैं!"

शिशिर ने मुस्कराकर हलो कहा, "इतने सारे पौधे कौन सँभालेगा, डॉक्टरनी साहिबा?" अपने अन्दर के अन्धकार को पीछे ठेलते हुए उसने सबके साथ सुस्थ दीखने का प्रयत्न किया।

शिशिर हँस रहा था, "नक़ली हैं, प्लास्टिक के। तुम्हें तो नक़ली पौधे पसन्द हैं न, अर्को।"

अर्कदीप्त समझ गया कि वह उससे हँसी कर रहा है। उसका हारा हुआ, रुआँसा-सा चेहरा देखकर वातावरण को हल्का बना रहा है।

वह बैठ गया। पानी पीते हुए बोला, "तो तुम्हारी कम्पनी बिक गई?" उठती हुई आह को मसोस लिया, "अब क्या करोगे? नई कम्पनी के लिए पैसे उगाहोगे?"

"कुछ समय, कुछ नहीं। बाद में।"

"चाय?" रूपसी ने अर्को के कन्धे पर हाथ रखा।

"अरे, चाय छोड़ो। अभी हम शैम्पेन पिएँगे। फिर बाहर किसी अच्छी जगह जाकर खाना खाएँगे—है न, अर्को?"

अर्को का मन मुँह लपेटकर, अकेले रहने का था। वह एकांत में सोचना चाहता था। वह लौटी थी, उसे ढूँढ़ती हुई आई थी, और पाया क्या—अपने अर्को के विवाह का कार्ड! उसे कैसा लगा होगा?

'तो तुमने भी मुझे प्यार करना छोड़ा नहीं सौदामिनी? अन्ततः मैं ही तुम्हारा दोषी निकला, कमज़ोर था मैं, अवश। टूट गया—पागल हो गया।'

शिशिर ने बोतल खोलकर उसके हाथ में शैम्पेन का गिलास पकड़ा दिया।

"आज तुम भी," उसने मुड़कर रूपसी से कहा।

अर्कदीप्त गिलास के झाग में उठते-मिटते बुलबुले देखता रहा।

"मेरी मुक्ति का उत्सव," शिशिर ने गिलास ऊपर उठाते हुए कहा, "घर और नौकरी, दोनों से।"

रूपसी पीती नहीं, दो ड्रिंक से ही नशा आ जाता है। शिशिर और अर्कदीप्त तो आदी हैं, बोतल समाप्त करके ही मानेंगे।

शिशिर ने कहा, "स्विट्जरलैंड से तुम्हारे लिए एक छोटा-सा तोहफ़ा—ब्यूटिफुल।" उसने एक मखमल का डिब्बा रूपसी की ओर बढ़ाते हुए कहा।

रूपसी ने डिब्बा खोला। उसके मुँह से हर्ष की एक छोटी-सी चीख़ निकली, "इतनी सुन्दर घड़ी!"

"और यह तुम्हारे लिए," उसने दूसरा डिब्बा अर्कदीप्त को पकड़ा दिया।

"इतनी महँगी घड़ियों की क्या ज़रूरत थी?" रूपसी ने तकल्लुफ़ में कहा। मगर उसका चेहरा ख़ुशी से चमक रहा था।

अर्कदीप्त ने अपना डिब्बा खोला, "अरे, यह तो बिलकुल हांस की घड़ी की तरह है? धन्यवाद शिशिर। मगर इतनी महँगी घड़ियों की क्या ज़रूरत थी?"

शिशिर हँसा, "प्रसन्न हूँ कि तुम दोनों को पसन्द आईं। मुझे मालूम था कि तुम हांस जैसी घड़ी चाहते आ रहे थे—बरसों से। दीख गईं तो ले लीं।"

"थैंक्स शिशिर," उसने कहा।

"यहाँ की डॉक्टर स्त्रियाँ महँगा पर्स रखती हैं, और महँगी घड़ी, मगर सादे कपड़े। मुझे घड़ी की ज़रूरत भी थी," रूपसी ने कहा।

"अगली बार यूरोप गया तो पर्स भी आ जाएगा।"

"नहीं, नहीं, मेरा मतलब वह नहीं था," रूपसी ने जल्दी से कहा, "मगर घड़ी के लिए बहोत-बहोत धन्यवाद।"

"अच्छा, तैयार हो जाओ, बाहर चलेंगे। मुझे भूख लग रही है।"

वे कहाँ गए, क्या खाया, क्या बातें कीं, अर्कदीप्त जैसे बेहोशी, एक स्तब्धता की दशा में था। उसके मन में बस एक बात बार-बार गूँज रही थी : वह आई

थी—'अर्को कहाँ है?' उसने पूछा था। और विवाह का निमंत्रण-पत्र देखकर वापस चली गई थी।

'कहाँ हो सौदामिनी, एक बार तो बस पुकार भर लो। मैं सब छोड़-छाड़कर तुम्हारे पास भागता हुआ चला आऊँगा।'

वह जान रहा था कि न वह पुकारेगी, न वह जा पाएगा। ऐसे ही पतझड़ बसा रहेगा ज़िन्दगी में।

रूपसी ने हँसकर कहा, "चलो, लड्डू फूटा तो एक-दो बूँदी हमें भी मिल गई—ताईजी की कहनावत।"

वह मुस्करा दिया।

रूपसी की सीमा थी, दो ड्रिंक। शिशिर के स्कॉच की कोई सीमा नहीं थी। अर्को शिशिर के साथ ही काफ़ी मात्रा में पी जाता था जो रूपसी को पसन्द नहीं था, मगर अब की बात कुछ और थी—शिशिर अपनी मुक्ति का सेलीब्रेशन कर रहा था।

वह दो ड्रिंक के बाद उठ खड़ी हुई, "कुछ खाने का समय हो रहा है, बाहर से मँगाएँगे?"

"अरे अर्को, आज तुम्हारे हाथ की बिरयानी खाने का मन हो रहा है," शिशिर सोफ़े की टेक लगाकर बैठ गया था, "वैसी ही, जैसे 'नमस्ते इंडिया' में खाया करते थे। क्या स्वाद था! तुमने तो सीख ली थी?"

शिशिर अपनी रौ में कुछ और न कह बैठे, अर्कदीप्त ने झट से कहा, "नहीं शिशिर, वह तो रहमानुल्ला की बिरयानी होती थी। तुम्हें नशा चढ़ गया है।"

"नशे से क्या हुआ?" शिशिर सतर्क होकर बैठ गया, "मुझे अच्छी तरह याद है, संडे बूफे में वह बिरयानी होती थी, तुमने मेरे सामने उससे..." वह थोड़ा रुका, "शेफ़ से रेसिपी माँगी थी। उसने कहा था—अगले संडे को आ जाइएगा, देख लीजिएगा कि कैसे बनती है—कहा था कि नहीं?"

"कहा होगा, कहा होगा। मुझे याद नहीं है," अर्कदीप्त ने तुरन्त बात बदल दी, "चलो, यह कह रहा है तो बनाए देते हैं। सामान है?"

वह उठ खड़ी हुई, "मैं सामान जुटाती हूँ।"

"सुनो, चावल भिगो देना। मैं कपड़े बदलकर आता हूँ।"

उठते हुए उसे चक्कर-सा आ गया, साथ ही साथ उस उत्सव में, अँधेरे में खड़ी उस स्त्री के हाथ, उसका चेहरा नहीं दीख रहा था, केवल उसे प्लेट पकड़ाते हुए अँगूठी का नग चमका था। तब उसे ध्यान नहीं आया था, मगर अब? दफ़्तर के कपड़े उतार करके कपड़े बदलते हुए एक बार फिर उसे उस रात की याद आ गई। उसने अपने पूरे शरीर में एक सिहरन अनुभव की।

वह स्वप्न नहीं था, यथार्थ था।

बहुत वर्षों बाद, मन में एक बहुत पहचानी-सी मौन चीख़ उभरी।

वह ज़ख्म, वह याद, वह खोजने का मतवाला पागलपन अभी भी अन्दर वैसे ही, उसी तीव्रता से पैठा हुआ है।

"चावल भिगो दिये हैं, मैं मसाला तैयार कर दूँ?"

वह लौट आया। संयत स्वर में बोला, "मैं आ रहा हूँ, शिशिर!"

वह धीमे-से हँसी, "झपकी ले रहे हैं, शायद बहुत..."

"थका हुआ भी होगा, सोने दो। खाना तैयार होने पर जगा लेंगे।"

पर शिशिर दरवाज़े पर आकर खड़ा हो गया, "यहाँ प्रेमालाप चल रहा है, उधर मेरे प्राण निकल रहे हैं भूख के कारण।"

अर्कदीप्त ने हँसकर उसे बैठक की तरफ़ मोड़ दिया, "बस, अभी जा रहा हूँ बनाने। ज़रा-सा भी इन्तज़ार नहीं होता!"

"नहीं होता, न करूँगा," शिशिर ने कहा, "चलो रुप्पो, हम-तुम चलकर बैठें। इस इडियट को किचेन में काम करने दो।"

उसने रूपसी का हाथ अपने हाथ में ले लिया, "अरे, पहन ली? देखो, कितनी फब रही है! तुम्हें तो रानी की तरह रहना चाहिए।"

रूपसी ने शरमाकर हाथ खींच लिया, "मुझे आपके मित्र रानी बनाकर ही रखते हैं।"

"खाक़ रखता है यह अहमक़!"

अर्कदीप्त कमरे में आया। उसके हाथ में वाइन की बोतल थी। गिलास में ढालता हुआ बोला, "लो शिशिर। बस, खाना तैयार ही समझो।"

रूपसी झट से उठ खड़ी हुई। उसका चेहरा तप रहा था। प्रशंसा अच्छी भी लग रही थी और डर भी लग रहा था कि शिशिर कुछ ऐसा न कह दे कि मित्रता में दरार आ जाए।

"यह सब क्या है?" रूपसी पूछ रही है।

उसने इतने सालों बाद अपना सूटकेस खोला है।

"मेरा पुराना सूटकेस, जर्मनी से आया था, कभी खोला ही नहीं। अब बाबूजी उठाकर ले आए, क्योंकि गोल मार्केट का घर तो ख़ाली करना है न!"

"ज़रा खोलिए, देखें," वह हँस रही है, "ये आपके कपड़े हैं? आप तब इतनी फैंसी अंडरवियर पहनते थे? कभी यहाँ नहीं पहनी!"

वह झेंप गया, "वहाँ मेरे रूममेट्स ऐसे ही कपड़े पहनते थे, एकदम टाइट जीन्स के नीचे।" मन में सोचा, 'तुम्हारे लिए पहनने की ज़रूरत क्या है?' पर चुप रहा। रूपसी के हाथों से कपड़े लेकर अलग रख दिये।

फिर निकली फ़ाइलें—कम्प्यूटर के छापे की, चैप्टर वन, चैप्टर टू, चैप्टर थ्री, और फिर बेतरतीब पृष्ठों की गड्डी। अर्कदीप्त के मन में कचोट-सी उठी। उसने फ़ाइलें अलग करके रख दीं, उपेक्षा से।

"थीसिस पूरी कर लेते। इतना सारा काम तो हो गया था, बस—थोड़ी-सी ही तो बची होगी।"

वह अर्कदीप्त का चेहरा देखकर चुप हो गई।

"चुप क्यों हो गईं?" वह चिड़चिड़ा उठा, "थीसिस पूरी कर लेता, पी-एच. डी. की डिग्री हाथ में आ जाती, किसी बड़ी यूनिवर्सिटी में पढ़ाने लगता—तब भी शिशिर की बराबरी नहीं कर पाता। उसकी अपनी कम्पनी है, तुम्हारे ज़ेहन में तो वही स्टैंडर्ड बस गया है। दिन पर दिन बदलती जा रही हो—एकदम मैटीरियलिस्टिक..."

"ऊँचा उठने की आशा करने में क्या हर्ज है? यह तो अमेरिकन ड्रीम है," रूपसी ने कहा।

"हाँ, वह तो ब्याह से पहले से ही तुम्हारा था—अपनी दीदी की सम्पन्नता देखकर। अपने जीजा की तरह कोई क्यों नहीं ढूँढ़ लिया—मैंने तो पहली बार मिलने पर बता दिया था।"

"आप भी कहाँ की बात कहाँ ले आए?" वह आँखें पोंछती कमरे से चली गई।

अर्कदीप्त देर तक पृष्ठ पलटता रहा—डॉ. हाइनर का प्रतिभा-मंडल, उनका कोमल स्वर, उनकी आँखों में मेधा की चमक—और उस लाइब्रेरी के कोष्ठक की महक, पुरानी अनछुई किताबों की, सौदामिनी की हथेली में बसी कोई अनजान-सी ख़ुशबू। उसने काग़ज़ अलग रख दिये। वह पलंग पर चुपचाप बैठा रहा। सन्दूक़ से बहुत दिनों से बन्द सीलन की महक निकलकर मँडराने लगी थी। खिड़की से बाहर सूर्य चमक रहा था। उस प्रकाश में आकाश की नीलाभ आभा धुल गई थी।

सब ओर सन्नाटा था। रूपसी रूठकर अपने कमरे में चली गई थी। वहाँ से कोई आवाज़ नहीं आ रही थी। दरवाज़ा बन्द था।

अर्कदीप्त ने लम्बी साँस ली। उसने अपने को बेहद थका महसूस किया। कपड़े सूटकेस में वापस ठूँस दिये और काग़ज़ कूड़े के डिब्बे में डाल दिये। देखता रहा कमरे के बीच खड़े सूटकेस को, फ़र्नीचर और खिड़की के बाहर आकाश को, जैसे उसकी आँखें दृष्टिहीन हो गई थीं!

शाम तक घर में सन्नाटा रहा। वह भी अपनी स्टडी में बैठा रहा—गुम-सुम, ख़ाली, विचारहीन। कॉफ़ी या चाय तक न बनाई, न पी। जब रूपसी हल्के-से कमरे में आई तब भी उसने मुड़कर नहीं देखा।

वह पास आकर बैठ गई, "डिनर बनाने जा रही हूँ, क्या खाएँगे?"

"कुछ भी, जो तुम चाहो," उसका स्वर रूखा था।

"क्या होता जा रहा है आपको?" उसने कहा, "जब से डॉ. हाइनर की शोकसभा से लौटे हैं, बदले-बदले से हैं—दूर-दूर, अपने में खोए-खोए। मैं तो जैसे घर में हूँ ही नहीं।"

वह समझ नहीं पाया कि क्या कहे, चुप रहा।

फिर धीरे-से कहा, "तंग आ गया हूँ इस भाग-दौड़ की ज़िन्दगी से। सब कुछ छोड़ने का मन होने लगा है।"

"तो आपको रोका किसने है?" उसने कहा।

"हुँह," कहकर वह चुप हो गया। उसके बाद कुछ नहीं बोला।

रूपसी ने जो खाना बनाया था, वह उसे एकदम फीका और बेस्वाद लगा। दो-तीन कौर खाकर उसने उठकर प्लेट उठाकर किचेन के सिंक में रख दी। मुड़ते हुए उसकी दृष्टि रूपसी पर पड़ी, वह चुपचाप छोटे-छोटे कौर खाती रही। अर्कदीप्त की ओर देखा भी नहीं।

"अब इसमें रूठने की क्या बात है?" उसके स्वर में अपने-आप झुँझलाहट आ गई थी।

"रूठ कौन रहा है?" उसने कहा, "चुपचाप अपना खाना खा रही हूँ। भूख लगी है। सारे दिन काम के बाद..."

"हाँ, कितना काम पड़ जाता है," अर्कदीप्त ने व्यंग्य से कहा, "क्या करे बेचारी—निकम्मा पति मिला है। पी-एच.डी. तक पूरी नहीं कर पाया।"

वह कमरे से बाहर निकल आया। गराज में से साइकिल निकाली और पार्क की तरफ़ निकल गया। एकाएक उसे लगा कि जैसे सूरज आज निकला ही नहीं है, सारे दिन अँधेरा-अँधेरा-सा है। साइकिल चलाते हुए उसे ठंड महसूस हो रही है। बस, अब वह पहुँचने वाला ही है। वह पीछे से बिल्डिंग में घुसा है, ऊपर आया है, घर में अँधेरा है। केवल एक बत्ती जल रही है। वह बिस्तर पर जाकर लेट जाएगा, वह रात को न जाने कब आएगी! 'अरे अर्को,' वह कहेगी, 'कब आए? बहुत देर से इन्तज़ार कर रहे हो क्या? पता होता तो जल्दी आ जाती।' और वह आकर पलंग की पाटी पर बैठ जाएगी। वह हाथ बढ़ाकर उसे अपने पास खींच लेगा, 'अरे, कपड़े तो बदल लूँ—सारे दिन की गन्ध...'

'अच्छी लगती है,' वह कहेगा।

एकदम नीले समुद्र में लाल, तपता, दहकता हुआ सूरज धीरे-धीरे धँसता जा रहा है। तट पर भीड़ है—स्त्री, पुरुष, बच्चे, कुत्ते।

वह साइकिल वापस मोड़ देता है।

"अरे, आपने यह रद्दी की टोकरी में क्यों फेंक दिये?" रूपसी उसके चैप्टर हाथ में पकड़े हुए पूछती है।

"रद्दी ही तो है। बेकार। किसी काम के नहीं।"

"ऐसा कैसे? हर चैप्टर को एक लेख में बदलकर छपा दें—तीन-चार तो निकल ही आएँगे। फिर नौकरी स्थायी होने में प्रॉब्लम नहीं होगी।"

"फेंक दो।"

मगर उसने फेंके नहीं। सहेजकर गड्डी बनाई, पृष्ठ-संख्या के अनुसार क्रम से लगाए, फिर एक फ़ाइल में रखकर उसकी पढ़ने की मेज़ की ड्राअर में रख दिये।

"आपकी मेहनत," रूपसी ने मुड़कर कहा।

वह चुप रहा। दोनों हाथों से पीछे ढकेल रही थीं, वे स्मृतियाँ, जो यह परिच्छेद लिखने के समय की थीं—लंदन, कोपेनहेगन, नमस्ते...।

"मैं नौकरी छोड़ रहा हूँ," उसने कहा।

"नौकरी! क्यों?" फिर अचानक रूपसी की आँखों में आँसू आ गए, "आप नौकरी छोड़ देंगे तो मुझसे अकेले कैसे होगा—घर-ख़र्च, लोन...?"

"हो जाएगा। नहीं हो पाएगा तो किराये के फ़्लैट में...।"

वह रोने लगी थी।

"बस करो," वह चिड़चिड़ा गया, "मुझे भी खुलकर साँस लेने का हक़ है कि नहीं? इतने सालों से तुम्हारी महत्त्वाकांक्षाओं के पीछे अपना हनन करता आया हूँ।"

"इतना मुश्किल है आपके लिए?"

"हाँ, है। तुमने कभी समझा ही नहीं। मैं एक प्राइवेट यूनिवर्सिटी में नौकरी करके, बाबूजी और बऊ के साथ रहकर सन्तुष्ट रहता, मगर नहीं—तुम्हें तो अमेरिका आना था, फिर डॉक्टर बनना था, फिर कैलीफ़ोर्निया रहना था। इस सबमें मेरी ख़ुशी कहाँ थी? रोली रॉय के सपनों को पूरा करते-करते मैं तो कहीं का नहीं रहा।"

"आप भी तो ख़ुश रहे," उसने अपने-आप अपने आँसू पोंछ लिये।

"तुम यही समझती हो तो समझती रहो।"

वह उठकर बाहर चला आया।

रात के अकेले में वह सूटकेस फिर खोलता है, अपने कपड़ों को देखता है, फिर उन्हें अलग प्लास्टिक के थैलों में ठूँस देता है। सूटकेस में कपड़ों के साथ बादामी रंग का बड़ा लिफ़ाफ़ा है जिसमें विन्स की हस्तलिपि में उसका नाम लिखा है : औरको—लाइब्रेरी की किताबें लौटाने के नोटिस, भाषणों की सूचनाएँ, उसके नाम के बिजली और फ़ोन और इंटरनेट के बिल, जिन पर विन्स ने 'पेड' लिख दिया था। यानी जब वह अस्पताल में था, तब वे दोनों उसके बिल भरते रहे थे। उस

सबके बीच डाक से आया एक लिफ़ाफ़ा था जिस पर उसका नाम और पता लिखा था—सौदामिनी की हस्तलिपि में। उसका दिल धड़धड़ा उठा—यानी कि यह पत्र इस सूटकेस में बन्द पड़ा रहा—आठ-साढ़े आठ सालों से और उसने उत्तर की प्रतीक्षा की होगी?

उसने उतावली से लिफ़ाफ़ा फाड़ा, पत्र निकाला—सौदामिनी ने लिखा था :

'प्रिय अर्को, जब हम अपने को ज़िन्दगी की क्रॉस रोड पर खड़ा पाते हैं तो कभी-कभी समझ में नहीं आता कि कौन-सा रास्ता चुनें। मैं उसी जगह खड़ी हूँ। तुम्हारे सामने कोई संशय, कोई दुविधा नहीं है। तुम बार-बार कहते रहते हो कि मेरा साथ ही तुम्हारा भविष्य है, पर न जाने क्यों मेरा मन इतना डाँवाँडोल है! एक ओर तुम हो, तुम्हारा सीमाहीन प्यार है—एक सुखी जीवन का आह्वान, मगर मैं क्यों बार-बार डर जाती हूँ! मेरे अन्दर के दैत्य-दानव मेरा हृदय नोच-नोचकर खाने लगते हैं। मैं समझ नहीं पा रही हूँ कि क्या करूँ! तुम्हारे पास होती हूँ तो मैं बहने लगती हूँ, इसीलिए जा रही हूँ। अभी मुझे अकेले में तुमसे दूर जाकर स्पष्ट दृष्टि से अपना और तुम्हारा भविष्य टटोलना होगा। जब भविष्य स्पष्ट हो जाएगा तो लौट आऊँगी। तुम भी गहराई से, सच्चाई से सोचना और तुम्हें तब भी यही सही लगे तो चले आना मेरे पास। मैं इन्तज़ार करूँगी—एक साल, दो साल, सात साल, जीवन-भर। भविष्य में हमारे साथ जो भी हो, याद रखना, मैंने तुम्हें पागलपन की सीमा तक प्यार किया है, करती रहूँगी—तुम्हारी सौदामिनी।

पुनश्चः अगर तुम्हें बताकर जाती तो तुम मुझे रोक लेते, इसीलिए।'

वह आई तो थी, लौटी थी उसके पास, उसे ढूँढ़ती हुई—और यह पत्र आया था उसके हॉस्पिटल प्रवास के समय। पड़ा रहा इतने साल। उसने सोचा होगा, पत्र पढ़कर वह वहीं उसके लौटने की प्रतीक्षा कर रहा होगा।

अर्कदीप्त ने लम्बी साँस ली, जैसे अपने सीने में चुभी हुई कटार को निकाल फेंका हो और रक्त को चारों ओर छलकते देख रहा हो!

उसने शिशिर से कहा, "मुझे उसका पत्र मिला, आठ साल से बन्द सूटकेस में दबा हुआ। उसने तुम्हें भी भेजा होगा?"

शिशिर ने तुरन्त उत्तर नहीं दिया। होटल के मिनी बार से बर्फ़ निकाली, गिलासों में डाली और व्हिस्की उँड़ेली, ठंडी बोतल से घूँट-भर पानी डाला और गिलास अर्कदीप्त को पकड़ा दिया, "नहीं, मेरे पास कोई पत्र नहीं आया। क्या लिखा, अगर बताना चाहो तो..."

"वही," अर्कदीप्त ने कहा, "तुम तो जानते हो, उसकी दुविधा—उसका स्वभाव—न जाने क्यों उसने मुझ पर भरोसा नहीं किया!"

"उसकी अपनी मानसिक गुत्थियाँ थीं। ख़ैर, जाने दो, बहुत देर हो गई। अब तो तुम ख़ुश हो, जम गए हो अपनी ज़िन्दगी में।"

"हुँह!" अर्कदीप्त ने बस इतना ही कहा, और चुप हो गया।

"कब तक उसके नाम को रोते रहोगे अर्को?" शिशिर ने मन्द स्वर में कहा, "भुला दो उसको। देखो, सब कुछ है तुम्हारे पास।"

"पास्काल ने कहा है, हृदय का अपना तर्क होता है—बुद्धि या मस्तिष्क को उसकी ख़बर तक नहीं होती," अर्कदीप्त की आवाज़ स्थिर थी, शान्त। अन्दर का अन्धड़ तो एकदम गोपनीय था, "हमारी कल्चर में, अब भी अधिकांश विधवा स्त्रियाँ सारा जीवन अकेले बिता देती हैं—पति की स्मृतियों को पकड़े-पकड़े।"

शिशिर ने लम्बी साँस ली और एक बार में अपना गिलास ख़ाली कर दिया, "तुम्हें देखकर दुख होता है। कितनी चमक आ गई थी तुम्हारे चेहरे पर—एक कांति थी, हँसते रहते थे। तुम दोनों आपस में एक मैजिक दायरे में रह रहे थे। अब कैसे बुझ गए हो? थीसिस पर काम छोड़ दिया। अभी भी सारी ज़िन्दगी आगे है, आगे बढ़ो।...चलो, तुम्हें रूपसी ने बुलाया है।"

दोनों अपनी ड्रिंक समाप्त कर चुके थे। अर्कदीप्त उठ खड़ा हुआ।

शिशिर के होटल से अर्कदीप्त के घर जाते हुए दोनों के बीच एक तनाव-भरी चुप्पी टँगी रही।

रूपसी बाहर बैठी उनकी राह देख रही थी, "बड़ी देर कर दी!" फिर दोनों को बारी-बारी से देखा। दोनों गम्भीर थे, "पीने लगे होंगे?"

"हाँ, बस, एक..." शिशिर ने सहज बनने की कोशिश की, "क्या बनाया है?"

"वही, जो आपको पसन्द है, आलू पोस्तो—बाक़ी तो सब बाहर से आता होगा। आइए!" वे तीनों अन्दर आ गए।

अर्कदीप्त एकदम चुप था।

"यह जब से डॉ. हाइनर की शोकसभा से लौटे हैं—न जाने क्या हो गया है," वह शिशिर से कह रही है, "ऐसे गुमसुम रहने लगे हैं। मॉम के आने पर कितने ख़ुश थे, पर अब तो और भी डिप्रेस रहने लगे हैं।"

"ठीक हो जाएगा," शिशिर ने कहा, "डॉ. हाइनर से बहुत क्लोज था। वह भी कितना मानती थीं!"

रूपसी पिघल गई। हल्के-से अर्कदीप्त के कन्धे पर हाथ रखकर बोली, "हाँ, बहुत अच्छी महिला थीं। हम आज यहाँ जो हैं, उन्हीं की वजह से।"

दरवाज़े पर घंटी बजी, खाने की डिलीवरी थी। रूपसी लेकर अन्दर किचेन में चली गई।

शिशिर ने कहा, "वह तुम्हें ढूँढ़ती हुई तुम्हारे फ़्लैट पर गई थी। सोचती थी कि तुम उसकी प्रतीक्षा कर रहे होगे और अपनी थीसिस लिखने में व्यस्त होगे। उसे कोई आइडिया नहीं था कि तुम टूटकर यों बिखर जाओगे। हांस और विन्स से मिलने के बाद उसने मुझे फ़ोन किया था। उसे सारी बातें पता तो चल ही गई थीं, शायद कन्फ़र्म करना चाहती होगी। उसे विश्वास ही नहीं हो रहा था कि तुम किसी दूसरी स्त्री से ब्याह कर लोगे; सोचा होगा कि तुम लास्ट मिनट पर बैक आउट कर गए होगे। मैंने बता दिया कि 'हाँ, मैं ब्याह में गया था। कुछ दिन पहले ही लौटा हूँ। उसी रोली दत्ता से—जो तुम्हारी माँ ने तुम्हारे लिए पसन्द करके रखी थी, कि तुम दोनों हनीमून पर मसूरी जा रहे हो।' यह बताना ज़रूरी नहीं था, मगर मैं उसे दंश देना चाहता था। बहुत आक्रोश था मेरे मन में। मैंने तुम्हारा टूटना, बिखरना देखा था," शिशिर ने एक लम्बा घूँट लिया, "उसने कहा, 'मैं समझी नहीं कि वह यों बिखर जाएगा, टूट जाएगा,' वह रोने लगी थी। मैंने इतने सालों में उसे कभी रोते नहीं देखा था, रो रही थी—शायद अपने लिए और तुम्हारे लिए, 'मेरा भोला-भाला अर्को, टूट गया, बिखर गया।'

" 'तुम उसके जीवन की पहली और एकमात्र स्त्री थीं—तुमने क्या सोचा था, बिना कुछ कहे, बिना बताए लोप हो गईं? उसे सँभालने के लिए हम सबको कितने प्रयत्न करने पड़े।'

" 'और अब?' वह सुबक रही थी—'उसने ब्याह कैसे कर लिया?'

" 'यह सब तुम्हारा किया-धरा है। तुम तो समझदार थीं, तुम जानती थीं कि अर्को तुम्हें कितना चाहता था, दिलोजान से—और तुम चली गईं, बिना कुछ कहे। अब रोने से क्या फ़ायदा! तुमने उसे खो दिया है। तुमने उसकी क़द्र ही नहीं की—मेरे खरे सोने जैसे दोस्त की।'

"उसने सुबकी लेते हुए फ़ोन रख दिया। फिर कभी नहीं किया। कितने साल हो गए।"

"आठ साल, सात महीने, बारह दिन," अर्कदीप्त ने कहा, "और तुम यह सब मुझे अब बता रहे हो—कैसे मित्र हो तुम, शिशिर?" अर्कदीप्त ने मन्द स्वर में कहा।

"नहीं बता सका। बताता तो तुम नई ब्याही पत्नी को छोड़कर चल देते। कितनी भोली है वह—एकदम समर्पित!"

"हाँ, एकदम परम्परागत भारतीय पत्नी!" उसने विद्रूप से कहा, "मैं भी परम्परागत पति की भूमिका निभाते-निभाते थक गया हूँ।"

"तो क्या करोगे?"

"मालूम नहीं। वह कहीं न कहीं तो होगी, ढूँढ़ लूँगा।"

"समय की धारा तुम दोनों को बहुत दूर ले आई है अर्को। जाने दो, रूपसी के बारे में सोचो।"

"उसी के बारे में तो सोच-सोचकर अपना जीवन हवन कर रहा हूँ," वह बहुत देर चुप रहा, "मुझे बता तो देते शिशिर— तुम, विन्स, सभी मेरे शुभचिन्तक बन गए।"

उसके अन्दर से एक सूखी हिचकी ऊपर उठी। वह अकस्मात् उठा और अन्दर चला गया।

शिशिर का ड्राइवर बाहर इन्तज़ार कर रहा था। वह उठा और बिना कुछ कहे, नि:शब्द दरवाज़ा खोला और चला गया।

कुछ देर में, मेज़ पर खाना लगाकर रूपसी कमरे में आई तो सन्नाटा था। उसने ख़ाली गिलासों को देखते हुए कहा, "कहाँ गए दोनों?"

दरवाज़ा खोलकर बाहर झाँका तो गाड़ी नहीं थी, "बिना खाना खाए ही..."

फिर लौटकर अर्कदीप्त को देखने उसकी स्टडी में गई। उसकी पीठ दरवाज़े की तरफ़ थी और वह जिस तरह दोनों हाथों से मुँह छुपाए झुका बैठा था, वह जान गई कि वह रो रहा है।

वह चुपचाप कमरे से बाहर आ गई। एक लम्बी साँस ली। कभी समझ ही नहीं सकी इस दुरूह व्यक्ति को। कोशिश भी कहाँ की—बस, स्वीकार कर लिया पति रूप में और अपनी ख़्वाहिशों की गठरी उस पर लाद दी।

उसने खाना मेज़ पर छोड़ दिया, और स्वयं भी बिना खाए अपने कमरे में चली गई।

वह फ़ोन पर शिशिर से बात करती है।

"आप वैसे ही उठकर क्यों चले आए? कुछ खाया भी नहीं!"

"अर्को कैसा है? ठीक है न? उसे खिला दो, ख़ुद भी खा लो। माफ़ी चाहता हूँ। एक ज़रूरी कॉल आ गया था। पेपर्स यहाँ थे, तो लौटना पड़ा।"

"आप दोनों ही पटरी से उतर गए हैं। मेरी समझ में नहीं आता कि हो क्या रहा है। और अर्कदीप्त तो डॉ. हाइनर की शोकसभा के बाद से एकदम से बदल ही गए हैं—अधीर, चिड़चिड़े, पीने भी बहुत लगे हैं।"

"मैंने नोटिस किया है," शिशिर ने कहा।

"इन्हें ख़ुश रखने की कितनी कोशिशें करती हूँ, मगर..." उसका स्वर रुआँसा हो गया।

"जानता हूँ, वही बात है, ठीक हो जाएगा। अभी बहुत डिस्टर्ब है।"

"रो रहे हैं शायद," उसने मन्द स्वर में कहा—असमंजस में कि शिशिर को बताए या नहीं।

"फिकर मत करो। उसे दुख मनाने दो।"

"पर कब तक?"

"जनम भर," वह वातावरण को हल्का बनाने के प्रयत्न में हल्का-सा हँस दिया।

शायद रूपसी भी मुस्करा दी होगी—फीकी-सी मुस्कान।

वैसे कभी शिशिर से खुलकर बात नहीं होती, पर अब पति की अनुपस्थिति में वह अपने को रोक नहीं पा रही है, "कितना बदल गए हैं, जैसे कोई दूसरा इंसान इनके भेस में आ गया है! मॉम, बाबूजी के साथ कितने ख़ुश थे! मेरी ख़ुशी का बराबर ख़याल रखते थे, पर अब, जैसे मेरी शक्ल से इन्हें चिढ़ होने लगी है!"

"ऐसा कुछ नहीं है," शिशिर ने कहा, "दुख मनाने दो। ठीक हो जाएगा अपने-आप। कभी-कभी उखड़ जाता है। अन्तर्मुखी लोगों के साथ अक्सर ऐसा होता है—जीनियसों के साथ। अपनी बनाई खंदक़ में ख़ुद गिर गया है, अब वह ख़ुद ही अपने को निकालेगा।"

"थीसिस के चैप्टर रद्दी की टोकरी में फेंक दिये हैं।"

शिशिर ने लम्बी साँस ली, फिर कहा, "उसे अकेला रहने दो। वह अपने-आप अपने को उबार लेगा। वह बहुत सशक्त व्यक्ति है। हाँ, मूडी हो जाता है, उसे हमारा सपोर्ट चाहिए।"

"मुझे डर लगता है।"

"डरने की क्या बात है? सब कुछ ठीक हो जाएगा। वह शोकसभा के बाद अतीत में चला गया है। मुझे उस समय की याद है, कितना ख़ुश रहता था—चेहरे पर एक चमक रहती थी, क़दमों में आत्मविश्वास," शिशिर ने लम्बी साँस ली, "उसे कुछ दिन अपने में डूबा रहने दो।"

रूपसी चुप रही। फ़ोन पर उसके नाक सुड़कने की आवाज़ आई, शायद वह भी रोने लगी।

"देखो रोली, तुम तो मत रोओ। तुम तो बहुत हिम्मत वाली लड़की हो। तुमने यहाँ आकर कितना कर दिखाया। अच्छा, मैं उससे बात करूँगा, समझाऊँगा—तुम तो हिम्मत से काम लो।"

"जैसे संन्यास ले लिया है! हरेक चीज़ से दूर-दूर, कटे-कटे।"

शिशिर हँसा, "तुम जाकर कुछ खा लोगी, वादा करो? और परेशान मत होना। वह ठीक हो जाएगा, समझदार है।"

"आपने कुछ खाया?"

"ऑर्डर किया है, आता होगा—गुड नाइट!"

फ़ोन रखने के बाद शिशिर ने लम्बी साँस ली, और अपने भोजन आने की प्रतीक्षा करने लगा।

'अब कभी कुछ ठीक नहीं होगा, रूपसी, आदत डाल लो,' उसने मन-ही-मन कहा।

उसे बस एक बार रोते देखा था। फ़ोन पर बात करते समय उसका स्वर उदास-उदास लगा। अर्कदीप्त लाइब्रेरी से उठा—बस के इन्तज़ार में खड़ा हो गया। सोचा, अचानक पहुँचकर उसे सरप्राइज़ देगा—कुछ मन हल्का हो जाएगा।

वह कमरे में अकेली बैठी थी—सामने मेज़ पर कुछ क़ानूनी-से काग़ज़ रखे थे। रो रही थी—न हिचकी, न सिसकी—बस, आँसुओं की लड़ियाँ गिर-गिरकर टूट जाती थीं। दरवाज़ा हल्के-से खुला तो उसने सिर उठाकर देखा, अर्कदीप्त ने आकर उसे बाँहों में भर लिया, 'तुम रो रही हो।'

उसने जल्दी-जल्दी काग़ज़ बटोरे और बड़े लिफ़ाफ़े में ठूँस दिये, 'नहीं तो।'

अर्कदीप्त ने उसके गीले गाल छुए, 'और यह क्या है? क्या बात है, बताओ?'

'कोई बात नहीं है। क़ानूनी पेपर्स हैं।'

अर्कदीप्त ने उसे बाँहों में भरकर छाती से सटा लिया—सौदामिनी निश्चल थी।

अर्कदीप्त एकदम से बहुत बड़ा, बहुत गम्भीर बन गया, 'वादा करता हूँ, कभी तुम्हें दुख नहीं दूँगा—कभी तुम्हारा दिल नहीं दुखाऊँगा।'

अब उसने लम्बी साँस ली, 'मैंने पेपर्स उठाकर पढ़ क्यों नहीं लिए?'

उसकी प्राइवेसी में व्याघात तो पहुँचता मगर पता चल जाता, तो वह कभी उसे ऐसे लोप नहीं होने देता।

रूपसी सो गई थी—दिन-भर काम, फिर शाम का पीना-पिलाना, मगर अर्कदीप्त की आँखों में नींद नहीं थी—काश, वह सूटकेस वैसे ही बन्द पड़ा रहता! सौदामिनी का दुख तो जीवन-पर्यंत बना रहता मगर दग़ाबाज़ होने की कचोट तो न होती।

अब बहुत हो चुकी है।

मगर क्या सचमुच? आस की एक पतली-सी डोर पकड़े-पकड़े ज़िन्दगी कट जाएगी। बहुत अधिक आशा नहीं है, एक क्षीण-सा तंतु।

बहुत बाद में आभास हुआ, वह 'नमस्ते इंडिया' बेचने के काग़ज़ थे—अर्कदीप्त से दूर जाने के। इसीलिए वह मौन पीड़ा थी—वे आँसुओं की लड़ियाँ।

उसने सौदामिनी के गाल पोंछते हुए कहा था, 'तुम रोओगी नहीं,' फिर मुस्कराया, 'रोते समय भी सुन्दर लगती हो।'

उसने भी मुस्कराने का प्रयत्न करते हुए कहा था, 'तुम इतने छोटे होते हुए भी इतने समझदार—कब से?'

'मैं पैदा ही समझदार हुआ था,' अर्कदीप्त ने कहा था।

जैसे अभी-अभी ही यह सब घटा हो—हृदय और याद के कितने निकट, और कितने पास उसका उष्ण-स्पर्श!

शिशिर नई कम्पनी लगाएगा वाशिंगटन प्रदेश में, मगर उसे लगाने के सिलसिले में वह कैलीफ़ोर्निया जल्दी-जल्दी आने लगा है। कितना आत्मविश्वास आ गया है उसमें! नयनतारा से अलग होकर स्वस्तिपूर्ण दीखता है।

अर्कदीप्त ने न जाने कैसे अपने को सँभाल लिया है। उसमें एक वृक्ष की तरह का गुण है—अपने को पुनः-पुनः नवीन करने का। वैसा ही हो गया है—पहले जैसा प्यार करने वाला दोस्त। उसे नॉर्मल देखकर रूपसी भी आश्वस्त हो गई है। इतनी डरी-डरी नहीं रहती। थीसिस के पन्ने वैसे ही अनछुए रखे हैं—सूटकेस और कपड़े अर्कदीप्त ने कचरे में फेंक दिये हैं।

"अरे, ग़रीबों की मदद करनेवाली संस्था को दे देते," रूपसी ने कहा।

"वे पुराने कपड़े किसी के भी पहनने लायक नहीं थे," अर्कदीप्त ने कहा, "सूटकेस में भी महक आ गई थी," उन्हें छूते हुए कैसा लगा था! सब कुछ एकदम उमड़ने लगा था जो उसने सायास पीछे ठेल दिया था।

शिशिर होटल में ठहरता है—इंटरव्यू, बिजनेस मीटिंग, बिजनेस में पैसा लगाने वालों से बातचीत, बैंकों से कॉन्फ्रेंस। मगर जब ख़ाली होता है तब ज़रूर मिलने आता है।

अर्कदीप्त अब सहज और सुस्थ है। अतीत का कोई उल्लेख नहीं, कोई गिला-शिकवा नहीं। एकदम नॉर्मल।

शिशिर को उसके इतने शान्त हो जाने से डर लगता है। बरसों से उसे उद्विग्न, छटपटाता हुआ देखता आया है, पर प्रसन्न होने का प्रयत्न करता है कि अन्ततः अर्कदीप्त ने जीवन को स्वीकार कर लिया है, उससे समझौता कर लिया है।

सब कुछ सुचारु रूप से चल रहा है।

घर में उसके लाए नक़ली पेड़-पौधों का नामोनिशान नहीं है। हरे-भरे भी गिनती में कम रह गए हैं। कुछ गमले बाहर रखे हैं, कुछ इधर-उधर।

"पौधे क्या हुए?" शिशिर ने एक बार पूछा।

"रूपसी ने अपनी सहेलियों को बाँट दिये। सबको प्लास्टिक के पेड़ पसन्द हैं। पानी नहीं देना पड़ता है न!"

रूपसी ने अर्कदीप्त की ओर आँखें तरेरीं, पर चुप रह गई।

सौदामिनी ने इतनी बड़ी बात घूँट ली। पिता को खो दिया—बस। अब शिशिर बता रहा था, "पिता थे दिलफेंक, इसी से वाइफ़ से कभी नहीं बनी। फिर जब ग्यारह-बारह की थी तभी माता-पिता में विच्छेद हो गया। बच्चे तो माँ को ही मिलते

हैं, तो माँ लेकर वापस चली गईं। हॉस्टल में रख दिया। फादर नहीं रहे। सबको कहा गया कि वह हृदयाघात से मरे, मगर ऐसा नहीं था। टर्की के एक वेश्यालय में किसी ने क़त्ल कर दिया। शायद उस लड़की का कोई दूसरा चाहने वाला था। बात रफ़ा-दफ़ा कर दी गई।"

"उसे पता है?" अर्कदीप्त स्तब्ध था।

"मालूम नहीं। हो सकता है, उड़ते-उड़ते सुन लिया होगा! ऐसी बातें कहीं न कहीं से पता चल ही जाती हैं," शिशिर ने कहा।

"पुरुषों से उसे...तो यही थे उसके दैत्य-दानव? और पिनाक भट्टाचार्य..." अर्कदीप्त ने लम्बी साँस ली, "अब यह जानकर क्या होगा? मैंने खो दिया उसे। मैं ही कमज़ोर बन गया। अपने को सँभाले रखता तो उसके लौटने पर सब ठीक हो जाता। सभी कुछ एक पहेली के टुकड़े की तरह फिट हो जाता। मगर वह टूटना, बिखरना, उन्माद, बेबसी—कुछ भी मेरे बस में नहीं था। वह मेरे जीवन का पहला और अन्तिम प्यार थी। इतना चुक गया था कि किसी और के लिए जगह ही नहीं बची थी। एक स्वयंचालित रोबोट की तरह जीवन जीता रहा। क्या था यह ब्याह? एक रस्म मात्र। कभी पत्नी से जुड़ नहीं सका। चाहा ही नहीं। अपने टुकड़े तो बटोर लिये, जैसे उन्हें गोंद लगाकर एक पुतला बना दिया—एक कठपुतली, मगर अन्दर जो था, वह 'मैं' उसी से साक्षात्कार करने से डरता था। वह जो मुझसे दूर, और मेरे अन्दर भी निरन्तर रुदन करता रहता था।"

फिर एक बेसुधी की अवस्था में किसी ने आकर पुचकार दिया था, सहला दिया था। मगर उसने मरहम का काम नहीं किया, जैसे खुरंड नाख़ून से छीलकर हटा दिया। और अब जो है यह अर्कदीप्त—एक बेहद कमज़ोर व्यक्ति, पुनः किसी आशा से दोबारा साँसें लेने लगा है, जैसे कोई राह चलता एक सूखते हुए वृक्ष पर बचा-खुचा लोटे का पानी डाल दे। 'मगर मैं वह प्रेत नहीं हूँ, जो निरन्तर प्यासा रहता है। मैं हूँ अर्को, जो एकदम मर चुका था, मगर अब उस मादक स्पर्श से फिर जाग गया है, और यह अवस्था उस चेतनाशून्य जीवन से अधिक दुखदायी है।'

रूपसी कमरे में आई," क्या बातें हो रही हैं?"

"वही," शिशिर ने कहा, "जो पुराने दोस्तों में होती हैं। कुछ कहे बग़ैर भी एक-दूसरे के मन को पढ़ लेते हैं।"

वह पास आकर बैठ गई। तीनों चुप थे। शिशिर को हल्का-हल्का नशा था। अर्कदीप्त भावशून्य—और बीच में रूपसी, अपने विचारों में खोई, मौन। किचेन में अलार्म की घंटी बजी। वह उठ खड़ी हुई, अर्कदीप्त की ओर मुड़कर कहा, "आप कुछ हेल्प करेंगे?"

"इसे बैठा रहने दो—पागल, सिरफिरा। चलो, मैं मदद करता हूँ। क्या करना है, प्लेटें लगानी हैं?"

वह तन्द्रा से जागा, बोला, "अरे, तुम क्यों—मेहमान हो, बैठो, मैं आ रहा हूँ," उसने बड़ा-सा घूँट लेकर गिलास ख़ाली कर दिया। उठते हुए लड़खड़ा गया तो रूपसी ने कहा, "रहने दें, मैं कर लूँगी," और अन्दर चली गई।

खाना, पीना, सोना, काम पर जाना, क्लास में पढ़ाना, शिशिर का आना-जाना—सब कुछ उसी पुराने ढर्रे पर चलने लगा है।

सैन फ्रांसिस्को से म्यूनिख कितनी दूर है, वहाँ जहाज़ जाता है, मगर अब वहाँ जाकर क्या होगा? हो सकता है, रहमानुल्लाह से रेस्तराँ न चल पाया हो! अगर जाएगा तो कोपेनहेगन—जाकर उस गूँगी जलपरी से वार्तालाप करेगा—मौन।

पहले उसे लगता था कि सौदामिनी के साथ सचमुच कोई दुर्घटना हो गई है, मगर अब यह जानने के बाद कि वह उसे ढूँढ़ती हुई आई थी, उसके मन में अपराध-भावना और बढ़ गई है।

मगर उसका निदान क्या है? क्यों इतने साल बाद भी उसे भुला नहीं पाता, जैसे उसके बालों का स्पर्श अभी भी शरीर पर ताज़ा है? जैसे उसका खिलखिलाकर हँसना अब फिर कानों में गूँजने लगा है? मैं भाग्यवान था, जिसने प्यार किया और प्यार पाया। शिशिर को देखो, कितने सम्बन्ध बनाए और तोड़े, फिर लौटा नयनतारा के पास, मगर वह रिश्ता भी नहीं चला। अब अकेला है, दिन-रात मेहनत करता है, नये व्यवसाय के लिए यहाँ-वहाँ जाता रहता है—स्विटज़रलैंड से हाँगकाँग तक। और रूपसी? वह सन्तुष्ट है अपनी मंज़िल पाकर, कैलीफ़ोर्निया में डॉक्टरी की पढ़ाई पूरी करने के बाद। बऊ हैं, व्यस्त रहती हैं अपने तीन पोतों में।

'और तुम भी तो, अर्कदीप्त, ख़ुश रहना सीख लो।' वह अपने-आपसे कहता है, 'अगर सुख की आशा ही न करो, तब उसका मिलना असम्भव ही है।' क्यों वह सोरेन कीर्केगार्द फिर विचारों में करवटें लेने लगा है?

अगर पत्नी पास में सो रही हो तो रात-रात-भर पलंग पर बिलखना सम्भव नहीं है।

एक उजली, स्वच्छ सुबह—रूपसी नाश्ता बना रही है, शिशिर खा रहा है।

"अरे, आज अस्पताल को देर नहीं हो गई?" उसने कुर्सी खींचकर बैठते हुए कहा।

"मैंने कहा, मैं पहुँचा दूँगा। मुझे भी उधर ही जाना है," शिशिर ने कहा।

उसके प्याले में चाय डालते हुए रूपसी ने कहा, "आपके उठने का इन्तज़ार कर रही थी। आप नाश्ता करें। हमें अब चलना चाहिए।"

मंगल को उसके क्लास नहीं होते, छुट्टी रहती है। कुछ पढ़ेगा, कुछ बाज़ार में घूमेगा, फिर एक प्याला कॉफ़ी लेकर बैठ जाएगा और आस-पास अपने-अपने में रमी दुनिया को देखेगा—बच्चा लिये माँ, किनारे-किनारे दौड़ते व्यक्ति, कुत्ता घुमाते हुए वृद्धजन।

कॉफ़ी एकदम कड़वी लगने लगी। उसने ख़ाली मोटे काग़ज़ का कप कूड़ेदान में डाल दिया और वापस जाने को उठ खड़ा हुआ।

रूपसी ने झिझकते हुए कहा, "पशुपति जी ने बुलाया है। उनके यहाँ डिनर है...। खाना तो बाहर से आएगा, मगर..." वह रुक गई।

पशुपति दासगुप्ता रूपसी के विभागाध्यक्ष हैं। रूपसी उन्हीं के साथ काम कर रही है। पत्नी है, पर कई वर्षों से गुरु से दीक्षा लेकर अलग-अलग-सी हो गई हैं। पशुपति जी की पार्टी में रूपसी ही आतिथेया का रोल निभाती है। श्रीमती दासगुप्ता यदि कभी बाहर आती भी हैं तो अलग बैठती हैं। उनका हाथ थैली में छिपी माला फिराता रहता है। नमस्कार का उत्तर पलक झपकाकर देती हैं।

"ठीक है, चलेंगे," अर्कदीप्त ने कहा।

"खाना तो बाहर से आएगा, मगर..." वह रुक गई। कुछ दिनों से चुपचुप रहती है—अर्कदीप्त के रूखे व्यवहार के कारण।

"समझ गया। उन्होंने मेरी बिरयानी की फ़र्माइश की होगी। बना दूँगा। तुम देग निकाल देना। सामान घर में है?"

वह मुस्कराने लगी, "बस, सब निकालकर रख दूँगी—आप बनाएँ, मैं तब तक प्रैक्टिस कर लूँगी।"

"क्या गाओगी—'राधा ने ओढ़ी चुनरिया'?"

वह थोड़ी देर चुप रही, उसे देखती हुई, फिर बोली, "नहीं, अब सिर्फ़ ग़ज़ल गाती हूँ। वह सब छोड़ दिया है, आपने ध्यान ही नहीं दिया।"

"ध्यान नहीं दिया?" अर्कदीप्त डलिया में से प्याज़ निकालने लगा, "सुनता हूँ, तुम जूम पर यावर ख़ान से सीखती हो? क्या गाओगी—कबीर? कुछ सूफ़ी?"

"नहीं," कहकर वह मुड़ी और किचेन से बाहर चली गई।

अर्कदीप्त किचेन में बिरयानी बना रहा था, हाथ सध गया था। हर चीज़ का अनुपात मन में अंकित हो चुका था। कमरे से रूपसी का मीठा स्वर आ रहा था। वह बार-बार वही दोहरा रही थी :

जिसकी फ़ुरक़त ने पलट दी इश्क़ की क़ायनात
आज उसी दमसाज़ की बातें करो, 'बेख़ुदी बढ़ती गई है।'

वह सुनता रहा—और चुप, रसोई के बीच खड़ा रहा।

रूपसी बाहर आई। वह तैयार थी—वही पुराना हल्के रंग का गुलाबी जार्जेट का

चिकनकारी कुर्ता, पर सलवार की जगह चौड़े-चौड़े पायँचे, कन्धे पर पड़ा दुपट्टा। उसे मालूम था कि इन कपड़ों से उसके चेहरे पर अनोखी-सी आभा आ जाती है।

"तैयार हो जाइए।"

"बस, अभी," फिर रुककर, "अच्छी लग रही हो।"

वह मुस्कराने लगी।

पशुपति जी का डिनर-भोज। अस्पताल के परिचित लोग, दो-एक नये चेहरे। उनकी पत्नी ताँत की साड़ी में एक ओर बैठी थीं, माला नहीं जप रही थीं—बस, सूनी-सूनी आँखों से आवाजाही देख रही थीं। पेय, स्नैक्स, फिर कुछ संगीत। फिर भोजन। प्लेट हाथ में लिये, अर्कदीप्त अलग-थलग खड़ा था—पशुपति जी की पत्नी की तरह। रूपसी उसके पास आकर खड़ी हो गई, "कुछ खाने को ला दूँ?"

"ले लूँगा," कहकर वह डाइनिंग टेबल की ओर मुड़ा।

वह अभी अपनी प्लेट में कुछ डाल ही रहा था कि पशुपति एक नये मेहमान के साथ आकर खड़े हो गए।

"यह हैं अर्कदीप्त रॉय। बिरयानी इन्हीं ने बनाई। हम तो कहते हैं कि पढ़ाने का चक्कर छोड़कर बिरयानी बनाओ। कौन थे—वह तुम्हारे वहाँ?"

"रहमानुल्ला," अर्कदीप्त ने कहा।

पशुपति हँस रहे थे, "बहुत बिकेगी।"

"बिरयानी आपने बनाई है? बहुत दिन बाद ऐसे स्वाद की बिरयानी खाई," अतिथि ने कहा, "कहाँ सीखी?"

"एक प्रोफ़ेशनल कुक से," अर्कदीप्त ने कहा।

"रहमानुल्ला को कैसे जानते हैं? मेरी पत्नी उन्हीं के रेस्तराँ में काम करती थी।"

"आपकी पत्नी?" अर्कदीप्त ने पूरा ध्यान दिया। उनकी ओर मुख़ातिब हुआ।

"यह हैं पिनाक भट्टाचार्य," पशुपति ने बीच में टोककर कहा, "मेरे बहुत पुराने, कलकत्ता के मित्र—आर्किटेक्ट हैं। अफ्रीका में थे।"

अर्कदीप्त उन्हें देखता रह गया। यह नाटा-सा, गंजा, काला-काला व्यक्ति भट्टाचार्य है? इसी से सौदामिनी ने पहला-पहला प्यार किया था? इसी ने क्रोध में उसके हाथ की हड्डी तोड़ दी थी? उसका गर्भ नष्ट करवा दिया था?

रूपसी उसकी ओर पीठ करके किसी और से बात कर रही थी। इतनी सटी खड़ी थी कि अर्कदीप्त उसके शरीर की गर्मी महसूस कर रहा था।

"प्रसन्नता हुई आपसे मिलकर," उसने कहा, "आपकी पत्नी—रहमानुल्ला के रेस्तराँ में?" अटक-अटककर शब्द निकले।

"हाँ, मेरी पत्नी। वह 'नमस्ते इंडिया' चलाती थीं। आपकी बिरयानी में उन्हीं के हाथ जैसा टेस्ट है।"

"मैंने उन्हीं से सीखी," अर्कदीप्त का दिल अचानक धड़धड़ा उठा, "कहाँ हैं वह आजकल? मैं उन्हें धन्यवाद कहना चाहूँगा।"

पिनाक भट्टाचार्य ने प्लेट मेज़ पर रख दी। जेब में हाथ डालकर अपना वॉलेट निकाला। उसमें से कार्ड निकालकर उसे पकड़ा दिया, "यही है उनका स्थायी पता—मगर वह इधर-उधर आती-जाती रहती हैं।"

अर्कदीप्त की साँस गले में अटक गई। सब कुछ इतनी आसानी से एक क्षण में हो जाएगा, उसे गुमान भी नहीं था। इतने सालों की भटकन, यह धीरे-धीरे गलते रहना, एक देग़ बिरयानी और रूपसी की एक ग़ज़ल के बाद ख़त्म हो जाएगी।

"धन्यवाद," उसकी आवाज़ गले में फँस रही थी।

"आपकी पत्नी बहुत सुन्दर हैं," भट्टाचार्य ने कहा, "गाती भी बहुत अच्छा हैं।"

"धन्यवाद," अर्कदीप्त ने कहा। वह कार्ड हाथ में पकड़े था, "पते के लिए धन्यवाद," मन में सोचा—'वाह रे लंगूर, अपने गले की मणिमाला को नहीं पहचाना?'

"अब चलें। कल काम भी तो है," रूपसी पास आकर खड़ी हो गई।

उसने कार्ड सहेजकर रख लिया। उसका दिल धड़धड़ कर रहा था।

यह ब्रह्मांड का सन्देश ही तो है।

उस एक क्षण में पूरे भविष्य का नक़्शा उसके आगे तैर गया।

साँझ के अँधेरे में वह दरवाज़ा खटखटाएगा। वह दरवाज़ा खोलेगी।

'मैं, अर्कदीप्त,' पर उसकी बात पूरी होने से पहले ही बिना कुछ कहे, बाँह पकड़कर अन्दर कर लेगी और उसके होंठों पर अपने होंठ रख देगी—बिलकुल वैसे ही, जैसे पहली बार हुआ था, और यह क्षण उतना ही मादक होगा, जितना वह पहला चुम्बन था।

रूपसी की आँखों से झर-झर आँसू गिर रहे थे।

"अरे, रुप्पो रानी," अर्कदीप्त ने बड़ी कोमलता से उसे बाँहों में ले लिया, "इतने आँसू? कोई पहली बार तो नहीं जा रहा हूँ, इंडिया।"

"जल्दी लौटिएगा," रूपसी ने कहा, "मैं राह देखूँगी।"

वह मुस्कराया। उसे अलग किया और एयरपोर्ट ले जाने के लिए आई टैक्सी की ओर बढ़ गया। उसने पीछे मुड़कर नहीं देखा जहाँ रूपसी विदा में हाथ हिला रही थी।

सैन फ्रांसिस्को से भारत की उड़ान के लिए तीन घंटे का समय था। वह प्रतीक्षा कर रहा था। मन को दो-एक बार खखोला—शान्त था। कोई उद्विग्नता, कोई द्वन्द्व नहीं।

फिर शिशिर लाउंज में आता दिखाई दिया।

"तुम? कैसे?" अर्कदीप्त मुस्कराने लगा।

शिशिर के पास ऐसा क्रेडिट कार्ड है कि वह कहीं भी, किसी एयरपोर्ट के लाउंज में आ-जा सकता है।

"अर्को!" वह पास आकर खड़ा हो गया। हल्के-से अर्को के कन्धे पर हाथ रख दिया।

"तुम कहाँ जा रहे हो, बताया नहीं?" अर्कदीप्त ने पूछा।

"कहीं नहीं," शिशिर ने कहा, "तुम्हें विदा देने आया हूँ।"

"आओ, बैठो, कुछ लो," अर्कदीप्त ने अपने पास कुर्सी खींच ली।

"ले रहा हूँ।"

बहुत देर तक दोनों मित्र पास-पास बैठे रहे—अपना-अपना गिलास थामे, जैसे कहने को कुछ बचा ही न हो।

अर्कदीप्त की फ़्लाइट जाने की घोषणा सुनाई दी।

उसने अपना गिलास एक बड़े से घूँट में ख़ाली करके वापस रख दिया। उठते हुए कहा, "रूपसी का ख़याल रखना, शिशिर।"

शिशिर ने स्वीकृति में सिर हिलाया, चुप रहा।

जब अर्कदीप्त कुर्सी पीछे सरकाकर दरवाज़े की ओर बढ़ा, तो शिशिर ने सहसा कहा, "सुनो, उस रात वह सौदामिनी ही थी।"

अर्कदीप्त एक क्षण ठिठका, शिशिर को भरपूर दृष्टि से देखा, फिर कहा, "मुझे मालूम है।"

और चला गया।

परिशिष्ट

कितनी बार बरसातें आईं, फूल खिले, मुरझा गए। त्योहार, उत्सव, सब अपने समय से आए और रीते चले गए। परिवार ने ख़ुशियाँ मनाना छोड़ दिया था। पृथ्वी अपनी धुरी पर घूमती रही, पेड़ कटते रहे, कूड़ा बढ़ता गया, जंगल आग से जलते रहे, पक्षी लम्बी तादाद में मरते गए, अमीर और-और अमीर होते गए, ग़रीब—और ग़रीब।

उसकी खोज हुई थी। अमृतांशु ने कोई कसर नहीं छोड़ी थी—देश-देशान्तरों में उसे ढूँढ़ने की, मगर अर्कदीप्त का पता नहीं चला। अगर कोई अपने को खोया ही रखना चाहे तो उसे कौन ढूँढ़ सकता है? हरेक सर्च का एक ही परिणाम था—लौटने के लिए अर्कदीप्त ने जहाज़ में चेक इन किया था, सामान जमा कराया था, बस, 'नो शो' होकर रह गया। उसका ब्रीफ़केस बरामद हुआ था, उसमें बोर्डिंग पास था, क्रेडिट कार्ड थे, मगर पैसा एक भी नहीं। एयरपोर्ट का एक-एक कोना ढूँढ़ा गया, टीवी कैमरे खँगाले गए—एक बार बेसबॉल कैप पहने न्यूयॉर्क की जर्सी वाला व्यक्ति एक छोटी-सी झलक दिखाकर लोप हो गया था। पीछे से लगा था कि शायद अर्कदीप्त हो, मगर यदि था तो गया कहाँ? दुबारा उड़ान क्यों नहीं बुक कराई? या फिर घर लौटकर क्यों नहीं आया?

तलाश भी तो कुछ दिन बाद शुरू हुई थी। दिल्ली में सबने सोचा, निर्धारित समय पर चला गया होगा। रूपसी सोचती रही कि कुछ दिन और घर पर रुक गया है। सारे जहाज़ों की पैसेंजर लिस्ट जाँची गई, मगर अर्कदीप्त रॉय लोप हो गया।

बऊ ने खटिया पकड़ ली—आया था, आठ-दस दिन रहा था, कितना चहकता था! कभी भी उसे इतना प्रसन्न नहीं देखा था। रात को उन्हीं के कमरे में सोता था। तीसरा पलंग पड़ गया था, कमरे भी तो कितने बड़े-बड़े हैं—अंग्रेज़ों के ज़माने के।

"अरे, तुमने क्या किया, अर्को?" वह विलाप करती रहीं, "कहाँ चले गए? जोगी बन गए—किस पर्वत की गुफा में? किस देश के तट पर? इतने निर्मोही बन

गए? सोचा नहीं अपनी इस माँ के बारे में, बाबूजी और भाई—और उस पत्नी के बारे में, जो रो-रोकर आधी हो गई?"

हरेक खोज का एक ही रिज़ल्ट था—अर्कदीप्त का पता नहीं चला। एयरपोर्ट से जाने वाले जहाज़ों की, होटलों में आने-जाने वालों की नामावली में कहीं अर्कदीप्त का नामोनिशान नहीं मिला।

बऊ तपड़ते-तड़पते चली गईं। उनकी मृत्यु की सूचना अमृतांशु ने देश-विदेश के सभी अख़बारों में छपवाई, पर सब ओर सन्नाटा रहा। हिमालय की कंदरा में बैठा जोगी क्या अख़बार पढ़ता है? मगर अमृतांशु विश्वास नहीं कर पा रहा था कि बड़ा भाई जोगी होकर किसी गुफा में बैठा तप कर रहा है। मगर फिर वह गया कहाँ?

वह सोचना नहीं चाहता था कि अर्कदीप्त के साथ कोई हादसा हो गया और उसकी लाश कहीं रफ़ा-दफ़ा कर दी गई। पुलिस ने फ़ाइलें बन्द करते समय यही राय दी—आख़िरकार ब्रीफ़केस में बटुआ तो यहीं मिला था। बटुए को कोई क्यों कूड़ेदान में फेंक देगा?

पर अमृतांशु सोचना नहीं चाहता था। बऊ के जाने के बाद बाबूजी भी ज़्यादा नहीं जिए। उनके जाने के बाद वह अकेला हो गया। बस—मानसी थी और बच्चे।

कोई अर्कदीप्त का नाम नहीं लेता, रूपसी भी नहीं। अमेरिका में डॉक्टर बनी उसकी पत्नी रोली रॉय—उसने भी तो अपनी ओर से खोजबीन करने में कोई कसर नहीं उठा छोड़ी थी। घर बेच दिया, गाड़ी बिक गई और वह अस्पताल के संकाय में डॉक्टरों के लिए बने छोटे से फ़्लैट में चली गई। अब उसे रूपसी कहने वाला कोई नहीं बचा था। बरसों बाद अब न कोई अर्कदीप्त की बात करता है, न उसे याद करता है।

इस उठा-पठक में केवल शिशिर उसके साथ कवच बनकर खड़ा रहा। कितना बड़ा सहारा था! कभी-कभी वह अभिभूत होकर कहती, "आप इतना क्यों कर रहे हैं?"

तो वह सच्चाई से कहता, "चलते-चलते अर्को ने मुझसे कहा था, रूपसी का ख़याल रखना। मुझसे उसके ये आख़िरी शब्द थे।"

रूपसी ने लम्बी साँस ली। जाते-जाते भी अर्कदीप्त को उसका कितना ख़याल था! वह याद करती—कितना मृदुल, कितना कोमल स्वभाव था उसका, और उसका स्पर्श! मुस्कराते-मुस्कराते उसने पत्नी की हर इच्छा, हर महत्त्वाकांक्षा की पूर्ति की थी, मगर वह अपने रूप की प्रशंसा और उसके गुमान में, अमेरिका आकर हर चीज़ उपलब्ध करने की हवस में इतनी डूबी रही कि अपने आँचल में आ बँधा माणिक पहचान ही न सकी।

कुछ समय बाद शिशिर ने उसे अर्कदीप्त से विच्छेद लेने की सलाह दी थी। वह अमेरिका में अर्कदीप्त रॉय के स्पेशल वीज़ा पर थी, अब अर्कदीप्त नहीं है तो वह कभी भी अवैध घोषित करके निष्कासित की जा सकती है, और वह भारत

लौटना नहीं चाहती, किसी भी हालत में। वह बऊ या बाबूजी की मृत्यु पर भी नहीं गई थी, न बरसों से अपने माता-पिता से ही मिली थी। शालिनी पति की हृदयाघात से मृत्यु के बाद भारत लौट गई थीं और वहीं फ़्लैट बनवाकर रह रही थीं। माता-पिता ने कभी अमेरिका आने की इच्छा ही व्यक्त नहीं की। शालिनी चन्दन और उनके बच्चों और परिवार के बीच रहकर सन्तुष्ट थी।

यदि वह अपने नाम से वीज़ा बनवाए तो उसे नये सिरे से अर्जी देनी पड़ेगी शायद। भारत लौटना पड़े, और नये वीज़ा में तेरह-चौदह साल लग सकते हैं। इस स्थिति का एक ही तार्किक हल था—रोली रॉय का राय चौधुरी में परिवर्तन—और अब, जब जीवन के नये परिच्छेद में वह सन्तान के लिए लालायित थी, तो जैसे कोख रूठ गई थी।

सन्तान नहीं दे सका तो क्या, शिशिर से उसे क्या कुछ नहीं मिला—अथक भूरि-भूरि प्रशंसा, रूप की, लगन की, अपनी इच्छाओं और आकांक्षाओं की आशातीत परिपूर्णता। वह सब जो पहले वर्षों में न्यूयॉर्क की चौड़ी-चौड़ी सड़कों पर सजी-धजी दुकानों में देखा करती थी, चलते-चलते कभी टिफ़नी की दुकान के आगे पैर रुक जाते, अब उसके अपने कानों में दिपदिप करते हीरों के टॉप्स हैं, जो शिशिर ने ब्रसेल्स से लाकर दिये हैं। अलमारियों में लाखों की साड़ियाँ हैं, अनगिनत पर्स, चप्पल, सैंडिल—और अपनी बिजली-चालित गाड़ी। बहनोई अपनी गाड़ी की कितनी डींग हाँकते थे, अब वही गाड़ी उसके गैरेज में है—उसकी अपनी। मगर दीदी या बहनोई देखने को नहीं हैं उसका राजपाट। उनकी दी हुई हौंडा कितनी पुरानी हो गई थी—खड़खड़िया! रोज़ सुबह पता ही नहीं चलता था कि उस दिन स्टार्ट होगी भी या नहीं। और वह अर्को, जिसे कभी गाड़ी चलाना अच्छा ही नहीं लगा अपनी बाइक के आगे।

और शिशिर है, यात्रा करते हुए—चाहे दुबई हो या पेरिस या हाँगकाँग—जिस चीज़ पर उसकी आँख पल भर भी ठहरी, शिशिर ने ख़रीदकर हाज़िर कर दी।

उसने अर्कदीप्त के लौटने की प्रतीक्षा की थी।

"वह नहीं मिलेगा, रोली," शिशिर ने कोमल स्वर में समझाता रहा, "वह कभी लौटकर नहीं आएगा। वह चला गया है—हमसे अलग किसी और दुनिया में। उसके लिए रोना छोड़ दो। कब तक अपने को गलाती रहोगी?"

"क्या वह सचमुच..." वह ठिठक गई। 'मर चुके हैं' होंठों के पार आया ही नहीं।

"हाँ," शिशिर ने कहा, "पुलिस का तो यही कहना है। हमें कभी न कभी सच को स्वीकार करना ही पड़ेगा।"

रोली ने सिर झुका लिया।

"तुम्हें रोते हुए देखता हूँ तो मुझे बहुत तकलीफ़ होती है। देखो, उसकी माँ-बाबूजी चले गए, अगर वह जीवित होता तो..."

जब रोली को विश्वास हो गया कि अर्कदीप्त मर चुका है, तभी वह शिशिर को अपना पाई थी। उसके लिए रोली रॉय से रोली राय चौधुरी में परिवर्तन सहज नहीं था, मगर उसने स्वीकार कर ली थी अपनी नियति।

अब भी, कभी-कभी अर्कदीप्त की याद उसके सीने में हूक की तरह उठती है। कभी-कभी अनायास स्मृति में उभर आता है उसका कोमल स्पर्श, उसे परितुष्ट करने का प्रयत्न, विशेषकर तब जब शिशिर अपनी रूपवती पत्नी के सहवास के बाद स्वयं तुष्ट होकर सो जाता है।

यह घर, आशातीत, बालकनी में निकलो, सुबह चाय का प्याला लेकर तो प्रशान्त सागर की लहरों का किनारे पर सतत सिर पटकना या फिर आहिस्ता से बालू से टकराकर विलीन हो जाना दीखता है। नीचे उतरो तो नंगे पैरों में गीली-गीली रेत का स्पर्श शरीर में सिहरन पैदा कर देता है। यही सब तो उसका सपना था। शिशिर को नवीन सन्तान होने का दुख नहीं है। उसका अपना बेटा है न, सिद्धार्थ, जो जॉर्जिया में पढ़ रहा है, कम्प्यूटर साइंस—पढ़कर बाप की कम्पनी में काम करेगा।

सब कुछ अपनी जगह दुरुस्त—सटीक। रोली राय चौधुरी और शिशिर अब कैलीफ़ोर्निया लौट आए हैं। पुराने शहर में, पुराने अस्पताल में रोली ने दोबारा काम शुरू किया है। शिशिर की कम्पनी भी कैलीफ़ोर्निया लौट आई है। रोली को सिएटल पसन्द नहीं आया। उसका मन तो सैन फ्रांसिस्को में ही अटका हुआ था। पुराने शहर में पुराने मित्र मिल गए हैं। अस्पताल में भी पशुपति और बलभद्दर। सभी ने प्रारम्भ में सहारा दिया था, जब वह टूट रही थी। अब मित्र आश्वस्त हैं, शिशिर को रोली का जीवन-साथी पाकर। उसे सहारा मिल गया है, सुखी दीखती है, सम्पन्न तो है ही।

अस्पताल। रोली के साथ के बहुत-से लोग दूसरी-दूसरी जगह चले गए हैं। नये-नये आते हैं और मैत्री स्थापित कर लेते हैं—क्यों नहीं, वह स्वयं अच्छी डॉक्टर है। समय से उसमें आत्मविश्वास बढ़ गया है। उसका सम्मान है। उसे देखकर लोग अपनी कुर्सी छोड़कर खड़े हो जाते हैं।

रोली और शिशिर की पार्टियों में सम्मिलित होने के लिए लोग लालायित रहते हैं। इनका घर सुन्दर है, आर्किटेक्ट द्वारा बनाया गया—समुद्र के निकट। बढ़िया खाना, जो बाहर के प्रसिद्ध रेस्तराओं से आता है—भारतीय, इटालियन, मेक्सिकन। महँगी शराब—बोतलों पर बोतलें खुली रहती हैं।

पर रोली ने गाना छोड़ दिया है—न ग़ज़ल, न शास्त्रीय। बहुत लोगों को तो मालूम ही नहीं कि उसका शिशिर के अतिरिक्त कोई अतीत भी था, या वह संगीत विशारद है।

ऐसी ही एक पार्टी थी—मौसम सुखद, न ठंड, न गर्मी। हल्की-हल्की धूप और

रंगमयी संध्या। बड़े-से कमरे में रोशनी थी। लोग बीच के दरवाज़े से बाहर आ-जा रहे थे। कुछ पूल के पास खड़े अपनी-अपनी ड्रिंक पीते हुए बातें कर रहे थे। मेज़ पर खाना लग चुका था। परिचारिका हरिकीर्तना गरम करके डोंगे रख चुकी थी, और अब रसोई में स्टूल पर बैठी पार्टी समाप्त होने की प्रतीक्षा में थी।

इस पार्टी में एक नये दम्पति थे। दोनों रोली के अस्पताल में सहकर्मी—अंकित और दोयल। उसे कई बार कहना पड़ा, "कोयल नहीं, दोयल। दोयल—यह भी एक पक्षी है मगर कोयल नहीं।"

वे कुछ समय पहले ही भारत से लौटे थे। दोयल धार्मिक थी। उसकी आकांक्षा थी कि भारत के सभी प्राचीन और प्रसिद्ध मन्दिरों में दर्शन करे। इस बार दक्षिण गए थे—मदुराई, रामेश्वरम् होकर केरल पहुँचे थे। केरल उन्हें भाया था। बैकवाटर की सैर की थी, हाउस बोट में रहे थे, मैनग्रोव भी देखी थी।

"वहीं हमने किंगफिशर पक्षी देखा," दोयल कहने लगी, "बाबा रे—कितना सुन्दर पक्षी! मगर..." वह चुप हो गई।

कमरे में सबका ध्यान उसके यात्रा-वृत्तान्त पर केन्द्रित था।

"मगर, दक्षिण का खाना कुछ दिन अच्छा लगता है," अंकित ने बात की डोर पकड़ी—जैसे रिहर्सल की छोटी-सी नाटिका।

"मगर हम तो पाँच तरह के भात और इडली-दोसा खाकर तंग आ गए।"

"तो हमने कहा," पति-पत्नी की आदत थी, ऐसे बात करना कि जैसे दो लोग बारी-बारी टिप्पणी दे रहे हों, दोयल कहने लगी, "पद्मनाभ मन्दिर से लौटते हुए अपने दाल-भात की ऐसी हुड़क आई कि हमने टैक्सी ड्राइवर से कहा, जो नॉर्थ का था, हिन्दी बोलता था, 'क्यों भइया, यहाँ कहीं नॉर्थ का खाना मिलेगा?'

"तो वह हँसने लगा। 'हाँ—है तो, बहुत अच्छा रेस्तराँ। दूर-दूर से लोग खाने आते हैं। मगर मालूम नहीं, आजकल खुला है या नहीं। मालिक की कुछ दिन पहले ही डेथ हो चुकी है।'

" 'तो हमें ले चलो भैया। देख लें, शायद खुला हो!'

"इन्होंने, यानी अंकित ने कहा, तो वह हमें ले गया। कोवलम बीच पर हमारे होटल के पास ही था। खुला था, मगर ख़ाली-सा। दो-एक टेबिल ही भरी थीं। माँ-बेटा मिलकर चला रहे थे। माँ किचेन में थी, बेटा ही सब सागने का सँभाल रहा था—टेबिल देखना, सर्व करना, बिल लेना।"

"उफ़," अंकित ने कहा, "कितना खाना खाया हमने, मरभुक्खों की तरह टूट पड़े—तड़के वाली दाल, बनारसी आलू, शाही पनीर और हरे बाँस वाली बिरयानी।"

"इत्ता खाया, इत्ता खाया," दोयल कहने लगी, "आत्मा तृप्त हो गई। और लड़का, कितने चाव से, आग्रह कर-करके खिला रहा था! हम कैलीफ़ोर्निया में रहते हैं, जानकर बहुत ख़ुश हुआ। वह अगले साल बर्कले में पढ़ने आ रहा है।

बाद में बैठकर बहुत बातें कीं। पूछता रहा यहाँ के बारे में। हँसता था तो जैसे फूल झड़ते थे। माँ को भी बुलाकर लाया। एकदम सादे कपड़ों में थीं, मगर गले में सोने की एन्टीक हँसुली पहने थीं।"

"अच्छा, मैंने तो ध्यान दिया नहीं," अंकित ने कहा।

"गाजर के हलवे पर जुटे थे," दोयल ने पति को ठहोका मारा।

"अरे, रेस्तराँ का नाम बताओ—अगले साल हम भी दक्षिण यात्रा पर जाएँगे," एक अतिथि ने कहा, "ज़रूर ट्राई करेंगे।"

"क्यों जी," दोयल ने मुड़कर पति से पूछा, "आपको नाम याद है? अजीब-सा था। पहले कभी सुना नहीं।"

पति-पत्नी में वार्तालाप को रोचक बनाने का गुण था। उनका यात्रा-वृत्तान्त सभी ध्यान से सुन रहे थे।

रोली ने आज अपनी गहरी कत्थई डबल इकात की पाटन-पटोला साड़ी पहन ली थी। उसे यह रंग पसन्द नहीं है, शिशिर से कहने की हिम्मत नहीं थी। शिशिर को अच्छा लगता था कि पार्टियों में वह साड़ी पहने। उसका रूप निखर आता था। अब उसे तमीज़ से साड़ी पहनना आ गया था। गहरे रंग में वह सुन्दर लग रही थी। पार्टी वाली स्त्रियों ने उसकी साड़ी को गुना था, प्रशंसा की थी—भले ही मन-ही-मन जल-कुढ़ रही हों।

"लड़के का नाम मुझे याद है," दोयल ने कहा, "पुष्पहास!"

"पुष्पहास?" रोली ने अब तक इस यात्रा-वृत्तान्त पर ध्यान नहीं दिया था। अब वह नाम सुनकर चौंक पड़ी, "पुष्पहास?"

शिशिर उसी के पास खड़ा था, बोला, "अरे छोड़ो भी अंकित। रेस्तराँ खुलते-बन्द होते रहते हैं। ज़रूरी नहीं है कि अगले साल भी वहीं हो। लो, एक और ड्रिंक," जैसे उसे चुप कराने के लिए व्हिस्की का गिलास उसे पकड़ा दिया। रोली से कहा, "रोली, उठो। देखो, कुछ लोग जाने लगे हैं।"

अंकित ने एक घूँट ली, मगर फ़ोन पर आँखें गड़ाए-गड़ाए कहा, "थैंक यू शिशिर। लो मिल गया, रेस्तराँ का नाम था—'अर्कदीप्त'। हम लोग कई बार कोवलम बीच के मार्केट से गुज़रे थे, पर ध्यान नहीं दिया। नामपट्ट मलयाली में था।"

बड़े नाटकीय ढंग से रोली के हाथ से वाइन का गिलास छूट गया।

काँच के टूटने की आवाज़ से सब उधर ही देखने लगे। रोली के अन्दर से एक सिसकी-सी निकली। शिशिर ने कोमलता से अपनी बाँह से रोली का कन्धा घेर लिया और अन्दर की ओर ले गया। कुछ पल सन्नाटा रहा।

अंकित और दोयल विभ्रमित से अन्य अतिथियों को देखने लगे, जो उठ खड़े हुए थे। स्त्रियों ने अपने पर्स सँभाले और पुरुषों ने अपने आधे पिए गिलास मेज़ पर रख दिये।

यह पार्टी समाप्त होने का सिग्नल था। श्रीमती बलभद्दर ने किचेन में जाकर हरिकीर्तना से कहा, "खाना समेट लो।"

वह तत्परता से उठ खड़ी हुई।

सब धीरे-धीरे बाहर निकलकर अपनी-अपनी गाड़ियों की ओर बढ़ने लगे।

दोयल ने विस्मय से कहा, "यह रोली को क्या हुआ?"

सब चुप रहे।

गाड़ियाँ चली गईं, हरिकीर्तना ने एक-एक करके सारी बत्तियाँ बुझानी शुरू कर दीं।